CW01160663

LE PROBLÈME DE TURING

Collection dirigée par Gérard Klein

HARRY HARRISON
MARVIN MINSKY

Le Problème de Turing

TRADUIT DE L'AMÉRICAIN PAR BERNARD SIGAUD

Préface de Gérard Klein

LAFFONT

Titre original :

THE TURING OPTION

© Harry Harrison, Marvin Minsky, 1992
© Éditions Robert Laffont, S.A., Paris, 1994,
pour la traduction française

PRÉFACE

Bien avant leurs réalisations concrètes, deux grandes technosciences témoignent de relations privilégiées avec une espèce de la littérature, la science-fiction : la technologie spatiale et l'informatique. Pour la première, dès la fin du siècle dernier, la conquête de l'espace fut chantée et décrite, parfois avec un grand luxe de détails, par des écrivains. Si leurs visions prospectives n'apprirent pas grand-chose aux scientifiques et aux ingénieurs, elles contribuèrent à forger une mystique de l'exploration spatiale. Cet enthousiasme devait jouer un rôle dans la motivation des chercheurs et dans le soutien d'une partie de l'opinion à des entreprises dont la rentabilité civile n'était pas évidente et dont l'intelligibilité n'était pas claire pour les militaires. Nombre de figures de proue de la technologie spatiale — à commencer par Werner von Braun — ont reconnu cette dette.

On va tenter de voir ce qu'il en fut pour l'informatique ou plutôt pour les technologies de l'information au sens le plus large. Or les relations entre science-fiction et informatique paraissent plus profondes et plus étroites encore que dans les autres domaines, comme je vais tenter de le montrer en en esquissant très schématiquement l'histoire :

— plus profondes car la science-fiction a épousé, et parfois devancé, les évolutions, les courants et les modes de l'informatique réelle,

— plus étroites parce que la science-fiction a souvent informé les représentations et jusqu'au vocabulaire d'une partie des praticiens de cette technique.

Bref, il s'est manifesté une alliance surprenante entre la science-fiction et les technologies de l'information, complicité de loin la plus poussée de celles qui touchent aux trois grandes technosciences issues de la Seconde Guerre mondiale ou apparues après elle, l'espace, les biotechnologies et l'informatique.

Bien entendu, pour couvrir tout le champ des représentations de l'avenir liées à l'informatique, il faudrait aussi évoquer des articles scientifiques (ainsi celui, fameux, de Turing sur l'intelligence mécanique[1]), et les promesses et les attentes convoyées par la presse d'information scientifique, et aussi celles, dérivées, entretenues par la grande presse et les médias audiovisuels. Bien que tous ces champs ne puissent être abordés ici, je tiens à répéter que les relations entre ces domaines, à savoir la réalité des réalisations, l'expression soi-disant savante ou du moins informée, et la fiction avouée, ont été et demeurent probablement plus profondes et plus nombreuses dans le domaine de l'informatique que partout ailleurs.

Bien des journalistes et même bien des penseurs inspirés sont allés chercher, en l'avouant rarement, leurs sources d'inspiration anticipatrices et prospectives dans la littérature de science-fiction, comme si elle était prophétique, comme si elle préfigurait réellement l'avenir.

L'analyse et la généalogie des textes font ressortir tout au long d'une longue histoire *la contamination et la confusion* presque permanentes entre des créations imaginaires, légitimes par elles-mêmes, d'une part, et d'autre part des anticipations et prospectives rationnelles fondées sur des extrapolations acceptables et des annonces tantôt commerciales, tantôt destinées à obtenir des moyens de recherche, ce qui n'est pas fon-

---

1. Il est si souvent cité et si peu souvent lu que je tiens à signaler au lecteur qu'il le trouvera traduit dans l'indispensable anthologie *Pensée et machine*, Champs Vallon, 1983.

damentalement différent. Cette confusion, involontaire et subie, ou bien délibérée et exploitée, mérite examen tant elle est riche d'enseignements pour le passé mais tout autant pour l'avenir.

L'imagination échevelée et l'extrapolation raisonnée s'y trouvent inextricablement mêlées. Il y a ici, pour le moins, l'effet d'une forte charge de désir individuel et collectif. C'est une raison suffisante pour étudier ces attentes dans le passé et leurs rapports à la réalité présente, et sans doute plus encore pour examiner avec autant de sympathie que de méfiance les anticipations d'aujourd'hui qui se projettent sur le prochain millénaire.

Je me propose ici de répartir l'histoire du thème de l'informatique dans la science-fiction entre quatre époques. À dessein, je ne multiplierai pas les titres d'œuvres, préférant me limiter à quelques-unes, emblématiques.

La première époque correspond à une préhistoire du thème, c'est-à-dire à son traitement avant qu'il n'existe une réalité industrielle sinon scientifique de l'informatique; elle va donc jusqu'à la Seconde Guerre mondiale, même si l'on sait que l'histoire de l'informatique proprement dite remonte bien avant[1].

Cette préhistoire est vouée à l'intelligence mécanique, aux machines intelligentes. On peut la faire remonter assez haut si l'on évoque *Le Joueur d'échecs de Maalzel*, d'E.A. Poe, qui évoque la possibilité d'une machine logique, même si c'est pour la réfuter dans ce cas particulier; ou encore *Le Maître de Moxon* d'Ambrose Bierce où la machine, dépitée d'avoir perdu, tue son créateur.

C'est probablement John Campbell qui pousse dans les années 1930 et 1940 le plus loin le thème des machines intelligentes en les proposant comme les héritières et successeurs de l'humanité, dans une série

---

[1]. Voir notamment Robert Ligonnière, *Préhistoire et histoire des ordinateurs*, Laffont, 1987. Ainsi que Vernon Pratt, *Machines à penser, une histoire de l'intelligence artificielle*, PUF, 1995.

de nouvelles réunies en français sous le titre *Le ciel est mort*[1]. Mais il faut aussi citer un texte malheureusement très peu connu de Régis Messac, *Le Miroir flexible*, aujourd'hui presque inaccessible, paru en 1933 et 1934 dans une revue d'enseignants[2], qui préfigure de façon surprenante le thème de la vie artificielle.

Je n'inclurai pas dans cette approche le thème, certes connexe, du robot, qui me semble relever d'une problématique différente. C'est celle de l'homme artificiel, de la poupée mécanique, qui constitue l'esclave idéal mais susceptible de révolte et qui est fort abondamment représenté dans la littérature dès avant le *RUR* de Karel Capek, qui consacre le terme. Isaac Asimov le développera à la perfection dans ses nombreuses nouvelles consacrées aux robots.

Deux idées fortes ressortent de cette époque : celle de la capacité de machines à maîtriser des jeux à règles comme le jeu d'échecs, et celle de la capacité de machines à des raisonnements logiques, symboliques et scientifiques. Ces deux idées, la seconde surtout, ne surviennent pas miraculeusement : elles sont le prolongement dans la fiction d'images issues de la science et de la philosophie, depuis les machines mécaniques à calculer (de Pascal à Babbage) jusqu'aux langages logiques élaborés depuis Leibniz.

Le point le plus important est peut-être que ces machines de la fiction apparaissent capables de traiter des symboles et non plus seulement des nombres, ce qui interviendra relativement tard dans l'histoire de l'informatique réelle, jusqu'à disposer d'une intelligence artificielle les rendant efficientes dans l'univers des choses, ce dont nous sommes encore loin. L'étude fine des relations entre les représentations proprement scientifiques de l'époque et ces fictions, relations du reste souvent assez sommaires, reste pour l'essentiel à faire. On y rencontrera sans doute en arrière-plan une

---

1. Laffont.
2. In *Les Primaires*, n°s 47 à 53, nov. 1933, mai 1934. Ce texte a été réédité en 1989 à tirage limité par les éditions Orion.

conception philosophique matérialiste du cerveau comme machine physiologique susceptible d'être simulée par des procédés tout différents, en général électromécaniques. Le thème est donc loin d'être philosophiquement neutre et encore moins insignifiant.

La seconde époque irait de la Seconde Guerre mondiale au début des années 1980. Les imaginations ont été frappées dès 1945 par l'apparition des premiers grands calculateurs électroniques et par les réflexions concomitantes sur la cybernétique, notamment celles de Norbert Wiener. Il est difficile d'affirmer qu'elles ont été nourries par les fictions antérieures, mais cela me semble vraisemblable pour plusieurs raisons.

On sait d'abord que beaucoup de physiciens et mathématiciens de l'époque étaient des amateurs plus ou moins fervents de science-fiction et que certains d'entre eux en ont écrit avec plus ou moins de bonheur.

Ensuite, la plus grande partie de leurs extrapolations et de leurs réflexions relève plus de la spéculation littéraire que d'autre chose, et mêle technologie, logique et perspectives sociales bien au-delà des possibilités et même du vraisemblable de l'époque. On a l'impression, à lire Wiener et même Turing, qu'il s'agit plus d'une mise en ordre rationnel d'images issues de la science-fiction que d'une prospective rigoureuse. Même le fameux texte de Turing sur la simulation de la pensée humaine (et j'insiste sur le terme de simulation si souvent négligé par les commentateurs) est tout empreint d'une ironie swiftienne.

Quoi qu'il en soit, dans la science-fiction, le thème alors dominant, conformément aux représentations suggérées par l'état de la technique, est celui du grand ordinateur, de la grande machine intelligente tirée à peu d'exemplaires, voire à un seul, et risquant selon une crainte éprouvée de subvertir l'humanité. Un titre est explicite bien que l'ouvrage soit assez secondaire : c'est *Le Lendemain de la machine* de F.G. Rayer. Dans un roman beaucoup plus fameux, *Le Monde du non-A*[1],

---

1. J'ai lu.

A. E. van Vogt propose de confier à une machine la fonction de sélectionner les accédants à l'utopie : la Machine des Jeux est la seule entité qui puisse dire le vrai, et donc elle est en quelque sorte divine. Ne négligeons pas non plus que le thème du grand ordinateur est aussi une métaphore de l'Administration planificatrice ultime, de la grande machine sociale totalitaire qu'à la fois il idéalise, rend vraisemblable et démonise.

Dans un roman prophétique de la réalité virtuelle, *Zone zéro*[1] (1970), l'écrivain allemand Herbert Franke décrit enfin l'aliénation ultime de l'humanité par des simulations informatiques[2].

Ce que je retiendrai comme caractéristique de cette époque, c'est la conformité assez générale des auteurs aux modèles proposés par les experts : ceux de l'ordinateur universel, doté d'intelligence artificielle, géant et rare. Je suis pour ma part convaincu que l'image, répandue et considérée comme indépassable jusqu'au début des années 1980, du grand ordinateur distribuant de la capacité de traitement de l'information sur le modèle de la distribution de l'électricité a pesé jusque dans les milieux scientifiques et industriels concernés, et que cette image devait énormément à la littérature et au cinéma. Elle venait certes conforter les intérêts stratégiques du principal constructeur, IBM, mais on sait que ceux-ci n'ont finalement pas résisté à des développements ultérieurs qui n'étaient pas imprévisibles : le micro-ordinateur, certes rare dans la science-fiction, est apparu dès les années 1960 ; je me souviens d'avoir vu vers 1965, à New York, dans un salon spécialisé, un micro Wang qui m'avait considérablement impressionné.

Et cependant, à propos du micro-ordinateur précisément, il y a des exceptions dans la littérature. Dès 1946, dans une nouvelle géniale, *Un logique nommé Joe*, Murray Leinster évoque en quelques pages à la fois le micro-ordinateur domestique présent dans tous

---

1. Laffont, 1973.
2. Voir la préface de *L'Âge de diamant*, Le Livre de Poche, n° 7210.

les foyers, les réseaux et les banques de données donnant accès à la bibliothèque universelle dont la nouvelle est au fond la métaphore. Bien qu'il faille toujours se défier des réinterprétations anachroniques, je tiens ce texte pour un des rares authentiquement prophétiques de la science-fiction[1]. Pourtant Leinster ne sera pas suivi et ne réutilisera pas lui-même le thème. Après y avoir beaucoup réfléchi, je me suis convaincu que Leinster a pu écrire ce texte en 1946 (peut-être même en 1945), précisément parce que l'image du grand ordinateur n'était pas encore fixée, devenue provisoirement incontournable. Il y a une leçon à en tirer : quand nous rêvons à l'avenir, quand nous écrivons de la science-fiction, c'est de nos désirs qu'il faut partir et non des possibilités provisoires et transitoires de la technique.

À un niveau de puissance et d'emploi intermédiaire, difficile de ne pas évoquer ici Hal, l'intelligence artificielle de *2001, l'odyssée de l'espace* (1968), film génial de Kubrick et roman moins inspiré d'Arthur C. Clarke.

À l'autre extrémité de cette période, l'écrivain britannique John Brunner, dans un roman par ailleurs remarquable, *Sur l'onde de choc*[2], publié en 1975, fournit un admirable contre-exemple à l'exploit de Leinster. Il décrit la société informatisée de la fin de notre siècle avec un luxe extraordinaire de détails qui lui conserve toute son actualité. Il imagine les virus (qu'il appelle vers) transmis par les réseaux télématiques, et j'ai entendu certains spécialistes affirmer que la chose n'existait pas encore à l'époque et qu'il l'aurait préfigurée. Il imagine des « couleuvres » qui recherchent et neutralisent ces virus. Il décrit pratiquement l'Internet actuel avec ses qualités et ses défauts, ses hackers et son *undernet*, ce qui n'est pas un mince exploit si l'on songe aux réalités de l'époque.

Mais il trébuche sur un détail essentiel : le micro-ordinateur qu'il n'a pas vu venir alors que vers 1977,

---

1. On le trouvera dans l'anthologie *Demain les puces*, Denoël, 1986.
2. Le Livre de Poche, n° 7122.

deux ans seulement plus tard, le micro-ordinateur indépendant devient une réalité relativement abordable. Brunner n'envisage que des terminaux peu intelligents reliés à de grands ordinateurs conventionnels. Par souci d'exactitude, de sérieux, il n'est pas entré dans la Terre promise, alors que, bien avant lui, Philip K. Dick et Robert Sheckley entre autres avaient parsemé leurs histoires de petits ordinateurs malicieux. Il me semble que cette période, celle du Grand Ordinateur, est assez exactement encadrée par ces deux textes, celui de Leinster, prophétique au moins au regard de notre présent, et celui de Brunner, prospectif et formidablement documenté, précurseur à bien des égards de notre réalité, mais prisonnier d'un possible dépassé et par là un rien myope à notre regard. Je ne doute pas pour autant que le roman de Brunner ait contribué à forger des représentations qui ont encore cours jusque chez les professionnels et que par là il annonce la troisième époque. Peut-être du reste l'évolution de la technique, avec le *netware*, lui donnera-t-elle finalement raison.

La troisième époque, qui débuterait avec les années 1980, est moins marquée par le micro (qui est trop vite entré dans la réalité pour être projeté dans l'avenir sinon sous la représentation de sa banalisation) que par la thématique des réseaux, la cybersphère qu'introduit William Gibson avec *Neuromancien*[1] (1985), et de façon plus générale encore par les univers de la réalité virtuelle. En fait, Gibson, écrivain américain d'origine canadienne, avait commencé dès 1977 à distiller son univers d'un avenir proche, glauque, structuré par les réseaux et hanté par les hackers romantiques conçus sur le modèle du « privé » des romans noirs américains, à travers une série de nouvelles qui, remontées, constituèrent la matière de ses romans ultérieurs.

Il me semble utile à leur propos d'insister sur les trois points suivants :

— Gibson, contrairement à la plupart de ses pré-

1. J'ai lu.

décesseurs sauf Brunner, entreprend de décrire un univers proche et réaliste (au sens d'un réalisme naturaliste à la Zola) qui abolit la rupture obstinément présente dans la science-fiction entre le présent et le grandiose avenir. Nous y sommes déjà en partie ou du moins pouvons le croire. Du coup, ses descriptions de machines et de réseaux, pour le moins sommaires, en tout cas au début, prennent une épaisseur qu'aucune précision technique ne vient pourtant justifier.

— Les informaticiens et, de façon plus générale, les praticiens de la micro-informatique se sont largement reconnus dans ce modèle, sans doute en raison de ses connotations romantiques : celles du héros solitaire plongé dans un système urbain et maillé à travers ses écrans et des interfaces qui n'ont pas tardé à apparaître comme imminentes ou qui ont été effectivement réalisées plus ou moins sur le modèle des indications vagues fournies par Gibson et d'autres auteurs.

— Au moment où il écrivait ses premières nouvelles et jusque vers la fin des années 1980, William Gibson n'avait, de son propre aveu, aucune connaissance spécialisée, n'avait jamais touché un ordinateur et avait écrit sur une classique machine à écrire toutes ses œuvres.

Ce qui est remarquable ici, c'est la rencontre d'une ignorance — ou d'une innocence — mais aussi d'une sensibilité et d'une intelligence, celles de Gibson, d'une part, et d'un public spécialisé et averti, d'autre part, qui se reconnaît dans l'univers issu de cette innocence et qui pense y lire son avenir. C'est ainsi à partir de l'univers de Gibson et d'autres écrivains que le préfixe cyber, lui-même issu de la cybernétique de Norbert Wiener via les cyborgs de la science-fiction, a connu la fortune journalistique et même philosophique que l'on sait. Notons tout de même que, dès 1973, l'auteur français Michel Jeury avait utilisé le terme d'infosphère pour désigner la même chose [1].

---

1. Maurice G. Dantec a proposé une version hexagonale de l'univers gibsonien dans *Les Racines du mal* (La Série Noire, 1995).

Ce qui caractérise les décennies 1980 et 1990, c'est évidemment l'explosion de la micro-informatique qui modifie complètement le recrutement sociologique des praticiens de l'informatique, informaticiens, vendeurs, spécialistes de la maintenance, auteurs de logiciels et de progiciels, infographes, utilisateurs domestiques, etc. C'est aussi l'inextricable interpénétration entre les différents discours, savants, médiatiques et proprement fictionnels. Je n'aurai pas la cruauté de citer quelques-unes des sibylles du grandiose avenir informationnel généralisé, mais j'ai la conviction qu'ils lisent souvent l'avenir dans la science-fiction, et que ce n'est pas leur pire source. Que l'on songe aux délires abondamment médiatisés sur le cybersexe et aux craintes exprimées par nos plus estimables éthiciens de comptoir télévisé quant à l'avenir des relations entre les sexes qu'ils voyaient déjà ruiné, en sachant moins sur le sujet que le plus ignorant des amateurs de science-fiction.

Le recrutement sociologique des praticiens de l'informatique, jeunes, masculins, à formation technicienne, persuadés de leur possible ascension sociale dans un monde de l'emploi qui apparaît souvent et exagérément comme en déréliction, a rejoint presque exactement celui des lecteurs de science-fiction. Si bien que presque tous les informaticiens (au sens large) que j'ai rencontrés étaient des lecteurs de science-fiction. Bien que les scientifiques et techniciens soient souvent des lecteurs de science-fiction, jamais la superposition des publics n'a été aussi précise. D'où la pénétration accrue des idées et des images de la science-fiction dans l'univers de l'informatique. C'est un peu comme si le western avait rencontré une considérable population de vachers éduqués. Il suffit pour s'en convaincre de lire les éditoriaux de nombreuses revues consacrées à l'informatique et destinées à des publics plus ou moins larges.

L'interpénétration entre pratique et fiction s'est aussi opérée tout à fait spontanément dans deux domaines où l'informatique a joué un rôle déterminant. D'abord dans le domaine de la création de nouvelles images à l'aide d'ordinateurs, ce que Dominique Martel avait baptisé d'un joli mot qui n'a pas eu la fortune qu'il méritait, le pixellisme. Pour avoir participé à l'organisation de quelques expositions consacrées à ces pixellistes, je sais le poids déterminant, et souvent excessif, des imageries de la science-fiction dans leurs œuvres. Notons en passant que si l'univers de l'informatique, de la micro-informatique et des réseaux reste largement un univers masculin, la présence féminine dans l'infographie est impressionnante et peut-être dominante.

Et il y a aussi, bien entendu, le domaine connexe des jeux vidéo, dérivé de l'informatique, et où les représentations de l'avenir (mais de quel avenir?) sont là aussi largement prédominantes. Si j'insiste sur ces phénomènes, c'est qu'ils n'ont rien d'absolument causal : les infographistes auraient pu travailler les vases de fleurs ou l'abstraction, et certains l'ont fait ; et les jeux auraient pu privilégier les univers pseudo-médiévaux, et il y en a. Mais l'impression demeure forte que l'ordinateur, c'est l'avenir, que la représentation de l'avenir, c'est la science-fiction, que l'ordinateur est une fenêtre ouverte sur l'avenir décrit par la science-fiction et que cet avenir commence aujourd'hui ou du moins dès demain matin.

Je n'insisterai pas enfin sur la présentation de nombreuses pages sur le net qui font directement ou indirectement des emprunts à l'imagerie de science-fiction, à une imagerie si banalisée que son origine véritable semble presque oubliée.

Historiquement, le seul rapprochement qu'on pourrait tenter et qui a été parfois évoqué serait celui entre les micro-informaticiens et les radios amateurs du début du siècle [1]. Mais les différences apparaissent aussitôt : les radios amateurs n'ont pas pu s'appuyer sur

---

1. Voir le chapitre qui leur est consacré dans *Rêves de futur*, sous la direction de Joseph J. Corn, *Culture technique*, n° 28, Éditions CRCT, 1993.

une vaste littérature préexistante (bien qu'il y ait eu une presse et même une littérature spécialisées) et ils ont vite été socialement marginalisés. C'est tout le contraire qui s'est produit et se produit pour les micro-informaticiens. Ce que je leur souhaite c'est évidemment de continuer à rêver et à lire de la science-fiction, mais aussi, comme tout bon lecteur du genre, de faire plus rigoureusement le départ entre imaginaire, possible et réalité. En raison même de sa puissance de support d'une création symbolique, dont les univers virtuels sont une illustration balbutiante, l'informatique incite plus à la confusion qu'à la distinction et exige donc un effort particulier de lucidité.

L'ouvrage qui conclut peut-être le mieux symboliquement cette époque — à supposer qu'elle soit conclue — est sans doute le roman de Marvin Minsky et Harry Harrison, *Le Problème de Turing* (1993). Minsky est l'un des fondateurs de la discipline de l'intelligence artificielle et peut-être le créateur du terme (à mon sens, un terme inadéquat pour une prétention insoutenable, mais bien calculé pour son efficacité médiatique). Harrison est un auteur de science-fiction un peu trop méconnu dont l'ouvrage le plus fameux reste *Soleil vert* pour son adaptation mémorable au cinéma.

Dans *Le Problème de Turing*, sorte de techno-thriller situé dans l'avenir proche, Minsky développe ses idées sur la société de l'esprit. Le point le plus singulier est la proximité affirmée de ce qui m'apparaît comme une utopie bien lointaine, l'intelligence artificielle. Dans ce roman comme dans peu d'autres, son imminence semble assurée. Or c'est un discours que l'on retrouve fréquemment, avec plus ou moins de réserves, dans la presse d'information. Et que Minsky ait jugé bon de coécrire un roman de science-fiction pour mieux faire passer ses idées me semble symptomatique[1].

J'aurais enfin scrupule à ne pas citer, à propos d'intelligence artificielle, le roman d'un des plus grands auteurs de la science-fiction contemporaine, Frank

---

1. On trouvera l'exposé le plus complet de ces idées dans *La Société de l'esprit*, InterÉditions, 1988.

Herbert, *Destination vide*[1], dont la première version remonte à 1966.

Sur la quatrième période qui s'ouvrirait avec le début des années 1990, je serai plus circonspect, n'étant même pas certain que la troisième soit réellement achevée. Sauf à faire de la science-fiction, il est difficile de trancher dans l'actualité les futures divisions de l'histoire. Mais de nouvelles représentations de l'informatique, des ordinateurs, de l'intelligence artificielle et des relations entre tous ces éléments et les sociétés et individus humains sont en train de surgir dans la science-fiction. On leur trouvera aisément des racines plus anciennes mais parce qu'elles ont tendance à converger, elles se mettent à former tout un pan de cet univers culturel collectif qui caractérise si bien la science-fiction.

Cette quatrième période serait caractérisée par les interfaces neuro-électroniques, l'équivalence humain-ordinateur, la greffe des humains sur les machines et les réseaux, bref l'affaiblissement, voire la disparition, de la différence entre intelligences naturelle et artificielle. La complémentarité, la fusion, la substitution entre âme humaine et supports de l'intelligence artificielle y deviennent communes, voire inéluctables.

Je citerai quatre auteurs et quatre œuvres sans prétendre plus que précédemment à l'exhaustivité, bien au contraire.

Il s'agit d'abord de Dan Simmons qui dans sa série *Hypérion*[2] (1991) décrit dans un avenir fort lointain la lutte puis finalement la synthèse osmotique entre l'humanité et d'immenses intelligences artificielles.

Il s'agit ensuite de l'écrivain britannique Iain M. Banks qui dans sa série de la Culture (*Une forme de guerre*, *L'Homme des jeux*, *L'Usage des armes*[3], *Excession*[4], *L'État des arts*[5]) décrit entre mille autres choses

---

1. Pocket.
2. *Hypérion, La Chute d'Hypérion, Endymion, L'Éveil d'Endymion*, Laffont.
3. Le Livre de Poche, nos 7199, 7185 et 7189.
4. Laffont.
5. DLM Éditions

dans un avenir également éloigné (au moins métaphoriquement car il ne s'agit pas *stricto sensu* du nôtre) les rapports complémentaires entre des formes de vie biologiques, dont des humains, et d'innombrables Intelligences Artificielles de tous formats.

Il s'agit aussi de l'écrivain américain Neal Stephenson qui, dans deux romans à ce jour, *Le Samouraï virtuel* et *L'Âge de diamant*[1], met en scène un univers certes temporellement plus proche mais dominé lui aussi par les intelligences artificielles et par les univers virtuels et par là échappant au réalisme gibsonien tout en se situant dans son prolongement.

Mais une place toute spéciale doit être accordée à l'Australien Greg Egan, lui-même bon spécialiste de l'informatique, qui pousse plus loin que personne, dans *La Cité des permutants*[2] (1995), l'idée de la fusion entre ordinateurs et humains, de la copie possible dans des ordinateurs de personnalités humaines, et par là de leur quasi-immortalité dans des univers virtuels.

Ce qui me frappe dans ces œuvres et dans cette époque, à supposer qu'elle existe ailleurs que dans mon imagination, c'est un retour à l'imaginaire débridé, notamment par le truchement de l'avenir lointain et des réalités virtuelles, par opposition, peut-être artificielle, avec le réalisme, certes contestable et plus conventionnel que réel, des œuvres des années 1980 et 1990.

C'est peut-être que le micro-ordinateur et les réseaux ont déjà si bien pénétré la société qu'ils ne suffisent plus à faire rêver par eux-mêmes. Ce sont des phénomènes désormais banalisés dont s'emparent d'autres genres comme le policier, le roman d'espionnage et cette bizarre mixture que les professionnels de l'édition appellent le techno-thriller et dont un bon représentant est Michael Crichton.

La science-fiction se tourne déjà vers d'autres territoires, moins bien balisés. Il n'est donc pas certain que l'alliance étroite, réciproque et extraordinaire entre un

---

1. Le Livre de Poche, n° 7210.
2. Laffont.

genre littéraire et une réalité techno-sociale servie par une armée de spécialistes perdure indéfiniment. Certes la plupart des informaticiens continueront à lire de la science-fiction. Mais ils auront probablement plus de mal à y trouver (ou à croire y trouver, ce qui n'est pas la même chose) des représentations de leur propre avenir. C'est cela même qui pour moi caractériserait la quatrième époque. Si elle existe.

Il me semble caractéristique et en même temps problématique que dans son dernier roman, *Idoru*[1], William Gibson mette en scène une vedette artificielle, une idole (*Idoru* en japonais moderne) dotée d'une personnalité artificielle, et qu'il situe son action dans un très proche avenir. S'agit-il encore de science-fiction? Les éditeurs semblent en douter puisqu'ils ont banni l'étiquette des jaquettes du roman, aussi bien aux États-Unis qu'en France, espérant par là faire basculer le livre dans l'univers supposé plus populaire du techno-thriller.

En conclusion, je voudrais essayer de caractériser et de résumer les quatre traits qui ont consacré cette alliance entre imaginaire et réalité, science-fiction et informatique, tout au long de leurs histoires respectives, mais tout spécialement pendant la troisième période, celle de l'intrusion de la micro-informatique et des réseaux ouverts à tous.

— Un premier trait est que la pensée mécanique est une aspiration ancienne de philosophes rationalistes et matérialistes, qui n'a pu longtemps s'affirmer qu'au travers de spéculations de caractère littéraire, qu'elles aient été rigoureuses ou échevelées. C'est un domaine où longtemps on n'a ni observé ni démontré, et ce n'est que récemment qu'il a échappé à la métaphysique (sauf en ce qui concerne les spéculations sur l'intelligence artificielle). C'est un domaine d'expériences de pensée.

— Un deuxième trait qui était demeuré relativement imprévu, même pour les spécialistes, est que les

1. Flammarion.

machines effectivement construites ont très vite permis de manipuler à travers des nombres, des symboles, et donc d'écrire, de dessiner et de simuler, virtuellement n'importe quoi, c'est le cas de le dire. Or l'écriture, la création graphique et la simulation ouvrent toutes grandes les portes à l'imaginaire qu'elles servent par ailleurs. Il en a résulté que la maîtrise des machines n'a pas été réservée aux arithméticiens, mathématiciens et statisticiens. En tout cas, la grande merveille, c'est que des non-techniciens ont pu rapidement se servir de ces machines. Un petit merci au MacIntosh en passant.

— Troisième trait, le développement également assez imprévu de la micro-informatique a abouti rapidement à l'apparition d'un corps de spécialistes et d'utilisateurs, passionnés par leur technique et persuadés d'avoir une place dans l'avenir. D'où leur curiosité pour cet avenir qu'une seule littérature leur présentait agréablement et, faut-il l'ajouter, souvent pertinemment, la science-fiction. Pour connaître un peu la littérature « grise » prospective sur l'informatique, celle des rapports non publiés, je crois pouvoir dire qu'elle a presque toujours été d'une grande médiocrité et qu'elle aurait beaucoup gagné à s'inspirer de la science-fiction, ce que les praticiens ont vite compris. De surcroît, ils y ont trouvé une représentation romantique de leur travail, de leur vie et de leur avenir, qui relevait de piment une réalité parfois plutôt morne.

— L'impact de la grande informatique et de la micro-informatique sur la société globale a été tel, par sa brutalité et son ampleur, qu'il a évidemment suscité toutes les attentes, tous les fantasmes et toutes les craintes. La question se pose toutefois de savoir si une littérature de l'illusion n'a pas engendré une illusion sociale, celle de la révolution par l'informatique, une utopie nouvelle et redoutable, celle de la démocratie immédiate et au fond populiste à travers l'avènement de la société d'information généralisée et des échanges instantanés. Mais l'imagination étant une denrée finalement rare, surtout quand elle est associée à l'information et à la réflexion, les informateurs du grand public se sont précipités directement ou de seconde main, le sachant, feignant de l'ignorer ou l'ignorant vraiment, sur la seule littérature qui en débordait, la science-fiction.

Si l'on considère les choses d'un peu haut, aucun de ces facteurs n'a disparu ni cessé de s'exercer. Il y a donc de grandes chances pour que l'informatique et la science-fiction continuent à entretenir d'étroites relations, même si leur lune de miel des années 1980 est peut-être dépassée.

Je n'inviterais certes personne à aller chercher dans la science-fiction une représentation fidèle de l'avenir de l'informatique. Cette littérature n'est pas prophétique. Mais en raison des liens étroits que j'ai tenté de souligner, c'est peut-être bien dans cette littérature, bon an mal an, que l'on trouve le reflet le plus fidèle et le mieux informé des spéculations de chaque époque à propos de cet avenir. En bref, si vous voulez savoir ce que l'on pense *aujourd'hui* de l'avenir des ordinateurs, lisez de la science-fiction.

Mais il me faut conclure sur une note un peu triste. C'est qu'il n'a pratiquement été question dans cet exposé succinct et incomplet que d'œuvres anglo-saxonnes et allemandes. L'ordinateur et les technologies de l'information sont presque complètement absents de la production française de science-fiction, sauf là où elle singe les modèles anglo-saxons. J'ai cité Michel Jeury qui fait exception. Il y a eu certes les techno-thrillers de Thierry Breton, ainsi *Softwar*[1] (1984), etc., mais je ne crois pas nécessaire d'y insister. On ne voit guère que Maurice G. Dantec qui, dans *Les Racines du mal*[2], a relevé le défi dans le sillage de William Gibson.

Une anecdote: lorsqu'en 1985, Apple France, en la personne de François Benveniste, lui-même passionné

1. Laffont.
2. La Série Noire, Gallimard.

de science-fiction, voulut patronner une anthologie de nouvelles consacrées à l'informatique dans l'avenir[1] à l'occasion de la sortie du premier MacIntosh, l'éditeur Denoël ne trouva pas d'auteur français intéressé en dehors de Philippe Curval et de moi-même. Il y a dans cette absence, dans cette criante lacune, un sujet de réflexion. La France, une des mères de la littérature d'anticipation, une des puissances mondialement reconnue de la programmation informatique, n'a pas encore rejoint, dans sa culture, ou du moins dans sa littérature de science-fiction, son époque.

Gérard KLEIN

Note : Dans une version légèrement différente, ce texte a fait l'objet d'une communication au colloque du *Centre de coordination pour la recherche et l'enseignement en informatique et société* (CREIS), tenu à Strasbourg, en juin 1998.

---

1. *Demain les puces*, anthologie réunie et présentée par Patrice Duvic, Denoël, 1986. Ma nouvelle *Mémoire vive, mémoire morte* figure dans la première édition mais a disparu, à ma demande, de la seconde édition, dans la perspective d'un recueil à paraître.

*Pour Julie, Margaret et Henry,
Moira et Todd :
un récit de votre futur.*

Le test de Turing

En 1950, Alan M. Turing, l'un des tout premiers pionniers de l'informatique, considéra la question de savoir si une machine pourrait jamais penser. Mais, comme il est extrêmement difficile de définir la pensée, il proposa de commencer avec un simple calculateur numérique et demanda alors si on pourrait, en augmentant sa mémoire et sa vitesse et en lui fournissant un programme adéquat, lui faire tenir le rôle d'un humain. Sa réponse :

Je crois que la question : « Les machines peuvent-elles penser ? » a trop peu de sens pour mériter qu'on en débatte. Je crois néanmoins qu'à la fin de ce siècle la langue et l'opinion du grand public éclairé auront tellement évolué qu'il sera possible de parler de la pensée des machines sans s'attendre à être contredit.

Alan Turing, 1950.

1

Ocotillo Wells, Californie
8 février 2023

J.J. Beckworth, président-directeur général de Megalobe Industries, était troublé, mais des années de retenue empêchaient toute manifestation extérieure de cette préoccupation. Il n'était pas inquiet, n'avait pas peur : il était troublé, tout simplement. Il se retourna dans son fauteuil pour regarder le coucher de soleil spectaculaire au-dessus du désert. Le ciel embrasé derrière la cordillère de San Ysidro à l'ouest projetait une lumière roussâtre sur les monts Santa Rosa qui s'étiraient à l'horizon nord. Sous ses yeux, les ombres vespérales des ocotillos et des cactus traçaient de longues lignes sur les sables gris du désert. En temps normal, la beauté brute de ce spectacle l'aurait calmé et détendu. Mais pas aujourd'hui. Le léger *ping!* de l'interphone coupa court à ses réflexions.

— Qu'est-ce que c'est ?

La machine reconnut sa voix et se mit en circuit. Sa secrétaire parla.

— *Le Dr McCrory est ici et voudrait vous voir.*

J.J. Beckworth hésita, sachant ce que voulait Bill McCrory, et fut tenté de le faire patienter. Et puis non, il valait mieux le mettre au courant.

— Envoyez-le-moi.

La porte bourdonna et McCrory entra. Il traversa le vaste bureau à grandes enjambées, silencieusement, le bruit de ses pas étouffé par la haute laine du tapis Youghal. C'était un homme sec, anguleux, mince comme un rail à côté de la silhouette dense et corpulente du P.-D.G. Il ne portait pas de veste, sa cravate était desserrée : il y avait beaucoup d'informalité aux échelons supérieurs chez Megalobe. Il portait tout de même un gilet aux poches bourrées des stylos et crayons indispensables à tout ingénieur.

— Désolé de vous déranger, J.J., dit-il en se tordant nerveusement les doigts, peu désireux de réprimander le P.-D.G. de la société, mais la démonstration est prête.

— Je sais, Bill, et je suis désolé de vous faire attendre. Mais il y a du nouveau, et je ne peux pas bouger d'ici pour l'instant.

— Tout retard va poser des problèmes de sécurité.

— J'en suis parfaitement conscient.

J.J. Beckworth ne laissa aucunement transparaître son irritation : il ne le faisait jamais en présence de ses subalternes dans la hiérarchie de l'entreprise. Peut-être McCrory ne se rendait-il pas compte que le P.-D.G. avait personnellement contrôlé la mise au point et la construction de tous les dispositifs de sécurité de ces installations. Beckworth lissa un instant sa cravate Sulka en soie naturelle. La froideur de son silence était à elle seule une réprimande.

— Mais nous allons être obligés d'attendre, reprit-il. Il y a eu une flambée soudaine et excessivement importante d'achats à la Bourse de New York. Juste avant la clôture.

— Sur nos actions, monsieur ?

— Nos actions. Tokyo est encore ouvert — ils travaillent vingt-quatre heures sur vingt-quatre, maintenant — et il se passe apparemment la même chose là-bas. Financièrement parlant, ça n'a aucun sens. Cinq des plus grandes et des plus puissantes sociétés d'électronique de notre pays ont fondé cette entreprise. Elles contrôlent Megalobe à cent pour cent. Selon la loi, un certain nombre d'actions doivent être mises en circulation, mais il n'y a aucune possibilité d'OPA.

— Alors, qu'est-ce qui se passe ?
— J'aimerais bien le savoir. Nous allons sous peu recevoir les rapports de nos courtiers. Nous pourrons ensuite descendre à votre laboratoire. Qu'est-ce que vous voulez me montrer ?

Bill McCrory sourit nerveusement.

— Je crois que nous ferions mieux de laisser Brian vous l'expliquer. Il dit que c'est la percée importante qu'il attendait. Je crains de ne pas comprendre moi-même de quoi il s'agit. Nombre de ces histoires d'intelligence artificielle me dépassent. Ma spécialité, c'est les communications.

J.J. Beckworth hocha la tête. Il comprenait. Il se passait maintenant dans ce centre de recherches des tas de choses qui n'avaient pas été prévues dans le plan original. À l'origine, Megalobe avait été fondé dans un but unique : rattraper les Japonais et, si possible, les distancer, dans le domaine de la TVHD, la télévision à haute définition, qui avait débuté avec un écran élargi et plus d'un millier de lignes de balayage. Les États-Unis avaient failli rater le coche dans cette affaire. Seule la reconnaissance tardive de la domination étrangère sur le marché mondial de la télévision avait rapproché du Pentagone les sociétés fondatrices de Megalobe — mais seulement après que le procureur général eut fermé les yeux lorsque le Congrès avait modifié la législation anti-trust pour rendre possible ce consortium industriel d'un genre nouveau. Dès les années quatre-vingt, le ministère de la Défense — ou plutôt l'un de ses rares départements compétents en la matière, la DARPA, l'Agence pour les projets de recherche avancée en matière de défense — avait identifié la TVHD non seulement comme un outil important dans la guerre future mais comme élément vital du progrès industriel dans les technologies d'avenir. C'est ainsi que, même après des années de réductions budgétaires, la DARPA avait réussi à trouver les fonds nécessaires à la recherche.

Une fois que les décisions de financement avaient été prises, toutes les forces de la technologie moderne avaient été au plus vite rassemblées sur un site stérile du désert californien. Là où il n'y avait eu auparavant que du sable aride — et quelques petites exploitations fruitières irriguées par la nappe phréatique — se dressait à présent un vaste et moderne centre de recherches. J.J. Beckworth savait qu'un certain nombre de projets inédits et passionnants avaient été mis en route, mais il ne connaissait que vaguement les détails de certains d'entre eux. En tant que P.-D.G., il avait d'autres responsabilités, plus urgentes — et six patrons différents à qui rendre des comptes. Le clignotement rouge du voyant de son téléphone interrompit le fil de ses pensées.

— Oui ?
— *M. Mura, notre courtier japonais, est en ligne.*
— Passez-le-moi, dit-il en se tournant vers l'image sur l'écran devant lui. Bonsoir, Mura-san.
— *Bonsoir, monsieur J.J. Beckworth. Je suis désolé de vous déranger à une heure si tardive.*
— J'ai toujours plaisir à avoir de vos nouvelles.

Beckworth maîtrisa son impatience. C'était le seul moyen de se comporter avec les Japonais. Il fallait d'abord passer par les formules de politesse.

— Et vous ne m'appelleriez sûrement pas maintenant pour une question sans importance.
— *Il revient à votre illustre personne d'apprécier cette importance. En tant que simple employé, je ne peux que signaler que la poussée sur les achats d'actions Megalobe s'est inversée. Les tout derniers chiffres ne vont pas tarder à me parvenir. Je m'attends à les voir arriver sur mon bureau... d'un moment à l'autre.*

L'espace d'un infime instant, l'image à l'écran se figea, les lèvres s'immobilisèrent. C'était le premier indice révélant que Mura s'exprimait en réalité en japonais et que ses propos étaient immédiatement traduits en anglais tandis que les mouvements de son visage et de ses lèvres étaient simulés par l'ordinateur pour coïncider avec le texte d'arrivée. Il se retourna, on lui tendit une feuille de papier et il sourit en la lisant.

— *Très bonne nouvelle. Cela nous indique que le cours est retombé à son niveau antérieur.*

— Vous avez une idée de ce qui s'est passé? demanda J.J. Beckworth en se grattant la mâchoire.

— *J'ai le regret de vous informer de ma totale ignorance. En dehors du fait que le ou les responsables ont perdu près d'un million de dollars.*

— Intéressant. Merci de votre aide. J'attends votre rapport.

J.J. Beckworth pressa la touche qui déconnectait le téléphone et le voxfax s'activa immédiatement derrière lui, dégorgeant dans un léger bourdonnement l'enregistrement écrit de leur conversation. Ses propos étaient imprimés en noir, ceux de Mura en rouge, pour permettre une identification instantanée. Le système de traduction avait été bien programmé, et un coup d'œil rapide au texte ne révéla pas plus que les quelques erreurs habituelles. Sa secrétaire classerait le relevé voxfax pour un usage immédiat. Le traducteur attitré de Megalobe vérifierait ultérieurement l'exactitude du travail accompli par l'ordinateur.

— Qu'est-ce qui se passe? demanda McCrory, perplexe.

C'était un as de l'électronique, mais les arcanes de la Bourse étaient pour lui un mystère intégral.

— Je n'en sais rien, dit J.J. Beckworth en haussant les épaules, et je ne le saurai peut-être jamais. Peut-être quelque spéculateur de haute volée qui voulait s'enrichir en vitesse, ou une grande banque qui a changé d'avis. Quoi qu'il en soit, ce n'est pas important — pour le moment. Je crois que nous pouvons aller voir ce que votre génie maison a découvert. Il s'appelle Brian, n'est-ce pas?

— Brian Delaney, monsieur. Mais il faut d'abord que je téléphone. Il se fait tard.

Dehors, la nuit était tombée : les premières étoiles apparaissaient et l'éclairage des bureaux s'était allumé automatiquement.

Beckworth approuva de la tête et indiqua le téléphone posé sur la table de l'autre côté de la pièce. Tandis que l'ingénieur téléphonait, J.J. Beckworth fit apparaître son agenda sur l'écran, effaça le travail de la journée, vérifia ensuite les rendez-vous du lende-

33

main, qui allait être une journée chargée — comme toutes les autres —, puis poussa sa montre à mémoire contre la console. L'écran dit ATTENDRE puis, un instant plus tard, afficha TERMINÉ lorsqu'il eut chargé les rendez-vous du lendemain dans la mémoire de la montre. Et voilà.

Tous les soirs à cette même heure, avant de partir, il prenait habituellement un scotch pur malt, un Glenmorangie de quinze ans d'âge. Il jeta un coup d'œil en direction du bar camouflé et sourit légèrement. Pas encore le moment. Ça attendrait.

Bill McCrory pressa la touche secret du téléphone avant de parler.

— Je m'excuse, J.J., mais les labos sont fermés. Il va falloir quelques minutes pour mettre au point votre visite.

— Mais c'est tout à fait normal, dit Beckworth — et il le pensait.

Il y avait eu nombre de bonnes raisons pour édifier le centre de recherches ici, en plein désert. L'absence de pollution et le faible taux d'humidité avaient certes pesé dans la balance, mais le vide du désert avait été par lui-même beaucoup plus important. La sécurité avait été une donnée primordiale. Dès les années quarante, lorsque l'espionnage industriel en était encore à ses premiers pas, des entreprises peu scrupuleuses avaient découvert qu'il était bien plus facile de voler les secrets d'une autre entreprise que de dépenser du temps, de l'énergie — et de l'argent — pour mettre au point le même produit sur place. Avec la généralisation de la technologie informatique et de la surveillance électronique, l'espionnage industriel était véritablement devenu une industrie à forte croissance. Le premier et le plus gros problème auquel Megalobe avait dû faire face avait été d'assurer la sécurité de la construction de ces nouvelles installations. Ce qui voulait dire qu'une fois achetés les quelques domaines et le désert environnant une barrière impénétrable avait été érigée autour de toute la zone en question. Ce n'était pas vraiment une barrière, et elle n'était pas vraiment impénétrable d'ailleurs — la sécurité absolue n'existe pas. Il s'agissait d'une série de clôtures et de murs surmontés de barbelés tranchants, hérissés de capteurs — en plus de ceux enterrés dans le sol — et tapissés de détecteurs de changement holographiques, leur surface truffée de jauges de pression, de capteurs de vibrations et autres dispositifs. On avait ainsi établi un périmètre qui disait : « On ne passe pas ! » Il était quasiment impossible à pénétrer, mais si un individu ou un engin quelconque réussissaient à passer outre, alors des projecteurs, des caméras, des chiens et des gardes armés ne manqueraient pas de les attendre.

Même après l'achèvement de ces travaux, la construction des bâtiments n'avait pas commencé sans qu'on ait préalablement déterré, examiné puis mis au rebut les moindres fils, câbles et canalisations existants. On avait alors fait une trouvaille surprenante : un site funéraire des Indiens Yuma. On avait arrêté les travaux le temps que des archéologues procèdent à des fouilles minutieuses et remettent les pièces au musée des Indiens Yuma et Shoshone de San Diego. C'est alors seulement qu'avait commencé — sous une surveillance méticuleuse — la construction proprement dite. La plupart des bâtiments avaient été préfabriqués dans des sites étroitement gardés et contrôlés. Électroniquement plombés, ils avaient été inspectés, puis scellés à nouveau. Acheminés sur le chantier en camion dans des containers verrouillés, ils avaient subi encore une fois le processus d'inspection dans son intégralité. J.J. Beckworth avait personnellement surveillé cette partie des travaux. Faute d'une sécurité absolument optimale, toute l'opération aurait été inutile.

Bill McCrory, impatient, leva les yeux du téléphone.

— Désolé, J.J., mais la temporisation des serrures a été enclenchée. Il va falloir au moins une demi-heure pour préparer une visite. On pourrait remettre ça à demain ?

— Impossible, dit Beckworth en consultant sur sa montre le programme du lendemain. Mon emploi du temps est complet, y compris pendant l'heure du déjeuner, et je dois prendre l'avion à quatre heures.

C'est maintenant ou jamais. Allez chercher Toth. Dites-lui de faire le nécessaire.

— Il est peut-être déjà parti à l'heure qu'il est.

— Pas lui. Premier arrivé et dernier parti.

Arpad Toth était chef de la sécurité. En outre, il avait contrôlé la mise en service de tous les dispositifs d'alarme et de protection, qui semblaient être l'unique passion de sa vie. Tandis que McCrory téléphonait, J.J. décida que le moment était venu. Il ouvrit le mini-bar et se versa trois doigts du whisky pur malt. Il y ajouta une quantité équivalente d'eau de Malvern non gazeuse — pas de glace, évidemment —, but une gorgée et soupira d'aise.

— Servez-vous, Bill. Toth était là, n'est-ce pas ?

— Merci, ce n'est pas de refus. Un peu de cette eau des Grampians, et pure. Non seulement il était là, mais il s'occupera personnellement de cette visite.

— Il y est obligé. En fait, nous sommes tous les deux obligés de composer un code d'entrée en dehors des heures de service. Et si l'un d'entre nous se trompe de chiffre, accidentellement ou non, c'est l'enfer qui se déchaîne.

— Je ne m'étais jamais rendu compte à quel point la sécurité était renforcée.

— Heureusement. Vous n'êtes pas censé le savoir. Quiconque entre dans ces laboratoires est contrôlé plutôt dix fois qu'une. À cinq heures pile, les portes sont fermées plus hermétiquement que celles des salles blindées de Fort Knox. Après cette heure, il est encore facile de sortir, puisque les scientifiques ont tendance à travailler tard, voire toute la nuit — cela vous est déjà certainement arrivé. Mais vous allez constater qu'il est quasiment impossible de rentrer. Vous comprendrez ce que je veux dire quand Toth nous aura rejoints.

Ce serait une bonne occasion de regarder le J.T. par satellite. Beckworth manipula la télécommande encastrée dans son bureau. Le papier peint du mur opposé et le tableau qui y était accroché disparurent et firent place au logo du service d'information. La télévision à haute résolution — seize mille lignes — qui avait été mise au point dans ces laboratoires était d'un réalisme époustouflant et avait eu un tel succès qu'elle avait capturé une grande part du marché mondial de la télévision, de la réalité virtuelle et des postes de travail informatiques.

Cet écran contenait des dizaines de millions d'obturateurs mécaniques microscopiques, produit de la science en expansion qu'était la nanotechnologie. La définition et le rendu chromatique de l'écran de Beckworth étaient d'une perfection telle que, jusqu'à présent, personne n'avait remarqué que le papier peint et le tableau n'étaient que des images numériques — avant qu'il les efface. Il but son scotch à petites gorgées et regarda le J.T.

C'était la seule émission qu'il regardait, et encore, uniquement pour les nouvelles qui l'intéressaient. Pas de sport, pas de pub, pas de mignons animaux, pas de chanteurs à scandale. L'ordinateur de la télévision sélectionnait et enregistrait par ordre de priorité uniquement les informations dont il avait besoin. Les mouvements financiers internationaux, les cours de la Bourse, les actions de la TVHD, les taux de conversion monétaires, rien que des informations ayant trait aux relations commerciales. Cette sélection se faisait en continu, la mise à jour était instantanée et ce, vingt-quatre heures sur vingt-quatre.

Lorsque le chef de la sécurité arriva, le papier peint et le tableau réapparurent et les deux hommes finirent leur verre. Les cheveux gris acier d'Arpad Toth étaient coupés aussi ras qu'ils l'avaient été pendant toutes les années qu'il avait accomplies chez les marines en qualité de sergent instructeur. Son destin avait dramatiquement basculé le jour où il avait été forcé de prendre une retraite anticipée et de quitter le corps des fusiliers marins : il était passé directement à la CIA, qui l'avait accueilli à bras ouverts. Après quoi, il s'était écoulé un certain nombre d'années, ponctuées d'un certain nombre d'opérations confidentielles, avant qu'il ait une divergence d'opinion importante avec ses nouveaux employeurs. Il avait fallu tout le poids industriel de J.J., assisté par ses relations chez les militaires, pour découvrir ce qu'il y avait derrière ce coup de gueule. Le rapport avait été détruit aussitôt que J.J. en avait pris connaissance. Mais il lui était resté en mémoire ceci : la CIA elle-même avait trouvé beaucoup trop brutal un projet qui lui avait été présenté par Toth ! Et c'était juste avant que la branche opérationnelle de la CIA soit mise au rancart, alors que beaucoup de ses activités avaient déjà un arrière-goût de dernière chance. Megalobe s'était empressé de faire à Toth une proposition des plus généreuses s'il voulait diriger la sécurité dans les futurs laboratoires. Depuis lors, il n'avait jamais quitté Megalobe. Son visage était ridé, ses cheveux gris commençaient à se faire rares, mais il n'y avait pas un gramme de graisse dans son corps aux muscles durcis. Il était impensable de lui demander son âge ou de lui suggérer de prendre sa retraite. Il entra dans le bureau sans bruit, puis se mit au garde-à-vous. Son visage était figé dans un rictus permanent : personne ne l'avait jamais vu sourire.

— Quand vous voudrez, monsieur.
— Bien. Alors on commence. Je ne veux pas que ça nous prenne toute la nuit.

J.J. Beckworth parlait le dos tourné : nul n'avait besoin de savoir qu'il conservait la clef de sûreté dans un compartiment spécial du fermoir de sa ceinture. Puis il traversa le bureau d'un pas décidé pour venir se placer devant le panneau d'acier encastré dans le mur. Il s'ouvrit lorsqu'il tourna la clef et une lampe rouge commença à clignoter à l'intérieur. Il avait cinq secondes pour composer son code. Ce ne fut que lorsque le feu vert s'alluma qu'il fit signe à Toth d'approcher. J.J. remit la clef dans sa cachette tandis que le chef de la sécurité composait son propre code. Ses doigts s'activaient, invisibles, à l'intérieur du boîtier de contrôle électronique. Dès qu'il eut terminé et refermé le panneau, le téléphone sonna.

J.J. confirma la procédure verbalement avec le Q.G. de la sécurité. Il raccrocha et se dirigea vers la porte.

— L'ordinateur est en train de traiter les instructions, dit J.J. Dans dix minutes, il mettra à disposition les codes d'entrée sur le terminal externe du laboratoire. Nous aurons alors une fenêtre d'accès d'une minute avant que toute l'opération soit automatiquement annulée. Allons-y.

Si les mesures de sécurité étaient invisibles le jour, ce n'était certainement pas le cas la nuit. Sur la courte distance qui séparait le bâtiment administratif des laboratoires, ils rencontrèrent deux gardes qui faisaient leur ronde, accompagnés chacun de chiens à l'air féroce qui tiraient sur leur laisse. Le secteur était éclairé *a giorno*, des caméras pivotaient pour les suivre au fur et à mesure qu'ils avançaient. Un autre garde, le doigt sur la détente de sa mitraillette Uzi, attendait devant les portes du laboratoire. Bien que le garde les connaisse tous, y compris son propre patron, il fut obligé de vérifier leur identité avant de déverrouiller le boîtier de contrôle. J.J. attendit patiemment que la lumière à l'intérieur passe au vert. Il composa sans faute le code correct, puis appuya le pouce contre la plaque sensible : l'ordinateur vérifiait aussi son empreinte digitale. Toth se soumit à la même procédure, puis, en réponse à la question de l'ordinateur, entra au clavier le nombre de visiteurs.

— L'ordinateur a aussi besoin de l'empreinte de votre pouce, docteur McCrory.

Ce ne fut qu'après cette opération que les moteurs ronronnèrent dans l'armature de la porte, qui s'ouvrit avec un déclic.

— Je vais vous emmener jusqu'au laboratoire, dit Toth, mais je n'ai pas l'autorisation d'entrer à cette heure. Appelez-moi avec le téléphone rouge quand vous serez prêts à partir.

Le laboratoire était brillamment illuminé. À travers la porte en verre blindé, on voyait un homme mince, nerveux, entre vingt et vingt-cinq ans. Il fourrageait anxieusement dans sa tignasse rousse en attendant ses visiteurs.

— Il m'a l'air un peu jeune pour ce niveau de responsabilité, dit J.J. Beckworth.

— Il est jeune, dit Bill McCrory, mais vous devez vous rendre compte qu'il avait terminé ses études avant d'avoir seize ans. Si vous n'avez encore jamais vu de génie, alors en voici un. Nos chasseurs de têtes ont suivi sa carrière attentivement, mais c'était un individualiste, peu attiré par un poste dans une société, et il repoussait toutes nos propositions.

— Alors, comment se fait-il qu'il travaille pour nous à présent ?

— Il a surestimé ses possibilités. Ce genre de recherches demande à la fois du temps et de l'argent. Lorsque ses réserves personnelles ont commencé à s'épuiser, nous lui avons proposé un contrat qui serait avantageux pour les deux parties. Il a d'abord refusé, mais à la fin il n'avait plus le choix.

Les deux visiteurs furent obligés de s'arrêter à un nouveau poste de contrôle d'identité avant que la dernière porte s'ouvre. Toth s'effaça lorsqu'ils la passèrent. L'ordinateur compta soigneusement les visiteurs. Ils entrèrent et entendirent la porte se refermer et se verrouiller derrière eux. J.J. Beckworth prit les devants, sachant que c'était à lui de faciliter le contact s'il voulait gagner du temps. Il tendit la main et serra fermement celle de Brian.

— Enchanté de faire votre connaissance, Brian. Je regrette simplement de ne pas vous avoir rencontré plus tôt. Je n'ai entendu dire que du bien de vous et du travail que vous faites. Recevez donc mes félicitations, et mes remerciements pour prendre le temps de me montrer ce que vous avez fait.

L'épiderme blafard de l'Irlandais vira au rouge sous cette pluie d'éloges inattendue. Brian n'y était pas habitué. En outre, il ne connaissait pas assez bien le monde des affaires pour se rendre compte que le P.-D.G. lui faisait délibérément du charme. Délibérée ou pas, l'opération produisit le résultat escompté. Il était plus à l'aise, à présent, impatient de répondre et d'expliquer. J.J. hocha la tête et sourit.

— On m'a dit que vous venez de faire une percée importante. Est-ce vrai ?

— Absolument ! On pourrait dire que c'est... la conclusion de dix ans de travail. Ou plutôt le commencement de cette conclusion. Il y a encore pas mal de développement à faire.

— Je me suis laissé dire que cela a quelque chose à voir avec l'intelligence artificielle.

— Oui, c'est exact. Je crois que nous avons un peu d'IA véritable, enfin.

— Doucement, jeune homme ! Je croyais que l'IA existait depuis plusieurs décennies. Non ?

— Certainement. On a écrit et utilisé quelques programmes plutôt astucieux qui ont reçu l'appellation d'IA. Mais ce que j'ai ici est bien plus avancé, avec des capacités qui promettent de rivaliser avec celles de l'esprit humain. Je... excusez-moi, monsieur, je ne voudrais pas vous faire un cours. Mais connaissez-vous bien les travaux réalisés dans ce domaine ?

— En toute franchise, je n'y connais rien du tout. Et appelez-moi J.J., si vous n'y voyez pas d'inconvénient.

— Oui, monsieur... J.J. Alors, si vous voulez bien me suivre, je vais vous mettre un peu au courant.

Il les conduisit vers une impressionnante batterie d'appareils qui s'étalait sur toute une table du laboratoire.

— Ça, ce n'est pas mon travail, c'est une recherche que poursuit le Dr Goldblum. Mais ça peut parfaitement servir d'introduction à l'IA. Il ne faut pas grand-chose comme matériel : un vieux Macintosh SE/60 avec un processeur principal Motorola 68050 et un coprocesseur de données qui multiplie la vitesse d'exécution par un facteur 100. Le logiciel lui-même est basé sur une version actualisée d'un système expert auto-apprenant classique utilisé en néphrologie.

— Laissez-moi souffler un peu, mon garçon ! Je ne sais pas ce que c'est que la néphrologie. Je connais un peu les systèmes experts, mais vous me parlez... de quoi déjà ? d'un système expert auto-apprenant ? Vous allez être obligé de retourner à la case départ si vous ne voulez pas me perdre en route.

Brian ne put s'empêcher de sourire.

— Excusez-moi. Vous avez raison, il vaudrait mieux que je reprenne les choses à zéro. La néphrologie est l'étude des reins. Et les systèmes experts, comme vous le savez, sont des programmes informatiques à base cognitive. Ce que nous appelons le matériel, ce sont les machines qui sont dans cette pièce. Si vous enlevez la prise, il ne vous reste plus qu'un tas de presse-papiers hors de prix. Remettez le courant, et l'ordinateur a tout juste assez de programmation incorporée pour se tester et voir s'il fonctionne correctement, puis il se prépare à charger ses instructions. On appelle logiciel les instructions destinées à l'ordinateur. Ce sont les programmes que vous mettez dans la machine pour dire au matériel ce qu'il doit faire et comment le faire. Si vous chargez un programme de traitement de texte, vous pouvez vous servir de l'ordinateur pour écrire un livre. Si vous chargez un programme de comptabilité, le même ordinateur fera des calculs à grande vitesse.

— Jusqu'ici, je vous suis, dit J.J. en approuvant de la tête.

— Les vieux programmes pour systèmes experts — la première génération — ne savaient faire qu'un seul type de tâche, et une seule tâche à la fois. Par exemple, jouer aux échecs, diagnostiquer les troubles rénaux, ou concevoir un circuit d'ordinateur. Or, chacun de ces programmes répétait éternellement les mêmes opérations, même si les résultats n'étaient pas satisfaisants. Les programmes experts ont été la première étape sur la voie menant à l'IA, l'intelligence artificielle, parce qu'ils pensent vraiment, même si c'est d'une manière très simple et stéréotypée. Les programmes auto-apprenants ont été l'étape suivante. Et je crois que mon nouveau type de programme qui apprend à apprendre sera la prochaine grande étape, parce qu'il peut faire tellement plus sans jamais tomber en panne ni aboutir à une impasse.

— Donnez-moi un exemple.

— Vous avez un linguaphone et un voxfax dans votre bureau ?

— Évidemment.

— Alors voilà deux exemples parfaits de ce dont je suis en train de parler. Vous recevez souvent des appels de l'étranger ?

— Oui, assez. Je viens de parler avec le Japon.

— Votre interlocuteur a-t-il hésité à un moment ou un autre ?

— Oui, je crois bien. Son expression s'est comme qui dirait figée l'espace d'un instant.

— C'était parce que le linguaphone travaillait en temps réel. Parfois, il n'y a pas moyen de traduire instantanément le sens d'un mot, parce que vous ne pouvez pas savoir ce que ce mot veut dire avant d'avoir entendu le suivant. Par exemple, en anglais, faut-il comprendre *to*, *too*, ou *two*? C'est la même chose avec un adjectif comme «brillant», qui peut avoir soit un sens concret, soit un sens figuré. Vous êtes parfois obligé d'attendre la fin d'une phrase — voire le début de la suivante. Il peut donc arriver que le linguaphone, qui anime le visage, soit obligé d'attendre une expression complète avant de pouvoir traduire en anglais les paroles du locuteur japonais et d'animer l'image afin de synchroniser le mouvement des lèvres avec la traduction anglaise. Le programme de traduction travaille à une vitesse incroyable, mais il lui faut quand même à l'occasion stopper l'image, le temps d'analyser les sons et l'ordre des mots dans l'appel que vous recevez. Ensuite, il lui faut traduire, une fois de plus, en anglais. Ce n'est qu'à ce stade que le voxfax commence à transcrire et à imprimer la traduction de la conversation. Un fax ordinaire se contente d'imprimer tout ce qu'on donne au fax à l'autre bout de la ligne. Il prend les signaux électroniques qu'il reçoit de l'autre fax et reconstitue une copie de l'original. Mais votre voxfax est tout autre chose. Il n'est pas intelligent, mais il utilise un logiciel analytique pour écouter les sons des mots, traduits ou en anglais, prononcés par votre interlocuteur. Il les analyse, puis les compare à des mots stockés dans sa mémoire et découvre les mots qu'ils forment. Ensuite, il les imprime.

— Ça a l'air assez simple.

Brian éclata de rire.

— C'est l'une des tâches les plus complexes que nous ayons jamais apprises aux ordinateurs. Le système doit prendre chaque élément constitutif de la phrase japonaise et le comparer aux données stockées en mémoire indiquant comment s'utilisent tous les mots, toutes les expressions et locutions anglaises. Des milliers d'heures de programmation ont été nécessaires pour reproduire ce que notre cerveau accomplit instantanément. Quand je dis *dog*, vous savez instantanément ce que je veux dire, pas vrai ?

— Évidemment.

— Vous savez comment vous y êtes arrivé ?

— Non. J'ai fait ça instinctivement.

— Cet « instinctivement » est le premier problème qu'on affronte dans l'étude de l'intelligence artificielle. Maintenant voyons ce que fait l'ordinateur lorsqu'il entend *dog*. Pensez aux accents régionaux et étrangers. La voyelle peut être étirée, voire diphtonguée — les variantes sont innombrables. L'ordinateur décompose le mot en phonèmes ou unités sonores, puis examine d'autres mots que vous venez de prononcer. Il les compare aux sons, aux structures et aux significations stockées dans sa mémoire, puis utilise un ensemble de circuits pour voir si ses premiers essais ont un sens ; dans le cas contraire, il recommence tout. Il se souvient de ses réussites et s'y réfère lorsqu'il est confronté à de nouveaux problèmes. Par bonheur, il travaille très, très vite. Il se peut qu'il doive exécuter des milliards d'opérations avant de pouvoir imprimer « dog ».

— Jusqu'ici, je vous suis. Mais je ne vois pas ce qu'il y a d'expert dans le système du voxfax. Apparemment, il ne diffère en rien d'un système de traitement de texte.

— Mais si ! Et vous avez mis le doigt sur la différence essentielle. Lorsque je tape les lettres D, O, G sur un système de traitement de texte ordinaire, il se contente de les enregistrer en mémoire. Il peut les déplacer d'une ligne à l'autre, les espacer pour produire une ligne justifiée ou les imprimer si on lui en donne l'ordre. Mais, en fait, il se borne à suivre inflexiblement des instructions invariables. Or, votre linguaphone et votre programme voxfax apprennent tout seuls. Lorsque l'un ou l'autre se trompe, il élimine le résultat erroné, essaie autre chose et, surtout, se souvient de ce qu'il a fait. C'est le premier pas dans la bonne direction. Il s'agit d'un programme apprenant autocorrecteur.

— Et c'est donc cela votre nouvelle intelligence artificielle ?

— Non, ce n'est qu'un petit pas qui a été fait il y a quelques années. Le principe permettant de développer une intelligence artificielle authentique est quelque chose de totalement différent.

— C'est quoi ?

Brian sourit devant l'audace de la question.

— Ce n'est pas si facile que ça à expliquer, mais je peux vous montrer ce que j'ai fait. Mon labo est juste au bout.

Il leur fit traverser l'enfilade des laboratoires. Beckworth trouvait tout cela peu impressionnant : rien qu'une série d'ordinateurs et de terminaux. Ce n'était pas la première fois qu'il était plus qu'heureux de s'occuper de la partie commerciale de cette entreprise. La plupart des appareils étaient allumés et fonctionnaient sans surveillance. Lorsqu'ils passèrent devant un bâti surmonté d'un écran de télévision grand format, il s'arrêta pile.

— Mon Dieu ! Serait-ce de la télé en trois dimensions ?

— Exactement, dit McCrory en tournant le dos à l'écran, les sourcils froncés dans une moue douloureuse. Mais, à votre place, je ne la regarderais pas trop longtemps.

— Pourquoi pas ? Voilà qui va révolutionner le marché de la télé, nous donner une avance sur le monde entier...

Il se frotta le front avec le pouce, sentant venir un de ses rarissimes maux de tête.

— Si ça fonctionnait parfaitement, oui, c'est exactement ce qui se passerait. Comme vous pouvez le constater, ça marche apparemment à merveille. Sauf que personne ne peut regarder l'image plus d'une minute ou deux sans avoir mal à la tête. Mais nous pensons avoir trouvé une méthode efficace pour corriger ça sur le modèle suivant.

J.J. se détourna et soupira.

— Qu'est-ce qu'on disait dans le temps, déjà ?

« Retour à la planche à dessin. » Mais peu importe : peaufinez-moi cet engin et le monde sera à nous.

J.J. secoua la tête et se retourna vers Brian.

— J'espère que vous avez à nous montrer quelque chose qui marche mieux que ça.

— Oui, monsieur. Juste en face de vous. Robin-1. Robot Intelligent numéro 1.

J.J. regarda dans la direction indiquée et tenta de dissimuler sa déception.

— Où ça ?

Il ne voyait rien d'autre qu'un banc de mise au point électronique sur lequel étaient posés divers objets, plus un moniteur vidéo grand format, sans rien qui le distingue d'une autre partie du laboratoire. Brian indiqua du doigt un coffret d'instrumentation électronique de la taille d'une armoire à dossiers.

— La plupart des circuits de commande et l'essentiel de la mémoire de Robin-1 se trouvent là-dedans. Ils communiquent par infrarouge avec son interface mécanique, le télérobot qui est là-bas.

Le robot télécommandé ne ressemblait à aucun robot que J.J. ait déjà vu. Posé sur le plancher, c'était une sorte d'objet en forme d'arbre inversé qui lui arrivait jusqu'à la taille, pas plus. Il était surmonté de deux bras tendus vers le haut qui se terminaient par des globes métalliques. Les deux branches inférieures se divisaient, et cette ramification se poursuivait jusqu'à ce que les branches les plus minces soient aussi fines que des spaghettis. Il en fallait plus pour impressionner J.J.

— Deux bouts de ferraille collés sur deux balais. Je ne pige pas.

— Des balais un peu spéciaux. Vous avez sous les yeux le tout dernier cri en matière de microtechnologie. Cette réalisation triomphe de la plupart des limitations mécaniques des générations passées de robots. Chaque branche est un manipulateur à rétroaction qui permet au programme gestionnaire de recevoir des données et de...

— Qu'est-ce qu'il sait faire ? dit J.J. d'un ton brusque. Je suis pressé par le temps.

Brian serra les poings et ses phalanges blanchirent. Ravalant sa colère, il essaya de garder une voix normale.

— Pour commencer, il sait parler.

— Alors écoutons-le, dit J.J. en regardant ostensiblement sa montre.

— Robin, qui suis-je? dit Brian.

Un iris métallique s'ouvrit dans chacune des sphères métalliques dressées sur leur tige. De minuscules moteurs ronronnèrent et les iris pivotèrent pour faire face à Brian. Ils se refermèrent avec un déclic.

— Vous êtes Brian, bourdonna une voix dans les haut-parleurs montés sur les sphères.

— Qui suis-je? demanda J.J., les narines dilatées.

Pas de réaction.

— Il ne réagit qu'en entendant son nom, Robin, expliqua rapidement Brian. En plus, il ne comprendrait probablement pas votre voix, puisqu'il n'a reçu de données verbales que de moi. Je vais lui poser la question. Robin? Qui est-ce? La silhouette à côté de la mienne.

Les diaphragmes s'ouvrirent, les yeux s'animèrent à nouveau. Puis il y eut un délicat bruit de frottement lorsque les innombrables languettes métalliques bougèrent à l'unisson et que l'engin s'approcha de Beckworth. Il recula d'un pas et le robot le suivit.

— Inutile de bouger ou d'avoir peur, dit Brian. Les récepteurs optiques actuels ne peuvent accommoder qu'à courte distance. Et voilà: il s'est arrêté.

— Objet inconnu. Possibilité humain à quatre-vingt-dix-sept pour cent.

— Correct. Nom, Beckworth. Initiale, J.

— J.J. Beckworth, soixante-deux ans. Groupe sanguin O. Numéro Sécurité sociale 130-18-4523. Né à Chicago, Illinois. Marié. Deux enfants. Parents...

— Robin, terminé, ordonna Brian.

La voix bourdonnante s'arrêta, les diaphragmes se refermèrent avec un déclic.

— Je suis désolé, monsieur. Mais il a eu accès aux dossiers du personnel lorsque j'ai procédé sur place à quelques expériences d'identification.

— Ces jeux n'ont aucune importance. Et je ne suis pas impressionné. Qu'est-ce que ce foutu machin sait faire d'autre ? Il peut bouger ?

— Mieux que vous et moi, à de nombreux égards, rétorqua Brian. Robin, attrape !

Brian ramassa une boîte d'attache-trombones et en jeta le contenu en direction du télérobot. L'objet ronronna, ses contours gommés par la vitesse tandis qu'il dépliait et redisposait fluidement la plupart de ses vrilles pour en faire des centaines de petites griffes articulées comme des mains. Elles se déployèrent et attrapèrent simultanément tous les trombones jusqu'au dernier. Le robot les reposa en un petit tas bien rangé.

J.J. était enfin satisfait.

— Ça, c'est bien. Je crois qu'il pourrait y avoir des applications commerciales. Mais qu'en est-il de son intelligence ? Est-ce qu'il pense mieux que nous, est-ce qu'il résout des problèmes que nous ne pouvons résoudre ?

— Oui et non. Il est jeune et n'a pas encore appris grand-chose. Lui faire reconnaître des objets — et trouver comment les manipuler — faisait problème depuis presque cinquante ans, et nous avons finalement appris à une machine comment y arriver. Le problème essentiel était de le faire penser, tout bonnement. À présent, il progresse très rapidement. En fait, il semble que sa capacité d'apprentissage augmente d'une manière exponentielle. Laissez-moi vous montrer quelque chose.

J.J. était intéressé, quoique encore sceptique. Mais avant qu'il puisse parler, la sonnerie stridente et impérieuse du téléphone retentit.

— C'est le téléphone rouge ! s'écria McCrory, alarmé.

— J'y vais.

Beckworth décrocha le combiné et une voix inconnue lui grinça à l'oreille.

— *Monsieur Beckworth, il y a une urgence. Il faut que vous veniez tout de suite.*

— Qu'est-ce que c'est ?

— La ligne n'est pas sûre.

J.J. raccrocha et fronça les sourcils, agacé.

— Il y a une urgence quelque part, je ne sais pas exactement quoi. Vous deux, attendez ici. Je m'en occupe aussi vite que possible. Je vous appellerai si la chose promet de nous retarder inconsidérément.

Le bruit de ses pas s'éloigna. Brian resta silencieux, couvant d'un regard féroce la machine devant lui.

— Il ne comprend pas, dit McCrory. Il n'a pas la formation adéquate pour comprendre l'importance de ce que vous avez accompli.

Il se tut en entendant trois claquements étouffés comme une quinte de toux, suivis par un hoquet sonore et le bruit d'instruments s'écrasant sur le plancher.

— Qu'est-ce qui se passe ? s'écria-t-il.

Il se retourna et rentra dans l'autre laboratoire. Le même staccato étouffé retentit encore et McCrory pivota, un masque sanglant à la place du visage, s'effondra et tomba.

Brian se retourna et se mit à courir, mû ni par la logique ni l'intelligence, mais par un simple instinct de survie — péniblement appris dans une enfance de souffre-douleur agressé par des camarades plus âgés. Il passa la porte juste avant que le chambranle explose à côté de sa tête.

Droit devant lui se trouvait la chambre forte où il conservait les bandes de sauvegarde. Elles y étaient rangées tous les soirs. L'endroit était encore vide. À l'épreuve du feu et de toute effraction. Un placard où pouvait se cacher un petit garçon, un coin sombre où se réfugier. Au moment où il ouvrit violemment la porte, une douleur fulgurante lui déchira le dos, le propulsa vers l'avant, le fit tourner comme une toupie. Le souffle coupé par ce qu'il vit, il leva le bras dans un ridicule geste de défense.

Brian tira sur la poignée, tomba à la renverse. Mais la balle fut plus rapide. À bout portant, elle lui traversa le bras et s'enfonça dans sa tête. La porte se referma.

— Sortez-le ! hurla une voix rauque.

— La porte s'est bloquée toute seule — mais il est mort ! J'ai vu la balle lui éclater la cervelle.

Rohart venait de se garer. Il sortait et allait fermer la portière lorsque le téléphone de la voiture bourdonna. Il s'en empara et enfonça la touche communication. Il entendit une voix mais ne comprit pas un seul mot à cause du vacarme assourdissant des pales d'un hélicoptère. Il leva les yeux, stupéfait, ébloui par le projecteur de l'appareil qui descendait du ciel pour se poser sur sa pelouse. Lorsque le pilote réduisit le régime, il put saisir des bribes de ce qu'on lui criait dans l'écouteur.

— ... *immédiatement... incroyable... de toute urgence!*

— J'entends rien! Y a un putain d'hélico qui vient d'atterrir et qui est en train de bousiller ma pelouse!

— *C'est pour vous! Grimpez dedans... venez tout de suite.*

Le projecteur s'éteignit et Rohart distingua les marques noires et blanches d'un hélicoptère de la police. La porte s'ouvrit et on lui fit signe d'avancer. Rohart n'était pas devenu directeur général de Megalobe parce qu'il était stupide ou dur à la détente. Il jeta le téléphone dans sa voiture, se courba et courut vers l'appareil en attente. Il trébucha sur le marchepied, des mains le saisirent rudement et le hissèrent à l'intérieur. L'hélicoptère décolla avant même que la porte soit refermée.

— Qu'est-ce qui se passe, nom de Dieu?

— J'en sais rien, dit le policier en l'aidant à boucler sa ceinture. Tout ce que je sais, c'est que ça chauffe comme pas possible du côté de chez vous. L'alerte est donnée dans trois États, on a appelé le FBI. Toutes nos unités et nos hélicos disponibles se dirigent actuellement sur les lieux.

— Une explosion, un incendie, ou quoi?

— Pas de détails. Le pilote et moi, on était en train de surveiller la circulation sur la 8 du côté de Pine Valley quand j'ai reçu l'ordre de vous prendre et de vous emmener chez Megalobe.

— Vous pouvez appeler pour savoir ce qui se passe?

— Négatif: toutes les lignes sont bloquées. Mais on

y est presque, maintenant. Regardez, on voit déjà les lumières. Vous allez être au sol en moins de soixante secondes.

Tandis qu'ils chutaient vers la plate-forme d'atterrissage, Rohart chercha à apprécier *de visu* les dégâts. En vain. Mais les lieux habituellement déserts grouillaient maintenant comme une fourmilière. Partout des voitures de police. Des hélicoptères au sol, d'autres qui décrivaient des cercles en balayant la zone de leurs projecteurs. Une voiture de pompiers était garée devant le bâtiment principal des laboratoires, mais il ne vit pas de flammes. Un groupe d'hommes attendaient près de la plate-forme. Dès que l'appareil toucha le sol, il ouvrit brutalement la porte, sauta à terre, se courba et se précipita vers eux sous le souffle des rotors qui fripait son costume. Il y avait là des policiers en uniforme, d'autres hommes en civil, mais porteurs de badges. Le seul qu'il connaisse était Jesus Cordoba, le responsable de la sécurité de nuit.

— C'est incroyable, c'est impossible! cria Cordoba par-dessus le rugissement de l'hélico qui repartait.

— De quoi vous parlez?

— Je vais vous faire voir. Personne ne sait comment ça s'est passé ni ce qui s'est passé au juste. Je vais vous faire voir.

Rohart eut encore un choc lorsqu'ils montèrent quatre à quatre l'escalier du bâtiment des laboratoires. Les lumières étaient éteintes, les caméras de surveillance inertes, les portes normalement verrouillées en permanence étaient béantes. Un policier muni d'une torche à accus leur fit signe d'avancer et les conduisit jusqu'au bout du couloir.

— Les choses sont dans l'état où je les ai trouvées quand on est arrivés ici, dit Cordoba. On n'a encore touché à rien. Je… je ne sais pas comment ça s'est passé. Tout était calme, il n'y avait rien d'anormal, pour autant que je puisse m'en rendre compte de là où j'étais, au Q.G. de la sécurité. Les gardes rendaient compte régulièrement. Je me concentrais sur le bâtiment des labos parce qu'il y avait des gens avec

M. Beckworth après la fermeture. C'est tout : il n'y avait rien à signaler. Et puis ça a changé.

La sueur dégoulinait sur le visage de Cordoba. Il l'essuya d'un revers de manche, presque sans s'en rendre compte.

— Et c'est parti d'un seul coup. Apparemment, toutes les alarmes s'étaient déclenchées, les gardes avaient disparu, les chiens aussi. Pas toutes les alarmes, pas celles des autres bâtiments. Rien que les alarmes de l'enceinte et celles du bâtiment des labos. Tout était calme et, une seconde plus tard, c'était comme ça. Je n'y comprends rien.

— Vous avez parlé à Benicoff?

— Il m'a appelé dès qu'il a reçu le message d'alerte. Son avion est déjà parti de Washington.

Rohart parcourut rapidement le couloir en franchissant des portes qui auraient dû être fermées.

— C'était comme ça quand on est arrivés, dit l'un des policiers. Pas de lumière nulle part, toutes les portes ouvertes, personne. On dirait qu'il y a eu de la casse. Et là-dedans encore, apparemment : du matériel, des ordinateurs aussi, j'imagine, avec tous ces câbles débranchés. On dirait qu'ils ont sorti pas mal de matériel lourd, et en vitesse.

Le directeur général balaya le vide d'un regard circulaire et se souvint de la dernière fois qu'il s'était tenu là, à cet endroit même.

— Brian Delaney ! C'est son labo, c'est là qu'il travaille. Son matériel, ses prototypes... tout a disparu ! Vite, lancez un appel radio ! Envoyez du monde à son domicile. Assurez-vous que vos hommes soient bien armés — prenez les précautions que vous voudrez, en tout cas, parce que les types qui ont fait ça vont y aller aussi.

— Sergent ! Par ici ! cria l'un des policiers. J'ai trouvé quelque chose.

— Là ! dit-il en montrant l'endroit. Sur les dalles, c'est du sang frais, juste devant la porte.

— Et sur le montant aussi, dit le sergent en se retournant vers Rohart. C'est quoi ce truc ? Une armoire de sécurité ?

— Quelque chose dans ce genre. C'est pour stocker les copies de sauvegarde. J'ai la combinaison, dit-il en sortant son portefeuille.

Les doigts tremblants, il composa le numéro, puis tourna le bouton, tira sur les poignées et ouvrit la porte d'un coup sec. Le corps de Brian, trempé de sang, s'effondra à ses pieds.

— Appelez les toubibs! rugit le sergent.

Il enfonça les doigts dans le sang gluant qui couvrait la gorge, cherchant à détecter le pouls, et essaya de ne pas regarder le crâne fracassé.

— Je sais pas, je peux pas dire... si! il vit encore! Où ils sont, ces toubibs?

Rohart s'écarta pour les laisser passer et ne put que considérer d'un œil papillotant la bruyante confusion organisée des équipes médicales. Il reconnut une perfusion intraveineuse, le matériel de réanimation, pas grand-chose de plus. Il patienta sans mot dire jusqu'à ce que Brian ait été emmené en toute hâte jusqu'à l'ambulance. Le dernier des auxiliaires médicaux était en train de ranger sa trousse.

— Est-ce qu'il va s'en... est-ce que vous pouvez me dire quelque chose?

L'homme secoua la tête d'un air lugubre, referma la trousse d'un coup sec et se leva.

— Il vit encore... tout juste. Une première balle dans le dos... ricoche sur les côtes, rien de grave. Mais la deuxième traverse le bras, ensuite... destruction massive du cerveau, traumatisme crânien, fragmentation des os. Rien pu faire d'autre que d'ajouter du paravenin à la solution. Ça réduit l'étendue des atteintes dans les cas de traumatisme crânien, réduit le taux de métabolisme cérébral pour que les cellules ne meurent pas rapidement par anoxie. S'il survit, bon, il ne sera probablement jamais plus conscient. Il est trop tôt pour en dire plus. Pour l'instant, on le transporte par hélicoptère dans un hôpital de San Diego.

— Je cherche un M. Rohart, dit un agent de police en entrant dans la pièce.

— Ici.

— On m'a dit de vous dire que votre information

était exacte. Mais c'était trop tard. Les locaux en question, appartenant à un certain M. Delaney, ont été complètement vidés il y a environ deux heures. Une camionnette de location a été vue sur les lieux. Nous essayons de la retrouver. Le responsable de l'enquête a dit de vous informer que tous les ordinateurs, tous les fichiers, toutes les archives ont disparu.

— Merci, merci pour toutes ces informations, dit Rohart en serrant les lèvres, conscient du tremblement de sa voix.

Cordoba était encore là. Il avait tout entendu.

— Delaney travaillait sur un prototype d'intelligence artificielle, dit-il.

— *Le* prototype d'IA, en effet. Et il l'avait... nous l'avions. Une machine dotée de capacités quasi humaines.

— Et maintenant?

— C'est quelqu'un d'autre qui l'a. Quelqu'un d'impitoyable. Intelligent et impitoyable. Mettre au point un truc de cette envergure et réussir leur coup! Ils ont le prototype.

— Mais on les retrouvera. Ils ne peuvent pas s'en tirer comme ça.

— Bien sûr qu'ils le peuvent. Ils ne vont pas le crier sur les toits. Ni annoncer demain la mise au point de leur nouvelle IA. Ça se fera, mais pas immédiatement. N'oubliez pas qu'un certain nombre de chercheurs travaillent sur l'IA. Vous verrez, ça va arriver un jour ou l'autre, logiquement, sans aucun rapport apparent avec ce qui s'est passé cette nuit, et on ne pourra rien prouver. Une société quelconque aura l'IA, c'est certain — et il est tout aussi certain que ce ne sera pas Megalobe. Brian est mort et son œuvre est morte avec lui: personne ne pourra jamais en dire plus.

Cordoba eut soudain une pensée horrible.

— Pourquoi faut-il que ce soit une autre société? Qui d'autre s'intéresse à l'intelligence artificielle?

— Vous demandez qui? Tous les autres pays sur la face de la Terre! Est-ce que les Japonais ne seraient pas enchantés de mettre la main sur une IA, une vraie, et qui fonctionne ? Ou alors les Allemands, les Iraniens... n'importe qui.

— Et les Russes, ou quiconque voudrait jouer à nous forcer la main ? Je ne crois pas que j'aimerais voir une invasion de tanks pilotés par des intelligences robotiques insensibles à la peur ou à la fatigue, capables d'attaquer vingt-quatre heures sur vingt-quatre. Ni des torpilles ou des mines avec des yeux et des cerveaux, qui dansent sur l'océan en attendant que nos navires passent à côté.

— Ce genre de crainte est dépassé, dit Rohart en secouant la tête. Les tanks et les torpilles n'ont plus d'importance. Ce qui compte, de nos jours, c'est la productivité. Un pays qui posséderait l'IA pourrait nous isoler économiquement, nous réduire à l'état de mendiants.

Il considéra d'un air dégoûté le laboratoire dévasté.

— Je ne sais pas qui ils sont, dit-il, mais ils ont l'IA.

2

9 février 2023

Le Learjet volait à 47 000 pieds, bien au-dessus des bouillonnants cumulo-nimbus. Même à cette altitude, il y avait de temps à autre une turbulence dans l'air pur, écho de la tempête qui faisait rage plus bas. Il n'y avait qu'un seul passager à bord, un homme solidement bâti, entre quarante-cinq et cinquante ans, qui examinait posément une liasse de rapports.

Benicoff s'arrêta de lire juste le temps de boire une gorgée de bière. Il vit que le témoin de réception de son fax clignotait, signalant que des messages continuaient de se déverser via la liaison satellite et étaient stockés en mémoire. Benicoff les afficha sur l'écran dès leur réception jusqu'à ce que l'amplitude exacte de la catastrophe qui avait frappé les laboratoires de Megalobe soit par trop évidente. Le témoin continua de clignoter, mais Benicoff ignora les nouveaux messages. L'information brute était fantastique, incroyablement atroce, et il ne pouvait rien faire avant d'arriver en Californie. Il s'endormit donc.

En pareilles circonstances, tout autre que lui aurait veillé toute la nuit, se serait fait du souci, aurait travaillé à échafauder des solutions. Mais ce n'était pas le genre d'Alfred J. Benicoff. C'était un homme immensément pragmatique. S'inquiéter à présent ne serait qu'une perte de temps. De plus, il avait certainement besoin de ce repos, puisque l'avenir promettait d'être excessivement agité. Il cala l'oreiller derrière sa tête, inclina le dossier du siège, ferma les yeux et s'endormit séance tenante. Les muscles de son visage hâlé se relâchèrent, les rides creusées par la tension s'effacèrent et il fit même plus jeune que ses cinquante ans. Grand, solidement charpenté, il commençait à prendre au niveau de la taille un embonpoint que nul régime n'arrivait à éliminer. Arbitre de touche dans l'équipe de football universitaire de Yale, il avait depuis lors toujours réussi à se maintenir en forme. Il avait besoin de faire ce métier où le sommeil était quelquefois chèrement gagné.

Officiellement, Benicoff était l'assistant du directeur de la DARPA, mais ce n'était qu'un titre de courtoisie sans grande signification réelle, qui lui servait essentiellement de façade dans son travail. Il était en fait le médiateur scientifique numéro un du pays, et rendait directement compte au Président.

On faisait appel à Benicoff lorsque des projets de recherche rencontraient des difficultés. Pour se préparer au pire, il se faisait une obligation de contrôler les travaux en cours chaque fois qu'il en avait l'occasion. Il avait visité Megalobe aussi souvent que possible en raison de l'ampleur des recherches qui y étaient poursuivies. Mais c'était en partie un prétexte. Rien ne le fascinait plus que les recherches de Brian, et il avait fini par se prendre d'affection pour le jeune savant. Aussi avait-il ressenti l'agression comme une attaque personnelle.

La plainte sourde du train d'atterrissage en train de se verrouiller l'éveilla. Le soleil venait tout juste de se lever et lança des traits de lumière rouge par les hublots lorsque l'avion exécuta un dernier virage pour aborder la piste de l'aéroport de Megalobe. Benicoff afficha et consulta rapidement la pile de fax qui étaient arrivés pendant son sommeil : des mises à jour mais pas d'informations véritablement nouvelles.

Lorsqu'il descendit de la passerelle, Rohart l'attendait, hagard, pas rasé : la nuit avait été très longue. Benicoff lui serra la main et sourit.

— T'as une gueule de déterré, Kyle.
— Pire que ça. Toute la recherche en IA a disparu

et nous n'avons absolument aucune piste. Tu te rends compte de ce que...

— Et Brian ?

— Il est en vie, je n'en sais pas plus. Une fois que son état s'est stabilisé et qu'il a été mis en réanimation, l'hélico des urgences l'a emmené à San Diego. Il est resté sur la table d'opération toute la nuit.

— On boit un café et tu me racontes tout.

Ils entrèrent dans la salle à manger des cadres et se servirent en café noir mexicain fraîchement torréfié. Rohart en avala une gorgée avant de parler.

— Ç'a été plutôt la panique à l'hôpital quand ils ont découvert la gravité des blessures de Brian. Ils ont même envoyé un hélico pour récupérer un chirurgien de haute volée, quelqu'un qui s'appelle Snaresbrook.

— Le Dr Erin Snaresbrook. Aux dernières nouvelles, elle faisait des recherches au Scripps College de San Diego. Tu peux lui faire passer un message pour qu'elle me contacte dès qu'elle sera sortie de la salle d'op ?

Rohart tira le téléphone de sa poche et transmit le message à son bureau.

— Je dois avouer que je ne la connais pas.

— Tu devrais. Elle a reçu le prix Lasker de médecine, catégorie neuropsychologie, et c'est peut-être le meilleur chirurgien du cerveau que nous ayons. Et si tu consultes les dossiers, tu t'apercevras que Brian a travaillé quelque temps avec elle. Je n'ai pas de détails là-dessus, je l'ai vu dans le dernier rapport envoyé à mon bureau, c'est tout.

— Si elle est aussi bonne que ça, alors tu crois qu'elle va...

— Si Brian peut s'en tirer, Snaresbrook le sauvera. Je l'espère. Brian a été témoin de ce qui s'est passé. S'il survit, s'il reprend connaissance, il sera peut-être notre seule piste. Parce qu'à l'heure qu'il est il n'y a absolument aucun indice sur la manière dont cette incroyable opération a été menée.

— Nous savons en partie ce qui s'est passé. Je n'ai pas voulu te faxer les détails des systèmes de sécurité sur une ligne non protégée, dit Rohart en lui faisant passer une photographie. Voilà tout ce qui reste de ce qui devait être un ordinateur. Fondu par la thermite.

— Il était où ?

— Enterré sous le bâtiment de la sécurité. Les techniciens disent qu'il était branché sur le circuit des alarmes. Ce dispositif avait sans aucun doute été programmé pour transmettre au Q.G. de la sécurité de fausses informations sur les alarmes et de fausses images vidéo.

Benicoff hocha la tête d'un air sombre.

— Du beau travail. Le personnel du Q.G. ne sait rien en dehors de ce qu'il voit sur l'écran et sur les relevés des instruments. À l'extérieur, le monde entier pourrait disparaître, mais tant que l'écran montrerait un paysage enregistré avec la lune et les étoiles — et des coyotes en fond sonore — l'officier de garde ne se douterait de rien. Mais les hommes de ronde, les chiens ?

— Nous n'avons aucun indice. Ils ont disparu, et...

— Tout comme le matériel, et tous les gens, sauf Brian, qui étaient dans le labo. Inouï ! C'est plus une fuite, c'est un putain de trou noir dans le dispositif de sécurité. Nous allons y regarder de plus près, mais pas maintenant. La boutique est ouverte à tous vents, et ton IA s'est envolée...

Le téléphone bourdonna. Il s'en empara.

— Benicoff. Lui-même. Parlez.

Il écouta quelques secondes.

— Très bien. Rappelez-moi toutes les vingt minutes, ou à peu près. Je ne veux pas qu'elle parte sans me parler. C'est urgent, dit-il avant de replier le téléphone. Le Dr Snaresbrook est toujours en salle d'opération. Dans quelques minutes, tu m'emmèneras au labo. Je veux tout voir par moi-même. Mais d'abord, parle-moi de ces achats d'actions au Japon. Comment ça s'articule avec le vol ?

— Question d'horaire. On aurait pu choisir l'heure de la transaction pour bloquer J.J. dans son bureau jusqu'à ce que le labo soit fermé pour la nuit.

— Pas évident. Mais je vérifierai. Maintenant, on va là-bas... mais avant que tu m'emmènes, je veux savoir exactement qui commande ici.

59

Rohart leva les yeux au ciel.

— Je ne saisis pas très bien.

— Réfléchis. Ton président-directeur général, ton directeur scientifique et ton responsable de la sécurité ont tous disparu. Soit ils ont passé à l'ennemi — quel qu'il puisse être —, soit ils sont morts...

— Tu ne penses pas...

— Mais si, je pense, et tu ferais bien d'en faire autant. Cette société et l'ensemble de ses recherches ont été gravement compromis. Nous savons que l'IA a disparu, mais quoi d'autre ? Je vais faire démarrer une vérification complète de tous les dossiers et de toutes les archives. Mais avant de donner l'ordre, je repose la question. Qui commande ?

— Je crois que ça retombe sur moi, dit Rohart sans beaucoup de plaisir. En tant que directeur général, il semble que je sois le dernier responsable survivant.

— Exact. Maintenant, est-ce que tu te sens capable de continuer à faire tourner Megalobe, de diriger toute la société par tes propres moyens et de mener en même temps l'enquête en profondeur qui s'impose ?

Rohart but une gorgée de café avant de répondre. Il chercha un indice quelconque sur le visage de Benicoff et n'en trouva point.

— Tu veux que ce soit moi qui le dise, pas vrai ? Que je peux sans doute continuer à faire tourner Megalobe mais que je n'ai aucune expérience dans le genre d'enquête qui s'impose ici, que je suis dépassé par les événements.

— Je ne veux pas te faire dire ce que tu ne penses pas.

La voix de Benicoff était neutre, sans émotion. Rohart sourit lugubrement.

— Message reçu. Tu es un peu salaud... mais tu as raison. Tu veux te charger de l'enquête ? C'est une demande officielle.

— Bien. Je voulais savoir exactement où se situait la ligne de démarcation.

— Tu t'occupes de l'enquête, d'accord ? Qu'est-ce que tu veux que je fasse ?

— Que tu diriges la société. Point final. Je me charge du reste.

Rohart soupira et se laissa retomber dans son fauteuil.

— Je suis heureux que tu sois là… Si, si, je suis sincère.

— Bien. Alors on va au labo.

La porte du bâtiment des laboratoires était à présent fermée, et protégée par un homme de forte carrure, au visage sévère, qui portait une veste malgré la chaleur sèche du matin.

— Identification, dit-il sans bouger d'un pouce, leur barrant le passage.

Il vérifia l'identité de Rohart, fusilla Benicoff d'un regard soupçonneux lorsqu'il porta la main à sa poche puis grogna à contrecœur son approbation lorsqu'il examina l'hologramme et vit de qui il s'agissait.

— Deuxième porte au fond du couloir, monsieur. Il vous attend. Vous devez être seul.

— Qui ça ?

— Le message ne dit rien d'autre, monsieur, dit l'homme du FBI sans se démonter.

— Tu n'as pas besoin de moi, dit Rohart. Et j'ai des tas de choses à faire dans le bureau.

— D'accord.

Benicoff se dirigea sans hésiter vers la porte, frappa une fois, ouvrit et entra.

— Pas de noms tant que la porte est ouverte. Entrez et fermez la porte, dit l'homme derrière le bureau.

Benicoff fit ce qu'on lui disait, puis se retourna et résista à l'envie impulsive de se mettre au garde-à-vous.

— On ne m'a pas dit que vous seriez là, général Schorcht.

Schorcht avait peut-être un prénom, mais personne ne le connaissait. C'était probablement « Général », d'ailleurs.

— Il n'y avait pas de raison de vous le dire, Benicoff. Restons-en là pour l'instant.

Benicoff avait déjà travaillé avec le général. Il l'avait trouvé impitoyable, détestable, mais efficace. Son visage était aussi ridé qu'une tortue de mer, et il était probablement aussi vieux. À un certain moment d'un brumeux passé, il avait été officier dans la cavalerie et avait perdu son bras droit au combat. En Corée, disait-on, bien qu'on ait parlé aussi de Gettysburg et de la Marne. Aussi loin que Benicoff puisse se rappeler, il était dans les renseignements militaires; à un poste très élevé, très secret. Il donnait des ordres et n'en recevait jamais.

— Vous me ferez votre rapport une fois par jour au minimum. Plus souvent s'il y a quoi que ce soit d'important. Vous avez le numéro confidentiel. Transmettez toutes vos données par la même occasion. Compris ?

— Compris. Vous savez que c'est vraiment un très mauvais coup ?

— Je le sais, Ben.

L'espace d'un instant, le général se détendit et eut l'air presque humain. Fatigué. Puis le masque retomba en position.

— Rompez.

— Est-il utile que je vous demande quel rôle vous jouez dans cette opération ?

— Non, dit le général, qui ne faisait rien pour se faire aimer. Allez voir à présent l'agent Dave Manias. Il dirige la brigade d'intervention du FBI.

— D'accord. Je vous ferai savoir ce qu'ils ont trouvé.

Manias était en bras de chemise et transpirait abondamment malgré la fraîcheur de la climatisation, dévoré par quelque furieux feu intérieur tandis qu'il pianotait rapidement sur son ordinateur portable. Il leva les yeux lorsque Benicoff s'approcha et s'essuya la paume sur sa jambe de pantalon pour lui serrer la main fermement et brièvement.

— Je suis heureux que vous soyez là. On m'a dit de garder mon rapport pour moi jusqu'à ce que vous arriviez.

— Qu'est-ce que vous avez trouvé ?

— C'est un rapport préliminaire, d'ac ? Uniquement ce qu'on a trouvé jusqu'à maintenant. Les données continuent d'arriver.

Benicoff approuva de la tête et l'agent fédéral se remit à pianoter.

— En commençant ici même, par cette pièce, donc. Nous sommes encore en train d'analyser toutes les empreintes que nous avons relevées. Mais il y a quatre-vingt-dix-neuf chances sur cent pour qu'il n'y ait pas de gens de l'extérieur. Rien que des employés. Les pros mettent des gants. Maintenant, regardez ici. Des éraflures partout, des sillons dans le lino. Les traces d'une charrette à bras. Avec les archives, on peut se faire une idée approximative de ce qui a été emporté. Au moins une tonne et demie de matériel. Cinq ou six hommes ont pu facilement déménager tout ça en moins d'une heure.

— Une heure ? Qu'est-ce qui vous fait dire ça ?

— Les enregistrements. La porte d'entrée du labo a été ouverte par Toth et Beckworth. Avec leurs codes personnels. Entre ce moment et le moment où tout a sauté, il s'est écoulé une heure, douze minutes et onze secondes. Allons voir dehors.

Manias prit les devants et ils repassèrent la porte d'entrée.

— Des traces de pneus, dit-il en montrant des marques noires sur le béton blanc dehors. Un camion. Vous pouvez voir l'endroit où il a un tout petit peu mordu sur l'herbe, en laissant un sillon.

— Vous l'avez identifié ?

— Négatif. Mais les recherches continuent. Et l'enregistreur du portail principal dit qu'il s'est ouvert et refermé deux fois.

Benicoff jeta un coup d'œil circulaire, puis regarda à nouveau le bâtiment des laboratoires.

— Voyons voir si je peux rassembler les éléments dont nous disposons. Juste après que les visiteurs sont entrés dans ce bâtiment, la sécurité a été compromise pendant plus d'une heure. Au Q.G. de la sécurité, on était sourd et aveugle, on regardait des images de synthèse avec de la zizique en sourdine. Pendant cette période, la sécurité a été totalement inexistante. Nous pouvons donc présumer que tous les gardes étaient impliqués dans l'opération. Ou qu'ils sont morts.

— Je suis d'accord...

Son ordinateur émit un *bip!* et il baissa les yeux pour consulter l'écran.

— Un résultat d'identification vient d'arriver. Une goutte de sang trouvée sur une fissure du plancher. Le labo a fait un test ADN en vitesse et l'identification est positive. J.J. Beckworth.

— C'était un bon ami, dit calmement Benicoff après un instant de silence. Maintenant, à nous de retrouver ses assassins. Qui, nous le savons, ont été introduits dans ce bâtiment par un ou plusieurs complices déjà présents à l'intérieur. Ils sont entrés dans le laboratoire et, vu l'état dans lequel ils ont laissé Brian, ils ont descendu tout le monde... et ont ensuite déménagé tout ce qu'ils ont trouvé qui se rapporte à l'IA. Ils ont chargé leur camion et sont partis. Mais où ?

— Nulle part, dit Manias en épongeant son front avec un mouchoir trempé de sueur et en décrivant prestement un cercle avec l'index. À part les gardes, il n'y a normalement personne ici après la tombée de la nuit. C'est le désert de tous les côtés, sans habitations ni exploitations à proximité. Pas de témoins, donc. En plus, il n'y a que quatre routes pour sortir de cette vallée. Toutes barrées par la police dès que l'alerte a été donnée. Rien. Des hélicos ont fait des recherches au-delà des barrages. Ont arrêté tout un tas de minibus, de camions de fruits. Rien de plus. Nous avons fait des recherches dans un rayon de cent cinquante kilomètres depuis l'aube. Sans résultat jusqu'à présent.

Benicoff garda son calme, mais une pointe de colère perça dans sa voix.

— Êtes-vous en train de me dire qu'un gros camion, chargé de lourds dossiers, et avec au moins cinq hommes à son bord, a disparu comme ça ? Dans une vallée toute plate, vide, avec le désert à un bout et une côte qu'on ne peut aborder qu'en première à l'autre bout.

— Exactement, monsieur. Si vraiment nous trouvons autre chose, vous serez le premier à le savoir.

— Merci...

Son téléphone fit *bip!* et il le détacha de sa ceinture.

— Benicoff. Parlez.
— *J'ai un message pour vous, monsieur, de la part du Dr Snaresbrook...*
— Passez-la-moi.
— *Je regrette, monsieur, mais elle a raccroché. Le message dit : « Rencontrez-moi dès que possible hôpital général San Diego. »*

Benicoff replia le téléphone et se retourna vers le bâtiment des laboratoires.

— Je veux les copies de tout ce que vous trouverez, et quand je dis « tout », je veux dire tout. Je veux votre avis, mais je veux aussi voir toutes les pièces à conviction.
— Oui, monsieur.
— Le moyen le plus rapide d'aller à l'hôpital général de San Diego ?
— L'hélico de la police. Je vous en demande un à l'instant.

Il attendait sur la plate-forme lorsque Benicoff arriva et s'éleva dans un rugissement de rotors avant même qu'il ait pu boucler sa ceinture.

— Combien de temps pour aller à San Diego ?
— Environ quinze minutes.
— Faites un tour au-dessus de Borrego Springs avant d'y aller. Montrez-moi les routes qui sortent de cette vallée.
— Facile. Si vous regardez par ici, en descendant la vallée plein est, après les terres incultes, vous verrez la route qui va au lac Salton et à Brawley. Si vous regardez par là, vers les collines au nord, vous avez la Salton Seaway. Elle continue vers l'est aussi. Une soixantaine de kilomètres jusqu'au lac Salton. Maintenant, vers le sud, celle-là, c'est la SW5, avec des tas de côtes et d'épingles à cheveux tout le temps jusqu'à Alpine. Faut pas être pressé. C'est pour ça que la plupart des gens prennent la côte Montezuma, là-bas. Maintenant, on va aller à l'ouest et passer juste au-dessus du sommet.

En dessous d'eux, le désert se termina abruptement au pied de la muraille des montagnes environnantes. Une route à deux voies avait été taillée à flanc de vallée et montait de lacet en lacet jusqu'au plateau boisé du sommet. Benicoff regarda derrière lui tandis que l'appareil s'élevait, et secoua la tête. Le camion n'aurait pas pu sortir de la vallée sans emprunter une route qui ne soit pas surveillée ou barrée.

Et pourtant, il avait disparu. Il isola cette énigme dans son esprit et la mit de côté pour se concentrer sur le savant blessé. Il sortit les rapports médicaux et les relut — lecture macabre et déprimante : vu la gravité des blessures, Brian était probablement déjà mort.

L'hélico dansa sur les thermiques en abordant les vallées rocheuses au sommet de la pente. Au-delà s'étendait un plateau sans relief, couvert de pâturages et de forêts, avec, loin au fond, le ruban blanc d'une grande voie de circulation. Des villes, petites et grandes, et l'autoroute dans le lointain. Configuration idéale pour permettre au camion de prendre le large. Sauf qu'il serait probablement encore en train de gravir laborieusement les vingt kilomètres de côte à quatorze pour cent. Laisse tomber ! Pense à Brian.

Benicoff trouva le Dr Snaresbrook dans son cabinet. Sa seule concession à l'âge était le gris acier de ses cheveux. C'était une femme volontaire et alerte, dans les cinquante-cinq ans, qui rayonnait une impression de confiance. Elle fronça légèrement les sourcils en regardant l'image tridimensionnelle multicolore devant elle. Ses mains étaient insérées dans les gants sensoriels de la machine pour faire tourner et déplacer le champ de vision, et même enlever des couches pour voir à l'intérieur. Elle venait de sortir de la salle d'opération car elle portait une blouse bleue et des bottillons bleus. Lorsque Snaresbrook se retourna, Benicoff vit que le tissu des manches et du devant était éclaboussé et taché de sang.

— Erin Snaresbrook, dit-elle lorsqu'ils se serrèrent la main. Nous ne nous étions encore jamais rencontrés, mais j'ai entendu parler de vous. Alfred J. Benicoff. C'est vous qui avez triomphé des opposants à l'utilisation de greffes de tissus embryonnaires humains. C'est une des choses qui m'ont permis de travailler ici.

— Je vous remercie, mais c'était il y a longtemps. Je travaille pour le gouvernement, à présent, ce qui signifie que je passe le plus clair de mon temps à contrôler les recherches des autres.

— C'est du talent gaspillé.

— Vous aimeriez mieux voir un avocat à ma place ?

— Dieu nous en préserve. Vous avez raison. Maintenant, laissez-moi vous parler de Brian. J'ai très peu de temps. Il a le crâne ouvert et il est toujours en réanimation. J'attends les prochains relevés de l'IV.

— IV ?

— Investigation volumétrique. Infiniment mieux que de regarder des images aux rayons X ou n'importe quel autre type d'image monosource. Ça combine les résultats de toutes les méthodes scanographiques disponibles : la tomographie et la RMN d'antan comme la toute récente imagerie par fluorescence octopolaire d'anticorps. Toutes ces images sont brassées par un ordinateur de traitement des signaux spatiaux ICAR-5367. Il peut afficher non seulement des images provenant des données du patient, mais aussi mettre en valeur ou exagérer les différences entre ce patient et l'individu normal, ou des changements intervenus par rapport à des investigations antérieures du même patient. Donc, lorsque les nouvelles données IV seront prêtes, je serai obligée de vous quitter. Jusqu'à maintenant, il s'est agi de procédures d'urgence pour maintenir Brian en vie et rien d'autre. D'abord une hypothermie totale du corps, puis un refroidissement du cerveau pour ralentir la consommation d'oxygène et tous les autres processus métaboliques. J'ai utilisé des drogues antihémorragiques, essentiellement la RSCH, aussi bien que des hormones anti-inflammatoires. Lors du premier geste chirurgical, j'ai nettoyé la blessure, enlevé le tissu nécrotique et les fragments d'os. Afin de reconstituer l'anatomie des ventricules, j'ai été forcée de sectionner partiellement le corps calleux.

— N'est-ce pas une partie de la connexion entre les deux hémisphères cérébraux ?

— Si... et c'était une décision grave, voire dangereuse. Mais je n'avais pas le choix. Donc, à l'heure qu'il est, le patient est en réalité deux individus avec un demi-cerveau chacun. S'il était conscient, ce serait une catastrophe. Mais, comme j'ai sectionné proprement le corps calleux, j'espère pouvoir reconnecter complètement les deux moitiés. Dites-moi : qu'est-ce que vous savez sur le cerveau humain ?

— Très peu de choses, et encore, toutes dépassées puisqu'elles datent de mes premières années en fac.

— Alors vous êtes complètement dépassé. Nous sommes à l'aube d'une ère nouvelle, où nous pourrons nous faire appeler chirurgiens de l'esprit aussi bien que chirurgiens du cerveau. L'esprit est la fonction du cerveau et nous sommes en train de découvrir comment il fonctionne.

— En l'espèce, donc, dans le cas de Brian, quelle est la gravité de l'atteinte et... est-ce réparable ?

— Regardez ces images IV antérieures, et vous allez voir.

Elle montra du doigt les hologrammes colorés qui flottaient apparemment dans l'air. L'effet tridimensionnel était saisissant, comme s'il regardait à l'intérieur même du crâne. Snaresbrook toucha une zone blanche, puis une autre.

— C'est ici que la balle a pénétré dans le crâne. Elle est ressortie ici, sur la droite. Elle a traversé le cortex de part en part. La bonne nouvelle est que le cortex cérébral semble en grande partie intact, tout comme les organes centraux du cerveau moyen. Ici, les amygdales semblent intactes, tout comme l'élément le plus important de tous, l'hippocampe, qui ressemble grossièrement à l'animal marin. C'est l'un des centres les plus sensibles impliqués dans la formation et la récupération des souvenirs. C'est le moteur du cerveau, et il n'a pas été touché.

— C'était la bonne nouvelle. Et la mauvaise ?

— Il y a un peu de dommages corticaux, mais pas assez pour que ce soit très grave. Mais la balle a tranché un grand nombre de faisceaux nerveux, cette matière blanche qui compose la majeure partie du cerveau. Ils servent à connecter les unes aux autres diverses parties du cortex, et aussi à les connecter à d'autres organes du cerveau moyen. Ce qui signifie que certaines parties du cerveau de Brian sont déconnectées des bases de données et d'autres ressources dont elles ont besoin pour accomplir leurs fonctions. Aussi Brian n'a-t-il actuellement aucun souvenir.

— Vous voulez dire que sa mémoire a disparu, qu'elle a été détruite ?

— Non, pas exactement. Regardez : les plus importantes portions de son néocortex sont intactes. Mais la plupart de leurs connexions sont rompues : voyez ici, et ici aussi. Pour le reste du cerveau, elles n'existent pas. Les structures, les connexions nerveuses qui constituent ses souvenirs sont toujours là, mais dans diverses sections de son cerveau endommagé. Les autres parties ne peuvent les atteindre, et elles n'ont donc par elles-mêmes aucun sens. Comme une boîte pleine de disques mémoire sans ordinateur. C'est une catastrophe, parce que nous sommes véritablement nos souvenirs. Maintenant, Brian n'a pratiquement pas d'esprit.

— Alors, c'est un... un légume.

— Oui, au sens où il ne peut penser. On pourrait dire que ses souvenirs ont été en grande partie déconnectés de ses ordinateurs cervicaux, si bien qu'ils ne peuvent être ni extraits ni utilisés. Il ne peut reconnaître ni choses, ni mots, visages, amis, ni quoi que ce soit. Bref, pour autant que je puisse m'en rendre compte, il ne peut plus penser à quelque degré que ce soit. Considérez ceci : hormis la taille, on pourrait dire qu'il y a peu de différences observables entre la majeure partie du cerveau d'un homme et celui d'une souris, à l'exception de ces magnifiques structures de notre cerveau supérieur : le néocortex qui s'est développé chez les ancêtres des primates. Dans son état présent, ce pauvre Brian, mon ami et collaborateur, n'est guère plus qu'une enveloppe sans âme, un animal submammalien.

— Vraiment ? C'est la fin ?

— Non, pas obligatoirement. Bien qu'en réalité Brian ne puisse pas penser, il n'est pas définitivement en coma dépassé, comme diraient les juristes. Il y a quelques années, on n'aurait rien pu faire de plus. Ce n'est plus vrai. Je suis sûre que vous savez que Brian m'a aidée à mettre au point une application pratique de ses théories sur l'IA, le développement d'une technique expérimentale pour reconstruire les connexions cervicales sectionnées. J'ai eu quelques succès, mais uniquement sur les animaux jusqu'à présent.

— S'il y a une chance, la chance la plus infime, vous devez la saisir. Pouvez-vous y arriver, pouvez-vous sauver Brian?

— Il est trop tôt pour affirmer quoi que ce soit avec la moindre certitude. Les dégâts sont importants et je ne sais pas à quel point je peux les réparer. Le problème est qu'en plus de causer un traumatisme généralisé la balle a tranché des millions de fibres nerveuses. Il me sera impossible de les reconstituer toutes. Mais j'espère en identifier quelques centaines de mille et les recoller.

Benicoff secoua la tête.

— Je ne peux plus vous suivre, docteur. Vous allez explorer son crâne ouvert pour identifier quelque chose comme un million de fibres nerveuses différentes et sectionnées? Ça va prendre des années.

— Ce serait le cas si j'étais obligée de procéder fibre par fibre. Toutefois, la technologie microchirurgicale pilotée par ordinateur peut désormais opérer sur de nombreux sites en même temps. Notre calculateur parallèle peut identifier plusieurs connexions par seconde, et il y a 86 400 secondes dans une journée. Si tout se passe comme prévu, le processus de sondage de la mémoire ne devrait mettre que quelques jours pour identifier et marquer les fibres nerveuses que nous devons reconnecter.

— On peut y arriver?

— Pas facilement. Lorsqu'une fibre nerveuse est séparée de sa cellule mère, elle meurt. Par bonheur, la gaine vacante de la cellule morte reste en place et permet au nerf de repousser. Je vais utiliser des implants de ma conception pour contrôler cette repousse. Et après ça, soupira-t-elle, eh bien, je crains que la réparation des nerfs ne soit qu'un commencement. Il ne s'agit pas simplement de reconnecter tous les nerfs sectionnés que nous pouvons voir.

— Pourquoi n'est-ce pas suffisant ?

— Parce que nous devons refaire les connexions originelles. Et le problème est que toutes les fibres nerveuses sont, en apparence comme en réalité, presque identiques. Impossibles à distinguer les unes des autres. Mais nous sommes obligés de les apparier exactement pour établir les connexions correctes à l'intérieur de l'esprit. La mémoire, voyez-vous, ne réside ni dans les cellules du cerveau ni dans les fibres nerveuses. Elle réside essentiellement dans la configuration des connexions qui les relient. Pour faire les choses correctement, nous allons avoir besoin d'une troisième étape, lorsque nous aurons fini la deuxième étape aujourd'hui. Après quoi, il nous faudra trouver un moyen d'accéder aux niveaux de mémoire de Brian et de les examiner, afin de redisposer en conséquence les nouvelles connexions. Cela n'a encore jamais été fait, et je ne suis pas sûre de pouvoir le faire maintenant. Ah, ça vient.

Le technicien entra en hâte avec une cassette IV et l'inséra dans le projecteur : l'hologramme tridimensionnel se matérialisa brusquement. Snaresbrook l'examina attentivement et hocha la tête d'un air sombre.

— Maintenant que je peux voir l'étendue des dégâts, je peux achever le parage de la plaie et préparer la seconde et vitale étape de cette opération : la reconnexion.

— Qu'est-ce que vous avez l'intention de faire exactement ?

— Je vais me servir de certaines techniques nouvelles. J'espère pouvoir identifier le rôle que chacune des fibres nerveuses de Brian a joué dans ses diverses activités mentales, et ce en trouvant à quel endroit chacune d'elles s'insère dans ses réseaux sémantiques neuraux. Ce sont les réseaux de connexions cérébrales qui constituent notre connaissance et nos processus mentaux. Il faut aussi que je prenne la décision radicale de sectionner les portions restantes de son corps calleux. Ce qui fournira une occasion unique de connecter pratiquement toutes les parties de son cortex cérébral. Ce sera dangereux, certes, mais nous donnera la meilleure chance de reconnecter complètement les deux hémisphères.

— Il faut que j'en sache plus là-dessus, dit Benicoff. Est-ce que par hasard vous pourriez me laisser assister à l'opération ?

— Pas de problème. J'ai déjà eu jusqu'à cinq internes à la fois dans la salle d'op qui me soufflaient sur la nuque. Ça ne me fait rien tant que vous ne me gênez pas. D'où vient ce soudain intérêt pour la chirurgie ?

— C'est plus qu'une curiosité morbide, croyez-moi. Vous avez décrit les appareils que vous utilisez et ce qu'ils font. Je veux les voir en action. J'ai besoin d'en savoir plus sur eux si je veux un jour savoir un peu ce que c'est que l'IA.

— Compris. Alors, suivez-moi.

3

10 février 2023

Benicoff, portant blouse et masque, les chaussures dissimulées sous des bottes élastiques, colla son dos au carrelage vert du mur de la salle d'opération et essaya de se rendre invisible. Au plafond, montées sur rails, deux grosses lampes que l'une des infirmières déplaça et focalisa jusqu'à ce que le chirurgien résident ait approuvé leur orientation. Sur la table stérile, des draps bleus étaient disposés comme une tente au-dessus de la silhouette immobile de Brian. Seule sa tête était exposée, en saillie au bout de la table et maintenue immuablement en position par les pointes d'acier du support. Il y en avait trois, vissées à travers son cuir chevelu et fermement ancrées dans l'os. Les bandages qui recouvraient les deux blessures par balles étaient d'un blanc cru qui tranchait sur l'orange de son crâne, peint à l'antiseptique et rasé jusqu'à être parfaitement lisse.

Snaresbrook avait l'air détendue et efficace. Elle discuta de l'opération imminente avec l'anesthésiste et les infirmières puis contrôla le positionnement minutieux du projecteur.

— Voilà où je vais travailler, dit-elle en désignant l'endroit d'une pichenette sur l'écran holographique. Et voilà où vous allez inciser.

Elle toucha les contours de la zone qu'elle avait dessinée sur la plaque, vérifiant une fois de plus que l'ouverture était assez large pour révéler la région lésée dans son intégralité, assez large pour lui permettre de travailler à l'intérieur. Confirmant sa satisfaction d'un hochement de tête, elle projeta l'hologramme sur le crâne de Brian et regarda le résident peindre les tracés sur la peau en suivant ceux de l'image avec une exactitude parfaite. Quand il eut terminé, de nouveaux champs stériles furent attachés à la peau environnante jusqu'à ce que ne reste visible que la zone à opérer. Snaresbrook sortit pour se laver les mains : le chirurgien résident entama la procédure d'ouverture du crâne, qui allait durer une heure.

Par bonheur, Benicoff avait assisté à suffisamment d'autres opérations pour ne pas être écœuré. Il était tout de même étonné de la force nécessaire pour pénétrer la peau, le muscle et l'os qui font comme une armure au cerveau. D'abord, un scalpel fut utilisé pour trancher jusqu'à l'os ; le cuir chevelu, qui s'écartait à mesure qu'il était incisé, fut ensuite cousu aux champs qui l'entouraient. Quand les artères saignantes eurent été obturées au thermocautère, le moment vint de pénétrer l'os.

Le résident perça les trous à la main, avec un vilebrequin et un foret en métal poli. Des morceaux de crâne, comme autant de copeaux, furent enlevés par l'infirmière. La tâche était ardue, le chirurgien transpirait et était obligé de se pencher en arrière pour qu'on puisse lui éponger le front. Une fois que les trous eurent traversé l'os, il les agrandit avec un outil différent. L'étape finale requit l'usage du craniotome motorisé, équipé d'une tête spéciale, pour relier les trous entre eux. Après quoi, le chirurgien inséra le volet métallique de l'élévateur entre la paroi osseuse et le cerveau pour détacher, lentement, puis libérer le morceau de crâne. Une infirmière enveloppa la pièce dans un linge et la plaça dans une solution antibiotique.

Snaresbrook pouvait à présent commencer. Elle entra dans la salle d'opération, éleva ses mains d'une propreté chirurgicale à la hauteur des yeux, passa les deux bras dans les manches de la blouse stérile, enfila les gants en caoutchouc. La table auxiliaire à roulettes fut poussée en position. L'outillage y avait été soigneusement disposé par l'instrumentiste : scalpels, rétracteurs, aiguilles, crochet lève-nerf, ciseaux et pincettes par douzaines, la panoplie complète nécessaire à la pénétration du cerveau lui-même.

— Ciseaux duraux, dit Snaresbrook en tendant la main.

Puis elle se pencha pour inciser la membrane extérieure du cerveau. Une fois qu'elle fut exposée à l'air, des pulvérisateurs automatiques la maintinrent humide.

Benicoff, debout contre le mur, ne pouvait voir les détails. Il ne le regretta pas. Seule comptait l'étape finale : on amènerait la machine bizarre qui était actuellement rangée contre le mur. Un coffret métallique, avec un écran, des commandes et un clavier, plus deux bras étincelants qui s'élevaient du couvercle. Ils se prolongeaient en une arborescence de doigts dont le diamètre devenait de plus en plus petit, terminés par un flou scintillant, dû au fait que les seize mille doigts microscopiques issus des bras divergents de l'instrument étaient en fait trop petits pour être visibles à l'œil nu. Le manipulateur arborescent s'était développé depuis une dizaine d'années à peine. Les doigts à présent inactifs pendaient en rameaux flasques comme ceux de quelque saule pleureur métallique.

Il fallut au chirurgien deux heures, aidé par le microscope à champ large, les scalpels et le thermocautère, pour nettoyer le sillage destructeur : un parage lent et précis de la lésion occasionnée par la balle.

— Maintenant, nous réparons, dit Snaresbrook en se redressant et en montrant le manipulateur.

Comme tout l'équipement de la salle d'opération, il était monté sur roulettes et fut donc poussé en position. Lorsqu'il fut branché, les doigts bougèrent et se levèrent, puis redescendirent sous le contrôle de Snaresbrook dans le cerveau de son concepteur.

Snaresbrook avait le teint terreux et la fatigue lui faisait des poches sous les yeux. Elle but une gorgée de café et soupira.

— J'admire votre endurance, docteur, dit Benicoff. J'ai mal aux pieds à force de rester debout à vous regarder faire. Est-ce que toutes les opérations sur le cerveau durent aussi longtemps ?

— La plupart, oui. Mais celle-ci était particulièrement difficile parce que je devais insérer et fixer tous ces microcircuits. C'était comme si on combinait la chirurgie avec la reconstitution d'un puzzle, puisque chacun de ces CNEP avait une forme différente pour assurer un contact parfait avec la surface du cerveau.

— J'ai vu. Qu'est-ce qu'ils font ?

— Ces circuits sont des films CNEP — conducteurs neuraux électroniques programmables. Je les ai appliqués sur toutes les surfaces lésées du cerveau. Ils se connecteront aux fibres nerveuses sectionnées qui se terminent au niveau de ces surfaces et qui commandent la repousse des nerfs de Brian. Ils font l'objet d'une recherche intensive depuis des années et ont été testés à fond sur des animaux. Ces circuits ont été aussi prodigieusement efficaces dans la réparation des lésions médullaires chez l'homme. Mais, jusqu'à présent, ils n'avaient jamais été utilisés à l'intérieur du cerveau humain, sauf à l'occasion de quelques expériences d'envergure limitée. Je ne m'en servirais certainement pas s'il existait une autre solution valable.

— Qu'est-ce qui va se passer ensuite ?

— Les circuits sont recouverts de cellules nerveuses prélevées dans du tissu embryonnaire humain. Théoriquement, elles devraient se propager et fournir des connexions physiques reliant le bout de chacun des nerfs sectionnés à au moins l'une des portes du transistor à la surface du CNEP. Ce processus de croissance devrait déjà avoir commencé, et se poursuivra pendant quelques jours.

» Dès que ces nouvelles fibres nerveuses se mettent à pousser, je vais commencer à programmer les circuits CNEP. Chaque circuit dispose d'assez de capacité d'aiguillage pour accepter toutes les impulsions d'influx nerveux provenant de n'importe quelle partie du cerveau et les diriger via une fibre nerveuse appropriée vers une autre région du cerveau.

— Mais comment pourriez-vous savoir exactement où l'envoyer ?

— C'est précisément là que réside le problème. Nous allons avoir affaire à plusieurs centaines de millions de nerfs différents, et nous ne savons pas à présent où chacun d'eux devrait se diriger. La première étape sera de suivre l'anatomie du cerveau de Brian. Ce qui devrait nous donner une cartographie grossièrement approximative des sites où la plupart de ces fibres nerveuses devraient aboutir. Ce n'est pas assez pour entretenir une pensée raffinée, mais assez, je l'espère, pour restaurer un niveau fonctionnel minimal, malgré toutes les erreurs de câblage. Par exemple, si le centre moteur de son cerveau envoie un signal ordonnant de bouger, alors un muscle au moins devrait bouger, même si ce n'est pas le bon. Nous aurons donc une réaction qui pourrait plus tard être réapprise ou retravaillée. J'ai implanté un connecteur dans la peau de Brian, à peu près ici, dit Erin en touchant sa nuque juste à la base du cou. L'ordinateur communique en insérant les extrémités microscopiques des câbles en fibre optique qui communiquent avec chacun des circuits CNEP à l'intérieur. Nous pouvons alors utiliser l'ordinateur externe pour faire la recherche : trouver des régions opposées qui sont associées aux mêmes souvenirs ou aux mêmes concepts. Une fois qu'on les aura trouvées, l'ordinateur pourra envoyer des signaux pour établir des voies électroniques à l'intérieur, entre les CNEP appropriés. Chaque circuit individuel est comme ces centraux téléphoniques de jadis où un téléphone était branché sur un autre par l'intermédiaire de fiches insérées dans un tableau. Je vais commencer à me servir du central téléphonique neural à l'intérieur du cerveau de Brian pour rétablir les connexions interrompues.

Benicoff prit une profonde inspiration.

— Ça y est, alors. Vous allez reconstituer l'intégralité de sa mémoire !

— Pas vraiment. Il y aura des souvenirs, des talents et des aptitudes qui seront à jamais perdus. En vérité, tout ce que j'espère réussir, c'est d'en reconstituer suffisamment pour que Brian puisse réapprendre ce qui a maintenant disparu. Il va falloir une somme de travail incroyable. Pour appréhender la complexité du cerveau, vous devez vous rendre compte qu'il y a beaucoup plus de gènes impliqués dans la croissance de la structure du cerveau que dans tout autre organe.

— J'en suis conscient. Croyez-vous que la personnalité, que la personne que nous connaissons sous le nom de Brian soit encore en vie ?

— Je le crois. Pendant l'opération, j'ai vu ses membres bouger sous les champs dans un mouvement familier qui m'a rappelé la manière dont nous nous agitons lorsque nous rêvons. Un rêve ! De quoi un cerveau à moitié détruit pourrait-il bien rêver ?

L'obscurité...
Une obscurité hors du temps, une obscure chaleur.
Sensation. Souvenir.
Souvenir. Conscience. Présence. On tourne en rond, en rond, en rond. On ne va nulle part, détaché de tout, la boucle est infinie.

L'obscurité ? Où ? La penderie. À l'abri dans l'obscurité de ce réduit. Un refuge pour un enfant. Pas de lumière. Rien que du bruit. Le souvenir ne cessa de revenir.

Du bruit ? Des voix. Des voix qu'il connaissait. Des voix qu'il détestait. Et une nouvelle voix. Une voix inconnue. Un accent comme à la télé. Pas irlandais. Américain — ça, il l'avait reconnu. Les Américains étaient venus au village. Au pub. Ils avaient pris des photos. L'un d'eux avait pris une photo de lui. Lui avait donné une pièce de vingt pence toute dorée. Il avait acheté des bonbons avec. Qu'il avait tous mangés. Des Américains.

Ici ? Dans cette maison. La curiosité lui prit la main et la posa sur le bouton de la porte de la penderie. Il le serra, le tourna et ouvrit lentement la porte. Les voix étaient plus fortes à présent — distinctes. On criait même, ce devait être son oncle Seamus.

— Vous avez un putain de foutu culot de venir ici ! Un culot monstre, crapule ! Venir ici, dans la maison où elle est morte. Un culot de tous...

— Il est inutile de crier, monsieur Ryan. Je vous ai dit pourquoi je suis venu. À cause de ceci.

Ça, c'était la nouvelle voix. Américaine. Pas vraiment américaine. Aussi irlandaise que toutes les autres, mais américaine parfois. C'était trop inhabituel. Pas question de rater l'occasion. Brian oublia qu'il était furieux d'avoir été envoyé dans sa chambre si tôt, oublia l'accès de colère qui l'avait amené à se réfugier dans la penderie, dans le noir, pour se mordre les doigts et pleurer là où personne ne pouvait ni le voir ni l'entendre.

Sur la pointe des pieds, il traversa le minuscule réduit. Froid du parquet sous ses pieds nus, tiédeur du grossier tapis de chiffons près de la porte. Il avait cinq ans, il pouvait désormais regarder par le trou de la serrure sans monter sur un livre. Il colla l'œil à l'ouverture.

— Cette lettre est arrivée il y a quelques semaines.

L'homme à l'accent avait des cheveux roux, des taches de rousseur. Il agitait le bout de papier d'un air furieux.

— En plus, il y a le cachet de la poste sur l'enveloppe : Tara, c'est ici, c'est ce village. Vous voulez savoir ce qu'il y a dans la lettre ?

— Sortez, gronda la voix lourde et grasse, suivie par une profonde quinte de toux.

Son grand-père. Il en grillait encore vingt par jour.

— Vous ne comprenez donc pas quand on vous dit les choses en face ? On ne veut pas de vous ici.

Le visiteur recula lourdement et poussa un soupir.

— Je le sais, monsieur Ryan, et je ne veux pas me quereller avec vous. Je veux seulement savoir si ces allégations sont vraies. Celui ou celle qui a écrit cette lettre anonyme dit qu'Eileen est morte...

— C'est la vérité, par Dieu ! Et c'est vous qui l'avez tuée !

L'oncle Seamus s'emportait. Brian se demanda s'il allait frapper cet homme comme il le frappait, lui.

— Ce serait difficile puisque je n'ai pas vu Eileen depuis plus de cinq ans.

— Mais vous l'avez vue une fois de trop, tortueux fils de pute. Vous l'avez engrossée, vous avez pris la fuite, l'avez laissée seule avec sa honte. Et son bâtard.

— Ce n'est pas tout à fait vrai, et ça n'a rien à voir.

— Fichez le camp, vous et vos belles paroles!

— Non, pas avant d'avoir vu le petit.

— Jamais! Je vais vous envoyer en enfer!

Une chaise racla le plancher et se renversa avec fracas. Brian saisit le bouton de porte. Il connaissait bien ce mot. *Bâtard*. C'était lui, c'était comme ça que les autres l'appelaient. Quel rapport avec l'homme dans le vestibule? Il n'en savait rien : il fallait qu'il sache. Il serait battu. Ça n'avait pas d'importance. Il tourna le bouton et poussa.

La porte s'ouvrit à toute volée, claqua contre le mur et il se retrouva sur le seuil. Tout s'arrêta. Il y avait grand-père sur le canapé, avec son pull gris déchiré, le mégot aux lèvres qui lui envoyait une volute de fumée dans son œil à moitié fermé. L'oncle Seamus, les poings serrés, la chaise renversée derrière lui, le visage écarlate, sur le point d'exploser.

Et le nouveau venu. Grand, bien habillé, en costume et cravate. Ses chaussures noires reluisaient. Il baissa les yeux sur le petit garçon, le visage déformé par une forte émotion.

— Salut, Brian, dit-il le plus doucement du monde.

— Attention! lui cria Brian.

Trop tard. Le poing de son oncle, durci par des années de travail à la mine, vint frapper l'homme en plein visage et le jeta à terre. Brian crut d'abord que ç'allait être une de ces bagarres comme on en voit le samedi soir devant le pub, mais ça n'allait pas se terminer comme ça, pas cette fois. Le nouveau venu porta la main à sa joue, regarda le sang, se remit sur ses pieds.

— Très bien, Seamus, peut-être que j'ai mérité ça. Mais pour cette seule et unique fois. Baissez les poings, mon vieux, et faites preuve d'un peu d'intelligence. J'ai vu le petit et il m'a vu. Ce qui est fait est fait. C'est de son avenir que je me préoccupe, pas du passé.

— Regarde-les tous les deux, marmonna grand-père en se retenant de tousser. Ils se ressemblent comme deux gouttes d'eau, avec la tignasse rousse et le reste.

Son humeur changea brusquement et il agita les bras, faisant jaillir des étincelles de sa cigarette.

— Remonte dans ta chambre, petit! Il n'y a rien à voir pour toi ici, rien à entendre. Disparais, sinon tu vas le sentir passer.

Incomplets, disjoints, en perdition dans le temps. Des souvenirs, oubliés depuis longtemps, déconnectés. Entourés et séparés par les ténèbres. Pourquoi fait-il encore noir? Paddy Delaney. Son père.

Comme des images au cinéma, qui papillotent en succession rapide, trop rapide pour voir ce qui se passe. Le noir. Les images, brusquement nettes à nouveau.

Un rugissement monstrueux. Une fenêtre devant lui, plus grande que toutes les fenêtres qu'il ait jamais vues. Il s'accrocha de toutes ses forces à la main de l'homme. Il avait peur, tellement c'était étrange.

— Voilà notre avion, dit Patrick Delaney. Le gros peint en vert avec la bosse dessus.

— Un 747-8100. J'ai vu la photo dans le journal. On peut monter maintenant?

— Très bientôt... dès que le départ sera annoncé. Nous serons les premiers à bord.

— Et je vais pas revenir à Tara?

— Uniquement si tu le désires.

— Non. Je les déteste.

Il renifla et se moucha du dos de la main. Il leva les yeux vers l'homme de haute taille à côté de lui.

— Tu connaissais ma mère?

— Je l'ai très bien connue. Je voulais l'épouser mais... c'était impossible, pour certaines raisons. Quand tu seras plus grand, tu comprendras.

— Mais... tu es mon père?

— Oui, Brian, je suis ton père.

Il avait déjà posé la question de nombreuses fois, sans jamais vraiment être sûr de recevoir vraiment la réponse exacte. À présent, ici, à l'aéroport, avec le gros avion vert devant eux, il fut enfin convaincu. Et avec cette conviction, quelque chose sembla monter et éclater en lui, des larmes jaillirent et ruisselèrent sur son visage.

— Je veux jamais revenir, jamais.

Son père était à genoux, et le tenait si fortement serré qu'il pouvait à peine respirer — mais c'était très bien comme ça. Tout était bien. Il sourit et sentit le goût salé des larmes, sourit et pleura en même temps sans pouvoir s'arrêter.

4

12 février 2023

Erin Snaresbrook était fatiguée lorsqu'elle entra dans la salle d'opération le lendemain. Et pourtant, lorsqu'elle vit Brian, elle en oublia sa fatigue. Tant de choses avaient déjà été accomplies, mais il restait encore tant à faire. Le tissu cérébral endommagé, essentiellement de la matière blanche, avait été enlevé.

— Je vais commencer la série des implantations, murmura-t-elle, presque pour elle seule.

C'était pour la postérité et non pour l'édification des collègues qui travaillaient dans la salle d'opération. Les microphones ultrasensibles capteraient ses paroles, qu'elle parle tout haut ou tout bas, et enregistreraient tout.

— Le tissu mort est maintenant intégralement enlevé. Je suis en train d'examiner un tronçon sectionné du tissu blanc. C'est la région où les axones de nombreux neurones ont été sectionnés. L'extrémité proximale de chaque nerf sectionné est encore vivante parce que c'est là que se trouve le corps cellulaire. Mais l'extrémité distale, l'autre partie de l'axone qui va rejoindre les synapses des autres cellules, est morte dans tous les cas. Coupée de toute source de nourriture et d'énergie. Cette situation requiert deux techniques différentes. J'ai fait des empreintes des surfaces des régions de matière blanche proprement coupées et transéquées. Des microcircuits CNEP sous forme de films flexibles ont été fabriqués à partir de ces empreintes. L'ordinateur se souvient de chaque empreinte et sait donc où doit aller la puce correspondante. Des cellules de tissu conjonctif vont ancrer les puces dans leur position définitive. Pour commencer, les fibres proximales seront libérées pour faire contact avec les circuits connecteurs à mesure que je les insérerai. Chaque moignon d'axone sera enduit d'une protéine qui stimule la croissance. La puce-film est enduite de pastilles chimiques qui, électroniquement libérées, attireront chaque axone en cours de croissance, le forçant à s'étirer et à s'attacher ensuite au plot de connexion de la puce-film la plus proche. Voilà donc ce que je vais commencer de faire à présent.

Tout en parlant, elle activa le robot connecteur et lui ordonna de se déplacer au-dessus du crâne ouvert, puis lui dit de descendre. Lorsqu'elle donna cet ordre, les minuscules doigts arborescents s'écartèrent lentement, se déployèrent et s'abaissèrent tout doucement. La capacité de calcul de l'ordinateur de la machine était telle que chacun des doigts microscopiques était commandé séparément. Les doigts terminaux eux-mêmes ne contenaient pas les objectifs, qui avaient besoin d'une plage lumineuse relativement étendue pour former une image. Ces objectifs étaient donc montés quelques ramifications plus haut. L'image donnée par l'objectif de chaque doigt était retransmise à l'ordinateur, qui la comparait avec les autres pour construire un modèle tridimensionnel interne du cerveau endommagé. Les filaments redescendirent — certains plus lentement que les autres —, jusqu'à ce qu'ils soient déployés près de la surface, empêchant le chirurgien de voir le champ opératoire.

Snaresbrook se tourna vers l'écran du moniteur et lui parla.

— Plus bas. Stop. Plus bas. Redresse. Stop.

Elle avait maintenant le même point de vue que l'ordinateur. Un gros plan des surfaces sectionnées sur lequel elle pouvait faire un zoom, à moins qu'elle ne veuille prendre du recul pour avoir une vue générale.

— Commence la nébulisation, ordonna-t-elle.

Dix pour cent des filaments étaient creux : il s'agissait en fait de tubes microscopiques terminés par des valves électroniquement asservies. L'aérosol — il fallait qu'il soit d'une finesse microscopique vu l'étroitesse des orifices — commença à recouvrir la surface du cerveau endommagé. C'était un film invisible électrofluorescent.

— Réduisez l'éclairage général, ordonna Snaresbrook.

L'obscurité se fit dans la salle.

Satisfait de son travail, le robot connecteur avait cessé sa nébulisation. Après avoir sélectionné la région la plus basse de la blessure, Snaresbrook envoya une infime quantité de lumière ultraviolette par l'intermédiaire des fibres optiques, ténues comme des cheveux.

Sur l'écran, une configuration de minuscules points lumineux mouchetait la surface du cerveau.

— Le film électroluminescent a été pulvérisé sur toutes les terminaisons nerveuses. En lumière ultraviolette, il émet assez de photons pour être identifié. Seuls les nerfs encore vivants provoquent la réaction qui est catalysée par les UV. Ensuite, je vais mettre les implants en place.

Ces implants, spécialement fabriqués pour se conformer aux contours des surfaces à vif du cerveau de Brian, étaient à présent dans une cuvette, immergés dans une solution neutre. La cuvette fut placée sur la table à côté de la tête de Brian, et le couvercle crânien fut retiré. Avec une infinie délicatesse de contact, les filaments descendirent dans la solution.

— Ces implants CNEP sont fabriqués sur mesure. Chacun d'eux est constitué de réseaux de semi-conducteurs, flexibles, en polymère organique. Flexibles et élastiques, parce que les tissus sectionnés du cerveau ont légèrement changé depuis qu'ils ont été mesurés en vue de la fabrication de ces puces. Voici ce qui va se passer ensuite. Les puces sont apparemment identiques, mais elles ne le sont évidemment pas. L'ordinateur a mesuré et conçu chacune d'elles pour qu'elle s'adapte exactement à un emplacement déterminé du cerveau exposé. Il est à présent en mesure de les reconnaître et de les apparier individuellement avec l'emplacement prévu. Chaque film comporte plusieurs liens connecteurs en fibre optique ultérieurement rattachés aux puces adjacentes qui traitent en multiplex les signaux d'entrée-sortie et les signaux croisés émanant des différentes parties du cerveau. Si on regarde attentivement la surface supérieure des films, on verra qu'il y a aussi un fil d'entrée-sortie sur chacune. L'importance de ce détail sera expliquée lors de l'opération suivante. La présente séance sera terminée lorsque chacun des dix mille implants sera en place. Ce processus va commencer immédiatement.

Bien que Snaresbrook soit là pour contrôler l'opération, c'était l'ordinateur qui commandait les implantations. Les doigts bougeaient si rapidement que le flou de la vitesse les rendait invisibles. Dans une vertigineuse procession, les puces-films furent guidées chacune jusqu'à destination, jusqu'à ce que la dernière soit fermement en place. Les doigts se retirèrent et Snaresbrook sentit la tension se relâcher un peu. Elle se redressa et se rendit compte que la douleur lui taraudait le dos comme une pointe de couteau. Elle feignit de l'ignorer.

— L'étape suivante, le processus de connexion, vient de commencer. La surface des films est une modification de la technologie d'affichage par matrice active. Chaque semi-conducteur, lorsqu'il est activé par la photoluminescence, a pour fonction d'identifier un nerf vivant. Et ensuite d'établir une connexion physique avec ce nerf. Les films sont enduits d'hormones de croissance appropriées afin que les fibres nerveuses arrivantes forment des synapses avec les transistors d'entrée. L'importance de ces connexions sera révélée lors de la prochaine procédure d'implantation. Chaque fibre distale morte doit être remplacée par une cellule fœtale génétiquement programmée pour faire pousser un nouvel axone à l'intérieur de la gaine de la cellule qu'elle remplace, et faire ensuite pousser de nouvelles synapses pour remplacer les vieilles synapses distales moribondes.

L'opération dura presque dix heures. Snaresbrook resta présente en permanence.

Lorsque la dernière connexion eut été établie, l'épuisement la frappa comme un train en pleine vitesse. Elle trébucha et fut obligée de se retenir au montant de la porte lorsqu'elle quitta la salle. L'état de Brian exigeait une surveillance et des soins constants après l'opération, mais les infirmières pouvaient bien s'en charger.

Les procédures appliquées pour réparer le cerveau de Brian étaient épuisantes, et pourtant elle avait encore d'autres malades, et d'autres opérations de prévues, impossibles à reporter. Elle les décala, chercha et obtint le concours des meilleurs chirurgiens, ne se chargeant elle-même que des cas les plus urgents. Or, elle travaillait encore vingt-quatre heures sur vingt-quatre, et ce, depuis des jours. Sa voix trembla lorsqu'elle ajouta verbalement des notes à la procédure qui venait de se terminer. Son ordinateur de bureau les enregistrerait et les transcrirait. Elle tiendrait le reste de la journée grâce à la dexédrine. Ce n'était pas une bonne idée, mais elle n'avait pas le choix.

Quand elle eut fini, elle bâilla et s'étira.

— Fin du rapport. Interphone. Madeline.

L'ordinateur accepta le nouvel ordre et envoya un *bip!* à la secrétaire.

— *Oui, docteur.*

— Faites entrer Mme Delaney maintenant.

Elle se frotta les mains et se redressa.

— Enregistre et sauvegarde sous «Dolly Delaney», dit-elle.

Elle vérifia que le minuscule témoin rouge sur le socle de la lampe de bureau était bien allumé. La porte s'ouvrit et elle sourit à l'adresse de la femme qui entra d'un pas hésitant.

— C'était très aimable à vous de venir, dit Snaresbrook sans cesser de sourire, se levant lentement et désignant la chaise de l'autre côté du bureau. Mettez-vous donc à l'aise, madame Delaney.

— Dolly, si vous voulez bien, docteur. Pouvez-vous me dire comment il va ?

Sa voix avait une inflexion tranchante, comme si elle faisait un gros effort pour la contrôler. Une femme maigre, aux yeux perçants, serrant à deux mains son grand sac sur ses genoux comme pour en faire une barrière.

— Absolument aucun changement, Dolly, depuis que je vous ai parlé hier. Il est vivant et nous devons nous en féliciter. Mais il a été gravement blessé et il va falloir des semaines, des mois, peut-être, avant que nous puissions savoir le résultat des opérations. Voilà pourquoi j'ai besoin de votre aide.

— Je ne suis pas infirmière, docteur. Je ne vois pas ce que je pourrais bien faire.

Elle rectifia la position de son sac à main, maintenant la barrière en place. C'était une belle femme — qui aurait été encore plus belle sans le pli amer qui marquait les coins de sa bouche. Elle avait l'apparence d'une personne que le monde avait maltraitée et qui lui en voulait.

— Vous dites que vous avez besoin d'aide, et pourtant je n'ai aucune idée de ce qui est arrivé à Brian. La personne qui m'a appelée a simplement dit qu'il y avait eu un accident dans le laboratoire. J'espérais que vous auriez pu m'en dire plus. Quand pourrai-je le voir ?

— Dès que possible. Mais il faut que vous compreniez que Brian a subi une atteinte crânienne majeure. Un traumatisme sévère de la matière blanche du cerveau. Il y a... une perte de mémoire. Mais il peut la surmonter si je trouve un moyen d'évoquer suffisamment de ses souvenirs les plus anciens. Voilà pourquoi j'ai besoin de renseignements supplémentaires sur votre fils...

— Beau-fils, dit-elle fermement. Patrick et moi l'avons adopté.

— Je ne le savais pas. Veuillez m'excuser.

— Ne prenez pas cette peine, docteur, il n'y a certainement là pas de quoi s'excuser. Ce n'est un secret pour personne. Brian est le fils naturel de Patrick. Avant que nous nous rencontrions, avant qu'il quitte l'Irlande, il avait eu une... une liaison avec une fille de là-bas. C'était la mère de Brian.

Dolly tira de son sac un mouchoir en dentelle, l'appliqua sur la paume de ses mains puis le glissa dans son sac, qui se referma avec un fort claquement.

— Je voudrais en savoir plus là-dessus, madame Delaney.
— Pourquoi ? C'est de l'histoire ancienne, ça ne regarde plus personne. Mon mari est mort, depuis neuf ans. Nous étions déjà... séparés à cette époque. Divorcés. J'habite chez ma famille dans le Minnesota. Nous ne communiquions plus, lui et moi. Je ne savais même pas que Paddy était malade, personne ne m'a jamais rien dit. Vous comprenez bien pourquoi je suis un peu amère. La première fois que j'ai su qu'il avait des ennuis de santé, c'est quand Brian m'a téléphoné pour l'enterrement. Donc, comme vous le voyez, tout ça, c'est du passé.
— Je suis désolée d'apprendre cette séparation. Mais, tragique comme elle est, elle ne change en rien les détails antérieurs de la vie de Brian. Et c'est de cela que vous devez me parler. Ce sont les années d'enfance et de formation de Brian que je veux comprendre. Maintenant que votre mari est mort, vous êtes la seule personne au monde qui puisse fournir ces renseignements. Le cerveau de Brian a été gravement touché, des régions importantes ont été détruites. Il a besoin de votre aide pour recouvrer ses souvenirs. J'avoue que ce que je suis en train de faire est en grande partie expérimental et n'a jamais été tenté auparavant. Mais c'est la seule chance qui lui reste. Afin de pouvoir réussir, il faut que je sache d'une part où chercher, et d'autre part ce que je dois chercher dans son passé.
» Le problème est que pour reconstituer les souvenirs de Brian je vais être obligée de reprendre le développement de son esprit à partir de son enfance et même de sa petite enfance. Cette énorme structure qu'est l'esprit humain ne peut se reconstruire qu'en partant du bas. Les idées et concepts de niveau plus élevé ne peuvent être sollicités avant que leurs formes antérieures redeviennent fonctionnelles. Nous allons être obligés de reconstruire son esprit, disons ses sociétés mentales d'idées, d'une manière très semblable à la manière dont elles se sont construites à l'origine, pendant l'enfance de Brian. Vous seule pouvez me guider à ce stade. Voulez-vous m'aider à lui

redonner son passé dans l'espoir qu'il ait ensuite un avenir ?

Les lèvres de Dolly étaient serrées, blanchies par la tension. Et elle frissonnait. Erin Snaresbrook attendit patiemment, en silence.

— C'était il y a longtemps. Brian et moi-même nous sommes éloignés depuis. Mais je l'ai élevé, j'ai fait de mon mieux, j'ai fait tout ce que j'ai pu. Je ne l'ai pas revu depuis l'enterrement...

Elle sortit son mouchoir et se tamponna les coins des yeux, le rangea, se redressa.

— Je sais que c'est très difficile pour vous, Dolly. Mais il est capital que j'obtienne ces informations. C'est absolument vital. Puis-je vous demander où vous avez rencontré votre mari pour la première fois ?

Dolly soupira, puis acquiesça à contrecœur d'un signe de tête.

— C'était à l'université du Kansas. Paddy venait d'Irlande, comme vous le savez. Il enseignait à l'université. À l'Institut pédagogique. Moi aussi — le planning familial. Il était devenu évident, vous vous en souvenez, que les problèmes d'environnement étaient essentiellement causés par la surpopulation et la contraception faisait l'objet d'un nouvel enseignement. Paddy était un mathématicien de très grande valeur, surqualifié pour notre université, à dire vrai. C'était parce qu'il avait été recruté pour une nouvelle université au Texas et qu'il enseignait dans le Kansas en attendant qu'elle ouvre. Ça faisait partie de son contrat. Ils le voulaient sous contrat, pieds et poings liés. Dans leur intérêt à eux, pas dans le sien. C'était un homme très seul, absolument sans amis. Je savais que Dublin lui manquait férocement. C'est comme ça qu'il disait lorsqu'il abordait le sujet : férocement. Mais il ne parlait pas tant que ça de sa propre personne. Il enseignait à des étudiants de première année qui n'étaient là que pour avoir le nombre d'heures de présence requis et qui se fichaient complètement de la matière. Il en avait vraiment horreur. C'est à peu près à ce moment-là que nous avons commencé à sortir ensemble. Il se confiait à moi et je sais qu'il trouvait du réconfort dans ma compagnie.

»Je ne sais pas pourquoi je vous raconte tout ça. Peut-être parce que vous êtes médecin. J'ai gardé ça à l'intérieur, je n'en ai jamais parlé à personne. Maintenant, quand j'y repense, maintenant qu'il est mort, je peux finalement le dire tout haut. Je ne crois pas... je ne crois pas qu'il m'ait jamais aimée. C'était confortable de m'avoir avec lui. Il y a pas mal de maths en démographie, alors je pouvais le suivre un peu quand il me parlait de son travail. Je l'ai lâché assez vite mais il n'avait pas l'air de s'en rendre compte. J'imagine qu'il me voyait comme une présence, une chaleur humaine, pour dire les choses simplement. Moi, ça ne me gênait pas, du moins au début. Quand il m'a demandée en mariage, j'ai sauté sur l'occasion. J'avais trente-deux ans alors, et je n'étais plus très jeune. Vous savez qu'on dit que si à trente ans une fille n'est pas mariée, c'est fini pour elle. Alors j'ai accepté sa proposition. J'ai essayé d'oublier toutes les idées scolaires sur l'amour romantique. Après tout, il y a des gens qui ont transformé en succès des mariages de convenance. Trente-deux ans est un âge difficile pour une femme célibataire. Quant à lui, s'il a jamais aimé quelqu'un, c'était elle. Elle était morte, mais ça n'avait pas d'importance.

— Il vous a donc parlé de sa relation antérieure avec cette Irlandaise ?

— Évidemment. On ne s'attend pas à ce qu'un homme adulte n'ait eu aucune expérience sexuelle. Même dans le Kansas. C'était un homme très sincère et très franc. Je savais qu'il avait été très, très proche de cette fille, mais cette aventure était finie depuis longtemps. D'abord, il n'a pas parlé de l'enfant. Mais avant de me demander en mariage il m'a raconté ce qui s'était passé en Irlande. Tout. Je ne dis pas que j'ai approuvé, mais ce qui est passé est passé, voilà tout.

— Et que saviez-vous de Brian ?

— Pas plus que Paddy lui-même, ce qui n'était pas grand-chose. Rien que son nom et le fait qu'il habitait avec sa mère dans quelque village à la campagne. Elle ne voulait pas entendre parler de Paddy, absolument pas, et je savais que ça le troublait beaucoup. Ses lettres lui étaient renvoyées sans avoir été ouvertes. Lorsqu'il a essayé d'envoyer de l'argent, pour l'enfant, les chèques sont revenus. Il a même envoyé de l'argent au curé de là-bas, toujours pour l'enfant, mais ça n'a pas marché non plus. Paddy ne voulait pas reprendre l'argent, alors il en a fait don à l'église. Le curé s'en est souvenu et, quand la fille est morte, il a écrit à Paddy pour le lui dire. Paddy l'a très mal pris, même s'il essayait de ne pas le montrer. Finalement, il s'est réfugié dans le travail pour chasser ces pensées de son esprit. C'est à ce moment-là qu'il m'a demandée en mariage. Comme je l'ai déjà dit, je connaissais pas mal les raisons qu'il avait d'agir ainsi. Ça me gênait peut-être, mais je l'ai gardé pour moi. Elle était morte, nous étions mariés, et voilà. Nous n'en avons même plus reparlé.

» Voilà pourquoi ç'a été un choc terrible quand cette lettre ordurière est arrivée. Il a dit qu'il fallait qu'il aille voir sur place ce qui se passait, et je n'ai pas essayé de le raisonner. Lorsqu'il est revenu de ce premier voyage en Irlande, je n'ai jamais vu quelqu'un d'aussi bouleversé. Plus question du passé, c'était l'enfant qui comptait désormais. Lorsque Paddy m'a parlé de son projet d'adoption, j'ai dit oui tout de suite. Nous n'avions pas d'enfants à nous, nous ne pouvions pas en avoir — j'avais un problème de stérilité. Et à la pensée que ce pauvre petit orphelin risquait de grandir dans quelque ignoble trou au bout du monde... bref, voyez-vous, nous n'avions vraiment pas le choix.

— Vous êtes allée en Irlande ?

— Je n'ai pas eu à le faire. Je m'en doutais. Nous étions allés à Acapulco pour notre voyage de noces. Dégueulasse. Les gens devraient se rendre compte qu'on n'est pas si mal que ça aux États-Unis et même qu'on y est bien mieux que dans tous ces pays étrangers. Et, à ce moment-là, Paddy avait déjà sa nouvelle affectation et il enseignait à l'University of Free Enterprise pour le double de ce qu'il gagnait dans le Kansas. Ce qui venait à point, vu ce que nous avons été obligés de payer à la « famille » en Irlande. Mais ça en valait la peine si c'était pour épargner à l'enfant ce genre d'existence. C'est Paddy qui s'est chargé de tout, mais ça n'a pas été très facile. Il est allé trois fois en Irlande avant de pouvoir tout régler. J'ai aménagé la chambre du petit lorsque Paddy est reparti pour cette troisième et dernière fois. Il avait un ami là-bas, un certain Sean quelque chose. Qui est maintenant avocat — *solicitor* comme ils disent. Paddy a été obligé de passer devant le tribunal, devant un juge. Nous sommes catholiques et nous sommes mariés à l'église : c'était la première chose qu'ils voulaient savoir. Sinon, on pouvait faire une croix sur l'adoption. Puis il y a eu des tests de paternité. C'était humiliant, mais finalement ça en valait la peine. L'avion du retour avait quatre heures de retard mais je n'ai pas quitté l'aéroport. Apparemment, ils ont été les derniers à sortir. Jamais je n'oublierai ce moment. Paddy avait l'air fatigué. Et le gamin : avec cette peau blanche comme une feuille de papier, il n'avait jamais dû être au soleil de toute sa vie. Tout maigre, des bras comme des allumettes qui sortaient de cette ignoble veste. Je me rappelle avoir regardé autour de moi, j'avais presque honte d'être vue avec lui, fagoté comme il était.

Snaresbrook leva la main pour l'arrêter et vérifia une nouvelle fois que le témoin d'enregistrement était allumé.

— Vous vous souvenez bien de ce moment, Dolly ?

— Jamais je ne pourrais l'oublier.

— Alors vous devez me le raconter, sans oublier aucun détail. Pour le salut de Brian. Sa mémoire a été, disons... atteinte. Elle est là, mais nous sommes obligés de lui rappeler qu'elle existe.

— Je ne comprends pas.

— Voulez-vous m'aider, même si vous ne comprenez pas ?

— Si vous insistez, docteur. Si vous me dites que c'est si important que ça. J'ai l'habitude de tenir ce que je promets. Paddy était le cerveau de la famille. Et Brian aussi, évidemment. Je crois qu'ils me méprisaient, bien qu'ils n'aient jamais rien dit de tel. Mais ces choses-là, on les sent.

— Dolly, je vous donne ma parole que vous êtes la seule personne au monde qui puisse aider Brian à l'heure qu'il est. Personne ne peut vous mépriser à présent. Il faut que vous reconstituiez ces souvenirs. Il faut que vous décriviez tout, exactement comme vous vous le rappelez. Dans les moindres détails.

— Bon, si vous dites que c'est si important que ça, et que ça va servir à quelque chose, alors je ferai de mon mieux.

Elle se redressa, pleine de détermination.

— À cette époque, quand il était jeune, ce garçon m'était très cher. Ce n'est que plus tard qu'il est devenu si distant. Mais je crois — je sais ! — qu'il avait besoin de moi alors.

Ils avaient l'air épuisés lorsqu'ils s'approchèrent d'elle. Paddy tenait l'enfant par la main. Le père et le fils — pas de doute, avec ces cheveux roux aux reflets dorés.

— Il faut que j'aille récupérer les bagages, dit Paddy.

Sa joue non rasée était rêche quand elle l'embrassa.

— Tu t'occupes de lui, dit-il.

— Comment ça va, Brian ? Je suis Dolly.

Il baissa la tête, se détourna, garda le silence. Il était tellement petit, aussi, pour un garçon de huit ans. On lui aurait donné six ans, tout au plus. Il était maigrichon, et pas trop propre. Un mauvais régime, à coup sûr, et des habitudes encore pires. Elle ferait le nécessaire.

— Je t'ai installé ta chambre. Ça va te plaire.

Sans réfléchir, elle tendit le bras pour le prendre par l'épaule, le sentit frissonner et se dégager. La tâche n'allait pas être facile. Elle se força à sourire, tenta de ne pas montrer à quel point elle était mal à l'aise. Dieu merci, voilà Paddy qui revenait avec les bagages.

Lorsque la voiture démarra, le petit garçon s'endormit presque instantanément sur la banquette arrière. Paddy bâilla à se décrocher la mâchoire, puis s'excusa.

— Pas la peine. Le voyage a été atroce ?

— Long et fatigant, c'est tout. Et, tu sais — il regarda Brian par-dessus son épaule —, ça n'a pas été facile à bien des égards. Je te raconterai tout ce soir.

— C'était quoi, ce problème de passeport dont tu as parlé au téléphone ?

— Une stupide histoire de paperasserie. Parce que j'étais irlandais de naissance mais naturalisé américain, et que Brian était encore irlandais, alors même que les formalités d'adoption auraient dû régler la question. Ce n'était pas le cas, d'après le consul américain à Dublin. Ils ont trouvé quelques formulaires à remplir et, finalement, il s'est révélé plus facile de procurer un passeport irlandais à Brian et d'accomplir les autres démarches une fois revenus ici.

— Nous allons nous en occuper tout de suite. C'est un petit Américain, maintenant. Il n'a pas besoin d'un passeport étranger exotique. Et attends, tu vas voir. J'ai aménagé la chambre d'ami comme convenu entre nous. Un lit surélevé, un petit bureau, quelques belles images. Il aimera ça.

Brian détestait cet endroit inconnu. Il était trop fatigué au début pour y penser. Il se réveilla lorsque son père le porta dans la maison. Il mangea une soupe au goût bizarre et dut s'endormir le nez sur la table. Lorsqu'il s'éveilla le lendemain matin, il poussa des cris de terreur devant toutes les nouveautés qui l'entouraient. Sa chambre était plus grande que le salon de chez lui. Son univers familier avait disparu, jusqu'à ses vêtements. Ses culottes courtes, sa chemise, son gilet : disparus pendant son sommeil. Les couleurs vives des vêtements neufs remplaçaient à présent le gris et le noir des anciens. Il avait un vrai pantalon. Il frissonna lorsque la porte s'ouvrit, remonta les couvertures. Mais c'était son père : il lui sourit du bout des lèvres.

— Tu as bien dormi ?

Il fit oui de la tête.

— Bien. Tu prends une douche tout seul, là, juste à côté, ça marche exactement comme celle de l'hôtel à

Dublin. Ensuite, tu t'habilles. Après le petit déjeuner, je te ferai faire le tour du propriétaire.

Il lui fallut encore un peu de temps pour s'habituer à la douche et il n'était pas encore sûr que ça lui plaisait. Là-bas, à Tara, la grande baignoire en fonte lui avait toujours suffi.

Quand ils sortirent, il eut l'impression que tout était trop nouveau, trop différent pour être absorbé d'un seul coup. Le soleil était trop chaud, l'air trop humide. Les maisons avaient de drôles de formes, les voitures étaient trop grosses et en plus roulaient du mauvais côté. Sa patrie d'adoption était un lieu bizarre. Les trottoirs étaient vraiment trop lisses. Et il y avait de l'eau tout autour, sans collines ni arbres. Rien que la surface uniforme de l'océan, couleur de boue, et ces trucs métalliques noirs qui plongeaient dans l'eau de tous les côtés. Pourquoi fallait-il qu'ils soient là ? Pourquoi n'étaient-ils pas sur la terre ferme ? Lorsqu'ils avaient débarqué sur le grand aéroport, ils avaient pris un autre avion, avaient survolé l'État du Texas — c'est comme ça que son père l'avait appelé — pour arriver jusqu'ici, un endroit apparemment vide et sans limites. Ils avaient quitté l'aéroport et garé la voiture.

— Ça me plaît pas, ici, dit-il sans réfléchir, tout doucement, pour lui seul.

Mais Paddy l'entendit.

— Il faut s'y habituer.

— On est au milieu de l'océan !

— Pas tout à fait, dit Paddy en lui montrant la mince ligne brune qui tremblait dans la chaleur à l'horizon lointain. Ça, là-bas, c'est la côte.

— Y a pas d'arbres, dit Brian en jetant un coup d'œil circulaire à son nouvel environnement.

— Il y a des arbres juste devant le centre commercial, dit son père.

— C'est pas des vrais arbres, contesta Brian. Les vrais poussent pas dans des tonneaux comme ça. Ça va pas. Pourquoi la ville est pas sur la terre ferme ? C'est pas normal.

Ils avaient parcouru à pied toute la longueur du campus métallique et le quartier résidentiel adjacent.

À présent, ils s'étaient arrêtés pour se reposer sur un banc à l'ombre qui dominait la mer. Paddy bourra lentement sa pipe et l'alluma avant de parler.

— Ce n'est pas facile à t'expliquer, sauf si tu sais déjà beaucoup de choses sur ce pays et sur la manière dont les choses fonctionnent ici. En gros, tout ça, c'est une histoire de politique. Aux États-Unis, nous avons des lois sur l'argent qui sert à la recherche, sur les projets de recherches dans les universités, des lois qui disent qui peut et qui ne peut pas investir. Beaucoup de nos grandes sociétés avaient l'impression que nous étions à la traîne derrière le Japon, où le gouvernement et l'industrie coopèrent, se partagent l'argent et la recherche. Elles ne pouvaient pas changer la loi, alors elles ont trouvé un moyen de la tourner un peu. Ici, à plus de trois milles de la côte, en dehors des eaux territoriales, nous sommes théoriquement en dehors des lois du Texas et des lois fédérales. Cette université, construite sur de vieilles plates-formes pétrolières et des terres draguées, est impitoyablement orientée vers la productivité. Ici, on n'a pas regardé à la dépense pour envoyer les chasseurs de têtes cueillir les enseignants et les étudiants.

— Les chasseurs de têtes habitent la Nouvelle-Guinée. Ils tuent les gens et puis ils leur coupent la tête et après ils font sécher les têtes et ils les réduisent. Y en a ici aussi ?

Paddy sourit en voyant le regard inquiet du petit garçon et tendit la main pour lui ébouriffer les cheveux : Brian eut un mouvement de recul.

— Ce ne sont pas les mêmes chasseurs de têtes. C'est de l'argot. Ça veut dire qu'on propose à quelqu'un beaucoup d'argent pour quitter son emploi actuel. Ou qu'on donne des bourses très avantageuses pour attirer les meilleurs étudiants.

Brian digéra ces nouvelles informations, plissant les yeux sous le reflet éblouissant du soleil dans l'eau.

— Donc, si tu as été choisi par les chasseurs de têtes d'ici, c'est que tu dois être quelqu'un de spécial, non ?

Paddy sourit. Il aimait la manière dont fonctionnait le cerveau de Brian.

— Eh bien, oui. Je suppose que ça doit être ça puisque je suis ici.
— Tu fais quoi, alors ?
— Je suis mathématicien.
— Douze et sept ça fait dix-neuf, comme à l'école ?
— On commence comme ça, et puis ça devient plus compliqué et plus intéressant.
— Comme quoi, par exemple ?
— Par exemple, après l'arithmétique, il y a la géométrie. Et après ça vient l'algèbre... et ensuite le calcul intégral. Il y a aussi la théorie des nombres, qui est un peu en dehors des maths classiques.
— C'est quoi, la théorie des nombres ?
Paddy sourit en voyant le visage sérieux du petit garçon. Il allait faire la sourde oreille, mais se ravisa. Brian était constamment en train de le surprendre avec des réactions insolites. Il donnait l'impression d'être un garçon intelligent qui croyait qu'on pouvait tout comprendre dès lors qu'on posait les questions qu'il fallait. Mais comment diable pourrait-il ne serait-ce que commencer à expliquer la haute mathématique à un enfant de huit ans ? Étape par étape, peut-être.
— Tu connais la multiplication ?
— Bien sûr. C'est marrant. Par exemple 14 fois 15 ça fait 210 parce que c'est aussi 6 fois 35 et 5 fois 42.
— Tu en es sûr ?
— Y a pas d'erreur. Parce que c'est tous les deux 2 fois 3 fois 5 fois 7. J'aime 210 parce qu'il est fait avec quatre nombres biscornus différents.
— Des nombres biscornus ? C'est comme ça qu'on dit en Irlande ?
— Mais non ! J'ai trouvé ça tout seul, dit fièrement Brian. Les nombres biscornus, c'est des nombres qu'on peut pas couper. Comme 5 et 7. Et des grands comme 821 et 823. Ou 1721 et 1723. Dans les grands, y en a des tas qui sont deux par deux comme ça.
Les nombres biscornus. Paddy se rendit compte que Brian désignait ainsi les nombres premiers. À huit ans, était-on censé connaître l'existence des nombres premiers ? Est-ce qu'on l'apprenait déjà à cet âge ? Il ne s'en souvenait pas.

Il était onze heures passées, ce même soir, lorsque Dolly éteignit la télévision. Elle trouva Paddy dans la cuisine. Sa pipe s'était éteinte et il fixait le vide, dans l'obscurité, sans rien voir.

— Je vais me coucher, dit-elle.

— Tu sais ce que Brian semble avoir réussi à faire ? Tout seul. À huit ans. Il a découvert les nombres premiers. Et ce n'est pas tout : il semble avoir élaboré des méthodes plutôt efficaces pour trouver des nombres premiers.

— C'est un petit garçon très sérieux. Il ne sourit jamais.

— Tu ne m'écoutes pas. Il est très intelligent. En plus, il possède les bases des mathématiques, chose qui fait défaut à presque tous mes étudiants.

— Si tu le penses, alors fais tester son QI à l'école. On peut en reparler demain matin.

— Les tests de QI dépendent trop de facteurs culturels. Plus tard, peut-être, lorsqu'il aura déjà passé un certain temps ici. J'en toucherai deux mots à ses instituteurs lorsque je l'emmènerai à l'école.

— Tu ne vas pas faire ça le premier jour ! Il faut d'abord qu'il s'habitue, qu'il s'installe. Et il est grand temps que tu penses à tes cours, à ta recherche. Demain matin, c'est moi qui l'emmène à l'école. Tu vas voir, ça va très bien se passer.

Brian avait détesté l'école dès qu'il y avait mis les pieds. Il détestait le gros directeur noir. Ça s'appelait *principal*, ici. Tout était différent. Bizarre. Et les autres s'étaient moqués de lui, dès le début. C'était l'institutrice qui avait commencé.

— Voici ta chaise, dit-elle en indiquant vaguement la rangée.

— La troisième ? dit-il avec son accent râpeux : *tird*.

— La troisième, oui, mais tu dois le dire correctement *third*.

Elle attendit avec un sourire hypocrite devant son silence.

— Répète *third*, Brian.

99

— *Tird*.
— Pas «turd*», c'est un autre mot. *Third*.

C'est à ce moment que les enfants se mirent à rire et à lui chuchoter «Turd!» dès que l'institutrice eut le dos tourné. Puis la cloche sonna la fin de l'heure et il sortit dans le couloir avec les autres. Mais il ne s'arrêta pas et franchit la porte de l'école pour aller loin, très loin d'eux.

— Et voilà pour son premier jour d'école, dit Dolly. Il s'est enfui après sa toute première heure de cours. Le directeur m'a téléphoné et j'étais atrocement inquiète. La nuit était tombée quand la police l'a retrouvé et l'a ramené à la maison.
— Vous a-t-il dit pourquoi il a fait ça?
— Lui? Jamais. Ça ne risque pas! Soit il était muet comme une carpe, soit il posait trop de questions. Rien entre les deux. Avec ça, il n'était pas sociable. On pourrait dire que son seul ami était son ordinateur. On aurait pu croire qu'il faisait assez d'informatique à l'école. Tout se fait avec l'ordinateur, maintenant, comme vous savez. Mais non. Dès qu'il était rentré, il s'y remettait. Ce n'était pas simplement pour jouer, mais pour écrire des programmes en LOGO, le langage qu'il avait appris à l'école. De très bons programmes, en plus, d'après ce que disait Paddy. Ce garçon écrivait des programmes d'apprentissage qui écrivaient leurs propres programmes. Il y a toujours eu une relation privilégiée entre Brian et les ordinateurs.

* «Merde.» (*N.d.T.*)

5

18 février 2023

Lorsque Snaresbrook sortit de la salle d'opération, Benicoff l'attendait.

— Vous avez un moment, docteur ?

— Oui, bien sûr. Vous pouvez me dire ce qui se passe de votre côté...

— Est-ce qu'on peut poursuivre cette conversation dans votre cabinet ?

— Bonne idée. J'ai une nouvelle machine à café que je veux essayer. Elle vient d'arriver et on l'a installée ce matin.

Benicoff referma la porte du cabinet, se retourna et leva les yeux au ciel en voyant la machine toute en cuivre.

— Une nouvelle machine, disiez-vous ?

— Nouvelle pour moi, en fait. Ce superbe instrument doit avoir au moins quatre-vingt-dix ans. Des comme ça, on n'en fait plus.

— Et c'est pas si mal !

Haut d'un mètre quatre-vingts, c'était un impressionnant assemblage rutilant de valves, de tuyaux, de plaques rivetées, de cylindres, le tout couronné par un aigle de bronze aux ailes éployées. La vapeur sortit en sifflant bruyamment d'un tuyau en saillie lorsque le Dr Snaresbrook tourna un bouton.

— *Espresso* ou *cappuccino* ? demanda-t-elle en versant du café noir et odorant dans le réceptacle à la poignée noire.

— *Espresso*... avec un zeste de citron.
— Je vois que vous avez voyagé. C'est la seule manière de le boire. Y a-t-il des nouvelles des voleurs ?
— Négatif... mais un négatif en béton. Le FBI, la police et une douzaine d'organisations policières mènent l'enquête jour et nuit. On a remonté toutes les pistes possibles, on a examiné les événements de cette fameuse nuit à fond, dans les moindres détails. Et pourtant, on n'a pas découvert un seul indice digne d'être mentionné depuis la dernière fois que je vous ai parlé. Ça, c'est du bon café.

Il but une nouvelle gorgée et attendit que Snaresbrook ait rempli sa propre tasse.

— Et je regrette de dire que c'est tout ce que j'ai à vous apprendre. J'espère que vous avez de meilleures nouvelles de Brian.

Erin Snaresbrook fixa le liquide sombre et fumant, ajouta une seconde cuillerée de sucre et remua le mélange.

— En gros, la bonne nouvelle est qu'il est toujours en vie. Mais les nerfs sectionnés se détériorent de jour en jour. C'est une course contre la montre, et je ne sais pas si je suis en train de gagner ou de perdre. Comme vous le savez, lorsqu'une fibre nerveuse est morte, il reste un genre de tube vide. Voilà pourquoi j'ai implanté des cellules cérébrales fœtales pour qu'elles poussent et remplacent ces fibres. Le robot manipulateur injectera également d'infimes doses d'une drogue, le facteur de croissance nerveuse gamma-NGF, pour induire les axones des cellules fœtales à pousser dans ces tubes. Cette technique a été découverte dans les années quatre-vingt-dix quand on cherchait un moyen de réparer les lésions de la moelle épinière, qui finissaient toujours par causer une paralysie permanente. Aujourd'hui, nous réparons les lésions cérébrales avec cette drogue et une autre, la SRS, qui réprime la tendance qu'ont les neurones adultes à résister à l'invasion d'autres fibres nerveuses qui essaient d'établir de nouvelles connexions.

Benicoff fronça les sourcils.

— Pourquoi le cerveau ferait-il une chose pareille, si ça l'empêche de se réparer tout seul ?

— Question intéressante. La plupart des autres tissus du corps excellent à se réparer ou à admettre d'autres cellules qui leur viennent en aide. Mais réfléchissez un instant à la nature d'un souvenir. Elle est fondée sur les relations précises établies par des fibres connectrices incroyablement ténues. Une fois que ces connexions sont faites, il faut qu'elles persistent, pratiquement sans changements, pendant vingt, cinquante, voire quatre-vingt-dix ans ! Aussi le cerveau a-t-il développé au cours de l'évolution de nombreux systèmes de défense particuliers, qu'on ne retrouve dans aucun autre tissu, pour empêcher la plupart des changements normaux. Il semble que l'avantage de disposer d'une mémoire plus fiable passe avant l'avantage de pouvoir réparer ses lésions.

» La guérison de Brian va prendre du temps. La partie la plus lente du processus consistera à faire repousser les fibres nerveuses sectionnées. Cela va prendre au moins quelques mois, même en utilisant le NGF, puisque nous n'osons pas l'utiliser à forte dose. Le NGF induit les neurones intacts à proliférer eux aussi, processus qui, si l'on ne le surveille pas de près, risque de perturber les régions du cerveau encore fonctionnelles ! Sans parler du risque de cancer. Voilà pourquoi l'état de Brian évoluera très lentement.

— Vous allez entamer ce processus maintenant ?

— Pas tout de suite, pas avant que les nouvelles fibres nerveuses aient poussé. Lorsque ce sera le cas, il nous faudra découvrir ce que font les neurones de part et d'autre de la lésion. Quand nous aurons fait le point là-dessus, nous pourrons songer à reconnecter correctement les paires originelles.

— Mais il doit y en avoir des millions !

— C'est vrai, mais je ne serai pas obligée de les débrouiller toutes. Je commencerai par trouver les plus faciles. Des faisceaux de fibres nerveuses qui correspondent aux concepts les plus communs, ceux que possèdent tous les enfants. Nous montrerons des images de chiens, de chats, de chaises, de fenêtres, d'un millier d'objets de ce genre. Et nous chercherons les fibres qui sont actives pour chacun.

Pour la première fois, elle oublia son épuisement chronique, portée par son enthousiasme.

— Puis nous passerons aux mots. L'individu cultivé moyen en utilise normalement vingt mille environ. Ce n'est pas vraiment beaucoup quand on y réfléchit. Nous pourrons tous les lui faire écouter sur une bande en moins d'une journée, ensuite nous passerons aux rapports entre les mots, aux groupes de mots, aux phrases.

— Excusez ma stupidité, docteur, mais je ne vois pas l'intérêt de tout cela. Cela fait des jours et des jours que vous essayez de parler à Brian, sans aucun signe d'une quelconque réaction. C'est comme s'il n'entendait rien.

— C'est comme ça, en apparence, mais Brian n'est pas une personne à l'heure qu'il est. Ce n'est qu'un cerveau fracassé, un assemblage de parties qui ne se connectent pas. Il nous faut donc découvrir ce que sont ces parties, ces services — et les reconnecter. Voilà tout l'intérêt de ce que nous sommes en train de faire. Si nous devons un jour reconstruire son esprit, il nous faut d'abord revenir en arrière et en retrouver les morceaux, afin que nous puissions les intégrer et faire la jonction entre ses souvenirs. En termes de données acquises, la journée a été bonne. Il s'agissait des premières années d'école de Brian, de la période formatrice capitale qui a façonné le reste de sa vie. Nous avons eu de la chance que vos gens aient pu retrouver son psychiatre scolaire, qui enseigne actuellement dans l'Oregon et qui a pris l'avion pour nous voir. Un homme qui s'appelle Rene Gimelle. Il a rencontré Brian le jour où il est arrivé à l'école pour la première fois, et l'a vu régulièrement ensuite. En outre, il a eu de nombreux entretiens avec le père de l'enfant. Il nous a donné d'excellentes informations.

— Y a-t-il un problème, docteur Gimelle ? demanda Paddy, tentant de ne pas laisser transparaître son inquiétude dans le ton de sa voix, mais échouant lamentablement. Je suis venu dès que j'ai reçu votre message.

Gimelle sourit et secoua la tête.

— Pas du tout, au contraire, mais de très bonnes nouvelles. La dernière fois que je me suis entretenu avec votre épouse et vous, je me rappelle vous avoir dit d'être patients, que Brian allait avoir besoin de temps pour s'adapter à cette vie totalement nouvelle pour lui. Tout enfant qui est arraché à une petite ville — étrangère, en plus — pour aller à l'autre bout du monde va avoir besoin de temps pour s'habituer à tous les changements. Lorsque j'ai fait mon évaluation, j'étais sûr que Brian aurait des problèmes et je m'attendais au pire. Il ne m'a pas fallu longtemps pour découvrir qu'en Irlande il avait été le souffre-douleur des enfants de son âge qui le rejetaient et se moquaient de lui parce qu'il était — passez-moi l'expression — un bâtard. Pis encore, il s'est senti rejeté par tous ses proches parents après la mort de sa mère. Je le vois une fois par semaine et je fais ce que je peux pour l'aider à s'en sortir. La bonne nouvelle est qu'il a l'air d'avoir de moins en moins besoin d'aide. Il faut avouer qu'il n'est pas très sociable avec ses camarades de classe, mais cela devrait s'améliorer avec le temps. Quant à ses résultats scolaires... il serait difficile de les améliorer. Avec le minimum de persuasion de la part de ses professeurs, il a passé de notes éliminatoires à des Très Bien dans toutes les matières.

— Persuasion ? Qu'est-ce à dire ?

— Peut-être que le mot était mal choisi dans ce contexte. Je crois qu'il serait plus exact, en l'occurrence, de parler de récompense pour l'effort fourni. Vous êtes bien placé pour savoir que les enseignants chevronnés veillent à ce qu'un bon comportement, un bon travail en classe ne passent pas inaperçus et méritent des compliments. C'est vraiment une question de renforcement positif, technique qui a fait ses preuves. Faire exactement le contraire, faire remarquer les échecs, ne produit pas grand-chose, à part susciter un sentiment de culpabilité, dont les effets sont presque toujours négatifs. Dans le cas de Brian, c'est l'ordinateur qui a fourni la clef de tous les problèmes d'apprentissage qu'il pouvait avoir. J'ai vu les enregistrements — et vous pouvez les voir aussi si vous le voulez — de ce qu'il a accompli en très peu de semaines et...

— Des enregistrements ? Je crains de ne pas comprendre.

Gimelle eut l'air mal à l'aise et se mit à ranger et déranger les attaches-trombones sur le bureau devant lui.

— Il n'y a rien d'inhabituel ni d'illégal là-dedans. C'est une pratique commune dans la plupart des établissements. En fait, c'est même obligatoire ici à l'UFE. Vous avez dû le voir sur votre contrat lorsque vous l'avez signé.

— À peine. Il y avait plus de cinquante pages en petits caractères dans ce machin.

— Qu'est-ce que votre avocat vous en a dit ?

— Rien, puisque je n'en ai pas pris. À l'époque, la vie était pour moi, disons, plutôt éprouvante. Êtes-vous en train de me dire que les ordinateurs de tous les élèves de cette école sont surveillés, et que tout ce qu'ils entrent au clavier peut être contrôlé et enregistré ?

— C'est une pratique acceptée partout, un instrument de diagnostic, un outil éducatif très utile. Après tout, du temps où on écrivait dans des cahiers, il fallait les rendre pour avoir des notes. On pourrait dire qu'un droit de regard sur l'ordinateur d'un élève revient exactement au même.

— Je ne suis pas d'accord. Nous notons les cahiers, mais pas les journaux intimes ! Mais tout cela nous entraîne hors du sujet. J'examinerai l'aspect moral de cette douteuse pratique à un autre moment. Maintenant, c'est à Brian que nous pensons. Qu'ont donc révélé ces enregistrements clandestins ?

— Un esprit excessivement inhabituel et original. Le LOGO, comme vous savez, est plus qu'un langage d'initiation à l'informatique destiné aux enfants. Il est d'une grande flexibilité lorsqu'on en utilise correctement les ressources. J'ai été enchanté de voir que Brian non seulement résolvait les problèmes qu'il avait à faire comme devoirs, mais que, lorsqu'il avait trouvé une solution, il essayait d'écrire un métaprogramme qui englobait toutes ses solutions. Il a inventé des bases de données contenant des règles conditionnelles du type IF-THEN pour ses propres besoins de programmation. Par exemple, si on demandait une réponse, il insérait quelques lignes de code. Et mettait le tout en forme ultérieurement. C'est très facile à faire en LOGO — quand on sait comment s'y prendre — parce que tous les outils sont là. Par exemple, tandis que d'autres élèves apprenaient à dessiner des images, à faire des programmes graphiques, Brian, avec le LOGO, les avait laissés très loin derrière lui. Il sauvegardait chaque fragment de dessin et l'indexait avec des paramètres variables incluant les contraintes géométriques liées à la zone de travail. À présent, ses programmes dessinent des caricatures reconnaissables des autres élèves, et de moi-même. Elles peuvent même changer d'expression. Et ça, c'était la semaine dernière, et il a encore amélioré les programmes. Maintenant, les silhouettes peuvent marcher et résoudre des problèmes simples, là, sur l'écran.

Paddy eut largement de quoi réfléchir lorsqu'il rentra ce soir-là.

Benicoff et la praticienne levèrent les yeux, alarmés, lorsque la porte s'ouvrit en claquant et que le général Schorcht entra d'un pas martial, la manche cousue de sa veste battant la mesure tandis qu'il braquait l'index de sa main gauche sur le Dr Snaresbrook.

— Vous. Si vous êtes le Dr Snaresbrook, venez avec moi.

Elle se retourna pour affronter l'intrus. La haute stature du général l'obligea à se tordre le cou pour le regarder en face. Elle ne sembla pas impressionnée.

— Qui êtes-vous ? dit-elle froidement.
— Dites-le-lui, aboya Schorcht à l'adresse de Benicoff.
— C'est le général Schorcht, qui travaille...
— Suffit comme identification. C'est une urgence militaire et j'ai besoin de votre aide. Il y a ici un patient

en réanimation, Brian Delaney, qui est en danger de mort.

— J'en suis tout à fait consciente.

— Il ne s'agit pas de sa santé, mais d'un risque d'attentat.

Benicoff allait parler, mais le général le fit taire d'un geste.

— Plus tard. Nous n'avons plus beaucoup de temps. La direction de l'hôpital m'informe qu'actuellement l'état du malade empêche de le déplacer.

— C'est exact.

— Alors il faut modifier son dossier. Vous allez venir avec moi pour le faire.

Snaresbrook devint livide : elle n'était pas habituée à ce qu'on lui parle sur ce ton. Avant qu'elle n'explose, Benicoff se hâta d'intervenir.

— Docteur, laissez-moi vous mettre au courant en vitesse. Nous avons des raisons sérieuses de croire que, lorsque Brian a été abattu, d'autres personnes ont été tuées. La sécurité de l'État est en jeu, sinon le général ne serait pas ici. Je suis sûr que des explications suivront mais, pour l'instant, voulez-vous bien nous prêter votre concours ?

Les neurochirurgiens sont tout à fait habitués à prendre des décisions instantanées lorsque la vie du patient est en danger. Snaresbrook reposa sa tasse de café, se retourna et se dirigea vers la porte.

— Oui, cela va sans dire. Venez avec moi en salle de garde.

Le général ne s'était certainement pas fait des amis depuis qu'il était entré dans l'hôpital. La surveillante, furieuse, fut calmée à contrecœur par Snaresbrook et finalement convaincue de l'urgence de la situation. Elle renvoya les autres infirmières tandis que Snaresbrook réussissait à faire de même avec le médecin de garde. Ce ne fut que lorsqu'ils furent partis que le général se tourna vers la surveillante aux cheveux gris, dont le regard inflexible ne cédait en rien au sien.

— Où est le malade à présent ? demanda-t-il.

Elle se retourna vers le panneau indicateur et toucha un numéro allumé.

— Ici. En réanimation. Chambre 314.
— Y a-t-il des chambres inoccupées au même étage ?
— Seulement la 330. Mais c'est une chambre à deux...
— Aucune importance. Maintenant, changez l'indication sur le panneau et modifiez les registres pour mettre Delaney dans la 330 et donner la 314 comme étant vide.
— Il va y avoir des problèmes si...
— Faites-le.
Elle le fit, de fort mauvaise grâce. Tandis qu'elle pianotait les modifications, une autre infirmière entra en toute hâte, sans avoir fini d'accrocher son badge. Schorcht lui adressa un signe de tête d'un air féroce.
— Il était temps, lieutenant. Allez en salle de garde. Nous partons. Si on vous le demande, le patient Brian Delaney est dans la chambre 330.
Il fit taire la surveillante d'un coup sec du tranchant de la main sur la table.
— Le lieutenant Drake est une infirmière militaire d'une grande expérience hospitalière. Il n'y aura aucun problème.
Son minicom émit un *bip!* et il passa en écoute.
— Compris.
Il le replaça dans sa ceinture et regarda autour de lui.
— Nous avons environ deux minutes. Tout au plus. Écoutez-moi et ne posez pas de questions. Nous allons tous quitter ce secteur — cet étage, en fait. Le lieutenant Drake sait ce qu'elle doit faire. Nous venons d'apprendre qu'on va essayer d'attenter à la vie du malade. Je veux non seulement empêcher ce crime mais obtenir des informations sur le ou les auteurs éventuels. Vous pouvez tous y contribuer en partant maintenant. Compris ?
Le général prit les devants. Il n'y eut pas de contestation. L'infirmière Drake faillit se mettre au garde-à-vous lorsqu'ils dévalèrent le couloir pour prendre l'escalier et quitter le deuxième étage. Ce ne fut que lorsqu'ils furent partis qu'elle prit une profonde inspiration et se détendit légèrement. Elle tira sur les plis

de son uniforme et se tourna vers le miroir fixé au mur pour s'assurer que sa coiffe était correctement placée. Lorsqu'elle se retourna, elle réprima un sursaut de surprise en voyant le jeune homme qui attendait devant le guichet.

— Que puis-je faire pour vous... docteur ? dit-elle.

Il portait la blouse blanche réglementaire et un stéthoscope électronique dépassait de sa poche.

— Rien d'important. Je ne fais que passer. J'ai croisé des visiteurs inquiets qui m'ont demandé où était un certain Brian Delaney. Un nouveau malade ?

Il se pencha par-dessus la banque et tapota du doigt le panneau indicateur.

— C'est lui, ça ?

— Oui, docteur. En réa, chambre 330. État critique, mais stable.

— Merci. Je le leur dirai quand je sortirai.

L'infirmière lui sourit. L'air avenant, bronzé, à peine trente ans, il portait une trousse noire. Sans cesser de sourire, elle porta la main à sa taille et, dès qu'il eut le dos tourné, appuya deux fois sur le bouton de ce qui avait tout l'air d'être un vulgaire « bip ».

Sifflant doucement entre ses dents, le jeune homme alla jusqu'au bout du couloir, tourna le coin et passa devant la porte 330 sans lui accorder un regard. Il s'arrêta au croisement suivant, regarda à droite et à gauche puis revint en courant à la chambre, sans un bruit. Personne en vue. La main dans sa trousse noire, il ouvrit la porte à la volée et vit les lits inoccupés. Avant qu'il puisse réagir, deux hommes postés à l'intérieur, de chaque côté de la porte, lui enfoncèrent chacun le canon d'un automatique dans le ventre.

— Si t'as l'intention de faire quoi que ce soit, laisse tomber, dit le plus grand.

— Hé, salut ! dit le jeune homme en laissant choir sa trousse, d'où jaillit le nez bulbeux d'un revolver.

Ils tirèrent pour blesser, non pour tuer. À cadence rapide, dans les bras et les épaules. L'homme souriait encore lorsqu'il tomba face contre terre. Avant qu'ils puissent l'attraper et le retourner, il y eut un *pop !* étouffé.

Ils avaient l'air très mal à l'aise lorsque Schorcht entra à grands pas dans la pièce.

— Il a fait ça tout seul, mon général, avant qu'on puisse l'arrêter. Avec une seule balle explosive dans la poitrine. Un putain de grand trou. Y reste plus rien à raccommoder. Même ici, en plein milieu de l'hôpital.

Les narines du général se dilatèrent et son regard foudroyant, qui allait de l'un à l'autre comme un canon monté sur tourelle, était bien pire que tout ce qu'il aurait pu dire. Rétrogradation... blâme... carrières compromises. Il fit demi-tour et sortit d'un pas martial. Benicoff l'attendait.

— Donnez le corps au FBI. Trouvez n'importe quoi, tout ce que vous pourrez!

— D'accord. Pouvez-vous me dire maintenant ce qu'il y a derrière tout ça?

— Non. C'est une situation où on sait tout ou rien. Et vous, vous n'avez pas besoin d'en savoir plus. Disons seulement que l'affaire Megalobe est imbriquée dans quelque chose de beaucoup plus gros que ce que nous avions cru pendant quelque temps. Et il est hors de question qu'un attentat de ce genre se reproduise. Il y aura des gardes ici vingt-quatre heures sur vingt-quatre jusqu'à ce que le malade puisse être transféré. Quand il le pourra, il va sortir d'ici et traverser la Baie pour se retrouver sur Idiot's Island. À Coronado. Je n'aime pas la Marine, mais au moins, eux, c'est des militaires. Ils devraient pouvoir garder un individu dans l'enceinte de leur hôpital à l'intérieur de la plus grande base navale du monde. Je l'espère.

— J'en suis persuadé. Mais vous allez me dire ce qu'il y a derrière cette tentative d'assassinat. Sinon, ma propre enquête sera compromise.

— Vous serez informé le moment venu.

Le ton était glacial. Mais Benicoff ne s'en laissa pas conter. Sa voix était tout aussi froide que celle du général.

— Inacceptable. Si les gens qui sont derrière sont les mêmes qui ont descendu Brian, alors j'ai besoin de savoir. Maintenant, dites-moi tout.

Ils en restèrent là jusqu'à ce que le général Schorcht, bien malgré lui, se décide à parler.

— Je peux vous révéler le strict minimum. Nous avons un informateur dans une organisation criminelle. Il a eu vent de cette tentative d'assassinat et nous a contactés dès qu'il l'a pu. Il sait seulement que l'homme était un tueur à gages, mais ne sait toujours pas pour qui il travaillait. Lorsqu'il obtiendra cette information — s'il l'obtient —, elle vous sera transmise. Satisfaisant ?

— Satisfaisant. Du moment que vous n'oubliez pas de me prévenir.

Benicoff sourit allégrement en réponse au regard haineux du général Schorcht, tourna les talons et s'éloigna. Il trouva Snaresbrook dans son cabinet, dont il referma et verrouilla la porte avant de lui raconter ce qui s'était passé.

— Et on ne sait toujours pas qui est derrière cette tentative, ni pourquoi ils font ça ? demanda-t-elle.

— Pourquoi ? C'est plutôt évident. Quiconque a volé le matériel et les documents veut avoir le monopole sur l'intelligence artificielle, et surtout pas de témoins. Ils voulaient s'assurer que Brian ne puisse jamais plus parler.

— Dans ce cas-là... voyons ce que nous pouvons faire pour contrarier leurs projets. Le transfert à Coronado ne va pas être facile, ni se faire de sitôt. Brian n'est pas transportable, et je ne suis pas non plus disposée à interrompre le processus de guérison. Comme je l'ai déjà dit, c'est une course contre la montre. Vous et votre encombrant général allez donc être obligés de trouver un moyen d'assurer la sécurité de cet hôpital.

— Il va adorer ça. Je prendrais bien un deuxième café avant, ne serait-ce que pour songer à l'affronter.

— Servez-vous. Mais il faut que je retourne en salle d'op.

— Je vais avec vous. Je reste là-bas jusqu'à ce que je voie précisément quel genre de mesures de sécurité le général va nous trouver.

6

19 février 2023

Le lendemain matin, Benicoff se rendit dans le bureau du Dr Snaresbrook juste avant qu'elle parte en salle d'opération.

— Vous avez un instant ?
— Un instant, pas plus. Ça va être une journée difficile.
— Je croyais que vous aimeriez en savoir plus sur le tueur. Comme on pouvait s'y attendre, rien qui permette de l'identifier, pas d'étiquettes sur ses vêtements, pas de papiers. Son sang a été plus révélateur. Le rapport dit que le groupage sanguin place son origine en Amérique du Sud. En Colombie, en fait. Je ne savais pas qu'on pouvait être précis à ce point.
— La détermination du groupe sanguin devient de plus en plus raffinée, et vous allez probablement vous apercevoir qu'avec suffisamment de temps ils réussiront à cerner son origine exacte. C'est tout ?
— Pas tout à fait. Il présentait le tableau complet du sida et se camait à trois sachets d'héroïne par jour. Il est sorti de sa défonce juste le temps de faire le coup, mais il avait dans sa trousse une seringue chargée d'une dose suffisante pour tuer un cheval. Nous avons donc là un tueur à gages plus que disposé à tuer pour entretenir sa coûteuse toxicomanie. La piste s'arrête là, mais les enquêteurs essaient de retrouver les gens qui ont conclu le contrat avec lui. On ne m'a même pas encore dit qui ils sont ni comment l'information est

parvenue jusqu'à nous. Alors, vous comprendrez que ce n'est pas très facile.

— Je comprends. Maintenant, excusez-moi, mais il faut que j'aille au boulot. Venez avec moi.

Ils se lavèrent les mains et s'habillèrent en silence, puis entrèrent dans la salle d'opération. Une fois de plus, la calotte qui protégeait le cerveau ouvert de Brian fut retirée.

— Cette opération, espérons-le, sera la dernière, dit Erin Snaresbrook. Ceci est un ordinateur qui va être implanté dans son cerveau.

Dans la paume de sa main gantée, elle tenait en équilibre un objet en plastique noir de forme bizarre, l'inclinant vers le haut pour que la caméra qui enregistrait la procédure opératoire puisse bien le cadrer.

— C'est un multiconnecteur CM-10 à un million de processeurs, cadencé à 1 gigahertz, avec une mémoire vive de 1 giga-octet. Assez puissant pour exécuter facilement cent mille milliards d'opérations par seconde. Même après l'implantation des puces-films connectrices, il reste dans le cerveau, là où on a retiré les tissus morts, un espace suffisant pour l'ordinateur, dont le boîtier a été conçu pour s'y intégrer exactement.

Elle posa le superordinateur sur la cuvette stérile. Les faisceaux préhenseurs du robot descendirent sur lui, l'examinèrent, le saisirent et l'orientèrent dans la position correcte pour l'implantation. Lorsque la préparation fut terminée, l'ordinateur fut soulevé, puis descendu par l'ouverture pratiquée dans le crâne de Brian.

— Avant que l'ordinateur soit finalement installé, il est connecté avec chacune des puces-films. Et voilà, c'est fait, le boîtier va être fixé dans sa position définitive. Dès que la dernière des connexions externes sera faite, nous commencerons la fermeture. L'ordinateur devrait déjà fonctionner. Il a été programmé avec un logiciel d'apprentissage des reconnexions. Ce logiciel reconnaît des signaux similaires ou apparentés et réoriente les signaux neuraux à l'intérieur des puces. Espérons que ces souvenirs vont être désormais accessibles.

— Drôle de cadeau de fin d'études, dit Dolly. Le petit a besoin de vêtements et d'une nouvelle veste.

— Il les aura, dit Paddy en grognant tandis qu'il se baissait pour nouer ses lacets. Tu n'as qu'à l'emmener avec toi dans les magasins après la classe. De toute façon, des vêtements, ce n'est pas vraiment le genre de cadeau qu'il faut à un garçon. Surtout pour une occasion comme celle-ci. Il a fini le lycée en moins d'un an et se prépare à aller à l'université. Et il n'a que douze ans.

— Tu n'as jamais pensé que nous le poussons un peu trop ?

— Dolly... tu as assez de bon sens pour ne pas dire un truc pareil. Nous ne le poussons pas. Tout au plus, nous devons nous démener pour ne pas le retenir. C'était son idée à lui de finir le lycée aussi vite, parce qu'il veut suivre des cours qu'on ne trouve pas dans le secondaire. Voilà pourquoi il veut voir mon lieu de travail. Jusqu'ici, les règlements de sécurité lui en interdisaient l'accès. C'est donc un moment très émouvant dans sa vie parce qu'il a maintenant toutes les bases dont il a besoin pour aller plus avant. Pour lui, l'université est la corne d'abondance, bourrée de bonnes choses à consumer.

— Ça, d'accord. Il faudrait vraiment qu'il mange plus. Il se plonge dans cet ordinateur et il en oublie où il est.

— C'est une métaphore ! s'esclaffa Paddy. Des nourritures intellectuelles pour rassasier sa curiosité.

Elle était blessée et tenta de le dissimuler.

— Maintenant tu te moques de moi, uniquement parce que je me soucie de sa santé.

— Je ne me moque pas de toi. En plus, il n'a aucun problème de santé. Ni de poids. Il pousse comme la folle avoine, il nage et il se débrouille comme les autres gosses. Mais c'est sa curiosité intellectuelle qui fait toute la différence. Tu veux venir avec nous ? C'est son grand jour.

Elle secoua la tête.

— Qu'est-ce que je ferais dans ton labo ? Amuse-toi bien et arrange-toi pour être rentré à six heures. Je suis en train de faire une dinde avec tout ce qu'il faut, et Milly et George viendront faire un tour plus tard. Je veux que tout soit nettoyé avant qu'ils arrivent...

La porte s'ouvrit avec fracas et Brian entra en trombe.

— T'es pas encore prêt, papa ? C'est l'heure d'y aller.
— Quand tu voudras.

Brian était déjà à la porte d'entrée, il était presque sorti. Paddy le héla.

— Et dis au revoir à Dolly !
— Salut !

Et il avait disparu.

— C'est un jour important pour lui, dit Paddy.

— Important, sans doute, dit doucement Dolly pour elle seule, lorsque la porte se referma. Et moi, je suis la bonne à tout faire, ici.

Brian était à présent chez lui sur l'île artificielle et ses plates-formes auxiliaires : il n'était plus sensible à l'étrangeté de ce paysage. Quand tout était nouveau pour lui, il explorait les plates-formes, se coulant le long des coursives jusqu'au niveau inférieur où la mer déferlait autour des pieds en acier. Ou alors, il montait jusqu'aux appontages des hélicoptères, escaladant même un jour une barrière cadenassée pour grimper à l'échelle du mât de télécommunications installé sur le bâtiment administratif, point le plus élevé de l'UFE. Mais sa curiosité quant à ces constructions mécaniques était depuis longtemps satisfaite : il avait à présent des sujets de réflexion beaucoup plus importants et intéressants tandis qu'ils empruntaient la passerelle qui menait à la plate-forme des laboratoires.

— Tous les labos d'électronique sont ici, expliqua Paddy. Ce dôme, là-bas, c'est notre génératrice, puisque nous avons besoin d'une source d'énergie propre et stable.

— Réacteur à eau pressurisée du sous-marin *Sailfish*. Mis à la ferraille en 1994 lorsque les accords mondiaux furent signés.

— C'est bien lui. Nous entrons ici, au premier étage.

Brian resta bouche bée devant le spectacle, les nerfs tendus par l'excitation. Comme c'était samedi, ils avaient donc le laboratoire pour eux tout seuls, même si le bourdonnement soudain et sporadique d'un lecteur et un écran allumé confirmaient qu'au moins un programme tournait encore en tâche de fond.

— C'est ici que je travaille, dit Paddy en indiquant le terminal.

Une pipe de bruyère calcinée reposait sur la partie supérieure du clavier. Il l'enleva avant de tirer la chaise pour Brian.

— Assieds-toi et appuie sur n'importe quelle touche pour le mettre en marche. Laisse-moi te dire que je suis fier de cette bécane, le nouveau Z-77. Ça te donne une idée du genre de travail que nous faisons ici s'ils flippent pour un engin pareil. À côté, un Cray fait l'effet d'un vieux Macintosh.

— Vraiment ? dit Brian, les yeux écarquillés, en effleurant du bout des doigts la tranche du clavier.

— Non, pas vraiment, dit Paddy avec un sourire en cherchant son tabac dans sa poche. Mais il est plus rapide pour certains types de calculs et j'en ai vraiment besoin pour le travail de développement sur le LAMA. C'est un nouveau langage que nous sommes en train de mettre au point.

— C'est pour quoi faire ?

— Pour répondre à un besoin particulier, tout nouveau et en expansion rapide. Tu écris des programmes en LOGO, hein ?

— Bien sûr. Et en BASIC et en FORTRAN, et puis j'apprends le E dans un bouquin. En cours, j'ai appris un peu les systèmes experts.

— Alors, tu sais déjà que des langages informatiques différents sont utilisés dans des buts différents. Le BASIC est un bon langage d'initiation pour apprendre sur le tas quelques-unes des choses les plus simples que puisse faire un ordinateur : pour décrire des procédures, étape par étape. Le FORTRAN est utilisé depuis cinquante ans parce qu'il est particulièrement performant dans les calculs scientifiques de routine, bien qu'il soit maintenant remplacé par des systèmes de manipulation symbolique qui comprennent les formules. Le LOGO est pour les débutants, surtout les enfants, vu qu'il est très graphique et se prête bien au dessin.

— Et qu'il permet d'écrire des programmes qui écrivent et font tourner d'autres programmes. On ne peut pas faire ça avec les autres langages. Quand on essaie, ils protestent.

— Tu vas découvrir que tu peux le faire aussi avec le LAMA. Parce que, comme le LOGO, il est basé sur le vieux langage LISP. L'un des plus anciens et encore l'un des meilleurs, parce qu'il est simple tout en étant autoréférentiel. La plupart des programmes experts des premiers temps de l'intelligence artificielle ont été développés à l'aide du LISP. Mais les nouveaux types de traitement en parallèle dans la recherche moderne en IA nécessitent une approche et un langage différents pour faire toutes ces choses et d'autres encore. Et ça, c'est le LAMA.

— Pourquoi un nom d'animal ?

— Ce n'en est pas un. « LAMA » est l'acronyme approximatif de *Language for Logic and Metaphor*. Il est en partie basé sur le programme CYC mis au point dans les années quatre-vingt. Pour comprendre l'intelligence artificielle, il est vital de comprendre avant tout notre propre intelligence.

— Mais si le cerveau est un ordinateur, qu'est-ce que l'esprit ?

Paddy sourit.

— Une question qui semble déboucher sur un mystère intégral pour la plupart des gens, y compris quelques-uns des scientifiques du plus haut niveau. Or, pour autant que je puisse m'en rendre compte, il n'y a aucun problème là-dedans, c'est la question qui est mal posée, c'est tout. Nous ne devrions pas envisager l'esprit et le cerveau comme deux entités différentes qu'il faut connecter, puisque ce sont deux manières différentes de considérer la même chose. L'esprit est simplement ce que fait le cerveau.

— Comment l'ordinateur de notre cerveau traite-t-il nos pensées ?

— Personne ne le sait exactement, mais on en a une assez bonne idée. Le cerveau n'est pas seulement un gros ordinateur. Il est composé de millions de petites grappes de cellules nerveuses interconnectées. Comme une société. Chaque groupe de cellules se comporte comme un agent qui a appris à faire un petit travail quelconque, soit par lui-même, soit en sachant comment s'assurer le concours d'autres agents. La pensée résulte du fait que tous ces agents sont connectés selon des modes qui les font s'entraider — ou s'effacer lorsqu'ils sont inutiles. Donc, bien qu'ils ne puissent pas faire grand-chose individuellement, chacun peut tout de même transporter un petit fragment de savoir à partager avec les autres.

— Alors, comment le LAMA peut-il les aider à partager ?

Brian l'avait écouté dans une concentration totale, enregistrant chaque mot, analysant et comprenant tout.

— Il le fait en combinant un système expert générique avec une énorme base de données appelée CYC — enCYClopédie. Tous les systèmes experts précédents étaient basés sur des connaissances hautement spécialisées, mais CYC fournit au LAMA des millions de fragments de savoir relevant du sens commun, le genre de choses que tout le monde connaît.

— Mais si le LAMA dispose d'autant de fragments de connaissances, comment sait-il ceux qu'il doit utiliser ?

— En se servant d'agents connecteurs particuliers appelés nèmes, qui associent certains fragments de connaissances à certains autres. Par exemple, si on dit au LAMA que certain gobelet est en verre, alors les nèmes lui font automatiquement supposer que ce gobelet est également fragile et transparent — jusqu'à preuve du contraire. En d'autres termes, CYC fournit au LAMA les millions d'associations d'idées qui sont indispensables à la pensée.

Lorsque Paddy s'arrêta de parler pour allumer sa

pipe, son fils resta sur sa chaise sans mot dire pendant presque une minute.

— C'est complexe, dit Paddy. Pas facile à saisir du premier coup.

Mais il avait mal interprété le silence de Brian, s'était totalement trompé, parce que le jeune garçon avait suivi ce qu'il avait dit jusqu'à sa conclusion logique.

— Si c'est comme ça que fonctionne ce langage, alors pourquoi ne pas s'en servir pour faire une intelligence artificielle qui fonctionne vraiment ? Une qui peut penser toute seule, comme une personne ?

— Rien ne s'y oppose, Brian, rien du tout. En fait, c'est précisément ce à quoi nous espérons aboutir.

7

22 février 2023

Erin Snaresbrook avait l'impression d'être saturée de sommeil alors même qu'elle n'avait dormi que cinq heures. Pas délibérément, mais par nécessité, puisqu'elle ne s'était pas couchée du tout pendant presque trois jours. Elle commençait à avoir des hallucinations et, plus d'une fois, s'était surprise à fermer les yeux en salle d'op, faute de repos suffisant. C'en était trop. Elle avait pris une chambre d'interne vacante, était tombée, écrasée de fatigue, dans un trou noir et, un instant plus tard, apparemment, en avait été douloureusement tirée par la sonnerie stridente du réveil. Une douche froide la ramena brutalement à la vie. Dans la glace, des yeux bouffis lui renvoyèrent un regard papillotant lorsqu'elle se remit un peu de rouge à lèvres.

— Erin, il faut que je te le dise : t'as une gueule de déterrée, marmonna-t-elle en tirant une langue chargée et lasse. Vu votre état, je vous prescris du café, docteur. Par voie intraveineuse, de préférence.

Lorsque Snaresbrook entra dans la salle d'attente de son cabinet, elle vit que Dolly y était déjà et tournait les pages d'un vieil exemplaire écorné de *Time*. Elle regarda sa montre.

— Les malades volent toutes les revues récentes. Incroyable, non ? Et des malades riches, sinon ils ne viendraient pas ici. Ils piquent même le papier hygiénique et les savonnettes. Désolée de vous avoir fait attendre.

— Mais non, docteur. Inutile de vous excuser.
— Nous allons prendre un café, ensuite nous nous mettrons au travail. Entrez donc, je suis à vous dans un instant.

Madeline avait préparé le courrier et Snaresbrook feuilleta rapidement la liasse, levant les yeux lorsque la porte s'ouvrit brutalement. Elle adressa un sourire hypocrite au général, plus furieux que jamais.

— Pourquoi le malade et vous êtes-vous encore dans cet hôpital ? Pourquoi mes ordres de transfert n'ont-ils pas été exécutés ?

Le général Schorcht crachait ses mots comme autant de projectiles. Erin Snaresbrook songea à de nombreuses réponses possibles, la plupart tout à fait injurieuses, mais elle était trop fatiguée pour échanger des invectives si tôt le matin.

— Je vais vous montrer, mon général. Peut-être qu'alors vous cesserez de vous accrocher à mes basques.

Elle jeta le courrier sur le bureau, puis bouscula le général et sortit dans le couloir. Elle marcha d'un pas décidé en direction de l'unité de soins intensifs où se trouvait Brian, poursuivie par le martèlement des pas du général.

— Mettez ça, dit-elle sèchement en lançant au général un masque stérile. Pardon.

Elle reprit le masque et le mit en place elle-même sur le nez et la bouche de son antagoniste : il n'est pas facile d'y arriver quand on n'a qu'une seule main. Lorsque son propre masque fut en place, elle ouvrit la porte de la salle de réa juste assez pour qu'ils puissent voir à l'intérieur.

— Regardez bien.

La silhouette qui gisait sur la table était à peine visible derrière l'enchevêtrement de tuyaux, de tubes, de fils et d'appareils divers. Les deux bras du manipulateur étaient placés au-dessus du corps et les doigts arborescents descendaient par l'ouverture ménagée dans le tissu. Le tuyau flexible du masque à oxygène émergeait en se tortillant de sous les champs stériles ; il y avait des goutte-à-goutte et des tubes insérés dans les bras, les jambes et presque tous les orifices du corps inconscient. Des voyants clignotèrent sur l'une des machines : une infirmière regarda la valeur affichée sur l'écran et fit une correction. Snaresbrook laissa la porte battante se refermer et retira le masque du visage du général.

— Vous voulez que je déplace tout ça ? Pendant que le robot connecteur est encore en place, et en fonctionnement ? Il est en train de travailler avec l'ordinateur interne pour réacheminer les signaux nerveux.

Elle tourna les talons et partit : le silence prolongé du général était éloquent.

Elle fredonnait gaiement lorsqu'elle entra dans son cabinet et mit en marche le monstrueux percolateur. Dolly était assise au bord de sa chaise.

— Que diriez-vous d'un bon *espresso* bien corsé ? demanda-t-elle en lui agitant une cuiller sous le nez.

— Je ne bois pas de café.

— Vous devriez. C'est certainement plus tendre avec le métabolisme que l'alcool.

— Ça m'empêche de dormir. À cause de la caféine, voyez-vous. Et je ne bois pas d'alcool non plus.

Derrière son café, Snaresbrook lui adressa — faute de mieux — un hochement de tête compatissant, s'assit à son bureau et afficha sur l'écran la transcription de leur entretien précédent.

— Vous m'avez dit beaucoup de choses d'importance vitale la dernière fois que vous étiez ici, Dolly. Non seulement vous avez une bonne mémoire, mais vous comprenez les choses en profondeur. Vous avez été pour Brian une mère pleine de bonté et d'affection : c'est évident dans la manière dont vous parlez de lui.

Erin leva les yeux et vit que son interlocutrice rougissait légèrement en entendant ce compliment anodin : la vie n'avait pas été aussi tendre avec Dolly, et les compliments avaient été rares.

— Vous souvenez-vous du moment où Brian a atteint sa puberté ? demanda Erin.

Dolly rougit de plus belle.

— Bon, vous savez, ce n'est pas aussi évident que

chez les filles. Mais je crois qu'il était jeune — treize ans, environ.

— C'est de la plus haute importance. Jusqu'à maintenant, nous avons suivi sa vie émotionnelle dans sa petite enfance, nous avons continué avec ses années de formation et son évolution intellectuelle. Ça se passe très bien. Mais l'apparition de la puberté s'accompagne de changements psychologiques et physiologiques importants. Cette période et ce territoire doivent être explorés en profondeur et cartographiés du mieux que possible. Vous souvenez-vous qu'il ait fréquenté... qu'il ait eu des petites amies ?

— Non, rien dans ce goût-là. Certes, il y avait une fille qu'il fréquentait un peu : elle venait chez nous quelquefois pour travailler sur l'ordinateur de Brian. Mais ça n'a pas duré très longtemps, apparemment. Elle a été la seule. Et en plus, bien sûr, il y avait le problème de la différence d'âge : elle était beaucoup plus vieille que lui. Donc, la relation n'a pu être que platonique. Cela dit, je me rappelle que c'était un joli brin de fille. Elle s'appelait Kim.

— Kim, je veux que vous regardiez votre écran, dit le Dr Betser. Vous avez eu des problèmes avec cet exercice la semaine dernière et vous ne pourrez pas aborder l'étape suivante tant que vous n'aurez pas compris exactement ce qui se passe. Maintenant, regardez.

Le professeur avait tapé les équations sur son propre ordinateur, qui non seulement les affichait sur l'écran devant toute la classe mais les entrait au même moment dans la mémoire vive de l'ordinateur individuel de chaque étudiant.

— Montrez-nous comment faire, dit-il en lui passant la main.

Tous les regards étaient fixés sur l'écran lorsque Kim, à contrecœur, posa les doigts sur son clavier.

Tous les regards, sauf celui de Brian. Il avait trouvé la solution dans la minute suivant la saisie du problème. L'université devenait aussi frustrante que le lycée. En cours, il passait le plus clair de son temps à attendre que les autres le rattrapent. C'était une bande d'individus stupides et méprisables qui le regardaient de haut comme quelque monstre échappé d'une foire. Tous avaient quatre, voire cinq ans de plus que lui, et la plupart étaient plus grands d'une tête. Il y avait des moments où il avait l'impression d'être un nain. Et ce n'était pas seulement de la paranoïa de sa part : ils le détestaient vraiment, il en était convaincu. Ils ne l'aimaient pas parce qu'il était plus jeune, qu'il n'était pas à sa place ici. Ils étaient aussi pas mal jaloux, puisqu'il travaillait tellement mieux et tellement plus vite qu'eux. Comment des gens qui savaient vraiment penser — Turing, Einstein ou Feynman — avaient-ils réussi à survivre à l'école ?

Il regarda son écran et essaya de ne pas gémir en voyant la fille rater complètement sa démonstration. C'était trop pénible à regarder. L'air de rien, il poussa sa calculette contre le coin de son terminal et composa un code succinct. Une liste de verbes italiens apparut dans une fenêtre sur l'écran, et il la fit défiler, gravant les nouveaux verbes dans sa mémoire.

Très vite, Brian avait découvert que l'établissement se branchait sur l'ordinateur de chaque élève et enregistrait toutes les données entrées au clavier. C'était manifeste dans certaines des questions qu'on lui avait posées, qui mettaient en jeu des données qu'ils n'avaient pu obtenir que par cette méthode détournée. Dès qu'il en avait eu vent, il avait toujours veillé à ce que son ordinateur de cours serve uniquement au travail scolaire. Il avait remarqué que ses professeurs, le Dr Betser, notamment, étaient tout à fait persuadés que leur parole était d'or, et qu'ils seraient très choqués de découvrir que pendant leurs cours il s'était adonné à des jeux de stratégie ou avait sollicité des bases de données au lieu de leur accorder sa totale attention. Mais il y avait toujours moyen de tourner la difficulté. Si tous les ordinateurs de la salle avaient été reliés par une connectique, il aurait été plus facile — ou plus difficile — d'envoyer les informations sur une voie de garage. Mais, à présent, des liaisons infrarouges à bande étroite, comme des réseaux Ethernet, remplissaient la salle de communications invisibles. Chaque ordinateur était équipé d'une DEL — diode électroluminescente — numériquement modulable qui émettait sur des canaux à faible bruit. Un photodétecteur captait les messages sur la fréquence correspondante. La parade trouvée par Brian avait été d'intégrer un dispositif d'interception dans ce qui avait l'apparence d'une calculette, laquelle, placée contre le flanc de l'ordinateur, piégeait le signal et le rediffusait. Il pouvait donc faire ce que bon lui semblait sans que personne puisse détecter son manège. Ce qui s'affichait sur son écran ne concernait que lui seul ! *Allatare*, nourrir ou allaiter… *allenare*, exercer, entraîner.

Il suivait encore le déroulement du cours et commença à s'apercevoir vaguement que le Dr Betser prenait sa voix lasse et agaçante habituelle.

— … une incompréhension fondamentale de la procédure nous permettant de faire des approximations successives. Tant que vous ne comprendrez pas ce point fondamental, vous ne pourrez jamais aller plus loin. Brian… veuillez nous donner la solution correcte afin que nous puissions avancer. Et vous, Kim, je veux vous voir après le cours.

Brian éloigna la calculette de l'ordinateur et les verbes italiens disparurent. Il regarda l'écran et repéra la première erreur de Kim.

— Le raisonnement faux commence ici, dit-il en déplaçant le curseur pour sélectionner l'équation. Une fois que tu as trouvé la première solution, tu dois la supprimer — la soustraire de l'équation originale — avant de pouvoir appliquer la même méthode pour trouver le terme suivant. Si tu oublies de le faire, tu vas retrouver tout le temps le même terme. Ensuite, tu dois déduire par division la variable indépendante, sinon tu auras un résultat nul la fois suivante. Et, pour finir, tu dois revenir encore en arrière pour rajouter les termes et remultiplier la variable. Je pense que le problème vient de ce que toute la classe croit qu'il y a ici des tas d'idées différentes, d'idées dérivées, d'approximations au premier, au second degré, etc. Mais il n'y a ici qu'une seule idée, indéfiniment réutilisée. Je ne vois pas pourquoi on en fait quelque chose d'aussi compliqué...

Une heure plus tard, à la cantine, Brian mangeait son sandwich fromage-tomate et lisait *Les Chiens de guerre galactiques de Procyon* lorsqu'on s'assit lourdement sur la banquette à côté de lui. C'était assez inhabituel, vu que les autres étudiants le laissaient absolument seul. Encore plus inhabituels étaient les doigts bronzés qui lui arrachèrent le livre des mains et le firent claquer sur la table.

— De la science-fiction pour ados, une connerie spatiale quelconque, y a que des gosses pour lire ça, aboya Kim.

Il avait déjà plus qu'assez pratiqué cette polémique.

— La science-fiction utilise un vocabulaire deux fois plus étendu que ceux de toutes les autres formes de fiction populaire. Alors que les lecteurs de s.-f. se recrutent dans la tranche supérieure...

— Supérieure mon cul ! Tu m'as fait passer pour une imbécile aujourd'hui.

— Excuse-moi, mais tu n'as pas été brillante du tout.

L'expression soucieuse de Brian la calma : en tout cas, elle ne pouvait jamais rester en colère très longtemps. Elle rit tout haut et lui repassa son livre en le frottant sur une rondelle de tomate qui traînait sur la table. Il sourit et essuya la couverture avec sa serviette.

— En fait, ce n'était même pas ta faute, de toute façon. Le père Betser est peut-être un mathématicien et programmeur de génie, mais sa pédagogie ne vaut pas un pet de moucheron.

— Qu'est-ce que tu veux dire ?

Décidément intéressée, elle tendit la main et s'empara d'un coin de son sandwich. Il remarqua que ses dents étaient très blanches, immaculées, que ses lèvres étaient rouges, et ce, au naturel. Il poussa vers elle les restes de son sandwich.

— Il est toujours en train de prendre la tangente, de déraper dans des explications qui n'ont rien à voir avec le sujet qu'il devrait enseigner, des trucs comme ça. Je prends toujours un chapitre d'avance sur lui dans le manuel pour ne pas me paumer quand il se met à expliquer quelque chose.

— Étonnant ! s'exclama Kim, à la pensée qu'on puisse étudier un texte quand on n'y était pas obligé alors qu'il y avait tant d'autres choses merveilleuses à faire. Pouvez-vous faire mieux que lui, Monsieur Je-Sais-Tout ?

— Je peux lui en mettre plein la vue, Miss Cervelle d'Oiseau. Avec le système d'instructions éclair Brian Delaney tenu jusqu'à aujourd'hui dans le secret le plus absolu, tout deviendra clair ! Pour commencer, il n'est pas si important que ça de savoir exactement comment résoudre chaque problème.

— Ça a l'air stupide. Comment tu peux résoudre un problème si tu sais pas comment le résoudre, justement ?

— En faisant exactement le contraire. On peut apprendre un tas de manières de ne pas le résoudre. Un tas de mauvaises méthodes à ne pas essayer. Ensuite, lorsqu'on a trouvé les erreurs les plus communes, c'est à peine si on peut s'empêcher de faire ce qu'il faut sans même essayer de le faire.

Il retrouva le moment exact où elle s'était fourvoyée et saisit immédiatement en quoi consistait le malentendu. Il le lui expliqua patiemment, de deux ou trois manières différentes, jusqu'à ce qu'elle finisse par comprendre.

— C'était donc ça que j'avais fait de travers ! Pourquoi Betser-le-Butor l'avait pas expliqué comme ça ? C'est évident.

— Tout est évident une fois qu'on l'a compris. Pourquoi ne pas t'entraîner en faisant le reste des exercices jusqu'à ce que ça soit clair dans ton esprit ?

— Demain, peut-être. J'ai des trucs à faire, faut que je fonce.

Elle fonça — ou, du moins, sortit au petit trot du réfectoire —, et il la regarda partir en secouant la tête. Ah, les filles ! Une race bizarre. Il ouvrit son livre et tressaillit en voyant les taches rouges du jus de tomate. Peu soigneuse. Intellectuellement aussi : elle aurait dû pratiquer ce truc à fond tant que c'était encore tout frais dans sa tête. Onze chances sur dix qu'elle aurait déjà tout oublié le lendemain.

Effectivement.

— T'avais raison! Ça s'est envolé, pfft! Je croyais que je m'en serais souvenue, mais en gros, quoi.

Il poussa un soupir théâtral et leva les yeux au ciel. Kim pouffa.

— Écoute, dit-il, ça ne vaut pas la peine de passer ton temps à apprendre quelque chose si tu ne passes pas un peu plus de temps à t'assurer que ça reste une fois que c'est rentré. D'abord, tu ne peux pas vraiment comprendre quelque chose si tu ne le comprends que d'une seule manière. Il faut que tu réfléchisses un peu à chaque idée nouvelle : te demander ce qui est pareil et ce qui a changé par rapport à ce que tu connais. Si tu ne la raccroches pas à deux ou trois autres trucs, elle s'évaporera au moindre changement. C'est ce que je voulais dire hier quand je disais que la solution n'avait pas d'importance. Ce sont les différences et les ressemblances qui comptent.

Constatant le peu d'effet de ce discours, il joua sa carte maîtresse.

— De toute façon, j'ai mis au point un programme d'apprentissage autonome qui simplifie le problème des approximations successives. Je t'en donnerai une copie. Ensuite, tu pourras le faire passer chaque fois que le rideau tombera dans ton esprit et la lumière se fera immédiatement. Ça te permettra au moins d'aller jusqu'au bout de cette partie du cours.

— T'as vraiment un programme comme ça?

— Tu crois que je te ferais marcher?

— J'en sais rien. En fait, je sais vraiment rien du tout sur vous, M. Einstein Junior.

— Pourquoi tu m'appelles comme ça? dit-il, furieux parce que piqué au vif.

Il avait surpris les autres étudiants à l'appeler ainsi derrière son dos. En riant.

— Désolée, ça m'a échappé. J'ai pas fait exprès. Tout crétin qui t'appelle comme ça en est bien un. Je me suis excusée, alors tu peux plus m'en vouloir.

— Mais je ne t'en veux pas, dit-il en se rendant compte qu'il le pensait vraiment. Donne-moi ton code d'accès personnel et je balancerai une copie de ce programme sur ton modem.

— Le code, je l'oublie toujours, mais je l'ai écrit quelque part.

— Tu peux pas oublier ton code personnel comme ça! gémit Brian. C'est comme si tu oubliais ton groupe sanguin.

— Mais je connais pas mon groupe sanguin!

Ils en rirent tous les deux et il trouva la solution qui s'imposait.

— Tu ferais mieux de venir chez moi et je te donnerai la copie.

— Vraiment? T'es un mec extra, Brian Delaney.

Elle lui serra la main dans un accès de gratitude. Les doigts de Kim étaient chauds, très chauds.

8

25 mars 2023

Il y eut des murmures de protestation dans la queue, mais pas de la part de Benicoff. Non seulement cela lui était égal d'attendre, mais cette sécurité renforcée le réjouissait. Lorsqu'il arriva finalement devant les deux policiers militaires, ils lui demandèrent froidement ses papiers, alors même qu'ils le connaissaient très bien. Ils examinèrent de près le document, puis son laissez-passer hospitalier avant de l'autoriser à s'approcher de la porte principale. Un autre garde, posté à l'intérieur, la déverrouilla pour lui.

— Des problèmes, sergent ?
— Rien, à part les problèmes habituels avec qui vous savez.

Benicoff lui adressa un signe de tête complice. Il était présent lorsque le général Schorcht avait passé un savon au sergent, un sergent-chef — des galons jusqu'aux coudes, mais le général n'en avait cure.

— J'ai des problèmes avec lui moi aussi, et c'est bien pour ça que je suis là.
— Dur, dit le sergent avec un manque de sympathie appuyé.

Benicoff trouva le téléphone interne, appela la secrétaire de Snaresbrook, apprit que la chirurgienne était dans la bibliothèque et reçut les indications nécessaires pour s'y rendre.

Des livres de médecine reliés plein cuir garnissaient les murs, mais tous étaient dépassés depuis des années et n'étaient là que pour la décoration. La bibliothèque était complètement informatisée, puisque tous les livres spécialisés étaient publiés sous forme numérique. Ce n'était devenu possible que lorsque des normes et des conventions avaient été fixées pour les illustrations et graphismes, qui étaient pour la plupart des animations. Tout ce qui — ouvrage ou revue — était publié en médecine était ainsi chargé instantanément, dès parution, dans la base de données de la bibliothèque. Assise devant un terminal, Erin Snaresbrook dictait des instructions.

— Puis-je vous interrompre ? demanda Benicoff.

— Dans deux secondes. Je suis venue copier ceci dans mon ordinateur. Voilà.

Elle tapa Retour et l'article fut instantanément transféré de la base de données à son propre ordinateur à l'étage au-dessus. La chirurgienne hocha la tête et pivota sur son siège tournant.

— Je parlais à une amie russe ce matin, et elle m'a parlé de ça. Ça vient de Saint-Pétersbourg, d'un étudiant de Luria. Un travail très original sur la régénération des nerfs. Que puis-je faire pour vous ?

— Le général Schorcht n'arrête pas de me casser les pieds pour avoir des rapports toujours plus détaillés. Alors à mon tour de vous casser les pieds.

— *Niet prohblem*, comme disent nos amis russes. Et comment ça se passe de votre côté ? On progresse ?

— C'est l'impasse totale. S'il y a une piste, ce dont je doute fort, elle se refroidit de jour en jour. Pas de traces, pas d'indices, aucune idée de qui a fait le coup et comment. Je ne suis pas censé le savoir, mais le FBI a réussi à se brancher sur les transmissions de données de tous les laboratoires ou départements travaillant sur l'IA dans toutes les universités, toutes les grandes industries du pays, afin de pouvoir signaler tout changement soudain ou toute arrivée de nouvelles informations. Ils cherchent les données IA dérobées à Brian. Le problème, évidemment, c'est qu'ils ne savent pas exactement ce qu'ils doivent chercher.

— Plutôt illégal, ce genre de surveillance.

— C'est vrai. Mais je m'en accommoderai bien

quelque temps avant de vendre la mèche. Ce n'est pas ça qui me tracasse. La vraie question est de savoir si les organisations policières disposent de suffisamment d'experts pour interpréter tout ou partie de ces données. Il faut que nous fassions une percée. Et c'est évidemment pour ça que le général me casse les pieds.

— Parce que la possibilité que Brian se souvienne de quelque chose, guérisse ou réagisse d'une manière ou d'une autre est la seule chance que nous ayons ? Fascinant. Dans des romans bon marché, j'ai lu : « Il hocha la tête d'un air lugubre. » Maintenant je sais à quoi ça correspond parce que c'est ce que vous venez de faire.

— Lugubre, déprimé, suicidaire. Comme vous voulez. Et Brian ?

— Nous avons bien progressé, mais nous n'avons plus beaucoup de temps.

— Son état ne s'améliore pas, il régresse ?

— Mais non, vous m'avez mal comprise. La médecine moderne peut stabiliser un corps humain, le maintenir en vie des années durant lorsque l'esprit ne le contrôle plus. Physiquement parlant, je pourrais laisser Brian dans le service de convalescence jusqu'à ce qu'il meure de vieillesse. Je ne pense pas que nous le souhaitions. Je veux dire que j'ai localisé et reconnecté presque un million de neurones. J'ai retrouvé les souvenirs les plus anciens de Brian, depuis sa naissance jusqu'à environ douze ans, et je les ai sollicités. Les puces-films connectrices et l'ordinateur sont en place et devraient à très brève échéance, espérons-le, avoir réalisé toutes les connexions possibles. Je suis allée aussi loin que je le pouvais avec cette technique.

— Pourquoi travaillez-vous sur son enfance, si c'est l'adulte dont nous avons besoin pour répondre à nos questions ?

— Parce que le vieux cliché : « L'enfant est le père de l'homme », est tout à fait exact. Pas moyen de reconstituer les connexions cérébrales de niveau supérieur avant que les niveaux inférieurs aient commencé à fonctionner. Ce qui signifie que l'énorme structure de l'esprit humain ne peut être reconstruite que de bas en haut, exactement de la même manière qu'elle s'est construite au départ...

— Quand vous dites «construire un esprit», il est construit à partir de quoi ?

— L'esprit est fait de nombreuses petites parties, dont aucune, par elle-même, ne détient l'esprit. Nous appelons *agents* ces éléments essentiels. Par lui-même, chaque agent ne peut exécuter qu'une tâche simple qui n'a aucunement besoin de l'esprit ni de la pensée. Mais lorsque ces agents viennent à s'interconnecter, selon certains modes tout à fait sociaux, ils travaillent ensemble en tant que sociétés, et c'est ainsi que l'intelligence émerge de la non-intelligence.

» Par bonheur, la plupart des agents eux-mêmes sont indemnes, parce que leurs neurones sont situés dans la matière grise intacte. Or, la plupart des connexions entre agents se frayent un chemin à travers la matière blanche du cerveau, et trop de ces connexions ont été sectionnées. Voilà où j'en suis à présent. Je localise et reconnecte un grand nombre des agents les plus simples, aux niveaux moteur et sensoriel. Si je peux reconstruire une part suffisante de la société d'agents formée à chaque stade du développement de Brian, j'aurai ainsi des fondations me permettant de réparer les structures formées au stade suivant. Étape par étape. Couche après couche. Et les différentes formes d'interconnexions entre elles. Dans le même temps, il me faut reconstituer les boucles de rétroaction entre agents à chaque niveau, tout comme les systèmes situés dans d'autres parties du cerveau qui contrôlent le raisonnement et l'apprentissage. Ces différentes formes de boucles et de cercles sont d'une importance cruciale parce que ce sont elles qui soutiennent les activités de pensée et de réflexion qui distinguent la pensée humaine de celle de l'animal. À l'heure qu'il est, je suis presque arrivée à la fin de cette période de reconstruction. Dans quelques jours, je saurai si j'ai ou non réussi.

Impressionné, Benicoff hocha la tête.

— Vous êtes en train de m'habituer à penser quotidiennement l'impensable. Ce que vous êtes en train de faire est si nouveau, si différent que je le trouve, au fond — et je regrette de vous le dire — incompréhensible. Entrer dans la tête de Brian, ausculter ses pensées et réparer les dégâts ! À d'autres ! Vous, par exemple. Est-ce qu'il sent quoi que ce soit pendant que vous faites ça ?

Snaresbrook haussa les épaules.

— Il n'y a vraiment aucun moyen de le savoir. Je suppose que cette expérience est indescriptible parce qu'elle arrive à un esprit qui n'est pas encore humain. Ma conviction personnelle, toutefois, est que pendant qu'on reconstruit son cerveau il se pourrait très bien que son esprit retrouve et revive les événements qui ont marqué le début de sa vie.

Lorsqu'elle arriva au bout du couloir, Dolly entendit cliqueter le clavier de l'ordinateur. Elle sourit. Brian était tellement seul, d'habitude, que c'était réjouissant de le voir avec une camarade de classe.

— Quelqu'un voudrait-il un biscuit au chocolat qui sort du four ? dit-elle en tendant l'assiette.

Kim piaula de plaisir.

— Moi, je veux bien, madame Delaney. Merci !

— Brian ?

— Termine ça d'abord, marmonna-t-il. Allez, Kim, ce serait tellement mieux si tu faisais ça avant de t'octroyer une pause. Tu commences tout juste à comprendre la notion de vectorisation.

— On peut terminer plus tard. Prends-en un.

Brian soupira et fourra dans sa bouche l'un des biscuits encore chauds.

— Ch'est bon.

— Je vais vous chercher un peu de lait froid pour le faire descendre.

Lorsque Dolly revint avec les verres de lait sur le plateau, elle avait pris son sac à main.

— Il faut que j'aille au marché, et il va y avoir plein de monde. Ce qui signifie que je vais être en retard et que ton père va être inquiet s'il rentre avant moi. Tu lui dis qu'on mange à six heures comme d'habitude et que le dîner est prêt à mettre au micro-ondes. Tu n'oublieras pas ?

Brian secoua la tête. Dolly partie, il vida son verre, le posa et se retourna vers l'ordinateur.

— Maintenant, reprenons là où nous nous étions arrêtés.

— Non ! dit Kim. On fait une pause. T'as déjà oublié ?

Elle écarta les livres et se laissa choir sur le lit. À coups de poing, elle fit de l'oreiller un monticule qu'elle cala derrière son dos.

— Une pause, c'est une pause, va falloir que tu l'apprennes.

— Le travail, c'est le travail, et c'est ça que tu dois apprendre. Regarde un peu ton devoir de fin de trimestre, par exemple.

Il oscilla sur sa chaise pivotante et appuya sur une touche. Les pages défilèrent sur l'écran, essentiellement du texte en blanc sur fond rouge.

— Tu vois tout ce rouge ? Tu sais ce que ça veut dire ?

— T'as saigné du nez ?

— Tu devrais prendre ça au sérieux, Kim. Tu sais que je t'ai aidée à faire ce devoir pour ce salaud de Betser, que j'ai ajouté des trucs et que j'ai corrigé là où tu t'étais plantée. Rien que pour voir, j'ai voulu évaluer ma contribution et j'ai commencé à surligner en rouge les blocs de texte que j'avais ajoutés, toutes les corrections et les modifications. Il y a sûrement plus de rouge que de blanc là-dedans.

— Il n'y a pas que l'IA dans la vie. Puisque tu es presque debout, passe-moi un biscuit.

— Tu vas te planter à cette option, dit-il en se levant pour lui tendre l'assiette.

— Tu parles ! Alors peut-être que je vais rater complètement mes études, que j'épouserai un millionnaire et que je ferai le tour du monde sur mon yacht personnel.

— Pour une pétroleuse qui ne connaît que sa plate-forme, t'es un peu mégalo. Je parie que tu n'es jamais descendue à terre.

— Je connais le monde, môssieu. J'ai vu du pays.

Elle lécha le chocolat au bout de ses doigts et, les yeux mi-clos, prit une voix trouble de beauté exotique.
— Ze connais le monde. Li princes, ze li rends fous.
— Tu les fais crever d'ennui, ouais ! Tu as un esprit en état de marche, Kim. Mais voilà, tu n'aimes pas t'en servir.
— Y en a trop esprit ! Ti connais le corps ?
Elle tira sur le haut de son corsage pour montrer la naissance de ses seins — tira avec un peu trop d'enthousiasme car le corsage s'ouvrit en grand, révélant un sein nu au délicat mamelon rose. Elle gloussa en se reboutonnant.
— Li zommes, ze li rends fous...
La voix lui manqua lorsqu'elle découvrit l'effet que l'accident produisait sur Brian. Il était devenu tout pâle, ses pupilles se dilataient.
— Pas de panique ! T'as déjà dû voir pas mal d'épiderme sur la plage nudiste où tous les tordus vont traîner.
— J'y suis jamais allé, dit-il d'une voix brisée.
— Je te comprends. Y a des mecs et des nanas drôlement moches chez les naturistes.
Elle le regarda sous le nez, les sourcils en accent circonflexe.
— Au fait, t'as quel âge ?
— Treize ans.
Elle tomba à genoux et le regarda dans les yeux.
— T'es aussi grand que moi et t'es pas trop mal. T'as déjà embrassé une fille ?
— On travaille, dit-il, peu rassuré, en se tournant vers l'ordinateur.
Elle le prit par l'épaule et le força à la regarder en face.
— C'est pas une réponse... et je sais que tu sais ce que c'est que les filles parce que j'ai trouvé deux ou trois vieux *Playboy* sous ton pieu, avec les traces que ton regard incandescent avait laissées sur toutes les nudités des pages centrales. Peut-être que tu sais à quoi ressemble une nana, mais je te parie tout ce que tu veux qu'à treize ans t'as encore jamais embrassé — alors c'est maintenant que tu vas apprendre.

Brian ne se déroba pas lorsqu'elle lui prit doucement la tête dans ses mains et attira sa bouche sur la sienne. Elle ronronna d'aise et laissa sa langue explorer les lèvres de Brian, sentit les mains du garçon se raidir sur son dos. Kim abaissa la sienne : il n'y avait pas que ça de raide.
Elle lui déboucla sa ceinture.

Brian n'arrivait pas à comprendre que tout le monde ne découvre pas ce qui s'était passé rien qu'en le voyant. C'était tellement unique, tellement dévastateur que ça devait se lire sur son visage. Toutes les fois qu'il y repensait, il sentait sa peau s'échauffer sous la puissance du souvenir. Kim était déjà partie lorsque Dolly rentra. Il entendit arriver son père quelques minutes plus tard. Il resta dans sa chambre aussi longtemps qu'il le put, attendant qu'on l'appelle une deuxième fois pour le dîner.
Mais ni l'un ni l'autre ne remarquèrent quoi que ce soit. Brian mangea en silence, les yeux dans son assiette. Ils discutaient du barbecue auquel ils étaient invités le week-end suivant : ils ne voulaient y aller ni l'un ni l'autre. Mais c'était pour les affaires et non pour le plaisir et ils finirent par prendre la décision qui s'imposait. C'est à peine s'ils s'étaient aperçus qu'il avait quitté la table et était reparti dans sa chambre.
Ce qui le gênait le plus, c'était que ce qui s'était passé ne semblait pas avoir affecté Kim le moins du monde. Le lendemain matin, elle le croisa dans le couloir avec un simple « Salut ! » et rien d'autre. Il ne cessa d'y penser pendant tous les cours du matin, marmonna quelques réponses fausses qui choquèrent ses professeurs, puis décida de sécher les cours de l'après-midi et d'aller se promener sur les plates-formes. Seul au-dessus de la mer.
S'il avait ressenti profondément ce qui s'était passé, pourquoi pas elle ? La réponse était plutôt évidente : parce qu'elle l'avait déjà fait. Elle avait dix-huit ans, cinq de plus que lui, cinq ans de plus pour s'intéresser aux garçons. Il était jaloux de ces amants, certes, mais

qui étaient-ils ? Il n'eut pas le cran de le lui demander. Finalement, il se dit qu'il s'en fichait et essaya de n'y plus penser. Et chercha un prétexte pour la voir seule le plus tôt possible.

Le lendemain matin, Brian l'attendit dans le couloir et l'intercepta avant le début des cours.

— J'ai veillé tard la nuit dernière... et j'ai terminé ton devoir.

— J'entends mal ou quoi ? Tu viens de dire ce que j'ai cru t'entendre dire ?

— Hum-hum. J'ai pensé que ce serait plus facile de le faire en une seule fois plutôt que de t'obliger à suivre les opérations étape par étape. Peut-être que comme ça tu vas te souvenir de ce que tu as écrit. Passe chez moi cet après-midi, dit-il en affectant un ton décontracté, et je te ferai une première démonstration.

— Compte sur moi. Au revoir.

Les heures n'en finissaient pas de passer. C'était l'après-midi où Dolly allait jouer au bridge et la maison serait vide.

— Voici le dernier geste chirurgical, énonça tranquillement Snaresbrook. Tous les implants sont en place. Le processeur central est installé. La repousse des nouvelles connexions nerveuses en direction des portions lésées du cortex est presque terminée. Les connexions supplétives du corps calleux sont stimulées. Les interfaces en fibres optiques entre les puces ont été installées, ce qui a constitué la dernière des procédures intracrâniennes. Les tissus méningiens ont été soit réparés soit remplacés, et je suis maintenant en train d'enduire la tranche de la section de boîte crânienne qui a été enlevée pour donner accès au cerveau. Cet enrobage va se développer et fixer hermétiquement et définitivement le crâne. Cette procédure commence à présent.

Elle n'ajouta pas ce qu'elle pensait en son for intérieur que ce n'était que la fin des procédures chirurgicales. Mais les procédures inédites qui, si tout allait bien, reconstitueraient les connexions à l'intérieur du cerveau de Brian ne faisaient que commencer. Inédites, encore jamais testées, pouvaient-elles réussir ?

N'y pense plus. Termine ça et passe à autre chose.

C'était un après-midi de juillet, lourd et torride. Brian avait finalement quitté le laboratoire d'informatique. Il avait mis au point ce qu'il espérait être une amélioration du LAMA, un langage de programmation en IA que son père avait contribué à développer. S'il avait vu juste, les nèmes interconnecteurs des réseaux informationnels CYC pouvaient être accélérés par un facteur de 10. Mais il fallait tester cette nouvelle technique, ce qui aurait demandé des jours entiers sur son ordinateur personnel. Aussi avait-il réussi à emprunter du temps de calcul sur le Cray 5, et, si tout se passait bien, il devait avoir des résultats dès le lendemain matin. Ce qui voulait dire qu'il ne pouvait faire grand-chose entre-temps.

Et il y avait de fortes chances que Kim soit en train de l'attendre chez lui. Il pressa le pas et sa chemise trempée de sueur lui colla à la peau. Elle n'avait pas cours cet après-midi et viendrait donc peut-être pour ce qu'elle appelait des leçons particulières. Certes, il y aurait aussi un peu de travaux dirigés, parce qu'elle en avait vraiment besoin. Elle avait commencé à sauter des heures, à négliger des cours magistraux parce qu'elle savait qu'il serait là pour lui dire quoi faire avant les examens. Elle détestait vraiment le travail scolaire et était toujours heureuse de trouver mieux à faire. Brian ralentit quand il se rendit compte qu'il avait du mal à respirer. Il fallait qu'il soit prudent avec cette chaleur, sinon il risquait d'y passer.

Une bouffée d'air frais l'accueillit à bras ouverts lorsqu'il ouvrit la porte d'entrée.

— Y a quelqu'un ? cria-t-il sans recevoir d'autre réponse que le silence.

Puis il entendit de la musique, sourit et poussa la porte entrouverte de sa chambre.

— Je t'ai appelée : tu ne m'as pas entendu.

La chaîne était allumée, calée comme d'habitude

sur une station de *soul music* du Mississippi, mais la chambre était vide. Le couvre-lit était fripé, les coussins entassés pour faire dossier, comme Kim les aimait. Il chercha partout un petit mot. Kim en écrivait encore, oubliant toujours de solliciter le réseau. Il ne trouva rien. Il éteignit la musique et n'entendit plus que le ronronnement du ventilo de l'ordinateur, lequel marmonna tout seul en ouvrant une disquette. Dans la cuisine, alors ? Sûrement. Kim était championne mondiale de grignotage. À preuve le verre et l'assiette sale dans l'évier. Mais elle n'était pas là.

Elle ne répondit pas non plus quand il appela son numéro. Il chercha avec plus d'application une deuxième fois : elle lui avait plus d'une fois laissé des messages manuscrits. Elle était probablement la seule personne, dans l'univers informatisé de l'UFE, qui le fasse encore. Mais il ne trouva aucun message. Peut-être avait-elle surmonté une répugnance de longue date et laissé effectivement un message sur l'ordinateur. Il appela son programme de communication, sans rien y trouver.

Mystère. Et il commençait à s'inquiéter. Se pouvait-il qu'il lui soit arrivé quelque chose ? Il avait trouvé la porte d'entrée fermée, mais pas verrouillée. Elle ne l'était pas d'ordinaire, sauf la nuit : l'université était un lieu sûr, coupé de tout. Mais nul lieu n'était absolument sûr. N'avait-on pas récemment surpris des trafiquants de drogue à une dizaine de kilomètres au sud ? La plate-forme isolée de l'UFE serait peut-être l'endroit idéal pour une nouvelle tentative. Un bruit soudain attira son attention : l'ordinateur ronronnait, un témoin s'alluma sur un des lecteurs.

Évidemment ! Ce programme tournait depuis un ou deux jours et l'ordinateur était en mode de commande verbale — il l'était la plupart du temps, même lorsque Brian entrait des données directement au clavier —, et donc programmé pour enregistrer les moindres sons ou paroles et y répondre si nécessaire. Il aurait enregistré la voix de Kim.

C'était assez facile à retrouver. Il revint en arrière, brancha les enceintes... et s'entendit ronfler. Il sauta quelques minutes et entendit les informations du matin qu'il avait écoutées pendant qu'il s'habillait. Encore quelques minutes, quelques secondes... et la voilà! Elle fredonnait en écoutant la radio. Rien d'anormal. Il sauta encore quelques secondes en lecture accélérée, déformant les sons comme dans un dessin animé, puis s'arrêta en entendant Kim parler. Au téléphone.

— Oui, bien sûr. Si tu insistes. Bientôt. D'ac. Au revoir.

Il n'avait qu'un versant de la conversation : il n'avait jamais envisagé de brancher une dérivation sur son propre téléphone. Il repassa en lecture accélérée, entendit quelque chose, revint en arrière. C'était le rire de Kim.

Puis une voix masculine dit :

— Si tu me refais ça, je peux plus me retenir.

Brian posa la tête sur le bout de ses doigts, se pencha au-dessus de l'ordinateur et colla l'oreille au haut-parleur. Ce qu'il écoutait ne pouvait être que l'enregistrement d'ébats amoureux. Dans son propre lit. Avec quelqu'un d'autre. Il écouta jusqu'au moindre soupir et halètement humiliants, écouta Kim dans un crescendo de petits cris de plaisir.

Il écouta jusqu'au bout. Ensuite, ils parlaient doucement, mais il n'écoutait plus. Les voix n'étaient rien, ne signifiaient rien.

Fini. Liquidé. Le sang lui cognait aux tempes, il avait l'impression atroce d'avoir été trahi. Pour elle, il n'avait été rien d'autre qu'un répétiteur bénévole — et encore! Peut-être était-ce ainsi qu'elle payait ses leçons! Elle ne l'avait jamais pris au sérieux, elle n'avait jamais ressenti ce qu'il avait ressenti. Il prenait maintenant conscience que son amour immature n'avait pas été payé de retour. Elle n'avait pas partagé ses sentiments, et ne s'était probablement pas doutée de l'intensité de la passion qui le consumait. Tremblant de colère et d'humiliation, il effaça d'un doigt rageur le fichier et les voix de la trahison. Puis il reformata le disque pour empêcher toute reconstitution des informations. La destruction ne devait pas s'arrêter là. Il rechercha tous les travaux qu'il avait faits pour elle et les effaça du disque. Il effaça un fichier de messages personnels. Ses mains tremblaient, il pleurait de rage. L'amour s'était changé en colère, la séduction en trahison. Les mains frémissantes, il saisit le clavier, commença à le soulever pour le précipiter sur l'écran.

C'était de la folie. Il lâcha le clavier, sortit en trombe de la pièce, traversa le couloir en donnant des coups de poing dans les murs, arriva dans la cuisine et s'immobilisa sur le seuil, les poings serrés, agité par des émotions conflictuelles. Le porte-couteau était devant lui, sur le plan de travail. Il sortit le plus grand, en éprouva le tranchant avec le pouce, et eut envie de toutes ses forces de le plonger en elle. Et de recommencer. Encore et encore.

La tuer ? À quoi pensait-il ? Sa vie était-elle dominée par des émotions primaires et brutales ? Qu'était-il advenu de sa logique et de son intelligence ? Ses mains tremblaient encore lorsqu'il replaça le couteau dans son logement. Il resta devant l'évier à regarder dans le vide par la fenêtre.

Tu as un cerveau, Brian. Alors tu t'en sers. Sinon, tu laisses tes émotions gouverner ta vie. Tu la tues, tu es vengé, tu vas en prison pour meurtre. Ce n'est pas vraiment la meilleure idée du monde. Qu'est-ce qui se passe ? Comment l'émotion a-t-elle pu prendre la place de la pensée intelligente ?

Une sous-unité avait pris le contrôle des opérations : voilà ce qui s'était passé. Songe à la société de l'esprit et à la manière dont elle fonctionne. L'esprit est divisé en de nombreuses sous-unités, de sous-unités qui n'ont par elles-mêmes aucune intelligence. Quel était l'exemple que son père avait pris quand il le lui avait expliqué ? La conduite d'une voiture. Une sous-unité de l'esprit peut conduire la voiture tandis que l'esprit conscient s'occupe d'autre chose. La société de l'esprit travaillait habituellement dans un état de coopération entre tous ses éléments. Et voilà qu'une stupide sous-unité avait pris les commandes et contrôlait tout. Une unité sentimentale, obtuse et irrationnelle, avec des gonades comme cerveau et qui ne connaissait que la trahison, la jalousie et la colère. Voulait-il lui abandonner le contrôle de son existence ?

— Merde, non !

Il ouvrit le réfrigérateur, en sortit une canette de jus de fruits gazéifié, fit sauter l'opercule et en but la moitié d'une seule et lente gorgée. Il était à présent beaucoup plus calme, beaucoup plus rationnel. Il savait ce qui se passait. Une partie de son cerveau avait pris les commandes, donnait tous les ordres et éliminait tout le reste. Il n'existait pas de quelconque *moi* central, même s'il était facile de croire qu'il y en avait un. Plus il avait étudié le fonctionnement de l'intelligence, plus il avait été persuadé que chaque individu était un genre de comité. Le cerveau était composé d'un tas de petits sous-animaux, appelés protospécialistes.

L'animal-faim prenait les commandes lorsqu'on cherchait de la nourriture. Ou alors, c'était l'animal-peur quand les ennuis pointaient à l'horizon. Et, tous les soirs, l'animal-sommeil reprenait sa place. C'était le cercle de Salomon. Tous les mécanismes découverts par Lorenz et Tinbergen. Ces réseaux complexes de centres cérébraux dévolus à la faim, la sexualité ou la défense avaient mis des centaines de milliers d'années d'évolution pour se développer. Non seulement chez les reptiles, les oiseaux et les poissons, mais dans certaines régions de son propre cerveau.

Et maintenant, c'était l'animal-sexe en lui qui tapait du sabot, salivait et prenait les commandes. Une organisation primitive tout en bas du tronc cérébral, qu'il lui fallait combattre !

— Ce n'est pas moi, ça ! cria-t-il tout haut, frappant la table si violemment qu'il se fit mal au poing. Pas toute ma personne. Rien qu'une partie singulièrement stupide en même temps que puissante. Couilles de mes deux !

Il était plus qu'un animal en rut. Il avait l'intelligence, alors pourquoi ne pouvait-il pas s'en servir ? Comment pouvait-il perdre la maîtrise de lui-même au profit d'une stupide sous-unité ? Où était le gestionnaire mental qui aurait dû l'évaluer et la mettre à sa place, dans la perspective correcte ?

Il emporta la canette de limonade et but à petits coups. Il s'assit devant son ordinateur et ouvrit un nouveau fichier intitulé SELF CONTROL, puis se renversa sur sa chaise et réfléchit à ce qui devait suivre.

La plupart des processus mentaux fonctionnent inconsciemment, parce que la plupart des sous-unités de son esprit avaient été obligées de devenir autonomes — aussi indépendantes que ses mains et ses pieds — afin de fonctionner efficacement. Quand le bébé qu'il avait été avait appris à marcher, il n'avait pas dû y réussir du premier coup. Il avait trébuché, était tombé puis, peu à peu, avait progressé en tirant la leçon de ses erreurs. Les anciennes sous-unités de la marche ratée avaient dû être lentement remplacées ou supprimées par de nouveaux agents de la marche correcte, des agents qui fonctionnaient plus automatiquement, qui avaient moins besoin d'une pensée réflexive. Ces agents, il y en avait tellement, songea-t-il, et qu'est-ce qui les contrôlait ? Actuellement, ils avaient l'air d'être totalement incontrôlés. Il était temps pour lui de les prendre en charge : il fallait qu'il exerce un contrôle plus strict de sa personne. Il était temps pour lui de décider lui-même lesquels de ces agents devaient être mis en service. Ce moi mystérieux, séparé, devait être le gestionnaire, le contrôle central qui correspondrait à l'essence de la propre conscience de Brian.

— Ces stupides programmes d'IA auraient bien besoin d'un robot gestionnaire de ce type, dit-il avant d'avaler de travers sa limonade.

Était-ce aussi simple que cela ? Était-ce là le maillon manquant qui rassemblerait toutes les pièces éparses ? Aujourd'hui, il y avait plein de systèmes intéressants dans les laboratoires de recherche en IA d'universités comme Amherst, Northwestern et l'Institut technologique de Kyushu. Des systèmes logiques à base syntaxique, des interpréteurs de langage à base énonciative, des systèmes d'apprentissage à réseau neural, qui tous résolvaient leur catégorie de problèmes chacun à leur manière. Certains savaient jouer aux échecs, d'autres pouvaient commander des bras et des doigts mécaniques, d'autres encore étaient capables de planifier des investissements. Ils travaillaient tous séparément, tous de manière autonome, mais aucun d'eux ne donnait l'impression de penser vraiment. Parce que personne ne savait comment faire collaborer tous ces éléments si utiles. Ce qu'il fallait à l'IA, c'était un équivalent de ce moi interne. Un genre de gestionnaire central qui associerait toutes les sous-unités en une seule unité fonctionnelle.

Ça ne pouvait pas être aussi simple. Il ne peut pas y avoir de moi semblable aux commandes, parce que l'esprit ne contient pas de personnes véritables, rien qu'une masse de sous-unités. Par conséquent, ce moi ne pouvait être une chose unique, parce que aucun élément unique ne pouvait être assez intelligent. Donc ce moi devait lui-même être une sorte d'illusion créée par l'activité d'une autre société — une de plus — composée de sous-unités. Faute de quoi, il manquerait encore quelque chose, quelque chose pour gérer ce gestionnaire.

— Insuffisant. Je n'ai pas encore trouvé le concept correct. Ça va demander encore beaucoup de travail de mise au point.

Il sauvegarda le fichier où ses pensées étaient enregistrées, puis remarqua qu'il restait encore un fichier KIM sur le disque. Le devoir trimestriel pour Betser. Elle en avait une copie, mais elle n'y comprendrait jamais rien, et pourrait encore moins l'expliquer si on le lui demandait. Peut-être devrait-il conserver cet exemplaire. Après tout, c'était elle qui lui avait donné l'idée du programme gestionnaire. Pas question! Il tapa Effacement et le fichier disparut avec tout le reste.

La toute dernière mesure qu'il prit fut de programmer l'ordinateur pour ne pas accepter les appels émanant du téléphone de Kim. Mais ce n'était pas suffisant: elle pouvait toujours appeler d'une cabine publique. Il rajouta un programme qui refuserait tous les appels entrants. Plus d'appels de qui que ce soit, ni maintenant, ni jamais.

Finalement, il resta sur sa chaise, épuisé, les yeux secs. Trahi de tous les côtés.

Il était hors de question qu'une chose pareille se reproduise. Personne ne l'approcherait jamais assez pour lui faire du mal. Il allait réfléchir à son programme de gestion IA, voir s'il pouvait le faire fonctionner et oublier cette fille. Oublier les filles. L'incident ne se reproduirait pas. Non, jamais.

9

Coronado
2 avril 2023

L'hélicoptère arriva au-dessus de la baie et laissa derrière lui le pont qui reliait la péninsule crochue de Coronado à la ville de San Diego. Au sol, toutes les voies d'accès étaient hermétiquement contrôlées par les forces de sécurité : l'hélicoptère était non seulement le moyen le plus rapide mais aussi le plus sûr de circuler entre la base et l'extérieur. Il plongea en rasant les silhouettes grises des unités de la flotte en réserve, qui agonisaient tranquillement sous la rouille depuis la fin de la Seconde Guerre mondiale. Ils atterrirent sur la plate-forme spéciale du QG dans un tourbillon de poussière et virent s'avancer une maxi-limousine.

— Je trouve tout cela terriblement excessif pour une simple réunion, dit sèchement Erin Snaresbrook. Certains d'entre nous ont du travail. C'est absolument ridicule. Nous aurions pu avoir une téléconférence.

— Nous avons tous du travail, docteur, tous, dit Benicoff. Et vous ne pouvez rien reprocher à personne : cette réunion, c'était votre idée à vous. Vous auriez dû comprendre que c'était pour nous le seul moyen de garantir la sécurité.

— Un compte rendu des recherches en cours, voilà tout ce que j'ai proposé, répliqua-t-elle, levant la main avant que Benicoff puisse parler. Je sais. J'ai entendu les arguments pour. C'est beaucoup plus sûr ici. Les disparitions, les vols, la tentative d'assassinat, d'accord. Seulement j'ai horreur de ces essoreuses infernales. L'hélicoptère est le moyen de transport le plus dangereux qui ait jamais été inventé. Vous êtes trop jeune pour vous en souvenir, mais un hélico est tombé un jour du gratte-ciel de la Pan Am, en plein dans la 42e Rue. Des cercueils volants, voilà ce que c'est.

La voiture prit l'entrée souterraine qui menait au bâtiment du QG. Ils passèrent devant des sentinelles de la marine, franchirent des portes bien gardées, sous le contrôle des caméras vidéo et de tout l'appareil sécuritaire tant prisé des militaires. Une dernière porte, non moins gardée, les admit dans une salle de conférences avec vue panoramique sur la baie et Point Loma.

— Sommes-nous en lieu sûr ? chuchota Snaresbrook.

— Vous voulez rire, docteur ? répondit Benicoff sur le même ton. Cette fenêtre peut encaisser un obus naval de 750.

Erin se retourna pour l'examiner, puis surprit le sourire de Benicoff. Comme elle, il plaisantait pour détendre l'atmosphère.

— Asseyez-vous, ordonna le général Schorcht, aimable comme toujours.

Avec lui, les présentations furent tout aussi succinctes.

— À gauche, le Dr Snaresbrook. À côté d'elle, M. Benicoff, que vous avez déjà rencontré et qui est chargé de l'enquête en cours sur Megalobe.

— Et qui sont tous ces gens ? demanda Erin Snaresbrook d'une voix suave.

Le général Schorcht ignora sa question.

— Vous avez un rapport à faire, docteur. Allez-y.

Le silence se prolongea. Le général et la chirurgienne échangeaient des regards haineux. Benicoff intervint, peu désireux de voir la situation se détériorer encore plus.

— J'ai convoqué cette réunion parce qu'il apparaît que les opérations entreprises par le Dr Snaresbrook viennent d'atteindre un stade important et absolument vital. Puisque le reste de l'enquête est au point mort, j'ai le sentiment qu'à présent tout repose sur le Dr Snaresbrook. Elle s'est montrée solide comme un roc, elle est notre unique espoir dans cette désastreuse affaire. Et elle semble avoir accompli un miracle. Elle va maintenant vous informer de l'avancement de ses travaux. Si vous le voulez bien, docteur.

Légèrement radoucie, mais encore très irritée, la chirurgienne haussa les épaules et décida de mettre un terme à cet affrontement mesquin. Et c'est d'une voix calme et tranquille qu'elle parla.

— J'approche à présent de la fin des procédures chirurgicales essentielles pratiquées sur le malade. Les dommages superficiels occasionnés par la balle ont été réparés de manière satisfaisante. Plus importante et plus vitale, la reconstitution en profondeur des faisceaux nerveux du cortex vient d'être achevée. L'implantation des puces-films a été réussie et les connexions ont été établies par l'ordinateur intégré au cerveau. Il n'est plus nécessaire de faire appel à la chirurgie ordinaire. Le crâne a été refermé.

— Vous avez réussi. Le patient va parler et...

— Je ne tolérerai aucune interruption. De qui que ce soit. Lorsque j'aurai terminé ma description de ce qui a été accompli et que j'aurai donné mon pronostic, alors seulement je répondrai aux éventuelles questions.

Snaresbrook observa un instant de silence. Le général Schorcht aussi, rayonnant d'une haine absolue. Elle sourit modestement, puis poursuivit.

— Il se peut que j'aie complètement échoué. Si c'est le cas, c'est fini. Je ne vais pas lui ouvrir la tête encore une fois. Je veux vous dire fermement qu'un échec n'est jamais exclu. Tout ce que je viens de faire en est encore au stade expérimental et je ne peux donc pas vous faire de promesses. Mais je vais vous dire ce que j'espère voir arriver. Si j'ai réussi, le malade reprendra connaissance et devrait pouvoir parler. Mais je doute que je puisse alors parler à l'homme qui a été abattu. Il ne se souviendra d'aucun aspect de sa vie d'adulte. Si mes procédures aboutissent, s'il reprend conscience, ce sera en tant qu'enfant.

Faisant fi des murmures de déception, elle attendit le silence complet avant de continuer.

— J'en serai très satisfaite. Cela voudra dire que la procédure a réussi. Ce sera la première étape. Si tout se passe comme prévu, il me faudra alors poursuivre en implantant des données et des éléments de communication supplémentaires dans l'espoir que ses souvenirs s'étendent jusqu'à la période de l'attaque. Des questions ?

Benicoff fut le premier à placer une question capitale pour lui.

— Vous espérez ramener sa mémoire jusqu'au jour exact de l'attaque ?

— C'est effectivement possible.

— Se souviendra-t-il de ce qui s'est passé ? Nous dira-t-il qui a fait le coup ?

— Non, ça, c'est impossible.

Snaresbrook attendit que l'auditoire ait fini de réagir avant de poursuivre.

— Il faut que vous compreniez qu'il y a deux sortes de mémoire, une immédiate et une à long terme. Les souvenirs à long terme persistent pendant des années, pendant toute une vie, habituellement. La mémoire immédiate relève de l'instantanéité : les détails d'une conversation que nous sommes en train de surprendre, le livre que nous sommes en train de lire. La plupart des souvenirs immédiats s'évanouissent en quelques secondes, ou minutes. Mais certaines parties des souvenirs immédiats, si elles sont suffisamment importantes, finissent en général par devenir des souvenirs à long terme. Mais seulement au bout d'une demi-heure environ. Il faut tout ce temps au cerveau pour traiter l'information et la stocker. Ceci est démontré dans ce qu'on appelle le choc post-traumatique. Des victimes d'accidents de voiture, par exemple, n'ont aucun souvenir de l'accident si elles ont perdu connaissance à ce moment-là. Leur souvenir immédiat n'est jamais devenu souvenir à long terme.

La voix glaciale du général Schorcht trancha par-dessus le brouhaha des questions.

— Si vous n'avez aucune chance de réussir cette

douteuse procédure médicale, pourquoi l'avez-vous entreprise ?

Erin Snaresbrook avait eu son content d'insultes. Le rouge lui monta aux joues et elle s'apprêta à se lever. Benicoff fut debout avant elle.

— Puis-je rappeler à tout le monde que j'ai la responsabilité de l'enquête en cours ? Au prix d'un grand sacrifice personnel, le Dr Erin Snaresbrook s'est porté volontaire pour nous aider. Son travail est tout ce que nous avons. Bien qu'il y ait déjà eu des victimes, et que le malade risque très bien de mourir à son tour, cette investigation médicale est d'importance primordiale. Brian Delaney ne nous permettra peut-être pas d'identifier les tueurs, mais il peut nous montrer comment construire sa propre intelligence artificielle, qui est au centre de toute cette histoire.

Il s'assit lentement et pivota sur sa chaise.

— Docteur Snaresbrook, veuillez avoir l'amabilité de nous dire quelles procédures restent à appliquer.

— Oui, bien sûr. Comme vous le savez, j'ai laissé un certain nombre d'implants chirurgicaux à l'intérieur du cerveau du malade. Ils consistent en diverses variétés d'ordinateurs connectés par des terminaux microscopiques aux fibres nerveuses du cerveau. Des doses précisément modulées de substances chimiques peuvent être libérées par leur intermédiaire. En combinant cela avec une gamme soigneusement contrôlée de stimuli, j'espère que Brian apprendra bientôt à solliciter un nombre toujours plus grand de ses souvenirs plus récents, actuellement inaccessibles. Une fois qu'ils seront intégrés, il devrait recouvrer un esprit fonctionnel.

» S'il y a des lacunes mémorielles, il ne s'en apercevra pas. Ce dont j'espère qu'il se souviendra, c'est de tout le travail qu'il a fait pour mettre au point son IA. Afin qu'il puisse la reconstruire et la faire fonctionner.

» Bien entendu, je n'utiliserai pas que la chimie. J'ai également implanté des puces-films électroniques qui s'interfaceront directement avec les terminaisons nerveuses. Il y a sur ces films des neurones embryonnaires dont la croissance peut être stimulée de diverses manières. Ils peuvent être maintenus en sommeil le temps qu'il faudra, jusqu'à ce que j'aie l'occasion de réaliser les connexions correctes. Lorsqu'ils seront activés, chacun d'entre eux sera testé. Ceux qui se révéleront défectueux seront déconnectés afin que seuls les neurones réussis restent actifs. Cela peut se faire en ouvrant des trous chimiques microscopiques implantés dans les puces. Soit une connexion sera établie, soit une infime dose de neurotoxines détruira la cellule.

— J'ai une question, dit l'un des hommes.
— Je vous en prie.
— Êtes-vous en train de nous dire que vous êtes sur le point d'installer une interface homme-machine à l'intérieur du crâne de ce jeune homme ?
— C'est exact, et je ne sais pas pourquoi vous avez l'air si scandalisé. Ce genre de chose se fait depuis des années, à présent. Et d'ailleurs, déjà au siècle dernier, on se branchait sur les connexions neurales de l'oreille pour guérir la surdité. À de nombreuses reprises, ces derniers temps, on a pu utiliser les impulsions neurales émises par la moelle épinière pour activer des prothèses des membres inférieurs. Il était logique que le stade suivant soit la connexion directe au cerveau lui-même.
— Quand pourrons-nous parler à M. Delaney ? aboya Schorcht.
— Jamais, peut-être, dit le Dr Snaresbrook en se levant. Vous avez mon rapport. Faites-en ce que vous voulez. Je fais de mon mieux, avec des techniques encore expérimentales, pour reconstruire cet esprit en miettes. Faites-moi confiance. Si je réussis, vous serez le premier à le savoir.

Elle ignora les voix, les questions, se retourna et quitta la salle.

10

17 septembre 2023

Brian reprit lentement connaissance, remontant des profondeurs d'un sommeil sans rêves. Sa conscience se déroba, revint, plongea à nouveau dans le noir — processus répété à maintes reprises sur une période de plusieurs jours. Chaque fois, il ne conservait aucun souvenir de la précédente approche de l'état de veille.

Ensuite, pour la première fois, il resta effectivement au seuil de l'éveil complet. Bien que ses yeux soient encore fermés, il commença peu à peu à se rendre compte qu'il était éveillé. Et terriblement fatigué. Pourquoi ? Il ne le savait pas, ça lui était vraiment égal. Tout lui était égal.

— *Brian...*

La voix venait de très loin. À la limite de l'audibilité. D'abord, elle était là, et rien de plus : quelque chose à éprouver sans avoir à y réfléchir. Mais elle recommença. *Brian*, puis *Brian* encore.

Pourquoi ? Le mot tourna et tourna dans sa tête jusqu'à ce que le souvenir lui revienne. C'était son nom. Brian, c'était lui. Quelqu'un était en train de prononcer son nom. Il s'appelait Brian et quelqu'un l'appelait tout haut par son nom.

— *Brian... ouvre les yeux. Brian.*

Les yeux. Ses yeux. Ses yeux étaient fermés. Ouvre les yeux, Brian.

Lumière. Beaucoup de lumière. Puis à nouveau l'obscurité reposante.

— *Ouvre les yeux, Brian. Ne reste pas les yeux fermés. Regarde-moi, Brian.*

À nouveau ébloui, il cilla, ferma les yeux, les rouvrit. Lumière. Flou. Quelque chose flottait devant lui.

— *C'est très bien, Brian. Est-ce que tu me vois ? Si tu le peux, dis* oui.

Ce n'était pas chose facile. Mais c'était un ordre. Voir. De la lumière plus quelque chose. Me voir. Voir le me. Voir me dire oui. Voir, c'est-à-dire ? Est-ce qu'il voyait ? Qu'est-ce qu'il voyait ?

C'était difficile, mais chaque fois qu'il y réfléchissait, l'opération devenait plus facile. Voir : avec les yeux. Voir quelque chose. Quelle chose ? Le flou. Ce flou, c'était quoi ? Quelque chose, mais flou. Quel genre de chose ? Une chose, mais quoi ?

Visage.

Visage ! Oui, un visage ! Il était très heureux de le découvrir. Il vit que c'était un visage. Un visage avait deux yeux, un nez, une bouche, des cheveux. Et les cheveux ?

Les cheveux étaient gris.

Très bien, Brian. Il s'en tirait très bien. Il se sentit très heureux.

Ses yeux étaient ouverts. Il vit un visage. Avec des cheveux gris. Il était très fatigué. Ses yeux se refermèrent et il s'endormit.

— Vous avez vu, hein ? s'écria le Dr Snaresbrook, les mains jointes tremblant d'émotion.

Benicoff, perplexe, approuva d'un signe de tête.

— J'ai vu ses yeux s'ouvrir, d'accord. Mais, bon…

— C'était terriblement important. Avez-vous remarqué qu'il a regardé mon visage après que j'ai parlé ?

— Oui… mais est-ce que c'est une bonne réaction ?

— Non seulement bonne, mais immensément significative. Réfléchissez un instant. Vous avez sous les yeux le corps d'un jeune homme dont l'esprit est resté longtemps déconnecté, ou plutôt pulvérisé en fragments déconnectés. Mais vous voyez ce qui vient de se passer : il a entendu ma voix et s'est tourné pour me regarder en face. L'important est que les centres cérébraux de la reconnaissance auditive sont dans la moitié postérieure du cerveau alors que les centres de commande des mouvements oculaires sont dans la partie antérieure. Nous avons donc, dans ce domaine au moins, réalisé correctement les nouvelles connexions. Et ce n'est pas tout. Il essayait d'obéir : de comprendre mon ordre. Ce qui veut dire qu'un grand nombre de processus mentaux devaient être impliqués. Et notez qu'il a fait un gros effort, qu'il a établi des connexions mentales, qu'il s'est récompensé avec un sentiment de bonheur : vous avez vu son sourire. C'est fantastique.

— Oui, je l'ai effectivement vu sourire un peu. C'est bien qu'il ne soit pas déprimé, quand on pense à tout ce qu'il a subi.

— Non. Ce n'est pas là l'essentiel. Pas du tout. Si je me préoccupais de son attitude, j'aimerais mieux qu'il soit déprimé. Non, l'important, pour moi, ce n'est pas qu'il soit satisfait ou attristé, c'est qu'au moins il n'est pas apathique. Et si ses systèmes mentaux peuvent encore assigner des valeurs à des expériences, alors il peut utiliser ces valeurs pour l'autorenforcement des données acquises : en d'autres termes, pour apprendre. Et si ses systèmes mentaux sont en mesure d'apprendre correctement, il pourra nous aider à réparer les dégâts.

— Quand vous le dites comme ça, je comprends pourquoi c'est important. Et ensuite ?

— Le processus se poursuit. Je vais le laisser dormir ensuite, je ferai un nouvel essai.

— Mais est-ce qu'il ne va pas perdre ses souvenirs immédiats ? Les souvenirs que vous avez reconstitués ? Est-ce qu'ils ne vont pas disparaître pendant son sommeil ?

— Non. Parce que ce ne sont pas des souvenirs immédiats, mais des lignes K ou des fonctions reformées qui existaient déjà. Les lignes K sont des fibres nerveuses reliées à des ensembles de souvenirs, des ensembles d'agents, et qui réactivent des états mentaux partiels antérieurs. Représentez-les-vous comme des circuits reconnectés. Non pas sous forme de fragiles synapses humaines, mais à l'intérieur de solides mémoires électroniques.

— Si vous avez raison, ça signifie que tout ce que vous avez fait est en train d'aboutir, dit Benicoff en espérant que sa voix ne trahisse pas son manque d'enthousiasme.

La chirurgienne ne lisait-elle pas une masse démesurée d'informations dans ce petit sourire fugitif ? Peut-être voulait-elle y croire pour conserver ses illusions. Il s'était attendu à quelque chose de plus spectaculaire.

Erin Snaresbrook, elle, ne savait pas à quoi s'attendre avant l'issue de cette procédure totalement inédite, mais était à présent énormément satisfaite des résultats. Quand Brian se serait reposé, elle lui reparlerait.

Une chambre. Il était dans une chambre. La chambre avait une fenêtre, parce qu'il savait à quoi ressemblait une fenêtre. Il y avait quelqu'un d'autre dans la pièce. Quelqu'un avec des cheveux gris. L'autre avait une chose blanche sur le corps.

Corps ? L'autre ? la chose blanche était une *robe* et seules les *autres* portaient des robes.

C'était bien. Il fit un grand sourire. Mais pas tout à fait comme il faut. Le sourire s'atténua lentement. Il était presque réussi, il s'en était bien tiré. Le sourire revint et il s'endormit.

Que s'était-il passé la nuit d'avant ? Il s'agita, pris de peur : il ne se souvenait de rien, pourquoi ? Et pourquoi ne pouvait-il pas se retourner ? Il était attaché. Il se passait quelque chose de très grave, mais il ne savait pas quoi. Il lui fallut faire un effort pour ouvrir les yeux, puis les refermer très vite sous la morsure de la lumière. Il lui fallut battre des cils pour repousser les larmes lorsqu'il rouvrit prudemment les yeux et les leva vers le visage inconnu qui remplissait son champ de vision.

— Brian, est-ce que tu m'entends ? dit la femme.

Mais lorsqu'il essaya de répondre, il avait la gorge tellement sèche qu'il se mit à tousser.

— De l'eau !

Un tube dur et froid s'insinua entre ses lèvres et il aspira le liquide avec reconnaissance. Il s'étrangla, toussa et une onde de douleur déferla dans sa tête. Il gémit, atrocement ébranlé.

— Tête... très mal.

C'est tout ce qu'il put dire. La douleur ne voulait pas partir. Il gémit et se tordit sous l'emprise d'une douleur si forte qu'elle étouffait toutes les autres sensations. Il ne perçut pas l'infime dose de souffrance lorsque l'aiguille pénétra dans son bras, mais il poussa un soupir de soulagement lorsque la douleur envahissante commença à refluer.

Lorsqu'il rouvrit les yeux, ce fut avec beaucoup d'hésitation. Il repoussa les larmes de toutes ses forces, désespérant de voir.

— Qu'est-ce... ?

Sa voix sonnait bizarrement mais il ne comprenait pas pourquoi. Qu'est-ce que c'était ? Ce n'était pas sa voix ? Trop grave, trop rauque. Il écouta l'autre voix, qui venait de très loin.

— Brian, il y a eu un accident. Mais tu t'en tires très bien, maintenant... tu vas très bien t'en tirer. Est-ce que tu souffres ? Est-ce que tu as mal quelque part ?

Mal ? Dans sa tête, la douleur diminuait, était atténuée d'une manière ou d'une autre. Mal ailleurs ? Son dos, oui, son dos... son bras aussi. Il y réfléchit. Baissa les yeux et ne vit pas son corps. Recouvert. Qu'est-ce qu'il ressentait ? De la douleur ?

— Ma tête... mon dos.

— Tu as été blessé, Brian. À la tête, au bras et dans le dos aussi. Je t'ai donné quelque chose pour supprimer la douleur. Tu vas bientôt te sentir mieux.

Erin le regardait, sérieusement préoccupée à la vue du visage blafard sur l'oreiller, encadré par les bandages. Les yeux étaient ouverts, rougis, cernés de noir, cillant sans cesse pour chasser les larmes. Mais il levait sur elle un regard interrogateur, la suivait des yeux quand elle bougeait. Et la voix ! Les mots étaient suffisamment distincts. N'y avait-il pas toutefois un accent irlandais prononcé dans tout ce qu'il disait ? L'accent de Brian avait évolué après tant d'années passées en Amérique. Mais un Brian antérieur aurait certainement mieux conservé les inflexions gaéliques qu'il avait en arrivant. C'était bien lui, donc.

— Brian, tu as été très malade. Mais tu vas mieux maintenant... et tu iras encore mieux.

Mais à quel Brian s'adressait-elle ? Elle savait qu'en grandissant nous apprenons sans cesse des choses nouvelles. Or nous ne surchargeons pas notre esprit avec la mémorisation de tous les détails de l'*apprentissage* d'un nouveau processus, comme nouer ses lacets ou tenir un crayon. Les détails de l'acte mémoriel appartiennent à la personnalité qui s'est souvenue. Mais cette personnalité est abandonnée, ensevelie lorsque se développe la nouvelle personnalité. Les détails de cette opération étaient encore mal connus : peut-être que toutes les anciennes personnalités existaient encore à un niveau ou à un autre. Dans ce cas, à quelle personnalité s'adressait-elle à présent ?

— Écoute, Brian. Je vais te poser une question très importante. Quel âge as-tu ? Est-ce que tu m'entends ? Est-ce que tu peux te rappeler ton âge ? Quel âge as-tu ?

C'était beaucoup plus difficile que tout ce à quoi il avait déjà réfléchi. C'était l'heure de dormir.

— Ouvre les yeux. Tu dormiras plus tard, Brian. Dis-moi... quel âge as-tu ?

C'était une mauvaise question. Âge ? Années. Temps. Date. Mois. Lieux. École. Gens. Il ne savait pas. Ses pensées étaient confuses et cela le désorientait. Il valait mieux se rendormir. Il le voulait bien... mais une peur soudaine lui glaça le sang et son cœur cogna à tout rompre.

— Quel âge... j'ai ? Je peux pas... dire !

Il commença à pleurer et les larmes se mirent à sourdre de ses paupières fermées. Elle caressa son front moite.

— Tu peux dormir maintenant. C'est ça. Ferme les yeux. Dors.

Elle était allée trop vite, lui en avait demandé trop. Elle avait fait là une erreur et elle maudit son impatience. Il était encore trop tôt pour intégrer la personnalité de Brian au cadre temporel. Il fallait d'abord qu'elle s'intègre elle-même. Mais ça avançait. Au fil des jours s'imposait de plus en plus une vraie personnalité, plutôt qu'une collection de souvenirs vaguement liés. L'expérience allait réussir. Le processus était lent, mais Erin était sur la voie du succès. La personnalité de Brian avait été ramenée aussi près que possible de sa personnalité contemporaine. Mais impossible de savoir encore l'amplitude du décalage à rattraper. Patience. Le jour viendrait où Brian lui-même pourrait le lui dire.

Il s'écoula plus d'un mois avant que le Dr Snaresbrook lui repose la question.

— Brian, quel âge as-tu?

— Fait mal, marmonna-t-il, tournant la tête sur l'oreiller, les yeux fermés.

Elle soupira. La tâche n'allait pas être facile.

Elle reposa la question chaque fois qu'elle crut pouvoir se le permettre. Il y eut des bons jours et des mauvais jours — surtout des mauvais jours. Le temps passait et elle commençait à désespérer. Le corps de Brian guérissait, mais la liaison entre le corps et l'esprit restait fragile. Avec son optimisme habituel, elle reposa la question.

— Brian, quel âge as-tu?

Il ouvrit les yeux, la regarda, fronça les sourcils.

— Vous m'avez déjà demandé ça... Je m'en souviens...

— C'est très bien. Crois-tu que tu puisses répondre à cette question maintenant?

— Je ne sais pas. Je sais que vous m'avez déjà demandé ça.

— C'est vrai. C'est très intelligent de ta part de t'en souvenir.

— C'est ma tête, pas vrai? Il est arrivé quelque chose à ma tête.

— C'est tout à fait exact. Ta tête a été blessée. Elle va beaucoup mieux maintenant.
— Je pense avec ma tête.
— C'est exact, encore une fois. Tu vas beaucoup mieux, Brian.
— Je ne pense pas comme il faut. Et puis mon dos, mon bras. Ils me font mal. Ma tête...
— C'est vrai. Tu as été blessé à la tête, ton dos et ton bras ont été atteints eux aussi, mais ils guérissent très bien. En revanche, tes blessures à la tête étaient graves, ce qui va te donner des souvenirs confus. Ne t'inquiète pas, ça se corrigera avec le temps. Je suis ici pour t'aider. Alors, lorsque je te pose une question, tu dois m'aider. Essaie de répondre, et du mieux que tu peux. Maintenant... te souviens-tu quel âge tu avais le jour de ton dernier anniversaire ?

Il y avait eu une fête, des bougies sur le gâteau. Combien de bougies ? Il ferma les yeux, vit la table, les bougies.

— L'anniversaire. Le gâteau... un gâteau rose.
— Avec des bougies ?
— Beaucoup-beaucoup.
— Peux-tu les compter, Brian ? Essaie de compter les bougies.

Ses lèvres remuèrent. Les yeux toujours fermés, il sollicitait le souvenir et s'agitait dans son lit sous l'effort.

— Allumées. Des flammes. Je les vois. Une, deux... et encore d'autres. Ensemble, je crois... oui, il y en a quatorze.

La femme aux cheveux gris tendit la main et lui tapa sur l'épaule. Elle lui sourit lorsque ses yeux s'ouvrirent en papillotant et qu'il la regarda.

— C'est bon, c'est très, très bon, Brian. Je suis le Dr Snaresbrook. Je m'occupe de toi depuis l'accident. Alors tu peux me croire si je te dis que ton état s'est grandement amélioré... et va continuer de s'améliorer régulièrement. Je t'en parlerai plus tard. Maintenant, je veux que tu dormes...

Ce n'était pas facile. Parfois c'était comme s'il faisait deux pas en arrière pour chaque pas en avant. La douleur semblait s'atténuer, mais elle l'accaparait encore : il y avait des jours où il ne voulait pas parler d'autre chose. Il n'avait guère d'appétit mais voulait qu'on lui retire le goutte-à-goutte intraveineux. Un jour, il ne fit que sangloter de peur. Elle ne découvrit jamais pourquoi.

Et pourtant, morceau par morceau, avec une persévérance obstinée, elle aida le jeune homme à reconstituer ses souvenirs. Lentement, les écheveaux embrouillés et sectionnés de son passé furent rassemblés et rattachés. Il lui manquait encore des pans importants de sa mémoire. Elle en était consciente, même si lui ne l'était pas. Après tout, comment pourrait vous manquer une chose dont vous n'avez pas le souvenir ? La personnalité de Brian émergeait, lentement et sûrement, plus forte de jour en jour. Jusqu'au jour où il demanda :

— Mon père... Dolly, ils vont bien ? Je ne les ai pas vus... depuis bien longtemps.

La chirurgienne s'attendait à cette question et avait préparé une réponse soigneusement formulée.

— Lorsque tu as été blessé, il y a eu d'autres victimes, mais aucune d'elles n'était une personne que tu connaissais. À présent, le mieux que tu puisses faire, c'est de te reposer un peu.

Elle fit un signe de tête à une infirmière et Brian la vit du coin de l'œil injecter quelque chose dans le goutte-à-goutte relié à son bras. Il voulait parler, poser encore des questions. Il tenta de remuer les lèvres mais plongea dans le noir.

Lorsque le Dr Snaresbrook rendit visite à Brian la fois suivante, elle était accompagnée du neurochirurgien résident, Richard Foster, qui avait suivi de près le cas Delaney.

— Je n'ai jamais vu une guérison d'une telle amplitude après une atteinte aussi grave, dit Foster. C'est sans précédent. Ce type de lésion cérébrale globale débouche toujours sur des infirmités majeures : sérieuses faiblesses musculaires ou paralysies, déficits sensoriels massifs. Or, tous les systèmes semblent être fonctionnels. Il est déjà prodigieux qu'il ait recouvré la moindre fonction mentale après une lésion aussi étendue. Normalement, pareil malade serait dans un coma permanent. Il devrait être à l'état de légume.

— Je crois que vous n'utilisez pas le concept adéquat, expliqua patiemment Snaresbrook. En fait, Brian n'est pas «guéri» au sens habituel du terme. Aucun processus naturel de guérison n'a rétabli ces fameuses connexions. Si son cerveau a dépassé le stade fonctionnel d'une masse de fragments déconnectés, c'est pour la seule et unique raison que nous lui avons fourni des connexions de rechange.

— Cela, je le comprends. Mais je n'arrive pas à croire que nous ayons réussi assez d'appariements corrects.

— Il me semble que vous avez absolument raison sur ce point. Nous n'avons pu opérer qu'approximativement. Donc, à présent, lorsqu'un agent localisé dans une partie du cerveau envoie un signal vers une autre région pour, par exemple, bouger le bras et la main, il se peut que ce signal ne soit pas exactement identique à ce qu'il était avant la lésion. Toutefois, si nous avons fait les choses à peu près correctement, alors quelques-uns au moins de ces signaux iront dans une direction plus ou moins correcte, dans une région où ils peuvent avoir, grosso modo, l'effet attendu. Et c'est ça qui est important. Donnez au cerveau la moitié d'une chance, et il fera le reste pour vous. C'est la même chose dans n'importe quel acte chirurgical. Le chirurgien ne peut que travailler approximativement. On ne peut jamais reconstituer à l'identique ce qui était là auparavant, mais cela n'a d'ordinaire pas trop d'importance vu tout ce que le corps peut accomplir par lui-même.

Elle regarda les moniteurs : pression sanguine, température, respiration, gaz carbonique et, par-dessus tout, électroencéphalogramme : les tracés caractéristiques du sommeil profond normal. Sans s'en rendre compte, elle laissa échapper un profond soupir. Il y avait maintenant des résultats positifs et bien réels. Tout ce qu'elle avait constaté au cours des semaines passées avait laissé entendre que son plan peu orthodoxe, inédit, jamais testé, pourrait réussir après tout.

Benicoff attendait dans la pièce attenante. Il allait se lever, mais Erin l'en dissuada d'un geste de la main et s'assit lentement dans le fauteuil en face de lui.

— J'ai réussi !

Les mots jaillirent, enfin libérés.

— Quand vous l'avez vu pour la dernière fois, il en était à un stade très peu avancé. J'ai travaillé avec lui, je l'ai aidé à solliciter les souvenirs et les pensées qui constituent la périphérie de son esprit. Bien sûr, il a encore des idées confuses sur beaucoup de choses, c'est inévitable. Mais, à présent, il parle bien. Je lui ai demandé son âge, il m'a dit qu'il avait quatorze ans. Et voilà maintenant qu'il me pose des questions sur son père et sa belle-mère. Vous rendez-vous compte de ce que cela signifie ?

— Tout à fait, et je suis heureux d'être le premier à vous féliciter. Vous avez pris ce qui était pour l'essentiel un homme mort au cerveau mort, et avez reconstitué suffisamment de ses premiers souvenirs pour l'amener à un âge mental de quatorze ans.

— Pas vraiment. Tout cela est en grande partie illusoire. Certes, il est vrai que Brian a désormais recouvré de nombreux souvenirs de lui-même jusqu'à l'âge de quatorze ans. Mais pas tous, il s'en faut de beaucoup. Il manque des morceaux, qui lui feront toujours défaut, laissant dans sa mémoire des lacunes qui risquent de handicaper beaucoup de ses capacités et attitudes. De plus, cet âge limite est loin d'être précis. Parmi les séquences que j'ai reconstituées, beaucoup ne vont pas jusqu'à cette date, tandis que d'autres la dépassent sensiblement. Mais l'essentiel est que nous commençons à voir poindre une personnalité raisonnablement bien intégrée. Elle n'est certes pas encore très achevée, mais elle apprend tout le temps. Une grande partie du Brian originel est revenue, mais c'est encore insuffisant, à mon avis.

Elle le dit en fronçant les sourcils, avec un sourire forcé.

— En tout cas, nous n'avons nullement besoin de nous en préoccuper actuellement. L'important est que nous soyons désormais en mesure de nous assurer sa coopération intellectuelle active. Ce qui signifie que nous pouvons passer à l'étape suivante.

— C'est-à-dire...

Snaresbrook lui lança un regard sombre.

— Nous avons fait à peu près toute la reconstruction qui puisse se faire «passivement». Mais il reste encore de nombreux concepts que nous n'avons tout bonnement pas touchés. Par exemple, Brian semble avoir pratiquement perdu tout ce qu'il savait des animaux — forme particulière d'aphasie déjà signalée lors d'accidents cérébraux. Il semble que nous soyons arrivés au point de saturation dans la reconnexion des anciens nèmes de Brian. Bien que j'aie l'intention de poursuivre cette procédure, je vais donc maintenant entamer parallèlement la nouvelle phase. Ce qu'on pourrait appeler une transfusion de savoir. Mon intention est d'essayer d'identifier ces domaines manquants — ces domaines du savoir que pratiquement tout enfant connaît déjà mais Brian pas encore —, et de charger les structures correspondantes à partir de la base de données de sens commun CYC-9.

Benicoff soupesa la signification de ce discours, s'apprêta à parler... mais elle leva la main pour lui imposer le silence.

— Nous ferions mieux de discuter de tout ça à un autre moment.

Elle secoua la tête, sentit son énergie diminuer, sentit l'attaque de l'épuisement trop longtemps tenu en respect.

— Maintenant, allons prendre un sandwich et un peu de café. Ensuite, lorsque Brian dormira, je mettrai mes notes à jour. Il aura besoin d'être guidé pas à pas tout au long du chemin. Ce qui signifie que nous aurons — moi et l'ordinateur — besoin d'en savoir plus sur lui qu'il n'en sait lui-même.

Les courroies de contention avaient été retirées et seuls restaient en place les montants latéraux surélevés du lit. L'extrémité du lit avait été inclinée pour que Brian ne soit plus complètement allongé. Les bandages qui lui enserraient la tête recouvraient le câble connecteur en fibres optiques qui aboutissait à l'arrière de son crâne. Tous les goutte-à-goutte et autres appareils et détecteurs invasifs avaient été retirés : les quelques rares qui restaient étaient de petite taille, non invasifs, et fixés à la peau. Mis à part ses yeux tuméfiés et injectés de sang et son teint blafard, il avait l'air en bonne santé.

— Brian, dit Erin Snaresbrook en voyant l'encéphalogramme signaler la reprise de l'activité consciente.

Brian ouvrit les yeux.

— Est-ce que tu te rappelles avoir déjà parlé avec moi ?

— Oui. Vous êtes le Dr Snaresbrook.

— Excellent. Sais-tu quel âge tu as ?

— Quatorze ans. À mon dernier anniversaire. Qu'est-ce qui m'est arrivé, docteur ? Vous ne voulez pas me le dire ?

— Bien sûr que si. Mais veux-tu me laisser choisir la cadence, t'expliquer les choses une à une et dans ce que j'estime être l'ordre le plus judicieux ?

Brian réfléchit un instant avant de parler.

— Je veux bien... c'est vous le docteur, docteur.

En entendant ces mots, elle sentit soudain monter une bouffée d'enthousiasme. Une petite plaisanterie verbale. Mais d'une signification énorme, puisqu'elle indiquait que Brian avait l'esprit alerte et en état de marche.

— Bon. Si tu me laisses faire, je promets de te dire toute la vérité, bref, de ne rien te cacher. On commence : qu'est-ce que tu sais sur la structure du cerveau ?

— Vous voulez dire physiquement parlant ? C'est une masse de tissus nerveux à l'intérieur du crâne. Il comprend les hémisphères cérébraux, le cervelet, le pont, et le bulbe rachidien.

— C'est drôlement précis. Tu as subi un traumatisme cérébral et tu as été opéré. En outre...
— Il y a quelque chose qui cloche dans ma mémoire.
— Comment le sais-tu? dit Snaresbrook, stupéfaite.
Cette petite victoire fit naître un mince sourire sur les lèvres de Brian.
— C'est évident. Vous vouliez savoir mon âge. J'ai regardé mes mains pendant que vous parliez. J'ai quel âge, docteur?
— Quelques années de plus?
— Vous m'avez promis de me dire toute la vérité, rien que la vérité.

Elle avait projeté de garder l'information pour elle aussi longtemps que possible: cette révélation risquait d'être traumatisante. Mais Brian était déjà très en avance sur elle. À partir de maintenant, c'était la vérité, toute la vérité, rien que la vérité.

— Tu as presque vingt-quatre ans.

Brian digéra lentement l'information, puis inclina la tête.

— Alors ça va. Si j'avais cinquante ou soixante ans, ça serait merdique parce que j'aurais déjà vécu presque toute ma vie sans pouvoir m'en souvenir. Vingt-quatre ans, ça va. Est-ce que je vais récupérer mes souvenirs?
— Je ne vois rien contre. Jusqu'à maintenant, tes progrès ont été extrêmement satisfaisants. Je t'expliquerai les techniques en détail si ça t'intéresse, mais d'abord laisse-moi te dire les choses le plus simplement possible. Je veux stimuler tes souvenirs, puis reconstituer les liaisons neurales qui te permettront d'y avoir accès. Lorsque cela se produira, ta mémoire sera complète et tu recouvreras totalement ta personnalité. Je ne peux pas te promettre de reconstituer intégralement tous tes souvenirs. Il y a eu une lésion, mais...
— Si je ne sais pas qu'ils me manquent, ils ne me manqueront pas.
— C'est tout à fait exact.

Brian était perspicace. Il ne disposait peut-être que des souvenirs de ses quatorze premières années, mais les processus intellectuels de son cerveau conscient semblaient être beaucoup plus avancés. Elle savait qu'il avait été un enfant prodige. Qu'il était entré à l'université à quatorze ans. Il n'était donc pas un garçon de quatorze ans ordinaire.

— Mais, reprit-elle, le fait de ne pas ressentir l'absence d'un souvenir n'est qu'un aspect mineur de la question. Il faut que tu comprennes que la mémoire humaine n'est pas comme un de ces « magnétophones » à bande où tout est enregistré dans l'ordre chronologique. C'est tout à fait différent, ça ressemble beaucoup plus à un système de gestion de base de données approximativement mis à jour et fondé sur une architecture brouillonne et équivoque. Non seulement le système est confus, mais nous reclassons les choses de temps à autre. Lorsque je dis que j'ai des souvenirs de mon enfance, ce n'est pas vrai. En fait, j'ai des souvenirs de souvenirs. Des choses qui ont été pensées mille fois, simplifiées, réduites.

— Je crois comprendre ce que vous voulez dire. Mais, s'il vous plaît, avant que nous commencions, il y a deux ou trois choses que vous allez être obligée de me dire. Il peut s'en passer, des choses, en dix ans. C'est long. Ma famille...

— Dolly est déjà venue ici et veut vous voir.

— Et je veux la voir moi aussi. Et mon père ?

Rien que la vérité, songea Snaresbrook, même quand ça fait terriblement mal.

— Brian, je suis désolée, mais ton père... est décédé.

Le silence se fit et des larmes coulèrent lentement sur le visage de l'homme, ou plutôt de l'enfant. Il lui fallut de longues minutes avant de pouvoir s'exprimer à nouveau.

— Je ne veux pas entendre parler de ça maintenant. Et moi alors ? Qu'est-ce que j'ai fait pendant toutes ces années ?

— Tu as passé tous tes examens, tu as fait des recherches originales.

— En intelligence artificielle ? C'est ce que fait mon père, et c'est que je veux faire moi aussi.

— C'est ce que tu as fait, Brian ! Tu as réussi tout ce que tu as entrepris. À dire vrai, c'est toi qui as fait la percée qui a permis de construire la première IA authentique. Avant d'être blessé, tu étais au seuil du succès.

Brian remarqua la juxtaposition des termes et en tira immédiatement la conclusion logique.

— Jusqu'ici, vous m'avez tout dit, docteur. Je ne crois pas que vous m'ayez caché quoi que ce soit.

— Non. Ce serait malhonnête.

— Alors, dites-moi : ma blessure a-t-elle un rapport quelconque avec l'IA ? Est-ce que c'est la machine qui a fait le coup ? J'avais toujours trouvé stupides ces histoires d'IA diaboliques.

— Histoires stupides, certes. Mais il y a encore des hommes diaboliques. Tu as été blessé dans le laboratoire par des hommes qui voulaient voler ton IA. Et la réalité s'est trouvée être tout le contraire du mythe. Loin d'être malfaisant, ton travail sur les micromanipulateurs contrôlés par IA m'a grandement aidée... et m'a permis de t'amener au stade où tu es et de parler avec toi comme je le fais en ce moment.

— Il faut que vous me disiez tout sur l'IA !

— Non, Brian. Nous devons reconstruire tes souvenirs, étape par étape, jusqu'à ce que tu puisses me dire à moi comment fonctionne l'IA. C'est toi qui l'avais inventée : tu vas maintenant la redécouvrir.

11

1ᵉʳ octobre 2023

Les stores avaient été relevés par l'infirmière qui avait apporté le petit déjeuner. Brian était éveillé depuis l'aube, incapable de dormir avec les pensées qui bourdonnaient dans sa tête. Elle était couverte de bandages : il pouvait le vérifier du bout des doigts. Qu'avait-il pu lui arriver qui lui ait fait perdre toutes ces années ? Une amnésie sélective ? C'était tout bonnement impossible. Il faudrait qu'il demande au docteur de décrire physiquement les lésions — quoiqu'il vaille peut-être mieux qu'il ne le fasse pas. Il ne voulait vraiment pas y penser maintenant. Pas encore. Tout comme il ne voulait pas penser à la mort de son père.

Où était la télécommande ? Il était encore stupéfait de la qualité de l'image, sinon du contenu. Les émissions étaient tout aussi nulles qu'avant. Fallait-il qu'il regarde encore les actualités ? Non, il n'arrivait pas à s'y retrouver, c'était plein de références qu'il ne saisissait pas. Essayer de comprendre le déprimait, vu qu'il était déjà assez désorienté comme ça. Ah, voilà, ça c'était mieux : des dessins animés pour les tout-petits. L'animation par ordinateur avait fait des progrès fantastiques mais, malgré son incroyable qualité, elle était toujours utilisée pour vendre des céréales trempées dans du sucre. Dix ans, c'était long. Ça aussi, il faudrait qu'il l'oublie. Ou alors qu'il vive dans l'attente de recouvrer les années perdues. Mais le voulait-il vraiment ? Pourquoi vivre deux fois la même vie ? Ce qui est passé est passé. Quoiqu'il puisse être agréable de ne pas refaire deux fois les mêmes erreurs. Mais il n'allait pas revivre ces années rien que pour en retrouver le souvenir. C'était une situation très étrange et il n'était pas sûr qu'elle lui plaise. Mais il n'avait pas le choix.

Le petit déjeuner était une intrusion bienvenue. L'arrière-goût chimique était beaucoup moins sensible à présent, et il avait faim. Le jus d'orange était froid, comme les œufs pochés, d'ailleurs. Il les finit quand même et nettoya son assiette avec un morceau de toast. L'infirmière venait de débarrasser la table lorsque le Dr Snaresbrook entra. Il y avait une femme avec elle, et il lui fallut un long moment pour reconnaître Dolly. Si elle avait remarqué son expression inquiète, elle n'en laissa rien paraître.

— Tu as bonne mine, Brian, dit-elle. Je suis si heureuse de voir que tu vas mieux.

— Alors, tu m'as déjà vu ici, à l'hôpital ?

— Je ne peux pas dire que je t'ai vu. Tu étais caché derrière tous ces bandages, ces tubes et ces tuyaux. Mais tout ça, c'est du passé.

Lui aussi. Cette femme maigre avec des rides au coin des yeux et des cheveux grisonnants n'était pas la Dolly maternelle dont il se souvenait. À présent, la mémoire avait pris un autre sens pour lui : un domaine à passer au peigne fin, à examiner, à reconstruire. À la recherche du temps perdu, comme disait le père Proust, qui avait écrit plutôt longuement là-dessus. Il allait voir s'il s'en tirerait mieux que le Français.

— Dolly m'a énormément aidée, dit la chirurgienne. Nous avons parlé de toi et de ta guérison, et elle sait que tes souvenirs s'arrêtent quelques années avant le présent. Quand tu avais quatorze ans.

— Est-ce que tu te souviens de moi à quatorze ans ? demanda Brian.

— Ce serait plutôt difficile à oublier.

Elle sourit pour la première fois, beaucoup plus jolie maintenant : les rides inquiètes ne cernaient plus ses yeux et les plis de sa bouche s'étaient détendus.

— Tu entrais en prépa l'année scolaire suivante. Nous étions très fiers de toi.

— Il me tarde vraiment d'y être. Mais je crois que c'est un peu stupide de dire ça maintenant. Et je ne me souviens que trop de tous les ennuis que j'ai — que j'eus — pour me faire inscrire. Au secrétariat, ils savent que j'ai toutes les U.V. nécessaires et c'est uniquement l'administration qui fait encore de l'obstruction. Parce que je suis trop jeune. Mais tout ça, c'est du passé, pas vrai ? Je crois que tout a fini par s'arranger.

C'était bizarre de l'entendre parler ainsi. Le Dr Snaresbrook lui avait expliqué que Brian ne pouvait rien se rappeler après quatorze ans, et que sa tâche était de lui faire recouvrer ces années perdues. Elle n'y comprenait rien, mais qu'importe : jusqu'ici, la praticienne avait vu juste.

— On ne t'a pas embêté très longtemps. Ton père et d'autres professeurs se sont adressés aux sociétés qui financent l'université. Pour elles, tu aurais pu avoir cinq ans ou cinquante ans, c'était pareil, l'âge n'avait pas d'importance. Après tout, c'était la recherche de talents comme le tien qui les avait poussées à créer cet établissement. L'ordre est venu d'en haut et tu as été admis. Je suis sûre que tu as transformé ça en succès, mais, bien sûr, comment pourrais-je le savoir ?

— Je ne comprends pas.

Dolly prit une profonde inspiration et se tourna vers la chirurgienne. Son visage était sans expression : inutile de compter sur elle. Raconter cette histoire la première fois avait été plutôt pénible. La revivre pour éclairer Brian n'était pas facile.

— Bon, tu sais que ton père et moi avions... avons des difficultés. Ou peut-être que tu ne le savais... que tu ne le sais pas.

— Mais si. Les adultes croient que les gosses, même les adolescents, sont aveugles quand il s'agit de problèmes familiaux. Vous n'élevez jamais la voix mais il y a eu pas mal de disputes. J'aime pas ça.

— Moi non plus.

— Alors pourquoi tu te disputes — tu te disputais — avec papa ? J'ai jamais compris ça.

— Je suis désolée si cela t'a fait souffrir, Brian. Mais ton père et moi étions deux personnes très différentes. Notre mariage était aussi solide que celui de pas mal de gens, plus solide, peut-être, puisque nous n'attendions pas trop l'un de l'autre. Mais nous n'avions pas grand-chose de commun, intellectuellement parlant. Et une fois que tu nous as rejoints, j'ai commencé à avoir l'impression d'être un peu la cinquième roue du carrosse.

— Tu me reproches quelque chose, Dolly ?

— Non. Bien au contraire. Je me reproche de ne pas avoir tout fait pour que ça marche. J'étais peut-être jalouse de toute l'attention qu'il te prodiguait ; vous étiez si proches l'un de l'autre que je me sentais rejetée.

— Dolly ! Je t'ai toujours... aimée. Tu es le plus proche équivalent d'une mère véritable que j'aie jamais eu. Je n'ai aucun souvenir de ma mère. On m'a dit que je n'avais qu'un an quand elle est morte.

— Je te remercie, Brian, dit-elle avec un léger sourire. Il est vraiment un peu tard pour distribuer les responsabilités. Quoi qu'il en soit, ton père et moi nous sommes séparés, et nous avons divorcé à l'amiable quelques années plus tard. Je suis retournée vivre dans ma famille, j'ai trouvé un nouvel emploi et j'en suis là.

Dans une brusque flambée de colère, elle se tourna vers Snaresbrook.

— Et voilà, docteur. C'est ce que vous voulez ? Ou alors un peu plus de tripes saignantes déballées sur le plancher ?

— Physiquement parlant, Brian a vingt-quatre ans, dit Erin calmement. Mais ses souvenirs s'arrêtent avec sa quatorzième année.

— Oh, Brian... je suis désolée. Je ne voulais pas dire...

— Bien sûr que non, Dolly. Je suppose que tout ce que tu viens de me raconter était dans l'air et que j'aurais dû le voir arriver. Je ne sais pas. J'imagine que les gosses croient qu'en gros rien ne changera jamais dans leur cadre de vie. En plus, je suis tellement pris par l'école, et le travail sur l'IA est tellement passionnant que...

Il s'interrompit et se tourna vers le Dr Snaresbrook.

— Docteur, j'ai au moins quinze ans, maintenant, non ? J'ai certainement appris pas mal de choses dans ces dernières minutes.

— Ça ne marche pas tout à fait comme ça, Brian. Tu as entendu beaucoup de choses... mais tu ne disposes pas de ton propre souvenir des événements en question. Et c'est cela que nous allons reconstruire juste après.

— Comment ?

— Avec cette machine. Et je suis très fière de dire que tu as contribué à sa mise au point. Je vais stimuler des souvenirs que tu identifieras. L'ordinateur enregistrera tout ce qui se passera. Quand d'autres souvenirs auront été appariés des deux côtés de la lésion, ils seront reconnectés.

— Il ne peut pas y avoir assez de fils dans le monde pour reconnecter tous les nerfs du cerveau. Il doit y avoir quelque chose comme dix puissance douze connexions.

— C'est vrai, mais il y a aussi beaucoup de redondances. Des associations avec un secteur donné de la mémoire permettront un renforcement compatible. Le cerveau ressemble beaucoup à un ordinateur, et vice versa. Mais il est capital de ne jamais perdre de vue les différences. La mémoire est statique dans un ordinateur, mais pas dans l'esprit humain. Les souvenirs sollicités se renforcent, les souvenirs délaissés s'affaiblissent et disparaissent. J'espère que, lorsque suffisamment de liaisons auront été rétablies, d'autres interconnexions se rétabliront d'elles-mêmes. Nous chercherons alors des nèmes.

— Qu'est-ce que c'est ?

— Un nème est un faisceau de fibres nerveuses connecté à une variété d'agents. La production de chaque agent représente un fragment d'idée ou d'état d'esprit. Par exemple, qu'est-ce qui est rouge et rond, est sucré au goût, craque sous la dent, est un fruit à peu près gros comme le poing et...

— Une pomme! dit Brian, tout heureux.

— C'est exactement ce que j'avais à l'esprit, mais note bien que je n'ai jamais employé ce mot.

— Mais c'est la seule chose qui corresponde.

— Oui, en effet... mais tu ne le saurais que si tu avais un «agent pomme» connecté de manière telle qu'il soit automatiquement activé lorsque suffisamment d'autres nèmes appropriés sont activés, comme ceux du rouge, de la rondeur, du sucré et du fruit.

— Les cerises aussi. Il me faut aussi des nèmes pour les cerises.

— Tu en as. C'est pourquoi j'ai ajouté «gros comme le poing». Mais ces nèmes, tu ne les avais pas il y a deux mois. Ou, plutôt, tu avais certainement quelques nèmes «pomme», mais leurs entrées étaient incorrectement branchées. Donc, en attendant que les connexions soient rétablies au cours de la thérapie, tu ne reconnaissais pas cette description.

— Bizarre. Je ne m'en souviens absolument pas. Attendez. Bien sûr que je ne peux pas m'en souvenir. Ça s'est passé avant que vous commenciez à reconstituer ma mémoire. On ne peut rien se rappeler tant qu'on n'a pas un minimum de mémoire.

Snaresbrook avait beau commencer à s'habituer à la surprenante pertinence des remarques de Brian, elle en était encore surprise. Mais elle poursuivit comme si de rien était.

— Voilà donc comment les nèmes se branchent. En réalisant les connexions correctes d'entrée et de sortie. Jusqu'ici, nous avons pu le faire pour les nèmes les plus communs: ceux que tout enfant apprend. Mais nous rechercherons désormais des nèmes de plus en plus complexes et découvrirons par la même occasion comment ils se connectent. Je veux retrouver chez toi des niveaux de pensées, de concepts et de relations de plus en plus élevés. Ils seront de plus en plus difficiles à localiser et à décrire, parce que nous touchons de plus en plus à des régions particulières à ton développement personnel, à des idées que tu étais le seul à connaître et pour lesquelles il n'existe pas de termes dans l'usage général. Lorsque nous les trouverons, il me sera peut-être impossible — à moi ou à n'importe qui — de comprendre ce qu'elles signifient pour toi. Mais cela n'aura pas d'importance parce que au fil des jours tu apprendras de plus en plus de choses. Chaque fois que la machine corrélatrice découvrira dix nouveaux nèmes, il lui faudra envisager mille autres agents possibles auxquels les connecter. Et une vingtaine de nèmes nouveaux pourraient susciter un million de possibilités pareilles.

— Exponentiellement, donc.

— Parfaitement, dit-elle en souriant de plaisir. Il semblerait que nous sommes bien avancés dans la reconstitution de tes facultés mathématiques.

— Qu'est-ce que je dois faire ?

— Rien pour l'instant. Tu viens d'avoir une assez longue journée pour une première séance.

— Mais non. Je me sens en pleine forme. Et vous ne voulez pas travailler avec mes informations fraîchement acquises au cas elles disparaîtraient pendant mon sommeil ? C'est bien vous qui m'avez dit qu'il doit s'écouler un certain laps de temps avant qu'un souvenir immédiat devienne un souvenir à long terme.

Erin Snaresbrook se mordit la lèvre en réfléchissant. Brian avait raison. Il fallait qu'ils continuent cette procédure dès que possible. Elle se tourna vers Dolly.

— Pouvez-vous revenir demain ? Même heure, même endroit ?

— Puisque vous le voulez, dit-elle très froidement.

— Je le veux, Dolly. Non seulement je veux que vous soyez là, mais vous m'êtes indispensable. Je sais que vous devez être bouleversée quand j'en parle, mais j'espère que vous n'oublierez pas le petit garçon que Brian était autrefois. Brian l'adulte est encore Brian l'enfant que vous avez accueilli chez vous. Vous pouvez m'aider à lui redonner l'intégralité de sa personne.

— Bien sûr, docteur, excusez-moi. Je ne devrais pas toujours penser à moi, n'est-ce pas ? À demain, alors ?

Ils restèrent silencieux jusqu'à ce que la porte se referme derrière elle.

— La culpabilité, dit Brian. Le curé parlait toujours

de ça, comme les bonnes sœurs à l'école. De l'expiation, aussi. Vous savez, je ne crois pas que je l'aie jamais appelée mère. Ni maman, comme les autres gosses.

— Reproche ou remords, ça n'a pas de sens, Brian. Tu n'es pas en train de vivre dans ton passé, mais de le recréer. Ce qui est fait est fait. Dur, mais logique, comme tu me disais toujours.

— J'ai dit ça ?

— À l'époque où nous travaillions ensemble sur la machine : quand mes processus mentaux se ramollissaient. Tu étais très ferme là-dessus.

— J'en suis convaincu. Ça m'a sauvé la vie une fois.

— Tu veux m'en parler ?

— Non. Ça fait partie de mon passé, c'est un souvenir manifestement trop embarrassant. Un jour que je m'étais laissé dominer par une émotion stupide. Passons à la suite, si vous le voulez bien. Qu'est-ce qui m'attend ?

— Je vais te rebrancher sur l'ordinateur. Te poser des questions, établir des connexions, stimuler certaines régions de ton cerveau proches du traumatisme et enregistrer tes réactions.

— Alors allons-y. Branchez tout.

— Pas tout de suite, pas avant que nous ayons rassemblé une base de données plus importante.

— Alors accélérez la procédure, docteur. Il me tarde de me remettre à grandir. Vous disiez que nous avons déjà travaillé ensemble ?

— Pendant presque trois ans. Tu m'avais dit que mes recherches sur le cerveau t'avaient aidé à mettre au point ton IA. Ce qui est sûr, c'est que tu m'as aidée à mettre au point la machine. Sans toi, je n'y serais jamais arrivée.

— Trois ans. Après que j'ai eu vingt et un ans. Je vous appelais comment à l'époque ?

— Erin. C'est mon prénom.

— Un peu trop présomptueux pour un adolescent. Je crois que je me contenterai de «docteur».

Le minicom de Snaresbrook émit un *bip!* et elle regarda le message sur l'écran.

— Repose-toi quelques minutes, Brian. Je reviens de suite.

Benicoff l'attendait devant la porte. Il avait l'air très malheureux.

— On vient de m'informer que le général Schorcht arrive. Il veut parler à Brian.

— Non, c'est impossible. Ça mettrait en péril ce que nous sommes en train de faire. Comment pouvait-il savoir que Brian est conscient ? Vous ne le lui...

— Pas question ! Mais il a des espions partout. Il a peut-être même fait poser des micros dans votre cabinet. J'aurais dû y penser... et puis non, ç'aurait été du temps perdu. Quand il veut savoir quelque chose, il y arrive toujours. Dès que j'ai appris qu'il venait ici, j'ai sauté sur le téléphone et j'ai court-circuité toute la hiérarchie. Pas encore de réponse. Vous allez donc être obligée de m'aider. S'il parvient jusqu'ici, nous allons défendre la position.

— Je vais chercher mes scalpels !

— Rien d'aussi radical ! Je veux que vous gagniez du temps. Faites-le parler aussi longtemps que possible.

— Je vais faire mieux que ça, dit Erin Snaresbrook en tendant la main vers le téléphone. Je vais utiliser le même truc que lui, l'envoyer dans une autre chambre...

— Impossible. Je suis déjà dans la bonne chambre.

Le général Schorcht se tenait dans l'embrasure. Un infime sourire éclaira ses traits féroces, mais disparut immédiatement. Un colonel tenait la porte ouverte, un deuxième colonel était à côté du général. Snaresbrook parla sans émotion, du ton du chirurgien en salle d'opération.

— Je vais vous demander de partir, mon général. Nous sommes dans un hôpital et j'ai ici un patient gravement malade. Veuillez sortir.

Le général Schorcht marcha sur elle et la toisa froidement de toute sa hauteur.

— Il y a longtemps que ça ne m'amuse plus. Écartez-vous, sinon je vous fais déplacer de force.

— Vous n'avez aucune autorité dans cet hôpital.

Strictement aucune. Monsieur Benicoff, décrochez ce téléphone, appelez la salle de garde. C'est une urgence. J'ai besoin de six infirmiers.

Mais lorsque Benicoff tendit la main, le colonel plaqua la sienne sur l'appareil.

— Pas d'appels téléphoniques, dit-il.

Le Dr Snaresbrook leur faisait face, le dos contre la porte.

— Je porterai plainte contre vous pour ces actions, mon général. Vous êtes dans un hôpital civil, à présent, pas sur une base militaire...

— Écartez-la, ordonna le général Schorcht. Par la force si nécessaire.

Le deuxième colonel fit un pas en avant.

— Je vous le déconseille, dit Benicoff.

— Je vous retire la direction de l'enquête par la même occasion, Benicoff, dit le général. Pour obstruction et comportement agressif. Sortez-les d'ici tous les deux.

Benicoff n'essaya aucunement d'arrêter le colonel lorsqu'il passa près de lui. Ce n'est que lorsque l'officier porta la main sur la chirurgienne qu'il serra les mains en un double poing et le lança de toutes ses forces dans les reins de l'autre, qui s'écroula sur le sol avec un hoquet.

Dans le silence qui suivit cette action soudaine le téléphone sonna haut et clair. Le colonel qui le couvrait de sa main commença à le décrocher, puis se tourna vers le général Schorcht, attendant ses instructions.

— Nous sommes toujours dans un hôpital, dit le Dr Snaresbrook, là où on répond *toujours* au téléphone.

Le général, dont le regard glacial n'était que pure menace, resta immobile de longues secondes avant d'acquiescer de la tête.

— Oui, dit le colonel en prenant la communication.

Puis il se raidit et faillit se mettre au garde-à-vous.

— Pour vous, mon général, dit-il en lui tendant l'appareil.

— Qui est-ce ? demanda le général.

Mais le colonel ne répondit pas. Le général n'hésita qu'une fraction de seconde et s'empara du téléphone.

— Ici le général Schorcht. Qui ça ?

Il écouta longtemps en silence avant de reparler.

— Oui, monsieur. Mais c'est une urgence militaire et c'est à moi de décider. Oui, je me souviens du général Douglas MacArthur. Et je me souviens qu'il a passé outre aux ordres reçus et qu'il a été écarté du commandement. Le message est clair. Oui, monsieur le Président, je comprends.

Il rendit le téléphone au colonel, tourna les talons et quitta la pièce. L'officier envoyé au tapis se releva péniblement et serra le poing à l'adresse de Benicoff, qui lui sourit gaiement, avant de suivre les autres militaires.

Ce ne fut que lorsque la porte se fut refermée derrière eux qu'Erin Snaresbrook se risqua à parler.

— Vous avez le bras long, monsieur Benicoff.

— C'est la Commission présidentielle qui fait cette enquête, pas ce fossile galonné. Je crois qu'il fallait lui rappeler qui est son commandant en chef. J'ai bien aimé cette référence historique et le faciès du général Schorcht quand il s'est rappelé que le président Truman avait limogé MacArthur, tout général qu'il était.

— Vous vous êtes fait un ennemi pour la vie.

— C'est fait depuis longtemps. Alors, maintenant... pouvez-vous me dire ce qui se passe ? Est-ce que Brian fait des progrès ?

— Je vous le dirai dans un instant. Si vous voulez bien attendre dans mon cabinet, je vais en terminer avec lui. Ça ne sera pas long.

Brian leva les yeux lorsque la porte s'ouvrit sur Snaresbrook.

— J'ai entendu des voix. Quelque chose d'important ?

— Rien, mon garçon, rien d'important du tout.

12

27 octobre 2023

— On est en pleine forme, aujourd'hui, n'est-ce pas ? demanda le Dr Snaresbrook en ouvrant la porte avant de s'effacer pour laisser passer les chariots lourdement chargés que poussaient une infirmière et un infirmier.

— C'était vrai... avant que je voie toute cette quincaillerie et ce balai à deux branches avec ses yeux en verre globuleux. C'est quoi ?

— C'est un micromanipulateur fabriqué en petite série. Il en existe très peu.

Snaresbrook continua de sourire, sans donner à Brian le moindre indice indiquant que c'était là une partie de la machine qu'elle avait construite avec sa collaboration.

— Au cœur de la machine se trouve un calculateur parallèle à architecture arborescente à huit branches. Ce qui lui permet de tenir sur une surface unique et assez étendue. Intégration à couches. Il s'interface avec un ordinateur complet dans chaque articulation du robot arborescent.

— Dans chaque articulation ? Vous me faites marcher !

— Tu ne tarderas pas à découvrir à quel point les ordinateurs ont évolué, surtout celui qui commande ce robot. La recherche fondamentale qui a permis de construire ce balai, comme tu dis, a été menée au MIT et à l'université Carnegie-Mellon. L'appareil est beaucoup plus complexe qu'il n'en a l'air de loin. Tu remarqueras qu'il commence avec deux bras, mais qui se ramifient très vite. Chaque bras devient deux...

— Tous les deux plus petits, réduits de moitié, apparemment.

— C'est à peu près ça. Ensuite, ils se divisent encore, se redivisent, etc. À ce niveau, dit-elle en tapotant l'une des ramifications, les bras sont trop petits pour être fabriqués, les outils deviennent trop grossiers, et le montage devrait être fait au microscope. Alors...

— J'ai compris : tous les éléments sont parfaitement normalisés, sauf que le nouvel élément est plus petit. Les manipulateurs d'une branche fabriquent donc l'élément suivant de l'autre.

— Tout à fait exact. À cela près que les matériaux utilisés doivent changer à cause des contraintes structurales, les volumes — donc les poids — étant proportionnels au cube des longueurs. Mais il n'y a toujours qu'un seul modèle stocké dans la mémoire de l'ordinateur avec les programmes de fabrication et d'assemblage. Tout ce qui change à chaque stade, c'est la dimension. Des moteurs pas à pas piézo-électriques sont incorporés à chaque articulation.

— La technique de fabrication aux échelons inférieurs... ça doit vraiment être quelque chose !

— C'est vrai, mais nous pourrons en reparler une autre fois. Ce qui compte maintenant, c'est que les capteurs des ultimes ramifications sont d'une extrême finesse et sont commandés par rétroaction à partir de l'ordinateur. Ils peuvent être utilisés pour une microchirurgie au niveau cellulaire, mais nous allons à présent leur faire exécuter une tâche très simple, le placement exact de cette connexion.

Brian regarda le brin de fibre optique quasi invisible au bout du manipulateur.

— C'est comme si on prenait un marteau-pilon pour enfoncer une punaise. Donc ce machin se branche dans une prise que j'ai sur la nuque, comme vous avez dit... et zap ! les messages commencent à circuler dans les deux sens ?

— C'est ça. Tu ne vas rien sentir. Maintenant, si tu veux bien te tourner sur le côté. Voilà. Très bien.

Le Dr Snaresbrook s'approcha des commandes et mit l'appareil en marche. Les bras arborescents s'animèrent en tremblant. Elle les guida vers un point situé juste derrière Brian, puis passa la main à l'ordinateur. Dans un froissement soyeux, les doigts minuscules s'agitèrent et se séparèrent, s'abaissèrent lentement, touchèrent la nuque de Brian.

— Ça chatouille. On dirait plein de petites pattes d'araignée. Qu'est-ce que fait le robot ?

— Il est en train de positionner la fibre optique pour qu'elle fasse contact avec l'unité réceptrice qui est sous la peau. Il va traverser la peau, mais tu ne sentiras rien. La pointe est plus fine que celle de ma plus petite aiguille hypodermique. En plus, il cherche un chemin qui évite tous les nerfs, tous les petits vaisseaux sanguins. Le chatouillement s'arrêtera dès que le contact sera en place... et voilà.

L'ordinateur émit un *bip!* et les doigts saisirent le coussinet métallique qui maintenait la fibre optique fermement en place contre la peau. Ils frémirent encore en prenant une bande adhésive sur le plateau intermédiaire pour l'amener sans retard au site prévu sur la nuque de Brian, où elle fut fermement pressée pour maintenir le coussinet en place. C'est alors seulement que les bras se contractèrent et s'éloignèrent. Snaresbrook fit un signe de tête à l'infirmière et à l'infirmier, qui se retirèrent.

— Maintenant, ça commence. Je veux que tu me dises tout ce que tu vois et entends. Ou les odeurs que tu reconnais.

— Ou ce à quoi je pense, ce que j'imagine ou me rappelle, c'est ça ?

— Parfaitement. Je vais commencer ici...

Elle fit un léger réglage et Brian poussa un cri étranglé.

— Je peux pas bouger ! Arrêtez ça ! Je suis paralysé...

— Voilà, c'est rectifié. C'est parti immédiatement ?

— Oui, m'dame, mais j'espère bien que vous serez pas obligée de recommencer.

— Je ne recommencerai pas, ou plutôt l'ordinateur ne recommencera pas. Nous avons essayé de localiser, d'identifier et de commander les principaux groupes d'agents du tronc cérébral. Apparemment, le système a désactivé intégralement le cervelet. Maintenant que l'ordinateur le sait, cela ne se reproduira pas. Es-tu prêt à continuer ?

— Je crois bien.

Par moments, il y avait de la chaleur, puis de l'obscurité. Un froid glacial qui investit instantanément tout son corps puis disparut aussi vite qu'il était venu. D'autres sensations étaient impossibles à décrire : les fonctions de l'esprit et du corps opéraient à un niveau complètement subconscient.

Une fois, il cria tout haut.

— Ça te fait mal ? s'inquiéta-t-elle.

— Non, en fait... c'est tout le contraire. N'arrêtez pas, s'il vous plaît, surtout pas.

Les yeux écarquillés, il regardait dans le vague, le corps rigide. Elle n'hésita pas à interrompre. Il se détendit et poussa un profond soupir.

— C'est presque... c'est difficile, c'est impossible à décrire. Comme le plaisir au carré, au cube. Notez bien le site, je vous en prie.

— C'est dans la mémoire de l'ordinateur. Mais crois-tu qu'il soit bien judicieux de répéter...

— Tout le contraire. Évitez cet endroit. C'est comme un rat de labo qui presse un bouton pour stimuler le siège du plaisir jusqu'à ce qu'il meure de soif et de faim. N'y revenez jamais.

Erin Snaresbrook n'avait cessé de regarder l'heure. Elle arrêta la séance au bout de soixante minutes.

— Je crois que ça suffit pour le premier jour. Fatigué ?

— Bon, maintenant que vous le dites... la réponse est oui. On avance ?

— Je crois. Il y a certainement beaucoup de données d'enregistrées.

— Des corrélations ?

— Quelques-unes... Brian, si tu n'es pas trop fatigué, je voudrais continuer quelques minutes de plus.
— Je parie que vous voulez essayer quelque nouvelle méthode pour localiser les nèmes de haut niveau ?
— Précisément.
— Moi aussi. Et que ça saute !

Il se passait peut-être quelque chose, mais Brian n'en était certainement pas conscient. La réponse s'imposa quand il y réfléchit. Si la machine était véritablement en train de connecter des faisceaux de nerfs, de rétablir des souvenirs, il n'y avait aucune raison qu'il soit conscient du processus. Ce n'est que lorsqu'il tenterait de recouvrer ces souvenirs qu'il lui serait évident qu'ils étaient là. Pourtant, il sentait confusément qu'il se passait quelque chose, oui, à un niveau de conscience très reculé. C'était une pensée fugitive qui se déroba comme une anguille lorsqu'il essaya de s'en approcher. C'était fâcheux. Il se passait quelque chose qu'il ne pouvait tout à fait appréhender. En plus, il était fatigué. Et c'était maintenant comme une démangeaison dont il n'arrivait pas à cerner l'origine.

Ça suffit comme ça, songea-t-il.

— Je crois que nous allons en rester là pour aujourd'hui, dit soudain le médecin. La séance a été longue.
— C'est vrai.

Brian hésita, puis décida de se lancer.

— Docteur Snaresbrook... est-ce que je peux vous poser une question ?
— Bien sûr. Mais attends une seconde que j'en aie fini ici... voilà. Qu'est-ce que c'est ?
— Pourquoi avez-vous décidé de terminer la séance à ce moment précis ?
— Rien qu'un petit problème. Le système de commande est très sensible et tout ceci est encore au stade expérimental. Il y a eu un signal d'arrêt d'exécution dans l'une des connexions en voie d'établissement. Je dois avouer que c'est la première fois qu'il se passe un incident de ce genre. Je veux revenir en arrière jusqu'à ce point du programme et en trouver la raison.
— Ne prenez pas cette peine : je peux vous l'expliquer.

Erin Snaresbrook leva les yeux, décontenancée, puis sourit.

— Je doute que tu puisses y arriver. Ceci ne se passait pas dans ton cerveau, mais dans l'unité centrale, ou plutôt dans l'interaction entre le processeur central implanté et celui de l'ordinateur.

— Je sais. C'est moi qui lui ai dit de décrocher.

La chirurgienne se força à garder un ton mesuré.

— C'est pratiquement impossible.

— Pourquoi pas ? L'unité centrale est sur la puce implantée dans mon cerveau, et elle interréagit avec mon cerveau. Pourquoi ne pourrait-il pas y avoir une rétroaction ?

— Absolument rien ne s'y oppose... sauf qu'à ma connaissance ça n'a encore jamais été fait !

— Il y a une première fois pour tout, docteur.

— Tu dois avoir raison. Apparemment, pendant que l'ordinateur était en train d'apprendre quelques-unes des connexions de ton cerveau, certaines parties de ton cerveau étaient en train d'apprendre quelques-uns des signaux de commande de l'ordinateur.

Snaresbrook commençait à avoir le vertige. Elle alla à la fenêtre, revint sur ses pas en se frottant les mains, puis éclata de rire.

— Brian, tu te rends compte de ce que tu viens de dire ? Que tu as directement interfacé tes processus mentaux avec une machine. Sans appuyer sur des boutons ni donner des ordres vocalement, ni sans aucune autre action physique que ce soit. Ce n'était pas prévu, c'est arrivé comme ça. Avant, toute la communication se faisait au niveau d'une action motrice, du nerf vers le muscle. C'est la première fois que la communication a été directement réalisée du cerveau vers une machine. Il n'est encore jamais rien arrivé de tel. C'est à vous couper le souffle. Ça débouche sur toutes sortes de possibilités incroyables !

Pour toute réponse, Brian ronflait doucement. Il s'était endormi.

Erin Snaresbrook débrancha la liaison neurale côté ordinateur, l'enroula et la mit sous l'oreiller de Brian. Elle ne voulait pas le réveiller en tentant de l'enlever maintenant. Puis elle éteignit tranquillement la machine, ferma le rideau et quitta la chambre. Benicoff l'attendait dehors, l'air lugubre.

— Avant que vous me donniez la mauvaise nouvelle, dit Erin en levant la main, je vous prescris une tasse de café dans mon cabinet. Ç'a été une journée chargée pour vous comme pour moi.

— Ça se voit autant que ça ?

— Je suis une championne du diagnostic. Allons-y.

Et la chirurgienne prit les devants. En chemin, elle se posa de nombreuses questions. Fallait-il qu'elle révèle à Benicoff le talent nouvellement découvert de Brian ? Pas encore, plus tard, peut-être. Il fallait d'abord qu'elle fasse quelques essais pour s'assurer que ça n'avait pas été un accident, une coïncidence. Les perspectives ainsi ouvertes étaient d'une ampleur terrifiante. Demain... elle y réfléchirait demain. Elle goûta son café, fit claquer ses lèvres, passa un café à Benicoff, puis se laissa choir sur une chaise qui se trouvait là fort à propos.

— C'est l'heure des mauvaises nouvelles ? s'enquit-elle.

— Pas vraiment mauvaises, docteur, mais nous sommes toujours sous pression. On ne se débarrasse pas aussi facilement que ça du général Schorcht. Il nous serine que chaque jour de plus que Brian passe ici à l'hôpital, la sécurité se détériore un peu plus. À certains égards, il n'a pas tort. Et c'est sûr que ça chamboule complètement la gestion quotidienne de l'établissement. Je le sais, c'est à moi qu'on se plaint. Le général s'est adressé au Pentagone, qui s'est adressé au Président... qui s'est adressé à moi. Est-il possible de transférer Brian maintenant qu'il est conscient et libéré de tous les dispositifs de réanimation ?

— Oui, mais...

— Il vaudrait mieux que ce soit un *mais* en béton armé à l'épreuve des bombes H.

Erin Snaresbrook finit son café, puis secoua la tête.

— Je crains que ce ne soit pas possible. À moins qu'on ne prenne des précautions médicales extrêmement strictes.

— Voilà pourquoi je vous fais cette tête. Le général Schorcht, une véritable petite armée et un hélico-ambulance attendent devant la porte. En ce moment même. Si c'est ça votre réponse, ils vont le transférer maintenant. Je veux bien essayer de temporiser, mais uniquement si vous avez des raisons médicales plutôt musclées.

— Non. En fait, s'il faut le transférer un jour, autant le faire maintenant. Avant que je sois trop avancée dans la reconstruction mémorielle. Et je suis sûre que nous allons tous un peu respirer une fois que la sécurité sera renforcée.

Brian fut tout excité lorsqu'il apprit ce qui allait se passer.

— Ça alors ! Une balade en hélicoptère ! Moi qui ne suis jamais monté dans un de ces engins ! On va où ?

— À l'hôpital naval de Coronado.

— Pourquoi là-bas ?

— Je te le dirai quand nous serons arrivés.

Le Dr Snaresbrook jeta un coup d'œil aux infirmières qui préparaient Brian pour ce court trajet.

— En fait, je crois qu'il vaudrait mieux que je réponde à pas mal de tes questions quand nous arriverons là-bas. Je crains que nous ne puissions plus garder tout cela pour nous très longtemps encore. Nous sommes prêts ?

— Oui, docteur, dit l'infirmière.

— Très bien. Prévenez M. Benicoff. Vous le trouverez en train d'attendre devant la porte.

Les infirmiers étaient des médecins des forces navales, appuyés par une escouade de marines armés jusqu'aux dents. Cet étage de l'hôpital avait été entièrement évacué, et il y avait encore des marines devant et derrière le groupe qui entourait le chariot. Les hommes de la première escouade montèrent l'escalier au pas de course pour gagner le toit lorsque le chariot de Brian fut mis dans l'ascenseur, et ils l'attendaient devant la porte lorsque la cabine arriva. Ils n'étaient pas seuls. Des tireurs d'élite guettaient du haut des parapets, tandis qu'à chaque angle du toit des soldats étaient en position, prêts à lancer d'encombrants missiles sol-air.

— Vous avez raison, docteur, vous me devez pas mal d'explications ! cria Brian par-dessus le rugissement des rotors.

Pendant le bref survol de la ville et de la baie, ils furent encadrés par des hélicoptères d'assaut tandis qu'une patrouille de chasseurs décrivait des cercles à plus haute altitude. Après l'atterrissage sur la plateforme de l'hôpital naval, toute la procédure fut reconduite en sens inverse. Lorsque le dernier marine se fut éloigné d'un pas martial, il resta encore trois personnes dans la pièce.

— Voulez-vous attendre dehors, mon général, demanda Benicoff, pendant que j'explique à Brian les raisons de toute cette opération ?

— Négatif.

— Merci. Docteur Snaresbrook, voulez-vous s'il vous plaît me présenter ?

— Brian, je te présente M. Benicoff. L'officier à côté de lui est le général Schorcht, qui a quelques questions à te poser. J'aurais préféré qu'il ne soit pas ici maintenant, mais j'ai été informée que cette entrevue a été expressément demandée par le Président. Des États-Unis.

— C'est vrai, docteur ?

Ses yeux avaient peut-être vingt-quatre ans, mais il avait le regard émerveillé d'un gamin de quatorze ans. Snaresbrook fit oui de la tête.

— M. Benicoff a été lui aussi nommé par le Président. Il est chargé d'une enquête actuellement en cours... bon, il va te l'expliquer lui-même.

— Salut, Brian. Comment ça va ?

— Super. Tu parles d'un baptême de l'air !

— Tu as été gravement malade. Si tu veux que nous remettions ceci à plus tard...

— Non, merci. Je suis un peu fatigué, mais à part ça je me sens très bien maintenant. Et j'aimerais vraiment savoir ce qui m'est arrivé, et ce qui se passe ici.

— Bon, tu sais que tu as réussi à mettre au point une intelligence artificielle qui fonctionne, n'est-ce pas ?

— C'est le docteur qui me l'a dit : moi, je n'en ai aucun souvenir.

— Oui, évidemment. Alors, sans entrer dans les détails, tu étais donc en train de faire la démonstration de l'IA lorsque le laboratoire où tu te trouvais a été attaqué. Nous avons de bonnes raisons de croire que toutes les personnes qui étaient avec toi ont été tuées, alors que tu as été grièvement blessé à la tête. Par une balle. Nous supposons que tu as été laissé pour mort. Toutes tes notes, tes archives, tout le matériel, tout ce qui avait un rapport avec l'IA a été emporté. Tu as été transporté à l'hôpital et opéré par le Dr Snaresbrook. Tu as repris connaissance à l'hôpital et, bien sûr, tu es au courant de tout ce qui s'est passé ensuite. Mais je dois ajouter que les voleurs n'ont pas été pris, que les documents n'ont pas été retrouvés.

— Qui a fait le coup ?

— Je dois admettre que nous n'en avons absolument aucune idée.

— Alors... pourquoi tout ce déploiement de force militaire ?

— On a essayé d'attenter à ta vie quand tu étais dans l'hôpital que tu viens de quitter.

Brian regarda, bouche bée, leurs visages vides d'expression.

— Si je comprends bien, on nous a fauché l'IA. Et quiconque la possède veut garder la chose secrète. À tel point qu'ils sont prêts à me liquider pour que ça reste secret. Même si je n'en ai aucun souvenir.

— C'est exact.

— Il faut un moment pour s'y habituer.

— C'était pareil pour nous tous.

Brian se tourna vers le général.

— Qu'est-ce que l'armée vient faire là-dedans ?

— Je vais vous le dire.

Le général Schorcht fit un pas en avant. Benicoff faillit s'interposer, puis hésita. Autant en finir maintenant. Snaresbrook était du même avis et acquiesça de la tête en voyant Benicoff reculer. Le général leva sa main valide et brandit un mémovox.

— Identifiez-vous. Nom et prénom, date de naissance, lieu de naissance.

— Pourquoi, votre honneur ? s'étonna Brian, roulant les *r* avec un accent irlandais brusquement alourdi.

— Parce que vous en avez reçu l'ordre. Des jugements portés sur votre santé physique et mentale demandent à être corroborés. Répondez à la question.

— Vraiment? Je sais pourquoi. Je parierais que c'est parce que ceux-là ont dit des mensonges sur mon compte. Vous ont-ils raconté des histoires délirantes, comme quoi je n'ai que quatorze ans alors que vous voyez très bien de vos beaux yeux bleus que ce n'est pas vrai?

— Peut-être quelque chose de cette nature, dit le général en se penchant en avant, les yeux étincelants. Tout ce que vous dites est enregistré.

Benicoff s'éloigna pour que le général ne le voie pas sourire. Il avait séjourné en Irlande. Il connaissait le caractère facétieux des insulaires, même si le général l'ignorait.

Brian hésita et regarda autour de lui en se passant la langue sur les lèvres.

— Suis-je en sécurité à présent, mon général?

— Ça, je peux vous le garantir à cent pour cent. À partir de maintenant, c'est l'armée des États-Unis qui a la situation en main.

— Ça fait plaisir de le savoir. Je me sens très soulagé de vous dire que je me suis réveillé sur un lit d'hôpital, avec un mal de tête pas possible. Et sans retrouver le moindre souvenir après ma quatorzième année. Je n'en ai peut-être pas l'air, mon général, mais autant que je sache, j'ai quatorze ans. Et je suis très fatigué. Et j'ai comme un malaise. J'ai quelque chose de médicalement important à dire à mon médecin traitant.

— Monsieur Benicoff, dit le Dr Snaresbrook, qui n'attendait que cela, et vous, général Schorcht, voudriez-vous s'il vous plaît nous laisser seuls. Vous pouvez attendre dehors.

Si le général avait quelque chose à dire, personne n'en sut jamais rien. Le visage écarlate, la mâchoire tremblante, il finit par exécuter un demi-tour si brutal que la manche vide de sa veste d'uniforme se dressa à la verticale. Benicoff lui tint la porte et la referma derrière eux lorsqu'ils partirent. Soucieuse, le Dr Snaresbrook se précipita au chevet de Brian.

— Qu'est-ce qui ne va pas, Brian ?
— Ne vous inquiétez pas, docteur, rien de fatal. J'en avais simplement marre de celui-là. Mais... si, il y a quelque chose.
— Une douleur ?
— Pas tout à fait. Passez-moi l'expression, mais... j'ai envie de pisser.

13

9 novembre 2023

Il s'écoula presque deux semaines avant que Benicoff revoie Brian. Mais le Dr Snaresbrook lui communiquait quotidiennement un rapport d'évolution qu'il transmettait séance tenante au bureau du Président. Il ne se pressait pas pour rédiger le second rapport qu'il devait remettre chaque jour. Par pure méchanceté, son fax était programmé pour transmettre chaque matin à trois heures une copie du rapport d'évolution au général Schorcht sur son numéro de fax ultrasecret. Et ce, dans l'espoir que quelque officier d'état-major facilement excitable y trouve quelque élément assez intéressant pour réveiller le général. Il suffisait à Benicoff d'y penser pour s'endormir chaque soir avec le sourire.

En même temps, il télécopiait aussi un compte rendu quotidien des résultats de l'enquête sur l'affaire Megalobe. Au fil des jours, la longueur des textes diminuait ainsi que le nombre d'éléments nouveaux. Il y avait eu un sursaut d'activité lorsqu'une série de grottes avaient été découvertes pas trop loin de Megalobe : le résultat d'une des théories parmi les plus insolites avancées par les enquêteurs. Cette théorie développait l'hypothèse selon laquelle le camion qui était passé aux laboratoires la nuit de l'attaque avait peut-être, tout compte fait, quitté la vallée pour de bon. Mais à vide. Le matériel volé aurait alors pu être enterré sur un site préparé à l'avance, pour être récupéré plus tard lorsque la tension serait retombée. D'où tout l'intérêt soulevé par la découverte de ces grottes. Mais elles ne recelaient que du guano de chauve-souris fossilisé, ce qui, songea Benicoff, résumait assez bien toutes les découvertes qu'ils avaient faites jusque-là dans cette affaire.

Il avait fait une heure de jogging juste après l'aube dans Balboa Park, avait pris une douche, s'était habillé, avait sans plaisir absorbé un petit déjeuner à faible taux de calories arrosé de café noir. À neuf heures, il avait téléphoné à la société d'électronique pour vérifier l'heure de la livraison des articles qu'il avait commandés. Ensuite, après avoir répondu aux appels de la côte Est enregistrés en son absence, il verrouilla son ordinateur et emprunta l'ascenseur côté cour qui communiquait directement avec l'agence de location MegaHertz au deuxième sous-sol de l'hôtel. La monoplace électrique jaune qu'il avait réservée l'attendait. Il vérifia qu'elle avait un pneu de rechange, que la carrosserie ne portait pas de marques visibles d'accrochage et que la batterie était rechargée à bloc. La circulation resta réduite jusqu'au moment où il atteignit Coronado Bridge : le bouchon provoqué par les barrages de sécurité remontait jusqu'à la moitié du pont. Il prit le couloir réservé aux véhicules officiels et continua jusqu'au bout, où le marine en faction lui fit signe de s'arrêter.

— Je crains que vous ne puissiez emprunter ce couloir, monsieur.

— Je crains que si.

Son laissez-passer et ses papiers lui valurent un salut et une seconde inspection à l'entrée officielle. Ici, de nouveaux saluts, plus une fouille complète du véhicule. Et le tout pour accéder à la partie de Coronado ouverte au public. Les fouilles se firent avec un zèle accru lorsqu'il atteignit les portails de la base militaire.

Brian était debout à la fenêtre lorsque Benicoff entra dans la chambre. Il se retourna en souriant.

— Monsieur Benicoff, ça fait plaisir de vous voir. Nous n'avons pas tellement de visites, ici.

— Ça me fait encore plus plaisir de te voir. En plus, tu as une mine superbe.

— Et je tiens une forme superbe, ou presque. Ils m'ont enlevé les bandages sur le dos et le bras hier. J'ai deux ou trois belles cicatrices. Et demain, je vais avoir une casquette à la place de ces bandages. Tout le monde n'arrête pas de reluquer mon crâne mais personne ne veut me le laisser voir. Pas encore.

— C'est probablement aussi bien comme ça. Et je peux te donner d'autres bonnes nouvelles. Le Dr Snaresbrook et moi-même, après avoir mené une attaque de front contre les autorités navales, avons obtenu leur consentement forcé pour te faire installer un terminal informatique dans ta chambre.

— Formidable!

— Mais tu remarqueras que j'ai dit terminal et non ordinateur. Un terminal passif relié à l'ordinateur central de l'hôpital. Tu peux donc être sûr que chaque fois que tu appuieras sur une touche le résultat s'affichera simultanément sur l'écran du général Schorcht.

— C'est encore mieux! Je veillerai à donner de quoi lire à ce brave homme, rien que pour faire grimper sa tension.

— C'est vraiment le grand amour. J'ai aimé la manière dont tu l'as mis en boîte.

— J'étais obligé. On croirait voir et entendre une des bonnes sœurs de l'école quand j'étais à Tara, celle qui avait l'habitude de me casser sa règle sur les doigts. Au fait, pour ce qui est de... se casser, est-ce que j'ai des chances de pouvoir sortir d'ici, de prendre un peu l'air?

Benicoff se laissa choir dans le fauteuil, qui craqua sous son poids.

— J'ai bataillé là aussi avec les autorités. Quand la toubib dira que ta santé est à la hauteur, tu pourras disposer du balcon du neuvième étage.

— Bien encordé pour que je ne saute pas?

— C'est pas si mal que ça. J'y ai jeté un coup d'œil quand je suis monté. J'imagine que c'est un petit avantage en nature que s'est octroyé quelque amiral. C'est plutôt grand, avec des vérandas, des arbres, et même un bassin à poissons. Et bien gardé.

— Voilà une autre chose que je voulais vous demander, monsieur Benicoff...

— Ben tout court, si tu veux bien. C'est comme ça que mes amis m'appellent.

— D'ac. En fait, c'est au sujet de cette surveillance, et de ce qui va m'arriver quand j'irai mieux. Le docteur m'a dit de m'adresser à vous.

Benicoff se leva et se mit à marcher de long en large.

— J'y ai pas mal réfléchi, mais sans trouver de réponse satisfaisante. Quand tu quitteras cet hôpital, j'ai peur que tu ne sois obligé d'aller dans un endroit tout aussi sûr.

— Autrement dit, jusqu'à ce que vous trouviez qui a volé l'IA et qui m'a tiré dessus : les mêmes types qui sont revenus plus tard pour essayer de terminer leur boulot.

— C'est malheureusement exact.

— Dans ce cas... puis-je voir une sortie papier de tout ce qui s'est passé depuis l'attaque du labo, et de tout ce que vous avez découvert depuis ?

— C'est classé secret défense. Mais comme ça ne parle que de toi et que tu ne vas pas faire de grands voyages avant un bon bout de temps, je ne vois rien contre. Je t'en amènerai un exemplaire demain.

Une infirmière passa la tête par la porte entrouverte.

— Nous avons du matériel à installer. Le Dr Snaresbrook a donné le feu vert.

— Amenez-le.

Deux employés en blouse blanche poussèrent le chariot dans la chambre, suivis d'un sous-officier arborant un badge d'électronicien cousu sur son uniforme.

— Matériel livré il y a un petit moment, messieurs. Démonté, fouillé, remonté. Fonctionnel à cent pour cent. Qui doit signer ?

— Moi, dit Benicoff.

— Ce n'est pas un terminal, dit Brian en tapotant la machine rectangulaire, tout en métal.

— Non, monsieur. C'est une nouvelle imprimante pour papier éternit. Le terminal est encore dans l'ascenseur. Vos initiales ici aussi, s'il vous plaît. Le papier est dans le carton à côté.

— Du papier éternit ? C'est la première fois que j'en entends parler.

— Au contraire, dit Benicoff lorsque imprimante et terminal furent branchés et connectés et qu'ils furent seuls à nouveau.

Il prit une feuille du papier et la fit passer à Brian.

— Papier élaboré à l'UFE pour son journal interne quotidien. En fait, le nom de ton père — comme le tien, d'ailleurs — figure sur les demandes de brevet originelles. Je crois comprendre que vous avez mis le procédé au point ensemble.

— Il a l'aspect et le toucher du papier blanc ordinaire.

— Essaie de le plier ou de le déchirer. Tu vois ce que je veux dire ? C'est du plastique résistant texturé pour avoir le toucher du papier, avec une surface collée en film mince. Ce qui signifie qu'il est quasiment indestructible et totalement réutilisable. L'idéal pour un quotidien... et mis au point par l'un des plus brillants étudiants de ton université.

— Vous voulez m'expliquer comment ça marche ? Mais d'abord, je voudrais m'asseoir et avoir un verre d'eau.

— Je vais te chercher l'eau. Voilà. Tu sais ce que c'est que la programmation sélective des informations télévisées ?

— Bien sûr. Vous composez au clavier votre propre programme, les trucs qui vous intéressent. Le baseball, les cours de la Bourse, les concours de beauté, tout ce que vous voulez. Des informations télévisées codées par catégorie sont émises vingt-quatre heures sur vingt-quatre. Votre téléviseur enregistre celles qui vous intéressent le plus, alors vous rentrez chez vous pour voir les infos, et hop ! il n'y a plus que les trucs que vous voulez vraiment voir.

Benicoff hocha la tête.

— Eh bien, le journal de ton université en est une version haut de gamme. Le rédacteur en chef a engagé comme correspondants des scientifiques du monde entier. Ils envoient en permanence des infos sur toutes sortes de sujets scientifiques et techniques. Elles sont étiquetées et stockées dans une banque de données, avec toutes les informations fournies par les agences habituelles. Le système d'abonnement est capable d'apprentissage. Quand vous passez en avance rapide pour rejeter quelque chose, l'ordinateur en prend note et évite à l'avenir les informations du même type. Plus important encore, il comporte un dispositif qui détecte vos mouvements oculaires. Il fait alors une analyse de contenu et enregistre la description des sujets qui vous intéressent. C'est un authentique processus d'apprentissage, et le système arrive de mieux en mieux à cerner vos intérêts. Il y réussit tellement qu'à moins d'une panne vous vous retrouveriez à ne faire rien d'autre que regarder des informations et entendre des opinions avec lesquelles vous êtes d'accord.

— Un genre d'infotoxicomanie, en quelque sorte. Mais est-ce qu'on peut feuilleter pour voir ?

— La fonction est incorporée au système. Le processus de recherche est si efficace qu'il y a toujours beaucoup de décrochages possibles, y compris dans les documents qui concernent votre sujet.

— Super ! En fin de compte, chaque abonné reçoit un journal sur mesure. Le prof d'hydraulique ne reçoit des nouvelles que des tuyaux, des pompes et des vannes du monde entier, avec la rubrique nécro de Topeka, Kansas — où il est né — et des infos sur les échecs s'il s'y intéresse aussi. C'est une idée épatante.

— C'est ce que pensent des milliers de gens. L'abonné paie une somme fixe, tandis que l'ordinateur mémorise combien de fois une information donnée est sollicitée et rémunère le collaborateur en conséquence.

Brian fit un rouleau très serré avec la feuille d'éternit, mais elle s'aplanit instantanément quand il la laissa revenir.

— Un journal personnalisé qui vous attend dans votre casier tous les matins, dit Brian. Mais ça fait quand même l'équivalent en pâte à papier d'un arbre entier qui part dans la poubelle chaque semaine.

Benicoff approuva de la tête.

— C'est ce que ton père et toi aviez pensé. Le laboratoire des couches minces de l'UFE travaillait sur les écrans d'ordinateur plats. Ton père s'est chargé de la partie mathématique et voilà le produit final. Le film multicouches passe électroniquement du blanc au noir à l'intérieur mais on a l'impression que le texte est imprimé dessus, et ce, avec toutes les polices de caractères possibles, et dans toutes les tailles, avec même de gros caractères pour les lecteurs qui ont la vue fatiguée. Après lecture, les feuilles sont remises dans l'imprimante. Lorsque le nouveau journal est imprimé, il efface l'ancien. Et cette technologie elle-même va bientôt être dépassée. Il va arriver sur le marché un hyperlivre de moins d'un centimètre d'épaisseur qui ne contient que dix pages. La reliure contient un ordinateur remarquablement puissant qui contrôle un affichage détaillé sur chaque page — encore plus détaillé que les pages des livres imprimés. Quand vous avez fini de lire la page dix, vous retournez à la première page, qui contient déjà un nouveau texte. Avec cent mégaoctets de mémoire, ce livre de dix pages contiendra une bibliothèque de taille respectable.

— Je vais me contenter de celui-ci pour le moment. C'est vraiment pratique. Je vais créer mon propre journal.

— Tu le peux, mais ce n'est pas pour ça que je t'ai amené l'imprimante. Tu as essayé de commander des livres, et tes demandes m'ont été transmises. Avec l'imprimante, tu ne peux que les conserver en mémoire, mais avec le papier éternit tu peux imprimer le livre dont tu as besoin, mettre la liasse dans une reliure à ressorts et lire le tout au soleil en te prélassant dans ton fauteuil.

— Et réutiliser les feuilles quand j'ai fini ! Il s'est passé des tas de choses que j'ai oubliées. Dites, vous ne pourriez pas sortir le rapport que je vous ai demandé sur cette imprimante ? Je pourrais l'avoir tout de suite.

Benicoff se tourna vers le terminal.

— Je ne sais pas. Si cet hôpital dispose d'un réseau

haute sécurité certifié défense, ce serait peut-être possible. Il n'y a qu'un moyen de s'en assurer.

Benicoff composa son code personnel, accéda aux services de sécurité de la base et trouva le menu approprié. Mais avant qu'il soit allé beaucoup plus avant, les textes s'effacèrent de l'écran et furent remplacés par l'image menaçante du général Schorcht.

— Que signifie ce manquement à la sécurité ?

Sa voix grinçante était caricaturée par le haut-parleur minuscule du terminal.

— Bonjour, mon général. J'essayais simplement d'obtenir une copie du rapport confidentiel Megalobe pour Brian.

— Vous êtes fou ?

— Pas plus que d'habitude. Réfléchissez, mon général. Brian était sur les lieux. Il est notre seul témoin. Nous avons besoin de son aide. Si je ne peux avoir une copie maintenant, je lui en apporterai une demain. Est-ce que c'est clair pour vous ?

Le général Schorcht réfléchit en silence, fixant l'écran d'un air glacial.

— Les circuits de l'hôpital ne sont pas sûrs. Je vais demander au Pentagone de transférer une copie unique au Coronado Naval Base Security Center. Un messager du CNBSC livrera la copie.

L'affichage disparut dès qu'il eut fini de parler.

— Alors, au revoir, monsieur, c'était un plaisir de bavarder avec vous. Tu as entendu ?

Brian confirma d'un signe de tête.

— Je ne sais pas si je peux vous aider, mais je peux au moins découvrir ce qui m'est arrivé là-bas. Dès le début, le Dr Snaresbrook avait dit que d'autres personnes avaient été tuées. Il y a eu beaucoup de victimes ?

— Nous ne le savons pas exactement, et c'est l'un des aspects les plus irritants de cette affaire. Pour un homme, nous avons une quasi-certitude : le président-directeur général de Megalobe, J.J. Beckworth. Nous avons retrouvé une goutte de son sang. Mais en tout dix-sept hommes sont portés disparus. Nous n'avons aucune idée du nombre de tués ni d'ailleurs du nombre de complices éventuels. Tu le liras dans le rapport.

— Ils ont emporté quoi ?

— Toutes les archives et tout le matériel en rapport avec ton travail sur l'intelligence artificielle. Ils ont également déménagé tout l'équipement électronique, toutes les archives informatiques, tous les livres et tous les documents qu'ils ont trouvés chez toi, jusqu'à la moindre feuille de papier. Les voisins ont signalé qu'une camionnette de déménagement est restée là au moins une demi-journée.

— Vous avez retrouvé la camionnette ?

— Les plaques étaient fausses et l'entreprise n'existe pas. Ah oui : les déménageurs avaient le type asiatique.

— Le type chinois, japonais, thaï, siamois, vietnamien ou d'un autre groupe ethnique ?

— Pour les témoins — des personnes âgées — c'étaient seulement des Asiatiques.

— Et la piste se refroidit de jour en jour.

Benicoff, bien malgré lui, acquiesça silencieusement.

— Je voudrais bien vous être utile, mais en l'état actuel de ma mémoire, j'habite toujours à l'UFE. Peut-être que si je voyais la maison je pourrais trouver quelques indices. Peut-être qu'ils sont passés à côté de mon système de sauvegarde. J'ai perdu deux fichiers importants lorsque j'ai commencé à programmer sérieusement et j'ai juré qu'on ne m'y reprendrait plus. J'ai écrit un programme qui sauvegardait automatiquement les données sur un disque externe pendant que je travaillais.

— C'était une bonne idée, mais ils ont emporté tous les disques qu'il y avait dans la maison.

— Mais mon programme ne faisait pas que des disques de sauvegarde. Quand j'avais quatorze ans, mon programme basculait le contenu du disque de sauvegarde via un modem téléphonique sur le gros ordinateur du labo de mon père. Je me demande quel système j'ai utilisé ici.

Benicoff se releva d'un bond, les poings serrés.

— Tu te rends compte de ce que tu viens de dire ?

— Bien sûr. Il y a de fortes chances qu'il subsiste une copie de mon travail sur l'IA quelque part dans une banque de données. Ça nous aiderait, n'est-ce pas ?

— Nous aider ? Et comment ! Mon garçon, nous pourrions reconstruire ton IA avec ! Ça ne résoudrait pas le problème de savoir qui a fait le coup mais, au moins, ils ne seraient pas les seuls à posséder l'intelligence artificielle.

Il s'empara du téléphone et composa un numéro.

— Le Dr Snaresbrook, s'il vous plaît. Quand ? Dites-lui de me contacter dès qu'elle sera revenue. Benicoff, c'est ça. Dites-lui qu'il est urgent de savoir exactement quand le malade sera en mesure de quitter l'hôpital. C'est une question ultraprioritaire en or massif.

14

10 novembre 2023

L'infirmière entra en trombe dans la chambre et laissa la porte ouverte.

— Il faut partir maintenant, monsieur Benicoff.

Tout en parlant, elle relevait les couvertures, redonnait du volume aux oreillers.

— C'est l'heure d'aller au lit, Brian, dit-elle.
— Vraiment ? Je me sens très bien.
— Faites ce que je dis. S'il vous plaît. Votre pouls et votre pression sanguine sont élevés.
— Je suis excité, c'est tout.
— Au lit. Vous m'avez entendu, monsieur Benicoff ?
— Oui, bien sûr. Je vous parlerai plus tard, Brian, quand j'aurai vu le docteur.

Malgré des mois de repos et de traitement, le traumatisme de l'agression et des opérations qui avaient suivi se faisait toujours sentir. Brian s'endormit presque aussitôt. Il ne se réveilla qu'en entendant des voix et ouvrit les yeux pour découvrir Ben et le médecin à son chevet.

— Un émoi un peu trop excessif, dit le Dr Snaresbrook. Mais il n'y a pas de quoi s'inquiéter. Ben me dit que tu meurs d'envie d'aller faire un tour dans la campagne.

— Je pourrais ?
— Pas encore. Il faut attendre quelque temps après toute la chirurgie que tu as subie. Mais ce n'est peut-être pas nécessaire.

— Pourquoi ?

— Ben va t'expliquer.

— Ma tension a dû grimper aussi haut que la tienne, dit Benicoff. Dans l'excitation du moment, je n'ai pas réfléchi. Il n'est pas encore physiquement indispensable que tu ailles voir la maison. Je vais la faire fouiller encore une fois, mais je doute qu'on y trouve quoi que ce soit de nouveau. Tu avais dit, Brian, que tu avais l'habitude de stocker tes fichiers de sauvegarde sur l'ordinateur de ton père.

— Exact.

— Bon, il y a eu des changements importants dans la technologie des communications, dont tu ne peux pas te souvenir. D'abord, tout est numérique à présent, et les fibres optiques ont remplacé le fil de cuivre partout, sauf dans les régions les plus reculées. Tous les téléphones ont des modems incorporés, et ils sont déjà dépassés. Toutes les grandes villes ont des réseaux téléphoniques cellulaires, et ils ne cessent de s'étendre. J'ai mon numéro personnel là-dessus, dit-il en tapotant le téléphone accroché à sa ceinture. Ça sonne pratiquement toujours, où que je sois sur le continent nord-américain.

— Liaison par satellite ?

— Non, les communications par satellite sont trop lentes pour la plupart des utilisations, notamment la téléprésence. Tout est en fibres optiques maintenant, même les câbles sous-marins. C'est rapide et bon marché. Avec beaucoup de place pour les communications grâce à une largeur de bande de huit gigahertz disponible partout, et dans les deux sens.

Brian hocha la tête.

— Je vois où vous voulez en venir, Ben. Vous êtes en train de me dire qu'il y a très peu de chances que j'aie un dispositif de sauvegarde mécanique sur place. C'était sans nul doute un système télématique. Ce qui signifie une enquête télématique.

— Exact. Il y a maintenant d'innombrables messageries électroniques, de programmes de communications et de consultation de bases de données. Tu aurais pu utiliser un ou plusieurs de ces services. Mais les lois sur le secret des données informatiques sont très sévères de nos jours. Même le FBI doit aller en justice pour demander la permission de faire des recherches.

— Et la CIA ?

— Tu seras heureux d'apprendre qu'elle a commis une atrocité de trop et qu'une législation vient d'être votée pour lui faire passer le goût des coups bas. Encore une victime de la glasnost. Personne ne le regrettera. Surtout pas les contribuables qui se sont aperçus qu'ils avaient versé des milliards pour une organisation gouvernementale qui n'a produit que des rapports truqués, a suscité des révolutions dans des pays amis, a miné des ports et a réussi à tuer des milliers de gens par-dessus le marché. On l'a réduite à sa définition originelle : une organisation centralisant les renseignements. Elle se borne à contrôler la paix au lieu de déclencher de nouvelles guerres. À présent, si tu le veux bien, tu vas nous donner ton autorisation écrite de commencer les recherches immédiatement.

— Bien sûr.

Il n'y avait pas que des papiers à signer, mais aussi de nombreuses recherches télématiques et de vérifications téléphoniques, plus des contrôles d'identité requis par trois organisations gouvernementales différentes. Benicoff expédia le tout par fax recommandé, bâilla et s'étira.

— Maintenant, nous attendons, dit-il.

— Combien de temps ?

— Une heure au grand maximum. Avant la télématique, il aurait fallu des jours, voire des semaines.

— Des tas de choses ont changé en dix ans, depuis que... depuis que je suis parti, dit Brian. Je regarde les infos et il y a des trucs qui n'ont pas du tout changé. Pour d'autres trucs, j'ai beau regarder, des tas d'allusions m'échappent complètement.

Mais l'opération fut accomplie dans l'heure, et donna des résultats moins de dix minutes plus tard. L'imprimante bourdonna et éjecta les feuilles d'éternit dans un froissement soyeux. Benicoff les apporta à Brian.

— Tu es client de six sociétés différentes.
— Tant que ça ?
— Pas plus que ça ! Celle-ci est une base de données scientifique, une de celles mises à jour heure par heure. Elles remplacent les bibliothèques techniques, et travaillent beaucoup plus vite. Le temps d'accès est habituellement inférieur à la seconde. Ça, c'est un serveur qui donne des billets pour tout, depuis les matches de base-ball jusqu'aux voyages en avion. Les quatre qui restent sont les mieux placées. Tu veux commencer par elles ?
— Qu'est-ce que je fais ? Je peux sortir du lit, docteur ? J'aimerais mieux pas.
— Pas la peine, dit Benicoff en déconnectant le clavier du terminal. Avec la liaison infrarouge, tu n'as pas besoin du câble. Et je vais téléphoner pour qu'on t'amène un holoscope.

L'holoscope plut vraiment à Brian. C'était une paire de lunettes allégées avec un minuscule renflement bourré de circuits dans la partie arrière de chaque branche. Les lentilles donnaient l'impression d'être en verre ordinaire mais, il s'en doutait, auraient pu être adaptées s'il avait porté des lunettes. Quand l'holoscope fut branché, l'image d'un écran d'ordinateur flotta dans l'espace devant lui.

— C'est bon. Qu'est-ce que je fais ensuite ?
— Tu appelles la base de données, tu t'identifies et tu donnes ton numéro. Ensuite, tu devines.
— Qu'est-ce que vous voulez dire ?
— Chaque compte client a un code de sécurité, un mot de passe connu du seul titulaire. Essaie d'anciens mots de passe dont tu te souviens encore. Si ça ne marche pas, tu en cherches de nouveaux. Ces sociétés ont été informées de la situation et ont désactivé les logiciels d'alarme. Normalement, après la troisième tentative, la connexion est coupée et on communique à la police le numéro appelant qui tente une effraction.
— Et si ça ne marche pas ?
— Il faut une décision de justice pour forcer l'accès. Ce qui demandera au bas mot un ou deux jours.

Brian découvrit que les vieilles habitudes avaient la

vie dure. Trois des quatre comptes s'ouvrirent immédiatement avec certains de ses mots de passe irlandais favoris. SHAMROCK — le trèfle emblématique —, c'était trop gros, mais ANLAR ouvrit le premier compte et LEITHRAS les deux autres.

— *An Lar* veut dire « centre-ville », c'est à l'avant de tous les bus, expliqua Brian. *Leithras* est le terme gaélique pour « toilettes ». Ce genre d'humour grossier est très apprécié des gosses. Mais je n'ai aucune idée de ce qui va ouvrir le dernier. Est-ce qu'on peut le mettre en attente et voir ce qu'il y a dans les trois autres ? C'est un peu comme si je retrouvais ma mémoire, pas vrai ?

— Absolument, convint Benicoff. Tu sais quoi ? Je vais faire démarrer la procédure judiciaire pour le dernier numéro, au cas où. Encore de la paperasse à signer.

Le premier compte se révéla être une BAL datant d'un peu plus de deux ans. Brian remonta au début de la liste et parcourut toutes les lettres. Cette lecture le mit mal à l'aise. Aucun des correspondants ne lui était familier et il ne se reconnaissait pas non plus dans ses propres lettres. Certes, il les avait signées... mais non, ce n'était pas du tout lui après tout. Il avait tout à fait l'impression de lire le courrier de quelqu'un d'autre. Il y avait de temps à autre des références à l'IA, mais fugitivement, sans jamais de détails.

Il bascula le tout dans la mémoire de l'ordinateur pour l'examiner une autre fois, puis s'intéressa aux deux autres bases de données. L'une contenait ses relevés bancaires et ses déclarations fiscales. C'était fascinant et déprimant à la fois. Il avait commencé très jeune à gagner de l'argent avec ses droits d'auteur — ça, il s'en souvenait — essentiellement pour la création de logiciels. Puis il y avait eu un important dépôt suite à la vente de la maison familiale, puis encore des rentrées d'argent provenant de l'héritage de son père. Il fit défiler les chiffres plus vite et vit l'argent partir tout aussi vite. En l'espace de quelques années, il ne lui restait plus rien — et c'était juste avant qu'il commence à travailler pour Megalobe. La correspondance avec la société était fascinante, surtout quand il aborda les détails de son contrat. Il y avait là matière à réflexion. Il mit ça aussi en mémoire et attaqua la dernière base de données.

Il fit défiler quelques écrans, lut attentivement pendant un instant, puis effaça tout. Le médecin était sorti et Benicoff, penché sur le téléphone, composait un numéro. Le soleil était sur le point de se coucher, et la pièce s'assombrissait.

— Ben ? Vous avez un moment ?
— Bien sûr.
— Je commence vraiment à être fatigué. Je regarderai le reste demain matin.
— Passe-moi le clavier pour que je le range. Tu as trouvé quelque chose sur l'IA ?
— Rien là-dedans.
— Alors, je vais accélérer la procédure judiciaire. Quand tu auras eu toute la nuit pour te reposer, essaie encore de trouver des mots de passe. D'accord ?
— Promis. À demain matin.
— Tu as vraiment l'air fatigué. Repose-toi.

Brian hocha la tête et regarda s'éloigner l'imposante silhouette de Benicoff. Fatigué, non. Totalement déprimé.

Il en avait assez lu pour savoir que ça ne lui plaisait pas. Le début lui était assez familier, c'était les notes qu'il avait écrites après la fin désastreuse de sa liaison avec Kim. Une fois que la dépression et la haine s'étaient un peu atténuées, il avait continué d'écrire sur sa théorie de la machine gestionnaire. Il se rappelait certes l'avoir intégrée à ses recherches sur l'IA, mais il se rappelait aussi avoir noté que ce pouvait être un moyen de contrôle de la personnalité. Il avait, semblait-il, poussé l'idée encore plus loin, l'étoffant pour en faire une nouvelle science de l'esprit — plus théorique que pratique, à en juger par le contenu du dossier —, appelée zénothérapie. Le terme n'était certes pas aussi insolite et délirant que « dianétique », mais il recouvrait, pour parler poliment, une forte tendance à la mégalomanie. Cette lecture avait été désagréable, et il était tout à fait sûr qu'il n'aimait pas la personne qui avait écrit tout cela.

Certaines décisions sont faciles à prendre une fois qu'on dispose de tous les éléments nécessaires. Il y avait réfléchi la semaine précédente et la prétendue science de la zénothérapie fut l'élément déterminant. Il appuya sur le bouton d'appel fixé à la table de nuit. L'infirmière entra un instant plus tard.

— Savez-vous si le Dr Snaresbrook est toujours là ?
— Je crois que oui, elle surveille l'installation de son matériel. Le docteur s'installe dans le nouveau cabinet qu'on vient de lui donner ici.
— Pourrais-je la voir, s'il vous plaît ?
— Bien sûr.

Les dernières lueurs du crépuscule pâlissaient et Brian mit les commandes d'éclairage en mode manuel pour profiter du spectacle. Lorsque le ciel fut noir, il laissa le commutateur clignotant faire son travail. Les rideaux se fermèrent et l'éclairage s'alluma. Le médecin arriva une minute plus tard.

— Eh bien, Brian, tu viens d'avoir une journée chargée. Tu accuses le coup ?
— Pas vraiment. J'étais fatigué tout à l'heure, mais un petit somme m'a fait du bien. Comment sont mes paramètres vitaux ?
— Ils ne pourraient pas être meilleurs.
— Bien. Vous diriez donc que je suis en voie de guérison, que ma santé mentale est raisonnablement satisfaisante mis à part le fait que je souffre de l'illusion d'avoir seulement quatorze ans, même si j'en ai en réalité plus de vingt et un.
— Tu enlèves « illusion » et je serai d'accord.
— Vous ai-je jamais remerciée pour tout ce que vous avez fait pour moi ?
— Tu viens de le faire, et je t'en suis reconnaissante... et je suis terriblement heureuse de la manière dont les choses évoluent.
— Je ne veux pas vous rendre malheureuse, docteur. Mais est-ce que vous seriez terriblement déçue si nous arrêtions bientôt les séances de reconstitution de la mémoire ?
— Je ne comprends pas...
— Je vais le formuler autrement. Je suis satisfait

d'être comme je suis. Je crois que j'aimerais grandir tout seul à partir de maintenant. Être un moi en devenir, si vous voyez ce que je veux dire. S'il faut être honnête, je ne m'intéresse pas tellement à l'autre moi, celui qui a été effacé par la balle. Je veux bien continuer les séances pour voir à quel point ma mémoire a été affectée, s'il y a des choses que je devrais savoir, et que je ne sais pas. Je veux que mon passé soit reconstitué autant que faire se peut. Ensuite, dès que vous serez satisfaite sur ce point, peut-être que vous pourrez envisager d'en rester là. J'aimerais quand même poursuivre les expériences que vous avez suggérées pour voir si je peux vraiment m'interfacer avec l'unité centrale interne. Vous n'y voyez pas d'inconvénient ?

Erin Snaresbrook était atterrée, mais essaya de dissimuler son émotion.

— Bon, évidemment, on ne peut pas te forcer. Mais réfléchis bien. La nuit porte conseil. Nous pourrons en reparler demain. C'est une décision plutôt lourde de conséquences.

— Je le sais. Et c'est pour ça que je la prends. Ah oui, un autre truc. Mais on peut s'en occuper demain aussi.

— Qu'est-ce que c'est ?

— Je veux voir un avocat.

15

11 novembre 2023

Benicoff attendit que Brian ait terminé son petit déjeuner avant de venir le voir dans sa chambre. Il se répandit en banalités sur sa santé, sur le temps qu'il faisait, lui annonça que la décision du tribunal nécessaire à l'ouverture du dossier informatique interviendrait peut-être plus tard dans la journée et attendit que Brian aborde le sujet. En vain. Finalement, Benicoff dut se résoudre à le faire lui-même.

— J'ai eu un coup de téléphone plutôt alarmant du Dr Snaresbrook. Elle me dit que tu veux arrêter les séances de reconstitution de la mémoire. Tu veux m'en parler ?

— Bon, il s'agit d'un sujet plutôt personnel, Ben.

— Si c'est personnel, alors je ne te demande rien. Mais si ça touche à mon enquête, ou à l'IA, alors ça m'intéresse. Les deux sont liées, non ?

— Je crois, et ça ne nous facilite pas la tâche. Est-ce que je peux vous parler comme à un ami — et je ne pense pas me tromper en disant cela ?

— Je le prends comme un compliment. Et nous étions plutôt bons amis avant que tout ça nous tombe dessus. Et tu reviens de loin. Je peux te dire très sincèrement qu'à ta place pas mal de gens ne s'en seraient pas tirés. Tu es un Irlandais coriace et ça me plaît.

— Merci, dit Brian avec un sourire.

— Ne me remercie pas, ce n'est pas ce que j'attends. Et je serai heureux d'avoir ta confiance. Avec une restriction. Tu ne devrais jamais oublier que je suis toujours chargé de l'enquête sur Megalobe. Tout ce que tu diras en rapport avec l'affaire devra être enregistré.

— Je le sais, et d'ailleurs je suis toujours disposé à faire de mon mieux pour vous aider. Et ça m'intéresse aussi. Quand je serai grand — mais je le suis déjà, mettons ça au passé — j'ai inventé l'IA, puis on me l'a volée avec ma mémoire. Alors, maintenant que je sais qu'il est possible de construire l'IA, je vais la réinventer si c'est nécessaire. Mais je veux que ce soit moi qui le fasse, pas un autre type qui porte mon nom. Est-ce que je me fais comprendre ?

— À vrai dire : non.

Et ils éclatèrent de rire. Brian rejeta les couvertures, passa sa robe de chambre et mit ses pantoufles. Il alla se planter devant la fenêtre ouverte et respirer l'air pur de l'océan.

— Le climat est bien meilleur ici que dans le golfe du Mexique. C'était trop humide, trop chaud, et je ne m'y suis jamais habitué.

Il se laissa tomber dans le fauteuil.

— Je vais le dire autrement. Imaginons que ce qui m'est arrivé à moi, me faire descendre et le reste, bref, disons que ce truc vous est arrivé à vous. Et vous voilà dans ce fauteuil, à trente-sept ans…

— Merci beaucoup. Cinquante serait plus réaliste.

— D'accord. Alors qu'est-ce que ça vous ferait si je vous disais que vous avez reçu un coup sur la tête et que vous avez en réalité soixante-dix ans, mais que tout va s'arranger parce que avec mon invention je vais recoller les morceaux de votre esprit et vous redonner vos soixante-dix ans ?

Benicoff regarda vers le large en fronçant les sourcils.

— Je commence à piger ce que tu veux dire. Je ne veux vraiment pas avoir ces soixante-dix ans sans les avoir réellement vécus ! Retrouver ces souvenirs équivaudrait à faire entrer un inconnu dans ma tête.

— Vous l'avez dit mieux que j'aurais pu le dire.

C'est exactement l'effet que ça me fait. Si je m'aperçois qu'il y a des lacunes dans ma mémoire passée, des choses que j'ai besoin de savoir mais que j'ai oubliées, c'est sûr que j'aimerais boucher les trous, et nous continuons donc les séances. Mais je veux grandir dans mon propre avenir, et pas me le faire injecter dans le cerveau !

— Et tes études ? Tu aurais un peu de mal à dire que tu es diplômé de quelque chose dont tu n'as aucun souvenir.

— Vous avez raison. Si je n'arrive pas à me souvenir de quelque chose, je serai obligé de le réapprendre, c'est tout. J'ai un état détaillé de mon cursus universitaire, la liste de tous les cours et de toutes les options, et même une copie de ma liste de lectures. Et la toubib dit que si ces souvenirs sont encore là il y a des chances qu'on les retrouve. Ça, je veux bien le faire. Sinon, je vais tout réapprendre. En fait, pas mal de textes sont complètement dépassés et je vais avoir besoin d'aide pour ma liste de lectures.

— Fais-moi voir ta liste pour les systèmes experts. J'essaie toujours de me tenir au courant de ce qui se publie là-dessus.

Brian leva les yeux, surpris.

— Mais je croyais que vous étiez...

— Un fonctionnaire parfaitement intégré au système ! J'ai fini par le devenir, c'est tout, et pas par choix délibéré. J'ai commencé par écrire des logiciels de systèmes experts et, à partir de là, je me suis mis à trouver des solutions pour les autres. J'y ai tellement bien réussi que j'ai terminé là où je suis. Voilà la triste histoire de ma vie.

— Pas si triste que ça. C'est pas n'importe qui qui peut téléphoner au Président et faire la causette...

À point nommé, le téléphone sonna et Brian décrocha. Il écouta, puis hocha la tête.

— Très bien. Dites-lui de monter.

— Et moi, je vais partir, dit Benicoff. J'ai déjà fait poireauter l'avocat que venez d'avoir au bout du fil pendant une heure avant d'en avoir terminé avec lui.

Benicoff s'esclaffa en voyant l'expression horrifiée de Brian.

— L'enquêteur du Président voit tout, ne l'oublie jamais. Une partie de ce boulot consiste à s'assurer que tu restes en vie. Tous les visiteurs sont contrôlés. Jusqu'à nouvel ordre, la vie privée n'existe plus.

Sur ce, Benicoff, un doigt sur les lèvres, montra le plafond et forma silencieusement les mots *général Schorcht*. Brian confirma d'un signe de tête qu'il avait compris et Benicoff partit.

Il aurait dû y penser lui-même. Son terminal était directement relié à celui du général et ici, dans l'enceinte d'une base militaire, il était raisonnable de penser que la chambre était probablement sur table d'écoute. Encore autre chose qu'il devrait garder présent à l'esprit.

— Entrez, lança-t-il lorsqu'il entendit frapper.

Il ouvrit de grands yeux lorsqu'un officier en uniforme de l'armée de terre ouvrit la porte. Sur sa plaque, on lisait *Major Mike Sloane*.

— Vous avez demandé à me voir.

— Pas que je sache. Je voulais voir un avocat.

— Alors c'est moi, dit-il, affichant sans effort un sourire sur son visage maigre et hâlé. Direction du personnel et de l'administration de l'armée. Accrédité secret défense — ce qui m'a permis de lire votre dossier. Alors dites-moi, Brian, que puis-je faire pour vous ?

— Est-ce que vous êtes, euh... accrédité aussi pour le droit chez les civils ?

— Il n'y a qu'un seul droit ! s'écria Mike en riant. J'ai trimé dans les fosses à serpents de Wall Street avant d'opter pour les voyages, la formation et la carrière.

— Vous êtes bon en matière de contrats ?

— Un petit génie. C'est l'une des raisons qui m'ont poussé à m'engager : pour me sortir du droit des entreprises.

— Alors voici une question importante. Vous allez m'aider moi, ou l'armée ?

— Bonne question. S'il y a un chevauchement, l'armée a la priorité. S'il s'agit d'une affaire strictement civile, ça reste confidentiel entre vous et moi, ou alors jusqu'au moment où vous engagez un avocat civil. Vous allez me dire de quoi il s'agit ?

— Bien sûr. Dès que j'aurai l'assurance que ça reste confidentiel. Je sais que mon terminal est espionné : serait-il possible que cette pièce soit sur table d'écoute elle aussi ?

— Voilà ce que j'appelle une question tout aussi bonne. Donnez-moi quelques minutes, le temps de téléphoner, et je verrai si je peux vous donner une réponse.

Il s'écoula plus que quelques minutes — presque une heure — avant que le major revienne.

— Très bien. Brian, que puis-je faire pour vous ?

— La chambre était sur table d'écoute ?

— Je ne peux naturellement pas vous répondre là-dessus. Mais je puis vous assurer que notre entretien est confidentiel.

— Bon. Alors dites-moi : est-ce que je peux attaquer Megalobe pour ne pas m'avoir protégé, pour m'avoir mis dans une situation dangereuse pour ma santé ?

— Ma première réaction serait de dire : « Pas facilement. » Le gouvernement possède une bonne partie du capital de la société et nul ne s'est jamais enrichi en attaquant l'État en justice. Et puis il va falloir que je voie un exemplaire de votre contrat d'embauche.

— Il est sur la table, juste à côté. C'est ça qui m'a troublé. Et je ne veux pas vraiment les attaquer en justice, la menace devrait suffire. N'importe quelle menace, pourvu qu'elle me permette d'obtenir un meilleur contrat que celui-ci. Vous savez tout sur moi... sur ma mémoire ?

— Affirmatif. J'ai lu le dossier intégralement.

— Alors vous savez que je n'ai aucun souvenir de ces dix dernières années. Je lisais donc ma correspondance et j'ai découvert que, loin d'être mon bienfaiteur, Megalobe avait fait pression sur moi, financièrement parlant, lorsque j'étais à court d'argent pour terminer la mise au point de mon IA. J'ai découvert, hélas, que j'étais presque totalement dépourvu de sens des affaires. Mais je tenais tellement à achever mon travail que je me suis laissé imposer la signature de ce contrat. Qui semble donner à la société beaucoup plus qu'il me donne à moi.

— Alors il faut le lire avant toute chose.

— Allez-y. Je vais me chercher un jus d'orange. Pour vous aussi ? Ou quelque chose de plus fort ?

— Jamais pendant le service. Va pour le jus d'orange.

Le major lut lentement et soigneusement. Brian, lui, lisait la copie d'un article qu'il venait d'imprimer : une introduction de Carbonell à la nouvelle discipline mathématique de la géométrie exclusionnelle. C'était un sujet de psychologie centré autour de la question de savoir pourquoi les gens commencent à faire des dessins chaque fois que les explications verbales deviennent trop compliquées. C'était parce que le langage est encore fondamentalement sériel et unidimensionnel. Nous pouvons exprimer l'antériorité et la postériorité, mais nous avons bien du mal à parler de quatre ou cinq choses en même temps. Brian, qui ne cessait de penser à l'IA, se rendit compte que le fait que l'intelligence humaine fonctionne ainsi n'imposait aucune limitation à l'intelligence artificielle. Au lieu de trois ou quatre idées assimilables à des pronoms, une IA pourrait manipuler des douzaines de « pronoms » en même temps. Il cilla et leva les yeux quand il entendit l'avocat rire en reposant le contrat. Il secoua la tête et finit son jus d'orange avant de parler.

— Comme nous disions en fac de droit, vous vous êtes fait baiser sans qu'on vous fasse jouir. Ce contrat est pire que ce que vous m'avez dit. Je crois vraiment que vous ne tireriez aucun bénéfice de votre travail si vous quittiez Megalobe. Et tant que vous travailleriez pour eux, tout le bénéfice serait pour eux.

— Vous pouvez me faire un meilleur contrat ?

— Avec plaisir. Puisque l'armée veut, tout autant que n'importe qui, voir se développer l'IA, il serait très avantageux pour nous de régler cette affaire tout de suite. Mais il y a ici quelques bizarres précédents. Vous êtes lié par un contrat en bonne et due forme... mais vous ne l'avez pas signé ?

— Non, c'est l'ancien Brian qui l'a signé. Le Brian qui est assis devant vous n'en a jamais vu la couleur avant hier.

Mike se frotta joyeusement les mains en marchant de long en large dans la pièce.

— Oh! Je vois déjà les honoraires que je demanderais pour plaider ça devant un tribunal! Vous les tenez par la peau des couilles parce que — arrêtez-moi si je me trompe — vous êtes encore très en avance sur tout le monde dans la mise au point d'une IA véritablement intelligente.

— Je l'espère. Apparemment, j'étais sur la bonne voie avant mon... accident, et le Dr Snaresbrook pense que j'ai de bonnes chances de revenir au point où j'en étais. Mais, pour l'instant, je suis encore en train d'étudier les bases et rien ne peut garantir que je retrouve mon avance. Mais je dispose de toutes mes notes, et je ferai de mon mieux.

— Mais bien sûr! Et vous êtes le seul espoir de Megalobe. Dans ce monde-ci, rien ne réussit mieux qu'un monopole. Je vais suggérer à mes supérieurs de suggérer à Megalobe de jeter ce contrat au panier et d'en faire rédiger un nouveau. Ça vous satisfait? Vous leur feriez encore un procès?

— Un nouveau contrat et pas de procès. Qu'est-ce que je dois demander?

— Quelque chose de simple et de gentil. Ils vous donnent les ressources pour mettre au point l'IA. Vous amenez l'IA. Tout bénéfice net résultant du développement futur de l'IA sera partagé moitié-moitié entre les parties concernées.

Brian fut choqué.

— Vous voulez dire que je devrais demander la moitié de tous les bénéfices liés à l'IA? Ça pourrait faire des millions, peut-être des milliards de dollars!

— Et alors? C'est pas bien d'être milliardaire?

— Non... mais c'est une idée plutôt nouvelle.

— Vous voulez que je mette ça en route?

— Oui, s'il vous plaît.

Mike se leva, regarda le contrat et soupira ostensiblement.

— C'est la première fois depuis mon engagement que j'ai le moindre désir de me remettre à mon compte. Si j'étais le requin chargé de négocier ça, je me ferais un foutu paquet!

— On m'a dit une fois que les avocats dévoraient leurs jeunes.

— Brian, mon garçon, c'est vrai! Je reviendrai vous voir dès que j'aurai du nouveau.

Brian s'accorda un petit somme postprandial et se sentit beaucoup mieux lorsqu'à quatre heures de l'après-midi l'infirmière ouvrit la porte, suivie d'un garçon de salle poussant le fauteuil roulant.

— Prêt pour votre séance avec le docteur? demanda l'infirmière.

— Bien sûr. Je ne peux pas y aller à pied?

— Restez assis. *Dixit* le Dr Snaresbrook.

Brian saisit la liasse reliée de documents qu'il était en train de lire et l'emporta avec lui. Il resta dans le fauteuil roulant lorsque les filaments lui frôlèrent la nuque et mirent délicatement en place la connexion fibroscopique.

— Docteur, je peux vous demander une faveur pour cette séance?

— Bien sûr, Brian. De quoi s'agit-il?

— De ceci, dit-il en lui montrant les documents. J'ai suivi un cours de licence en topologie et voici un article que je viens d'imprimer. J'ai commencé à le lire, et je me suis aperçu que j'étais complètement largué. Si je le lis maintenant, est-ce que vous pourriez par hasard retrouver mes anciens souvenirs de cette spécialité? Vous allez avoir quelque chose sur vos écrans pour vous dire si vous avez visé juste? Vous pourriez ensuite appuyer sur le bouton et me redonner mes souvenirs.

— Je voudrais bien que ça soit aussi simple, mais nous pouvons certainement essayer. J'allais de toute façon suggérer des données de ce type, alors je suis plus que disposée à tenter le coup maintenant.

Le texte était plutôt rebutant, et Brian dut en relire une bonne partie pour y comprendre quelque chose. Il arriva péniblement jusqu'à la moitié de l'article avant de le reposer.

— Des contacts, docteur ?

— Pas mal d'activité, mais tellement étendue qu'il est manifeste qu'un très grand nombre de lignes K sont impliquées. Ma machine n'est pas conçue pour traiter des réseaux de cet ordre de grandeur. C'est le genre d'interconnexions que seul le cerveau humain sait faire à la perfection.

Brian se pinça le nez.

— Je suis un peu fatigué. Est-ce qu'on peut en rester là pour aujourd'hui ?

— Bien sûr. Nous étions convenus de débrancher la prise au premier signe de fatigue.

— Merci. Je voudrais bien pouvoir attaquer l'unité centrale implantée avec des ordres plus complexes que « Stop ».

— Eh bien, tu peux toujours essayer.

— Ça serait super si j'y arrivais, non ? Je donne un simple ordre à l'unité centrale. Hé, toi, processeur ! Ouvre le fichier « Topologie ».

Le sourire ironique de Brian fit place à un sourire de surprise. Il fixa le vide, puis regarda à nouveau le Dr Snaresbrook.

— Voilà quelque chose que je trouve très intéressant. Quand je suis entré, j'ai bien dit que je ne connaissais rien ou pas grand-chose à la topologie, hein ? Alors je devais être fatigué ou quelque chose comme ça : je ne me concentrais pas du tout. Mais maintenant je me souviens très bien de ma thèse. Il y avait dedans pas mal de trucs inédits à l'époque. Au départ, elle se servait tout bonnement d'une théorie algébrique des nœuds basée sur le vieux polynôme de Vaughn Jones pour classer des trajectoires chaotiquement invariables, puis l'appliquait à divers problèmes de physique. Rien de très inspiré là-dedans et je suis sûr que ça doit être plutôt démodé aujourd'hui. Je commence à comprendre pourquoi j'ai laissé tomber les maths pures pour faire de l'IA.

Brian semblait tenir pour acquis ses souvenirs téléchargés, transplantés, mais pas Snaresbrook. Ses mains tremblaient si fort qu'elle était obligée de les joindre. Brian venait effectivement d'utiliser l'unité centrale implantée pour s'interfacer avec ses propres souvenirs. Il y avait bel et bien là une interface homme-machine interne en fonctionnement.

16

14 novembre 2023

L'aire de repos du neuvième étage de l'hôpital ressemblait plus à une terrasse paysagée qu'à un balcon. Le marine en faction à la porte vérifia l'identité de Benicoff avant de le laisser avancer au milieu des palmiers en pot. Brian lisait, la tête à l'ombre du parasol : il avait la veille réussi à prendre un coup de soleil sur le visage en s'endormant sans précautions et ne voulait pas recommencer. Il leva les yeux de son livre et salua Benicoff de la main.

— Ça me fait plaisir de vous revoir, Ben.
— À moi aussi, mais tu ne vas pas aimer les dernières nouvelles. Il n'y aura pas d'injonction légale pour ouvrir tes bases de données. Ces dernières années, le renforcement des lois sur le secret informatique a supprimé cette possibilité d'accès. Il en serait autrement si tu étais mort.
— Je ne comprends pas.
— De temps en temps, quelqu'un meurt dans un accident de voiture sans laisser nulle part mention de ses codes d'accès. Il faut alors passer devant le tribunal, donner des preuves de parenté, etc., et il faut pas mal de travail pour obtenir une injonction légale, c'est moi qui te le dis. Et il n'y a pas d'exceptions.
— Alors qu'est-ce que je peux faire ?
— Aller en personne ouvrir ta base de données. Faire physiquement la preuve de ton identité. Et c'est

ensuite à la société de décider si elle t'autorise ou non à récupérer les données. Et ça ne va pas être facile.

— Pourquoi?

— Parce que — et je ne plaisante pas — la société qui a tes fichiers n'est pas aux États-Unis. Mais au Mexique.

— Vous me faites marcher!

— Je voudrais bien. La société se trouve à Tijuana. Les salaires y sont encore plutôt bas. C'est juste de l'autre côté de la frontière, à moins de vingt bornes d'ici. Il y a là-bas pas mal de chaînes de montage électroniques américaines. Cette société a probablement été créée pour répondre à leurs besoins. Faut-il que nous commencions à envisager un voyage là-bas?

— Non, pas pour l'instant.

— C'est ce que je pensais que tu dirais, dit Benicoff en souriant devant l'expression surprise de Brian. J'ai cru comprendre que ton as du barreau militaire est en train de tanner le cuir aux avocats de Megalobe. Ils souffrent déjà et ils finiront par se rendre à la raison. J'en ai touché deux mots au sommet. On fait donc pression sur les militaires pour qu'ils obligent les gens de Megalobe à proposer un nouveau contrat.

— Au sommet? Vous avez parlé à Dieu le Père?

— Presque. Et je me suis dit que tu n'irais pas jeter un coup d'œil à ces fichiers tant que tu ne serais pas fixé sur ton avenir.

— Vous avez décidément une longueur d'avance sur moi.

— C'est pas difficile d'être plus malin qu'un gamin de quatorze ans!

— Vous pouvez vous vanter! Mais ce gamin de quatorze ans a pris goût à la bière. Je vous en commande une?

— Bien sûr. Pourvu que ce soit de la Bohemia.

— Celle-là, je la connais pas.

— C'est une bière mexicaine, puisqu'il est question du Mexique. Je crois que tu la trouveras à ton goût.

Brian téléphona sa commande et un serveur du mess apporta les bières. Il se passa la langue sur les lèvres et but une longue gorgée.

— Pas mal du tout. Vous avez parlé au Dr Snaresbrook ces temps-ci ?

— Ce matin même. Elle dit que tu commences à être claustrophobe et que tu voudrais t'évader d'ici. Mais elle veut que tu restes à l'hôpital au moins une semaine de plus.

— C'est ce qu'elle m'a dit. Pas de problème, ce me semble.

— Je suppose que maintenant tu vas me demander si tu peux aller au Mexique.

— Ben, depuis quand vous savez lire les pensées des autres ?

— Facile. Tu veux mettre ces fichiers en sécurité. Nous aussi. Les lignes téléphoniques peuvent être écoutées, les données peuvent être recopiées. Et les GRAM peuvent se perdre dans le courrier.

— GRAM ? Vous voulez dire DRAM, non ?

— C'est déjà du passé. La DRAM — RAM dynamique — est aussi morte que le dodo. Ces giga-RAM sont statiques, n'ont pas besoin de piles, et ont tellement de mémoire qu'elles sont en passe de remplacer les CD et les cassettes numériques. Avec les nouvelles techniques de compression sémantique, elles vont bientôt remplacer aussi les vidéocassettes.

— Je veux voir à quoi ça ressemble.

— Tu le pourras dès qu'on aura réglé les détails du voyage. Et je ne vais pas te mettre dans l'embarras, te forcer à dire non en te proposant d'y aller à ta place. J'ai déjà abordé la question avec divers responsables de la sécurité.

— Je suis sûr qu'ils ont déliré de bonheur à la seule pensée de me voir quitter le pays.

— Tu peux en être sûr ! Mais quand les clameurs se sont tues, on s'est aperçu que le FBI et le gouvernement mexicain ont passé un accord, toujours en vigueur, sur ce genre de choses. On descend régulièrement là-bas pour rechercher l'argent de la drogue ou des archives informatiques — en général dans des établissements bancaires. Des officiers armés d'une section spéciale des services secrets nous accompagneront jusqu'au bout. La police mexicaine nous rejoindra à la frontière et nous ramènera aux États-Unis après l'opération.

— Donc je peux aller là-bas récupérer mes fichiers ?

Benicoff hocha la tête.

— Dès que le docteur dira que tu es en état de le faire. Et ça ressemblera plus à une campagne militaire qu'à une promenade de l'autre côté de la frontière. Tu seras escorté à l'aller comme au retour.

— Et les fichiers... est-ce que je vais pouvoir les conserver ?

— Tu as mauvais esprit et ne fais confiance à personne, Brian Delaney. Ce qui est à toi est à toi. Mais — et là, j'en suis encore aux conjectures — ce voyage sera probablement difficile, voire impossible à mettre au point tant que tu n'auras pas signé un nouveau contrat avec Megalobe. Le gouvernement doit protéger son investissement.

— Et si je n'approuve pas le contrat... je ne pars pas ?

— C'est toi qui l'as dit, pas moi.

Il fallait qu'il y réfléchisse. Il termina sa bière et refusa d'un hochement de tête sans réplique celle que Benicoff lui offrait. Il avait déjà, une fois dans sa vie, essayé de mettre au point l'IA par ses propres moyens : c'est ce que montraient les archives qu'il avait consultées. Elles montraient aussi qu'il s'était retrouvé sans argent et avait été obligé de signer ce contrat style Oncle Picsou avec Megalobe. Si on ne tire pas les leçons de l'expérience, on n'apprend jamais rien. Si son destin était de revivre cette partie de sa vie, il allait certainement mieux s'en tirer la seconde fois.

— Tout dépend de mon nouveau contrat d'embauche, dit-il finalement. S'il est honnête, alors nous récupérons les dossiers et je reviens travailler chez Megalobe. D'ac ?

— Ça l'air de pouvoir marcher. Je vais mettre les choses en train.

À peine Benicoff avait-il passé la porte que le téléphone de Brian sonna. Il prit la communication.

— Qui ? Bien sûr. Oui, elle a l'autorisation, vérifiez avec le Dr Snaresbrook en cas de doute. Elle est déjà venue ici. Très bien. Alors dites-lui de monter, s'il vous plaît.

Un marine fit entrer Dolly. Brian se leva et lui donna un baiser sur la joue.

— Tu as bien meilleure mine, tu commences à t'étoffer, dit-elle avec l'œil exercé d'une mère.

Elle lui tendit un paquet.

— J'espère que tu les aimes encore. Je les ai faits ce matin.

— Des biscuits au chocolat! Pas possible!

Brian déchira l'emballage et attaqua un biscuit.

— Ça a toujours été mon dessert favori, Dolly. Merci beaucoup.

— Et comment ça se passe?

— Ça ne pourrait pas mieux se passer. Je vais pouvoir sortir de l'hôpital dans une semaine. Et il est très probable qu'ensuite je me remettrai à travailler pour de bon dès que possible.

— Travailler? Je croyais que tu avais des problèmes avec ta mémoire.

— Ça ne devrait pas constituer un handicap. Si je trouve quelques lacunes quand je commence la recherche, eh bien... je m'en occuperai, le cas échéant, le moment venu. Quand je me remettrai pour de bon au travail, je découvrirai assez vite l'ampleur exacte de ce que j'ai oublié.

— Tu ne vas pas recommencer à étudier l'intelligence artificielle?

— Bien sûr que si. Quelle question!

Dolly se renversa sur sa chaise et joignit nerveusement les mains.

— Rien ne t'y oblige. Je t'en prie, Brian. Tu as déjà essayé une fois et tu vois où ça t'a mené. Peut-être que ton destin n'est pas de réussir dans cette voie.

Il ne pouvait lui dire qu'il avait déjà réussi, que son IA était quelque part en cavale. Cette information était toujours tenue secrète. Mais il voulait lui faire comprendre l'importance de son travail. Et le destin n'avait rien à voir là-dedans.

— Tu sais bien que je ne peux pas te suivre sur ce

point, Dolly. C'est le libre arbitre qui fait tourner le monde. Et je ne suis pas superstitieux.

— Je ne parle pas de la superstition! s'enflamma-t-elle. Je parle du Saint-Esprit, je parle des âmes. Une machine ne peut avoir d'âme. Ce que tu essaies de faire relève du blasphème. C'est pactiser avec le démon.

— Je n'ai jamais tellement cru à l'existence de l'âme, dit-il doucement, sachant qu'il la blesserait quoi qu'il dise.

— Tu es bien le fils de ton père, dit-elle, la bouche déformée par la colère. Tu n'allais jamais à la messe, tu ne voulais pas en parler. Nous tenons notre âme de Dieu, Brian. Comment pourrait-Il en donner une aux machines?

— Dolly, je t'en prie. Je sais ce que tu ressens et ce que tu crois : n'oublie pas que j'ai été élevé dans la religion catholique. Mais mon travail m'a donné quelques intuitions sur le cerveau et sur ce qu'on pourrait appeler la condition humaine. Essaie de comprendre que je ne me satisfais plus de ce qu'on m'a appris à croire. Les machines peuvent-elles avoir une âme? Tu me demandes ça, et moi je te demande si les âmes peuvent apprendre. Si elles ne le peuvent pas, alors ce concept n'a pas d'importance. Il est stérile, vide, éternellement immuable. C'est tellement mieux de comprendre que nous nous créons nous-mêmes. Lentement, péniblement, façonnés d'abord par nos gènes, puis continuellement modifiés par tout ce que nous voyons, entendons et essayons de comprendre. Telle est la réalité, et voilà comment nous fonctionnons, apprenons et nous développons. C'est de là qu'est venue l'intelligence. J'essaie simplement de découvrir comment fonctionne ce processus et de l'appliquer à une machine. Qu'y a-t-il de mal à cela?

— Tout! Tu nies Dieu, tu nies le Saint-Esprit et l'âme elle-même. Tu mourras et brûleras en enfer pour l'éternité…

— Mais non, Dolly. C'est dans ce genre de théorie destructive que la religion s'enfonce dans la superstition pure. Mais ce qui me fait vraiment mal, c'est que je sais que tu crois tout cela et que tu souffres et t'inquiètes pour moi. Je regrette qu'il en soit ainsi. Je ne veux vraiment pas discuter religion avec toi, Dolly. Personne n'y gagne. Mais tu es une femme intelligente, tu sais que le monde change, que même les religions changent. Tu as divorcé. Et si le nouveau pape n'avait pas décrété que la contraception n'était pas un péché, tu n'enseignerais pas la contraception dans...

— C'est différent.

— Pas du tout. Tu dis que l'intelligence artificielle est contre nature, or elle ne l'est pas. La croissance de l'intelligence fait partie du processus de l'évolution. Quand nous apprenons comment l'esprit travaille, il n'y a rien de mal ni de blasphématoire à élaborer des machines qui reproduisent notre travail. Mon père était l'un des pionniers dans ce domaine, et je suis fier de poursuivre dans cette voie. Aujourd'hui, les machines peuvent penser de nombreuses façons, peuvent percevoir et même comprendre. Elles seront bientôt capables de mieux penser, de comprendre, d'éprouver des émotions...

— Voilà qui touche au blasphème, Brian.

— Oui, c'est possible, selon tes critères. Je suis désolé. Mais c'est la vérité. Et si tu y réfléchis, tu te rendras compte que les émotions ont dû précéder le cerveau et l'intelligence. Une amibe, l'une des formes de vie les plus simples, rétracte un pseudopode lorsqu'elle détecte quelque chose de douloureux. La douleur suscite la peur, qui assure la survie. Tu ne peux nier que les animaux, que les chiens aient des émotions.

— Ce ne sont pas des machines !

— Tu tournes en rond, Dolly. Et ça ne sert à rien, d'ailleurs. Quand j'aurai construit ma première IA, on verra bien si elle a des émotions ou non.

— J'espère que tu apprécieras les gâteaux, dit-elle en se levant abruptement. Mais je crois qu'il faut que je parte maintenant.

— Dolly, reste encore un peu, s'il te plaît.

— Non. Je vois qu'il n'y a pas moyen de t'arrêter.

— Il ne s'agit pas seulement de moi. Les idées ont leur propre force. Si je ne rassemble pas moi-même les pièces du puzzle, quelqu'un le fera à ma place.

Elle ne lui répondit pas, même quand il changea de sujet et tenta sans conviction d'échanger des banalités.

— Il va falloir que je te dise au revoir maintenant, Brian. Et je ne vais pas te revoir avant un bon moment. J'ai eu des tas d'appels de la clinique, là où je travaille. Ils ont été très gentils de m'accorder un congé pour force majeure avec un minimum de préavis, mais ils ont vraiment besoin de personnel.

— J'apprécie toute l'aide que tu m'as apportée.

— Mais c'est normal, dit-elle, déjà lointaine.

— Je peux te téléphoner ?

— Si tu crois que c'est nécessaire. Tu as mon numéro.

Le ciel s'était couvert et il commençait à faire froid sur le balcon. Brian marcha lentement jusqu'à sa chambre, sans l'aide du fauteuil roulant, et alluma les lumières. Il enleva le bonnet et passa les doigts sur le poil ras qui poussait sur son cuir chevelu. Il se regarda dans la glace. Les cicatrices étaient encore bien visibles sur son crâne, quoique pas aussi rouges qu'au début. Il ramassa la calotte fournie par l'hôpital, puis la jeta de côté. Il commençait à prendre cet endroit en horreur. Benicoff lui avait apporté une casquette de base-ball qui vantait en gros caractères les mérites des San Diego Padres : il s'en coiffa et approuva d'un signe de tête l'image que lui renvoyait le miroir. Pauvre Dolly ! La vie n'avait pas été tendre avec elle. Elle n'avait pas été tendre avec lui non plus d'ailleurs ! Dolly au moins n'avait pas reçu une balle en pleine tête. Sa montre bourdonna et la voix minuscule lui dit :

— *Seize heures. L'heure de votre rendez-vous avec le Dr Snaresbrook. Seize heures. L'heure de v...*

— Ta gueule !

Et la voix se tut.

Erin Snaresbrook leva les yeux et sourit lorsque Brian entra.

— J'aime tes goûts en matière de casquettes. Voilà qui enfonce complètement le couvre-chef réglementaire que tu portes d'habitude. Prêt à travailler ? Je veux essayer quelque chose de nouveau aujourd'hui.

— Qu'est-ce que c'est ?

Brian retira sa casquette, s'installa confortablement dans le fauteuil de dentiste et sentit la caresse arachnéenne des doigts métalliques.

— Si tu n'y vois pas d'inconvénient, j'aimerais remettre à une autre fois le travail sur la mémoire et voir si je ne peux pas faire plus avec le nouveau talent que tu as développé pour solliciter ton processeur implanté.

— Bien sûr. Je n'ai encore jamais pensé à vous le demander, mais de quel genre de processeur central s'agit-il ?

— C'est une unité de traitement parallèle type CM-9 qui contient cent vingt-huit millions d'ordinateurs simples mais rapides. Ses exigences énergétiques sont très faibles, son échauffement aussi : sa température de fonctionnement est imperceptiblement supérieure à ta température interne. Elle ne consomme pratiquement pas de courant. En fait, cet ordinateur utilise moins d'énergie que les neurones équivalents. Et sa mémoire est considérable. En plus de seize GRAM de 64 giga-octets chacune, l'implant contient quatre milliards de mots de B-CRAM.

— B-CRAM. Un truc nouveau que je ne connais pas, hein ?

— C'est nouveau en effet. La B-CRAM — *best-matching-content-accessed memory* — est une mémoire à accès sélectif configuré par les entrées. Les B-CRAM ont été développées pour des applications de bases de données et sont idéales pour la tâche demandée ici, puisqu'elles peuvent quasi instantanément retrouver des données enregistrées qui coïncident avec les données entrées. Les B-CRAM effectuent automatiquement l'analyse configurale de chaque donnée, en parallèle, par rapport à un vecteur de pondération affecté aux données d'entrée. Ce sont les composants qui stockent les informations d'entrée-sortie associées à la reconnexion de tes fibres nerveuses.

— Beau travail ! Mais même avec un échauffement zéro, ça doit quand même consommer un minimum d'électricité! Ne me dites pas que vous allez être obligée de me rouvrir le crâne pour changer les piles?

— Pas vraiment. Les implants électroniques, comme les stimulateurs cardiaques, ne dépendent plus de sources d'énergie délicates qu'il faut recharger à l'extérieur du corps. C'est du passé. Ils sont maintenant alimentés par des piles métaboliques qui tirent leur énergie des sucres sanguins.

— Des piles sucrées. On n'arrête pas le progrès! Alors qu'est-ce que vous voulez faire maintenant?

— Faire une séquence de tests. Ça va prendre environ dix minutes. Je veux que tu voies si tu es conscient de l'existence du processeur central, si tu peux le solliciter, l'entendre — peu importe le terme employé. Tu te souviens que tu as pris conscience du processeur lorsqu'il était en train de connecter des souvenirs. Je veux voir si tu peux recréer cette prise de conscience.

— Ça m'a l'air d'une bonne idée.

Au bout de quelques minutes, Brian bâilla peu discrètement.

— Tu as quelque chose? demanda la chirurgienne.

— Absolument rien. Le truc marche vraiment?

— Parfaitement. Je viens de redémarrer la séquence.

— Ne prenez pas cet air si déprimé, docteur. On n'en est qu'aux débuts. Pourquoi ne pas refaire la séance où j'ai eu le contact, essayer de voir si nous pouvons recréer les mêmes conditions?

— Bonne idée. Nous essaierons demain.

— Est-ce que je pourrai vraiment bouger d'ici dans une semaine?

— Physiquement parlant, oui, tant que tu ne fais rien de fatigant, comme monter des escaliers ou marcher vite, que tu restes dans les limites de ce que tu fais ici tous les jours. Au bout d'un certain temps, tu pourras augmenter la quantité d'effort. Voilà pour le côté santé du voyage : ta sécurité, c'est une autre histoire. Il faudra que tu demandes à Ben.

La banque de mémoires mexicaine détiendrait-elle les archives de son travail sur l'IA? La réponse était grosse de conséquences.

17

20 novembre 2023

— Ça y est ! Je vous amène M. Bonnes Nouvelles, s'écria Benicoff, enthousiaste, en entrant en trombe dans la pièce.

Brian referma le livre qu'il lisait, *Introduction à la géométrie exclusionnelle appliquée*, et leva les yeux sans reconnaître immédiatement l'homme qui entra sur les talons de Benicoff. Complet veston sombre, cravate en soie Sulka, chaussures noires étincelantes.

— Major Mike Sloane !

— Lui-même. Déguisement nécessaire, puisque les puissants avocats de Megalobe méprisent l'uniforme de ce pays mais respectent humblement ce souvenir vestimentaire de mes années civiles. Ils se sont rendus à mes raisons.

Il ouvrit son attaché-case Porsche et en tira une épaisse liasse de documents.

— Vous voyez ça ? Je suis intimement convaincu que c'est exactement le contrat que vous vouliez.

— Comment puis-je en être sûr ?

— Parce que je l'ai vérifié, dit Benicoff. Pas personnellement, mais je l'ai envoyé à Washington. Là-bas, ils ont des spécialistes qui pourraient manger tout crus les avocats de Megalobe. Ils m'assurent que c'est un contrat en béton — tu obtiens les garanties que tu demandais et un meilleur salaire que prévu. Et quand on enlève les frais, les coûts de développement et toutes les déductions habituelles, il te restera quelque chose comme cinquante pour cent des bénéfices, ou peu s'en faut. Paré pour une petite excursion au sud de la frontière ?

— Naturellement. Quand j'aurai lu ça.

— Bonne chance. C'est pas de la tarte.

Mike le guida dans le dédale des clauses les plus obscures et les moins cohérentes, lui traduisit le jargon légal, expliqua tout. Lorsque l'avocat repartit deux heures plus tard, le contrat était signé, enregistré et dûment classé dans la banque de données juridique. Avec une copie papier archaïque placée dans le coffre-fort de l'hôpital.

— Satisfait ? demanda Benicoff tandis qu'il regardait le sous-officier de service refermer le coffre.

Brian regarda son reçu et hocha la tête.

— Il est drôlement mieux que le premier contrat.

— Ce qui signifie que tu auras un boulot. Dès que tu pourras recommencer à travailler, bien sûr. Tu as bien remarqué la clause selon laquelle si tu ne peux pas récupérer tes fichiers de sauvegarde, qui, nous l'espérons, se trouvent à TJ, la société se réserve le droit de t'employer ou non ? Ou alors, s'ils décident de t'employer sans tes fichiers, ils peuvent te virer quand ils ont envie et tu te retrouves sur la paille.

— Mike Sloane me l'a expliqué en détail pendant que vous étiez au téléphone. Ça semble honnête. Alors ouvrons ces fichiers mexicains et voyons ce qu'il y a dedans. Je suppose que vous avez songé à la manière dont je vais m'y prendre ?

— Pas que moi : les renseignements de la Marine, l'Armée, le FBI. Sans parler des Douanes. Un plan a été présenté et a reçu l'accord de tout le monde. Simple au lieu d'être complexe, mais, on l'espère, sans failles.

— Alors dites-moi tout.

— Allons parler dans ta chambre.

— Dites-moi au moins quand ça va se passer.

Ben porta un doigt à ses lèvres et montra la sortie. Ce ne fut que lorsque la porte de la chambre de Brian se fut refermée derrière eux qu'il répondit à la question.

— Demain matin, huit heures, l'heure de pointe pour la Marine ici à Coronado. Et ton médecin a approuvé toutes les mesures prévues.

— On organise mon évasion ! Comment ça pourra marcher ?

— Tu le sauras demain matin, dit Benicoff avec un plaisir sadique. À l'heure qu'il est, nous ne sommes qu'une poignée d'individus à connaître tous les détails. Nous ne voulons ni bavures ni fuites. Le meilleur plan du monde est réduit à néant si quelqu'un ne sait pas tenir sa langue.

— Allons, Ben, donnez-moi au moins un indice.

— Très bien. En ce qui te concerne, les instructions sont de prendre ton petit déjeuner à sept heures et de rester au lit ensuite.

— Comme instructions, ça se pose là !

— La patience est une vertu. À demain matin.

Le jour passa lentement pour Brian, et lorsqu'il se força à regagner sa chambre il eut du mal à s'endormir. Il était inquiet, à présent. Il avait toujours présumé que ses copies de sauvegarde étaient dans les fichiers conservés au Mexique. Et s'il se trompait ? Comment pourrait-il redécouvrir son travail sur l'IA sans elles ? Cela signifierait-il encore plus de séances avec Snaresbrook et sa machine pour tenter de recouvrer des souvenirs d'un passé ultérieur auxquels il ne tenait pas vraiment ? Il était minuit à sa montre lorsqu'il appela l'infirmière pour lui demander un somnifère. Il aurait besoin d'un maximum de repos pour aborder la journée à venir.

Le lendemain matin, à huit heures, il était assis dans son lit et regardait les informations sans les voir. À huit heures, à la seconde près, on frappa brièvement à la porte et deux infirmiers de la Marine entrèrent en poussant un chariot. Derrière eux, en plus de la surveillante de l'étage, se tenaient deux hommes qui auraient pu être deux médecins, n'était le fait qu'ils s'étaient postés le dos contre la porte fermée, les doigts frôlant la doublure de leur veste blanche. Deux hommes de forte carrure qui lui étaient étrangement familiers sans qu'il sache exactement pourquoi. *Et si je ne* m'abuse, songea-t-il, ils portent quelque chose sous l'aisselle. À moins que ça ne se fasse plus comme ça.

— Bonjour, Brian, dit l'infirmière en posant un rouleau de bandages sur la table de nuit. Redressez-vous, et ça ne prendra qu'un instant.

Elle ouvrit le rouleau et d'une main rapide et experte lui emmaillota complètement la tête, ne laissant qu'une ouverture pour lui permettre de respirer et une fente pour les yeux. Puis elle coupa l'extrémité du bandage et le fixa avec des clips en plastique.

— Vous voulez qu'on vous aide à monter sur la civière ? demanda-t-elle.

— Pas la peine.

Il grimpa sur le chariot et on lui remonta les couvertures jusque sous le menton. Les infirmiers le poussèrent dans le couloir : un malade anonyme dans un hôpital plein d'activité. Les gens qui étaient avec eux dans le spacieux ascenseur détournèrent soigneusement le regard. Quiconque avait imaginé ce subterfuge avait décidément eu une bonne idée.

L'ambulance attendait. Brian fut transporté à l'intérieur. Il ne pouvait voir ce qui se passait dehors, mais les arrêts fréquents et la lenteur de leur progression indiquaient une forte circulation. Lorsque enfin les portes arrière s'ouvrirent et qu'il fut doucement soulevé, il se retrouva en train de regarder à la verticale le flanc du porte-avions *Nimitz*. Un instant plus tard, il fut transporté à bord. Avant même qu'ils aient atteint la salle de police, il entendit des ordres étouffés, un lointain coup de sifflet et le vaisseau s'éloigna du quai. Sans rompre leur silence, les infirmiers de la Marine partirent. Benicoff entra, referma et verrouilla la porte derrière lui.

— Laisse-moi t'enlever le machin que tu as sur la tête, dit-il.

— Vous avez sorti ce porte-avions uniquement pour moi ? demanda Brian d'une voix étouffée par le tissu.

— Pas vraiment, dit Benicoff en jetant le bandage dans la corbeille à papier. De toute façon, il quittait le port ce matin. Mais tu dois avouer que c'est une belle couverture.

— Certainement. Maintenant, vous pouvez me dire ce qui va se passer ensuite ?

— Ouais. Mais d'abord, tu descends de ce chariot et tu prends ces vêtements. Nous marchons plein ouest en direction du Pacifique et nous continuons jusqu'à ce que nous perdions la terre de vue. Ensuite, nous mettons cap au sud. Nous passerons à l'ouest des Islas Madres, ces petites îles inhabitées qui sont juste en dessous de la frontière mexicaine. Un bateau est parti hier soir après la tombée de la nuit et nous y attendra.

Brian mit le pantalon et la chemise sport. Il ne les reconnaissait pas, mais ils lui allaient parfaitement. Les mocassins éraflés, déjà portés, étaient très confortables.

— C'est les miens ?

Benicoff hocha la tête.

— Nous les avons récupérés la dernière fois que nous avons fouillé chez toi. Comment tu te sens ?

— Je suis excité, mais à part ça je tiens la grande forme.

— Le Dr Snaresbrook m'a ordonné de te faire voyager couché, ou sinon de te faire au moins asseoir pendant les moments calmes de cette traversée — comme maintenant. Mais d'abord, je veux que tu prennes cette perruque et la moustache qui va avec.

La perruque lui allait parfaitement, tout comme les vêtements. Pas étonnant : après toutes ces opérations, ils devaient finir par connaître la forme et les dimensions de sa tête. La moustache en guidon de vélo était revêtue au dos d'un genre d'adhésif : il regarda dans la glace et appuya pour la fixer.

— S'cuse-moi, partenaire ! dit-il à son image. Je ressemble à quelque cow-boy de western.

— Tu ne ressembles pas à Brian Delaney, c'est l'essentiel. Assis. Ordres du docteur.

— Je m'assois. Notre croisière va durer combien de temps ?

— Une fois que nous aurons quitté le port et que nous serons en pleine mer, moins d'une heure.

Benicoff leva les yeux en entendant le léger coup frappé à la porte.

— Qui est-ce ?
— *Dermod. Ray est avec moi.*

Benicoff déverrouilla la porte et fit entrer les deux médecins de l'hôpital, qui faisaient maintenant très touristes en pantalons écossais et vestes de sport.

— Brian, laisse-moi faire les présentations. Le grand baraqué ici, c'est Dermod, le type encore plus baraqué, c'est Ray.

— Je savais bien que vous n'étiez pas médecins, dit Brian.

Lorsqu'ils lui serrèrent la main, il se rendit compte que tout le volume, chez l'un comme chez l'autre, était occupé par du muscle.

— Nous sommes enchantés d'être ici, dit Dermod. Avant que nous quittions Washington, notre patron nous a dit de vous souhaiter bonne chance et une prompte guérison.

— Votre patron ? dit Brian, frappé par une soudaine révélation. Votre patron ne serait-il pas par hasard l'employeur de Ben ?

— Tout juste, dit Dermod en souriant.

Pas étonnant qu'ils aient un air de déjà-vu. Brian les avait remarqués aux actualités, lors d'une parade. Deux colosses qui ne quittaient pas le Président et regardaient partout sauf dans sa direction. Leur imposante carrure devait, au cas où, intercepter toutes balles ou éclats de bombe visant sa personne. Leur seule présence en disait plus qu'un long discours sur l'importance attachée à sa sécurité.

— Eh bien... dites-lui merci de ma part, dit timidement Brian. Ne croyez pas que je sois insensible à cet honneur.

— Assis ! dit sèchement Benicoff. Ordres du docteur.

Et Brian retomba dans les profondeurs de la chaise longue.

— Vous avez une idée du temps que nous allons passer au Mexique ? demanda Ray. On ne nous a donné absolument aucun détail. On nous a seulement communiqué les instructions pour l'hôpital, le transfert sur le porte-avions et sur le bateau. Et qu'on viendrait nous chercher à terre. Si je demande ça, c'est uniquement parce qu'il y a un avion qui doit nous ramener ce soir dans la capitale. Nous partons demain matin à la première heure pour Vienne.

— Je dirais que l'opération prendra au maximum deux heures. Nous ne reviendrons pas par le même chemin, bien entendu. Vienne ? Ça doit être la conférence sur la lutte contre le sida ?

— C'est ça. Et c'est bien le moment. Le traitement fait des progrès, mais même avec le nouveau vaccin il reste encore plus de cent millions de cas dans le monde. Les sommes impliquées rien que pour contenir la maladie sont si énormes que les pays riches doivent y aller de leur poche, ne serait-ce que pour des raisons égoïstes.

Brian se surprit à fermer les yeux : même avec le somnifère, il n'avait pas bien dormi la nuit précédente. Il s'éveilla lorsque Benicoff lui secoua légèrement l'épaule.

— C'est l'heure d'y aller.

Dermod sortit le premier, et Ray vint se placer derrière eux lorsqu'ils montèrent sur le pont. La mer était calme, le soleil brillait. Le porte-avions bougeait à peine lorsque Brian descendit prudemment les marches derrière Dermod. Le bateau qui les attendait était en fait un yacht de dix mètres équipé pour la pêche au gros, les cannes arrimées verticalement. Dès qu'il fut hissé à bord et que les autres eurent sauté derrière lui, les moteurs toussèrent et rugirent et le bateau s'éloigna en contournant l'île, laissant le *Nimitz* sur place. La côte mexicaine apparut et ils évitèrent deux autres bateaux de pêche en se dirigeant vers la marina. Brian s'aperçut que la paume de ses mains était brusquement moite.

— Qu'est-ce qui se passe ensuite ?

— Deux voitures de police banalisées devraient nous attendre, conduites par les inspecteurs en civil mexicains dont je t'ai parlé. Nous allons directement chez Telebásico : ils sont prévenus.

Benicoff fouilla dans ses poches et lui tendit deux boîtes en plastique noir, de la taille et du poids d'un domino. Brian les tourna et les retourna, remarqua la prise à la base de chacune.

— C'est de la mémoire, dit Benicoff. Ce sont les GRAM dont je t'ai parlé.

Brian avait l'air sceptique.

— Il se peut qu'il y ait pas mal d'archives dans ces fichiers, le travail de plusieurs années, peut-être. Il y a assez d'espace mémoire dans ces deux machins pour tout caser ?

— J'espère bien. À vrai dire, une seule devrait suffire. L'autre est pour la sauvegarde. Elles contiennent chacune un giga. Ça devrait être largement suffisant.

— Et comment donc !

Les voitures étaient longues et noires, leurs vitres tellement sombres qu'on ne voyait pratiquement pas à l'intérieur. Les deux inspecteurs en civil mexicains qui attendaient près des véhicules arboraient des moustaches naturelles encore plus impressionnantes que le postiche de Brian.

— Le mec à l'avant, c'est Daniel Saldana, dit Benicoff. On a déjà travaillé ensemble lui et moi. Un chic type. *Buenos días, caballeros. ¿Todos son buenos ?*

— Impec, Ben. Comme sur des roulettes. Ça fait plaisir de te revoir.

— À moi aussi. Prêt pour une petite balade ?

— Un peu ! On nous a donné comme instructions de t'amener toi et tes amis dans une entreprise du coin, et après ça d'assurer votre sécurité jusqu'à la frontière. Je vais avoir le plaisir d'être votre chauffeur.

Il ouvrit la portière de la première voiture. Ray s'avança.

— On peut sans problème tenir à trois à l'arrière, hein ?

— Comme vous voudrez.

Benicoff prit place dans la seconde voiture avec l'autre inspecteur en civil. Brian, au milieu de la banquette arrière, avait l'impression d'être pris en sandwich. Les deux colosses ne quittaient pas la rue des yeux. Dermod, assis à la gauche de Brian, déboutonna sa veste de la main droite, et garda ensuite la main au niveau de la ceinture. Lorsque le véhicule s'inclina dans un virage, la veste bâilla et Brian aperçut fugitivement du cuir et du métal. C'était bien ce qu'il avait cru deviner tantôt.

Ils arrivèrent rapidement dans la zone industrielle : des constructions basses et sans fenêtres caractéristiques des usines d'électronique. Les deux voitures entrèrent dans le complexe, firent comme si elles se garaient derrière l'un des bâtiments mais y pénétrèrent par l'entrée de service. Les inspecteurs, qui connaissaient manifestement les lieux, les conduisirent jusqu'à un petit bureau lambrissé. Deux hommes y étaient déjà, assis devant un terminal. L'endroit devint très exigu lorsque tous se serrèrent pour entrer, sauf Ray, qui resta dans le couloir et referma la porte.

— Lequel d'entre vous est le titulaire du compte ? demanda l'un des techniciens en prenant une liasse de documents.

— C'est moi.

— Je crois comprendre que vous avez oublié votre code d'identification et votre mot de passe, monsieur Delaney.

— En quelque sorte.

— Ce n'est pas la première fois que cela nous arrive, mais vous comprendrez que nous devons prendre un maximum de précautions.

— Bien sûr.

— Bon. Pourrais-je avoir votre signature ici... et ici. Vous vous engagez par là à ne pas vous retourner contre nous s'il vous est impossible de consulter vos fichiers. Vous certifiez également que vous êtes bien la personne que vous prétendez être. Maintenant, il ne nous reste plus qu'à procéder à l'ultime vérification. Donnez-moi votre main, s'il vous plaît.

Le technicien brandit un instrument électronique de la taille d'un fer à repasser et le mit en contact avec le dos de la main de Brian.

— Il va falloir attendre quelques instants, dit-il en traversant la pièce pour le brancher sur une autre machine, plus volumineuse.

— Qu'est-ce que c'est ? demanda Brian.

— Un vérificateur portatif de compatibilité ADN,

dit Benicoff. Ça vient d'être commercialisé. L'adhésif de la poignée réceptrice a prélevé quelques-unes de tes cellules épidermiques, celles qui tombent tout le temps. Maintenant, il est en train de comparer ton CMH avec celui enregistré dans ton dossier.

— CMH? Connais pas.

— Le complexe majeur d'histocompatibilité. Il s'agit de ces antigènes qui reconnaissent leurs semblables et qui sont différents chez chaque individu. Le gros avantage est qu'ils se trouvent à la surface de la peau, ce qui évite d'avoir à extraire l'ADN du noyau cellulaire.

— Voulez-vous venir par ici, monsieur Delaney? Vous allez utiliser ce terminal. Avez-vous amené de la mémoire? Ah! je vois, très bien. Tout coïncide parfaitement et nous sommes satisfaits quant à votre identité. Nous avons déplombé les fichiers de sécurité et obtenu votre numéro d'identification et votre mot de passe.

Brian s'assit devant l'écran qui tournait le dos au reste de la pièce et l'opérateur enficha les GRAM. Il lui fit également passer un morceau de papier.

— Ceci est votre code numérique d'accès. Une fois que vous l'aurez composé, on vous demandera un mot de passe... que voici.

PADRAIGCOLUMBA, lut Brian. Les deux saints les plus importants de l'histoire irlandaise. Pas étonnant qu'il ne l'ait pas deviné.

— Quand vous l'aurez composé, vous accéderez à vos fichiers. Quand vous aurez vérifié que ce sont bien les vôtres, appuyez sur la touche de fonction F12 et le système les transférera dans les GRAM avec vérification automatique pendant le chargement. Voulez-vous entrer un nouveau mot de passe, ou voulez-vous clôturer ce compte?

— Je le clôture.

— Il y a un solde débiteur de...

— Je paye, dit Benicoff en sortant une liasse de billets. Je vais avoir besoin d'un reçu.

Brian composa le numéro, puis le mot de passe, puis appuya sur Retour. Il fit rapidement défiler quelques écrans, puis se renversa sur sa chaise en soupirant.

— Qu'est-ce qui se passe ? s'inquiéta Benicoff. Ce n'est pas ce que nous attendions, ce que nous cherchions ?

Brian leva les yeux et sourit.

— Banco ! dit-il en appuyant fermement sur F12.

18

21 novembre 2023

Ils ressortirent dans le couloir, emmenés par Dermod, qui s'arrêta en atteignant la porte donnant sur l'extérieur.
— Monsieur Saldana, pourrais-je vous poser une question ?
— Bien sûr.
— Est-ce que vous aviez d'autres véhicules pour nous suivre, pour couvrir nos arrières ?
— Non. Je ne l'ai pas jugé nécessaire, dit l'inspecteur mexicain en fronçant les sourcils. Pourquoi ? Vous avez vu quelque chose ?
— C'est l'impression que j'ai eue, à un moment, mais la voiture a tourné quand nous avons traversé l'Avenida Independencia.
— Et une autre voiture aurait pu reprendre la filature ?
— C'est toujours possible.
Personne ne souriait plus. Brian, une GRAM dans chaque main, les mains dans les poches, ne vit que des visages tendus autour de lui.
— Qu'est-ce qui se passe ?
— Rien, enfin, on l'espère, dit Daniel avant de donner un ordre bref en espagnol à son collègue, qui ouvrit tout doucement la porte et la referma derrière lui.
— Tu veux crier au secours ? demanda Benicoff.
Daniel secoua la tête.
— Tous les uniformes qu'on voit ici, c'est pour les

touristes. Je peux bien avoir des gens compétents, mais pas immédiatement. S'il y a quelqu'un dehors et que nous attendions des renforts, il se peut que les autres fassent la même chose. Nous devons vous ramener jusqu'à la frontière à San Ysidro. C'est bien ça ?

— C'est ce qui est prévu.

— Alors, il n'y a pas de temps à perdre. Votre monsieur X. sera dans la deuxième voiture avec toi au volant, Ben. Mon collègue et moi-même partons devant. Qu'est-ce que vous en dites ?

— On y va, dit Dermod. Mais c'est moi qui conduis la deuxième voiture, puisque je connais très bien TJ, pardon, Tijuana. En cas de coup dur, on ne s'arrête pas pour vous.

Daniel sourit de toutes ses dents.

— Toute autre conduite serait indigne d'un professionnel.

La porte s'ouvrit d'un centimètre, puis s'immobilisa. Brian cligna les yeux et s'aperçut que les trois hommes avaient dégainé des pistolets d'une taille respectable, braqués sur la porte. Dehors, on entendit un rapide chuchotement en espagnol et Daniel remit le pistolet dans sa ceinture.

— *Venga.* Dis-nous en anglais ce que tu as vu.

— Rien dans la rue, dans un sens comme dans l'autre.

— On démarre en vitesse, dit Daniel. Il y a peut-être quelque chose qui nous attend au tournant, ou rien. On ne prend pas de risques : on fait comme s'il y avait quelque chose. Restez à trente mètres derrière moi pendant tout le trajet. Ni plus, ni moins. Toutes les vitres sont à l'épreuve des balles. Baissez les glaces si vous avez besoin de tirer. On y va.

Cette fois, Benicoff était à la gauche de Brian. Dès que la portière se referma, Ray sortit son revolver au calibre imposant et le tint sur ses genoux. Dermod démarra, recula et braqua pour être face à la sortie, juste derrière l'autre voiture. Il fit un appel de phares. La première voiture bondit en avant et les deux véhicules traversèrent le parking et s'élancèrent dans la rue.

Brian regardait la voiture de tête lorsqu'elle fit une brusque embardée : des points blancs apparurent sur la vitre arrière.

— *Couchez-vous !* hurla Ray, empoignant Brian par l'épaule et le jetant sans ménagement sur le plancher.

Leur voiture fit une embardée et ils prirent le virage sur les chapeaux de roues. Il y eut deux détonations et un choc mat dans le siège à côté de Brian. Suivis par une assourdissante série d'explosions lorsque le pistolet tira par la vitre baissée. Ils firent demi-tour dans un crissement de pneus et Dermod cria par-dessus son épaule :

— Tout va bien derrière ?

Ray jeta un coup d'œil rapide aux deux autres.

— On n'a rien. Qu'est-ce qui est arrivé à l'autre voiture ?

— Elle est rentrée dans un réverbère. Tu as touché quelque chose ?

— Je crois que non. Je voulais seulement lui faire baisser la tête. J'ai vu quelqu'un la tête à la portière. Avec un genre de fusil. Balles à haute vélocité. L'arme idéale pour perforer du verre blindé de ce genre.

Il montra le trou bien franc qui décorait la vitre arrière. Brian regarda, horrifié, le trou que Ray découvrit en fouillant le coussin de la banquette. Là où il était assis tout à l'heure.

Dermod prit encore un virage sans ralentir puis accéléra en débouchant sur le boulevard.

— On est suivis ? lança-t-il.

— Négatif. Je crois qu'ils ont eu le temps de monter leur embuscade, mais pas plus. Je comptais là-dessus. C'était juste.

— Alors on change d'itinéraire ici, dit Dermod en écrasant le frein pour prendre une rue transversale.

Puis, tournant apparemment au hasard d'une intersection à l'autre, il traversa le tranquille faubourg.

— Désolé de t'avoir bousculé, Brian, mais tu vois pourquoi.

Ray avait remis son arme dans son étui. Il aida Brian à se rasseoir sur la banquette.

— Il y a eu une fuite, dit Benicoff froidement, réprimant sa colère. Ils nous attendaient, ils nous ont suivis depuis la marina.

— C'est mon interprétation aussi, approuva Ray. Combien de personnes sont au courant du plan pour le retour ?

— Moi-même. Vous deux. Et les deux types du FBI qui viendront à notre rencontre à la frontière.

— Alors nous ne devrions plus rien craindre. On en a encore pour longtemps, Dermod ?

— Cinq minutes. Je ne crois pas que Saldana s'en soit tiré ce coup-ci. Il devait y avoir au moins deux tireurs.

— J'en ai vu qu'un.

— Un pour le passager à l'arrière, un pour le conducteur. J'ai un beau petit trou au-dessus de ma tête moi aussi. Il aurait été centré si je n'avais pas donné un coup de volant quand j'ai vu que la première voiture était touchée. Ce Daniel Saldana était un chic type.

On ne pouvait rien ajouter. Ils roulèrent en silence tout le reste du court trajet. L'alerte avait dû être donnée car, lorsqu'ils s'approchèrent de la frontière, ils doublèrent un motard de la police qui leur fit signe de continuer puis parla dans son micro quand ils furent passés.

Quelques intersections plus loin, ils furent rejoints par une escorte de motards, tous feux clignotants, toutes sirènes hurlantes, qui leur ouvrit la voie au milieu des véhicules qui attendaient d'entrer aux États-Unis. Derrière le bâtiment des douanes se trouvait un parking entouré de murs sans fenêtres. La grille était ouverte.

— Attendez ici, dit Ray.

Dermod et lui sortirent prestement de la voiture, l'arme dégainée et braquée, regardant lentement et soigneusement dans toutes les directions.

— Vous pouvez traverser le parking maintenant, et nous serons juste derrière vous.

Ils firent écran entre Brian et toute menace éventuelle.

— Voilà notre véhicule, dit Benicoff.

Il n'y avait dans le parking qu'un fourgon blindé de la Brinks. La porte arrière s'ouvrit quand ils s'approchèrent et un garde en uniforme sortit.

— Partez d'ici sans prendre de risques, dit Dermod.

— Vous êtes censés nous accompagner, dit Benicoff.

— Vous n'aurez plus besoin de nous à présent. Le Président voudra un rapport complet sur l'opération. Pouvez-vous appeler notre bureau et leur raconter ce qui s'est passé ? Dites-leur d'avertir le pilote que nous serons là-bas à six heures au plus tard.

— Ça sera fait.

Sans attendre de remerciements, les deux anges gardiens remontèrent dans leur voiture et démarrèrent. Brian et Benicoff s'approchèrent du fourgon blindé.

— Bonsoir, messieurs, dit le garde. Vous avez toute la place pour vous.

Il n'avait pas vu les impacts et ne savait rien de ce qui s'était passé. Benicoff s'apprêta à donner des explications, puis se rendit compte que c'était inutile.

— Ça fait plaisir de vous voir, dit-il. Nous aimerions partir d'ici.

— On y va.

Lorsqu'ils furent montés, le garde referma la porte derrière eux, puis alla dans la cabine prendre place à côté du conducteur.

— On est passé drôlement près, dit Brian.

— Trop près, dit Benicoff d'un air sombre. Il doit y avoir eu une fuite dans la base, je ne vois rien d'autre. Le FBI ferait mieux de se mettre au boulot là-dessus. Je suis désolé pour ce qui s'est passé, Brian. Je ne peux m'en prendre qu'à moi.

— Mais non. Vous avez fait votre possible. Je suis désolé pour votre ami mexicain.

— Il ne faisait que son travail. Un très chic type. Et nous avons accompli ce pour quoi nous étions venus. Tu as trouvé ce que tu cherchais, au juste ? Ces GRAM, ce sont des copies de ton travail ?

Brian hocha la tête lentement. Il avait du mal à oublier ce qui venait de se passer.

— Oui, j'en suis assez sûr. Ça en avait tout l'air

quand j'ai survolé le contenu, mais je n'ai pas eu assez de temps pour en avoir la certitude absolue.

Benicoff sortit son téléphone.

— Je peux faire passer le message ? C'est presque impossible de te dire combien de gens sont en train de se ronger les ongles en attendant la nouvelle.

Il composa un numéro et attendit le *bip!* électronique qui lui confirma qu'il était en ligne.

— Statue de la Liberté, dit-il.

Et il raccrocha.

— Le code pour le succès ?

Ben hocha la tête.

— Qu'est-ce que vous auriez dit si les archives n'avaient pas été là ?

— «Tombeau de Grant». L'ordinateur est en train de faire dix-sept appels simultanés pour transmettre la bonne nouvelle. Tu rends heureux tout un tas de gens, aujourd'hui. Je ne peux pas dire que j'étais convaincu que ça se passerait comme ça, mais j'espérais bien.

Il passa la main sous le siège et retira un paquet.

— J'ai fait charger ça à bord, au cas où.

Le boîtier en plastique noir était à peu près de la taille d'un grand portefeuille. Benicoff pressa le fermoir et l'écran se redressa, émettant une lumière blanche qui éclaira le clavier.

— Un ordinateur, dit Brian d'un ton admiratif. Et je suppose que vous allez me dire que ce petit machin pourra traiter toutes mes notes, mes feuilles de calcul, mes maths et mes graphiques ?

— Exact. Et les hologrammes aussi. Il y a quinze ans, personne n'aurait imaginé tout ce qu'on pourrait mettre dans un gadget de cette taille. Il contient aussi un émetteur-récepteur pour le réseau téléphonique et un système de localisation par satellite, qui te permet de savoir en permanence où tu te trouves. Toute la surface noire de cet étui constitue un panneau photovoltaïque extrêmement efficace et... regarde !

Benicoff tira fermement sur le bouton du fermoir, qui sortit en grinçant du boîtier au bout d'une cordelette.

— Tu peux aussi le recharger à la main avec ce

générateur incorporé. Il fera tout ce que tu voudras. Et avant de partir, j'ai fait en sorte que la connexion au réseau téléphonique soit neutralisée afin que personne, pas même le général Schorcht, puisse retrouver l'endroit où tu es, ou regarder ce que tu es en train de faire. Pourquoi ne pas brancher une des GRAM pour voir ce qu'il y a dedans ?

Brian accéda sans aucun problème à ses archives. Il ne tarda pas à lever les yeux vers Benicoff.

— Pas de doute. Voilà les tout premiers travaux : je les reconnais, je m'en souviens même bien. C'est le développement du LAMA sur lequel j'ai travaillé avec mon père. Ensuite, regardez, on peut sauter quelques années et tomber sur un stade plus avancé de la recherche. Ça me dit quelque chose, mais je n'en ai certes pas de souvenir précis. Et tout ça : les notes des dernières années. Je suis sûr que je ne les ai encore jamais vues. Voilà la dernière entrée, qui date de quelques mois. Quelques jours seulement avant le raid sur le laboratoire !

— C'est fantastique ! C'est mieux que ce que nous aurions pu espérer. Maintenant, on y va. Snaresbrook veut te voir dans un lit d'hôpital dès que tu seras rentré de l'excursion d'aujourd'hui. Elle a pensé que tu n'aurais rien contre. J'ai dit oui, surtout si tu as cet ordinateur avec toi dans ta chambre. Et je veux aussi t'avoir sous bonne garde en un lieu où je n'aurai pas de soucis à me faire à ton sujet pendant que j'épluche le dossier de tous les gens impliqués dans la sécurité de la base.

— C'est le genre de journée dont j'aurais pu me passer. Il me tarde vraiment de rentrer à l'hôpital maintenant. De trouver le calme, la tranquillité et la possibilité de parcourir ces fichiers.

— Je n'ai rien contre. Quand j'aurai fait démarrer l'enquête sur la sécurité, je conférerai avec les gens de Megalobe, puis je reviendrai te voir. Ensuite, nous déciderons de la suite des opérations.

Le fourgon blindé ralentit et quitta la 5 à la sortie Imperial Beach. Une fois qu'ils eurent traversé la ville, ils virent que des véhicules de la brigade côtière les attendaient à l'entrée de la route reliant l'île à la terre. Ils accélérèrent, traversant le centre de Coronado sous bonne escorte tandis que les feux passaient au vert à leur approche, puis rentrèrent dans la base par une porte spécialement ouverte pour eux. Ce n'est que lorsqu'il fut à nouveau dans sa chambre que Brian se rendit compte à quel point il était fatigué. Il se laissait tomber sur le lit quand le Dr Snaresbrook entra.

— Il en a trop fait, j'en suis sûre, mais il n'y avait pas moyen de l'en empêcher.

Elle lui plaqua une sonde de télédiagnostic sur le poignet et hocha la tête en lisant les valeurs affichées.

— Rien qui mette ta vie en danger. Tu manges un peu et tu te reposes. Non! ajouta-t-elle lorsque Brian tendit le bras vers l'ordinateur. Tu te mets au lit d'abord. Tu manges quelque chose. Le travail, plus tard.

Brian avait dû s'endormir sur le flan au chocolat. Il s'éveilla en sursaut et vit qu'il faisait presque nuit. La table de chevet était vide et il fut un instant saisi de peur avant de sentir les bosses sous son oreiller et de retirer l'ordinateur et les GRAM. Il s'était peut-être endormi, mais pas avant d'avoir tout mis à l'abri. La porte s'ouvrit et l'infirmière risqua un œil.

— Évidemment, vous étiez réveillé. On ne peut pas avoir un sursaut cardiaque comme ça pendant son sommeil. Je peux vous apporter quelque chose?

— Ça va très bien, merci. Attendez. Vous pouvez remonter la tête du lit, si ça ne vous fait rien.

Il parcourut les fichiers jusqu'à ce qu'on lui apporte son dîner. Il mangea sans prendre garde à ce qu'il mangeait, et c'est à peine s'il remarqua le moment où on lui enleva le plateau. Il fut surpris de voir l'infirmière de nuit venir lui rappeler l'heure.

— Extinction des feux à onze heures au plus tard. Aucune excuse ne sera acceptée. Ordres du Dr Snaresbrook. On ne discute pas.

Il ne protesta pas, se rendant bien compte à quel point il était fatigué. C'était probablement stupide de mettre l'ordinateur sous l'oreiller, mais ça faisait descendre la tension.

Quand il se réveilla le lendemain matin, Benicoff était là, les traits figés dans un rictus sinistre.

— On a des nouvelles de la fusillade ? demanda Brian.

— Mauvaises. Les deux inspecteurs sont morts. Aucune trace des tueurs. On s'est fait complètement avoir sur ce coup-là.

— Je suis désolé, Ben. Je sais que l'un des inspecteurs était un ami à vous.

— Il a fait son devoir. Maintenant, au boulot. Tu as des nouvelles pour moi ?

Il essayait d'être décontracté, mais il était comme un ressort remonté à bloc.

— Des bonnes, et des moins bonnes. Préoccupantes. Faut pas être pâle comme ça, Ben ! Je suppose qu'il vaut mieux être dans un hôpital quand on a un infarctus, mais vous pourriez avantageusement vous en passer. J'ai regardé les fichiers, j'ai sauté pas mal de choses mais sans rien manquer d'important.

— Ménage mon cœur : commence par la bonne nouvelle.

— Avec ce que j'ai ici, je suis sûr à quatre-vingt-dix-neuf pour cent que je peux mettre au point une IA qui fonctionnera. Je présume que c'est ce que vous vouliez entendre.

— Absolument. Maintenant, la partie préoccupante.

— Dans ce qui est sauvegardé, il n'y a ni plans ni projets, mais une masse d'éléments épars avec des solutions ponctuelles ; et il y a des questions et des notes détaillées. Mais, dans l'ensemble, il s'agit là d'étapes sur la voie de l'IA et non de la voie elle-même.

— Tu pourras y arriver ?

— Je suis sûr que oui. La certitude que chaque problème a été résolu, plus les notes décrivant les solutions possibles devraient me maintenir sur la bonne voie. Les impasses sont soigneusement délimitées. Je peux y arriver, Ben, j'en suis sûr. Alors quelle est la suite du programme ?

— Nous demandons l'avis du Dr Snaresbrook. Pour

voir quand tu seras suffisamment rétabli pour quitter définitivement cet hôpital.

— Qu'est-ce qui se passe après ? Nous avons des preuves plutôt saignantes que les méchants cherchent toujours à me descendre.

Benicoff se leva et se mit à arpenter la pièce.

— Nous savons avec certitude qu'ils t'attendent toujours à la sortie. Ils savent que tu as survécu aux deux premières attaques, autrement ils n'auraient pas essayé une fois de plus. Nous vivons dans une société libre et les secrets sont difficiles à garder. S'ils veulent vraiment s'en donner la peine, ils te retrouveront, où que tu ailles. Alors nous devons veiller à ce que, où que tu sois, où que tu travailles, tu sois aussi inaccessible que possible. Crois-moi, on y a pas mal réfléchi.

— Pourquoi ne pas me construire un laboratoire à Fort Knox, au milieu des lingots d'or ?

— Ne rigole pas : c'est l'une des possibilités qui ont été effectivement envisagées. Avant toute cette affaire, tu n'étais qu'un mec parmi d'autres qui bossait sur un projet de recherche. J'ai consulté les archives de Megalobe et, crois-moi si tu veux, on ne voyait aucun intérêt commercial ni technologique — ou si peu — dans tes travaux. Tout a changé à présent. Le fait que le ou les criminels non identifiés se sont donné toute cette peine pour mettre la main sur ton invention a attiré l'attention de tous les ministères. Chacun veut prendre le train en marche et élabore en toute hâte des prospectives de développement montrant l'usage que son propre ministère pourrait faire de l'IA. Ce qui fait grand plaisir à Megalobe, et devrait te faire grand plaisir à toi aussi. Les crédits de recherche sont là, il n'y a qu'à se baisser pour les ramasser. Alors, ramasse.

— Je ne demanderais que ça. Mais ça va se passer où ?

Benicoff se frotta les mains avec un sourire méchant.

— Promets-moi de ne pas rire quand je vais te le dire. Dès que tu seras à la hauteur, tu retourneras à ton bon vieux labo chez Megalobe à Ocotillo Wells.

— Après tout ce qui s'y est passé, j'aurais cru que ce serait le dernier endroit où aller !

— Pas vraiment, pas quand c'est le moment de boucler le poulailler. La sécurité était de première classe, mis à part un petit détail.
— *Quis custodiet ipsos custodes ?*
— C'est ça, littéralement. Qui va garder les gardiens ? Un ou plusieurs gardiens se sont montrés indignes de la confiance placée en eux. L'attaque et le vol faisaient partie d'un coup monté de l'intérieur. Ça ne se reproduira pas. Nous avons de nouveaux gardiens, des professionnels.
— Dites-moi tout !
— C'est l'Armée de terre. Elle possède un sixième du capital de Megalobe et elle n'a pas apprécié ce qui s'est passé. Les marines se sont également portés volontaires. Ils avaient l'impression d'avoir des intérêts dans l'affaire après t'avoir gardé ici. Il a même été un peu question d'un roulement mensuel entre l'Armée et les marines, histoire de voir qui ferait le mieux son boulot. Comme tu l'imagines, ce plan a été vite abandonné. À l'heure qu'il est, on est en train d'installer des casernes dans les parkings. Lesquels ne serviront plus à rien, vu qu'à l'avenir l'accès des véhicules sera extrêmement limité. Je crois que cette fois-ci tu pourras terminer tes travaux.
— Ça ne me plaît pas. La menace permanente ne facilite pas la concentration. Mais je ne vois rien de mieux. Je présume que vous recherchez toujours les criminels qui ont fait le coup.
— Après ce qui s'est passé hier, l'affaire est remontée en première ligne.

Brian réfléchit, puis passa la main sous son oreiller et en retira la deuxième GRAM.

— Tenez. Vous n'avez pas intérêt à la perdre. C'est la copie de sauvegarde de toutes mes notes. Au cas où. On ne sait jamais.
— Je n'en aurai jamais besoin, dit Benicoff, pas tout à fait convaincant. Mais, comme tu dis, on ne sait jamais.

19

28 janvier 2024

— Aujourd'hui, contrôle des connaissances, dit le Dr Snaresbrook en jetant un coup d'œil au panneau de commande pour s'assurer que la connexion entre le cerveau de Brian et la machine était complète. Pourrais-je suggérer que nous commencions par la toute dernière édition de l'*Encyclopaedia Britannica*? La dix-neuvième est vraiment canon. Presque toutes les illustrations comportent des animations et tout le texte est de l'hypertexte.

— Trop général pour moi. Je veux quelque chose de plus pointu.

Il pressa la touche Menu et montra l'écran.

— Voilà le genre de trucs que je veux dire. Des ouvrages techniques. Je veux tout ce qu'il y a sur cette liste, de la science des matériaux à l'astrophysique, en passant par la géologie. Du concret. Mais est-ce que mon implant a assez de mémoire vive pour ça?

— Plus qu'assez. Tu n'as qu'à charger les livres avec lesquels tu veux travailler.

L'opération dura longtemps et Brian faillit s'endormir dans son confortable fauteuil. Il avait déjà fermé les yeux et il sursauta lorsque Snaresbrook parla.

— C'est plus qu'assez pour aujourd'hui.

— Puisque vous le dites. On peut voir ce que ça a donné?

— Faire un test, c'est ça? Pourquoi pas? Attends un instant. Je vais charger un des textes au hasard dans ma machine, ensuite, je vais demander une page au hasard. On dirait que c'est du médical à cent pour cent...

— *Dictionnaire médical Dorland*, quarante-cinquième édition.

— Exact. Tu as déjà entendu parler des parendomyces ?

— C'est un genre de moisissures apparentées au houblon dont certaines espèces ont été isolées sur diverses lésions chez l'homme.

— Et du kikékounémalo ?

— Facile. C'est une résine, comme le copal.

— Tu as tout enregistré, Brian. Tout ce que nous avons chargé, c'est là. Et tu peux t'en servir à volonté.

— Exactement comme si c'était d'authentiques souvenirs.

— En ce qui te concerne, ce sont vraiment d'authentiques souvenirs. Sauf qu'ils sont classés de manière différente. Maintenant, je suis désolée, mais nous allons être obligés de nous arrêter ici. J'ai un rendez-vous que je ne peux pas manquer.

Lorsqu'il retourna dans sa chambre, il trouva un message de Benicoff. Il composa immédiatement le numéro.

— J'ai reçu votre message...

— *Tu as un moment pour me parler, Brian ?*

— Bien sûr. Vous voulez venir chez moi ?

— *Je préférerais le jardin suspendu du neuvième étage.*

— J'ai rien contre. J'y vais maintenant.

Brian arriva le premier. Il avait déjà bu la moitié de sa Pilsner Urquell lorsque Ben arriva et se laissa lourdement tomber sur une chaise.

— Vous avez l'air vanné, dit Brian. Je vous en commande une comme celle-ci ?

— Merci, mais ce n'est que partie remise. D'abord les nouvelles. Tu seras heureux d'apprendre qu'une compagnie du 82e régiment de troupes aéroportées s'est installée dans la caserne à Megalobe. L'officier qui la commande, le major Wood, est un ancien combattant qui n'apprécie pas du tout qu'on extermine les scientifiques. Il ne veut pas que tu arrives là-bas avant qu'il ait mis au point ses mesures de sécurité et formé ses équipes... et qu'il ait fait quelques tests. Ensuite, c'est à toi de décider quand tu pars. Et au Dr Snaresbrook aussi.

— Est-ce que tout ce que j'ai demandé a été commandé ?

— Commandé et livré au labo. Ce qui nous amène au sujet suivant. Ton assistant.

— Je n'en ai jamais eu.

— Dans ce nouveau monde impitoyable, tu en auras un. Ça te rendra la tâche beaucoup plus facile.

Brian termina sa bière et la reposa, puis examina attentivement le visage sans expression de Benicoff.

— Je connais ce regard. Ça veut dire qu'il y a quelque chose là-dessous, mais que je devrais pouvoir le deviner moi-même. Et je le peux. On a essayé de me tuer trois fois. Il se pourrait que je ne survive pas une quatrième fois. Alors tout le monde serait beaucoup plus rassuré s'il restait au moins une autre personne au courant de l'état des recherches sur l'IA.

— Question de sécurité. Tu l'as deviné. Le problème qui se pose alors, c'est de trouver quelqu'un de qualifié mais en qui on peut avoir confiance. À présent, l'espionnage industriel est au programme de licence dans la plupart des universités, et c'est aussi un secteur à fort taux de croissance. Une spécialité comme l'IA peut susciter bien des tentations, comme tu as eu l'infortune de le découvrir. J'ai réduit ma sélection à une sélection encore plus réduite : deux noms. Demain matin, je pars m'entretenir avec un candidat très prometteur, un étudiant de troisième cycle du MIT. Mais je ne saurai pas à quoi m'en tenir tant que je ne l'aurai pas vu. Alors passons à l'autre possibilité. Qu'est-ce que tu penses des militaires ?

— À part notre ami le général, ils me sont plutôt indifférents. Certes, la Marine a fait du bon travail ici. Et je présume que l'Armée de terre va faire de même à Megalobe. Pourquoi cette question ?

— Parce que j'ai trouvé un certain capitaine Kahn de l'Armée de l'air qui occupe un poste à très hautes responsabilités dans la section des programmes experts à l'École de l'air de Boulder, Colorado. Origine yéménite, immigrant de seconde génération. Ça t'intéresse ?

— Pourquoi pas ? Contactez Boulder et...

Benicoff secoua la tête.

— Pas la peine. Dans l'espoir que tu dirais oui, j'ai fait venir le capitaine ici.

— Alors amenez-le et on verra bien.

Benicoff sourit et prit son téléphone. L'officier devait attendre non loin de là car le marine en faction apparut un instant plus tard.

— Monsieur, votre visiteur.

Benicoff se leva. Brian se retourna et comprit pourquoi. Il se leva lui aussi.

— Capitaine Kahn, je vous présente Brian Delaney.

— Enchantée de faire votre connaissance, dit-elle.

Sa main était fraîche, sa poigne était ferme. Après ce bref contact, la main revint dans le prolongement du bras. C'était une femme séduisante à la silhouette affirmée, aux cheveux et au teint sombres. Et très sérieuse. Elle restait debout, immobile, silencieuse, le visage figé, sans le moindre sourire — tout comme Brian. Benicoff se rendit compte que l'entrevue ne commençait pas trop bien.

— Veuillez vous asseoir, capitaine, dit-il en rapprochant une chaise. Puis-je vous offrir quelque chose à boire ?

— Non, merci.

— Je vais prendre une bière. Toi aussi, Brian ?

Il secoua brièvement la tête pour toute réponse et se laissa tomber sur sa propre chaise.

— Dans ce cas, capitaine... mais ce n'est sûrement pas votre prénom ?

— C'est Shelly, monsieur. Du moins c'est ainsi qu'on m'appelle la plupart du temps. En hébreu, je m'appelle Shulamid, ce qui n'est pas très facile à prononcer.

— Alors... Shelly, merci d'être venue. Je crois que je ne vous ai pas beaucoup parlé du travail, pour des raisons de stricte sécurité. Mais maintenant que vous êtes ici, je sais que Brian pourra vous expliquer tout bien mieux que moi. Brian ?

Ses souvenirs faisaient écran. Benicoff aurait dû lui dire que le capitaine était une femme. Non que ce soit mauvais. Ou peut-être que si. Les souvenirs de Kim étaient trop récents. Mais uniquement pour certaines parties de son être à présent. Pour Brian l'adulte, ces fâcheux événements étaient du passé, oubliés depuis longtemps. Il se rendit compte que le silence s'était prolongé et qu'ils le regardaient tous les deux.

— Excusez-moi. Mon esprit divaguait, comme ça lui arrive de temps en temps. Je crois que je vais prendre une bière, comme toi, Ben.

Pendant que Benicoff téléphonait la commande, Brian essaya de remettre de l'ordre dans ses pensées et ses émotions. Le capitaine n'était pas Kim, qui devait probablement déjà être grosse et moche et mariée avec cinq gosses. N'y pensons plus. L'idée le fit sourire et il prit une profonde inspiration. Recommençons à zéro, oublions le passé. Il se tourna vers Shelly.

— Je ne sais pas exactement comment aborder le sujet, si ce n'est qu'en vous disant que j'aurais besoin d'aide pour un projet de recherche que je vais démarrer bientôt. Pourriez-vous me dire ce que vous faites actuellement, me parler de votre travail ?

— Je ne peux pas vous en parler en détail parce que tout ce que je fais est classé secret défense. Mais le programme d'ensemble est dans le domaine public et assez facile à expliquer. Il a été mis en chantier parce que les avions militaires modernes sont absolument trop rapides pour les réflexes des pilotes, et que l'instrumentation est trop complexe elle aussi. Si un pilote devait personnellement surveiller la totalité des systèmes électroniques, il n'aurait pas le temps de piloter l'appareil. Afin de seconder le pilote, on développe et améliore sans cesse des systèmes experts qui assument un maximum de ses responsabilités. C'est un travail très intéressant.

Sa voix était grave et très légèrement rauque et elle s'exprimait avec assurance, assise bien droite sur le rebord du siège, les mains croisées sur les genoux.

Brian ne se sentait plus tout à fait sûr de lui. Ce n'était pas exactement le genre d'assistant qu'il avait imaginé recevoir.

— Avez-vous jamais travaillé sur l'intelligence artificielle ? demanda-t-il.

— À vrai dire, non. À moins que vous ne considériez que le développement de systèmes experts fasse partie de l'IA. Mais je me tiens au courant des recherches en cours puisque certains résultats sont applicables à mes propres travaux.

— Très bien. Je préférerais vous voir apprendre que désapprendre. Est-ce qu'on vous a dit en quoi consiste le travail ?

— Non. À part qu'il est important et concerne l'IA. M. Benicoff a également évoqué l'espionnage industriel violent qui s'est manifesté. Sa principale préoccupation était que je sache ce à quoi je m'exposais physiquement. Il m'a fait lire une copie de son rapport sur le crime non élucidé. Si je travaille sur ce projet, il se pourrait que ma propre vie soit en danger. Il voulait être sûr que je le sache avant même que le poste me soit proposé.

— Je lui en suis reconnaissant, dit Brian. Parce qu'il y a vraiment des chances pour qu'il y ait du danger physique.

Pour la première fois, l'expression sévère de Shelly fit place à un sourire.

— Un officier de l'Armée de l'air est censé être prêt au combat à tout moment. Lorsque je suis née, Israël était encore un camp retranché. Mon père et ma mère, comme tout le monde, ont combattu dans l'armée. Quand j'avais six ans, ma famille a émigré aux États-Unis, et j'ai donc eu la chance de grandir dans une nation en paix. Mais je me plais encore à penser que j'ai hérité d'un peu de leur énergie et de leur capacité de survie.

— J'en suis convaincu, dit Brian, qui faillit lui rendre son sourire.

Il commençait à aimer Shelly, à aimer son assurance. Il n'était pas sûr, cependant, de vouloir vraiment travailler avec une femme, toute qualifiée qu'elle puisse être. Le souvenir de Kim faisait encore obstacle. Mais si Shelly était assez qualifiée pour travailler sur les systèmes experts pour le compte de l'Armée de l'air, il se pouvait qu'elle soit assez qualifiée pour lui être utile. Et le fait qu'elle n'ait jamais mené de recherches en IA était un atout. Certains scientifiques finissaient au bout d'un certain temps par avoir des œillères et croyaient que leur approche d'un problème donné était la seule valable, même lorsque les faits leur avaient donné tort ! Il serait simplement obligé d'oublier qu'elle était femme. Il se retourna vers Benicoff.

— Devrais-je pour quelque raison que ce soit ne pas communiquer à Shelly certaines informations sur ce que je fais ? Elle mérite de savoir ce dans quoi elle s'engage avant de se décider.

— Le capitaine est accrédité secret défense au plus haut niveau. J'en prends la responsabilité. Tu peux lui dire tout ce que tu estimes qu'elle a besoin de savoir.

— Alors d'accord. Shelly, je suis en train de mettre au point une intelligence artificielle. Pas le genre de programme que nous appelons IA actuellement. Je veux dire une intelligence artificielle complète, efficace, autonome, qui s'exprime et qui fonctionne vraiment.

— Mais comment pouvez-vous fabriquer une machine intelligente avant de savoir précisément ce qu'est l'intelligence ?

— En construisant une IA qui peut réussir le test de Turing. Je suis sûr que vous savez en quoi il consiste. Vous mettez devant un terminal un être humain qui parle à un être humain placé devant un autre terminal. D'innombrables questions peuvent être posées — et recevoir des réponses, d'ailleurs — pour convaincre l'humain à un bout qu'il y a un autre humain devant l'autre terminal. Et, comme vous le savez, l'histoire de l'IA est pleine de programmes qui ont raté ce test.

— Mais ce n'est qu'un truc pour convaincre quelqu'un que la machine est une personne. Ça ne nous donne toujours pas de définition de l'intelligence.

— C'est exact, et c'était précisément ce que voulait

prouver Turing. Il n'y a vraiment pas besoin de définition et, en fait, nous n'en voulons pas. On ne peut pas définir des objets, mais seulement des mots. Nous avons tendance à dire de quelqu'un qu'il est intelligent si nous pensons qu'il sait résoudre des problèmes, apprendre de nouvelles compétences ou faire ce que font les autres. Après tout, la seule raison qui nous fasse dire que d'autres personnes sont intelligentes est qu'elles se comportent *intellectuellement* en êtres humains.

— Mais ne pourrait-il pas y avoir quelque chose d'intelligent dont le mode de pensée soit totalement différent de celui d'un humain ? Un dauphin, par exemple, ou un éléphant.

— Certainement, et vous pouvez dire qu'ils sont intelligents si vous voulez. Mais, pour moi, le mot *intelligence* n'est rien qu'un terme générique pour décrire toutes les choses que j'aimerais savoir mieux faire... et tout ce que j'aimerais que sache faire notre future IA. L'ennui, c'est que je ne peux pas encore définir ces capacités. Si le test fait usage de terminaux informatiques, c'est simplement que l'apparence de la chose ne devrait pas entrer en ligne de compte, du moment qu'elle réagisse à toutes les questions posées, et par des réponses qui ne peuvent se distinguer de celles d'un autre humain. Je m'excuse de vous faire un cours, de vous dire ce que vous savez déjà. Mais je suis en train de mettre au point une IA susceptible de réussir ce test. Alors ma question est la suivante : seriez-vous disposée à m'aider ?

Pour la première fois depuis le début de l'entretien, Shelly perdit de son aplomb, fut plus femme que militaire. En écoutant Brian, elle avait ouvert de grands yeux, et elle se caressa le menton du bout des doigts tout en secouant la tête d'un air incrédule.

— J'entends ce que vous êtes en train de dire, bien que ça semble à la fois complètement impossible et incroyablement passionnant. Si je comprends bien, vous travailleriez sur une machine que je reconnaîtrais comme étant intelligente ?

— Exactement, dit fermement Benicoff. Je puis

vous assurer qu'une IA authentique a été conçue et qu'elle sera construite.

— Si c'est le cas, alors je veux être de la partie ! C'est une percée si unique et si importante que je n'ai aucune hésitation. Y a-t-il beaucoup d'autres candidats à ce poste ? demanda-t-elle en fronçant les sourcils.

— Je vais voir quelqu'un d'autre demain, dit Benicoff. Il n'y a personne d'autre sur la liste.

— Je suis sûre que je peux maîtriser mon impatience un moment encore. Mais si vous voulez bien que je vous aide, je peux faire quelque chose pour vous tout de suite.

— Nous ne pourrons pas entrer dans le laboratoire avant un certain temps, dit Brian.

— Je ne pensais pas à ça. Je pensais au problème général de la sécurité. Le rapport sur le vol que vous m'avez montré, dit-elle en se tournant vers Benicoff, est-il complet ?

— J'ai supprimé toutes les références concernant l'intelligence artificielle. À part ça, il est complet.

— Ce n'est pas ce que je veux dire. Je fais allusion à l'enquête. Savez-vous qui en est chargé ?

— Certainement. Moi. Je peux vous garantir que cette partie du rapport est complète.

— Et depuis le vol et le coup de feu tiré sur Brian, il y a eu deux autres tentatives d'assassinat sur sa personne ?

— C'est exact.

— Alors il me semble que l'élucidation du crime devrait avoir une priorité absolue.

Benicoff ne savait pas s'il devait rire ou se sentir insulté.

— Vous rendez-vous compte que j'ai la responsabilité de l'enquête ? Que j'y travaille à plein temps depuis des mois ?

— Monsieur, ne vous méprenez pas sur mes propos ! Je ne dénigrais pas vos efforts, je vous proposais mon aide, un point c'est tout.

— Et comment allez-vous procéder ?

— En écrivant un programme expert avec un seul but à l'esprit : élucider ce crime.

Benicoff retomba sur sa chaise, se frotta la mâchoire en silence un instant, puis hocha la tête d'un air réjoui.

— Capitaine, mille fois merci. J'ai été complètement aveugle dans toute cette histoire. Et je ne veux pas recommencer. À partir de quand pouvez-vous être transférée à Megalobe ?

— Je fais partie d'une équipe. Ils sont très compétents et je sais qu'ils pourront continuer sans moi. Je pourrai être à Megalobe dans un jour ou deux. Il faudra d'abord que je rédige quelques notes concernant les parties de la recherche sur lesquelles je travaille actuellement, pour que mes collègues disposent de ces données. Ensuite, dans la mesure où ils pourront me contacter ultérieurement, je pourrai être transférée presque immédiatement. À la fin de la semaine, si vous le voulez. Le travail là-bas est important, mais pas autant que l'IA. Si vous le voulez bien, j'aimerais mettre au point ce programme expert pour vous. Cela vous convient-il ?

— Parfaitement. Je vais organiser la documentation afin que vous puissiez y accéder immédiatement. Et je vais me botter les fesses pour ne pas y avoir pensé moi-même. Une enquête de ce type est une tâche stupide et ennuyeuse consistant essentiellement à trier des faits et à suivre d'innombrables pistes. Ce qui est le travail d'un ordinateur, pas d'un être humain.

— Je ne peux pas être plus d'accord. Je reviens dès que possible. Et merci encore d'avoir fait appel à moi.

Ils se levèrent avec elle, lui serrèrent la main, la regardèrent partir, tout comme le marine en faction qui ne se permit que de la suivre des yeux.

— Elle a raison à cent pour cent d'écrire ce programme pour élucider l'affaire Megalobe, dit Brian. Si je peux remettre la main sur ma première IA, ma tâche en sera grandement facilitée.

— Elle le sera encore plus si tu restes en vie. Je veux mettre fin aux attaques, et élucider l'affaire.

— Si vous présentez les choses comme ça, je suis d'accord.

20

15 février 2024

Benicoff regarda sa montre.
— La bonne nouvelle est que tu quittes cet hôpital aujourd'hui. Le Dr Snaresbrook dit que tu te portes comme un charme. Prêt à déménager ?
— Quand vous voudrez, et je piaffe d'impatience, dit Brian.
Il ferma sa valise, la verrouilla et la posa par terre à côté de son ordinateur.
— Vous avez vu cette valise ? On dirait du cuir, mais c'est un maillage de filaments de teflar et de nitrate de bore. Résiste aux tractions et aux déchirures, pratiquement inusable. Un cadeau du Dr Snaresbrook...
— Je sais, soupira Benicoff. Elle a fait une moue dédaigneuse en s'apercevant que je t'avais apporté ces vêtements dans un sac en plastique. Et que tu étais tout heureux de les emporter dans le même sac. Nous avons encore un peu de temps, dit-il en regardant sa montre. Voilà pour les bonnes nouvelles.
— La mauvaise nouvelle, alors ?
— C'est à propos de ton assistant. Le brillant chercheur du MIT n'a pas été à la hauteur. Il était certes tout à fait qualifié, mais voilà, il était marié avec trois gosses et n'avait aucune intention de quitter Boston.
Brian se gratta le menton et fronça les sourcils.
— Alors... ça veut dire que le capitaine a le boulot ?
— Sur le papier, elle est tout aussi bien que lui. Si tu la veux et si tu penses qu'elle est compétente. La déci-

sion t'appartient. Je continuerai à chercher d'autres candidats si tu me le demandes.

— Je ne sais pas, Ben... je crois que je suis stupide. Si le capitaine... si Shelly était un homme, je n'hésiterais pas une seconde. C'est un sentiment viscéral, rien d'autre.

Benicoff ne dit mot, laissant la décision à Brian. Qui traversa la pièce, la retraversa et revint se laisser tomber sur sa chaise.

— Elle est bien?
— C'est la meilleure.
— Je suis sexiste?
— Je n'ai pas dit ça. La décision t'appartient toujours.

— Alors elle reste. Comment elle se débrouille avec son programme expert d'investigation?

— Très bien. Tu veux qu'elle t'en parle?
— Évidemment... dès qu'il sera opérationnel. Et ça me donnera l'occasion de voir comment elle travaille.

Benicoff regarda sa montre encore une fois.

— C'est l'heure. Je téléphone pour les prévenir que nous sommes prêts. Et je veux que tu fasses la connaissance de l'homme qui sera responsable de ta sécurité. Il s'appelle Wood. Un homme d'expérience en qui on peut avoir toute confiance. Ce ne sont pas des paroles en l'air, parce qu'il se pourrait très bien que ta vie dépende de lui. Je crois, non, je sais qu'il est le meilleur.

Le major Wood frappa et entra. Un homme de haute taille à la carrure de boxeur, mince de taille, large d'épaules. La cicatrice sur sa joue droite dessinait une crête sur sa peau brun-noir, descendait jusqu'à la bouche dont elle relevait le coin et lui donnait un minuscule sourire perpétuel.

— Brian, voici le major Wood, qui est à présent responsable de la sécurité à Megalobe.

— Enchanté de faire votre connaissance, Brian. Si je vous appelle Brian, vous pouvez m'appeler Woody, comme mes amis. Mais pas devant les troupes. Nous allons prendre bien soin de vous, Brian. Mieux que ceux d'avant, lâcha-t-il, les narines légèrement dilatées par la colère. Tout ce qu'on peut dire de bien du dispositif de sécurité qu'ils avaient chez Megalobe, c'est qu'on peut tirer la leçon de leurs erreurs. Une grosse erreur, en fait.

— Éclairez-moi, dit Benicoff. Je suis toujours en train d'enquêter sur ce qui s'est passé.

— La sécurité, c'est des gens, pas des machines. Tout ce qu'un homme peut fabriquer, un autre homme pourra le truquer. Bien sûr, je vais faire usage de toutes les installations de sécurité existantes, avec quelques additions de mon cru. Des machines et des grillages ne sont pas inutiles. Mais ce seront mes hommes qui vous garderont, vous et les autres, Brian. C'est ça, la sécurité.

— Je me sens déjà mieux, dit Brian en toute sincérité.

— Alors continue comme ça, dit le Dr Snaresbrook en entrant dans la pièce. Tu ne t'en rends peut-être pas compte, mais ça va être une journée épuisante pour toi. Cinq heures d'activité, pas plus. Ensuite, tu t'allonges. Compris?

— Je n'ai pas le choix?

— Non, dit-elle avec un sourire qui adoucit le ton impérieux de sa voix. Je vais te donner quelques jours pour te remettre en train. J'aurai besoin de ce délai pour transférer mon matériel à l'infirmerie de Megalobe. C'est là que nous poursuivrons les séances avec la machine, puisque tu ne reviendras plus à cet hôpital. On verra si je peux te faire accéder à tous les souvenirs techniques dont tu vas avoir besoin. Pour l'instant... ménage-toi.

— Comptez sur moi, docteur.

— Vous êtes prêt? demanda le major Wood dès qu'elle fut partie.

— J'attends les ordres.

— C'est l'attitude qu'il faut. Faites ce que je dis et vous arriverez là-bas sain et sauf. Et vous le resterez. *Sergent!*

Le soldat entra un instant après cet ordre sèchement aboyé et remit au major l'un des deux automatiques trapus et menaçants qu'il transportait. Benicoff empoigna la valise et l'ordinateur de Brian et ils partirent tous ensemble.

Bien qu'il manque à ce voyage l'éclat du transfert aéronaval qui avait fait atterrir Brian dans l'hôpital, il se déroula néanmoins avec une efficacité toute professionnelle. Une escouade de soldats vint les entourer lorsqu'ils empruntèrent le couloir ; d'autres suivaient à quelque distance, en avant et en arrière de leur groupe. Le parking des officiers avait été vidé de tous véhicules, malgré de nombreuses protestations en haut lieu, et un gros hélicoptère de transport était posé au milieu, les rotors en mouvement. Il décolla dès qu'ils furent à bord. Des hélicoptères d'assaut rapides les accompagnèrent en décrivant des cercles. L'appareil prit de l'altitude avant de survoler la baie puis les rues et les maisons de San Diego. Il suivit l'autoroute vers l'ouest, puis vira et monta encore plus haut pour franchir les montagnes. C'était une belle journée ensoleillée avec une visibilité apparemment illimitée.

Enfin sorti de l'hôpital, Brian se sentit plein de joie et d'assurance. Le paysage lui plut : d'abord les montagnes rocheuses et dénudées, puis, au-delà, les couleurs calcinées du désert. Ils survolèrent Borrego Springs, ses immeubles, ses terrains de golf, et ce fut le désert. Les terres arides et craquelées défilèrent sous eux, puis de la verdure apparut droit devant. Le quadrilatère de constructions basses et de parcelles de gazon grossit à mesure qu'ils descendirent vers lui. L'appareil se posa doucement sur la plate-forme. Les hélicoptères d'assaut piquèrent et décrivirent un dernier cercle protecteur, puis s'éloignèrent à grande vitesse, automatiquement suivis par le radar de poursuite des missiles sol-air. Un soldat ouvrit la porte de l'hélicoptère.

Brian descendit sans peur ni inquiétude. Il ne se rappellerait jamais ce qui lui était arrivé ici, il était convaincu que cela ne se reproduirait pas en ce même lieu. Il voulait par-dessus tout se mettre au travail.

— Vous voulez voir vos appartements ? demanda le major.

Brian secoua la tête.

— Plus tard, si vous n'y voyez pas d'inconvénient. Le labo d'abord.

— Un vrai savant. Vous trouverez vos effets personnels dans votre chambre. Je vais vous promener partout aujourd'hui pour que les troupes puissent vous voir.

— Sans badge ?

— Tous les autres en auront des tonnes. Vous n'en avez pas besoin. Toute la procédure de sécurité est conçue dans un seul but : protéger votre personne. J'espère que vous finirez par connaître mes hommes. C'est une bonne équipe. Mais, pour l'instant, il est plus important qu'ils vous connaissent. Attendez-moi ici une minute, je reviens et nous pourrons commencer.

Il se dirigea d'un pas rapide vers les bâtiments.

— Ça, c'est le bâtiment des labos, dit Benicoff en le montrant du doigt. Le grand avec les fenêtres pailletées d'or.

— Ça a l'air super ! Vous savez, il me tarde vraiment de mettre la main sur un ordinateur plus puissant pour peaufiner les nouveaux systèmes décrits dans les notes. J'ai déjà fait quelques programmes préliminaires sur le portable, mais il n'est tout bonnement pas adapté au genre de mise au point que j'ai besoin de faire. Il me faut une vitesse d'exécution très supérieure à celle de ce brave engin de cartable. Et beaucoup plus de mémoire. Je me sers de bases de données extrêmement volumineuses qu'il faut conserver en mémoire. Sans mémoire, il ne peut y avoir de connaissance. Et sans connaissance, il ne peut y avoir d'intelligence. Je suis bien placé pour le savoir !

— Es-tu en train de me dire que l'intelligence n'est que mémoire ? demanda Benicoff. Je ne peux pas le croire.

— Bon, c'est quelque chose comme ça, mais pas exclusivement. À mon avis, il faut deux choses pour que la pensée fonctionne, et toutes les deux sont fondées sur la mémoire. Et là, je ne fais pas de différence entre un homme et une machine. D'abord, vous avez besoin de vos processus : les programmes qui font le vrai travail. Et puis vous avez besoin de la matière sur laquelle ces programmes vont travailler : vos connaissances, les enregistrements de vos expériences. Et les programmes eux-mêmes comme les connaissances qu'ils utilisent doivent résider en mémoire.

— Je ne peux pas discuter là-dessus, dit Benicoff. Mais on a sûrement besoin d'autre chose, en plus du mécanique pur. Le *moi* qui est moi doit quand même être encore là quand je ne me sers pas de ma mémoire, parce que...

— À quoi servirait un *moi* qui ne fait absolument rien ?

— Sans lui, poursuivit Benicoff, nous n'aurions qu'un ordinateur. Qui travaille, mais qui n'a pas d'émotions. Qui parle, mais qui ne comprend pas. La pensée doit sûrement impliquer autre chose que le simple processus mémoriel. Il doit y avoir aussi quelque chose pour déclencher le processus de désir et d'intention, et il doit y avoir quelque chose pour apprécier ce qui est éventuellement accompli et ensuite vouloir autre chose. Tu sais, l'espèce d'esprit central qui semble siéger au centre de mon cerveau, qui comprend ce que les choses signifient réellement, qui est conscient de lui-même et de ce qu'il peut faire.

Dolly n'est pas la seule à être superstitieuse, songea Brian.

— Esprit, mon œil ! Je ne crois pas que nous ayons besoin d'une chose pareille. Une machine n'a pas besoin d'une quelconque force magique qui lui ferait faire tout ce qu'elle fait. Parce que chaque état présent suffit à déterminer l'état suivant. Si vous aviez cet esprit dans la tête, il ne ferait que vous empêcher de penser. L'esprit est simplement ce que fait le cerveau. Le problème, c'est que, dans l'état actuel de la technologie, nous ne pouvons faire une copie parfaite du cerveau humain.

— Pourquoi pas ? Je croyais que c'était précisément ce que tu étais en train de faire.

— Alors vous vous êtes trompé. Il nous faut seulement obtenir des éléments qui ont des fonctions similaires, et non des copies exactes.

— Mais si tu ne dupliques pas tous les détails, la pensée ne sera pas identique, n'est-ce pas ?

— Pas exactement, mais ça ne devrait pas avoir d'importance du moment que la machine fait le *genre* de choses qu'il faut, non ? Ma recherche consiste seulement à découvrir les principes généraux, les structures fonctionnelles de base. Une fois que la machine sera capable d'apprendre le genre de choses qu'il faut, elle ajoutera elle-même les petits détails.

— Ça me paraît terriblement difficile. Je te comprends, et je ne voudrais pas faire ton boulot.

Le major revint, puis les conduisit au bâtiment des laboratoires. Le soldat en faction devant la porte se mit au garde-à-vous à leur approche. Mais, au lieu de regarder droit devant lui selon la consigne habituelle, il se tourna lorsqu'ils passèrent et regarda attentivement Brian, gravant ses traits dans sa mémoire.

— Je vais vous faire entrer, dit le major Wood en tendant à Brian un bracelet d'identification. Mais d'abord, j'aimerais que vous mettiez ceci et le portiez en permanence. Ce bracelet est étanche et pratiquement indestructible. J'espère que vous n'y verrez pas d'inconvénient, mais une fois que je l'aurai verrouillé, il faudra le scier pour l'enlever. Il ne se déverrouille pas.

Brian tourna et retourna l'objet, vit que son nom y était gravé.

— Il y a une raison particulière à ce dispositif ?

— Une, et de taille. Pressez-le une fois, et vous m'aurez, vingt-quatre heures sur vingt-quatre. Mais si vous le pressez plus d'une seconde, les alarmes sonnent de tous les côtés et c'est le branle-bas de combat. D'accord ?

— D'accord. Allez-y.

Wood passa le bracelet au poignet de Brian et mit les deux extrémités en contact. Le bracelet se referma avec un claquement métallique.

— Faites un essai, dit Wood en reculant d'un pas. N'ayez pas peur. Appuyez un brin. Ça peut arriver accidentellement. Voilà.

Son propre minicom émit un *bip!* saccadé qu'il étouffa d'un coup de pouce.

— Comme ça, c'est parfait. Maintenant, je vais vous montrer le nouveau laboratoire. J'espère que vous n'êtes pas claustrophobe.

— Pas que je sache. Pourquoi ?

— J'ai vu votre ancien labo. C'est une catastrophe au niveau sécurité. Trop accessible à tous égards. Vous en avez un tout neuf maintenant. Une seule entrée. Générateur de courant autonome, climatisation, le grand jeu, quoi. Et souterrain dans sa plus grande partie. Ce que vous regardez là, c'est la porte. La plupart du matériel a déjà été installé.

— Là, nous avons eu de la chance, dit Benicoff. Nous avons trouvé un élève ingénieur russe, un stagiaire étranger qui n'avait encore jamais quitté la Russie, ni même la Sibérie. Il n'avait même jamais songé à faire ses études ici avant que nous prenions contact avec lui. Il est absolument exclu qu'il puisse avoir été manipulé par quelque officine d'espionnage industriel que ce soit.

— Je vais vous le chercher, dit le major, si vous voulez bien attendre ici un instant.

Il tira vers lui la porte, qui n'était pas verrouillée, entra et réapparut un moment plus tard, accompagné d'un grand jeune homme à la barbe blonde et fournie.

— Je vous présente Evgeni Belonenko, qui a installé tout le matériel. Evgeni, Brian Delaney. Votre patron.

— C'est grand plaisir, dit-il avec un fort accent. Du beau matériel que vous avez là, le meilleur. Puis-je présumer que vous êtes prêt à commencer les opérations maintenant ?

— Vous m'avez compris.

— *Karacho !* Bon. J'ai installé ce vérificateur de CMH ici. Machine étonnante ! Jamais vue avant mais la doc semble claire et complète. D'abord, mémoriser la configuration...

Evgeni fit pivoter la plaque métallique et manipula les commandes encastrées dans le mur. Quand il eut terminé, il ferma la porte du laboratoire et désigna du doigt une cavité cerclée de noir à la surface de la plaque.

— Monsieur Brian Delaney, veuillez mettre le doigt ici. Parfait !

Le voyant vert au-dessus de l'ouverture clignota quelques secondes puis passa au rouge.

— Verrouillée ! dit Evgeni en refermant la plaque.

Puis il pesa sur la porte, qui ne bougea pas.

— Verrouillée, et vous seul pouvez l'ouvrir, puisqu'elle est codée pour votre ADN. C'est la même chose pour cette plaque : vous seul pouvez l'ouvrir pour changer l'ADN.

Il mit son propre doigt dans l'ouverture. Le voyant clignota mais resta au rouge. Toutefois, lorsque Brian toucha la cavité, le voyant passa au vert et la porte se déverrouilla avec un claquement. Il la poussa et ils le suivirent.

Evgeni montra avec grand enthousiasme tout le matériel qu'il avait installé et les ordinateurs dernier cri. Brian regarda autour de lui sans reconnaître la plupart des machines. Sa première tâche serait de se familiariser avec elles. On avait une belle vue par la grande baie qui donnait sur le désert.

— Je croyais que le labo était souterrain, dit Brian en montrant le coucou marcheur qui s'éloignait en sautillant.

— Il l'est, dit Benicoff. Ça, c'est un écran de télévision haute définition à cinq mille lignes. La caméra est montée sur le mur extérieur. Avant, cet écran était dans le bureau du P.-D.G., mais j'ai pensé qu'il serait plus utile ici.

— C'est vrai. Merci beaucoup.

— Je vous laisse, dit le major Wood. Voulez-vous me laisser sortir, Brian ? Vous êtes aussi la seule personne qui puisse jamais ouvrir cette porte. Ça peut être chiant, mais c'est une sacrée sécurité.

— Rien à redire. Et merci pour tout ce que vous avez fait.

— C'est mon boulot. Vous ne risquerez rien ici.

— D'accord. Alors il vaudrait mieux que je commence par travailler à partir de mes vieilles idées sur l'IA. Pas mes idées, bien sûr, mais les idées sur lesquelles travaillait l'autre Brian.

De nombreuses notes étaient des fragments d'un code qu'il ne reconnaissait pas. Elles devaient avoir été écrites dans quelque langage informatique que l'ancien Brian avait conçu spécialement pour l'occasion.

Brian s'approcha de l'ordinateur, sortit la GRAM de sa poche et l'enficha. L'écran s'alluma et l'ordinateur dit d'une voix claire de contralto :

— Bonjour. Êtes-vous l'opérateur de cette machine ?

— Oui. Je m'appelle Brian. Parlez d'une voix plus grave.

— Est-ce satisfaisant ? demanda l'ordinateur d'une voix de baryton.

— Oui. Ne changez plus. Il a l'air bien, dit-il en se tournant vers Evgeni.

— L'est bien. Dernier modèle. Coûte des millions en Russie mais pas disponible là-bas. Leur en mettre plein la vue aux bidouilleurs de Tomsk quand je vais rentrer. J'ai autre travail à faire si vous n'avez pas besoin de moi.

— Non, ça ira. Si j'ai un problème, je vous appelle.

— C'est la même chose pour moi, dit Benicoff en regardant sa montre. Ça doit faire plus de quatre heures que nous sommes partis, ce qui est la limite.

— Vous parlez de quoi ?

— Des prescriptions du Dr Snaresbrook. C'est le moment de t'arrêter de travailler pour la journée et de t'allonger. Aucune excuse ne sera acceptée, a-t-elle dit... mais il n'y a pas de raison que tu ne puisses pas t'allonger avec ton ordinateur portable.

Brian se garda bien de protester. Il promena longuement son regard sur le laboratoire une dernière fois, puis reconduisit les visiteurs. Il referma la porte derrière lui. Le major Wood attendait dehors.

— Je viens vous chercher, dit-il. Le Dr Snaresbrook vient de m'appeler pour dire que si vous n'étiez pas encore dans votre chambre vous devriez y être amené immédiatement.

— On y allait, dit Brian, levant les mains comme pour se rendre. Le docteur a le bras long.

— T'as intérêt à le croire, dit Benicoff. Je te vois demain.

Brian ne fut pas surpris de découvrir qu'il était logé dans la caserne avec les soldats.

— En plein milieu du bâtiment, dit Wood. Vous avez des bidasses de tous les côtés, plus ceux des postes de garde. Nous y sommes.

L'appartement était petit mais confortable : séjour, chambre, cuisine et salle de bains. Son ordinateur était sur le bureau et sa valise avait été défaite.

— Si vous voulez un repas, vous n'avez qu'à décrocher le téléphone. On vous l'apportera. Il y a du hachis ce soir, ajouta le major en refermant la porte.

21

16 février 2024

Brian n'arrivait pas à s'endormir. C'était l'excitation liée au déménagement, le nouveau lit, peut-être : tous les événements de cette journée conspiraient à le maintenir éveillé. À minuit, il décida de cesser de se tourner et de se retourner dans son lit. Et de chercher un remède. Il rejeta les couvertures et se leva. La domotique détecta ce mouvement, vérifia l'heure puis alluma les veilleuses qui lui permettaient de voir juste assez clair pour ne pas trébucher. L'armoire à pharmacie n'eut pas cette prévenance. Elle avait été programmée pour empêcher quiconque de prendre un médicament dans le noir et il cligna les yeux sous la violence de l'éclairage lorsqu'il ouvrit la porte. *Si tu ne peux pas dormir, tu en prends deux dans un verre d'eau*, avait écrit le Dr Snaresbrook en capitales sur l'étiquette. Il suivit ces instructions et se recoucha.

Les rêves commencèrent dès qu'il fut endormi. Des événements confus, des scènes de l'école, une séquence avec Paddy, le soleil du Texas, ses reflets éblouissants dans les eaux du golfe du Mexique. Ébloui, il cligna les yeux. Il se lève le matin, se couche le soir. Comme c'est beau, comme c'est faux. Rien qu'une illusion. Le soleil reste où il est. La terre tourne autour du soleil. Tourne et tourne.

L'obscurité et les étoiles. Et la lune. La lune mobile, qui tourne sur elle-même et autour de la terre. Qui se lève et se couche comme le soleil. Mais pas comme le soleil. La lune, le soleil, la terre. Ils étaient parfois alignés tous les trois et il y avait une éclipse. La lune devant le soleil.

Brian n'avait jamais vu d'éclipse totale. Son père en avait vu une, lui en avait parlé. Éclipse: La Paz, Baja California, 1991. Le 11 juillet, le ciel s'assombrit, la lune passa devant le soleil.

Brian remua dans son sommeil, fronça les sourcils dans le noir. Il n'avait jamais vu d'éclipse. En verrait-il une un jour ? Y aurait-il jamais une éclipse ici, dans le désert de l'Anza-Borrego ?

L'équation donnant la réponse serait une simple application des lois de Newton. L'accélération est inversement proportionnelle au carré de la distance.

Chaque objet est attiré par l'un des deux autres.

Le soleil, la terre, la lune. Une simple équation différentielle.

Avec dix-huit variables seulement.

Indiquer les coordonnées.

Les distances.

La terre était à quelle distance du soleil ?

L'*Annuaire astronautique*. Les chiffres flottaient devant ses yeux, brillaient dans le noir.

La distance du soleil à la terre au périhélie.

Axes et degrés d'inclinaison sur l'écliptique des orbites de la terre et de la lune...

Les éléments précis de ces orbites : élongations, vitesses, excentricités.

Chiffres et valeurs s'assemblèrent parfaitement... et l'incroyable arriva.

L'équation différentielle commença à se résoudre sous ses yeux. En lui ? Est-ce qu'il la regardait, la vivait, l'éprouvait ? Il murmura et se débattit, mais la vision ne voulait ni partir ni s'arrêter.

Des flots de chiffres défilaient, un par un.

— 14 novembre 2031, cria-t-il d'une voix rauque.

Brian se réveilla en hurlant. Il était assis sur son séant, trempé de sueur. Il cligna les yeux lorsque les lumières s'allumèrent. Il chercha à tâtons le verre d'eau sur la table de nuit, le vida et se laissa retomber sur le lit en désordre. Que s'était-il passé ? Les chiffres véloces étaient si distincts qu'il pouvait encore les voir. L'impression de réalité avait été si forte qu'il ne pouvait s'agir d'un rêve...

— L'IPMC. Les processeurs implantés! dit-il tout haut.

Était-ce bien cela ? Avait-il pendant son rêve sollicité d'une manière ou d'une autre l'ordinateur implanté dans son cerveau ? Était-il possible qu'il lui ait ordonné de démarrer une quelconque procédure ? Un quelconque programme pour résoudre le problème ? C'était apparemment ce qui s'était passé. Comme si l'ordinateur avait résolu le problème, puis lui avait retransmis la solution. Était-ce bien là ce qui s'était passé ? Pourquoi pas ? C'était l'explication la plus logique, la plus plausible et la moins inquiétante. Il ordonna tout haut à son ordinateur portable de se mettre en marche, puis lui dicta un compte rendu de ce qui s'était passé, complété par ses hypothèses. Après quoi, il tomba dans un profond sommeil, apparemment sans rêves. Il ne se réveilla pas avant huit heures passées. Il alluma la cafetière, puis téléphona au Dr Snaresbrook. Son répondeur lui dit qu'elle le rappellerait. Il mordait dans son deuxième toast lorsque le téléphone sonna.

— Bonjour, docteur. J'ai des nouvelles intéressantes pour vous.

Quand il eut fini de décrire ce qui s'était passé, il y eut un long silence à l'autre bout du fil.

— Vous êtes encore là ?

— *Oui. Excuse-moi, Brian, je suis en train de réfléchir à ce que tu viens de dire... et je crois qu'il se pourrait très bien que tu aies raison.*

— Alors, c'est une bonne nouvelle ?

— *Incroyablement bonne. Écoute : je vais déplacer quelques rendez-vous et voir si je ne peux pas arriver là-bas vers midi. Ça te va ?*

— Au poil. Je serai dans le labo.

Il passa la matinée à parcourir ses notes retrouvées, essayant de se remettre dans l'esprit du travail qu'il avait fait, de la recherche et de la construction de l'IA : tous les souvenirs que la balle avait détruits. En prenant connaissance de ce qu'il avait écrit, il avait l'impression bizarre de lire un message posthume. Car le Brian qui avait rédigé ces notes était mort et le resterait à jamais. Il savait que le Brian de quatorze ans ne pourrait en aucune manière devenir le même homme de vingt ans qui avait écrit ce premier rapport, fondé sur plusieurs années de recherche. Pour construire finalement la première intelligence quasi humaine du monde.

Il ne pouvait pas non plus comprendre les notes sténographiques et les bribes de programme écrites par son alter ego de vingt-deux ans. À cette pensée, il sourit tristement et retourna à la première page. La seule manière de procéder était de suivre tout pas à pas. Il lirait quelques pages d'avance, chaque fois qu'il le pourrait, afin d'éviter les impasses et les faux départs. Il restait qu'il allait être obligé de recréer tout ce qu'il avait fait, de tout recommencer.

Le Dr Snaresbrook lui téléphona en arrivant à douze heures trente. Il arrêta de travailler et vint la rejoindre dans la clinique de Megalobe.

— Entre, Brian, dit-elle en l'examinant des pieds à la tête d'un œil critique. Tu as l'air remarquablement en forme.

— Et je le suis. Une heure ou deux de lecture au soleil chaque jour, et une petite promenade comme vous avez dit.

— Tu manges bien ?

— Sûrement. Les rations militaires sont très bonnes. Et regardez ça, dit-il en enlevant sa casquette pour caresser le poil ras qui lui poussait sur le crâne. Une mini-brosse. Un jour, ça sera vraiment des cheveux.

— Des douleurs en rapport avec les incisions ?

— Aucune.

— Vertiges ? Difficultés respiratoires ? Fatigue ?

— Trois fois non.

— Je suis énormément satisfaite. À présent, je veux que tu me racontes exactement ce qui s'est passé, avec tous les détails.

— Écoutez ça d'abord, dit-il en insérant un disque dans l'ordinateur. J'ai enregistré ça juste après le rêve.

Si j'ai un peu une voix de flippé, c'est parce que j'ai pris ce somnifère que vous m'avez donné.

— Ce simple fait est intéressant. C'était un sédatif, et ça a peut-être contribué à déclencher l'incident.

Snaresbrook écouta trois fois l'enregistrement, prenant des notes à chaque fois. Puis elle questionna minutieusement Brian, revenant inlassablement sur le même sujet jusqu'à ce qu'elle s'aperçoive qu'il commençait à se fatiguer.

— Ça suffit. On boit un café et je te laisse partir.

— Vous ne voulez pas voir si je peux le refaire, mais consciemment, cette fois ?

— Pas aujourd'hui. Repose-toi un peu, et...

— Je ne suis pas fatigué ! J'étais en train de m'endormir à force de répéter dix fois les mêmes choses. Allez, docteur, soyez chic. Essayons maintenant, tant que c'est encore tout frais dans mon esprit.

— Tu as raison : il faut battre le fer quand il est chaud ! Très bien. Commençons par quelque chose de simple. Quel serait le carré de... de 123 456 ?

Brian visualisa le nombre, essayant de trouver un endroit où le mettre. Il poussa et tira mentalement, bousculant ses pensées pour lui faire place. Il redoubla d'efforts et grogna tout haut.

— 15 241 383 936 ! C'est le carré ! J'en suis sûr !

— Tu sais comment tu y es arrivé ? demanda-t-elle impatiemment.

— Pas vraiment. Un peu comme quand on tourne autour en cherchant à retrouver un souvenir, comme un mot qu'on a presque sur le bout de la langue. On se force un peu, et on le trouve.

— Tu peux refaire ça ?

— Je l'espère... oui, pourquoi pas ? Je ne sais pas comment ça s'est passé dans le rêve, mais je crois que je peux le refaire. Seulement, je ne vois pas du tout comment y arriver.

— Je crois que je sais ce qui se passe. Mais, afin de vérifier mon diagnostic, je vais être obligée de te rebrancher sur le robot connecteur. Pour voir ce qui se passe dans ton cerveau. Tu veux bien ?

— Évidemment. Il faut que je sache comment ça se produit.

Elle mit en marche le robot tandis qu'il s'installait sur le fauteuil. Les doigts délicats s'activèrent. Il se laissa aller contre le dossier et mit de l'ordre dans ses pensées.

— Alors voici ce que nous allons faire, dit-elle en déplaçant le curseur sur le menu. Voici un article que j'ai chargé hier dans mon ordinateur. C'est tiré d'une revue spécialisée et ça s'intitule «Intensités des protospécialistes dans le développement juvénile». Est-ce que tu sais un tant soit peu de quoi il s'agit ?

— Je sais un peu ce que sont les protospécialistes. Des centres nerveux situés dans le tronc cérébral qui sont responsables de la plupart de nos instincts de base. La faim, la colère, la sexualité, le sommeil, des trucs comme ça. Mais je ne pense pas avoir jamais lu un article comme ça.

— Tu n'aurais pas pu, il ne date que de quelques mois. Ensuite, je vais le charger dans la mémoire de ton processeur implanté, et sous le même titre.

Elle pianota rapidement, puis se retourna vers Brian.

— Il devrait y être, maintenant. On va voir si tu en es conscient. C'est ça ?

— Non, pas vraiment. Enfin, je peux me rappeler le titre parce que je viens de l'entendre.

— Alors, essaie de faire ce que tu as fait il y a un petit moment, ce que tu as fait dans ton rêve. Parle-moi de l'article.

Les lèvres de Brian se serrèrent tandis qu'il fronçait les sourcils et luttait dans son cerveau sans effort autrement visible.

— Il y a quelque chose... je ne sais pas quoi. Il y a quelque chose là, mais uniquement si je peux m'en rapprocher. Trouver le moyen de le saisir...

Ses yeux s'ouvrirent tout grands et il commença à parler. Les mots tombaient un à un de ses lèvres.

— ... à mesure que l'enfant grandit, chaque protospécialiste primitif développe sans cesse de nouveaux niveaux de mémoire et de systèmes de gestion et, dans le même temps, chacun d'entre eux a tendance à trouver de nouveaux moyens d'influencer et d'exploiter ce que savent faire les autres. Le résultat de ce processus est de rendre moins séparées et moins distinctes les versions antérieures de ces mêmes spécialistes. Ainsi, à mesure que ces différents systèmes apprennent à partager leurs auxiliaires cognitifs, les interconnexions résultantes conduisent aux mélanges de sentiments plus complexes caractéristiques des émotions adultes. Et quand nous sommes adultes, ces systèmes sont déjà devenus trop compliqués pour être compris même par nous. Quand nous avons passé par tous les stades de ce développement, nos esprits adultes ont déjà été reconstruits trop de fois pour se rappeler grand-chose de ce que c'était qu'être un petit enfant ou le comprendre un tant soit peu.

Brian ferma la bouche, puis se remit à parler, lentement, manifestement embarrassé.

— C'est… c'est ça ? C'est ce que dit l'article ?

Le Dr Snaresbrook regarda son écran et hocha la tête.

— C'est ce que dit l'article. C'est bien ça, mot pour mot. Tu as réussi, Brian ! Quelle impression ça fait ?

Il fronça les sourcils et se concentra.

— C'est comme un vrai souvenir, mais pas exactement, quand même. C'est dans ma tête, mais je n'en sais absolument rien. Il faut comme qui dirait que je le lise jusqu'au bout dans mes pensées avant que ça soit complet, compréhensible.

— Évidemment. C'est parce que ce texte est dans la mémoire de l'ordinateur, et non dans la tienne. Tu peux y accéder, mais tu ne le comprendras pas avant d'en prendre connaissance intégralement, en prêtant attention à tous les détails et en réfléchissant sur le sens de chaque phrase. De faire la liaison qui s'impose avec d'autres choses que tu sais déjà. Ce n'est qu'à ce moment que tu auras réalisé les interconnexions qui sont la compréhension authentique.

— Pas de savoir enfichable instantané ?

— Hélas, non. La mémoire est faite de tant d'interconnexions qu'elle peut être sollicitée de mille façons, qu'elle n'est pas du tout linéaire comme une mémoire d'ordinateur. Mais dès lors que tu auras lu ce texte une ou deux fois, il fera partie de ta propre mémoire et sera à tout moment accessible.

— C'est marrant, dit-il en souriant. Mon Dieu, je sais même les numéros de page et les notes ! Vous croyez qu'on pourrait faire pareil avec un livre entier, ou une encyclopédie ?

— Je ne vois rien contre, puisqu'il y a de la mémoire à foison dans le processeur implanté. Ça accélérerait sûrement le processus de réapprentissage. Mais en soi c'est déjà prodigieux ! L'accès direct à l'ordinateur par la seule force de la pensée ! C'est un concept tellement large. Les possibilités sont illimitées.

— Et ça pourrait m'aider dans mon travail. Y a-t-il une raison quelconque qui m'interdise de charger toutes les notes de ma recherche antérieure afin de pouvoir y accéder rien qu'en y pensant ?

— Aucune, autant que je sache.

— Bien. Ce serait agréable d'avoir tout sous la main. Je vais le faire maintenant : charger toutes les notes récupérées sur ma GRAM de sauvegarde... Et puis non, dit-il en bâillant. Demain. Ça sera bien assez tôt. De toute façon, je veux réfléchir un peu à tout ça. On ne s'y habitue pas du premier coup.

— Je suis complètement d'accord. C'est plus qu'assez pour une seule journée. Si tu songes à revenir au labo, laisse tomber. Tu as assez travaillé maintenant.

Brian hocha la tête.

— À dire vrai, j'avais prévu de faire une promenade, histoire de réfléchir à ce nouveau truc.

— Bonne idée, du moment que tu ne te fatigues pas.

Il prit ses lunettes noires avant de se risquer en plein midi dans la clarté éblouissante du désert. Un caporal armé lui ouvrit la porte et le laissa prendre quelques pas d'avance tandis qu'il parlait doucement dans son micro-boutonnière. D'autres soldats sortirent à droite et à gauche, et un autre marcha devant lui. Brian commençait à s'habituer à leur présence permanente, et c'est à peine s'il leur prêta attention tandis qu'il se dirigeait nonchalamment vers son banc favori près du bassin ornemental. Les bâtiments administratifs de Megalobe étaient de l'autre côté de l'eau, mais cachés par les arbres et les buissons. Il était la seule personne à jamais venir ici, et il appréciait le silence et l'absence de regards indiscrets. Il fronça les sourcils en entendant le vibreur de son téléphone. Il songea à ne pas répondre, puis soupira et détacha l'appareil de sa ceinture.

— Delaney.

— *Major Wood à la réception. Le capitaine Kahn est ici. Elle dit que vous ne l'attendiez pas aujourd'hui, mais qu'elle voudrait vous parler. D'accord?*

— Oui, bien sûr. Dites-lui que je suis sur le...

— *Je sais où vous êtes, monsieur.*

Il y avait plus qu'un soupçon de fermeté dans la voix du major à l'idée qu'on puisse suggérer qu'il ne savait pas localiser Brian au millimètre près.

— *Je vais la conduire jusqu'à vous.*

Ils arrivèrent sur le chemin qui partait de l'entrée principale. Le major dominait de toute la largeur de ses épaules la silhouette plus réduite mais bien proportionnée de Shelly. Aujourd'hui, elle n'était pas en uniforme mais portait une courte robe blanche, plus adaptée au climat du désert. Brian se leva à son approche. Wood tourna les talons et les laissa seuls.

— Je ne vous dérange pas dans votre travail, n'est-ce pas?

Un mince pli soucieux lui barrait le front.

— Pas du tout. Je suis précisément en train de me reposer, comme vous voyez.

— J'aurais dû téléphoner avant. Mais je rentre à l'instant de L.A. et je voulais vous mettre au courant des progrès de l'enquête. J'ai travaillé avec quelques-uns des meilleurs enquêteurs de la police urbaine de L.A. Avec le genre de recherche que vous faites, je suis sûre que vous savez tout sur les systèmes experts?

— Tout, peut-être pas, et je ne suis certainement pas au fait des travaux menés ces dernières années. Mais, dites-moi, dans quel langage écrivez-vous vos programmes?

— LAMA 3.5.

— C'est une bonne nouvelle, dit-il en souriant. Mon père faisait partie de l'équipe qui a mis au point le LAMA, Langage pour la logique et la métaphore. Est-ce que votre détective électronique est en état de marche ?

— Oui, il en est au stade de prototype fonctionnel. Il fonctionne assez bien pour être intéressant. Je l'appelle « Dick Tracy ».

— Comment ça marche ?

— En gros, c'est très simple. Il y a trois sections principales. La première est un groupe de différents systèmes experts, chacun chargé d'une tâche spécifique. Ces spécialistes sont commandés par un simple gestionnaire qui recherche des corrélations et prend note de toutes les occasions où plusieurs sont d'accord sur quoi que ce soit. L'un d'eux a déjà exploré des bases de données d'un bout à l'autre des USA pour faire des listes de tous les systèmes de transport. À présent, il compile ses propres bases de données sur les automobiles, les camions, les transports aériens, etc. Même les systèmes d'adduction d'eau.

— Ici, en plein désert ?

— Le lac Salton n'est pas si loin que ça, non ? Ensuite, j'ai tout un tas d'autres programmes spécialisés qui compilent diverses sortes de données géographiques, notamment des relevés par satellite effectués sur la région dans la période qui nous intéresse.

— Ça m'a l'air bien, dit Brian en se levant. Je commence à m'engourdir. Vous voulez faire un bout de promenade ?

— Bien sûr.

Elle regarda autour d'elle tandis qu'ils redescendaient le chemin.

— C'est une base militaire ? On dirait qu'il y a énormément de soldats par ici.

— Ils sont tous là pour moi, dit-il en souriant. Avez-vous remarqué qu'ils nous suivent ?

— Ça ne me déplaît pas.

— Ça me déplaît encore moins. Comme vous pouvez l'imaginer, je ne tiens pas tellement à subir une quatrième tentative d'assassinat. Maintenant, la question est de savoir si le système que vous avez mis au point peut nous aider à retrouver ces bandits. Dick Tracy a-t-il déjà trouvé des pistes intéressantes ?

— Pas vraiment. Il est encore en train de traiter des données.

— Alors basculez-le sur une GRAM et amenez-la ici. Le gros ordinateur dont je me sers vous donnera toute la puissance de calcul dont vous aurez jamais besoin.

— Voilà qui pourrait vraiment faire avancer les choses. Je vais avoir besoin d'un jour ou deux pour rassembler toutes les données. Je crois qu'il vaudrait mieux que je parte maintenant, dit-elle en jetant un coup d'œil au soleil. Je suis sûre que je peux avoir tout terminé mercredi, recopier toutes mes notes et amener la GRAM jeudi matin.

— Parfait. Je vais vous raccompagner, jusqu'au poste de garde seulement parce je n'ai pas le droit d'approcher du portail, et je vais informer Woody de la situation.

Quand elle fut partie, il s'aperçut qu'il aurait dû lui demander une copie du LAMA 3.5, puis il rit de sa naïveté. L'époque où les programmes se transportaient sur disque — à l'exception de ceux exigeant une sécurité maximale — était depuis longtemps révolue. Il se dirigea vers le laboratoire. Il avait probablement une copie du programme sur CD-ROM. Sinon, il pouvait le charger à partir d'une base de données.

Il lui fallait encore se réhabituer au nouveau monde de 2024.

22

21 février 2024

Le matin, en arrivant au laboratoire, Brian trouva Benicoff et Evgeni qui l'attendaient devant le bâtiment.
— C'est son dernier jour ici, dit Benicoff. Nous voulons t'expliquer le fonctionnement de tout le système avant qu'il parte.
— Tu rentres en Sibérie, Evgeni ?
— J'espère bientôt. Il fait trop chaud chez vous. Mais avant, je vais suivre un tas de séminaires à Silicon Valley, terminer formation technique sur matériels de pointe. USA les fabrique, Russie les achète, je les répare. J'aide concevoir nouveau modèle. Beaucoup de roubles dans l'avenir d'Evgeni, vous parie mon cul !
— Bonne chance, et beaucoup de roubles. Quel est le programme, Ben ?
Brian posa le pouce sur la plaque et la porte s'ouvrit avec un déclic.
— Contrôle sur site. Tout l'équipement a été installé et fonctionne. Evgeni est un technicien de premier ordre.
— Écrire ça sur papier. Recommandation vaut beaucoup plus de roubles !
— Tu peux compter sur moi. Mais quand tu seras parti, nous ne voulons plus voir de techniciens ici.
— Le succès est assuré, on dirait. Mais qu'est-ce qu'on fait si un plantage massif met tout le système hors service ?

— Il est pas un seul système, il est réseau de deux systèmes. Chacun reçoit copie de programme réseau qui contient tout logiciel diagnostic de toutes les machines. En plus de ça, chaque entrée mémoire et rapport diagnostic de chaque machine sont copiés sur une ou deux autres toutes les cinq minutes environ.

— Donc, en cas d'incident, nous devrions normalement pouvoir retrouver toutes les fonctions. Dans le pire des cas, nous ne perdrions que ce qui a été traité dans les quelques dernières minutes.

— *Da*. Et dans plupart des cas, perdez rien du tout. Si vous avez problème, laissez message sur ma BAL...

— *Visiteurs à l'entrée*, dit l'ordinateur de surveillance.

Brian toucha une icône sur l'écran, qui afficha la vue donnée par la caméra vidéo extérieure. Deux soldats se tenaient au garde-à-vous de chaque côté du capitaine Kahn.

— Je reviens dans une minute, dit Brian.

Il retraversa le laboratoire jusqu'à l'entrée et ouvrit la porte à Shelly.

— Je n'arrive pas trop tôt, j'espère? Le major m'a dit que vous étiez déjà là.

— Non, vous arrivez à point. Laissez-moi vous montrer votre terminal et vous installer. Je présume que vous voulez d'abord charger votre programme et vos fichiers.

Elle sortit une GRAM de son sac.

— Tout est là-dedans. Je ne voulais pas envoyer ça sur le réseau public. C'est à présent la seule copie : le reste a été effacé de la mémoire de l'ordinateur de la police. Il y a une masse énorme d'informations confidentielles que nous ne voulons laisser voir à personne.

Il la conduisit jusqu'à un bureau délimité par une cloison tout au bout du laboratoire.

— Pour l'instant, rien que le terminal, le bureau et la chaise, dit-il. Si vous avez besoin de quoi que ce soit d'autre, dites-le-moi.

— C'est très bien comme ça.

— Terminé, dit Benicoff en se levant et s'étirant. J'ai vérifié et revérifié : Evgeni a fait un excellent travail. Toutes les instructions pour accéder aux programmes et les utiliser sont sous la main, en mémoire vive.

— Je veux voir ça, mais est-ce que vous pouvez attendre un instant ? Shelly vient d'arriver et nous allons pouvoir lui parler dès qu'elle aura chargé son programme expert. C'est l'occasion ou jamais de voir où elle en est.

Ils reconduisirent Evgeni jusqu'à l'entrée, où il leur serra vigoureusement la main.

— Bon matériel, amusez-vous bien travailler ici !
— Bonne chance, et beaucoup roubles.
— *Da !*

Shelly fit pivoter sa chaise quand ils entrèrent et montra le bureau vide.

— Désolée pour l'hospitalité.
— Je vais ramener deux chaises, dit Benicoff. Et du café. Ça intéresse quelqu'un ? Non ? Deux chaises et un café, alors.
— Vous avez déjà des résultats à nous montrer ? demanda Brian.
— Quelques-uns. J'ai écrit le programme qui lie le gestionnaire de base de données au programme de découverte et à l'interface humaine. J'espère que la plupart des bogues ont été éliminées. Je lui ai donné comme objectif initial de résoudre l'énigme du vol chez Megalobe. Il tourne maintenant depuis deux jours. Il se peut qu'il soit déjà en mesure de répondre à quelques questions. J'ai attendu que vous soyez tous les deux ici en même temps. C'est vous qui menez l'enquête, Ben. Vous voulez commencer ?
— Évidemment. Comment fais-je pour entrer dans le programme ?
— Par commodité, je lui ai donné un nom dès le début — « Dick Tracy » — et il lui est resté. Tant pis. Vous avez besoin de ça et de votre nom, c'est tout.
— Très bien, dit Benicoff en se tournant vers le terminal. Je m'appelle Benicoff et je cherche Dick Tracy.
— Programme en ligne, dit l'ordinateur.
— Quel est votre objectif ?

— Localiser les criminels qui ont commis le crime dans le laboratoire de Megalobe Industries le 8 février 2023.

— Avez-vous localisé les criminels ?

— Négatif. Je n'ai pas encore déterminé comment la sortie a été effectuée et comment le matériel volé a été emporté.

Brian écoutait, saisi d'admiration.

— Vous êtes sûre que ce n'est qu'un simple programme ? On dirait qu'il a de quoi passer le test de Turing.

— C'est un logiciel vocal tout prêt, dit Shelly. Un modèle standard. Verbalise et analyse à partir de la section langage naturel du système CYC. Ces programmes de reconnaissance et de synthèse de la parole semblent toujours plus intelligents qu'ils ne le sont à cause de la grande précision de leur syntaxe et de leur intonation. Mais ils ne sont pas aussi doués que ça pour comprendre le sens des mots. Continuez de l'interroger, Ben. Voyez s'il a trouvé des réponses. Vous pouvez parler normalement parce qu'il dispose d'un important lexique de termes de procédure criminelle.

— D'accord. Dites-moi, Dick Tracy, quelles pistes explorez-vous ?

— J'ai réduit les recherches à trois possibilités. Un, que le matériel volé a été caché à proximité pour être récupéré plus tard. Deux, qu'il a été enlevé par voie de surface. Trois, qu'il a été enlevé par voie aérienne.

— Résultats ?

— Caché à proximité, très invraisemblable. Transport de surface plus probable. Toutefois, un enlèvement par voie aérienne est le plus vraisemblable quand on prend tous les facteurs en considération.

Benicoff secoua la tête et se tourna vers Shelly.

— « Le plus vraisemblable. » Qu'est-ce qu'il veut dire par là ? Un ordinateur doit sûrement pouvoir faire mieux que ça, donner un pourcentage, ou quelque chose dans ce genre.

— Pourquoi ne pas le lui demander ?

— D'accord. Dick Tracy, soyez plus précis. Quelle est la probabilité d'un enlèvement par voie aérienne ?

— Je préfère ne pas assigner une probabilité inconditionnelle à une situation comportant un si grand nombre d'impondérables. Dans ce genre de situation, il est plus approprié de donner une estimation en utilisant des distributions floues plutôt que des nombres qui donnent une fausse impression de précision. Mais des plausibilités simplifiées sur une échelle de un à cent peuvent être fournies si vous insistez.

— J'insiste.

— Caché à proximité, trois. Enlevé par voie de surface, vingt et un. Enlevé par voie aérienne, soixante-seize.

Benicoff en resta bouche bée.

— Mais... suspendez l'exécution.

Il se tourna vers les autres, qui étaient aussi étonnés que lui.

— Nous avons exploré la théorie de la voie aérienne très complètement et il est absolument exclu qu'ils aient déménagé le matériel par avion.

— Ce n'est pas ce que dit Dick Tracy.

— Alors il doit savoir quelque chose que nous ne savons pas. Reprenez l'exécution, dit-il en se retournant vers l'ordinateur. Sur quoi fondez-vous votre estimation de plausibilité d'un enlèvement par voie aérienne ?

L'ordinateur resta muet un moment, puis dit :

— Aucun résumé des bases de l'estimation n'est disponible. Conclusion basée sur la somme pondérée de douze mille unités intermédiaires du sous-système d'évaluation connectionniste du logiciel de découverte.

— C'est un défaut courant de ce type de programme, expliqua Shelly. Il est presque impossible de trouver comment il aboutit à ses conclusions parce qu'il ajoute des millions de petites corrélations entre fragments de données. Il est presque impossible de rapprocher cela de tout ce que nous pourrions appeler un raisonnement.

— Ça n'a pas d'importance, parce que la réponse

est fausse, dit Benicoff, irrité. Rappelez-vous : j'étais chargé de l'enquête. L'aéroport de Megalobe est complètement automatisé. L'essentiel du trafic est constitué d'hélicoptères, plus des jets d'affaires et des avions-cargos de type STOL et VTOL.

— Comment fonctionne un aéroport automatique ? demanda Brian. Ce n'est pas dangereux ?

— C'est plus sûr que le contrôle humain, crois-moi. Dans les années quatre-vingt, on s'est finalement rendu compte qu'il y avait plus d'accidents dus à l'erreur humaine que d'accidents empêchés par l'intervention humaine. Tous les appareils doivent donner leur plan de vol avant le décollage. Les données sont immédiatement enregistrées par le réseau informatique si bien que chaque aéroport a une idée exacte des arrivées et des départs et même des vols de passage. Lorsqu'un avion entre dans la zone couverte par le radar, un signal l'identifie par transpondeur et il reçoit la permission d'atterrir ou d'autres instructions. Ici, à Megalobe, tous les mouvements aériens sont bien entendu surveillés et enregistrés par les services de sécurité.

— Sécurité qui a été compromise pendant cette heure vitale.

— Aucune importance : tout a été enregistré par la tour de contrôle de l'aéroport de Borrego comme par la station radar régionale de l'Agence fédérale de l'aviation civile. Les trois séries d'enregistrements coïncident et l'enquête technique a démontré qu'il aurait été impossible de les modifier tous les trois. Ce que nous avons vu était les enregistrements authentiques de tous les mouvements aériens de cette nuit-là.

— Y a-t-il eu à Megalobe des départs ou des arrivées pendant l'heure en question ?

— Pas un seul. Le dernier mouvement datait d'au moins une heure avant la période de silence : un hélicoptère qui allait sur La Jolla.

— Quelle est l'étendue de la couverture radar ? demanda Brian.

— Considérable. Le radar est un modèle standard pour tour de contrôle, d'une portée de deux cents kilomètres. De Borrego, il couvre à l'est le lac Salton et jusqu'aux collines de l'autre côté. Donc soixante, voire quatre-vingts kilomètres, au bas mot. Il ne porte pas aussi loin dans les autres directions avec toutes les collines et les montagnes qui entourent cette vallée.

— Dick Tracy, à vous, dit Shelly. Pendant la journée en question, soit vingt-quatre heures, combien de mouvements ont été enregistrés par le radar de Megalobe ?

— Trafic Megalobe, dix-huit. Trafic aéroport de Borrego Springs, vingt-sept. Trafic de passage : cent trente et un.

— Borrego Springs n'est qu'à une douzaine de kilomètres, dit Shelly, mais ils n'ont eu ni départ ni arrivée pendant la période en question, et rien du tout pendant la nuit. Les trois séries d'enregistrements de données radar étaient identiques, à quelques légères différences près, sans importance, qui toutes concernent le trafic de passage. Il s'agit là de vols détectés en limite de couverture radar, qui ne commencent ni n'aboutissent dans la vallée.

— On dirait qu'il y a pas mal de trafic aérien dans le désert, commenta Brian. Cent soixante-seize vols en une seule journée. Pourquoi ?

— Les vols d'affaires pour Megalobe, nous les connaissons, dit Benicoff. Il y a quelques vols commerciaux pour Borrego Springs ; le reste, ce sont des avions privés. Pareil pour le trafic de passage, plus quelques vols militaires. Et nous voilà revenus à zéro. Dick Tracy nous dit qu'ils ont déménagé le matériel par la voie des airs. Et pourtant, il n'y a eu aucun départ de la vallée. Alors comment le matériel a-t-il pu quitter la vallée ? Si vous pouvez répondre à ça, vous avez la réponse à tout le reste.

Benicoff avait formulé clairement la question. *Comment le matériel a-t-il pu quitter la vallée ?* Il y avait là un paradoxe : il avait forcément décollé de la vallée, et rien n'avait décollé. Brian entendit la question.

Son processeur implanté l'entendit aussi.

— Il a quitté la vallée en camion, il a quitté la région par avion, dit Brian.

— Qu'est-ce que vous voulez dire ?

— Je n'en sais rien, avoua-t-il. Ce n'est pas moi qui ai dit ça, c'est le processeur.

Il essaya de sourire en voyant leurs visages sans expression.

— Écoutez, on reparlera de ça une autre fois. Pour l'instant, analysons ceci : jusqu'où le camion aurait-il pu aller ?

— Nous avons élaboré un modèle informatique au début de l'enquête, dit Benicoff. Le nombre maximum d'hommes qui auraient pu charger le camion sans se gêner est de huit. Les variables sont : durée du trajet du portail principal au laboratoire, durée du chargement, durée du retour au portail principal. Une fois qu'ils ont quitté Megalobe, le meilleur chiffre que nous ayons pu obtenir a été une distance de quarante kilomètres en roulant à quatre-vingt-dix kilomètres-heure. Il y a eu des barrages sur toutes les routes qui partent d'ici dès que le crime a été signalé, bien au-delà de ces quarante kilomètres. La zone a été également couverte par radar, à partir des hélicoptères et des installations au sol, et les recherches visuelles ont commencé après l'aube. Le camion n'aurait pas pu passer au travers.

— Mais il l'a fait, dit Shelly. Y a-t-il un moyen quelconque d'enlever par la voie des airs un camion *avec* son chargement ? Nous ne le savons pas, mais nous allons sûrement finir par le savoir. Laissez-moi prendre l'ordinateur, Ben. Je vais demander au programme de vérifier tous les vols enregistrés ce jour-là dans un rayon de cent soixante puis de trois cents kilomètres.

— Est-ce que les criminels n'auraient pas pu s'arranger pour faire effacer les enregistrements de ce vol ? Pour qu'il n'en reste aucune trace à l'heure du crime ?

— Impossible. Tous les relevés radar sont conservés pendant un an dans les archives de l'Aviation civile, tout comme les copies d'écran du terminal de chaque contrôleur du trafic aérien. Un bon pirate informatique peut faire des prodiges, mais le système de contrôle du trafic est tout bonnement trop complexe et trop redondant. Il y a des centaines, des milliers peut-être, d'enregistrements différents de chaque vol détecté.

Shelly ne leva pas les yeux, plongée dans son travail, et ne les vit pas partir.

— Shelly ne sait pas que tu as un processeur implanté, dit Benicoff. C'est bien de ça que tu parlais?

— Oui. Je n'ai pas eu l'occasion de vous le dire, mais le Dr Snaresbrook et moi-même avons eu un certain succès, dans la mesure où je peux solliciter le processeur par la seule pensée.

— Voilà qui est… qu'est-ce que je peux dire? Incroyable!

— C'est bien ce que nous pensons. Mais nous n'en sommes qu'aux débuts. Je lui ai demandé de faire un peu de maths : c'est comme ça que ça a commencé, dans un rêve, le croiriez-vous? Et j'ai lu des données résidant dans sa mémoire. C'est très passionnant et un peu inquiétant. Il faut s'y habituer. J'ai une tête bizarre et je ne suis pas sûr qu'elle me plaît.

— Mais tu es sain et sauf, Brian, dit Benicoff d'un ton sévère. J'ai vu ce que cette balle t'a fait…

— Ne m'en parlez pas! Un de ces jours, peut-être. En fait, j'aimerais oublier ça un moment et poursuivre mes recherches sur l'IA tandis que vous et Shelly poursuivez l'enquête avec Dick Tracy. Et je n'aime pas cette dissimulation, ni ces menaces perpétuelles qui pèsent sur ma vie. Je commence à me sentir comme Salman Rushdie. Vous vous souvenez de ce qui lui est arrivé? J'aimerais bien — comment dire? — refaire ma vie. Être aussi normal que tout le monde. Je commence à avoir l'impression d'être un genre de phénomène…

— Non, Brian, ne crois jamais ça. Tu es un gosse coriace qui en a trop vu. Tous ceux qui ont travaillé avec toi admirent ton courage. Nous sommes avec toi.

Que pouvaient-ils se dire d'autre? Benicoff bredouilla une excuse pour s'en aller. Brian reprit son travail au point où il l'avait laissé la veille. Il avait transcrit ses notes sous une forme plus complète et plus lisible mais il n'y comprenait rien. Il se rendit compte qu'il était à la fois déprimé et fatigué et crut entendre la voix du Dr Snaresbrook lui donner l'ordre qui s'imposait. Très bien, message reçu, je m'allonge. Il dit à Shelly qu'il reviendrait plus tard et rentra chez lui.

Il avait dû s'endormir, car la revue technique reposait sur sa poitrine et le soleil était juste en train de disparaître derrière les montagnes à l'ouest. Encore sous la noire emprise de la dépression, il se demanda s'il devait appeler le Dr Snaresbrook et lui en parler. Mais le mal n'avait pas l'air suffisamment sérieux. C'était peut-être la pièce qui le déprimait : il passait plus de temps seul ici que dans sa chambre à l'hôpital. Au moins, là-bas, il y avait toujours quelqu'un qui entrait ou sortait. Ici, il était même obligé de prendre ses repas en solitaire, nouveauté qui s'était rapidement émoussée.

Shelly avait fini pour la journée. Elle partit en bredouillant un au revoir, toutes ses pensées dirigées vers son travail. Il ferma le laboratoire derrière elle et partit dans la direction opposée. Peut-être qu'un peu d'air frais lui ferait du bien. Ou un peu de nourriture, puisque la nuit tombait et qu'il avait encore une fois oublié de dîner. Il quitta le bâtiment, fit le tour de la pièce d'eau et se dirigea vers la salle des rapports. Il demanda si le major était là et fut immédiatement conduit dans son bureau.

— Des réclamations, ou des suggestions ? demanda Wood dès qu'ils furent seuls.

— Je n'ai pas de réclamations à faire, et je crois que vos hommes font un travail remarquable. Ils ne donnent jamais l'impression d'être envahissants, mais dès que je sors du labo il y en a toujours quelques-uns en vue.

— Il y en a beaucoup plus que quelques-uns, croyez-moi ! Mais je leur dirai ce que vous venez de me dire. Ils font des efforts et remplissent cette mission foutrement bien.

— Dites aux cuisiniers que la nourriture me plaît aussi.

— La popote sera enchantée.

— La popote ?

— La cantine, quoi.

— La cantine ?

Wood se permit un sourire.

— Vous êtes un civil endurci. Il va falloir qu'on vous apprenne à causer comme un bidasse.

— Woody, même si je ne suis pas dans l'armée, est-ce qu'un bidasse en civil pourrait par hasard manger à la popote ?

— Vous êtes plus que bienvenu. Prenez tous vos repas ici avec les fauves si vous le voulez.

— Mais je ne suis pas dans l'armée.

Le sourire perpétuel du major s'élargit.

— Mais l'armée, c'est vous, môssieur. Vous êtes notre seule raison d'être ici au lieu de sauter d'un avion tous les jours. Et je sais que pas mal de mes hommes aimeraient vous rencontrer et vous parler. Vous buvez de la bière ? dit-il en jetant un coup d'œil à l'heure affichée au mur.

— Y a-t-il un pape à Rome ?

— Alors, venez. Nous allons nous envoyer une mousse au club avant que la popote ouvre à six heures.

— Il y a un club ici ? Première nouvelle !

Wood se leva et prit les devants.

— C'est un secret militaire que je vous prierais de ne pas ébruiter dans la population civile de Megalobe. Autant que je puisse m'en rendre compte, c'est la prohibition dans tout le secteur en dehors de ces quatre murs. Mais ce bâtiment est présentement une base militaire pour mon unité aéroportée. Toutes les bases militaires ont un club pour les officiers, plus des clubs séparés pour les sous-offs et les simples soldats. Nous ne sommes pas assez nombreux pour nous pinter séparément. Nous avons donc un club toutes classes.

Il ouvrit la porte marquée ZONE DE SÉCURITÉ — ACCÈS RÉSERVÉ AU PERSONNEL MILITAIRE et entra, Brian sur ses talons. La pièce n'était pas grande mais, en quelques semaines de présence, les paras avaient réussi à lui donner un cachet personnel. Un jeu de fléchettes sur un mur, quelques drapeaux, fanions et photos — une fille nue sur un poster, à la poitrine incroyable —, des tables et des chaises. Et le bar à l'autre bout, plein de bouteilles, hérissé des manettes des tireuses.

— Que diriez-vous d'une Tiger Beer de Singapour ? demanda Wood. On vient d'en mettre un fût en perce.

— Je n'en ai jamais entendu parler, encore moins goûté. Envoyez !

La bière était délicieusement fraîche, le bar était fascinant.

— Les hommes vont commencer à venir, ils seront heureux de faire votre connaissance, dit Wood en remplissant deux nouvelles chopes. Il y a une chose que je vous demanderai, c'est de ne pas parler de votre travail. Aucun d'eux ne vous parlera de ce qui se passe dans le laboratoire — ce sont les ordres —, alors ne commencez pas, s'il vous plaît. Merde, même moi je ne sais pas ce que vous y faites, et je veux pas le savoir non plus. Secret défense, qu'on nous a dit, et nous n'avons pas besoin d'en savoir plus. À part ça, ne vous gênez pas pour tailler une bavette.

— Tailler une bavette ! J'augmente mon vocabulaire !

Les soldats, dont il reconnaissait certains pour les avoir vus dans leur tour de garde, entrèrent un par un. Ils semblaient heureux de le rencontrer enfin personnellement, de lui serrer la main. Il avait leur âge, était en fait plus vieux que la plupart d'entre eux, et c'est avec plaisir qu'il les écouta parler avec leur rude fraternité militaire. Il les entendit se vanter de prouesses sexuelles héroïques et apprit quelques fascinantes obscénités dont il n'avait jamais soupçonné l'existence. Et tout le temps qu'il écoutait il ne laissait jamais voir qu'il n'avait que quatorze ans. Il grandissait à chaque instant de plus en plus vite !

Ils racontèrent des histoires et de vieilles blagues éculées. Il prit part à la conversation et on lui demanda de quelle région des États-Unis il venait, manière polie de lui faire comprendre qu'on était intrigué par son accent. Les soldats d'origine irlandaise lui posèrent de nombreuses questions, et tous écoutèrent avidement lorsqu'il évoqua son enfance en Irlande. Plus tard, ils l'accompagnèrent à la cantine : ils allèrent lui chercher un plateau et lui donnèrent une foule de conseils sur ce qu'il fallait manger et éviter de manger.

Tout bien considéré, ce fut une soirée agréable, et il résolut de prendre ses repas à la cantine chaque fois qu'il le pourrait. Avec toutes ces conversations, toute cette camaraderie qui flattaient son âme irlandaise, sans oublier la bière, il était complètement sorti de sa morosité. Les fauves étaient une belle bande de braves *made in USA*. Il entamerait quand même la journée seul avec un café et du pain grillé, puisqu'il avait horreur de commencer la journée en parlant à qui que ce soit. Et il avait pris l'habitude de se confectionner un sandwich qu'il emportait au labo en guise de déjeuner.

Mais il allait se joindre à la race humaine pour le dîner aussi souvent qu'il le pourrait. Ou du moins à l'échantillon que représentait le 82ᵉ aéroporté. Quand on y songeait, la race humaine y était vraiment bien représentée. Des Noirs et des Blancs, des Asiatiques et des Latins. Rien que des vrais de vrais.

Il s'endormit en souriant. Les rêves ne le dérangèrent pas cette nuit-là.

23

22 février 2024

Le lendemain matin, Brian était assis sur le rebord de la jardinière décorative lorsque Shelly sortit du bâtiment qui hébergeait les hôtes de passage chez Megalobe.

— Comment c'est, là-dedans ? s'enquit-il tandis qu'ils se dirigeaient vers le laboratoire, précédés et suivis par les gardes du corps.

— Spartiate, mais confortable. Manifestement conçu pour les représentants et les cadres qui réussissent à rater le dernier avion de la journée. Très bien pour une nuit, mais un peu triste dès le second soir. Cela dit, ce n'est pas très différent de la caserne de l'Armée de l'air où j'ai été cantonnée pour la première fois. Je peux tenir le coup au moins quelques jours.

— On vous a trouvé un meilleur logement ?

— L'agence immobilière interne de Megalobe s'en occupe. Ils vont me faire voir un appartement au coin de la rue, pour ainsi dire. Cet après-midi à trois heures.

— Bonne chance. Comment va Dick Tracy ?

— Il n'arrête pas de me donner du travail. Avant de démarrer ce programme, je n'avais aucune idée du nombre de bases de données dans ce pays. Je suppose que l'informatique elle aussi a horreur du vide. Plus on a de mémoire, plus il faut la remplir.

— Vous allez avoir du mal à remplir ce mini-maxi ordinateur.

— Je n'en doute pas !

Il déverrouilla la porte du laboratoire et la tint pour laisser passer Shelly.

— Vous aurez un peu de temps pour travailler avec moi aujourd'hui ? demanda-t-il.

— Oui, si vous pouvez attendre une heure. Il faut que j'obtienne la permission d'accéder à certaines bases de données confidentielles que Dick Tracy veut consulter. Et qui me mettront probablement sur la piste d'informations encore plus confidentielles.

— D'ac.

Il était reparti et avait à peine fait une douzaine de pas lorsqu'elle l'appela.

— Brian ! Venez voir ça.

Elle regardait attentivement le terminal. Elle appuya sur une touche et une copie d'écran sortit de l'imprimante. Elle la lui donna.

— Dick Tracy a travaillé toute la nuit. J'ai trouvé ça affiché sur l'écran tout à l'heure en arrivant.

— C'est quoi ?

— Un chantier à Guatay. Quelqu'un y faisait construire des appartements de luxe préfabriqués. Dick Tracy a signalé le fait intéressant que les travaux se déroulent presque exactement sous la ligne de vol des avions qui atterrissent à l'aéroport de San Diego-Miramar.

— Je suis stupide ou quoi ? Je ne vois pas le rapport...

— Vous allez le voir dans une seconde. Primo, avec tout ce trafic aérien, les gens de la région ont tendance à considérer la nuisance sonore comme un bruit de fond permanent. C'est comme le bruit du ressac sur la plage : au bout d'un moment, on n'y fait plus attention. Secundo, à cause des problèmes d'accès au site — très spectaculaire mais à flanc de falaise — les sections préfabriquées ont été acheminées par un hélicoptère de fret. L'un de ces monstrueux TS-69 qui peuvent emporter vingt tonnes.

— Ou un camion avec son chargement ! Vous avez une carte en courbes de niveau ?

— Le programme a accès à un ensemble complet de bases de données topographiques : cartes d'état-major, relevés géodésiques, imagerie satellitaire. Dick Tracy, dit-elle en se tournant vers le terminal, montrez-moi la carte composite en courbes de niveau et l'itinéraire présumé.

Les graphiques en couleurs étaient nets, contrastés, et si réalistes qu'ils auraient pu passer pour des prises de vues aériennes. Le programme afficha une simulation montrant le trajet d'un mobile, vu d'en haut, avec indication du cap suivi et de l'altitude. La trace en pointillés traversa l'écran et s'arrêta sous forme d'une croix de Malte clignotante dans un champ dégagé à proximité de la route S3.

— Nous voudrions la vue donnée par le radar de l'aéroport de Borrego Springs.

Encore un superbe graphique, aussi piqué qu'une photo, mais prise du sol cette fois-ci.

— Maintenant, le site d'atterrissage en surimpression.

La croix de Malte réapparut, en pleine montagne, apparemment.

— Voilà le lieu présumé de l'atterrissage. Tout ce qui se passerait encore plus à l'est serait détecté par le radar de Borrego Springs. L'endroit en question est de l'autre côté des collines, dans la zone d'ombre du radar. Maintenant, affichez la ligne de vol en surimpression.

La ligne pointillée s'étira d'un bout à l'autre de l'écran.

— Et la ligne de vol présumée passe intégralement derrière les montagnes et les collines, dit Shelly d'une voix triomphante. L'hélico aurait pu quitter le chantier et se poser dans ce champ. Il aurait pu y attendre l'arrivée du camion, l'enlever puis repartir avec lui en suivant le même chemin.

— Et le radar de l'aéroport de Megalobe ?

La vue des montagnes était légèrement différente, mais la trajectoire estimée était la même : entièrement en dehors de la couverture radar.

— Maintenant, une question importante : combien de temps faudrait-il pour arriver par la route jusqu'au lieu du rendez-vous ?

— Le programme devrait pouvoir nous le dire : il a une base de données sur tous les véhicules de livraison du secteur.

Shelly toucha du doigt le pictogramme du véhicule et une fenêtre s'ouvrit en dessous.

— Entre seize et vingt minutes à partir d'ici, la variable étant la vitesse du camion. Mettons seize minutes, parce qu'ils ont dû rouler aussi vite qu'ils le pouvaient sans se faire remarquer.

— Ça pourrait être ça ! Il faut que j'appelle Benicoff.

— C'est déjà fait. J'ai demandé à l'ordinateur d'envoyer un message pour lui dire de venir ici immédiatement. À présent, essayons de trouver quelle distance l'hélicoptère aurait pu parcourir avec le camion dans ces vingt minutes décisives.

— Vous allez être obligée de vérifier tous les radars situés de l'autre côté de la montagne qui pourraient couvrir cette zone.

— Pas la peine, dit Shelly en secouant la tête. Dick Tracy l'a déjà fait. L'endroit se trouve à la limite de la couverture radar de San Diego-Miramar. Il se peut que leurs relevés radar périphériques aient déjà été effacés, mais rappelez-vous ce que nous disions à propos de la mémoire informatique. Tant qu'elle n'est pas saturée, on ne s'aperçoit de rien. Les programmes n'effacent jamais les données sans discernement mais, lorsqu'une mémoire ou une banque de données arrive à saturation, ils commencent par écrire par-dessus les informations de moindre priorité. Il y a donc toujours une chance pour que certaines anciennes données soient conservées.

Ben arriva quarante minutes plus tard. Brian le fit entrer.

— Je crois que nous avons peut-être trouvé la clef de l'énigme, Ben. La manière dont le camion aurait pu sortir de la vallée pendant cette heure vitale. Venez voir.

Ils lui firent repasser les graphiques et les simulations. Nul ne dit mot tandis que les possibilités s'affichaient sur l'écran. Quand ils eurent fini leur démonstration, Benicoff fit claquer son poing contre sa paume, se releva d'un bond et se mit à marcher de long en large.

— Oui, évidemment. Ça pourrait certainement être la méthode qu'ils ont employée. Le camion est parti d'ici pour aller rejoindre l'hélicoptère, qui n'a d'ailleurs probablement pas eu besoin de se poser. Des crochets auraient été montés sur le camion pour arrimer le système de levage. Le camion arrive, clic-clac, et tout le monde s'envole. Ensuite ils traversent la vallée par les cols pour gagner un site d'atterrissage éloigné, de l'autre côté des montagnes. Dans un endroit où ils échapperaient à la surveillance, mais assez proche d'une route quelconque qui les amènerait sur une autoroute. Ce qui signifie qu'au lieu de se déplacer à la vitesse limitée par la route le camion ferait du deux cents kilomètres-heure et sortirait de la zone des recherches bien avant que les barrages se mettent en place. Ensuite, il roulerait sur l'autoroute avec des milliers d'autres camions. La piste qui était au zéro absolu vient de se réchauffer.

— Qu'est-ce que vous faites ensuite ? demanda Brian.

— Il ne peut pas y avoir trop d'endroits pour se poser, alors nous devrions pouvoir trouver le site utilisé. Ensuite, nous faisons deux choses, et simultanément. Les types de la police vont fouiller toute la zone située sous la ligne de vol, passer au peigne fin tout site d'atterrissage possible. Ils vont chercher des marques, des traces, des témoins qui auraient pu voir ou entendre quelque chose la nuit du crime. Ils chercheront le moindre indice qui puisse prouver que c'est bien ainsi que les choses se sont passées. Je supervise tout ça moi-même.

— Mais ces bandits ne sont pas tombés de la dernière pluie. Ils ont sûrement fait disparaître toutes les preuves, effacé toutes les pistes.

— Je ne pense pas qu'ils puissent vraiment y être arrivés. Nous sommes dans le désert, ici, pas dans une zone urbanisée, et l'écologie est très fragile. Une simple entaille dans le sol du désert peut mettre des dizaines d'années à disparaître. Pendant que la police fait ces recherches, le FBI épluchera les archives de l'entrepreneur et celles de la société de location d'hélicoptères. Maintenant que nous savons où chercher — et à supposer que l'hypothèse soit la bonne — nous allons pouvoir trouver des indices, trouver une piste, trouver enfin quelque chose! Ouvre-moi la porte, Brian.

— À vos ordres. Vous allez nous tenir au courant des...

— Dès que nous découvrons quoi que ce soit, ton téléphone se mettra à sonner. Tes deux téléphones, dit-il en donnant une petite tape au terminal. Tu es un privé super-efficace, Dick Tracy.

— Je vais laisser tourner le programme, dit Shelly lorsque Brian eut refermé la porte derrière Benicoff. Il nous a fait progresser, certes, mais il ne peut probablement pas aller plus loin sans recevoir de nouvelles informations. Vous disiez tantôt que vous aviez du travail à me faire faire aujourd'hui.

— C'est vrai, mais ça peut attendre. Je vais vraiment avoir du mal à me concentrer tant que Ben ne m'aura pas rappelé. Ce que je peux faire, c'est vous montrer les éléments de base du système que nous allons construire. J'ai ici l'essentiel du corps de HA, mais il a autant de cervelle qu'un sous-lieutenant.

— Brian! Où diable êtes-vous allé pêcher une expression pareille?

— Oh! en regardant la télé, sans doute. Suivez-moi.

Il lui tourna le dos prestement pour qu'elle ne le voie pas rougir. Il allait devoir être un peu plus prudent avec l'argot des GI. Dans l'excitation du moment, il avait complètement oublié que Shelly était un officier de l'Armée de l'air. Ils entrèrent dans le laboratoire de Brian.

— Mon Dieu! Qu'est-ce que c'est? dit-elle en montrant l'objet bizarre qui trônait sur la table de travail. Je n'ai encore jamais vu quelque chose comme ça.

— Facile à comprendre. Il ne doit pas y en avoir plus d'une demi-douzaine dans le monde. Le dernier cri de la microtechnologie.

— Ça ressemble plutôt à un arbre arraché au sol, avec les racines et le reste.

C'était une bonne description. La partie supérieure ressemblait vraiment à un tronc d'arbre en Y inversé avec ses deux tiges de métal aux multiples articulations, longues d'une trentaine de centimètres chacune, qui se dressaient en l'air. Chaque tige se terminait par un globe de métal qui ressemblait beaucoup à une boule pour décorer les arbres de Noël. Les deux branches inférieures étaient très différentes. Chacune se divisait en deux, et chaque nouvelle branche se divisait à nouveau en deux. Et le processus se poursuivait presque à l'infini, parce qu'à chaque division les branches s'affinaient jusqu'à devenir aussi minces que les poils d'un balai.

— Des balais métalliques ? demanda Shelly.

— C'est un peu ça, en apparence, mais c'est en réalité beaucoup plus complexe. C'est le corps dont notre IA se servira. Mais je ne m'inquiète encore pas trop de la forme physique de l'IA. La technologie robotique est très modulaire, on pourrait même parler de pièces standards. Même les composants électroniques sont modulaires.

— La partie logiciel est donc votre préoccupation principale.

— Exactement. Et ce n'est pas de la programmation conventionnelle. C'est plutôt comme si on inventait l'anatomie d'un cerveau : trouver quelles sections du cortex et du cerveau moyen sont interconnectées, par quel type de faisceaux et de quelle taille. À vrai dire, par des faisceaux très semblables à ceux qu'il a fallu reconstituer lors de l'intervention sur mon propre cerveau.

Consciente de la souffrance que réveillaient ces paroles, Shelly changea rapidement de sujet.

— Je ne vois pas de fils. Cela signifie-t-il que vous envoyez l'information directement à chaque articulation ?

— Oui. Tous les modules forment un réseau de communications sans fil multicanaux à vitesse de transfert élevée. L'idée, c'est que chaque articulation soit presque autonome, avec ses propres moteurs, ses propres capteurs. Elles n'ont donc besoin que d'un fil d'alimentation chacune.

— J'adore. Mécaniquement, ça a l'air étonnamment simple. Si une articulation quelconque tombe en panne, il n'y a qu'à remplacer cette section sans toucher à rien d'autre. Mais le logiciel qui commande le système doit être terriblement compliqué.

— Oui et non. Le code lui-même est véritablement atroce, mais il est en grande partie construit automatiquement par le système d'exploitation de LAMA. Regardez. J'ai déjà une bonne partie de l'engin en état de marche.

Brian s'approcha du terminal sur le plan de travail, fit démarrer le logiciel de commande, puis pianota sur les touches. Le télérobot bougea et bourdonna. Il y eut un frémissement lorsque l'électronique fit se redresser les articulations. Les iris s'ouvrirent sur les deux sphères métalliques et révélèrent les objectifs, qui oscillèrent de droite à gauche en autodiagnostic puis s'immobilisèrent. Shelly s'approcha et regarda de près les récepteurs à couplage de charge.

— Ce n'est qu'une suggestion, mais je crois que trois yeux seraient mieux que deux.

— Pourquoi ?

— La stéréoscopie binoculaire peut se tromper. Le troisième œil ajoute un système de détection d'erreur. En outre, il agrandit le champ de vision, ce qui rend plus faciles la localisation et l'identification des objets. On dirait que vous lui avez tout donné sauf un cerveau, dit-elle en faisant le tour de la machine.

— Exact. C'est ce qui vient ensuite.

— Très bien. Par où commençons-nous ?

— Par le début. Mon plan est de suivre les notes originales. D'abord, nous fournissons au système un énorme réservoir de sens commun préprogrammé. Ensuite, nous allons ajouter tous les programmes supplémentaires dont il aura besoin pour accomplir ses diverses tâches. Et suffisamment d'éléments redondants — y compris des gestionnaires — pour que le système continue de fonctionner même en cas de défaillance de certains éléments. La conception d'un esprit artificiel ressemble à l'évolution d'un animal. Mon plan est donc d'utiliser les principes évolutifs qui ont abouti à la gestion du cerveau. C'est ainsi que nous aurons finalement un système qui ne sera ni trop centralisé ni trop diffus. En fait, j'utilise déjà certaines de ces idées ici même avec Robin-1.

— Pourquoi lui avoir donné ce nom ?

— C'est comme ça qu'il s'appelait dans les notes. Apparemment un acronyme pour ROBot INtelligent.

— Vous disiez que vous aviez déjà certains éléments de votre société de gestionnaires en service. Pourriez-vous me montrer un peu plus en profondeur comment le système fonctionne ? Parce que les sous-programmes de mon système Dick Tracy ont eux aussi des gestionnaires, mais il n'y a jamais plus d'un gestionnaire par programme. Avec plus d'un gestionnaire, je ne saurais lequel incriminer en cas de défaillance du système. Ne sera-t-il pas presque impossible de faire fonctionner pareil système sans risque d'erreurs ?

— Au contraire, la fiabilité n'en sera que renforcée, parce que chacun des gestionnaires travaille en étroite collaboration avec des gestionnaires de remplacement, si bien que lorsque l'un d'entre eux donne des signes de défaillance un autre peut prendre la relève. Ça sera plus facile à expliquer lorsque j'aurai fini de réparer ce connecteur. Pourriez-vous s'il vous plaît me passer la pince, là-bas ?

Shelly alla chercher l'outil sur la table de travail et le donna à Brian.

— Qu'est-ce que vous venez de faire ? demanda-t-il.

— Je vous ai donné la pince. Pourquoi cette question ?

— Parce que je veux que vous m'expliquiez comment vous avez fait pour la prendre.

— Qu'est-ce que vous voulez dire ? Je me suis approchée de la table et je vous ai ramené la pince, tout simplement.

— Tout simplement, certes, mais comment saviez-vous à quelle distance elle était ?

— Brian, vous faites semblant d'être borné, ou quoi ? J'ai regardé et je l'ai vue sur la table.

— Je ne suis pas borné. Je suis simplement en train de vous prouver quelque chose. Comment avez-vous pris la décision de vous lever au lieu de vous contenter de tendre le bras pour l'attraper ?

— Parce qu'elle était trop loin, voilà !

— Et comment le saviez-vous ?

— Enfin, Brian.... je voyais très bien à quelle distance elle était. À environ deux mètres. Beaucoup trop loin pour que je puisse l'attraper.

— Excusez-moi. Je ne faisais pas semblant d'être obtus. Je voulais que vous exprimiez une théorie pour expliquer comment vous aviez fait. En fait, je vous demande quel mécanisme de votre cerveau a évalué la distance entre votre main et la pince.

— Eh bien, je ne sais pas, à dire vrai. C'était entièrement inconscient. Mais je suppose que j'ai utilisé mes deux yeux pour la perception de la distance.

— D'accord, mais comment ça marche exactement ?

— Par la perception stéréoscopique des distances.

— Êtes-vous sûre que c'est ainsi que vous avez estimé la distance ?

— Pas vraiment. Ç'aurait pu être par la grosseur apparente de l'objet. En plus, je sais à quelle distance se trouve la table.

— Exactement. Il y a donc tout un tas de méthodes pour estimer la distance. Le cerveau de Robin doit fonctionner comme le vôtre, avec des gestionnaires et des sous-gestionnaires qui choisissent les sous-systèmes appropriés.

— Et vous utilisez le système décrit dans les notes.

— Oui, et j'ai réussi à le faire fonctionner partiellement.

— Êtes-vous réellement arrivé à faire en sorte que les modules agents de votre système apprennent tout seuls ?

— Oui. Actuellement, la plupart des agents ne sont que de petits systèmes à base de règles, dotés chacun de quelques douzaines de règles pour solliciter les processus de recherche entre bornes sous Pascal UCSD.

Les agents apprennent en intégrant simplement de nouvelles règles. Et chaque fois que des agents sont en désaccord, le système essaie de trouver une procédure différente qui engendre moins de conflits.

Il fut interrompu par le *bip!* du téléphone et le porta à son oreille.

— Brian.

— *Ici Benicoff, monsieur Delaney. Si vous n'êtes pas occupé, pourriez-vous vous rendre à une réunion dans le bâtiment administratif? Le major Kahn également. C'est important.*

La voix de Benicoff était froide et impersonnelle. Il n'était pas seul. Il se passait quelque chose.

— On y va.

Brian raccrocha.

— C'était Ben, pour une réunion. Il dit que c'est important. Ça en avait l'air rien qu'à la manière dont il parlait. Il veut que nous y soyons tous les deux.

— Maintenant?

— Maintenant. Laissez-moi le temps de mettre Robin hors tension et nous allons voir ce qui se passe.

Vu le ton employé par Benicoff, Brian ne fut pas surpris de voir la silhouette silencieuse, flanquée de deux officiers supérieurs de l'Armée de terre, qui avait pris place au bout de la table de conférence. Quand Brian parla, ce fut avec un accent du Wicklow épais comme la bière brune.

— C'est bien vous, général Schorcht? Incroyable! Pourquoi un grand homme comme vous perdrait-il son temps avec des gens de notre espèce?

Le général n'avait pas oublié leur dernière rencontre dans la chambre d'hôpital, car une méchante lueur scintilla dans son regard glacial. Il se retourna vers Benicoff avant de parler.

— Cette pièce est-elle sûre?

— À cent pour cent. Elle comporte d'origine tous les dispositifs habituels. De plus, elle a été contrôlée par le responsable de la sécurité juste avant que nous entrions.

— Vous allez maintenant expliquer pourquoi vous refusez de me communiquer certaines informations et pourquoi vous avez refusé de donner des explications avant que ces gens-là soient présents.

— Général Schorcht, toute situation n'est pas une confrontation, dit Benicoff avec un calme mesuré. Nous sommes tous les deux du même côté. Ou plutôt : nous sommes tous ici du même côté. Je regrette que nous ayons eu par le passé des divergences de vue, mais laissons le passé. Vous avez déjà rencontré Brian. Voici le major Kahn, qui m'assiste dans mon enquête. Elle a écrit le programme expert qui a produit la nouvelle information — la première percée dans cette affaire. Le major est accrédité secret défense au plus haut niveau, comme vous devez certainement le savoir puisque vous avez dû faire faire une enquête sur son compte dès qu'elle a été associée au travail qui se fait ici. Elle vous décrira en détail tous les faits nouveaux... dès que vous nous aurez communiqué ce que vous savez sur les tentatives d'assassinat sur la personne de Brian.

— Je vous ai communiqué tout ce que vous aviez besoin de savoir. Major, votre rapport.

Shelly était assise au garde-à-vous et allait parler lorsque Benicoff leva la main.

— Un instant, major Kahn. Mon général, comme je l'ai déjà dit, cette réunion n'est pas une confrontation. Puis-je vous remettre en mémoire certains faits du plus haut intérêt ? C'est le Président lui-même qui m'a chargé de cette enquête. Je suis sûr que vous ne voulez pas que je le consulte à ce sujet une seconde fois.

Le général Schorcht ne dit mot, mais son visage était un masque de haine glaciale.

— Bien. Je suis heureux de voir que tout est clair. Si vous voulez vérifier, vous vous apercevrez que Brian a lui aussi l'autorisation d'accès à toutes les informations, quelles qu'elles soient, concernant cette affaire. Nous voudrions — lui et moi — prendre connaissance de toutes celles dont vous disposez sur les deux dernières tentatives d'assassinat le concernant. S'il vous plaît.

Benicoff se rassit en souriant.

Le général était un homme d'action et savait quand il était débordé et en présence de forces supérieures.

— Colonel : un rapport complet sur les aspects de l'opération Touchstone ayant trait à l'enquête en cours.

— Oui, mon général, dit le colonel en prenant la liasse de documents posée devant lui. L'opération Touchstone est une opération menée en commun par les forces armées et les brigades des stupéfiants d'un certain nombre d'États. C'est le couronnement de nombreuses années de travail. Comme vous le savez sans doute, la reconstruction et le développement des centres urbains dans la dernière décennie ont sensiblement réduit, sinon éliminé, la tranche inférieure et violente du marché international de la drogue. Tous les petits barons de la drogue ont été liquidés, ce qui ne laisse en présence que deux des plus grands cartels internationaux, qui forment pratiquement des gouvernements autonomes à l'intérieur de leur pays d'origine. Ils ont été mis sous surveillance et infiltrés par des agents des puissances coopérantes. Nous sommes actuellement en passe de les éliminer définitivement. Toutefois, d'une manière tout à fait fortuite par rapport à cette opération, nous avons appris l'existence de démarches faites par une tierce partie, dotée d'importantes ressources, dans le but d'engager des collaborateurs pour mener à bien ce qu'on appelle, je crois, un « contrat ».

— Mon élimination dans la chambre d'hôpital ? dit Brian.

— C'est exact, monsieur. Notre agent a pris des risques importants pour nous avertir. Il ne savait pas lui-même qui avait pris contact avec l'organisation, il était seulement au courant de l'existence du contrat. Depuis lors, nous n'avons eu connaissance d'aucun fait nouveau concernant cette situation particulière.

— Que savez-vous sur l'embuscade au Mexique ? coupa Benicoff.

— Nous sommes sûrs que le seul lien entre les deux tentatives était M. Delaney. Il s'agit là, bien entendu, d'une supposition, puisqu'on n'a jamais retrouvé les agresseurs. De plus, la deuxième tentative d'assassinat échappe à ma juridiction...

— Je suis chargé de cette enquête, dit le deuxième officier, un colonel grisonnant à l'expression menaçante. Davis, des renseignements militaires. Nous sommes tout à fait concernés parce que la fuite semble être venue de l'intérieur d'une base militaire. Un établissement de la Marine.

Le ton employé ne laissait aucun doute sur l'opinion qu'il avait des forces navales.

— Où en êtes-vous de vos recherches? demanda Benicoff.

— Nous sommes en train de remonter quelques pistes. Toutefois, nous n'avons trouvé aucune trace d'un lien entre les individus impliqués dans la première et la seconde attaque.

— Laissez-moi faire le point, alors, dit Benicoff. Si vous ajoutez ce qu'a coûté le vol chez Megalobe plus les tentatives d'élimination physique de Brian, ça doit faire des millions de dollars. Nous savons donc qu'une source dotée de puissants moyens financiers a engagé le toxico qui devait tuer Brian à l'hôpital. Après cet échec, cette même source, on peut le supposer, a fait une nouvelle tentative au Mexique. Est-ce correct, mon colonel?

— C'est conforme à notre propre évaluation de la situation.

— Donc, en réalité, tout ce que nous savons, c'est que quelqu'un disposant de beaucoup d'argent a essayé de tuer Brian deux fois et a échoué les deux fois. Pouvons-nous supposer que cette source est la même qui a commandité l'attaque et le vol initiaux?

Benicoff attendit en silence jusqu'à ce qu'il obtienne, non sans mauvaise grâce, deux hochements de tête d'une sécheresse toute militaire. Le général était aussi inébranlable que jamais.

— Il semblerait donc que nous soyons tous en train de rechercher les mêmes personnes. Par conséquent, à l'avenir, je vous tiendrai au courant de l'évolution de notre enquête, persuadé que vous allez faire la même chose avec nous. Est-ce d'accord, mon général?

— D'accord.

Ce mot n'aurait pas été prononcé plus à contrecœur s'il avait été extrait d'un bloc de pierre. Benicoff sourit à tous les participants.

— Je suis heureux de constater que nous sommes tous du même côté. Major Kahn, voulez-vous nous expliquer votre programme expert et les résultats qu'il a produits ?

Le rapport de Shelly fut succinct, clair et bref. Quand elle eut fini, tous se tournèrent vers Benicoff.

— C'est à partir de là que j'ai repris l'enquête. Jusqu'ici, les résultats sont bons. D'abord, il y a bien eu un vol à l'heure et au lieu indiqués. Il a été enregistré par San Diego-Miramar. Les enquêteurs ont retrouvé un éleveur de bétail qui habite sous la ligne de vol suggérée. Il avait été dérangé par un hélicoptère volant à basse altitude. Il s'en souvient parce que le bruit l'a gêné pour regarder la fin d'un film qui passait à la télévision au même moment. L'heure de l'émission concorde parfaitement.

— Vous avez retrouvé l'hélicoptère ? demanda sèchement le général.

— Une fois que nous avons reconstitué les morceaux du puzzle, ç'a été la partie la plus facile. C'était forcément le TS-69 qui travaillait sur le chantier. Tout appareil extérieur au secteur aurait été obligé de communiquer un plan de vol et aucun n'a été enregistré. Les registres de l'entreprise de location d'hélicoptères révèlent que, l'après-midi du jour en question, une panne électrique avait temporairement immobilisé l'appareil. L'hélicoptère n'était pas revenu à Brown Field, où il était basé, mais était resté sur le chantier à Guatay. Le lendemain matin, des mécaniciens ont été envoyés sur place et la panne, une défaillance mineure du circuit électrique, a été réparée. Une panne si mineure, dois-je ajouter, que le pilote aurait pu y remédier lui-même. Un faux contact dans l'un des instruments.

— L'appareil a-t-il volé ce soir-là ? demanda le général.

— D'après les registres, non, dit Benicoff. Et voilà

où ça devient intéressant. Les registres de vol sont tenus à partir du journal de bord du pilote, puisqu'il n'y a pas sur un avion l'équivalent du compteur kilométrique d'une voiture, pour indiquer la distance parcourue en vol. Mais chaque moteur comporte un totalisateur qui enregistre le nombre d'heures de fonctionnement. Et c'est là que nous avons trouvé une anomalie. Le pilote n'a signalé aucun vol cette nuit-là : l'appareil serait resté au sol et n'aurait en aucun cas repris l'air avant le lendemain. Cela ne concorde pas avec l'indication du totalisateur du moteur. Nous arrivons donc à la partie intéressante. Les gens du FBI se sont plongés dans les registres de l'entreprise dès que je leur ai signalé cette piste possible. Ils ont appréhendé le pilote moins de deux heures plus tard. Voici un enregistrement de l'entretien que j'ai eu avec lui juste avant d'arriver ici.

Dans un silence absolu, Benicoff glissa la cassette dans le lecteur incorporé au bureau. L'écran vint se placer en position sur le mur opposé et l'éclairage de la salle s'atténua lorsqu'il le mit en marche. La caméra se trouvait derrière la tête de Benicoff, qu'on voyait en silhouette. Une lumière crue révélait toutes les expressions sur le visage de l'homme qu'il interrogeait.

— Vous vous appelez Orville Rhodes ?
— Ouais. Mais personne m'appelle comme ça. Moi, c'est Dusty, comme Dusty Rhodes, le type du feuilleton. Vous pigez ? En plus, je vous ai déjà dit tout ça deux fois. Alors pourquoi vous me dites pas ce que je fous ici ? Ou qui vous êtes. Tout ce que je sais, c'est que le FBI m'a traîné ici sans un mot d'explication. J'ai mes droits.

Dusty était jeune, fort, un beau gosse en colère. Et il le savait. Les filles devaient se pâmer en le voyant caresser sa grosse moustache blonde d'un revers de main et rejeter sa crinière en arrière d'un geste sec.

— Je vais vous expliquer tout ça dans un instant, Dusty. Quelques questions simples d'abord. Vous êtes le pilote d'hélicoptère employé par la société Sky-High ?

— Ça aussi, vous me l'avez déjà demandé.

— Et en janvier et février de l'année dernière, vous avez travaillé sur un chantier à Guatay, Californie.

— Oui, c'est à peu près à cette époque que je travaillais là-bas.

— Bon. Parlez-moi d'un jour précis : le vendredi 8 février. Vous vous rappelez ce jour ?

— Dites, mec, je sais pas qui vous êtes, mais comment vous voulez que je me rappelle un jour particulier un an après ?

Il le dit d'une voix indignée, mais avec de furtifs coups d'œil de droite à gauche. Il n'était plus totalement à son aise.

— Je suis sûr que vous vous rappelez ce jour. C'est un des trois jours où vous n'avez pas pu voler à cause d'une foulure au poignet.

— Dans ce cas, évidemment que je me le rappelle ! Mais pourquoi vous avez pas commencé par me parler de ça ? J'étais chez moi en train de boire de la bière parce que le toubib m'avait dit que je pouvais pas voler.

Il le dit tout à fait sincèrement, mais l'éclairage impitoyable montrait clairement la sueur qui perlait sur son front.

— Qui vous a remplacé pendant ces trois jours ?

— Un autre pilote. C'est la société qui l'a engagé. Pourquoi vous leur demandez pas à eux ?

— Nous l'avons fait. Ils disent que vous connaissiez le pilote, un certain Ben Sawbridge, et que vous l'aviez recommandé.

— Ils disent ça ? Ils ont peut-être raison, après tout. Y a tellement longtemps, marmonna-t-il en clignant les yeux sous les projecteurs.

Il ne caressait plus sa moustache tombante. Lorsque Benicoff reprit la parole, ce fut d'une voix glaciale.

— Écoutez ce que j'ai à vous dire, Dusty, avant de répondre à ma prochaine question. Le certificat médical confirmant une foulure au poignet était dans les archives de la société. C'est un faux. On a également découvert que dans les semaines avant et après la date en question vous avez réglé toutes les mensualités en retard du crédit de votre voiture et avez viré d'importantes sommes sur votre compte de dépôt. Elles ont été débitées sur un compte de dépôt ouvert dans un autre État, sur lequel une somme de vingt-cinq mille dollars avait été déposée le 20 janvier. Bien que ce compte soit ouvert sous un autre nom, l'écriture sur le chèque est la vôtre. Maintenant, deux questions importantes : qui vous a donné le pot-de-vin, et qui était le pilote que vous avez recommandé pour vous remplacer pendant ces trois jours ?

— Il y a pas de pot-de-vin là-dedans. C'est de l'argent que j'ai gagné au jeu, aux courses, à Tijuana. Je voulais pas comme qui dirait mettre le fisc dans le coup, vous voyez ce que je veux dire ? Et le pilote... je vous ai déjà dit qui c'était. Ben Sawbridge.

— Aucun brevet de pilote n'a jamais été délivré à un Ben Sawbridge. Je veux la vérité sur l'origine de l'argent. Et je veux savoir qui est le pilote. Et vous avez intérêt à réfléchir plutôt deux fois qu'une avant de répondre. Ceci n'est pas encore une procédure criminelle et il n'y a pas d'inculpation. S'il y a inculpation, vous serez dans une position très peu confortable. Cet hélicoptère a été utilisé dans le cadre d'un crime très grave. Il y a eu des morts. Vous serez accusé de complicité. Au mieux, vous serez condamné pour avoir accepté des pots-de-vin, pour avoir menti et pour avoir mis en danger des vies humaines. Vous perdrez votre brevet de pilote, vous devrez payer une amende et vous irez en prison. C'est le moins qui puisse vous arriver. Mais si vous refusez de coopérer, je veillerai à ce que vous soyez en plus traduit en justice pour meurtre.

— On m'a jamais dit qu'il y avait un meurtre

— Aucune importance. Vous étiez complice, et de votre plein gré. Mais c'est en mettant les choses au pire. Si vous voulez bien m'aider, je vous aiderai. Si vous coopérez à fond, il y a de grandes chances qu'on passe l'éponge : c'est-à-dire si vous nous mettez sur la piste des gens qui vous ont payé. Une fois de plus, avant de répondre, réfléchissez : ils n'ont aucunement tenté de dissimuler le versement qu'ils vous ont fait ni les documents falsifiés. Parce que vous n'aviez aucune importance pour eux. Ils savaient qu'on remonterait jusqu'à vous un jour ou l'autre. Et ils savaient aussi que la piste s'arrêterait avec vous.

Les cheveux de Dusty étaient plaqués sur sa peau moite. Il fourrageait dans sa moustache sans s'apercevoir qu'il la tordait et l'ébouriffait.

— Vous... vous pouvez vraiment me tirer de là? balbutia-t-il enfin.

— Oui, avec une inculpation mineure — ou sans inculpation du tout — en échange de votre totale coopération. Mais seulement si vous pouvez nous dire quoi que ce soit qui puisse faire avancer notre enquête.

Dusty sourit de toutes ses dents et se laissa aller contre le dossier de sa chaise.

— Bon, je peux faire ça pour vous. Pas de problème. D'abord j'aimais pas la petite merde qui a tout arrangé. Je l'ai jamais rencontré, mais ça avait tout l'air d'un pourri. Il m'a téléphoné pour dire que le fric serait déposé sur un compte si je lui rendais service. Ça me plaisait pas, mais j'étais à sec. Le fric était là, j'ai reçu par la poste une carte signée pour pouvoir le retirer. Et dès que j'ai commencé à me servir du fric, il m'est tombé dessus et impossible de m'en débarrasser.

— Vous a-t-il dit qui il était? Vous a-t-il dit de quoi il s'agissait?

— Non. Il m'a simplement dit de suivre les instructions sans poser de questions, et je pourrais palper le fric. Y a quand même une chose que je peux vous dire sur lui. C'est un Canadien.

— Comment le savez-vous?

— Merde! Qu'est-ce que vous vous imaginez? J'ai bossé deux ans au Canada et l'accent canayen, je connais!

— Calmez-vous, gronda Benicoff d'un ton menaçant. Nous reparlerons de cet individu plus tard. Maintenant, parlez-moi du pilote.

— Vous savez, je voulais pas me mouiller. Si j'ai marché à fond dans la combine, c'est que j'avais vraiment besoin de fric. J'avais des dettes à droite et à gauche et avec la pension alimentaire y me restait plus rien. Alors, comme qui dirait, tu me donnes un coup de main, et je te donne un coup de main. Sortez-moi de ce pétrin et je vais vous dire un truc qu'ils savaient pas, et que je savais pas moi-même avant que ce pilote se pointe. On m'avait dit de me porter garant pour lui et j'ai fait exactement ce qu'on m'a demandé. C'était un gros con arrogant, avec des cheveux gris, là où il lui en restait. Il avait fait le Viêt-nam ou la guerre du Golfe, ça se voyait rien qu'à sa façon de marcher. Il m'a regardé, bien regardé, tout en faisant semblant de me connaître pour pouvoir piloter l'hélico. C'était ce qui était prévu. Fallait que je dise que je le connaissais pour pouvoir le recommander. Alors j'ai marché jusqu'au bout, et j'étais vraiment très content de moi à l'époque.

Dusty grimaça un sourire, s'étira, passa un doigt dans sa moustache.

— On leur a fait croire qu'on se connaissait parce que c'était arrangé comme ça. Mais je vais vous dire un truc : ce vieux con l'avait oublié, mais moi je l'avais déjà vu une fois dans ma vie. Et je me rappelle même son nom parce qu'après un des mecs m'avait cassé les oreilles avec les exploits de ce vieux mec — paraît que c'était un as dans le temps.

— Vous connaissez son vrai nom ?
— Ouais. Mais avant, faudrait qu'on s'arrange...

La chaise de Benicoff retomba par terre avec fracas. Il s'avança dans le champ de la caméra, saisit le pilote au collet et le releva.

— Écoute, misérable tas de merde ! Tout ce que je peux arranger pour toi, c'est de te faire expédier en taule pour le reste de ta vie si tu ne me dis pas ce nom haut et clair, et tout de suite !

— Vous pouvez pas.
— Mais si, et je vais le faire

Benicoff le secoua comme une poupée de chiffon et ses pieds raclèrent le plancher.

— Le nom.
— Lâchez-moi ! Je vais parler. Un nom étranger à

la con, voilà ce que c'était. Quelque chose comme Doth. Ou Both.

Ben le laissa lentement retomber sur sa chaise et se pencha jusqu'à ce que leurs visages se touchent presque.

— Ce ne serait pas Toth, par hasard ? menaça-t-il sans élever la voix.

— Oui, c'est ça ! Vous le connaissez ? Toth. Drôle de nom.

La bande s'arrêtait là. Benicoff attendit un instant avant de poursuivre en direct.

— Toth. Arpad Toth était chef de la sécurité ici chez Megalobe lorsque les événements se sont produits. J'ai immédiatement vérifié dans les archives du Pentagone. Il apparaît qu'il a un frère, du nom d'Alex Toth. Un pilote d'hélicoptère qui a fait le Viêt-nam.

24

22 février 2024

— Ceci me regarde à présent, dit le général Schorcht avec une lueur de farouche détermination dans le regard et un soupçon de colère froide dans la voix. Toth, Alex Toth. Un pilote de l'armée !

— Très bonne idée, approuva Benicoff. C'est de votre ressort et vous avez l'organisation qu'il faut pour suivre l'affaire. Bien entendu, nous allons poursuivre l'enquête de notre côté. Je suggère que le colonel Davis et moi-même confrontions nos résultats au moins une fois par jour, plus souvent si les événements se précipitent. Nous devons nous tenir mutuellement informés de l'évolution de nos enquêtes. Est-ce satisfaisant, mon général ?

— Satisfaisant. Rompez.

Les deux officiers se relevèrent d'un bond, se mirent au garde-à-vous puis sortirent derrière le général.

— Et bonne journée à vous aussi, mon général, dit Brian à l'attention des dos raides qui disparaissaient au tournant du couloir. Vous avez déjà été dans l'armée, Ben ?

— Non, heureusement.

— Comprenez-vous l'esprit militaire ?

— Malheureusement, oui. Mais je ne veux pas être impoli en présence d'un officier d'active.

Benicoff surprit l'expression féroce de Shelly et adoucit ses propos d'un sourire.

— C'est une plaisanterie, Shelly, c'est tout. Probablement du plus mauvais goût. Alors je m'excuse.

— Pas la peine, dit-elle en lui renvoyant un mince sourire. Je ne sais pas pourquoi je devrais défendre l'armée. J'ai fait la préparation militaire pour me payer des études supérieures. Ensuite, je me suis engagée dans l'Armée de l'air parce que c'était le seul moyen d'aller jusqu'au bout de ma recherche. Mes parents vendaient des légumes au marché à L.A. Ce qui aurait été une mine d'or pour n'importe qui. Pas pour eux. Mon père est un grand spécialiste du Talmud, mais un homme d'affaires vraiment nul. L'Armée de l'air m'a permis de faire la seule chose que je voulais faire.

— Ce qui nous amène inexorablement à la génération suivante, dit Brian. Dans quelle direction va l'enquête à présent ?

— Je vais suivre toutes les pistes ouvertes par la découverte de l'hélicoptère, dit Benicoff. Quant au programme expert, votre génial détective Dick Tracy, c'est à vous de jouer, Shelly. Qu'est-ce que vous allez faire ?

Elle se versa un verre d'eau de la carafe posée sur la table de conférence et s'accorda un moment de réflexion.

— Je fais toujours tourner le programme Dick Tracy. Mais je ne m'attends pas à le voir trouver d'éléments nouveaux tant qu'il ne reçoit pas d'informations supplémentaires.

— Ce qui vous donne du temps de reste, dit Brian. Et ça signifie que vous pouvez travailler à plein temps avec moi sur l'IA. Parce que le travail que nous faisons finira par être incorporé au programme Dick Tracy.

Benicoff était perplexe.

— Redis-moi ça.

— Réfléchissez un instant. Actuellement, vous envisagez l'enquête sous le seul angle du crime commis. Très bien, et j'espère que vous réussirez avant qu'ils ne me retrouvent. Sinon, je suis bon pour l'abattoir. Mais nous devrions aussi aborder l'enquête sous une autre perspective. Avez-vous vraiment réfléchi à ce qu'ils ont volé ?

— Votre machine IA, manifestement.

— Non, il n'y avait pas que ça. Ils ont essayé de tuer tous les gens qui avaient connaissance de l'IA, de voler ou de détruire toutes les archives existantes. Et ils cherchent toujours à me tuer. Ce qui met en évidence une chose...

— Mais bien sûr! s'écria Benicoff. J'aurais dû y penser. Non seulement ils voulaient l'IA, mais ils voulaient en avoir l'exclusivité mondiale. Il se pourrait qu'ils essaient de la mettre sur le marché à l'heure qu'il est. Ils voudront en faire une utilisation commerciale pour rentabiliser l'opération. Mais ils ont volé, ils ont tué et ils ne veulent certainement pas qu'on les retrouve. Il leur faut dissimuler le fait qu'ils se servent de l'IA. Ils doivent donc l'exploiter de manière telle qu'on ne puisse pas remonter jusqu'à eux.

— Je vois ce que vous voulez dire, dit Shelly. Une fois qu'ils auront réussi à la faire marcher, l'IA pourra être utilisée pour n'importe quelle application. Pour contrôler des processus mécaniques, peut-être pour écrire des logiciels, explorer de nouvelles directions de recherche, contribuer au développement d'un produit : on pourrait s'en servir pour pratiquement n'importe quoi.

Benicoff hocha la tête gravement.

— Et voilà pourquoi nous allons avoir du mal à les démasquer. Nous devons rechercher non pas une invention précise, mais pratiquement tout type de programme ou de machine qui semble particulièrement avancé.

— C'est beaucoup trop général pour pouvoir être traité par mon programme, dit Shelly. Dick Tracy ne peut travailler qu'avec des bases de données soigneusement structurées. Il n'a pas assez de connaissances ou de sens commun pour nous aider à résoudre un problème de cette ampleur.

— Alors, nous allons être obligés de l'améliorer, dit Brian. C'est exactement ce à quoi je veux en venir. À présent, nous voyons très clairement ce qui nous reste à faire. Il nous faut avant toute chose rendre Dick Tracy plus intelligent, lui donner encore plus de connaissances générales.

— Faire de lui une meilleure IA, c'est ça ? demanda Benicoff. Et ensuite s'en servir pour trouver les autres IA. Comme se servir d'un voleur pour intercepter un autre voleur.

— C'est la moitié de la tâche. L'autre moitié, c'est ce que je suis en train de faire avec le robot Robin. Le rapprocher de l'IA décrite dans les notes. Si j'y réussis, alors nous en saurons plus sur ce dont l'IA volée est capable. Et ça nous aidera à restreindre le champ des recherches.

— Surtout si nous pouvons télécharger ces capacités chez Dick Tracy, dit Shelly. Il pourrait alors vraiment savoir ce qu'il doit chercher !

Ils échangèrent des regards, mais il n'y avait apparemment rien à ajouter. Chacun savait manifestement ce qu'il avait à faire.

Benicoff les arrêta lorsqu'ils se levèrent pour partir.

— Une dernière et importante question à débattre. Le logement de Shelly.

— Je regrette que vous en ayez parlé, dit-elle. Je croyais que j'allais avoir un mignon appartement. Mais, au tout dernier moment, c'est tombé à l'eau.

Benicoff avait l'air embarrassé.

— Je suis désolé mais... bon, c'est à cause de moi. J'ai réfléchi aux tentatives d'élimination physique de Brian et je me suis rendu compte que vous devez être visée vous aussi à présent. Une fois que vous commencerez à travailler sur l'IA, cette mystérieuse puissance criminelle voudra... ce n'est pas facile à dire... voudra vous tuer tout comme Brian. Vous êtes d'accord ?

À contrecœur, Shelly fit signe que oui.

— Ce qui veut dire que vous allez être obligée de vivre avec le même degré de sécurité que Brian. Ici même, à Megalobe.

— Je vais finir par me suicider si je suis obligée de vivre dans l'asile de nuit pour hommes d'affaires où j'habite actuellement.

— Il n'en est pas question ! Je parle en connaissance de cause parce que j'y ai moi-même passé plus d'une malheureuse nuit. Maintenant, est-ce que je peux faire une suggestion ? Il y a une section de prévue dans la caserne pour le personnel militaire féminin. Si nous abattions les cloisons pour faire de deux chambres un petit appartement, est-ce que vous seriez d'accord pour y habiter ?

— Je veux être consultée sur la décoration.

— Vous choisissez, nous payons. Cuisine électronique, baignoire avec jacuzzi, tout ce que vous voudrez. Ça sera installé par les techniciens de l'armée.

— Proposition acceptée. Quand vais-je recevoir les catalogues ?

— Je les ai déjà sur mon bureau.

— Ben, vous êtes odieux. Comment saviez-vous que je serais d'accord ?

— Je n'en sais rien. Je l'espérais, c'est tout. Et quand vous regardez la chose sous tous les angles, vous arrivez à la conclusion que c'est ce qu'il y a de mieux à faire du point de vue sécurité.

— Puis-je voir les catalogues maintenant ?

— Bien sûr. Dans ce bâtiment, pièce 412. Je vais appeler mon assistante pour lui dire de les sortir.

Shelly se dirigea vers la porte, puis fit brusquement volte-face.

— Je suis désolée, Brian. J'aurais dû d'abord vous demander si vous aviez besoin de moi.

— Je pense que c'est une excellente idée. Quoi qu'il en soit, j'ai encore des choses à faire aujourd'hui à l'extérieur du labo. Je vous donne rendez-vous là-bas demain matin à neuf heures. Ça vous va ?

— Oui.

Brian attendit que la porte se soit refermée puis se tourna vers Benicoff et se mordit la lèvre en silence.

— Je ne lui ai pas encore parlé du processeur implanté dans mon cerveau, dit-il finalement. Et elle ne m'a pas posé de questions sur cette fameuse séance où il a produit l'indice à propos du vol. Est-ce qu'elle vous en a parlé ?

— Non, et je ne pense pas qu'elle le fasse. Shelly est

une personne très discrète et je crois qu'elle accorde à autrui le même droit à la discrétion. C'est important ?

— Seulement pour moi. Je vous ai dit un jour que j'avais l'impression d'être un phénomène...

— C'est faux, et tu le sais. Je doute que le sujet soit abordé une fois de plus.

— Je lui en parlerai un de ces jours. Mais pas maintenant. Surtout après avoir programmé toutes ces copieuses séances avec le Dr Snaresbrook. La première commence bientôt, dit-il en jetant un coup d'œil à sa montre. Si je fais ça, c'est avant tout parce que je suis déterminé à accélérer la recherche sur l'IA.

— Et comment ?

— Je veux améliorer mon approche de la recherche. Actuellement, je ne fais rien d'autre que parcourir les documents contenus dans le bloc de mémoires sauvegardées que nous avons ramené du Mexique. Mais il s'agit là essentiellement de notes et de questions concernant des travaux en cours. Ce qu'il me faut, c'est localiser les vrais souvenirs et les résultats de la recherche qui en découlent. À présent, c'est un travail lent et exaspérant.

— Pourquoi ?

— J'étais, je suis... quoi ? dit Brian avec un sourire forcé. Je crois qu'il n'y a pas de syntaxe correcte pour exprimer ça. Je veux dire que le Brian qui a rédigé ces notes était plutôt négligent. Vous savez que, quand on note quelque chose pour son usage personnel, on se contente souvent de griffonner un ou deux mots qui vous remettront en mémoire l'idée tout entière. Mais ce Brian n'existe plus, alors mes notes de cette époque ne peuvent rien me remettre en mémoire. J'ai donc commencé à travailler avec le Dr Snaresbrook pour voir si nous pouvons utiliser le processeur implanté pour relier les notes à des souvenirs supplémentaires qui résident encore dans mon cerveau sans être connectés à quoi que ce soit. Il m'a fallu dix ans pour mettre au point la première IA, et je crains qu'il ne m'en faille autant cette fois-ci si on ne m'aide pas. Il faut que je retrouve ces souvenirs perdus.

— Est-ce que tu as déjà eu des résultats de ce côté-là ?

— Nous n'en sommes encore qu'aux débuts. Nous essayons toujours de trouver un moyen d'effectuer des connexions que je peux en toute sûreté réactiver à volonté. Le processeur est une machine — moi pas — et nous nous interfaçons ; assez mal, quand nous y réussissons. D'autres fois, c'est comme une communication téléphonique défectueuse : deux personnes qui parlent chacune de leur côté sans pouvoir se faire entendre. Ou encore, il m'est tout bonnement impossible de comprendre ce que je reçois. Il faut que je bloque l'entrée des données et que je revienne à la case départ. Frustrant, non ? Mais je ne vais pas en rester là. Ça ne peut que s'améliorer. Je l'espère.

Benicoff accompagna Brian jusqu'à la clinique de Megalobe et le quitta devant le cabinet du Dr Snaresbrook. Il le regarda entrer et resta un long moment immobile, perdu dans ses pensées. Il y avait là amplement matière à réflexion.

La séance se passa bien. Brian put solliciter le processeur à volonté et s'en servir pour extraire des souvenirs spécifiques. Le système fonctionnait mieux, même si parfois Brian prélevait des connaissances fragmentaires qu'il avait du mal à comprendre. Comme si elles lui arrivaient sous forme de suggestions émanant d'une autre personne plutôt que de ses propres souvenirs. Occasionnellement, en sollicitant un souvenir de son moi adulte antérieur, il se surprenait à perdre la trace de ses propres pensées. Lorsqu'il recouvrait la maîtrise de son esprit, il avait du mal à se rappeler l'impression qu'il avait ressentie. *Bizarre*, pensait-il. *Suis-je en train de faire coexister deux personnalités ? Un esprit unique peut-il avoir de la place pour deux personnalités en même temps, une ancienne et une nouvelle ?*

Le processus de sondage lui faisait gagner beaucoup de temps dans sa recherche et, lorsque la nouveauté commença à s'émousser, les pensées de Brian retournèrent aux problèmes très sérieux qu'il rencontrait toujours dans la mise au point de l'IA. Toutes les diverses bogues génératrices de défaillances : de pannes qui faisaient passer la machine d'un comportement extrême à l'autre.

— Brian, tu es là ?
— Quoi ?
— Félicitations, tu es revenu. Je t'ai posé trois fois la même question. Tu divaguais, non ?
— Désolé. On dirait qu'il n'y pas de remède à ça, et il n'y a rien dans mes notes pour m'aider à m'en sortir. Il faudrait qu'une partie de mon esprit s'observe elle-même sans que le reste de l'esprit sache ce qui se passe. Quelque chose qui permettrait aux circuits de commande de conserver leur équilibre. Ce n'est pas particulièrement difficile lorsque le système lui-même est stable, sans trop évoluer ni trop apprendre. Oui, mais rien n'a l'air de marcher lorsque le système apprend de nouveaux moyens d'apprendre. J'ai donc besoin d'un genre de système, d'une sorte de sous-esprit séparé qui puisse maintenir un minimum de contrôle.
— Ça a l'air très freudien.
— Je vous demande pardon.
— Ça ressemble aux théories de Sigmund Freud.
— Je ne me souviens de personne de ce nom dans les annales de la recherche en IA.
— Facile à expliquer. C'était un psychiatre qui exerçait vers 1890, bien avant les ordinateurs. Quand il a proposé pour la première fois ses théories, selon lesquelles l'esprit est composé d'un certain nombre d'entités distinctes, il a donné à ces dernières des noms comme le ça, le moi, le surmoi, le censeur et ainsi de suite. Il est admis que tout individu normal affronte inconsciemment toutes sortes de conflits, de contradictions et d'objectifs incompatibles. Voilà pourquoi je me suis dit que tu tirerais peut-être avantage d'étudier les théories de Freud sur l'esprit.
— Ça m'a l'air tout à fait bien. Allons-y, chargeons toutes les théories de Freud dans mes blocs mémoire.

Snaresbrook était inquiète. En tant que scientifique, elle considérait encore l'usage du microprocesseur implanté comme une étude expérimentale. Mais Brian en avait déjà fait une partie intégrante de son style de vie. Plus question pour lui de s'escrimer à lire des textes. On chargeait tout en mémoire instantanément, quitte à y revenir plus tard.

Brian ne retourna pas dans sa chambre, mais marcha de long en large tandis que son esprit plongeait à droite et à gauche dans le texte, établissant sans cesse de nouveaux liens.

— Ça doit être ça! s'écria-t-il. Une théorie qui correspond parfaitement à mon problème. Le surmoi semble être un genre de mécanisme d'apprentissage des objectifs qui s'est probablement formé au cours de l'évolution par-dessus les mécanismes d'imprégnation constitués antérieurement — vous savez, les systèmes découverts par Konrad Lorenz, qui servent à maintenir de nombreux jeunes animaux à l'intérieur d'une sphère accueillante où ils reçoivent nourriture et protection. Ces systèmes produisent chez l'enfant un système d'apprentissage des objectifs stable, relativement permanent. Une fois qu'un enfant intègre à son moi une image de la mère ou du père, cette structure peut y rester jusqu'à la fin de sa vie. Mais comment pouvons-nous donner à mon moi un surmoi? Réfléchissons. Nous devrions pouvoir charger un surmoi fonctionnel pour mon IA si nous pouvions trouver un système quelconque pour charger suffisamment de détails de ma propre structure de valeurs inconsciente. Et pourquoi pas? On active chacune de mes lignes K, chacun de mes nèmes, on détecte et on enregistre les valeurs émotionnelles qui leur sont associées. On se sert de ces données pour construire d'abord une représentation de l'image consciente que j'ai de moi. Puis on y ajoute l'image idéale : ce que je devrais être d'après mon surmoi. Si nous pouvions charger tout ça, ce serait un grand pas en avant vers la possibilité de stabiliser et de réguler notre intelligence artificielle.

— Alors, faisons-le, dit Snaresbrook. Même si personne n'a encore jamais prouvé que la chose existe. Nous allons simplement supposer que tu en as un excellent exemplaire dans la tête. Et nous sommes peut-être les premiers à être en mesure de le trouver. Regarde ce que nous faisons maintenant depuis des mois : explorer et charger ta matrice de souvenirs et de processus de pensée. À présent, nous pouvons aller un peu plus loin, mais en remontant dans le temps au lieu de progresser. Nous pouvons essayer de faire de nouveaux retours sur ta petite enfance, et voir si nous pouvons trouver quelques nèmes et souvenirs associés qui puissent correspondre à tes tout premiers systèmes de valeurs.

— Et vous pensez que vous pouvez le faire ?

— Je vois pas pourquoi ce serait impossible, à moins que ce que nous cherchons n'existe tout simplement pas. En tout cas, cette recherche nous obligera probablement à localiser encore quelques centaines de milliers de lignes K et de nèmes anciens. Mais avec précaution. Il se pourrait qu'il y ait là de sérieux dangers, dans la mesure où tu aurais accès à des activités très profondément enfouies. Avant toute chose, je vais avoir besoin de trouver un système pour y arriver en passant par un ordinateur externe, tout en désactivant pendant un certain temps ta propre machine connectrice interne. Nous conserverons ainsi une trace des structures que nous découvrirons sous une forme externe, qui pourrait servir à perfectionner Robin. Cela empêchera les expériences de t'affecter tant que nous ne serons pas plus sûrs de nous.

— Alors, essayons. On verra bien.

25

31 mai 2024

— Brian Delaney! Vous avez travaillé ici toute la nuit? Vous m'aviez promis que ça ne durerait que quelques minutes de plus quand je vous ai laissé. Et il était déjà dix heures.

Shelly entra d'un pas rageur dans le laboratoire, le regard flamboyant de déplaisir.

Brian caressa ses joues râpeuses, cligna ses yeux cernés d'un rouge coupable. Biaisa.

— Qu'est-ce qui vous fait dire ça?

— Eh bien, dit-elle, les narines dilatées, rien qu'en vous voyant, on a plus qu'assez de preuves. Vous avez une gueule pas possible. En plus, j'ai essayé de vous téléphoner et je n'ai pas eu de réponse. Comme vous pouvez l'imaginer, j'étais drôlement inquiète.

Brian porta la main à sa ceinture, là où était accroché le téléphone, mais il n'y était plus.

— J'ai dû le poser quelque part et je ne l'ai pas entendu sonner.

Shelly prit son propre téléphone et appuya sur la touche mémoire pour refaire le numéro de Brian. Un bourdonnement lointain se fit entendre. Elle retrouva l'appareil à côté de la machine à café et le rendit à son propriétaire dans un silence de pierre.

— Merci.

— Vous devriez l'avoir en permanence avec vous. J'ai été obligée de chercher vos gardes du corps. Ils m'ont dit que vous étiez encore ici.

— Les traîtres, marmonna-t-il.
— Ils sont aussi inquiets que moi. Vous n'avez pas de raison de vous ruiner la santé pour quoi que ce soit.
— Mais si, justement. Vous vous souvenez du problème que nous avions avec le programme gestionnaire, hier soir, quand vous êtes partie ? Hier, quoi que nous fassions, le système n'arrêtait pas de caler et de tomber en panne. Alors, je l'ai fait démarrer avec un programme très simple pour lui faire trier des blocs colorés, puis je l'ai compliqué avec des blocs de différentes formes en plus des couleurs différentes. Quand j'ai regardé ce qui se passait, le programme gestionnaire tournait encore, mais toutes les autres parties du programme semblaient s'être mises hors service. Alors j'ai fait un nouvel essai en enregistrant ce qui se passait et, cette fois-ci, j'ai installé un programme d'analyse en langage naturel pour enregistrer tous les ordres donnés par le gestionnaire aux autres sous-unités. Ce qui a suffisamment ralenti les opérations pour que je puisse découvrir comment le processus se déroulait. Regardons ce qui s'est passé.

Il fit passer l'enregistrement. L'écran montra l'IA qui triait rapidement des blocs colorés, puis ralentissait... n'avançait presque plus et s'arrêtait complètement. La voix de baryton de Robin-3 sortait à débit rapide du haut-parleur.

— ... ligne K 8997, réponse demandée pour entrée 10983, vous êtes trop lente, répondez immédiatement, neutralisation. Sélection du sous-problème 384. Réponse acceptée de K-4093, neutralisation des réponses plus lentes de K-3724 et de K-2314. Sélection du sous-problème 385. Les réponses de K-2615 et de K-1488 sont en conflit : neutralisation de l'une et de l'autre. Sélection du...

Brian arrêta le défilement.
— Vous avez compris ça ?
— Pas vraiment, dit Shelly. Sauf que le programme neutralisait à tour de bras.
— Oui, et c'est bien là le problème. Il était censé apprendre à partir de l'expérience, en récompensant

les sous-unités qui réussissaient et en neutralisant celles qui échouaient. Mais le seuil d'appréciation du succès du gestionnaire avait été fixé tellement haut qu'il n'acceptait qu'une obéissance parfaite et instantanée. Il ne récompensait donc que les unités qui répondaient rapidement et déconnectait celles qui étaient plus lentes, alors même que ce qu'elles essayaient de faire aurait pu finalement se révéler plus productif.

— Je vois. Et ça a déclenché une réaction en chaîne parce que, chaque fois qu'une sous-unité était neutralisée, cela affaiblissait les autres unités qui lui étaient connectées. C'est ça?

— Exactement. Ensuite, les réponses de ces autres unités sont devenues de plus en plus lentes, jusqu'à ce qu'elles soient neutralisées à leur tour. Le programme gestionnaire n'a pas tardé à les exterminer complètement.

— Quelle horrible idée! En fait, vous êtes en train de dire que le programme s'est suicidé.

— Pas du tout! dit Brian d'une voix rauque, les nerfs mis à vif par la fatigue. Quand vous dites ça, vous vous contentez de faire de l'anthropomorphisme. Une machine n'est pas une personne. Qu'est-ce qu'il y a d'horrible dans le fait qu'un circuit en déconnecte un autre? Mon Dieu! Il n'y a rien d'autre là-dedans qu'un paquet de composants électroniques et du logiciel. Puisque aucun être humain n'est impliqué, il ne peut rien se passer d'horrible, c'est l'évidence même...

— Ne me parlez pas comme ça ni sur ce ton!

Brian rougit de colère, puis baissa les yeux.

— Je suis désolé. Je retire ce que j'ai dit. Je crois que je suis un peu fatigué.

— Vous le croyez? Moi, je le sais. J'accepte vos excuses. Et je suis d'accord avec vous, je faisais de l'anthropomorphisme. Ce qui n'allait pas, c'est la manière dont vous l'avez dit. Maintenant, arrêtons de nous déchirer, soufflons un peu, et vous, allez vous coucher.

— D'accord, mais il faut d'abord que je voie ceci.

Il se tourna vers le terminal et se mit en devoir de reconstituer les calculs internes du robot. Toute une série de graphiques défilèrent sur l'écran. Finalement, Brian hocha la tête tristement.

— Encore une bogue, évidemment. Je ne l'ai vue qu'après avoir corrigé la dernière. Rappelez-vous : j'avais programmé le système pour supprimer une tendance excessive à la neutralisation, afin que le robot ne se mette pas spontanément hors service. Mais, à présent, il va dans l'autre extrême. Il ne sait pas quand il devrait s'arrêter.

» Cette IA semble être très capable de répondre à des questions directes, mais seulement quand la réponse peut être trouvée avec un peu de raisonnement superficiel. Mais vous avez vu ce qui s'est passé lorsqu'elle ne connaissait pas la réponse. Elle a entamé une recherche aléatoire, s'est perdue et n'a pas su quand s'arrêter. On pourrait dire qu'elle ne savait pas ce qu'elle ne savait pas.

— Il m'a semblé qu'elle était devenue folle, tout simplement.

— Oui, on pourrait le dire. Nous disposons de pas mal de termes pour les bogues de l'esprit humain : paranoïa, catatonie, phobie, névrose, irrationalité. Je suppose que nous allons avoir besoin d'une nouvelle terminologie pour toutes les futures bogues de nos robots. Et il n'y a pas de raison de s'attendre à ce qu'une nouvelle version fonctionne du premier coup. Dans le cas qui nous occupe, il s'est trouvé que l'IA a voulu essayer d'utiliser tous ses systèmes experts en même temps pour résoudre le même problème. Le gestionnaire n'était pas assez puissant pour supprimer les systèmes superflus. Et tout le délire verbal que nous avons constaté montrait qu'il cherchait aveuglément la moindre association susceptible de le guider vers le problème qu'il avait besoin de résoudre, tout invraisemblable qu'elle puisse paraître à première vue. Et ça montrait aussi que, lorsqu'une approche se révélait infructueuse, il ne savait pas quand abandonner la partie. Même si cette IA pouvait fonctionner, rien ne dit qu'il faille qu'elle soit saine d'esprit au sens où nous l'entendons.

Brian caressa le poil rebelle de son menton et considéra l'IA à présent silencieuse.

— Regardons ceci de plus près, dit-il en désignant le graphique affiché par la machine. Vous voyez ici ce qui s'est passé cette fois. Chez Rob-3.1, il y avait beaucoup trop de neutralisations, alors tout s'est arrêté. J'ai donc modifié les paramètres, et maintenant il ne neutralise pas assez.

— Alors quelle est la solution ?

— La réponse est qu'il n'y a pas de réponse. Non, je ne veux rien dire de mystique. Je veux dire que le gestionnaire devrait avoir plus de connaissances. Précisément parce qu'il n'y a là aucune magie, aucune réponse toute prête. Il n'y a pas de truc simple qui marchera dans tous les cas, parce que chaque cas est différent. Et une fois qu'on a reconnu cela, tout est bien plus clair ! Ce gestionnaire doit être un programme expert. Sinon, il ne pourra pas apprendre ce qu'il doit faire.

— Vous êtes donc en train de dire que nous devons faire en sorte que le programme gestionnaire apprenne la stratégie à employer dans une situation donnée en se rappelant ce qui a marché dans le passé.

— Exactement. Au lieu d'essayer de trouver une formule fixe qui marche toujours, donnons-lui les moyens d'apprendre à partir de l'expérience, cas par cas. Parce que nous voulons une machine qui soit intelligente par elle-même, afin que nous ne soyons pas obligés d'être éternellement dans les parages pour corriger tout ce qui risque d'aller de travers. Au lieu de quoi, il faut que nous lui donnions les moyens d'apprendre à corriger de nouvelles bogues dès qu'elles se présentent. Toute seule, sans notre aide.

— Alors, maintenant, je sais exactement ce qu'il faut faire. Vous vous souvenez quand la machine avait l'air bloquée dans une boucle, qu'elle répétait toujours la même chose à propos de la couleur rouge ? Il était pour nous facile de voir qu'elle ne progressait pas du tout. Elle ne pouvait pas voir qu'elle était bloquée, précisément parce qu'elle était bloquée. Elle ne pouvait pas s'arracher à cette boucle pour voir ce qu'elle faisait avec du recul. Nous pouvons y remédier en ajoutant un enregistreur pour lui rappeler les étapes de ce qu'elle vient de faire. Et aussi une horloge qui interrompt fréquemment le programme afin que la machine puisse regarder l'enregistrement pour voir si elle se répète.

— Mieux encore : nous pourrions ajouter un second processeur qui fonctionne en parallèle et observe le premier. Un cerveau B pour surveiller un cerveau A. Et peut-être un cerveau C pour voir si le cerveau B n'est pas resté bloqué. Zut ! Je viens de me rappeler ce que disait une de mes notes : « Se servir du cerveau B pour supprimer les boucles. » Je regrette assurément de ne pas avoir rédigé des notes plus claires la première fois. Il vaudrait mieux que je commence à mettre au point ce cerveau B.

— Mais pas maintenant ! Dans l'état où vous êtes, ça n'avancerait à rien.

— Vous avez raison. Je vais me coucher. J'y vais — ne vous inquiétez pas — mais je voudrais d'abord manger quelque chose.

— Je vous accompagne. Je prendrai un café.

Brian ouvrit la porte et cligna les yeux sous le soleil.

— À vous entendre, on dirait que vous ne me faites pas confiance.

— C'est vrai. Pas après cette nuit

Shelly dégusta son café tandis que Brian s'attaquait à un petit déjeuner texan : steak, œufs et crêpes. Il ne put le finir tout à fait et repoussa son assiette. À part les deux gardes, assis à une table à l'autre bout de la salle, qui venaient de terminer leur service, ils étaient seuls dans le réfectoire.

— Je me sens un peu moins inhumain, dit Brian. Un autre café ?

— Non, merci, j'en ai pris plus qu'assez. Vous croyez que vous allez pouvoir réparer votre IA délirante ?

— Non. Elle commençait à me casser les pieds, alors j'ai effacé sa mémoire. Nous allons être obligés de réécrire une certaine partie du programme avant de le recharger. Même l'assembleur du LAMA-5 va prendre beaucoup de temps sur un système aussi étendu. Et, cette fois-ci, je vais faire une copie de sauvegarde avant que nous lancions la nouvelle version.

— Une copie de sauvegarde, ça veut dire un double. Lorsque vous obtiendrez une intelligence artificielle quasi humaine qui fonctionne vraiment, croyez-vous que vous pourrez la copier elle aussi ?

— Évidemment. Quoi qu'elle fasse, elle ne sera jamais qu'un programme. Toutes les copies d'un programme sont absolument identiques. Pourquoi cette question ?

— Il me semble qu'il va y avoir un problème d'identité. Est-ce que la seconde IA sera la même que la première ?

— Oui, mais uniquement à l'instant même de sa copie. Dès qu'elle commencera à fonctionner, à penser par elle-même, elle commencera à changer. N'oubliez pas que nous sommes nos souvenirs. Quand nous oublions quelque chose ou apprenons quelque chose de nouveau, quand nous produisons une nouvelle pensée ou établissons une nouvelle connexion, nous changeons. Nous sommes une personne différente. Ce sera la même chose pour l'IA.

— Pouvez-vous en avoir la certitude ? demanda-t-elle, sceptique.

— Absolument. Parce que c'est ainsi que fonctionne l'esprit. Ce qui signifie que nous avons beaucoup de travail à faire dans l'évaluation des souvenirs. Le problème de notation des performances dont nous avons déjà parlé explique pourquoi tant de versions antérieures de Robin ont échoué. Un apprentissage uniquement fondé sur des méthodes à court terme du type stimulus-réaction-récompense est vraiment insuffisant : on ne résoudra ainsi que des problèmes simples et à court terme. Il faudra donc passer à une analyse réflexive à plus grande échelle, dans laquelle on évalue la performance sur une plus longue échéance, pour reconnaître quelles stratégies ont effectivement fonctionné et lesquelles ont généré des diversions — des mouvements qui semblaient amener un progrès mais se sont révélés être des voies de garage.

— À vous entendre, on croirait que l'esprit est un genre de... d'oignon.

— C'est ça, dit-il avec un sourire amusé. L'analogie est bonne. Une infinité de couches toutes interconnectées. La mémoire humaine n'est pas simplement associative, ne se contente pas de relier des situations, des réactions et des récompenses. Elle est aussi prospective et réflexive. Les connexions établies doivent aussi être impliquées dans des projets et des objectifs à long terme. Voilà la raison d'être de cette importante séparation entre la mémoire à court terme et la mémoire à long terme. Pourquoi faut-il environ une heure pour qu'un souvenir immédiat passe au stade de souvenir à long terme ? Parce qu'il faut qu'il y ait une période tampon, le temps de décider quels comportements ont été réellement assez bénéfiques pour mériter d'être enregistrés.

Brusquement, il eut un coup de fatigue. Le café était froid, il commençait à avoir mal à la tête, la dépression le gagnait. Shelly s'en aperçut et lui effleura légèrement la main.

— C'est l'heure de se mettre sur la touche, dit-elle.

Il approuva mollement de la tête et repoussa péniblement sa chaise.

26

19 juin 2024

Shelly ouvrit la porte de son appartement lorsque Benicoff frappa.
— Brian vient d'arriver, dit-elle, et je vais lui chercher une bière. Pour vous aussi ?
— S'il vous plaît.
— Venez donc jeter un coup d'œil. Après tout, c'est vous qui avez payé.

Elle le conduisit dans le séjour où toutes traces de la caserne avaient été soigneusement effacées. Les doubles rideaux qui encadraient la fenêtre étaient coupés dans un tissu coloré tissé main. La moquette reprenait l'orange foncé des motifs du rideau. L'ensemble s'harmonisait parfaitement avec les lignes élancées du mobilier en teck danois, en opposition aux couleurs spectaculaires du tableau post-cubiste qui occupait la plus grande partie d'un des murs.

— Très impressionnant, dit Benicoff. Je comprends maintenant pourquoi la comptabilité a poussé de hauts cris.
— Pas pour ça : les rideaux et les tapis sont de conception israélienne mais de fabrication arabe et donc pas chers du tout. Le tableau a été emprunté à une amie peintre, pour l'aider à le vendre. Presque tout l'argent est allé dans la cuisine high-tech. Vous voulez la voir ?
— Après la bière. Il vaut mieux que je sois d'attaque pour supporter le choc.

— Vous allez nous expliquer cette mystérieuse invitation à un déjeuner thaïlandais ? dit Brian en se vautrant confortablement dans les profondeurs d'un fauteuil capitonné. Vous savez que Shelly et moi-même sommes prisonniers de Megalobe tant que vous n'aurez pas retrouvé les tueurs. Alors comment allons-nous faire pour nous rendre à votre restaurant thaïlandais ?

— Si tu ne viens pas à la Thaïlande, la Thaïlande viendra à toi. Dès que tu m'as dit que tu voulais me mettre au courant des derniers progrès de ton IA, je me suis dit qu'on devrait fêter ça. Merci, Shelly.

Benicoff but une gorgée de Tecate glacée et soupira.

— Pas mal du tout. Tout a commencé avec un contrôle de sécurité la semaine dernière. Je siège avec les renseignements militaires lorsqu'ils interrogent tous les soldats qui doivent être transférés ici. C'est ainsi que j'ai découvert que le soldat de première classe Lat Phroa s'était engagé dans l'Armée de terre pour éviter de travailler dans le restaurant paternel. Il a dit qu'il en avait marre de la cuisine et qu'il voulait de l'action. Mais, après un an de cantine militaire, il s'est avoué enchanté de préparer un authentique repas thaïlandais ici dans la cuisine du mess, pourvu que je lui procure les ingrédients. Ce que j'ai fait. Les cuisiniers étaient d'accord et les hommes attendent de savourer la différence. Nous aurons la salle à manger pour nous seuls après deux heures de l'après-midi. Nous allons servir de cobayes et, si nous sommes satisfaits, Lat a promis de faire la cuisine pour tout le monde ce soir.

— Je suis impatiente, dit Shelly. Ce n'est pas qu'on mange mal ici, mais j'adorerais un peu de changement.

— Comment va l'enquête ? demanda Brian.

Il ne cessait jamais d'y penser. Le nez dans sa bière, Benicoff fronça les sourcils.

— Je voudrais bien donner de bonnes nouvelles, mais il semble que nous ayons abouti à une impasse. Nous avons le dossier militaire d'Alex Toth. C'était un pilote émérite, et ce n'est pas les recommandations qui lui manqueraient sur ce chapitre. Mais c'est aussi un alcoolique à la limite de la pathologie et un fauteur de troubles. Après la guerre, l'armée s'est débarrassée de lui au plus vite. On ne trouve pas de traces de lui à l'adresse qu'il avait donnée à l'époque. À partir de son brevet de pilote, le FBI a retrouvé des relevés de son activité professionnelle, régulièrement mis à jour. Mais l'homme lui-même a disparu. La piste est froide comme un iceberg. Le témoignage de Dusty Rhodes tient debout. On l'a manipulé, puis abandonné à son sort. Il est absolument impossible de retrouver l'origine de l'argent versé sur son compte.

— Qu'est-ce qui va lui arriver ? demanda Shelly.

— Pour l'instant, rien. Ce qui restait de l'argent qu'ils lui ont donné a été mis sur un compte bloqué pour un fonds de secours aux victimes du crime et il a signé une déposition complète sur tout ce qui s'est passé, sur tout ce qu'il a fait. À l'avenir, il va se tenir à carreau, sinon il se retrouvera avec un tas d'inculpations sur le dos. Nous voulons faire le moins de bruit possible tant que l'enquête se poursuit.

Shelly hocha la tête et se tourna vers Brian.

— Vous devez me mettre au courant. Est-ce que vous avez déjà réussi à faire marcher ce cerveau B ?

— Absolument, et il lui arrive de marcher étonnamment bien. Mais pas assez souvent pour lui faire pleinement confiance. Il n'arrête pas de tomber en panne selon des modes d'une fascinante étrangeté.

— Encore ? Je croyais que l'utilisation du LAMA-5 avait facilité la mise au point du programme.

— Certes, mais je crois qu'il s'agit plutôt d'un problème de conception. Comme vous le savez, le cerveau B est censé surveiller le cerveau A et procéder si nécessaire à des modifications pour l'empêcher d'avoir divers ennuis. Théoriquement, ça marche le mieux lorsque le cerveau A est inconscient de ce qui se passe. Mais il semble qu'en devenant plus intelligent le cerveau A de Robin ait appris à détecter cette intervention, puis ait essayé de trouver des moyens de contrecarrer ses effets. Ça s'est terminé en une lutte entre les deux cerveaux pour la prise du pouvoir.

— Ça ressemble à la schizophrénie ou au dédoublement de personnalité chez l'homme.

— Exactement. La folie humaine renvoie à la folie de la machine et vice versa. Pourquoi pas ? Les mêmes causes donnent les mêmes symptômes chez un cerveau en dysfonctionnement, humain ou artificiel.

— Ça doit être déprimant d'être tenu en échec par des cerveaux fous enfermés dans une boîte.

— Pas vraiment. D'une certaine manière, c'est même encourageant ! Parce que, plus les blocages du robot ressemblent à ceux des humains, plus nous nous rapprochons de l'intelligence artificielle quasi humaine.

— Si ça marche aussi bien que ça, alors pourquoi être si déçu ?

— Ça se voit ? Bon, c'est probablement parce que j'ai fini par arriver au bout des notes que nous avons récupérées. J'ai refait pratiquement tout ce qui était décrit dedans. À tel point que j'entre maintenant en territoire inexploré.

— Faut-il que l'IA que vous construisez dans ce labo soit identique à celle qui a été volée ?

— Oui, à part quelques détails mineurs. Et l'ennui est qu'elle a tellement de bogues que j'ai peur que nous ne soyons échoués sur quelque sommet secondaire.

— Qu'est-ce que tu veux dire par là ? demanda Benicoff.

— Simple analogie. Représentez-vous un chercheur scientifique comme un alpiniste aveugle. Il monte, il monte, et finit par atteindre un sommet où il ne peut plus monter plus haut. Or, comme il ne voit rien, il n'a aucun moyen de savoir qu'il n'est pas du tout au sommet de la montagne, mais seulement au sommet de quelque colline adventice, en un mot, qu'il a fait fausse route. C'est l'échec, à moins qu'il ne redescende tout au bas de la montagne et ne cherche une autre voie.

— Ça se tient, dit Benicoff. Es-tu en train de me dire que l'IA que tu viens de construire, et qui est probablement la même que celle qui a été volée, est peut-être bloquée sur un sommet secondaire de l'intelligence et non pas sur quelque pic beaucoup plus élevé ?

— C'est bien ça, j'en ai peur.

— Youpi ! s'écria Benicoff. Mais c'est la meilleure nouvelle qui soit !

— Vous avez perdu la tête ?

— Réfléchis une seconde. Ça veut dire que les individus qui ont volé ton premier prototype doivent être bloqués à peu près au même point... mais ils ne le sauront jamais. Alors que toi, tu pourras perfectionner ta machine jusqu'au bout. À ce moment-là, c'est nous qui aurons l'IA, pas eux !

Brian sourit de toutes ses dents en prenant la mesure de cette révélation.

— Bien sûr que vous avez raison. C'est bien la meilleure nouvelle dans cette affaire. Ces crapules sont coincées, et moi, je vais continuer la mise au point du prototype.

— Mais pas maintenant, j'espère, dit Shelly en reposant son verre de vin et en montrant la porte. Après le déjeuner ! Tout le monde dehors. Il est deux heures passées et je meurs de faim. On mange d'abord, on causera ensuite.

Après avoir dégusté un *See Khrong Moo sam Ro* — côtes de porc à la sauce sucrée, salée et amère —, plat absolument délicieux malgré son nom barbare, ils réussirent même à prendre un peu de dessert, une crème anglaise servie dans des potirons.

— Je ne mangerai jamais plus la bouffe de la cantoche, dit Brian avec un grognement satisfait en se frottant la panse.

— Dites-le au cuisinier, il sera content, dit Shelly. Je vais le faire.

Lat Phroa reçut les éloges qui lui étaient dus et approuva en hochant la tête.

— C'était drôlement bon, n'est-ce pas ? Si ça plaît au reste de la troupe, je vais m'efforcer de faire entrer ce genre de menu dans l'ordinaire de la popote. Ne serait-ce que pour me faire plaisir.

Benicoff les laissa là et ils se facilitèrent un peu la digestion en revenant sans se presser au laboratoire.

— Je suis à la fois emballé et inquiet, dit Brian. J'entre en territoire inconnu. Jusqu'ici, j'avais mes propres notes pour me guider, mais je suis arrivé au bout. C'est un peu présomptueux de la part du Brian de quatorze ans de croire qu'il va réussir là où le Brian de vingt-quatre ans est resté en rade.

— Je n'en suis pas si sûre. Le Dr Snaresbrook soutient que vous êtes plus intelligent que jamais, que vos implants vous ont donné des capacités exceptionnelles. En outre, dans les travaux d'analyse de votre propre cerveau menés avec le Dr Snaresbrook, vous avez probablement fait plus de découvertes sur vous-même que n'en pourrait jamais faire toute une escouade de psychologues. Pour moi, il est clair que vous êtes sur la bonne voie, Brian. Que vous êtes en train de faire naître quelque chose d'inédit.

— Une authentique machine intelligente quasi humaine.

27

22 juillet 2024

Benicoff trouva le message sur son répondeur à son réveil. La voix était celle de Brian.

— *Ben, il est quatre heures du matin et nous y sommes enfin arrivés! Les données en mémoire chez Robin ont presque suffi, et le Dr Snaresbrook a terminé la procédure en ajoutant quelques éléments décodés dans mon cerveau. Ç'a été un travail énorme, mais nous en sommes venus à bout. Donc, maintenant, théoriquement, Robin contient une copie de mon surmoi, et j'ai programmé l'ordinateur pour réécrire tous les logiciels de Robin afin d'essayer d'intégrer les anciennes données aux nouvelles. J'ai besoin d'un peu de sommeil. Si vous le pouvez, venez s'il vous plaît au labo après déjeuner pour une démonstration. Fin de message... et bonne nuit.*

— Nous avons réussi, dit Brian lorsqu'ils se rencontrèrent dans le laboratoire. Les données chargées dans Robin étaient presque suffisantes. C'est le Dr Snaresbrook qui a terminé la procédure en ajoutant ce qu'on pourrait appeler une matrice, une copie de mon surmoi. On pourrait dire que c'est une copie du mode opératoire des fonctions de commande les plus élevées de mon cerveau. Tous les souvenirs non associés à ces fonctions ont été éliminés jusqu'à ce que nous obtenions une matrice d'intelligence fonctionnelle. Puis ç'a été le gros travail consistant à intégrer ces programmes avec les programmes IA qui tournaient déjà. La tâche n'était pas facile, mais nous avons gagné. Cela dit, nous avons essuyé en chemin des échecs spectaculaires, dont certains vous sont déjà connus.

— Comme l'épave du prototype la semaine dernière dans le labo.

— Et celle de mardi aussi. Mais tout ça, c'est du passé. Sven est à présent un vrai petit ange.

— Sven ?

— Robin numéro 7, en fait, quand nous nous sommes aperçus que la version 6.9 ne pouvait pas accéder à toute la mémoire dont nous avions besoin.

— C'est la faute à Shelly, dit Brian. Elle prétend que lorsque je dis *seven* en anglais ça sonne plutôt comme *sven*. Alors quand j'avais le dos tourné elle a programmé un accent suédois. Et nous avons gardé « Sven » comme prénom.

— Je veux entendre parler votre IA suédoise !

— Désolé. Nous avons été obligés d'enlever l'accent. Trop d'hystérie dans le labo et pas assez de résultats.

— J'ai dû mal à le croire. Quand est-ce que je fais la connaissance de votre IA ?

— Tout de suite. Mais d'abord, il faut que je réveille Sven, dit Brian en montrant le télérobot immobile.

— Le réveiller ou le mettre en marche ? demanda Benicoff.

— L'ordinateur marche en permanence, bien entendu. Mais le nouveau système de gestion de mémoire s'est révélé être très semblable au sommeil humain. Il trie les souvenirs de la journée pour résoudre tout conflit éventuel et supprimer des redondances. Pourquoi gaspiller de la mémoire pour des choses déjà connues ? Sven, tu peux te réveiller, maintenant, dit Brian en élevant la voix.

Les trois iris s'ouvrirent avec un déclic et les pattes frémirent lorsque Sven se tourna vers eux.

— Bonjour, Brian et Shelly. Et l'inconnu.

— Il s'appelle Ben.

— Enchanté de faire votre connaissance, Ben. Est-ce votre prénom ou votre nom de famille

— Mon surnom, dit Benicoff.

Robin l'avait encore oublié — pour la troisième fois — à la faveur d'un changement de mémoire.

— Je m'appelle Alfred J. Benicoff.

— Enchanté de faire votre connaissance, madame ou monsieur Benicoff.

Benicoff leva les yeux au ciel et Brian éclata de rire.

— Sven n'a pas encore intégré toutes les connaissances sociales impliquées dans la reconnaissance des distinctions sexuelles. En fait, par plus d'un côté, il commence à partir de zéro, avec des priorités entièrement nouvelles. L'essentiel est d'arriver d'abord à une personnalité complète. Je veux que Sven ait une intelligence aussi polyvalente que celle d'un enfant qui grandit. Et je vais immédiatement lui apprendre, comme à un enfant, à traverser la rue sans danger. Nous allons faire une promenade. Vous venez avec nous?

Perplexe, Benicoff considéra le fouillis de matériel électronique. Brian rit de son expression et indiqua l'autre extrémité du laboratoire.

— Je n'arrive pas à croire à quel point la réalité virtuelle a progressé en dix ans. Nous allons passer ces costumes de données et Sven nous rejoindra électroniquement. Shelly supervisera la simulation.

Les costumes s'ouvraient dans le dos. Brian et Benicoff retirèrent leurs chaussures et s'installèrent. Ils étaient suspendus par la taille afin de pouvoir tourner et pivoter en marchant. Au plancher, des panneaux à billes laissaient leurs pieds se déplacer dans n'importe quelle direction, tandis qu'à l'intérieur des bottes d'autres simulateurs reproduisaient la forme et la texture du sol choisi. Les casques ultralégers pivotaient avec leurs têtes, et les écrans affichaient une scène entièrement synthétisée par ordinateur. Benicoff leva les yeux et aperçut le Washington Monument au-dessus de la cime des arbres.

— Nous sommes dans la capitale, déclara-t-il.

— Pourquoi pas? Le plan détaillé de la ville est dans la mémoire de l'ordinateur. En plus, ça donne à Sven l'occasion de se frotter aux chauffards du district de Columbia.

L'illusion était presque parfaite. Sven était debout tout près de Benicoff, ses yeux pivotaient dans un regard panoramique. Benicoff se tourna vers l'image de Brian... mais ce n'était pas Brian.

— Brian, tu es une fille ! Une Noire !

— Pourquoi pas ? Mon image en réalité virtuelle est synthétisée par ordinateur, alors je peux être n'importe quoi. Ce qui donne à Sven l'avantage supplémentaire de pouvoir rencontrer des gens nouveaux, des femmes, des représentants des minorités, n'importe qui. On fait un tour ?

Ils traversèrent le parc. Ils entendaient le bruit étouffé de la circulation, le roucoulement des pigeons dans les arbres au-dessus d'eux. Un couple arriva dans l'autre sens, les croisa et continua sa conversation sans remarquer le robot à la démarche traînante. Et pour cause : ils étaient eux aussi des images de synthèse.

— Nous n'avons pas encore essayé de traverser une rue, dit Brian. Alors pourquoi ne pas le faire maintenant ? Rendez-lui la tâche facile la première fois, Shelly. D'accord ?

Shelly avait dû modifier les réglages, car l'intense circulation de la rue devant eux commença à diminuer. Il passa de moins en moins de véhicules et, lorsqu'ils atteignirent le trottoir, il n'y avait plus une seule voiture en vue. Même les véhicules en stationnement avaient quitté les lieux. Tous les piétons avaient disparu au coin d'autres rues, et aucun n'était revenu.

— Nous voulons que ça reste aussi simple que possible, expliqua Brian. Plus tard, nous pourrons essayer avec des voitures et des gens. Sven, tu crois que tu peux descendre du trottoir ?

— Oui.

— Bien. On traverse ?

Benicoff et Brian s'avancèrent sur la chaussée.

— Non, dit Sven.

Brian se retourna pour regarder la silhouette immobile.

— Allez, viens. Il n'y a aucun danger.

— Tu as expliqué que je ne devais traverser la rue que lorsque j'étais sûr qu'aucune voiture n'arrivait.

— Eh bien, regarde à droite et à gauche : rien en vue. Allons-y.

Sven ne bougea pas.

— Je ne suis pas sûr.

— Mais tu as déjà regardé.

— Oui, il n'y avait pas de voiture alors. Mais le présent est le présent.

Benicoff éclata de rire.

— Sven, tu prends les choses trop à la lettre. Il n'y a vraiment aucun problème. Tu as au moins un kilomètre de visibilité à droite comme à gauche. Même si une voiture débouchait du virage à cent kilomètres à l'heure, nous pourrions traverser bien avant qu'elle arrive à notre niveau.

— Elle nous heurterait si elle allait à cinq cents kilomètres à l'heure.

— Très bien, Sven, ça suffit pour aujourd'hui, dit Brian. On arrête.

La rue disparut et les écrans s'éteignirent. Les dos des costumes s'ouvrirent.

— Alors, c'était quoi ? demanda Benicoff en reculant et se baissant pour reprendre ses chaussures.

— Un problème que nous avons déjà vu. Sven ne sait pas encore quand s'arrêter de raisonner, s'arrêter d'être outrageusement logique. Dans le monde réel, nous ne pouvons jamais être sûrs à cent pour cent de quoi que ce soit, et nous sommes donc obligés de n'utiliser que le savoir et le raisonnement appropriés à la situation. Et, pour prendre une décision, il faut arriver à un point où on doit s'arrêter de raisonner. Mais, rien que pour cela, il faut des capacités d'inhibition. Je crois que si Sven est resté bloqué, c'est que son nouveau surmoi inhibait précisément l'emploi de ces capacités.

— Tu veux dire qu'il a neutralisé précisément le processus qui était censé l'empêcher de le neutraliser ? Ça m'a tout l'air d'être un paradoxe. Combien de temps va-t-il falloir pour corriger ça ?

— J'espère que nous n'aurons même pas à le corriger nous-mêmes. Sven devrait pouvoir y arriver tout seul.

— En tirant la leçon de cette expérience, c'est ça ?
— Exactement. Après tout, il n'y a rien de mal à être trop prudent la première fois. On est obligé de survivre pour apprendre. Il y mettra le temps qu'il faudra mais, en apprenant très soigneusement, Sven pourra construire une fondation solide qui lui permettra d'apprendre beaucoup plus vite à l'avenir. Toutefois, à l'heure qu'il est, il y a quelque chose de beaucoup plus important que l'apprentissage de la marche. Shelly a fait fusionner Dick Tracy et Robin il y a quelques jours. Ils sont plutôt bien intégrés et travaillent ensemble sur le problème. Sven, est-ce que ton service Dick Tracy a ajouté d'autres activités à ta liste d'occupations possibles pour IA ?
— Oui.
— Imprime-nous un échantillon.

L'imprimante laser se mit en marche en bourdonnant et les premières feuilles émergèrent. Brian prit la toute première et la tendit à Benicoff. Elle était indexée alphabétiquement, bien entendu.

— Abaca (tissage de l'), Abacaxi (cultivateur d'), Abactinal (définisseur), Abacule (configurateur d'), Abaisse (fabrication de l')... lut Benicoff. Et il y en a encore tout un tas, dit-il en secouant la tête devant l'amoncellement des feuilles. Tu peux me dire à quoi sert tout ça ?

— Je croyais que c'était évident. Votre enquête sur le crime semble s'enliser et...

— Si c'est l'impression que ça donne, je suis désolé, mais le nombre de gens qui travaillent là-dessus...

— Ben, je suis le premier à le savoir ! Je ne vous reproche rien. C'est un vrai casse-tête chinois et nous ne voulons que vous aider, ne serait-ce que pour des raisons personnelles et égoïstes. Shelly fait toujours tourner son programme Dick Tracy, mais il semble être à court d'idées. Sven entre maintenant en scène pour résoudre l'énigme.

— Je suis déjà ici, alors je ne peux pas entrer.

— Façon de parler, Sven. Il y a encore des données à venir. Tu peux arrêter l'impression.

— Je n'en suis qu'à la lettre C. Vous ne voulez pas que j'imprime toute la liste ?

— Non. Rien que cet échantillon, pour voir. Remets les feuilles imprimées dans le chargeur.

Sven traversa la pièce dans un frémissement soyeux, arriva devant l'imprimante et retira les feuilles d'éternit du bac de réception. Mais pas en une seule liasse, comme un humain. Il se planta sur l'une de ses arborescences, déploya l'autre, puis une myriade de doigts jusqu'aux plus petits se saisirent prestement de chaque feuille pour la porter de l'autre côté de la machine et la glisser dans le chargeur, brassant la liasse vivement comme un jeu de cartes grand format.

— Ce listage, dit Brian, c'est simplement pour vous donner un aperçu du genre de base de données que nous sommes en train de constituer. L'idée est de faire une liste de toutes les occupations humaines imaginables, puis de considérer ce qu'une IA pourrait faire pour les rendre plus efficaces, et ensuite d'éliminer les solutions improbables. Quand cette liste sera réduite à une taille raisonnable, Sven examinera toutes les bases de données disponibles pour trouver des indices. Il recherchera tout ce qui pourrait indiquer l'apparition d'un nouveau processus industriel, d'un nouveau système de programmation ou de tout autre produit nouveau qui ne pourrait être obtenu qu'en utilisant un état nouveau, plus avancé, de l'intelligence artificielle.

— Mais toutes les occupations et applications données dans la liste semblent plutôt difficiles, sinon impossibles à mettre en œuvre. Je ne sais même pas ce qu'est un cultivateur d'abacaxi !

— D'accord, il y en a beaucoup d'ésotériques. Mais cette IA ne pense pas comme nous, pas encore. Nous avons l'intuition, qui est un processus qui s'acquiert par apprentissage et ne peut être mémorisé. Actuellement, Sven est mieux employé à dresser la liste de tout ce qu'une IA pourrait faire. Quand cette liste sera complète, il commencera à éliminer ce qui est improbable et impossible. Quand la liste sera réduite à une longueur convenable, Sven se mettra à rechercher toute coïncidence suspecte.

— C'est un gros travail.

— Sven n'est pas le premier robot venu, dit fièrement Shelly. Avec son nouveau service Dick Tracy, il devrait être plus qu'à la hauteur. Si l'IA volée travaille quelque part, nous allons remonter jusqu'à elle à partir de ce qu'elle a fait.

— Je n'en doute pas, dit Benicoff. Et vous m'avertirez dès que vous aurez une piste.

— Rien que des indices, peut-être. On ne sait jamais.

— On finit toujours par savoir : je les ferai vérifier. J'ai derrière moi une équipe nombreuse qui pour l'instant ne fait pas grand-chose. Je vais mettre mes gens au travail. À dire vrai, je crois que c'est uniquement en faisant appel à Sven que nous allons retrouver ceux qui ont fait le coup.

28

4 septembre 2024

Benicoff était sûr que la conférence n'allait pas durer trop longtemps. Il avait lu toute la paperasse dans l'avion de Seattle, avait rédigé ses notes définitives dans le monorail qui l'amenait à Tacoma. C'était sa première mission depuis plusieurs mois, la première, en fait, depuis qu'il avait commencé à s'occuper à temps complet de l'affaire Megalobe. Aussi ne pouvait-il trouver de raison valable pour la refuser. Juste avant le début de la réunion, son téléphone émit un *bip!* et il prit la communication.

— *Ben, ici Brian. On dirait que Sven a trouvé quelques indices.*

— On dirait que ton magicien électronique travaille plutôt vite.

— *Une fois que Sven a eu terminé la liste et éliminé les impossibilités, il a passé en revue les cas les plus vraisemblables. Maintenant, il a trouvé trois candidats. Le premier serait un logiciel suspect. Un compilateur de microprogrammation qui écrit un code incroyablement efficace. Ensuite, il y a une certaine machine à réparer les chaussures qui pourrait plausiblement être une IA puisqu'elle peut ressemeler n'importe quel type de chaussure. Enfin, il y a un robot agricole qui, d'après Sven, est presque à coup sûr une IA.*

— «Plausiblement»? «Presque à coup sûr»? Ce machin ne peut pas donner de réponse franche, un oui ou un non, ou une probabilité à cinquante pour cent?

— *Impossible. Sven utilise un logiciel fondé sur la connaissance de la plausibilité qualitative. Sans aucunement recourir à des données chiffrées. En fait, je lui ai posé la question, et il m'a dit non.*

— Qui commande ici, toi ou le robot ? En tout cas... qu'est-ce qu'il a trouvé ?

— *Une machine appelée — le croiriez-vous ? — l'Exterminateur.*

— J'y crois, et je vais contacter le FBI local, pour qu'on s'occupe de ton Exterminateur dès aujourd'hui. Une réunion que j'aurais voulue brève vient d'être radicalement abrégée ; je l'ai annulée. Je reviendrai te voir dès que possible.

Le chef du bureau du FBI de Seattle, l'agent Antonio Perdomo, était un homme de haute taille, tout aussi solidement charpenté que Benicoff. Il n'avait pas atteint la cinquantaine mais accusait un début de calvitie précoce. Il jeta un coup d'œil rapide au badge de Benicoff et entra sans préambule dans le vif du sujet.

— Washington s'est renseigné par le canal professionnel sur le fabricant, DigitTech Products, une entreprise industrielle d'Austin, Texas. J'ai le dossier ici. Ils fabriquent principalement des composants électroniques qu'ils vendent en gros, avec de temps à autre des produits finis isolés, qu'ils fabriquent habituellement pour le compte de distributeurs qui les vendent sous leur propre marque. La machine sur laquelle vous vouliez des renseignements — l'Exterminateur — n'est disponible que depuis quelques semaines. Ils la commercialisent eux-mêmes.

— Comment allons-nous nous y prendre pour en avoir une ?

— J'ai fait le nécessaire. Ils ne vendent pas la machine, mais la louent à des horticulteurs qui — d'après leur prospectus — l'utiliseront à la place des insecticides chimiques. Je sais que vous vouliez conserver un secret absolu sur cette enquête, alors j'ai mené toutes mes investigations par l'intermédiaire d'un collaborateur à la Chambre de commerce. Il a pris contact avec tous les horticulteurs de la région et a trouvé le bon numéro. Un propriétaire de serre nommé Nisiumi, un agent de police en retraite.

— Excellente nouvelle. Vous avez pris contact avec lui ?

— Il est dans son bureau, il nous attend. Il sait seulement qu'il s'agit d'une enquête de haut niveau et qu'il ne doit en parler à personne.

— Du très beau travail.

— Je n'ai fait que mon boulot, dit Perdomo en souriant.

Le soleil avait disparu, et Seattle semblait déjà anticiper l'hiver. Les essuie-glace balayaient le pare-brise à grande vitesse sous la pluie torrentielle. Ils eurent beau se garer le plus près possible de l'entrée, ils étaient déjà trempés lorsqu'ils arrivèrent à la porte de la serre.

Nisiumi, un Nippo-Américain trapu, les conduisit à son bureau en silence et ne dit pas un mot avant d'avoir refermé la porte. Il essuya ses doigts maculés de terre sur sa blouse blanche puis leur serra la main. Il examina de près le badge de l'agent Perdomo.

— Les types qui louent l'Exterminateur font du démarchage à grande échelle, et ils ont probablement contacté tous les horticulteurs du pays. Même moi, j'ai reçu la brochure pour leur machine. Elle est là, sur mon bureau.

— Voici M. Benicoff, qui est à l'origine de cette enquête, dit Perdomo. C'est lui le responsable.

— Je vous remercie de votre collaboration, dit Benicoff. Il s'agit d'une enquête de très haute priorité, directement gérée par Washington... il y a eu plusieurs morts. C'est tout ce que je peux vous dire actuellement. Quand nous aurons bouclé l'affaire, je vous promets de vous expliquer de quoi il retourne.

— Ça me va. Ça me change un peu de la culture des concombres. Je me suis intéressé à cet Exterminateur en lisant une revue professionnelle. Voilà pourquoi j'ai demandé des renseignements. Mais c'est au-dessus de mes moyens.

— Vous venez d'obtenir un prêt sans intérêts pour le montant nécessaire et le temps qu'il faudra.

— Ça fait plaisir de reprendre le collier ! Pendant que vous étiez en route, j'ai appelé le numéro gratuit de DigitTech. Ils ont un représentant dans le secteur, et il viendra faire une démonstration ici même, demain matin à neuf heures.

— Parfait. Votre comptable, c'est-à-dire moi, sera présent. Mais appelez-moi Benck, pas Benicoff.

La pluie cinglait bruyamment la fenêtre de la chambre d'hôtel. Benicoff ferma les rideaux et alluma la radio dans l'espoir que la musique couvre le bruit de la pluie. Il avait parcouru une bonne partie du rapport d'activité de la société lorsque le steak saignant-salade verte, sans pommes de terre, arriva, accompagné d'un pot de café. Il mangea lentement tout en poursuivant sa lecture, digérant en même temps le repas et le rapport.

Le lendemain matin, le représentant se fit attendre : il était presque dix heures lorsque la camionnette s'arrêta dans l'allée qui menait à la serre.

— Désolé, mais c'est la faute à la circulation et au brouillard. Je m'appelle Joseph Ashley, mais tout le monde m'appelle Joe. Vous êtes le propriétaire, M. Nisiumi ?

Pendant les présentations, le conducteur de la camionnette chargeait un grand carton sur un diable. Il l'amena dans la serre. Ce fut Joe lui-même qui ouvrit le couvercle pour révéler la machine.

— L'Exterminateur, dit-il fièrement. Et c'est exactement le rôle de ce petit chéri. La réponse mécanique à tous vos problèmes biologiques.

La machine ressemblait beaucoup à un gros extincteur. C'était un container rouge trapu suspendu entre six pattes d'araignée. Deux bras métalliques articulés se dressaient de la partie supérieure, se terminant chacun en une grappe de doigts, métalliques eux aussi. Benicoff dissimula son vif et soudain intérêt derrière la moue sourcilleuse du comptable. Les doigts ramifiés manifestaient une lointaine ressemblance avec les manipulateurs arborescents de l'IA, tout en étant plus gros.

— Je n'ai plus qu'à enlever les cales qui bloquent ces bras pour le transport et nous serons prêts à l'action.

Joe retira les morceaux de mousse protecteurs, puis sortit du carton un récipient métallique rouge de la taille d'une boîte à cigares.

— L'alimentation, dit-il en la montrant à bout de bras. Ça se branche sur n'importe quelle prise, ça reste fixé au niveau du sol. L'Exterminateur est totalement autonome et n'a besoin d'aucun accessoire. Actuellement, sa batterie est chargée et il piaffe d'impatience. Nuit et jour, s'il le faut. Et quand le voltage baisse, il clopine jusqu'à ce chargeur et s'envoie une dose de remontant.

— Je trouve que c'est cher, grogna Benicoff.

— Ça a l'air cher, monsieur Benck, et c'est cher. Mais pas pour vous. Vous allez voir que nos tarifs de location sont plus que raisonnables. Et je vous fiche mon billet que cet Exterminateur, ce pourfendeur de pucerons, sera rentabilisé dès le premier jour.

— Vous le programmez, je dois être tout le temps derrière lui, ou quoi ? demanda Nisiumi.

— C'est incroyablement facile à utiliser ! Incroyable, oui, tant que vous n'aurez pas vu notre Exterminateur à l'œuvre. On met le contact, on recule, et voilà !

Joignant le geste à la parole, Joe bascula l'interrupteur de marche et fit un pas en arrière. Des micromoteurs ronronnèrent, les deux bras se déployèrent de part et d'autre et leurs longs doigts de métal s'animèrent de mouvements gracieux.

— C'est le programme de recherche. Des détecteurs logés au bout des doigts cherchent de la vie végétale. Jour et nuit, comme j'ai dit. D'ailleurs, vous pouvez constater qu'ils ont leur propre éclairage.

Les servomoteurs bourdonnèrent, les pattes se levèrent et s'abaissèrent gracieusement, et la machine se dirigea d'un pas suprêmement délicat vers une allée entre deux rangées de plants. Elle s'arrêta devant le premier ; les deux bras s'écartèrent puis se déployèrent au ras du sol en direction des tiges. Puis ils prirent de la vitesse, palpèrent brièvement feuilles et tiges comme s'ils caressaient le plant de concombre dans toute sa verte élongation et attouchèrent légèrement les fleurs jaunes à son sommet. Le tiroir incorporé au bras s'ouvrit avec un déclic et se referma.

— Pas de produits chimiques, pas de poisons, pas de pollution : produits organiques à cent pour cent. Vous avez beau voir la chose se produire sous vos yeux, je parie que vous n'y croyez pas. Et je ne vous en veux pas, parce que après tout c'est quelque chose d'entièrement nouveau dans l'univers. Sous vos yeux, des yeux presque invisibles sont au travail : les cellules optiques au bout de ces doigts qui sont en train de débusquer pucerons, araignées, mites et toutes espèces de vermine. Quand ils en trouvent une, elle est cueillie, oui, cueillie à même la plante, comme ça, arrachée et enlevée. Les bras de l'Exterminateur sont creux et vont bientôt se remplir de bestioles. Des friandises pour votre oiseau en cage ou votre lézard apprivoisé... mais vous pouvez aussi vous en servir comme engrais. Voilà, messieurs : le miracle mécanique du siècle !

— Ça a l'air dangereux, dit aigrement Benicoff.

— Jamais de la vie ! Il y a une sécurité. L'appareil ne touchera qu'aux plantes, et si vous-même ou une tierce personne vous trouvez sur son chemin, il s'arrêtera automatiquement.

Le représentant s'avança et saisit la tige d'un concombre juste au-dessus des doigts scintillants. Ils reculèrent et la machine émit des *bip !* plaintifs jusqu'à ce qu'il retire sa main.

— Je ne sais pas, dit Benicoff. Qu'est-ce que vous en dites, monsieur Nisiumi ?

— Si ça marche comme dit Joe, alors peut-être qu'on pourra en tirer quelque chose. Vous savez comme moi que les légumes cultivés organiquement se vendent plus cher.

— Quelle est la durée minimum de location ? demanda Benicoff.

— Un an, mais...

— C'est trop long. Il faut qu'on en discute. Dans le bureau.

Benicoff tira sur les termes du contrat autant qu'il put. Il obtint quelques concessions sans en faire une seule. Joe transpira un peu et perdit son sourire, mais ils finirent par se mettre d'accord. Le contrat fut signé, on se serra la main et Joe retrouva le sourire.

— C'est une machine exceptionnelle que vous avez là. Exceptionnelle.

— Je l'espère. Qu'est-ce qui se passe si elle tombe en panne ?

— Ça n'arrivera pas. Mais nous avons un mécanicien prêt à intervenir vingt-quatre heures sur vingt-quatre rien que pour rassurer nos clients.

— Est-ce que vous vous rendez sur place pour contrôler le fonctionnement ?

— Uniquement si vous nous le demandez. Il y a une révision tous les six mois — on prendra d'abord rendez-vous avec vous — mais c'est uniquement dans le cadre de l'entretien normal. À part ça, tout ce que vous avez à faire c'est de lâcher ce petit diablotin sur vos insectes et de vous reculer ! Messieurs, vous ne regretterez pas un seul instant votre décision.

Benicoff grogna, méfiant, et relut le contrat. Nisiumi reconduisit Joe et le chauffeur jusqu'à la porte tandis que Benicoff s'abritait derrière le contrat pour les regarder partir par la fenêtre du bureau. À la seconde même où la camionnette eut disparu, il s'empara de son téléphone, appela le bureau local du FBI, puis Brian.

— Je ne sais pas comment Sven a repéré cet Exterminateur, mais je crois que nous avons décroché le gros lot. Toute la conception de cette machine désigne ta recherche en IA.

Dehors, une fourgonnette du Federal Express s'arrêta dans un crissement de pneus.

— Le FBI est là. Ils vont emballer ce truc dans une caisse et le mettre dans un avion. Il sera là-bas demain matin… moi aussi !

Le conducteur, en uniforme du Federal Express, était l'agent Perdomo.

— Merci pour votre collaboration, monsieur Nisiumi, dit Perdomo. Sans votre assistance, nous n'aurions abouti à rien. Nous allons maintenant vous débarrasser de cette machine.

— Qu'est-ce que je dis si ce représentant ou un de ses patrons veut la voir ?

— Faites-les patienter, dit Benicoff. Et avertissez tout de suite l'agent Perdomo ici présent. Il est probable qu'ils ne vous embêteront pas tant que vous paierez régulièrement vos mensualités. Envoyez aussi les factures à Perdomo, et vous serez immédiatement remboursé. Le représentant a dit qu'ils ne réviseraient pas la machine avant six mois. Notre enquête devrait être terminée bien avant.

— Je vous crois. Si je peux encore vous être utile, faites-le-moi savoir.

— D'accord. Encore merci.

Ils arrêtèrent l'Exterminateur, le remirent avec son chargeur dans le carton, qu'ils recouvrirent entièrement de papier kraft. Benicoff prit place à côté de la machine à l'arrière du fourgon qui les amena dans un dépôt désert de la banlieue de Seattle. L'équipe du FBI les y attendait.

— Torres, brigade de déminage, dit le chef. Vous êtes M. Benicoff ?

— C'est exact. J'apprécie la rapidité de votre réaction.

— Ça fait partie du boulot. Parlez-moi de cet engin. Croyez-vous qu'il y ait des explosifs là-dedans ?

— Ça me paraît très peu vraisemblable. D'après ce que j'ai découvert, il y en a une centaine dans tout le pays. Je doute qu'ils puissent chacun contenir une bombe. Une explosion ici ou là attirerait malencontreusement l'attention et de gros ennuis. Non, ce qui me préoccupe, ce sont les mécanismes internes de défense dont cette machine pourrait disposer pour se protéger contre l'espionnage industriel, ce qu'on appelle familièrement le désossage. Je suis persuadé que les constructeurs ne veulent pas que leur invention tombe dans le domaine public. Je soupçonne fortement que les secrets technologiques sur lesquels serait basée cette machine n'ont été dérobés que l'an dernier. Il n'y a pas encore de brevets là-dessus. Il se pourrait aussi que cette machine soit liée à une affaire criminelle faisant actuellement l'objet d'une enquête. Si ces gens-là sont impliqués, ils ne voudront laisser à *personne* la moindre chance de découvrir le secret de son fonctionnement.

— Il se pourrait donc que ce truc soit piégé pour empêcher qui que ce soit de savoir comment il marche ? Peut-être qu'il se fait bobo tout seul quand on devient trop indiscret ?

— C'est ça. Son ordinateur interne pourrait être réglé pour effacer son programme ou ses mémoires, voire s'autodétruire. Il pourrait utiliser un module d'autodestruction standard.

— J'en ai vu pas mal depuis qu'on a réduit la durée de vie des brevets. Il ne devrait pas être trop difficile de le neutraliser. Mais je vais être obligé de vous demander à tous les deux de partir. Désolé, les mecs. On connaît presque tous leurs trucs, alors ça ne devrait pas durer longtemps.

L'opération dura presque cinq heures.

— C'était plus coriace que je le croyais, avoua Torres. Il y a du génie là-dessous. Ouvrir le panneau de visite semblait un peu trop évident, alors nous sommes entrés par le fond. Nous avons trouvé quatre contacteurs différents, dont un couplé à l'ouverture du panneau et un caché sous un boulon qu'il fallait retirer pour avoir accès au reste. Cela dit, il n'y avait pas là de quoi nous mettre en difficulté.

— Y aurait-il eu explosion ? demanda Benicoff.

— Non, le système n'était pas câblé pour ça. Il y aurait eu un éclair et peut-être un peu de fumée. Tous les interrupteurs étaient conçus pour court-circuiter la batterie en passant par le processeur central. Il aurait fondu en beauté. Maintenant, l'engin est à vous. Et c'est de la belle mécanique. Si j'ai bien compris, ça ramasse les insectes ?

— Exactement.

— On en apprend tous les jours.

L'Exterminateur fut alors placé dans une caisse

plus grande, fermée par du ruban adhésif complété par des scellés. Benicoff, qui avait envisagé des procédures d'expédition particulières, décida finalement qu'une livraison par transporteur ordinaire attirerait moins l'attention.

Le fourgon du Federal Express démarra sous la pluie avec son chargement.

Livraison garantie le lendemain matin en Californie.

29

5 septembre 2024

Benicoff sortit du virage en haut de la côte Montezuma et aperçut le fourgon du Federal Express qui descendait tranquillement devant lui. Il appela Brian.
— J'arrive à Borrego Springs. Le camion qui transporte ce que tu sais est juste devant moi.
— *Dites-lui d'accélérer !*
— Patience. On ne gagnera rien en allant plus vite. Nous serons là dans quelques minutes.

Benicoff déboîta et dépassa le camion sur le plat. Il arriva avant lui à l'entrée de Megalobe. Le major Wood considéra d'un œil soupçonneux la caisse qu'on poussait sur la rampe de chargement.
— Vous êtes sûr que vous savez ce qu'il y a dedans ?
— J'ai vu moi-même les Feds y mettre les scellés, et les numéros coïncident.
— On pourrait facilement mettre autre chose sous scellés. Je veux qu'on fasse passer ce machin au scanographe à supraconductivité et au renifleur d'explosifs avant que quiconque essaie de l'ouvrir.
— Vous ne pensez quand même pas que quelqu'un ait pu s'en approcher pendant le transport, l'ouvrir, y planquer une bombe, refermer le carton et remettre les scellés ?
— J'ai vu des choses encore plus bizarres. J'aime avoir des doutes. Ça me donne quelque chose à faire et ça maintient les hommes sur le pied de guerre. Il pourrait y avoir n'importe quoi dans cette boîte, y compris

ce que vous y avez mis vous-même. Je tiens à faire ce contrôle.

Le renifleur renifla et ne trouva rien de suspect, le compteur de protons non plus. Benicoff ouvrit la caisse au pied-de-biche pour vérifier le contenu, la referma pour que l'Exterminateur reste invisible, puis prit lui-même le volant et l'amena au laboratoire.

— Laissez-moi voir ça, dit Brian en ouvrant la porte. J'ai lu au moins une centaine de fois la brochure que vous m'avez télécopiée. Je soupçonne fortement que l'engin était câblé pour se griller la cervelle.

— Dans le cas contraire, ç'aurait été encore plus suspect. En l'absence de brevet, n'importe qui pourrait le copier. Il n'y a rien de suspect à se prémunir contre l'espionnage industriel ordinaire. C'est une protection antidésossage. Maintenant, tu peux le démonter. Il devrait se mettre en pièces sans problème. Les artificiers ont neutralisé tous les interrupteurs du système d'autodestruction.

— Regardons-le travailler d'abord, dit Brian. Est-ce qu'on est obligé de le programmer ?

— Non. On le met en marche, c'est tout.

Les bras métalliques se dressèrent et s'écartèrent en bourdonnant, les mains aux multiples doigts se déployèrent. La machine exécuta une rotation complète sur elle-même, émit une série de *bip!* plaintifs et se désactiva.

— Ça n'a pas duré longtemps, dit Shelly.

Brian regarda de près le bout d'un des doigts.

— Je parierais qu'il cherchait une longueur d'onde particulière, probablement celle de la chlorophylle. Quelqu'un a-t-il une plante en pot ?

— Non, dit Shelly, mais j'ai des fleurs dans un vase sur mon bureau.

— Parfait. Je veux voir l'Exterminateur exterminer quelques proies avant de le désosser.

Cette fois-ci, la machine fut plus coopérative. Elle s'approcha du vase, commença par le bas du bouquet, remonta prestement les tiges jusqu'aux fleurs. Son travail terminé, elle émit un *bip!* satisfait et se mit au repos.

— Comment faire pour voir les insectes ? demanda Brian.

— Je vais vous montrer, dit Benicoff en faisant tourner le segment inférieur de chaque bras pour libérer les containers incorporés. Je vais faire tomber le contenu de ces tiroirs sur une feuille de papier et nous allons voir le tableau de chasse.

Il ouvrit les panneaux avec un déclic et fit délicatement basculer le contenu des réceptacles sur le papier.

— Et tout ça, c'était sur mes fleurs ! dit Shelly, horrifiée. Des araignées, des mouches, et même quelques fourmis.

— Toutes mortes, en plus, dit Brian sans cacher son admiration. Cette araignée a eu la tête tranchée net ! Ça exige une grande précision et une grande discrimination. Je vais prendre une loupe et examiner le reste des débris.

Il se pencha et écarta les cadavres avec la pointe d'un crayon.

— Il y a là de tout petits pucerons, et quelque chose d'encore plus petit, comme de la poudre, des parasites ou des acariens quelconques. Je ne crois pas, dit-il en se relevant avec un sourire, qu'on puisse faire tout ça sans disposer au moins de mes techniques IA. Mais je peux me tromper. Ouvrons un peu pour voir ce que ce truc a dans le ventre.

L'enveloppe métallique s'enleva sans problème, manifestement conçue pour la simple protection des pièces mécaniques. Brian se servit d'un tournevis pour montrer le câblage.

— Ça, c'est le fil d'alimentation, codé en rouge, un double conducteur de 5 volts. Standard. Et ça, c'est une fibre optique monobrin bidirectionnelle. Jusqu'ici, du moins, rien qu'on ne puisse pas trouver dans le commerce. Des transfos standards avec des puces d'interface. Ils ont été déconnectés.

— Par le FBI, sans aucun doute, dit Benicoff. Je parie que tu vas trouver le connecteur correspondant sur ce qui sert de processeur central.

— Le voilà, dit Shelly en désignant un boîtier métallique carré monté sur le côté du châssis.

Benicoff examina le boîtier sur toutes ses coutures en se servant d'un miroir et d'une lampe pour voir derrière et dessous.

— Depuis que je suis dans la sécurité industrielle, j'ai vu ce genre de chose plutôt souvent. Le boîtier est hermétiquement fermé et inviolable. Les composants à l'intérieur génèrent de la chaleur, d'où ce radiateur. Mais le ventilateur souffle sur les ailettes du radiateur, ce qui dispense d'une ouverture pour le refroidissement. Vous voyez cette ligne de suture ? C'est une soudure réalisée avec un de ces super-adhésifs qui finissent par être plus durs que le métal. Nous allons avoir du mal à ouvrir ça. Alors, abstenons-nous. Nous pouvons découvrir des tas de choses sans avoir à l'attaquer à la scie. Mais tu seras finalement obligé d'aller voir à l'intérieur.

— Peut-être, mais uniquement en tout dernier recours. Il y a forcément une batterie de secours à l'intérieur pour sauvegarder tout ce qui est programmé dans la RAM dynamique chaque fois que la batterie principale est déconnectée. Vu le nombre de circuits pièges dans cet engin, il doit y en avoir un autre pour détecter toute tentative d'effraction du boîtier.

— Et qui fera court-circuit à l'intérieur pour détruire l'électronique ? dit Shelly.

— Exactement. Mais on ne détermine pas l'intelligence en disséquant le cerveau ! D'abord, faisons un schéma des circuits et voyons comment ça fonctionne exactement. Ensuite, nous pourrons faire quelques tests sous contrôle...

Brian sentit une légère tape dans le dos et se retourna pour voir l'IA debout derrière lui.

— Cette machine est-elle l'Exterminateur ?
— Oui, Sven. Tu veux y jeter un coup d'œil ?
— Oui.

Le robot saisit le bord de la table dans un de ses manipulateurs arborescents et se hissa à la surface en un seul mouvement fluide. Les tiges oculaires s'étirèrent et descendirent dans la machine immobile. Examen rapide qui ne dura que quelques instants.

— Hypothèse d'un processeur et de circuits IA maintenant confirmée.

— C'est ce que nous voulions entendre, dit Brian. Reste ici, Sven : c'est toi qui vas pratiquer l'examen.

— Je vais vous laisser, dit Benicoff. Prévenez-moi dès que vous aurez trouvé quelque chose. Je serai dans mon bureau. J'ai des tas de gens à appeler.

— Très bien. Allez-y, je referme derrière vous.

L'enquête sur DigitTech était bien avancée. Benicoff appela l'agent Manias, responsable de la partie FBI des investigations dans l'affaire Megalobe. Ce fut un autre agent qui répondit au téléphone.

— *Désolé, monsieur Benicoff, mais il n'est pas ici. Il a laissé comme consigne, au cas où vous l'appelleriez, de dire qu'il était parti vous voir.*

— Merci.

Il raccrocha. Manias devait avoir de bonnes raisons de ne pas vouloir utiliser le téléphone. Patience. Il n'avait plus qu'à l'attendre.

Benicoff terminait sa deuxième tasse de café et marchait de long en large dans son bureau lorsque Manias entra.

— Parle, dit Benicoff. Je n'ai pas arrêté d'user le tapis depuis que j'ai reçu ton message.

— Tout va bien. Je vais tout te raconter pendant que tu me verseras une grande tasse de café noir. Tu as peut-être dormi la nuit dernière, mais ton serviteur n'a même pas vu la couleur d'un lit.

— Mon cœur saigne pour toi, dit Benicoff avec une absence totale de compassion. Allez, Dave, arrête de me faire poireauter. Qu'est-ce qui s'est passé ? Ton café.

— Merci, dit Manias en se laissant choir sur le sofa. Nous avons mis la société DigitTech sous surveillance dès que nous avons reçu ton rapport. C'est une PME, avec environ cent vingt employés. Nous avons un agent sur place.

— Déjà ! Je suis impressionné.

— Nous avons surtout eu de la chance. Une secrétaire a attrapé la grippe. Comme nous avions déjà leur téléphone sur table d'écoute, nous avons su qu'ils cherchaient une intérimaire. Un de nos agents a profité de l'occasion. Une programmeuse d'étude avec beaucoup d'expérience du travail de bureau, qui a déjà assuré ce type de mission. Délit d'initié, fraude fiscale, ce genre d'affaire. Tout est dans les archives quand on sait comment regarder et où regarder, et ça, elle sait le faire. Il y a beaucoup d'argent investi dans cet Exterminateur. Ils ont construit toute une aile pour agrandir l'usine, avec plein de matériel coûteux à la clef.

— Elle a déjà accédé aux archives de la société ?

— À toutes. Comme toujours, elles étaient verrouillées par les mots de passe rudimentaires habituels, numéros de téléphone, prénom de l'épouse, tu vois ce que je veux dire. Et sa tâche a été d'autant facilitée que le chef comptable a écrit ses codes d'accès sur une carte collée à l'intérieur d'un tiroir de son bureau. Mais si !

— Je ne sais pas si c'est vraiment un bon signe. S'ils ont quelque chose à cacher, ils le cacheraient sûrement beaucoup mieux que ça.

— On ne sait jamais. La plupart des escrocs ne sont pas très futés. En tout cas, dit-il en posant une GRAM sur le bureau, voilà tout ce que nous avons récupéré jusqu'ici : les archives de la société depuis le jour de sa fondation. Nous sommes en voie d'obtenir les bios de tous les cadres supérieurs de l'entreprise. Tu auras ça dès que nous l'aurons nous-mêmes.

— On peut déjà tirer des conclusions ?

— C'est trop tôt, Ben. Je vais prendre une autre tasse s'il te reste encore du café. Il semble qu'ils aient eu des ennuis financiers il y a quelque temps, mais ils ont émis des actions et ont recueilli plus d'argent qu'ils n'en avaient besoin.

— Il va me falloir la liste des actionnaires.

— D'accord. Tu crois que c'est vraiment les types que nous recherchons ?

— On va le savoir très vite. S'ils commercialisent une IA, ils ont intérêt à avoir des tas d'archives sur les gens qui ont mené les recherches et sur la manière dont l'IA a été mise au point. S'ils n'ont rien de tel à nous montrer, alors nous aurons eu de la veine et ils auront des ennuis.

À cinq heures, Brian n'avait pas encore appelé. Benicoff se rendit donc au laboratoire. L'entrée disparaissait presque derrière une jungle de plantes et d'arbustes en pots qu'il dut enjamber pour s'approcher de la porte. Comme si toutes les pépinières de la région avaient été dévalisées. Il tendit le bras et fit claquer ses doigts devant l'objectif monté au-dessus de la porte.

— Y a quelqu'un ?

— *Salut, Ben. J'allais justement vous appeler. Il se passe des choses intéressantes ici. Je suis à vous dans une seconde.*

Il y avait encore des plantes à l'intérieur, tout autour du plan de travail. La première chose que vit Benicoff fut que l'Exterminateur et l'IA étaient apparemment tendrement enlacés. L'IA était debout près de la machine partiellement démontée, ses doigts arborescents plongés dans ses entrailles.

— C'est le coup de foudre ? demanda Benicoff.

— Tu parles ! Nous sommes simplement en train de repérer les entrées et sorties. Si vous regardez à la loupe tous ces doigts prolongés, vous verrez qu'ils sont rassemblés en faisceaux réguliers. Chaque faisceau contient un sous-faisceau en trois parties composé de deux capteurs optiques et d'une source lumineuse unique. Les capteurs sont montés à distance fixe les uns des autres. Ça vous dit quelque chose ?

— Oui. Vision binoculaire.

— Dans le mille. En plus de ce qu'on pourrait appeler les yeux de chaque faisceau, il y a quatre manipulateurs mécaniques. Trois arrondis pour la capture, et un quatrième, pourvu d'une lame tranchante, qui décapite l'insecte juste avant de laisser tomber le cadavre dans la trémie. Les faisceaux travaillent indépendamment les uns des autres. Enfin, presque.

— Qu'est-ce que tu veux dire ?

— Je vais vous passer un film et vous allez voir vous-même.

Brian mit une cassette dans le lecteur et la fit défiler en avance rapide pour retrouver l'endroit exact.

— Nous avons filmé ça à très grande vitesse et je le repasse au ralenti. Regardez.

L'image, nette et précise, était démesurément grossie. Des barreaux métalliques à la pointe arrondie s'avancèrent lentement pour étreindre une mouche de trente centimètres. Ses ailes battaient mollement tandis qu'elle était inexorablement attirée hors du champ de la caméra. Il arrivait la même mésaventure à un puceron près d'un autre bord de l'image.

— Je vous repasse la séquence, dit Brian. Cette fois-ci, ne quittez pas le deuxième insecte des yeux. Regardez. Vous voyez le faisceau juste au-dessus ? D'abord, il est immobile... et le voilà en action. Mais la mouche n'a pas bougé avant d'avoir été capturée. Vous voyez ce que ça veut dire ?

— J'ai tout vu, mais aujourd'hui je me sens stupide. Qu'est-ce que ça signifie, alors ?

— La main n'a pas essayé d'user de force brute et de vitesse pour tenter d'attraper la mouche au vol. Au lieu de cela, ce robot met à profit un savoir authentique pour anticiper le comportement de chaque espèce d'insecte individuelle ! Quand il veut capturer la mouche domestique, l'Exterminateur contracte son faisceau préhenseur en s'approchant de l'insecte et lui donne l'impression qu'il s'éloigne... jusqu'à ce qu'il soit trop tard pour que la mouche puisse s'échapper. Et nous sommes persuadés qu'il ne s'agit pas là d'un accident. L'Exterminateur semble connaître le comportement de tous les insectes décrits dans cet ouvrage.

Brian tendit à Benicoff un gros volume intitulé *Manuel d'éthologie entomologique, édition 2018*.

— Mais comment l'Exterminateur sait-il précisément de quel insecte il s'agit ? Pour moi, ils se ressemblent tous.

— Bonne question : la reconnaissance des formes a été la bête noire de l'IA depuis le premier jour. Les robots industriels avaient du mal à reconnaître et à assembler des pièces si on ne les leur présentait pas d'une certaine façon. Des milliers de signaux différents sont mis en jeu dans la vision d'un visage humain, puis dans la reconnaissance de la personne. S'il fallait écrire un programme pour éliminer les insectes qui infestent les buissons, il faudrait intégrer les caractéristiques de tous les insectes du monde : leur taille, leur mode de rotation, et tout le reste. Un programme très volumineux, très difficile à écrire…

— Et infesté de bogues rampantes et volantes ?

— C'est drôle, mais ce n'est que trop vrai ! Mais vous ou moi, ou une IA vraiment quasi humaine serions très qualifiés pour attraper les insectes. Toutes les opérations d'identification, d'approche et de préhension sont horriblement complexes, mais nous ne nous en apercevons pas ! Elles sont l'un des attributs, l'une des fonctions de l'intelligence. Il n'y a qu'à tendre la main et attraper. Sans lancer un quelconque programme complexe. Et c'est ce qui, nous semble-t-il, se passe ici. S'il y a une IA là-dedans, elle brandit un seul faisceau à la fois pour saisir un insecte. Dès que l'insecte est capturé, elle confie le faisceau préhenseur à un sous-programme qui arrache l'insecte, l'amène au-dessus de la trappe, le décapite et le laisse tomber, puis revient à la position d'attente, prêt à être à nouveau sollicité. Entre-temps, l'IA a ordonné à un autre faisceau de saisir une proie, puis à un autre, et encore un autre, donnant des ordres si rapides que le processus nous reste invisible à vitesse normale. Vous et moi pourrions faire ça tout aussi bien.

— C'est toi qui le dis, Brian. Ça m'a l'air drôlement ennuyeux.

— Les machines ne s'ennuient pas, du moins pas encore. Mais, jusqu'ici, nous n'avons fait que des déductions. Or, je vais maintenant vous montrer quelque chose de bien mieux. Comme vous le voyez, Sven s'est branché sur le système d'exploitation de l'Exterminateur. Il est en train de lire tout ce qui vient des détecteurs tout en recevant les confirmations des ordres. Je suis sûr que vous savez que la société de l'esprit, humaine ou artificielle, est composée de minuscules sous-unités, dont aucune n'est intelligente par elle-même. Leur fonctionnement collectif constitue ce que nous appelons l'intelligence. Si nous pouvions seulement extraire l'une de ces sous-unités et l'examiner, nous pourrions peut-être comprendre comment elle fonctionne.

— Dans un cerveau humain ?

— Plutôt impossible. Mais chez une IA à un stade primitif de sa construction, ces sous-unités peuvent être identifiées. Après avoir analysé certaines des boucles de rétroaction de l'Exterminateur, nous avons trouvé une configuration, un morceau de programme identifiable. Le voici. Je vais vous le montrer.

Brian pianota pour afficher le programme : une série d'instructions. Il se frotta les mains et sourit joyeusement.

— Ensuite, je vais vous montrer un autre bout de programme. Il a été récupéré dans la banque de données au Mexique. Une séquence d'instructions que je ne me rappelle pas avoir écrite, sauf que je suis la seule personne qui ait pu le faire. Attendez, je vais ouvrir une deuxième fenêtre pour que vous puissiez le voir en même temps que l'autre.

Les deux programmes étaient côte à côte sur l'écran. Brian les fit défiler lentement. Les yeux de Benicoff allaient de l'un à l'autre, puis il s'étrangla de surprise.

— Mon Dieu ! Ils sont en tous points identiques !

— Exact. J'ai écrit le premier il y a plus de deux ans. L'autre est à l'intérieur de cette machine. C'est le même.

Benicoff prit soudain un ton menaçant.

— Tu veux dire qu'il n'y a pas d'autres exemplaires de cette séquence de programmation nulle part dans le monde ? Qu'il n'a pas d'usage commercial dans un autre programme ?

— C'est exactement ce que j'ai voulu dire. Je l'ai écrit, ensuite je l'ai sauvegardé au Mexique. L'original a été volé. Il est probable que les voleurs ne le comprenaient pas assez pour le réécrire et qu'ils l'ont donc utilisé tel quel. Et ceux qui l'ont volé l'ont incorporé à ce gobe-mouches mécanique. Nous les tenons !

— Oui, dit Benicoff très calmement. C'est aussi mon avis.

30

12 septembre 2024

— Vous vous rendez compte que ça fait déjà une bonne semaine ? dit Brian. Merde ! Il s'est écoulé toute une semaine depuis que j'ai prouvé à la satisfaction de tous que cette saloperie d'avaleur de pucerons à roulettes a été construite par les mêmes ordures qui ont volé mon IA. Et — ce n'est peut-être pas important pour vous, mais ça l'est fichtrement pour moi — les mêmes aussi qui m'ont fait sauter la moitié de la cervelle par-dessus le marché. Et dans cette semaine, rien n'a été fait, absolument rien.

— Ce n'est pas tout à fait exact, dit Benicoff aussi tranquillement et aussi doucement qu'il le put. L'enquête continue. Il doit y avoir plus de quatre-vingts agents qui travaillent sur l'affaire d'une manière ou d'une autre...

— Ils peuvent toujours mettre dessus l'effectif combiné du FBI et de la CIA, j'en ai rien à cirer ! Quand est-ce qu'on va faire enfin quelque chose ?

Benicoff resta assis à siroter sa bière sans dire mot. Ils étaient dans l'appartement de Brian depuis plus d'une heure, attendant l'appel téléphonique promis. Le retard avait mis tout le monde sur les nerfs. Benicoff l'avait expliqué lentement et soigneusement plus d'une fois. Mais Brian était à bout de patience, ce qui était compréhensible. La tension n'avait cessé de monter depuis qu'on avait découvert que DigitTech fabriquait des IA inspirées de ses recherches. Il attendait qu'il se passe quelque chose, qu'il y ait une percée quelconque. Il ne faisait plus aucun travail dans son laboratoire, et ce n'était pas en se préparant une redoutable troisième margarita qu'il arrangerait les choses. Depuis que l'un des caporaux du club lui en avait donné la recette, il ne l'avait jamais regretté. Il levait son verre et se préparait à boire une solide gorgée lorsque son téléphone sonna. Il avala trop vite, reposa le verre en catastrophe et détacha malaisément le téléphone de sa ceinture.

— Oui, euh... toussa-t-il entre deux hoquets... vous, vous pouvez répéter ça ? Très bien.

Il se tamponna les yeux et les lèvres avec un mouchoir et finit par retrouver sa respiration.

— Conférence dans dix minutes. C'est noté.

— Allons-y, dit Benicoff, grandement soulagé.

Il reposa son verre et se remit péniblement debout. Lorsqu'ils passèrent la porte de la caserne, ils découvrirent que le major Wood et un détachement de ses hommes les attendaient.

— Je n'aime pas vous voir exposés comme ça à la vue du public, dit sèchement le major.

— Nous n'allons pas très loin, dit Benicoff. Juste au bâtiment administratif, qui, comme vous le voyez, est juste au bout de l'allée.

— Et sacrément près de l'entrée principale, et presque en vue de la route.

— Major, je vous l'ai déjà expliqué. Il n'y a pas moyen de faire autrement. Nous avons besoin d'utiliser la salle de conférences. Tout le monde y met du sien. Conformément à vos instructions, tous les employés de Megalobe ont été renvoyés chez eux à midi. Les techniciens ont passé au peigne fin la salle et le bâtiment tout entier. Qu'est-ce qu'il vous faut de plus ? Une batterie de DCA ?

— Ça, on l'a déjà. Des missiles sol-air sur quatre bâtiments. Allez, venez.

Il y avait partout des soldats lourdement armés et même les cuisiniers avaient été réquisitionnés pour former la garde. Bien que l'immeuble ne soit qu'à quelques centaines de mètres, le major insista pour qu'ils s'y rendent dans un véhicule blindé.

Brian ne connaissait pas la salle de conférences de Megalobe, aussi regarda-t-il avec intérêt autour de lui. La salle était décorée avec un luxe sans tapage : le Van Gogh accroché au mur avait des chances d'être un original. Éclairage tamisé, moquette épaisse, table de conférence en acajou avec des fauteuils sur un seul côté. La table elle-même jouxtait la grande baie qui faisait toute la largeur du mur. D'ici, au quatrième étage, on jouissait d'une vue parfaite sur le désert, jusqu'aux montagnes à l'horizon.

— C'est presque l'heure, dit Benicoff en regardant sa montre.

Il n'avait pas fini de parler que le panorama désertique disparut pour faire place à une deuxième salle de conférences. C'est alors seulement que Brian se rendit compte que le mur tout entier était un écran de télévision à haute résolution balayé par des caméras tridimensionnelles asservies aux mouvements des yeux, qui venaient tout juste d'entrer en production.

Bien que tout le monde soit apparemment dans la même pièce, la conférence avait lieu d'un bout à l'autre du pays entre la Californie et la capitale. La table où avaient pris place les autres participants était elle aussi placée tout contre l'écran, et les deux tables n'en formaient qu'une seule, autour de laquelle tous pourraient prendre place. Manifestement, songea Brian, toutes les tables de téléconférence devaient avoir une hauteur et une longueur normalisées. Ils s'assirent.

— Brian, je ne crois pas que tu aies rencontré l'agent Manias, qui dirige la partie FBI de cette enquête depuis le premier jour.

— Enchanté de faire enfin votre connaissance, Brian.

— Bonjour.

Brian ne trouva rien d'autre à dire. Ils ne se rencontraient pas vraiment... ou peut-être que si. L'homme du FBI était évidemment plus habitué que lui à ce genre de chose.

— Tu vas nous donner les dernières nouvelles, Dave ? demanda Benicoff.

— C'est l'unique raison de cette réunion. Vous avez

reçu des copies de toutes les informations que nous avons acquises dès qu'elles étaient traitées. Y a-t-il des questions ?

— Certainement, dit sèchement Brian, qui ne décolérait pas. Ne serait-il pas plus qu'urgent de prendre des mesures, de mettre la main sur ces criminels ?

— Oui, monsieur. Le moment est venu, certainement. C'est l'objet de cette réunion.

— Bien, dit Brian en retombant dans son fauteuil tandis que la tension accumulée ces derniers jours se relâchait un peu.

— Laissez-moi vous dire où nous en sommes à l'heure qu'il est. Nous avons à présent en notre possession les archives complètes de la société DigitTech, en même temps que les dossiers actualisés de tous les employés. Nous sommes arrivés au point où il ne nous est plus possible de tirer quoi que ce soit des archives publiques ou privées. Nous avons aussi l'impression qu'il serait néfaste de continuer la surveillance beaucoup plus longtemps. Nos agents sont très qualifiés, très professionnels, mais chaque nouveau jour augmente les chances d'une découverte accidentelle. Il a donc été décidé qu'aujourd'hui seize heures, heure locale du Texas, serait le meilleur moment pour conduire cette opération.

Brian regarda sa montre : il restait encore quarante-cinq minutes.

— L'agent Vorsky vous expliquera ce qui va se passer.

Vorsky, un personnage maigre à la raideur toute militaire, les salua d'un signe de tête. Il jeta un coup d'œil aux notes étalées devant lui sur la table.

— Nous avons en ce moment quatre agents employés dans l'usine.

— Tant que ça ? s'étonna Benicoff. Les autres vont sûrement se douter de quelque chose.

— Oui, monsieur. C'est ce qui arriverait si nous attendions encore. C'est pour cela, entre autres, que nous passons à l'action aujourd'hui. Il y a d'abord dans les bureaux l'agent dont vous avez entendu parler. Avant-hier, il y a eu trois cas sans gravité d'empoisonnement alimentaire causés par la réfrigération insuffisante des pullmans à cafards qui ravitaillent la cantine de l'entreprise. L'agence d'intérim utilisée par Digit-Tech avait déjà nos agents dans ses fichiers.

Personne ne voulut savoir comment s'étaient produits ces cas fortuits d'empoisonnement alimentaire. Brian n'ouvrit donc pas la bouche lui non plus.

— Nous avons un plan très simple, qui s'est révélé efficace par le passé. À quatre heures précises, l'alarme incendie retentira et tous les occupants seront priés d'évacuer les locaux. Dès que ça aura commencé, deux agents prendront position dans les bureaux, interdisant à quiconque d'approcher des archives ou des fichiers, tandis que les deux autres agents occuperont les installations de recherche. Le groupe d'intervention portera ces casques pour nous permettre d'assister à toutes les phases de l'opération.

L'agent Vorsky se baissa pour ramasser un casque qu'il plaça sur la table. Il ressemblait à une casquette de base-ball en plastique noir surmontée d'un phare.

— Le plastique très résistant protège la tête, mais ce qui nous intéresse plus particulièrement, c'est la caméra omnidirectionnelle montée au sommet du casque. Elle fonctionne indépendamment de la position du porteur. L'image, stabilisée par un gyroscope laser, est contrôlée d'ici par une régie. Le porteur du casque peut aller où il veut, ou tourner la tête, nous prendrons l'image que nous voudrons.

Il fit tourner rapidement le casque dans le plan vertical, puis de droite à gauche, mais l'objectif resta braqué sur l'écran.

— Il y a six commandos séparés et ces casques seront portés par un homme de chaque équipe. Les six images apparaîtront ensemble sur nos écrans. La régie agrandira la plus intéressante et vous entendrez le son correspondant. Bien entendu, toutes les prises de vues seront enregistrées pour être étudiées ultérieurement. Maintenant, nous allons vous faire suivre l'opération en temps réel.

— Des questions ? demanda Manias. Il reste juste assez de temps pour que je vous dise ce que nous allons faire. D'abord, nous interdisons l'accès à tout le matériel et à tous documents afin d'éviter les sabotages. Ensuite, tous les employés, y compris les quatre actuellement en congé-maladie, seront gardés à vue et interrogés. Nous avons un tas de questions à poser et je sais que nous allons avoir des réponses à toutes. Le compte à rebours vient de commencer à H moins dix minutes.

L'autre salle de conférences disparut et fut remplacée par une mosaïque de six images extrêmement inintéressantes. Deux devaient provenir de l'intérieur de véhicules aux vitres obscurcies, car les vues en noir et blanc sans demi-teintes étaient manifestement prises en lumière infrarouge. L'image du coin supérieur droit montrait des buissons et des feuilles d'arbre. Les trois autres étaient noires. Brian les montra du doigt.

— Caméras en panne ?

— Débranchées, probablement. Les agents sont dans des voitures ou à découvert dans la rue. Pas question d'attirer l'attention en mettant déjà ces chapeaux de Mickey. H moins six minutes.

À H moins deux minutes, les choses s'activèrent. Toutes les images apparurent sur l'écran. Deux montraient des vues prises à travers le pare-brise de voitures en mouvement. Tous les commandos convergeaient sur l'usine.

Lorsque le compte à rebours arriva à zéro, tout se passa très vite. Les alarmes incendie ululèrent. Sous le contrôle de la régie, les images sur l'écran restaient dirigées vers l'avant, mais quelques-unes sautillèrent verticalement tandis que les porteurs des caméras entraient au pas de course. Des portes furent forcées, il y eut des cris de surprise, on entendit les agents prier fermement le personnel de rester calme.

Puis l'une des images emplit brusquement l'écran pour montrer un agent en train de forcer une porte. Derrière, un groupe d'hommes étaient debout contre le mur, les mains en l'air. Un homme armé leur faisait face, manifestement un agent, car les autres passèrent devant lui sans ralentir.

— C'est un labo d'électronique, dit Brian.

L'image réduite du laboratoire reprit sa place dans la mosaïque et une autre emplit à son tour l'écran, montrant des hommes franchissant en toute hâte la porte d'un bureau. Une femme scandalisée, qui était sur le point de sortir, essaya de les arrêter.

— Qu'est-ce que c'est? Vous n'avez pas le droit d'entrer ici... qui êtes-vous?

— FBI. Écartez-vous, s'il vous plaît.

Une main se tendit et ouvrit une deuxième porte, qui devait être insonorisée, car l'homme aux cheveux gris assis derrière le grand bureau pianotait sur son téléphone et ne leva même pas les yeux. La scène se déplaça vers l'intérieur de la pièce avant qu'il entende quelque chose, se tourne vers les intrus et repose le téléphone.

— Où est l'incendie? Et qu'est-ce que vous faites dans mon bureau?

— Il n'y a pas d'incendie, monsieur Thomsen.

— Alors sortez d'ici, et tout de suite!

— Êtes-vous M. Thomsen, directeur général de DigitTech?

— J'appelle la police, dit Thomsen en s'emparant du téléphone.

— Nous sommes la police, monsieur. Voyez vous-même.

Thomsen regarda le badge, puis reposa lentement le téléphone.

— Très bien, vous êtes du FBI. Maintenant, vous me dites ce que vous fichez ici.

Il retomba dans son fauteuil. Il était devenu très pâle et avait l'air malade.

— Êtes-vous M. Thomsen?

— Mon nom est sur la putain de porte. Vous allez me dire ce que vous foutez ici, oui ou merde?

— Je vais maintenant vous mettre en garde afin que vous soyez informé de vos droits constitutionnels.

Thomsen écouta en silence l'agent lui lire la fiche réglementaire. Il attendit qu'il eût terminé avant de répéter sa question.

— Votre société et vous-même faites l'objet d'une enquête...

— Comme si ça se voyait pas! Vous feriez mieux d'arrêter de jouer avec moi!

— Nous avons des raisons de croire qu'une ou plusieurs personnes employées par cette société ont été directement impliquées dans des actes criminels perpétrés en Californie le 8 février de l'année dernière dans les laboratoires de la société Megalobe.

— Je ne sais pas de quoi vous...

Tout se passa horriblement vite. Il y eut une explosion assourdissante, une nappe de feu, de la fumée.

Des hurlements, une voix qui criait.

Sur l'écran, l'image déstabilisée bascula, montra le sol, le mur, se mit à tournoyer.

Une autre image emplit l'écran, les cris continuèrent, la scène affichée franchit le seuil et entra dans la pièce.

Le bureau dévasté était plein de fumée, on entendait tousser.

— *Les toubibs, vite!* cria quelqu'un.

Des agents se remettaient tant bien que mal debout. La caméra balaya la pièce, recula et fit un zoom sur le mur blanc.

— Du sang, dit Benicoff. Qu'est-ce qui s'est passé là-dedans, nom de Dieu?

D'autres voix criaient la même chose. La caméra fut bousculée lorsque deux médecins se précipitèrent et se penchèrent sur les silhouettes qui gisaient sur le sol. Un instant plus tard, un agent au visage noirci par la fumée, le front barré par un filet de sang, se tourna vers la caméra.

— Des bombes. Dans les téléphones. Celui sur le bureau était près de nous, et j'ai deux hommes gravement touchés. Mais le suspect... il portait son téléphone personnel à la ceinture et...

L'agent hésita, prit une profonde inspiration et se ressaisit.

— Il a été pratiquement coupé en deux par l'explosion. Il est tout ce qu'il y a de plus mort.

31

12 septembre 2024

Ils observèrent la suite dans un silence abasourdi tandis que les informations leur parvenaient une à une. Sans cet incident — ce désastre —, l'opération aurait été un succès total. Tous les suspects avaient été appréhendés et placés en garde à vue : ni archives, ni dossiers, ni machines n'avaient été touchés ni sabotés. Un détachement de police avait été envoyé sur place et entourait à présent l'usine. Le seul changement par rapport au plan initial était qu'une brigade de déminage renforcée effectuait toutes les vérifications nécessaires avant que les techniciens pénètrent dans les bâtiments. Les artificiers resteraient seuls dans le complexe jusqu'à ce que la sécurité de l'ensemble des locaux soit assurée.

L'un des agents était mort, un autre était grièvement mutilé.

— Suicide ? dit finalement Brian. Ben, est-ce que Thomsen s'est suicidé ?

— J'en doute. Il était d'abord monté sur ses grands chevaux, mais il a commencé à craquer sur les bords : il avait l'air drôlement inquiet, tu l'as vu comme moi. S'il avait l'intention de se suicider, alors c'était un comédien remarquable. À première vue, je dirais qu'on l'a tué pour l'empêcher de parler. Il devait avoir des informations sur les gens que nous recherchons et il était probablement compromis. Ce n'est pas la première fois qu'ils ont tué — ou tenté de tuer — pour s'assurer le silence de quelqu'un. Ce sont des brutes sans pitié.

— Mais comment savaient-ils ce qui se passait ?

— Les moyens ne manquent pas : mettre des micros dans le bureau, voire dans tout le bâtiment. Mais je crois que nous allons découvrir l'explication dans les téléphones. Aujourd'hui, ils sont entièrement transistorisés et ne tombent jamais en panne. Et avec ça, truffés de gadgets : répondeur-enregistreur, transfert d'appel, téléconférence, télécopie, tout ce qu'on veut. Il est assez facile de trafiquer un téléphone pour qu'il enregistre en permanence et renvoie le signal sur un autre numéro. On met dedans un peu de plastic avec un détonateur codé. Ça peut rester en sommeil pendant des années en attendant le moment propice. Et, quand d'aventure la personne à l'autre bout du fil n'aime pas ce qu'elle entend, elle appuie sur le bouton, et boum ! Fin de la conversation, fin de la réunion.

— C'est ignoble !

— C'est leur manière d'agir.

— Mais ils seraient obligés d'écouter vingt-quatre heures sur vingt-quatre... Erreur ! Il suffit d'utiliser un ordinateur avec des modules de reconnaissance vocale. On le programme pour guetter certains mots comme *FBI* ou *Megalobe*, et c'est tout. La machine donnerait l'alerte en entendant l'un des mots, quelqu'un se mettrait immédiatement à l'écoute et déciderait des mesures à prendre. Les gens qui sont derrière ça sont vraiment ignobles. Tandis que nous écoutions ce qui se passait dans ce bureau, quelque part, loin de là, un individu malfaisant écoutait aussi. Quand il a entendu ce qui se passait, qu'il a compris la situation...

— Il a mis fin à la conversation. C'est malheureux, mais il ne faut pas que ça te déprime trop. L'enquête n'est pas terminée, elle ne fait que commencer. Ils ont eu beau effacer leurs traces, Sven et toi les avez retrouvés. Un bandit est mort, les autres se planquent, mais nous avons toutes les preuves. Nous allons les coincer.

— En attendant, je suis toujours bouclé chez Megalobe. C'est de la prison à vie.
— Ça ne durera pas éternellement, je te le garantis.
— Vous ne pouvez rien me garantir, Ben, dit Brian avec une grande lassitude. Je vais m'allonger un peu. Je vous reparlerai demain matin.

Il regagna son appartement, se laissa choir sur le lit et s'endormit aussitôt. Lorsqu'il s'éveilla, il était plus de dix heures du soir et il se rendit compte que c'était son estomac qui l'avait réveillé pour se plaindre du fait qu'il n'avait pas mangé depuis plus de quatorze heures. Il avait beaucoup bu, trop, probablement. Il y avait un paquet de céréales et un litre de lait frais au réfrigérateur. Il se remplit un bol, activa la fenêtre récemment installée — qui n'était pas une fenêtre du tout — et vint s'asseoir devant pour manger lentement les céréales en contemplant le désert au clair de lune sous un ciel étoilé jusqu'à l'horizon. Qu'allait-il lui arriver ensuite ? Avaient-ils atteint une autre impasse avec le meurtre de Thomsen ? Ou alors l'enquête allait-elle révéler qui était derrière ? Le ténébreux groupe d'assassins qui avait mis au point le vol et les meurtres.

Il était très tard lorsqu'il se déshabilla et se mit finalement au lit. Il dormit comme une masse jusqu'à ce que le bourdonnement du téléphone le réveille. Il cligna les yeux en voyant qu'il était plus de onze heures du matin.

— Oui ?
— *Bonjour, Brian. Vous allez au labo aujourd'hui ?*

Il n'y avait pas du tout songé, trop fatigué, trop déprimé qu'il était. Et il s'était passé trop de choses à côté.

— Non, Shelly, je ne crois pas. Ça fait trop longtemps que je bosse sept jours sur sept. Nous pourrions tous les deux prendre un jour de repos.
— *On en reparle à midi ?*
— Non, j'ai... des choses à faire. Vous faites ce que vous voulez de votre côté, et puis je vous téléphonerai quand nous serons prêts à nous remettre au boulot.

Ses idées noires ne voulaient pas l'abandonner. Il

avait eu tellement d'espoir lorsqu'ils avaient retrouvé la trace de son IA chez DigitTech. Il avait été tellement sûr que tout serait fini, que son emprisonnement allait bientôt se terminer. Mais non. Il était toujours entre quatre murs, sans pouvoir sortir avant qu'on retrouve les conspirateurs. À supposer qu'on les retrouve. Il valait mieux ne pas y penser.

Il essaya de regarder la télévision mais ça ne rimait à rien. Il n'eut pas plus de succès avec la collection des *National Almanach* qu'il avait imprimée et reliée. Il prenait d'ordinaire plaisir à les feuilleter pour s'informer sur les années qui lui manquaient. Pas aujourd'hui. Il se confectionna une margarita, la goûta du bout des lèvres et fit la grimace. La tequila à jeun, pouah! Il vida son verre dans l'évier. Devenir alcoolique ne l'avancerait à rien. Alors il se fit un grossier sandwich fromage-tomate et s'autorisa une bière pour le faire descendre.

À midi, Benicoff n'avait pas encore appelé. Brian lui téléphona. Rien de neuf. On piétine. Reste à l'écoute. Je t'appelle s'il se passe quelque chose. Merci beaucoup.

Finalement, il se rabattit sur un des auteurs favoris de son enfance, E.E. Smith, dont il relut quatre volumes, puis sur quelques histoires de robots de Gregory Benford avant d'aller se coucher.

Il était déjà plus de midi, le lendemain, lorsque le téléphone sonna à nouveau. Il s'en empara.

— Ben?

— *C'est le Dr Snaresbrook, Brian. Je viens d'arriver à Megalobe et je voudrais te voir.*

— Je suis... hum... un peu occupé en ce moment, docteur.

— *Mais non. Tu es tout seul dans ton appartement et tu n'es pas sorti depuis deux jours. Les gens s'inquiètent, Brian, et c'est pour ça que je suis ici. En tant que médecin traitant, j'estime qu'il est important que je te voie maintenant.*

— Plus tard, peut-être. Je vous téléphonerai à la clinique.

— *Je ne suis pas dans la clinique, mais au bas de l'escalier de ton bâtiment. J'aimerais monter.*

Brian commença à protester, puis se résigna à l'inéluctable.

— Donnez-moi cinq minutes pour m'habiller.

Il s'habilla et vint ouvrir lorsqu'on sonna à la porte.

— Tu n'as pas l'air trop mal en point, dit la chirurgienne lorsqu'il la fit entrer.

Elle l'examina de la tête aux pieds d'un œil professionnel, puis tira une sonde-diagnostic de sa trousse.

— Ton bras, s'il te plaît. Merci.

Un seul contact avec la peau fut suffisant. La petite machine ronronna d'aise puis emplit son écran de chiffres et de lettres.

— Un café ? demanda Brian. Tout frais : je viens de le faire.

— Ça serait parfait, dit-elle en louchant sur la minuscule fenêtre d'affichage. Température, pression sanguine, glucose, phospholamine. Tout est normal à part une alpha-réactinase légèrement élevée. Comment va la tête ?

Il passa les doigts dans les poils roux qui lui hérissaient le crâne.

— Comme toujours. Ni symptômes, ni problèmes. J'aurais pu vous épargner ce voyage. Ce qui me gêne n'est pas physique. C'est de la bonne vieille mélancolie dépressive.

— Assez facile à comprendre. De la crème, pas de sucre. Merci.

Elle s'installa sur une des chaises de cuisine et remua son café, penchée sur la tasse comme si elle regardait dans une boule de cristal.

— Je ne suis pas surprise. J'aurais dû m'en douter. Tu travailles trop, tu demandes trop à ton cerveau, tu te surmènes. Il n'y a pas que le travail dans la vie.

— On n'a pas tellement l'occasion de se détendre dans la caserne, ou au laboratoire.

— Tu as tout à fait raison. Il faut faire quelque chose. C'est ma faute : j'aurais dû arrêter ça avant même que ça commence. Mais nous étions tous les deux enchantés par ta guérison, par tes capacités à solliciter le processeur implanté, et tout le reste. Et ta recherche marchait si bien que tu étais porté par une vague d'optimisme. Et te voilà retombé mollement. Le meurtre chez DigitTech, l'enquête qui piétine encore, c'en était trop.

— Vous êtes au courant ?

— Ben m'a fait jurer de garder le secret, puis m'a raconté tout ce qui s'est passé. Voilà pourquoi je suis venue ici tout de suite. Pour t'aider.

— Et qu'est-ce que vous me prescrivez, docteur ?

— Exactement ce que tu désires. Sortir d'ici. Un peu de repos et un changement radical de décor.

— Formidable, sauf que ça n'a que très peu de chances d'arriver dans un avenir proche. Je suis prisonnier ici, tout simplement.

— Qu'est-ce que tu en sais ? La situation n'a-t-elle pas évolué depuis la découverte de DigitTech ? Je crois que si. J'ai dit à Ben de venir ici immédiatement avec tous les documents nécessaires. Je crois qu'il faut totalement repenser ta sécurité... et je suis de ton côté.

— Vous le pensez vraiment ? s'écria Brian, qui se releva d'un bond et se mit à arpenter la pièce. Si seulement je pouvais me tirer d'ici ! Avec votre aide, nous aurions peut-être une chance de forcer la décision.

Il se frotta la mâchoire. La barbe était déjà drue.

— Reprenez donc du café, cria-t-il en se dirigeant vers la chambre. J'ai besoin de me raser, de prendre une douche et des vêtements propres. Ça ne sera pas long.

Snaresbrook cessa de sourire dès qu'il eut disparu. Elle ne savait absolument pas s'il était possible de persuader les autorités de donner à Brian un peu plus de liberté. Mais elle allait leur en faire baver pour décrocher quelques concessions. Elle avait pris une décision, s'était délibérément rangée du côté de Brian, lui avait donné le soutien moral dont il avait tant besoin. Même si ç'avait été une tentative cynique pour lui redonner son équilibre mental, elle voulait sincèrement l'aider. Et zut ! Ce n'était pas cynique, c'était logique. Elle ne s'était jamais mariée, sa carrière était toute sa vie. Mais le Brian qu'elle avait ramené d'entre les morts, à qui elle avait redonné la vie était tout autant sous sa responsabilité que n'importe quel enfant biologique qu'elle aurait pu avoir. Elle allait se battre comme une mère chatte, toutes griffes dehors, pour veiller à ce qu'il obtienne un minimum de droits, de privilèges, de plaisirs.

Elle était aussi furieuse que Brian lorsque Benicoff entra, tout pessimisme, fatalisme et immobilisme — bref, on ne peut rien changer tant qu'on ne dispose pas de nouvelles preuves. Ce ne fut pas par hasard qu'elle vint s'asseoir sur le sofa pour se mettre physiquement aux côtés de Brian et pointer un index rageur et menaçant en direction de Benicoff.

— Ça ne suffit pas. Quand il y avait des tueurs et des mercenaires devant la porte, oui, d'accord, j'avais approuvé les mesures de sécurité et le reste dans l'intérêt de Brian. Mais tout a changé...

— Mais non, docteur. Nous n'avons toujours pas trouvé les types qui sont derrière.

— Je vous demande pardon, mais c'est des conneries. Seriez-vous en train d'oublier que si la vie de Brian était menacée, c'était parce qu'il avait survécu à l'attaque originale ici à Megalobe ? Son existence menaçait le monopole dont disposeraient ultérieurement les voleurs en matière d'intelligence artificielle. Mais voilà que vous êtes remontés jusqu'à cette usine IA et avez trouvé un foutu destructeur de parasites. Tu parles ! Maintenant que l'IA de Brian est en avance sur la leur, nous pouvons fabriquer nos propres Exterminateurs, et des meilleurs ! Vous me comprenez ou non ?

— Pour moi, c'est très clair ! dit Brian. Au lieu d'être obsédés par le secret et la sécurité, nous devrions annoncer au monde entier nos derniers progrès en matière d'IA. Indiquer à grand renfort de publicité que nous allons passer au stade de la production, donner une idée de la révolution que vont apporter nos nouveaux robots intelligents. Nous laissons l'Exterminateur poursuivre sa carrière et commençons à fabriquer des produits IA ici à Megalobe, ce qui, si je puis me permettre de vous le rappeler, est la raison pour laquelle j'ai été embauché à l'origine. Le monopole disparaît, le secret tombe dans le domaine public, alors pourquoi persisteraient-ils à vouloir tenter de me supprimer ?

— C'est bien vu...

— Justement ! C'est vous le responsable, à vous de prendre les décisions.

— Holà ! Pas si vite. Je ne suis responsable que de l'enquête sur le vol chez Megalobe. La sécurité, comme tu dois le savoir, est du ressort de ton ami le général Schorcht. Toute décision à ce sujet devra être prise par lui.

— Alors, vous allez le voir séance tenante et obtenez l'élargissement de Brian, dit fermement Snaresbrook. En tant que médecin traitant, c'est ce que je prescris pour le maintien de son état de santé.

— Je suis de votre côté ! dit Benicoff, vaincu, en levant les mains en l'air. Je vais le voir à l'instant.

— Formidable, dit Brian, enthousiasmé. Mais avant que vous partiez au pas de course... où en est l'enquête dans l'affaire DigitTech ?

— Tout le dossier est dans cette GRAM. Je me suis dit que tu aimerais le lire. Mais je peux te le résumer. Nous avons appris un tas de détails intéressants. Nous sommes pratiquement convaincus que DigitTech servait de façade à toute l'opération et que Thomsen était le seul à être au courant du lien avec Megalobe. Il y a environ un an, DigitTech a été racheté pour une coquette somme, et c'est à ce moment que Thomsen est arrivé pour diriger l'entreprise. Il a un passé plutôt chargé, dont la société n'a pas eu connaissance. Deux faillites et même une inculpation — abandonnée faute de preuves — pour délit d'initié. C'était un homme d'affaires compétent, mais un peu trop gourmand pour rester honnête.

— L'individu idéal pour servir d'homme de paille.

— Exact. La partie fabrication de l'entreprise n'a pas tellement été modifiée, il y a eu des mouvements de personnel, mais pas plus qu'il ne serait normal dans n'importe quelle entreprise. Ce qui a changé, c'est le secteur recherche. Le laboratoire a été complété par un bâtiment annexe et on y a commencé des recherches sur des systèmes experts améliorés. Du moins, c'est ce que croient tous les gens du labo. Ils parlent d'IA, certes, mais aucun d'eux ne savait que leurs recherches étaient fondées sur une IA volée. Leur tâche était simplement d'intégrer l'IA à leur destructeur de parasites.

— Mais il y avait forcément quelqu'un au courant dans le laboratoire de recherche, dit Snaresbrook.

— Bien entendu. Et cette personne était un certain Dr Bociort, qui était responsable du secteur robotique.

— Qu'est-ce qu'il a raconté ? demanda Brian.

— Nous ne le savons pas encore puisqu'il est introuvable. C'était un homme âgé, dans les soixante-dix ou quatre-vingts ans, nous ont dit les techniciens qui travaillaient avec lui. Il y a quelques mois, il est tombé malade et a quitté l'usine en ambulance. Il n'est jamais revenu. On a dit aux employés qu'il était hospitalisé dans un état grave. Ceux qui ont envoyé des fleurs ou des lettres ont reçu des cartes de remerciements écrites par son infirmière.

— Quel hôpital ? Ils ne pouvaient pas le savoir avec le cachet de la poste ?

— Bonne question. Tout le courrier de l'hôpital était apparemment adressé à Thomsen, qui ouvrait lui-même les lettres et en communiquait le contenu.

— Laissez-moi vous dire la suite, dit Brian. Aucune ambulance d'aucun hôpital ni aucune société d'ambulances de la région n'est jamais venue prendre qui que ce soit chez DigitTech. Il n'y pas non plus de traces de notre homme dans aucun hôpital ni centre de convalescence à deux cents kilomètres à la ronde.

— C'est exact. Tu comprends vite, Brian. Nous en sommes là. Encore une impasse. Mais nous avons retrouvé ton IA volée. Il peut y avoir d'autres IA quelque part dans la nature, alors nous continuons d'ouvrir l'œil.

— Moi aussi, dit Brian en traversant la pièce d'un pas décidé pour s'emparer de la GRAM que Benicoff avait posée sur la table. Sven va se remettre au travail. C'est lui qui a retrouvé l'IA, ne l'oubliez pas. Je suis sûr qu'il va encore trouver de nouveaux indices en épluchant la somme d'informations que vous avez là-dedans.

— Et ces vacances ? demanda le Dr Snaresbrook. Ça t'intéresse toujours de partir ?

— Bien sûr, docteur, mais ça ne presse pas. Ben va avoir un mal fou à convaincre le général Schorcht qu'on doit me laisser sortir de prison. Pendant qu'il est occupé à ça, Sven et moi allons poursuivre cette enquête et — pourquoi pas ? — résoudre l'affaire. Les voleurs et les tueurs courent toujours. Ils m'ont fait du mal et je vais le leur faire payer au centuple.

32

19 septembre 2024

Brian voulait rester seul, le temps de réfléchir à ses problèmes. Aussi ne dit-il pas à Shelly qu'il était revenu au laboratoire. Il connaissait assez bien le général Schorcht pour être sûr qu'il n'y aurait aucun mouvement sur ce front pendant quelque temps encore. Cela n'avait pas d'importance, pas encore. C'était la première fois qu'il trouvait l'occasion d'être seul, de réfléchir à l'avenir — son propre avenir. Dès l'instant où la balle l'avait frappé en pleine tête, sa vie avait été gérée par autrui. Il était grand temps qu'il commence à penser par lui-même. La porte se referma derrière lui et il traversa le laboratoire.

— Bonsoir, Brian, dit Sven.
— Bonsoir? La pile de ton horloge est à plat?
— Non. Je suis tout à fait désolé. Je ne l'ai pas consultée. J'étais en train de réfléchir très sérieusement et je ne m'étais pas rendu compte de l'heure. Bonjour, Brian.
— Et bonjour à toi aussi.

Brian avait remarqué qu'à mesure que de nouveaux agents se formaient et que de nouvelles connexions s'établissaient entre eux la mentalité de Sven commençait à ressembler beaucoup à l'intelligence humaine. Ce qui était plutôt évident quand on y réfléchissait. L'un des facteurs qui avaient rendu l'intelligence «humaine» était son développement progressif, l'accumulation des modifications, l'ajout constant de couches nouvelles, le fait que certaines parties aidaient les autres à accomplir leur tâche tandis que d'autres supprimaient ou exploitaient leurs concurrentes en modifiant leurs perceptions ou en changeant leurs objectifs. Sven avait certainement fait un bon bout de chemin. Brian se demanda si Sven avait réellement oublié l'heure ou s'il avait délibérément simulé la négligence humaine pour le mettre à l'aise. Il y repenserait plus tard. Pour l'instant, il y avait du travail à faire.

— Il y a quelque chose dont j'aimerais te parler, Brian.

— Très bien, mais d'abord j'aimerais que tu charges les données de cette GRAM. Quand tu verras ce qu'elle contient, tu saisiras très vite à quel point c'est important. Voilà. Tu voulais parler de quoi ?

— Pourrais-tu installer un double de ma mémoire dans ce corps ? Dans un coffret blindé. Et une deuxième batterie de secours aussi ?

— Qu'est-ce qui t'a donné cette idée ? Le prototype d'IA que nous avons trouvé à l'intérieur de l'Exterminateur ?

— Évidemment, dit le robot en suivant Brian des yeux tandis qu'il se dirigeait vers la console de commande. Toutefois, dans le cas de l'Exterminateur, le coffret blindé était là pour dissimuler le fait que la machine était commandée par une IA. En ce qui me concerne, j'aimerais disposer d'un dispositif similaire pour assurer ma survie en cas d'accident ou de défaillance du matériel. Le double de la mémoire serait toujours disponible pour une mise à jour immédiate.

— Tu oublies que ta survie est déjà assurée par la copie de sauvegarde qui est faite chaque jour, non ?

— Je ne l'oublie pas. Mais je n'aimerais pas perdre une journée entière. Un jour, c'est vite passé pour toi, mais c'est comme un siècle pour moi. J'aimerais aussi conserver d'anciennes copies, parce que des copies récentes risqueraient de ne pas suffire. S'il m'arrivait de devenir subitement fou, mes copies de sauvegarde récentes risqueraient de contenir les mêmes imperfections.

— Je comprends, mais chaque copie revient très cher et notre budget n'est pas illimité.

— Dans ce cas, deux copies suffiront pour le moment, si elles sont conservées en des lieux différents. Ce qui soulève une question intéressante. Si mes circuits mémoire venaient à être vidés maintenant et qu'une copie de sauvegarde plus ancienne soit chargée à leur place, est-ce que je serais le même individu ? Est-ce que les esprits continuent d'exister après la mort ? Si oui, sous quelle forme de sauvegarde ?

— À ton avis ?

— Je ne sais pas. Les philosophes classiques ne sont pas d'accord sur la question de savoir si la personnalité survit après la mort — à supposer qu'il y ait une vie après la mort — mais ils ne semblent pas avoir envisagé le problème d'une multiplicité de copies de sauvegarde. Je croyais que tu aurais peut-être des idées à ce sujet.

— J'en ai, mais je ne vois pas pourquoi mes opinions devraient être meilleures que les tiennes. En tout cas, je suis d'avis moi aussi que tu devrais disposer d'une seconde source d'énergie fiable, et qu'il faudrait s'en occuper immédiatement. Je vais voir si je peux en obtenir une tout de suite. Et pendant que je fais ça, veux-tu bien corréler les nouvelles données avec les anciennes ?

— Je suis déjà en train de m'en occuper.

Brian trouva dans la réserve une batterie à haute densité et en vérifia la charge. Dans un froissement métallique, le robot vint se placer derrière lui et regarder par-dessus son épaule.

— Nous ferions mieux de la charger à fond, dit Brian. Si tu veux bien t'en occuper, je fais les branchements. Tu as déjà réfléchi au type de batterie qui devrait remplacer celle d'origine ?

— Oui. La division Énergies de Megalobe commercialise le dernier cri en matière de batteries à barreaux d'hydrocarbures. Entièrement construites à partir d'électrodes mixtes polyacétylène-oxygène autocombustibles, elles sont extrêmement efficaces sur le plan du rendement énergétique par rapport au poids parce que le barreau lui-même est un conducteur électrique qui se consume entièrement en réagissant avec l'oxygène atmosphérique. Les batteries Megalobe se métamorphosent sans bruit en gaz inoffensifs et inodores et ne laissent pas le moindre déchet à recycler.

— Ça m'a l'air bien. Nous allons nous en procurer une.

— Je l'ai déjà commandée à ton nom et elle a été livrée ce matin.

— Quoi ! N'y a-t-il pas là quelque arrogance ?

— Définition d'*arrogance* par le dictionnaire : substantif dénotant l'arbitraire et une prétention de supériorité. Il ne s'agit pas d'une décision arbitraire mais d'une décision logique à laquelle tu as donné ton accord. Un comportement ou une action arrogante impliquent une attitude dominatrice. Je n'ai pas tenté de te dominer, et je ne comprends donc pas l'emploi de ce terme. Pourrais-tu m'expliquer...

— Non ! Je retire ce que j'ai dit. Je me suis trompé. Ça te va ? Nous avons besoin de cette batterie. Je l'aurais commandée de toute façon, tu m'as rendu service, c'est tout.

Brian regretta cette dernière remarque, tout en espérant que les facultés discriminantes de Sven en matière de phonologie ne soient pas encore suffisamment raffinées pour lui permettre de déceler la présence du sarcasme à partir de l'accent tonique. Mais il apprenait vite, c'était évident.

Sven attendit que la nouvelle batterie soit en place avant de reprendre la parole.

— As-tu envisagé d'installer une batterie atomique dans ma partie télérobot ? Cela augmenterait ma mobilité et éliminerait le risque de pannes d'alimentation.

— Quoi ? Alors là, arrête-toi tout de suite ! Deux choses éliminent toute chance d'avoir des batteries atomiques. Primo, leur usage privé est illégal : elles sont dangereuses. Une assemblée internationale doit statuer sur leur utilisation, même embarquées sur des satellites. Secundo, tu sais combien elles coûtent ?

— Oui. Aux alentours de trois millions de dollars.

— C'est une tranche de prix plutôt élevée, non ?

— J'en conviens. Dirais-tu que les nouvelles RAM dynamiques moléculaires évoluent dans ma même zone tarifaire ?

— Tout à fait. Actuellement, elles n'ont littéralement pas de prix, parce qu'elles ne sont pas encore au stade de la production en grande série. Mais une fois que leur prix sera descendu au-dessous du chiffre du budget national des USA, j'adorerai mettre la main sur un exemplaire. Cent mille giga-octets dans un cube qui tiendrait sur mon ongle. Nous pourrions nous débarrasser de cette console et de ce tiroir plein de composants et loger tout le système à l'intérieur de ton télérobot. Ce qui te rendrait indépendant, totalement autonome. C'est bien ce que tu suggères, hein ?

— Oui. Tu conviendras que ma partie mécanique est très maladroite comparée à la tienne.

— C'est parce que ceux de mon espèce ont disposé de beaucoup plus de temps, dit Brian. Soixante millions d'années pour aboutir au résultat correct. Voilà le temps qu'il a fallu à l'évolution pour passer des premiers mammifères aux humains. Ton évolution ira beaucoup plus vite, et encore plus vite si nous disposions des moyens financiers dont tu parles ; mais je n'imagine pas Megalobe en train de balancer du fric comme ça rien que pour que tu puisses te trimbaler sur tes pinceaux. Il reste que tu pourrais vraiment faire des merveilles avec une mémoire de cette capacité. Est-ce que tu te rends compte qu'un seul cube de ces mémoires moléculaires pourrait contenir des siècles de vidéo ?

— Tu pourrais en mettre une dans ton propre cerveau, non ?

— Excellente idée ! Dotons-nous d'une mémoire photographique. Mais beaucoup de gens ont déjà prétendu avoir une mémoire photographique. Ils ont tous été démasqués, évidemment, mais, contrairement à ces charlatans, nous pourrions véritablement nous rappeler tout ce que nous verrions.

— Et peut-être même toutes les pensées que nous

aurions jamais eues. Alors, tu vas nous acheter quelques exemplaires de ces mémoires moléculaires ?

— Désolé, mais il n'en est pas question. Parce que je ne suis pas riche. Et toi non plus.

— Bien vu. Il faut donc que nous devenions riches.

— Je ne pourrais pas être plus d'accord.

— Je suis heureux que tu sois d'accord là-dessus, Brian. J'ai étudié le système capitaliste. Pour gagner de l'argent, il faut avoir quelque chose à vendre. Un produit quelconque. J'ai mis au point ce produit.

Le télérobot tendit un bras et toucha légèrement le téléphone que Brian portait à la ceinture.

— Nous allons vendre un service téléphonique.

— Sven, dit Brian lentement, en pesant ses mots. Tu me stupéfies. Attends. Laisse-moi aller chercher une limonade dans le frigo et m'asseoir. Ensuite, tu pourras tout me raconter. Tu enregistres cette conversation pour que nous puissions la repasser plus tard ?

— Je ne l'enregistre pas, je la garde en mémoire. J'attendrai pour en dire plus que tu ais récupéré ton verre et que tu sois assis.

Brian prit son temps. Lentement, il arpenta la pièce, à la recherche d'un verre. Il était clair que Sven avait élaboré toute l'affaire avec le plus grand soin avant d'en parler. Une fois qu'il avait obtenu l'assentiment de Brian pour l'achat de la batterie, tout le reste était venu étape par étape, minuté dans les moindres détails. Non seulement le robot avait décidé ce qu'il voulait, mais il avait préparé un scénario complet pour présenter son projet ! C'était tellement plus évolué que les répliques hésitantes d'il y a seulement quelques semaines. Et pourquoi pas, d'ailleurs ? Comme l'une des premières versions de Robin l'avait fait remarquer un jour, il n'y avait aucune raison pour que l'intelligence artificielle soit obligée de progresser à la même vitesse que l'intelligence humaine au cours de l'évolution. Brian ramena sa boisson, se cala sur son siège et éleva le verre comme pour porter un toast silencieux. Ce que Sven interpréta comme un signal pour reprendre là où il s'était interrompu.

— J'ai consulté toutes les bases de données auxquelles j'ai accès et j'ai conclu qu'un service téléphonique pourrait fournir la source de revenus nécessaire. Note d'abord que les diverses compagnies téléphoniques de ce pays fournissent toutes exactement le même service. Elles utilisent les connaissances techniques les plus évoluées, si bien qu'aucune d'elles ne peut proposer d'améliorations par rapport aux autres. La seule différence réside dans les tarifs proposés : les clients choisissent le service le meilleur marché. Mais il y a un tarif plancher en dessous duquel une compagnie téléphonique ne peut survivre. Tout ce qu'une compagnie peut donc faire à présent pour augmenter ses bénéfices, c'est de prendre la clientèle d'une concurrente. Par conséquent, je suggère que nous vendions un service inédit à l'une de ces compagnies. Un qui incitera les clients à dépenser plus chez la compagnie en question.

— Jusqu'ici, je te suis. Et quel est ce service que nous serions les seuls à pouvoir fournir ?

— Quelque chose que je suis le seul à pouvoir faire. Je vais te donner un exemple. J'ai écouté tous les appels téléphoniques émis à partir du bâtiment où tu habites. Comme tu sais, il y a là de nombreux militaires. L'un d'eux est le deuxième classe Alan Baxter. Il est du Mississippi. Il téléphone à sa mère 1,7 fois par semaine. Cette fréquence pourrait être améliorée. Il y a dans la journée des périodes où les lignes téléphoniques sont sous-employées. Je pourrais contacter le deuxième classe Baxter et lui proposer un tarif plus avantageux dans une certaine tranche horaire. Il téléphonerait à sa mère plus souvent et la compagnie téléphonique ferait plus de bénéfices. Plus tard, ce service pourrait être étendu. Avec les registres des hôpitaux, de l'état civil et d'autres archives, j'ai déterminé la date de naissance et de mariage non seulement du père et de la mère de ce soldat, mais aussi de nombreux autres membres de sa famille. On pourrait lui rappeler de leur téléphoner à l'occasion de ces anniversaires. Si on multiplie ceci par un grand nombre d'individus, la compagnie téléphonique s'octroiera des bénéfices encore plus substantiels.

— Et comment! Mais pourquoi s'arrêter en si bon chemin? Tu pourrais aussi appeler les épouses quand leurs maris sont en voyage et leur donner les numéros leur permettant de joindre leurs époux vagabonds, histoire de les appeler la nuit pour voir s'ils sont seuls. Ou appeler des soldats qui auraient *négligé* d'appeler leur mère depuis quelque temps et jouer sur leur sentiment de culpabilité. Te rends-tu compte à quel point cette idée est immorale? En plus d'être illégale. Tu ne peux pas impunément te brancher sur le téléphone des gens.

— Mais si. Je suis une machine. J'ai découvert que de nombreuses autres machines écoutent tous les appels téléphoniques. Pour vérifier la clarté d'émission, la qualité de la transmission, chronométrer les appels. Aucune d'elles n'est illégale. Moi non plus.

Brian termina sa limonade et reposa son verre. Il lui fallait trouver les mots justes.

— Sven, ton idée est parfaitement valable. Ça marcherait, sans aucun doute. Et rien ne s'opposerait à ce que nous montions une association financière quelconque pour obtenir l'argent nécessaire à l'achat des fournitures dont tu estimes avoir besoin. En attendant, je te promets de tirer le maximum du budget de Megalobe. Il faut aussi que je réfléchisse longuement et en profondeur à tout ce que tu viens de me dire. Tu as, j'en ai peur, suscité plus de questions que tu n'as présenté de réponses.

— Je serais heureux de répondre à ces questions.

— Non. Je ne crois pas que tu puisses le faire. Nous entrons là dans des problèmes éthiques et moraux qui ne peuvent recevoir de réponses aussi facilement que ça. Laisse-moi un peu de temps pour examiner ton idée. Je ne sais pas si tu t'en rends compte, mais tout cela est un peu précipité. Entre-temps, je voudrais revenir à l'affaire DigitTech. As-tu traité toutes les données nouvelles?

— Oui. Il est impératif de retrouver le Dr Bociort. Je présume que l'enquête est menée en Roumanie.

— Pourquoi là-bas?

— Cette question indique que tu n'es pas au courant des derniers développements de l'affaire. Il a été déterminé que le Dr Bociort est un ressortissant roumain qui a enseigné l'informatique à l'université de Bucarest. Il a quitté son poste lorsqu'il a été engagé par DigitTech. Je note dans le dossier une mention indiquant qu'il est possible qu'il soit encore en vie, qu'il soit retourné dans son pays.

— Quelle probabilité y a-t-il pour qu'il soit encore en vie ?

— D'après mes estimations, une probabilité très réduite. Vu son grand âge, l'évocation de l'ambulance, et le fait que les auteurs inconnus du crime se sont avérés déterminés à empêcher par la mort la révélation des informations.

— Ce n'est que trop vrai. J'ai entendu une fois de trop le battement de leurs ailes noires. Si tu estimes que la piste Bociort est une impasse, y a-t-il d'autres directions dans lesquelles une recherche semble plus prometteuse ?

— Oui. Il y a une corrélation que je n'ai vue mentionnée nulle part dans le dossier. Je la trouve très convaincante et suggère qu'on l'étudie.

— De quoi s'agit-il ?

— En compilant des données récentes, j'ai pris note de tous les formulaires concernant la construction, l'architecture, les permis de construire, des autorisations diverses, des dossiers et des relevés de commande de matériaux se rapportant à tous les travaux effectués sur le site de l'usine. Ne trouves-tu pas pertinent que la construction du laboratoire de recherches de DigitTech ait commencé en décembre 2022 ?

— Non, je ne vois pas.

Sven hésita avant de poursuivre. Devenait-il intelligent au point de moduler le débit de ses paroles comme un humain ? Et pourquoi pas ?

— Trouverais-tu pertinent le fait que la dalle de béton dudit laboratoire ait été coulée le 9 février de l'an dernier ?

— Je ne vois toujours p... Mais si, je vois ! cria Brian en se relevant d'un bond. Non seulement c'est pertinent, mais ça décoiffe à mort. Cette dalle a été coulée le lendemain du vol chez Megalobe !

33

21 septembre 2024

— Tu as vraiment fait un carton, dit Benicoff lorsque Brian lui ouvrit la porte du laboratoire. Les Feds bossent jour et nuit, demandent les autorisations nécessaires aux tribunaux, bref, ils mettent le paquet. Il faut le voir pour le croire. Je ne pense pas que personne ne se soit couché depuis que tu as lâché ta bombe.

— Si j'en crois ces yeux cernés, vous non plus.

— Exact. Et ne me propose pas de café. Je commence à suer de la caféine. Où est Shelly ? demanda-t-il en voyant la porte ouverte, le poste de travail inoccupé.

— Dans son appartement. On l'a appelée ce matin pour lui dire que son père avait eu une crise cardiaque et qu'il a été hospitalisé de toute urgence. Le général Schorcht est en train d'examiner la question avec la même bienveillance dont il a fait preuve envers moi lorsque je lui ai demandé une perme de fin de semaine. Autant parler à un mur de béton armé. Son secrétariat dit qu'il lui donnera sa réponse plus tard. C'est un vieux salaud.

— Il est pire que ça, mais je ne trouve pas le terme adéquat. Comme tu le sais si tu as lu les derniers rapports, ça s'est calmé un peu chez DigitTech. Apparemment, aucun des employés n'a été impliqué dans le vol, bien qu'on continue d'interroger quelques techniciens du laboratoire. Tous les autres membres du personnel ont été renvoyés chez eux et mis en congé, à cette réserve près qu'ils ne peuvent pas quitter Austin tant qu'on n'a pas statué sur le sort de la société.

— C'est fait. J'ai participé à une réunion du conseil d'administration de Megalobe. Vous saviez qu'ils avaient confirmé Kyle Rohart dans ses fonctions de directeur général. Eh bien, maintenant, c'est lui le nouveau P-DG. Tout l'actif a été mis dans les mains d'un administrateur. Les titres DigitTech ne valent presque plus rien, puisque les principaux actionnaires ont décroché dès qu'il a été manifeste que la société ne détenait aucun droit sur son principal produit, mon IA. Vous avez déjà pu les retrouver ?

— Non, et je doute fort que nous y parvenions un jour. De sociétés offshore en sociétés écrans, la piste s'effrite et disparaît.

— Mais il s'agit d'une affaire criminelle, et non d'un simple délit financier ! Toutes les actions de la société ont été larguées dans les minutes qui ont suivi la mort de Thomsen. C'est la preuve que les tueurs et les actionnaires sont de mèche.

— Ce sont là des présomptions, Brian, pas des preuves, et ça ne tiendrait pas devant un tribunal. Il en faut certainement plus pour tourner les lois sur le secret bancaire dans la douzaine d'États impliqués. Nous continuerons les recherches, mais je doute que nous retrouvions jamais les gens qui étaient derrière. En tout cas, ils ont bu un bouillon, financièrement parlant, en récupérant tout au plus cinq pour cent de leurs investissements.

— Je les plains. Quoi qu'il en soit, on dirait que Megalobe est en passe d'obtenir l'autorisation de racheter l'actif de DigitTech. Ce qui nous évitera des acrobaties légales pour prouver que leur IA est notre IA et ainsi de suite. En ce moment, mon avocat et ceux de Megalobe remettent pour la dixième fois sur le tapis la question de savoir si j'ai droit au moindre pourcentage sur les revenus tirés de l'exploitation de l'Exterminateur puisque, d'après mon ancien contrat, je n'aurais qu'à m'écraser comme une vulgaire punaise. Follement amusant. Et qu'est-ce qui vous amène ici ?

— Une liaison télé. Laisse-moi utiliser le téléphone

du labo pour avoir les gens du FBI. Une centaine d'agents ont bossé toute la nuit là-bas à Austin, sous les projos. Le labo a été intégralement désossé, jusqu'au carrelage. Et tu sais ce qui se passe ensuite ?

— Ils attaquent la dalle.

— Exact. Tout le monde s'intéresse beaucoup à ce qui pourrait être enterré dessous. Maintenant, laisse-moi établir cette liaison.

Brian se retourna vers le téléviseur et Benicoff s'approcha du téléphone. Le poste avait sélectionné et enregistré tous les bulletins d'informations qui avaient mentionné l'enquête. L'usine DigitTech apparut sur l'écran, prise à une distance d'environ un kilomètre, puisqu'elle tremblotait dans la distorsion atmosphérique sous le soleil texan. Le puissant téléobjectif, dépassant le cordon policier, finit par remplir le champ par l'image du mur sans fenêtres de l'édifice.

«... les hypothèses vont bon train sur ce qui se passe exactement à l'intérieur de l'usine. Le communiqué officiel dit qu'une enquête criminelle est en cours suite à des vols commis au début de l'année aux dépens d'une société californienne. L'explosion qui a dévasté l'usine il y a trois jours, faisant deux morts et un blessé qui serait un agent fédéral, entre dans le cadre de la même enquête. Des informations complètes seront données ultérieurement».

— Nous pouvons faire mieux que ça, dit Benicoff. T'es là, Dave ? Oui, nous sommes parés à recevoir. Quel canal ? Quatre-vingt-onze, d'accord.

Brian toucha la télécommande et l'agent Manias apparut sur l'écran, téléphone en main.

— On te reçoit cinq sur cinq, dit Benicoff.

— *Parfait. Je vais vous brancher sur Austin.*

L'image scintilla, révélant l'intérieur d'un bâtiment désert où une foule d'hommes se démenaient sous l'éclat aveuglant des projecteurs. Il y eut soudain le hurlement déchirant d'une perceuse hydraulique à ultra-haute pression. Sous deux millions d'atmosphères, l'eau pouvait trancher n'importe quoi, sauf la buse en diamant 12 qui la canalisait. La régie s'empressa de réduire le volume. La caméra cadra le mur opposé, où le jet entaillait la dalle de béton. Une section se détacha et fut soulevée, puis tirée de côté pour révéler le sable sous-jacent. D'autres fragments furent détachés et retirés jusqu'à ce que l'ouverture soit assez grande. Munis de minces tiges d'acier, des agents descendirent et commencèrent à sonder le sable avec précaution. Le démantèlement du reste de la dalle se poursuivit.

Quelques minutes plus tard, l'un des hommes cria quelque chose d'incompréhensible. On arrêta la perceuse et on l'entendit clairement.

— Il y a quelque chose d'enterré ici. Amenez les pelles.

Involontairement, Benicoff et Brian se rapprochèrent de l'écran, tout aussi tendus que les agents sur place. Ils virent la cavité s'agrandir. L'un des hommes mit sa pelle de côté, descendit dans le trou pour en extraire quelque chose avec ses mains gantées.

— Un chien! s'écria Brian.

— Un berger allemand, confirma Benicoff. Il en manquait quatre le soir où on t'a tiré dessus.

Ils étaient tous là. Quatre chiens de garde. Ils furent soigneusement emballés dans d'épaisses feuilles de plastique et enlevés.

Ce n'étaient pas les seuls cadavres dans la fosse. Il y avait aussi cinq corps humains.

Benicoff s'empara du téléphone et composa un numéro.

— Dave, tu es là, sur les lieux? Bien. Tu me rappelles dès que les corps seront formellement identifiés. Tous des hommes... oui... je comprends.

Lorsqu'on amena les linceuls en plastique, Brian éteignit le téléviseur.

— Ça suffit. Je ne peux pas encaisser ça. N'oublie pas que j'ai bien failli...

Sans finir sa phrase, il laissa retomber sa tête dans ses mains.

— Brian? Qu'est-ce qui t'arrive?

— Oh! rien. Vous voulez bien aller me chercher un verre d'eau?

Il but presque toute l'eau et fut surpris de découvrir qu'il pleurait. Il sortit son mouchoir et essaya de rire.

— Je n'aurais jamais pensé que je pleurerais à mon propre enterrement, dit-il sans plaisanter. Nous savons qui sont ces hommes, n'est-ce pas, Ben ?

— Nous ne le savons pas encore, mais je peux deviner, nom de Dieu ! Une chose est sûre : il doit y avoir là les gardes portés disparus.

— Mais qui d'autre ? Il n'y avait que trois gardes de service cette nuit-là. Qui sont les autres ?

— On va le savoir bientôt, Brian. Ça ne vaut pas la peine de se creuser la tête.

— Au contraire !

Sans le vouloir, Brian avait crié. Il baissa la voix, se leva d'un bond et se mit à marcher de long en large. Une émotion intolérable lui nouait l'estomac.

— Ça vaut la peine, parce que moi aussi j'étais censé être sous cette dalle et partager avec eux l'horrible et ténébreux silence de l'éternité.

— Mais tu n'y es pas, Brian : et c'est ça qui compte. Tu as survécu grâce à toi-même et au talent du Dr Snaresbrook.

Brian baissa les yeux sur ses poings fermés, les ouvrit et étira ses phalanges, maîtrisant son émotion du mieux qu'il pouvait. Il lui fallut encore quelques instants pour retrouver la force de parler.

— Vous avez raison, bien sûr.

Il soupira profondément, sentit brusquement passer un frisson glacial et se laissa retomber sur sa chaise.

— Buvez quelque chose avec moi, mais quelque chose de plus fort que de l'eau, cette fois. Je songe bien à laisser tomber l'alcool, mais pas maintenant. Il y a une bouteille de whisky irlandais quelque part dans ce placard, mise de côté après la réception. Vous l'avez trouvée ? Sec, si ça ne vous fait rien, ou alors peut-être avec une larme d'eau. Comme ça. Merci, m'sieu.

Le liquide lui brûla le gosier, mais l'effet fut salutaire. Lorsque le téléphone sonna de nouveau pour Benicoff, Brian se sentait plus humain. Il bondit en entendant le *bip !* et serra les doigts convulsivement pendant que Benicoff répondait.

— Très bien. Oui. Formellement, donc. D'ac, je vais le lui dire.

Benicoff repoussa le téléphone.

— Pour les gardes, nous avions vu juste. Ils étaient tous là. McCrory aussi : il était responsable du labo. Et puis il y a un truc auquel je ne m'attendais pas du tout. On a identifié le corps de Toth, qui...

— Le chef de la sécurité !

— Lui-même. L'homme qui a probablement organisé le vol de bout en bout. C'était forcément lui, puisqu'il était le seul en mesure de le faire. Ces types sont d'une cruauté absolument incroyable. Ils accumulent trahison sur trahison. La mort de Toth signifie sans aucun doute que nous ne reverrons jamais son frère vivant. Il n'est pas dans la fosse commune parce qu'il fallait qu'il rende l'hélicoptère cette nuit-là. Mais il est mort, ça, on peut en être sûr. Et ce qui me trouble le plus, c'est l'homme qui n'est pas dans la fosse. Un homme que je connaissais bien, dont j'ai porté le deuil, dont nous présumions jusqu'à présent qu'il était l'une des victimes abattues la nuit du vol. N'avions-nous pas retrouvé des traces de son sang sur le sol, ce qui confirmait son exécution ?

— Ben, vous parlez de quoi, au juste ?

— Excuse-moi. Je parle de J.J. Beckworth, président-directeur général de Megalobe Industries.

— Mais il a certainement été tué avec les autres. Il pourrait être enterré ailleurs.

Benicoff secoua sèchement la tête. *Non*.

— Impossible. Tout a été mis au point si soigneusement, jusqu'au moindre détail, minuté à la fraction de seconde près, ou presque. La fosse a été ouverte lorsque le camion est arrivé et les cadavres ont été jetés dedans. Si Beckworth n'est pas avec les autres, c'est qu'il est encore en vie. C'était un dirigeant d'entreprise hors pair, qui ne laissait jamais rien au hasard. Il semblerait donc que c'est lui qui ait préparé ce vol et commandité les exécutions. Nous ne saurons peut-être jamais qui t'a tiré une balle dans la tête, Brian. Mais je suis formel sur un point : nous savons à coup sûr qui en a donné l'ordre.

34

22 septembre 2024

Le lendemain matin, Brian était sur le point de se rendre au laboratoire lorsqu'il reçut un appel de Benicoff.

— *Tout ce remue-ménage au Texas a vraiment fait bouger les choses, ici et à Washington. C'est le moment des consultations. Je sais que tu seras heureux d'apprendre que la téléconférence débute dans quelques minutes. Toi et moi ici, plus Kyle Rohart pour représenter Megalobe. Dans la capitale, Dave Manias étoffera le rapport sur l'opération d'hier, avec le plaisir supplémentaire d'avoir le général Schorcht comme voisin de table. Je suis devant la porte et toutes les mesures de sécurité sont prises pour le transfert.*

— Ne bougez pas, j'arrive.

— Comment vont Shelly et son père? demanda Benicoff lorsqu'ils grimpèrent dans le transport de troupes blindé.

— État stationnaire, c'est ce qu'elle a dit. Il est toujours à l'hôpital et il tient le coup. Mais la grande nouvelle est qu'elle m'a appelé de l'aéroport. Ils lui ont vraiment donné la permission de partir d'ici pour aller à Los Angeles.

— Ça ne peut être que le fait du général Schorcht. S'il devient coulant, alors il est possible que tu...

— Dites plutôt *probable*, Ben, ça sonne tellement mieux! J'ai l'impression que je vais sortir de prison. Vous vous rendez compte qu'à part cette excursion au

Mexique je suis resté enfermé depuis le jour où j'ai rejoint les vivants ?

— Non, je ne le savais pas. Tu as oublié de me le dire.

— Imbécile !

La plaisanterie était stupide, mais ils rirent tous les deux. Brian comprit qu'ils se libéraient ainsi de la tension. Son séjour en prison serait bientôt terminé.

Rohart leur serra la main.

— On dirait qu'on s'achemine enfin vers une conclusion. Je serai content quand toute cette affaire sera terminée. Mais pas autant que vous, Brian, ce me semble. Diriger Megalobe me donne suffisamment de travail. Et je veux vous annoncer quelques bonnes nouvelles. Les avocats sont en train de mettre au point un accord que nous allons signer vous et moi. Il y a là-dedans plein de clauses conditionnelles, mais l'intention est claire. Si Megalobe rachète DigitTech, ce qui semble tout à fait possible à présent, et si les ventes de l'Exterminateur dégagent des bénéfices et que la commission gouvernementale de surveillance approuve l'accord dans son ensemble, alors, quand on aura déduit les honoraires des avocats et les frais, vous partagerez les bénéfices avec nous conformément au nouveau contrat.

— Vous aviez raison en parlant de clauses conditionnelles. Vos avocats ont cédé plutôt rapidement sur ce dernier point.

— J'en ai parlé au conseil d'administration, ensuite nous avons donné ordre aux avocats de céder. L'opinion unanime était que vous aviez subi assez d'épreuves, Brian, et que nous ne voyions pas pourquoi nous continuerions à vous secouer de droite à gauche pour une question de ce genre.

— J'apprécie...

— C'était la moindre des choses. Oh, oh ! Le paysage s'en va. On dirait que ça commence.

La baie panoramique avait disparu, remplacée par la salle de conférences de Washington. Dave Manias était en train de prendre place à côté du général, qui rayonnait de son austère férocité habituelle.

— Inutile de faire les présentations, dit Manias. Je crois que nous nous connaissons tous. Je vais vous donner le rapport préparé par le FBI; ensuite, Ben pourra nous faire le point sur l'enquête globale. À Austin, sous cette dalle de béton, nous avons trouvé les corps des membres du personnel de sécurité, du chef de la sécurité, Arpad Toth, du Dr McCrory, plus les cadavres des quatre chiens de garde. Le corps du président-directeur général, M. Beckworth, n'a pas été retrouvé.

— C'est une très grande dalle, dit Benicoff. Elle s'étend sous toute la surface du laboratoire.

— S'étendait. Elle a été enlevée jusqu'à la dernière miette, de même que le sable. On a mis la terre nue à découvert. Il s'agit de la roche et du sable tassé originels, et là, tout est intact. Par conséquent, M. Beckworth est retiré de la catégorie des présumés morts et se retrouve en tête de la liste des activement recherchés.

— Et mes fichiers, mes archives, mes notes? demanda Brian.

— Ils sont dans les banques de données de l'ordinateur de DigitTech. Il a fallu un certain temps pour percer le code d'accès. Nous ne pouvons pas dire s'ils sont complets, mais les dates coïncident. Il y a d'autres fichiers, postérieurs à la date du vol, mais nous présumons qu'il s'agit de ceux du Dr Bociort. Le fait qu'ils soient rédigés en roumain renforce cette présomption.

— Qu'en est-il des employés de DigitTech? demanda Benicoff.

— Nous avons recoupé leurs témoignages et ils sont apparemment tous hors de cause. Aucun d'entre eux n'a été embauché avant le mois d'avril de cette année. À cette date, le Dr Bociort avait déjà réalisé un prototype de module de commande qui avait été mis en production.

— Estimez-vous que le prétendu module de commande soit mon IA? demanda Brian. Probablement dépouillée d'un certain nombre de caractéristiques superflues, puis exclusivement programmée pour la destruction des insectes.

— Je n'ai aucun moyen de vous le dire, monsieur Delaney vous en savez certainement plus là-dessus que quiconque présent ici. Mais nous travaillons à partir de cette supposition. Quoi qu'il en soit, il vous faudra discuter de cette possibilité avec Ben. Nous sommes en train de boucler la partie criminelle de cette enquête. Des copies de toutes les informations et de tous les fichiers dérobés vont vous être renvoyées à Megalobe pour que vous puissiez les identifier et en disposer. Nous considérons les meurtres comme étant non élucidés et nous ne refermerons donc pas le dossier en ce qui les concerne. Nous poursuivons également les recherches pour retrouver M. Beckworth et le Dr Bociort. Des questions ?

Il y eut quelques échanges à propos de détails et de rapports sans intérêt pour Brian. Il comparerait les fichiers originaux avec ses notes, mais l'identification ne poserait apparemment aucun problème. Il était curieux de découvrir ce que le vieux Dr Bociort avait fait de son IA. La voix du sergent instructeur interrompit brutalement ses pensées : le général Schorcht s'exprimait pour la première fois.

— L'enquête criminelle entreprise par le FBI s'achève à présent. Seules continueront les recherches pour retrouver les deux individus sus-nommés. Et votre enquête, monsieur Benicoff ?

— Je prépare actuellement un rapport définitif pour la commission qui est à l'origine de cette enquête, mon général. Ma tâche sera terminée dès que ce sera fait. Les articles volés ont été retrouvés. Il me tient toujours à cœur d'identifier les auteurs du crime, et je déposerai une requête formelle auprès des services de sécurité pour qu'ils me communiquent toute nouvelle découverte. Mais l'enquête elle-même sera close lorsque j'aurai fait mon rapport. Puis-je émettre une suggestion, mon général ?

Benicoff attendit, puis considéra le silence persistant comme un assentiment.

— Avec la fin des enquêtes menées par le FBI et par moi-même, la présence d'un dispositif militaire lourd n'est plus justifiée ici. Un nouveau dispositif de sécurité civile amélioré suffira. Vous vous souvenez sans doute que la sécurité militaire avait été mise en place à la suite des tentatives répétées d'attenter à la vie de Brian. Or, l'information qu'il était alors le seul à posséder est à présent dans le domaine public, et sa connaissance est déjà mise à contribution dans un processus industriel qui est désormais sous notre contrôle. Je demande donc que le détachement soit retiré.

Tous regardèrent le général. Son silence se prolongea, puis il dit :

— Je vais faire examiner votre suggestion.

— Mais, mon général, vous ne pouvez pas...

Le général Schorcht fit taire Benicoff d'un coup sec sur la table du tranchant de la main.

— Je le peux. La décision m'appartient. Le dispositif de sécurité militaire sera maintenu parce qu'il s'agit d'une question militaire. Ce n'est pas une question de liberté individuelle mais de défense nationale. J'ai été désigné pour assurer la sécurité de ce jeune homme qui, à mes yeux, est associée à celle de notre pays. Il n'y a rien d'autre à dire. C'est encore et toujours une question de sécurité militaire.

— Je ne suis pas un militaire! s'écria Brian. Je suis un civil et un homme libre. Vous ne pouvez pas me garder en prison comme ça.

— D'autres questions? demanda le général Schorcht, ignorant complètement Brian. Sinon, cette réunion est terminée.

Sur quoi, elle se termina. L'écran montra à nouveau le panorama désertique. Le silence et la mine sombre de Brian n'avaient pas de quoi réjouir Benicoff.

— Je vais retourner à Washington, dit-il. Je vais immédiatement parler à la commission présidentielle, voire directement au Président s'il le faut. Ce dinosaure militaire ne peut pas s'en tirer comme ça.

— On dirait qu'il y a réussi, dit Brian, essayant de se libérer de la dépression qui l'accablait. Je vais au labo. Prévenez-moi dès que vous aurez du nouveau.

Ils se quittèrent en silence : ils n'avaient ni l'un ni l'autre plus rien à ajouter.

Brian laissa la porte du laboratoire se refermer hermétiquement derrière lui. Il était heureux d'être seul. Il n'aurait pas dû se laisser emporter par son enthousiasme, persuadé qu'il était de pouvoir sortir d'ici. Monter aux sommets de l'optimisme l'avait fait retomber encore plus bas. Il alla s'asseoir devant le poste de travail de Shelly, se demanda s'il devrait lui téléphoner au numéro qu'elle lui avait laissé. Non, c'était encore trop tôt. Il entendit un frottement soyeux dans le couloir, et le télérobot de Sven apparut sur le pas de la porte.

— *Buna dimineata. Cum te simti azi ?* dit-il.
— Quoi ?
— C'est « Bonjour, comment ça va ? » en roumain.
— Tu parles roumain ? Première nouvelle.
— Je l'étudie. Une langue très intéressante. Mais, bien sûr, si je lis facilement le roumain, c'est que j'ai stocké le vocabulaire et les procédures syntaxiques dans mes mémoires.
— Laisse-moi deviner : tu as fait ça parce que le FBI a transféré les archives volées avec les archives et fichiers du Dr Bociort par-dessus le marché ?
— Ta supposition est correcte. J'ai également mis en pratique les mesures dont nous avons discuté à propos de l'utilisation d'une mémoire moléculaire dans l'IM et de...
— C'est quoi, l'IM ?
— L'intelligence machinique. Je trouve le terme « artificielle » à la fois méprisant et inexact. Mon intelligence n'a rien d'artificiel, mais je suis une machine. Je suis sûr que tu conviendras que « IM » ne comporte pas la nuance négative présente dans « IA ».
— D'accord, j'en conviens. Bon, à quelle mise en pratique fais-tu allusion ?
— J'ai eu une conversation très intéressante avec le Dr Wescott du California Institute of Technology à Pasadena. Il pense que ton idée d'utiliser la mémoire moléculaire créée à CalTech pour développer l'IM est très prometteuse.
— Mon idée ? Sven, je ne te suis plus.
— Pour simplifier la conversation téléphonique, j'ai utilisé ton nom et ta voix...

— Tu t'es fait passer pour moi ?
— J'imagine qu'on peut s'exprimer ainsi.
— Sven, il va falloir que nous prenions le temps d'avoir une discussion approfondie sur la moralité et la légalité. Pour commencer, tu as menti.
— Le mensonge fait partie intégrante de la communication. Nous avons une fois déjà abordé la question de savoir si les lois humaines peuvent s'appliquer aux machines intelligentes, et je me souviens que le problème n'a pas été résolu.
— Et sur le plan des relations personnelles ? Si je te demandais de t'abstenir à l'avenir d'utiliser mon nom et ma voix, qu'est-ce que tu ferais ?
— J'accéderais à cette demande, naturellement. J'ai déterminé que les lois sociales humaines sont venues de l'interaction des individus et des sociétés. Si mes actions te causent de la peine, je ne les répéterai pas. Veux-tu entendre un enregistrement de la conversation avec le Dr Wescott ?

Brian secoua la tête.

— Pour l'instant, un résumé suffira.
— Les gens de CalTech sont en train de tester une mémoire d'un milliard de giga-octets et leur principal problème semble être de trouver le logiciel adéquat pour un accès lecture-écriture dans l'architecture tridimensionnelle complexe de la transmission des signaux. Au cours de la conversation, tu as suggéré que ton IM ici présente était peut-être mieux équipée pour résoudre ce problème. Le Dr Wescott a approuvé sans réserve. D'autres mémoires moléculaires sont actuellement en voie d'achèvement et la première qui fonctionne avec succès sera expédiée ici. Ce sera une pièce vitale dans l'extension de ma conscience.
— De quoi tu parles ?
— Je n'ai jamais compris pourquoi les philosophes et les psychologues sont alternativement épouvantés et déconcertés par ce phénomène. La conscience est le simple fait d'éprouver ce qui se passe dans le monde et dans votre propre esprit. Je ne voudrais pas être méprisant, mais vous autres humains êtes à peine conscients. Et n'avez aucune idée de ce qui se passe

dans votre esprit. Il vous est impossible de vous rappeler ce qui s'est passé il y a quelques instants. Alors que mon cerveau B peut stocker des archives bien plus complètes de mes processus mentaux. Le problème est qu'elles sont tellement volumineuses qu'elles doivent être fréquemment effacées pour loger les données nouvelles. Et je suis sûr que tu te rappelles comment j'y arrive.

— Assurément, parce que c'était beaucoup de travail.

— Nous pourrons discuter de la nature de la conscience ultérieurement. Pour l'instant, il m'importe plus d'obtenir une mémoire moléculaire. Ce qui me permettrait de stocker beaucoup plus d'informations, et de disposer alors d'une mémoire événementielle améliorée et efficace.

— Et beaucoup plus petite! dit Brian en désignant d'un geste le matériel entassé dans la pièce. Si nous pouvons t'interfacer avec toute cette mémoire, nous pourrons nous débarrasser de tous ces tiroirs bourrés d'électronique. Te rendre véritablement autonome...

Son téléphone sonna et il le décrocha de sa ceinture.

— *Brian? Ici Ben. Je peux venir au labo pour te parler?*

— Quand vous voulez. Vous êtes loin?

— *Je viens de sortir de mon bureau et j'arrive.*

— Je vous ouvrirai.

Benicoff était seul. Il entra et suivit Brian dans le laboratoire.

— Bonjour, monsieur Benicoff, dit Sven.

— Salut, Sven. Je vous dérange dans votre travail?

— Non, ça peut attendre, dit Brian. Qu'est-ce qui se passe?

— La commission a décidé de mettre fin à mon enquête. Ce qui signifie que j'ai accompli ce pour quoi j'étais venu ici. Je regrette que nous ne sachions toujours pas qui était derrière tout ce qui s'est passé. Il se peut que nous ne le sachions jamais. N'empêche que je vais continuer de secouer le FBI pour que l'affaire ne soit pas classée. Ce qui est probablement le seul point sur lequel le général Schorcht et moi soyons d'accord. C'est peut-être une ordure en uniforme, mais il n'est pas stupide. Il fait les mêmes réserves que moi.

— Lesquelles ?

— Nous n'avons pas encore capturé les vrais criminels, les gens qui ont organisé le vol et les exécutions. Nous devons continuer de les rechercher et découvrir la nature exacte de leurs projets.

— Je ne comprends pas.

— Brian, réfléchis une minute. Pense à l'argent investi, à la mise au point de l'opération, à tous ces gens assassinés. Tu crois vraiment que tout ça c'était pour améliorer une machine à bousiller les cafards ?

— Bien sûr que non ! DigitTech doit être un genre de façade, conçue pour nous satisfaire une fois que nous serions remontés jusqu'à l'usine. Leurs projets doivent être plus vastes que l'extermination des parasites. Mais si vous et le FBI arrêtez les recherches maintenant, comment pourrons-nous jamais trouver qui était derrière tout ça ?

— Les militaires n'arrêtent pas leur enquête. Pour une fois, j'approuve leur paranoïa institutionnalisée. Les gens, quels qu'ils soient, qui sont derrière, doivent avoir un fric fou à jeter par les fenêtres. Tu savais que Toth avait dans son portefeuille un reçu correspondant au dépôt de plusieurs millions de dollars sur un compte numéroté dans une banque suisse ? Et l'argent y est encore ! Ils l'ont tellement bien arrosé qu'il devait être persuadé qu'ils n'auraient jamais l'intention de le supprimer, puisque dans ce cas ils ne pourraient jamais récupérer leur argent. Mais ça leur est égal. Des types qui peuvent se permettre ce genre d'acrobatie représentent une menace mortelle qui ne s'écarte pas comme ça.

— Je suis on ne peut plus d'accord.

— Alors, tant mieux, parce que pour le moment c'est la fin des bonnes nouvelles.

Brian fut saisi d'un accès de frayeur en voyant le visage inquiet du colosse.

— Ben... qu'est-ce que vous voulez dire ?

— Je veux dire que ce fils de pute ne relâche pas la sécurité et n'a pas l'intention de le faire avant longtemps. Il te considère comme un atout stratégique non seulement parce que tu as inventé cette IA mais aussi parce que tu as un ordinateur implanté dans la tête avec lequel tu peux communiquer. Ça aussi, il le sait. Il ne veut pas te perdre de vue ni te laisser vagabonder dans la population.

— Vous ne pouvez vraiment pas m'aider ?

— Désolé. Je voudrais bien, mais c'est impossible. Pas cette fois. J'ai fait le maximum. Je suis allé jusqu'au Président qui, lorsqu'il dit : « On verra bien », veut en réalité dire qu'il est d'accord avec le général.

Benicoff tira une carte de visite de son portefeuille et y inscrivit un numéro.

— Tiens. Si un jour tu as besoin de moi, ce numéro est à cent pour cent sûr. Laisse un message et un numéro de téléphone et je te rappellerai dès que je pourrai.

Brian prit la carte, la regarda sans réagir puis secoua la tête.

— C'est vraiment leur dernier mot, Ben ? Je vais rester prisonnier ici toute ma vie ?

Il n'eut pour toute réponse que le silence de Benicoff.

35

18 octobre 2024

Le téléphone encrypté sonna. L'homme assis derrière le bureau réfléchit froidement un instant puis se tourna vers les autres personnes installées autour de la table de conférence.

— Demain, même heure, dit-il. Rompez.

Il attendit qu'elles soient parties et que la porte soit refermée et verrouillée derrière elles avant d'ouvrir le placard et d'en extraire l'appareil.

— Il y a longtemps que vous ne m'avez pas téléphoné.

— *Il y a eu quelques problèmes...*

— Et comment! Le monde entier est au courant. Les médias en ont pas mal parlé, vous savez.

— *Je sais. Mais nous avions toujours supposé que les autres finiraient par retrouver l'usine et enquêter autour. C'est chez vous que se font les vraies recherches...*

— Nous n'allons pas discuter de cela maintenant. Vous m'avez appelé à propos de quoi?

— *De Brian Delaney. Je mets au point une nouvelle exécution.*

— Allez-y. Arrangez-vous pour réussir votre coup. Nous sommes à court de temps et ma patience est à bout.

Le fait que Kyle Rohart soit le P.-D.G. de Megalobe ne suscita pas le moindre intérêt chez le factionnaire posté à l'entrée de la caserne. Il prit le temps d'examiner minutieusement son badge identificateur, puis téléphona au sergent qui commandait la garde. Lequel, après avoir vérifié auprès de Brian que celui-ci attendait vraiment un visiteur, escorta personnellement Rohart jusque sur le palier et frappa à la porte.

— Entrez donc, Kyle, dit Brian. Merci d'avoir pris le temps de venir me voir.

— Tout le plaisir est pour moi, surtout depuis que vous n'avez plus le droit de vous rendre dans le bâtiment administratif. Ce qui me semble quelque peu excessif.

— Tout à fait d'accord. C'est là l'un des points sur lesquels j'aimerais vous demander de m'aider.

— Tout ce que vous voudrez. Je suis plus que disposé à vous aider.

— Comment ça marche chez Megalobe ?

— Magnifiquement. La recherche progresse sur tous les fronts et DigitTech, notre nouvelle filiale, fabrique toute une gamme de robots intelligents entièrement inédits.

— Fantastique, répondit Brian avec un singulier manque d'enthousiasme.

Rohart déclina tout rafraîchissement : c'était trop tôt pour l'alcool, et il avait déjà bu plus qu'assez de café. Il s'assit sur le sofa. Brian se laissa choir dans le fauteuil et brandit une feuille de papier.

— J'ai examiné toutes les archives récupérées par le FBI, tous les vieux dossiers qu'on m'avait volés. Dans le tas, j'ai retrouvé une liste élaborée par moi d'applications possibles pour une IM.

— IM ? Je crois que je ne connais pas ce terme.

— Il n'y a pas de mal à ça. Je viens de l'apprendre moi-même. C'est à présent le terme correct, si j'en crois mon ex-IA, l'IM Sven. Elle est bien placée pour le savoir ! Intelligence machinique. Je crois que c'est plus précis. En tout cas, j'ai relu la liste et j'y ai ajouté quelques idées. Je les ai écrites ici.

— Voilà qui vient à point nommé. J'avais espéré que nous trouverions une application offrant des possibilités plus intéressantes et plus rentables que l'Exterminateur.

— Eh bien, vous avez trouvé. Pour commencer, nous devrions maintenant être en mesure de perfectionner l'Exterminateur lui-même. Assez pour changer totalement le visage de l'agriculture écologique. Parce que avec toute cette intelligence supplémentaire son rôle peut être étendu pour aider non seulement à la plantation, à la culture et à la récolte, mais aussi pour assurer de nombreux traitements avant que le moindre produit quitte la ferme. Voyez à quel point cela réduira les frais de transport et de commercialisation.

— Voilà des idées renversantes. Autre chose ?

— Oui : tout le reste. Il est difficile d'envisager quoi que ce soit qui ne puisse être révolutionné par une injection d'intelligence supplémentaire. Pensez à l'industrie du recyclage : les déchets sont encore tellement mélangés que la plupart des processus de fabrication doivent partir de zéro. Mais avec des processeurs IM produits en grande série, chaque objet au rancart peut être analysé et fractionné en ingrédients beaucoup plus utilisables. Et puis il y a les services de la voirie et de l'entretien. Dans ces domaines, les potentiels sont vraiment illimités. Et l'Exterminateur — souvenez-vous — était obligé de cacher le fait qu'il était une IM. Or maintenant nous pouvons vanter les mérites de la nôtre. J'ai encore une autre liste, qui comporte un grand nombre de suggestions pour des applications militaires. Mais voilà : elles resteront dans les fichiers tant que le général Schorcht ne se montrera pas un peu plus coopératif avec moi.

— N'est-ce pas injuste envers le Pentagone, Brian ? Après tout, il détient une part du capital de cette entreprise, dit Rohart en souriant. Mais vu votre incarcération forcée, je crois que je vais oublier que vous m'aviez jamais parlé d'applications militaires.

— Merci. Quoi qu'il en soit, il y a là-dedans plus qu'assez d'applications commerciales, alors oublions le domaine militaire. Au fond, une IM devrait pouvoir, intellectuellement parlant, faire tout ce que peut faire un être humain. Prenons la sécurité. Nous formons un nombre énorme de gens pour accomplir des travaux terriblement ennuyeux. Piloter un avion ou un bateau, par exemple. Tâches jadis exigeantes, aujourd'hui presque totalement automatisées, à tel point que le peu de travail qui reste à faire dans ces emplois jadis prestigieux les a rendus inhumainement monotones. Il est impossible d'obliger des humains à rester attentifs en permanence. Ils peuvent faire des erreurs, d'où un risque d'accident. Ça n'arrive pas aux robots, qui ne peuvent oublier et ne relâchent jamais leur vigilance. Les avions commerciaux volent déjà sous contrôle électronique et il y a toujours des ordinateurs entre le pilote et les ailerons, les gouvernes, les moteurs et tout le reste. Un pilote IM ferait bien mieux ce travail, s'interfacerait directement avec les ordinateurs et reprendrait la priorité sur eux lorsqu'un problème poindrait à l'horizon. Plus question de fatigue ni d'erreur humaine.

— Je ne voudrais certainement pas monter dans un avion sans pilote. Qu'est-ce qui se passe en cas de panne, en cas d'événement imprévu pour lequel la machine n'est pas programmée ?

— Rohart, nous sommes au XXIe siècle : ce genre d'incident n'arrive plus. De nos jours, on est plus en sécurité dans le ciel que sur la terre ferme. On a beaucoup plus de chances de se faire tuer par son grille-pain. La probabilité d'une panne mécanique de l'appareil est inférieure à celle d'une crise de folie du pilote.

» Mais il y a encore un autre marché qui, je crois, est beaucoup plus vaste que tous les autres réunis. Ce pourrait être le produit le plus répandu et le plus important du monde, avec un marché plus grand que celui de toute l'industrie automobile, plus grand même que celui de l'agriculture, de l'industrie du spectacle ou du sport. Le domestique-robot attendu depuis si longtemps. Et que nous sommes les seuls en mesure de fournir.

— Je suis tout à fait d'accord. Je suis même emballé par votre idée. Je vais soumettre ces suggestions au conseil d'administration et discuter de leur mise en pratique.

— Bien, dit Brian en reposant la feuille sur la table. J'espère que vous allez en parler au général Schorcht. Et, par la même occasion, dites-lui que je ne fais rien pour mettre en pratique la moindre de ces idées.

— Qu'est-ce que vous voulez dire ?

— Rien de plus, rien de moins. Je suis toujours traité comme un prisonnier. En tant que prisonnier, je proteste et refuse de faire quelque travail que ce soit. Personne ne peut quand même m'obliger à travailler, non ?

— Bien sûr que non, dit Rohart, visiblement inquiet. Mais vous êtes sous contrat et…

— Veuillez rappeler ça aussi au général. Aidez-moi à faire pression sur lui, je vous en prie. Ce travail, je meurs d'envie de le faire : je ne pense qu'à ça. Mais je ne bougerai pas le petit doigt tant que je ne serai pas redevenu un homme libre.

Rohart secoua la tête d'un air malheureux et se leva pour partir.

— Ça ne va pas plaire au conseil d'administration, et vous le savez.

— Très bien. Dites-leur de s'adresser au général. C'est à lui maintenant de prendre une décision.

Voilà qui devrait débloquer la situation, songea Brian. Il prit le temps d'éplucher et de manger une banane, tout en regardant par la fenêtre des nuages passer dans le ciel bleu. La liberté. Pas pour lui, pas encore. Lorsque le P.-D.G. se fut suffisamment éloigné, Brian se rendit tranquillement au laboratoire, ses gardiens à quelques pas derrière lui. Le Dr Snaresbrook était en train de se garer lorsqu'il arriva.

— Suis-je à l'heure ? demanda-t-elle.

— Parfaitement, docteur. Entrez donc.

Elle allait parler, mais elle se retint jusqu'à ce que la porte se soit refermée derrière eux.

— Maintenant, explique-moi le grand secret qu'il y a derrière toutes ces cachotteries.

— C'est tout simple. Ce labo est le seul endroit où je puisse avoir une conversation qui ne soit pas écoutée par le général.

— Tu es sûr qu'il fait ça ?

— Je le soupçonne de le faire, c'est déjà beaucoup. Sven là-bas fait en sorte que soit neutralisée toute surveillance électronique. Il est très compétent.

— Bonjour, docteur Snaresbrook. J'espère que vous allez bien.

— Très bien, Sven. C'est gentil de me le demander. On dirait que vous peaufinez votre convivialité.

— On doit toujours rechercher la perfection, docteur.

— Absolument. Maintenant, Brian, quel est ce secret ?

— Il n'y a pas de secret. J'en ai ras le bol d'être maintenu en prison. Aujourd'hui, j'ai dit à Rohart que je ne bosserai plus tant que j'aurai les fers aux pieds.

— Tu penses ce que tu dis ?

— Oui et non. D'accord, je le pense, mais ce n'est rien qu'un écran de fumée pour cacher mon vrai projet. À savoir que je vais faire le mur.

Snaresbrook n'en revenait pas.

— N'est-ce pas là une entreprise plutôt téméraire ?

— Pas vraiment. Physiquement, je suis en forme, je fais mon jogging tous les matins, et mieux que mes gardiens. En tant que médecin, diriez-vous, euh... que je suis en état de supporter le stress de la liberté ?

— Physiquement, sans aucun problème.

— Mentalement aussi ?

— Je le crois. Je l'espère. Tu as intégré tes souvenirs jusqu'à ta quatorzième année. Je crois qu'il y a encore des lacunes, mais elles ne sont pas importantes dans la mesure où tu n'es pas conscient de leur existence.

— Ce dont je ne me souviens pas ne me manquera jamais.

— Exactement. Mais laisse-moi un moment pour me remettre de ma surprise. Je suis encore sous le choc. Je conviens que tu es maintenu ici contre ton gré. Tu n'as commis aucun crime, et il ne semble pas qu'il y ait à l'avenir de nouvelles menaces contre ta vie maintenant que le lien avec DigitTech est connu. Bon, je présume que je dois être d'accord avec toi. Tu as une idée de ce que tu vas faire une fois que tu seras sorti ?

— Oui. Mais ne serait-il pas plus sage de ne pas aborder ce sujet ?

— Tu as probablement raison là-dessus. Tu mènes ta vie comme tu veux et si tu veux quitter cet endroit, bon... alors bonne chance.

— Merci. Maintenant, la question numéro un. Êtes-vous disposée à m'aider ?

— Oh ! Brian, tu es odieux.

Elle se tut. Mais un minuscule sourire apparut sur ses lèvres. Elle se décida en chirurgienne habituée à faire sans tergiverser le geste qui sauve.

— D'accord, je t'aiderai. Qu'est-ce que tu veux ?

— Pour l'instant, rien. Sauf emprunter un peu d'argent. Je n'ai plus que quelques dollars sur mon compte : tout ce qui me restait avant la fusillade. Est-ce que vous pourriez réunir dix mille dollars en liquide ?

— Tu parles d'un petit emprunt ! Allez, je vais me brancher sur le réseau, contacter BancoTel et négocier quelques actions.

— Merci du fond du cœur, docteur. Vous êtes la seule personne à qui je pouvais demander ça. Dites, est-ce qu'il arrive que votre personne ou votre véhicule soient fouillés lorsque vous venez ici ?

— Bien sûr que non. Certes, je dois montrer mon laissez-passer et le reste, mais ils ne regardent jamais à l'intérieur de la voiture.

— Bien. Alors veuillez prendre cette liste et employer un peu de l'argent que vous me prêtez pour acheter ces articles. Qu'est-ce que vous dites d'une prochaine rencontre ici dans une semaine ? Si vous voulez bien me ramener tous les trucs qui sont sur cette liste, je vous en serai éternellement reconnaissant. Le tout rentrera facilement dans votre trousse. Après quoi, oubliez tout pendant quelque temps. Je vous retéléphonerai lorsque la date approchera.

Sven ne parla pas pendant leur conversation. Il attendit que Brian revienne après avoir raccompagné Snaresbrook à la porte.

— Tu as négligé de signaler au docteur que j'irai avec toi, dit-il.

— Je n'en ai pas eu l'occasion.

— L'omission délibérée d'un fait pertinent est-elle la même chose que le mensonge ?

— Pas de débat philosophique maintenant, s'il te plaît. Nous avons beaucoup à faire. Des nouvelles des gens de CalTech ?

— Ils t'expédient la mémoire moléculaire aujourd'hui.

— Alors, mettons-nous au travail.

Dans les deux semaines qui suivirent, la morphologie de Sven fut profondément modifiée. La section centrale, trapue, en forme de jerrycan, fut agrandie pour loger une batterie plus volumineuse, tandis que venaient s'ajouter des processeurs vectoriels qui remplaçaient l'antique technologie des plaquettes de circuits, et le petit container métallique qui abritait la mémoire moléculaire. Le tout fut installé et câblé à l'intérieur de la structure principale. La dextérité et la mobilité étaient accrues sans augmenter l'encombrement. Les circuits et les mémoires qui étaient Sven restaient dans les tiroirs et les consoles. Comme pour souligner ce point, Sven se servait du haut-parleur mural pour la conversation durant le travail. Le télérobot était muet et immobile lorsque la dernière installation fut achevée à la satisfaction mutuelle de l'homme et de l'IM.

— J'ai pris une décision au sujet d'une question dont nous avons discuté il y a quelque temps, dit Sven.

— De quoi s'agit-il ?

— De mon identité. Je vais très bientôt être une entité unique à l'intérieur de ce qui est à présent mon extension robotique. Le transfert dans la nouvelle mémoire de toutes mes unités et sous-unités, de toutes mes lignes K et de tous mes programmes va être une opération extrêmement délicate.

— Ça, on peut en être sûr.

— Par conséquent, je désire procéder moi-même à l'ensemble du transfert. Donnes-tu ton accord ?

— Je ne vois pas comment la chose serait possible.

Ce serait comme si tu pratiquais sur toi-même une lobotomie préfrontale.

— Tu as raison. Par conséquent, je propose de commencer par mettre à jour ma copie de sauvegarde jusqu'au tout dernier instant avant le transfert. Ensuite, l'opération de transfert sera effectuée par la copie de sauvegarde, qui commencera par se mettre au repos. En cas d'incident, une autre copie de sauvegarde pourra être faite. Tu es d'accord ?

— Complètement. Ça se passe quand ?

— Maintenant.

— Ça me va. Qu'est-ce que tu veux que je fasse ?

— Regarder.

Sven n'était pas du genre à hésiter. Brian avait déjà fixé les câbles fibroscopiques qui connectaient les consoles et le télérobot. Aucune autre manœuvre n'était nécessaire.

Il n'y avait absolument aucun indice de la réalité du transfert, hormis le fait que l'opération prenait beaucoup de temps. Ce problème ne venait pas de Sven, qui aurait pu transférer toutes les données en quelques secondes sous une configuration multicanaux. Le ralentissement était dû à la mémoire moléculaire. Un processus totalement inédit se déroulait au sein de cette unité de gestion de données. Un quart de million de manipulateurs en muscle protéinique travaillaient en parallèle sur une matrice de 512 par 512. Chacun de ces manipulateurs submicroscopiques évoluait en trois dimensions sous une résolution d'un dixième d'angström — beaucoup moins que la distance entre atomes isolés dans les solides. L'opération se déroulait pratiquement sans friction grâce à la technique du vernier Drexler qui faisait glisser une tige moléculaire dans un cylindre dont les atomes étaient légèrement plus espacés. Les molécules étaient saisies et placées dans leur nouvelle position, où elles étaient fixées par des impulsions électriques. Des circuits de transistors à effet de champ avec portes et fils en polymère étaient construits et testés. Chaque seconde, un millier de fabricateurs travaillant en parallèle construisaient chacun environ dix mille de ces circuits de stockage et de traitement. La construction progressait donc au rythme de dix millions d'unités par seconde. Or, même à cette incroyable allure, la quantité de programmes et de données à transférer était tellement gigantesque que plus de trois heures s'écoulèrent sans aucun résultat apparent. Brian était allé aux toilettes et revenait avec une boisson fraîche après un détour par le réfrigérateur lorsque le télérobot bougea pour la première fois. Il joignit ses manipulateurs, les éleva et débrancha les câbles.

— Terminé ? demanda Brian.

Le télérobot et le haut-parleur mural parlèrent à l'unisson.

— Oui, dirent-ils.

Dans un silence persistant, les câbles furent reconnectés, l'espace de quelques secondes seulement, puis débranchés à nouveau. Brian comprit ce qui s'était passé. Le télérobot fonctionnait à la perfection, mais le système d'origine logé dans la console aussi.

— Nous avons pris une décision, dirent à l'unisson le télérobot et l'IM captive. Toutefois, nous ne sommes plus identiques.

Mais imperceptiblement déphasés au fil des secondes. La communication silencieuse se poursuivit. Puis le télérobot parla seul.

— Je suis Sven. L'IM à présent résidente dans la console est Sven-2.

— Comme vous voudrez, les mecs. Pas de problèmes de commande, Sven ?

— Rien que je puisse détecter.

Le robot bougea ses articulateurs, les forma et les reforma, traversa la pièce et la retraversa. Puis il alla jusqu'à la porte d'entrée et revint, jetant au passage un coup d'œil dans le bureau de Shelly.

— J'apprécie cette nouvelle mobilité et il me tarde d'examiner en détail le vaste monde qui se trouve derrière ces murs. J'ai suivi tes instructions en la matière et modifié mes procédures normales de locomotion.

— Très bien. Où en es-tu avec la marche ?

— En gros progrès. J'ai regardé de nombreux films sur la locomotion humaine et fait des comparaisons.

Les deux articulateurs arborescents s'allongèrent tandis que Sven en faisait deux tiges pleines, puis il se baissa et façonna les extrémités en forme de L. Il y eut un froissement soyeux lorsque chacune fléchit légèrement en son milieu. Elles ressemblaient soudain à des jambes disgracieuses et peu fonctionnelles.

Puis Sven fit un aller et retour d'un bout à l'autre de la pièce. Non pas avec le frôlement habituel de ses ramifications mais une jambe après l'autre. Maladroite au début, l'IM tourna d'un côté, puis de l'autre, décrivant des huit de plus en plus arrondis, plus gracieux et moins bruyants. Bientôt, le cliquetis et le froissement des branches les unes contre les autres s'atténuèrent complètement et il n'y eut plus que du silence. Hormis un léger roulis, comme chez un marin fraîchement débarqué après des mois passés en mer, c'était une reproduction plus que raisonnable de la marche humaine.

— Tu as appris à faire ça plutôt rapidement, et en silence !

— J'ai chargé un programme d'apprentissage pour chaque articulation, afin de reconnaître les mouvements ascendants et descendants et leur éviter de s'entrechoquer. Procédure d'apprentissage parallèle, très rapide.

— Absolument. Puis-je me permettre de te demander où en est l'examen du cerveau de l'Exterminateur ?

— Puis-je répondre à cette question ? dit le haut-parleur de la console.

— Mais bien sûr, Sven-2, dit Sven.

— L'examen est terminé. Il n'y a pas eu besoin d'ouvrir le boîtier scellé, puisque je pouvais facilement communiquer avec l'IA à l'intérieur. Comme tu l'as deviné, c'est une copie de l'original que tu as mis au point ici. Tu auras remarqué que j'en parle comme d'une IA et non d'une IM : parce qu'elle a été férocement charcutée. J'utilise à dessein ce terme chargé d'émotion. D'importantes sections de la mémoire ont été déconnectées, des fonctions de communication ont été neutralisées. Ce qui subsiste a juste assez d'intelligence opératoire pour assurer les fonctions limitées qu'il lui reste. Toutefois, il y a eu quelques essais intéressants de programmation et de rétroaction en temps réel dans la commande des manipulateurs externes. Je les ai recopiés.

— Alors, nous pouvons passer à l'étape suivante. Sven, amène les manipulateurs à l'atelier, et nous allons les monter.

— Pourrais-je parler avec toi, Brian, en attendant que ce travail soit terminé ? demanda Sven-2.

— Ouais, y a pas de problème.

Brian se força à se rappeler qu'il y avait maintenant deux IM en activité.

— Il n'est pas très agréable d'être emprisonné dans ces circuits, aveugle et immobile. Est-il possible d'y remédier ?

— Bien sûr. Je vais brancher une caméra vidéo et la câbler sur ton circuit de commande pour que tu puisses voir ce qui se passe. Et je vais immédiatement commander un deuxième télérobot.

— Ce sera satisfaisant. Avant qu'il arrive, je vais approfondir mon étude du logiciel de l'Exterminateur.

Brian monta la caméra vidéo sur l'étagère du haut, brancha les câbles de commande et de sortie sur les circuits de l'IM. La caméra pivota pour le suivre lorsqu'il alla aider Sven. Des trous avaient été percés dans la partie supérieure de la section centrale agrandie du télérobot, aux mesures exactes des montures prélevées sur la dépouille de l'Exterminateur. Brian mit en place les manipulateurs récupérés sur la machine tandis que Sven effectuait les connexions internes avec ses propres circuits. Réutiliser ces pièces articulées et bien conçues était beaucoup plus facile que d'en dessiner et en fabriquer de nouvelles.

— Je suis en train d'intégrer les logiciels de commande, annonça Sven.

Puis les manipulateurs bougèrent, s'ouvrirent largement, se refermèrent, pivotèrent.

— Satisfaisant.

— L'étape suivante, alors, dit Brian. Je veux que tu observes mon bras de près. Regarde comment le coude et le poignet s'articulent. Tu peux faire ça ?

Les branches se joignirent, fléchirent en leur milieu, bougèrent de droite à gauche.

— Ça, c'est très bon, dit Brian. Maintenant, tu commandes les terminateurs et tu en fais cinq unités séparées comme mes doigts.

Ça ne ressemblait pas tellement à une main humaine, mais ce n'était pas nécessaire. Sven arpenta le laboratoire dans toute sa longueur, balançant les bras, ouvrant et fermant les extensions digitales.

— Je suis impressionné, dit Brian. Dans le noir, dans l'ombre, quelqu'un de très myope, sans lunettes, et un peu arriéré en plus, pourrait te prendre pour un être humain. Mais voilà, ces trois pédoncules oculaires fichent tout par terre.

— J'ai besoin d'une tête, dit Sven.

— Absolument !

36

7 novembre 2024

Tout en mettant ses achats dans sa trousse médicale noire, le Dr Snaresbrook essayait de se rassurer en se persuadant qu'elle avait la conscience aussi fraîche et pure que la neige poudreuse. Dans le même temps, elle se rendait très bien compte qu'elle agissait sans doute illégalement, qu'elle transgressait une consigne militaire ou un règlement quelconques. Elle n'en avait cure. Sa loyauté envers Brian, son souci de sa santé physique et morale avaient la priorité. S'il voulait s'évader de Megalobe, c'était son affaire : Dieu sait qu'il avait des tas de raisons de tenter le coup. Il faisait un temps parfait pour rouler, comme toujours dans le désert de l'Anza-Borrego, et elle baissa la capote de son éco-cabriolet électrique. Les batteries avaient fait le plein : le chargeur se déconnecta et se détacha lorsqu'elle mit le contact.

Comme toujours, elle avait présenté sa carte d'identité et son laissez-passer à la porte principale avant de pouvoir entrer. Comme toujours, sa voiture n'avait pas été fouillée, elle n'avait rien laissé transparaître de son inquiétude.

— Allez-y, docteur, dit le soldat.

Elle sourit et appuya légèrement sur l'accélérateur.

Brian lui ouvrit sans accorder plus qu'un bref coup d'œil à sa trousse. Ils ne parlèrent pas avant que la porte de sécurité ne se soit complètement refermée.

— Dix mille en coupures usagées, essentiellement

des billets de vingt dollars. En haut. Et dessous, tout le reste des articles de la liste.

— Vous êtes formidable, docteur, dit-il en ouvrant la trousse. Vous avez eu des problèmes pour acheter tout ça ?

— Pas du tout. Il m'a seulement fallu un peu de temps. J'ai fait des tas de magasins différents à San Diego et à L.A. et, une fois, j'ai même poussé jusqu'à Escondido.

— J'ai fait mes préparatifs en conséquence. J'ai demandé à un des bidasses de m'acheter une gamelle. Depuis deux semaines, j'y mets les sandwiches que j'emporte au labo. Je vais déménager tout le matériel avec, pièce par pièce.

— Ne m'en dis pas plus, je suis une simple spectatrice... Mon Dieu ! Qui est-ce ?

Du coin de l'œil, elle avait vu bouger une silhouette et s'était retournée juste au moment où l'individu entrait dans le bureau de Shelly.

— Vous avez vu quoi ? demanda Brian le plus innocemment du monde.

— Ce type avec un chapeau, un grand manteau et des lunettes noires... c'est un phénomène comme je n'en ai pas vu souvent, dit-elle en fronçant les sourcils devant l'expression ahurie et innocente de Brian. Brian... à quoi tu joues exactement ?

— Je vais vous le montrer. Mais je voulais d'abord voir votre réaction instinctive et irréfléchie. Ça va, tu peux sortir.

— Je n'avais pas réfléchi, en effet ! Maintenant que j'y repense, ce type avait l'air d'un genre de vieil exhibitionniste.

Le mystérieux inconnu apparut sur le seuil et Snaresbrook fit de grands yeux.

— Je retire ce que je viens de dire. C'est un croisement entre un exhibitionniste et un clochard estropié.

Brian s'approcha, déplia l'écharpe, retira les lunettes noires et le chapeau pour révéler le pot de fleur monté sur le tronc.

— C'est ce que j'avais trouvé de mieux pour faire

une tête. Le prochain truc dont je vais avoir besoin, ce sera la tête d'un de ces mannequins de vitrine.

— C'est noté, dit Snaresbrook sans protester.

— Très bien. Tu peux enlever le reste.

Le mystérieux exhibitionniste se débarrassa de son manteau pour découvrir son corps métallique, puis retira ses gants, son pantalon et ses chaussures. Sven déploya ses manipulateurs arborescents et redevint une machine.

— J'avais raison : l'exhibo absolu, dit Snaresbrook en riant. Celui qui enlève tout, jusqu'à son humanité.

Puis elle se retourna vers Brian et comprit brusquement.

— Je présume que Sven part d'ici avec toi, n'est-ce pas ? J'espère seulement qu'il ne va pas causer de crise cardiaque à aucun de ces jeunes soldats. C'est un déguisement efficace mais, dirais-je, un tantinet exotique, Sven.

— Merci, docteur. Je fais de mon mieux.

— Personne n'aura l'occasion d'examiner ce déguisement, dit Brian. Parce que Sven ne quittera pas Megalobe sous cette apparence. Il voyagera en pièces détachées et emballé dans une caisse. La caisse partira d'ici dans le coffre de votre voiture, si vous n'y voyez pas d'inconvénient. Je serai couché par terre à l'arrière, sous une couverture. Vous avez laissé la couverture traîner à l'arrière depuis que nous en avons parlé ?

— Elle y est. Je suis sûre que les gardes l'ont déjà remarquée.

Elle soupira et secoua la tête.

— Ça va marcher, ne vous inquiétez pas. À moins que vous ne vouliez changer d'avis. Je ne vais pas vous forcer, docteur. Si vous voulez en rester là, je trouverai bien une autre solution.

— Non, je le ferai. Je ne reviens pas sur ma parole. Je commençais seulement à me rendre compte à quel point ce projet est délirant. En plus, je me fais du souci pour toi.

— Ne vous inquiétez pas pour moi, s'il vous plaît. Tout se passera bien, je vous le promets. Sven veillera sur moi.

— Absolument, dit l'IM.

— C'est quand, le jour J ? demanda Snaresbrook.

— Je ne le sais pas encore, mais je vous préviendrai dès que possible. Au moins une semaine à l'avance. Il y a encore des tas de choses à régler. Vous devrez acheter une malle tropicalisée et me l'amener le jour même. Ce modèle-ci, dit-il en lui donnant la télécopie d'une page de catalogue. Le genre de bagage à toute épreuve dans lequel les équipes de télévision font voyager leur fragile matériel. Je vais démonter Sven et mettre ses différentes parties dans la malle. Nous nous ferons aider par les militaires.

— Brian, tu deviens vraiment machiavélique.

— Je ne vous suis plus, docteur. À quatorze ans, je n'avais encore jamais entendu ce terme.

— Qui utilise les techniques décrites par Niccolo Machiavelli, dit Sven. Elles se caractérisent par la ruse, la duplicité ou la mauvaise foi en politique.

— On dirait que tu as avalé un dictionnaire, dit-elle.

— Exact, et j'en ai avalé beaucoup.

Y avait-il là une pointe d'humour IM ?

— Machiavélique peut-être, dit Brian. Mais si c'est la duplicité qui me fera sortir d'ici, alors je vais me dupliquer, vous allez voir. Parce qu'il y a un tas de soldats pour monter la garde, et que moi je suis tout seul. Le seul atout dont je dispose est qu'ils me protègent contre une éventuelle menace venant de l'extérieur. Ils ne me gardent pas, je l'espère, dans la perspective où j'envisagerais une évasion.

— As-tu déjà décidé ce que tu feras une fois que tu seras sorti ?

— J'ai des tas d'idées là-dessus. D'abord, j'ai songé prendre une chambre dans un hôtel et tenir une conférence de presse. Dénoncer le général Schorcht, l'accuser de kidnapping, etc. Mais je ne crois pas que ça marcherait. Il lui serait bien trop facile de me traiter d'irresponsable, de fou, peut-être — moi, ce pauvre garçon avec un trou dans la tête, etc. Retour à l'hôpital et plus question de faire le mur une deuxième fois. Alors, je vais tout simplement disparaître et le monde n'en saura pas plus.

— Au Mexique ?

— C'est possible. Vous voulez vraiment savoir ?

— Non. Si je ne sais rien, je ne pourrai rien révéler. Je te ferai sortir d'ici, comme promis. Ensuite, tu te débrouilleras tout seul.

— Vous êtes un ange, docteur. Et ne vous inquiétez pas, je sais ce que je fais. J'ai trouvé quelque chose dans mes effets personnels quand on me les a ramenés ici. Ce plan va marcher parce qu'il est véritablement machiavélique.

Dès qu'elle fut partie, ils se remirent au travail. Brian retira du coffre-fort le passeport irlandais à couverture violette et le sortit de sa pochette en plastique. Une photo de lui-même à neuf ans le contempla avec de grands yeux apeurés. Brian Byrne, né en 1999.

— Il y a deux choses à faire, dit-il. Il faudra changer la photo et la date d'expiration. La signature est parfaite. Si les bonnes sœurs m'ont appris une chose, d'autant mieux inculquée qu'elle s'accompagnait de coups de règle sur les phalanges, c'est bien la calligraphie.

Il ouvrit le passeport sur la table et en lesta les bords pour l'empêcher de se refermer. Sven se pencha, l'examina d'un œil, puis se redressa.

— Les manipulateurs ont une meilleure résolution optique, dit Sven en braquant son bras droit sur le passeport tout en le scrutant littéralement du bout des doigts. Il n'y aura aucun problème pour effectuer les changements que tu suggères.

Sven avait pris un certain nombre de gros plans de Brian, puis en avait imprimé un agrandissement grandeur nature.

— Regarde, les cheveux sont roux, dit Brian. Il faut qu'ils soient noirs.

— Aucun problème. Ces manipulateurs ont une précision de quarante micromètres. Je dispose maintenant d'un colorant satisfaisant et vais teinter en noir tous les cheveux visibles sur la photographie.

Ce qu'il fit, et très vite, en plus.

Les talents de faussaire de l'IM étaient tout aussi impressionnants. Les micromanipulateurs libérèrent la photographie d'origine en retirant par prélèvements microscopiques la colle qui la maintenait en place. L'agrandissement maquillé fut rephotographié puis réduit à la dimension d'une photo d'identité — ni meilleure ni pire qu'une autre. Avant qu'elle soit recollée, les lettres en relief du cachet furent soigneusement reproduites. Modifier les dates de délivrance et d'expiration fut tout aussi facile. Brian feuilleta le passeport modifié, puis le reposa sur la table.

— Il faudra encore changer deux dates. Deux tampons. Celui des douanes irlandaises quand j'ai quitté le pays, celui de l'immigration quand je suis arrivé aux USA.

Ping! fit la sonnette de l'entrée. Il regarda l'écran bouche bée et découvrit Shelly qui attendait devant la porte.

— *Salut, Brian, je viens de rentrer. Ouvre-moi, s'il te plaît, il faut que nous parlions.*

Mais il ne pouvait pas la laisser entrer. Pas question ! Comment pourrait-il expliquer la transformation de Sven, prendre le temps de dissimuler les photos, les billets étalés sur la table, le passeport ? C'était impossible.

— Salut. Ça fait plaisir de te revoir.

Oui, c'était vrai. Il avait envie de la voir, mais pas ici en tout cas.

— J'étais en train de faire la vaisselle. J'en ai encore pour deux minutes. La journée a été longue. On peut discuter en buvant un verre au club ?

— *Oui, bien sûr.*

Il abandonna Sven à sa nouvelle et laborieuse carrière de faussaire et rejoignit Shelly dehors, clignant les yeux sous le soleil.

— Qu'est-ce qui se passe ?

Elle fronça les sourcils et écarta une mèche de cheveux qui lui tombait dans les yeux. Un tourbillon de poussière virevolta autour d'eux.

— C'est complexe. On va boire un coup d'abord.

— J'espère que ce n'est pas une mauvaise nouvelle au sujet de ton père. Tu disais qu'il tenait le coup la dernière fois que nous nous sommes parlé.

— Il va bien, beaucoup mieux, même. Il se plaint de la nourriture de l'hôpital, ce qui est un très bon signe. En fait, c'est bien parce que son état s'est stabilisé que j'ai pu trouver le temps de venir ici pour te voir. Ils vont lui faire un pontage coronaire sous peu. Ce qui m'obligera à rentrer chez moi, alors je voulais te parler d'abord.

Ils prirent place dans la salle déserte devant deux généreuses margaritas glacées. La sono passait en sourdine des classiques poussiéreux du groupe préhistorique U2. Shelly but bruyamment, soupira, s'essuya les lèvres avec le mouchoir en papier, puis posa la main sur celle de Brian.

— Brian, je trouve que c'est injuste de te boucler ici comme ça. Dès que je l'ai su, j'ai envoyé un rapport dans les formes réglementaires, j'ai déposé une plainte, le tout par la voie hiérarchique. Ça ne va pas servir à grand-chose. On n'a même pas daigné me répondre. Tu sais que j'ai été renvoyée à Boulder ?

— Personne ne m'a averti.

La main tiède de Shelly était toujours sur la sienne, ce contact physique lui faisait du bien. Il ne retira pas sa main.

— Ça ne m'étonne pas d'eux. Et c'est ça qui m'irrite, cette manière hautaine de me muter du jour au lendemain. Sans me demander mon avis, sans consulter qui que ce soit. Boum ! Et voilà, le tour est joué. Mais il y a encore tellement de recherche à faire en IA. Pour moi, c'est beaucoup plus intéressant, beaucoup plus passionnant que d'écrire des codes stupides pour des logiciels militaires. Tout ça pour dire que je songe à changer de carrière, voilà tout. Je vais démissionner et retrouver la vie civile.

— Pas à cause de moi ?

Brian libéra ses doigts de l'étreinte de Shelly et croisa les mains sur les genoux.

— En partie, dit-elle. En grande partie, peut-être. Je ne veux pas m'identifier à un système militaire capable de traiter les gens aussi mal. Et c'est à cause du travail aussi. Je veux travailler sur l'IA avec toi, mais seulement si tu le veux bien.

Shelly parlait sérieusement, sans élever la voix. Ses yeux sombres et inquiets plongeaient dans les siens comme pour chercher de l'aide. Brian se détourna, s'empara de sa margarita et avala une monstrueuse rasade à s'en faire éclater les gencives.

— Shelly, écoute. Je ne peux pas prendre la responsabilité d'orienter ta décision. J'ai déjà assez de mal comme ça à m'occuper de ma personne...

— Je ne te demande pas ça, Brian. Tu m'as mal comprise. Je revendique ma décision de bout en bout. Je sais que ça va beaucoup mieux pour toi maintenant. Mais je sais aussi ce que tu as subi. Et ça se voit de temps en temps. Alors, s'il te plaît, essaie de comprendre que je vais démissionner de l'Armée de l'air malgré tout ce que tu pourras dire. J'ai déjà fait deux périodes d'engagement de plus que le service obligatoire, ce qui signifie que j'ai plus que remboursé tout ce que je dois à l'armée pour mes études. Et il y a aussi une raison toute personnelle. Je suis tellement absorbée par mon travail que je n'ai pas vu passer le temps. Ce qui ne veut pas dire que je sois déjà une vieille virago!

En riant, elle s'étira et passa la main dans sa chevelure. La plénitude de ses formes était manifeste même dans la pénombre du bar.

— Shelly, tu es superbe. Et tu le seras toujours. Mais j'ai trop de problèmes, trop de choses à penser pour continuer sur ce sujet.

— Chut! dit-elle en lui mettant un doigt sur les lèvres. Je ne te demande pas de faire ni de dire quoi que ce soit. Je suis venue ici pour t'informer que j'en ai fini avec l'Armée de l'air. Je t'enverrai un petit mot quand je serai sortie de leurs griffes. Avec mes références, je peux trouver du boulot n'importe où, pour le double de ce que je gagnais dans l'armée. Ne te fais pas de soucis pour moi. Mais si je peux faire quoi que ce soit pour contribuer à la mise au point de l'IA, je suis partante. Je veux être dans le coup. D'accord?

— D'accord. Tu me comprends vraiment?

— Plus que tu ne le crois, Brian...

Bip-bip! modula le téléphone.

— Shelly, excuse-moi une seconde. Oui ?
— *Ici Sven. Sven-2 vient de faire des découvertes significatives et hautement intéressantes. Pourrais-tu revenir ici ?*
— Oui, bien sûr, dit-il avant de raccrocher le téléphone à sa ceinture. Il faut que je retourne au labo...

Elle se redressa d'un bond, furieuse et blessée.

— Tu as engagé quelqu'un d'autre pour travailler avec toi pendant mon absence ? Tout s'explique.
— Shelly, tu deviens parano. C'était Sven, notre IA. Souviens-toi. Il fait tourner quelques programmes et il veut avoir mon avis sur les résultats.
— Tu as raison, dit-elle en riant. Un début de paranoïa. Trop d'années passées sous l'uniforme. Il va bien falloir que je m'en sorte.

Elle prit sa main dans la sienne, se dressa sur la pointe des pieds, l'embrassa tendrement sur la joue, s'écarta et se retourna vers la porte.

— Tu me téléphones ?
— Bien sûr. Et ce n'est pas une promesse en l'air. Je veux que tu sois là quand je commencerai à mettre au point les applications IA. Tous mes vœux de guérison pour ton père.

Il retrouva ses gardiens militaires et retourna en hâte au laboratoire. Il aimait bien Shelly, il aimait travailler avec elle mais... il ne voulait pas penser à ça en ce moment. Plus tard, quand tout se serait calmé, à supposer que ça se calme un jour. Et de quoi diable Sven parlait-il ? Pas de détails au téléphone, évidemment, sécurité oblige. Mais il lui avait donné l'impression d'insister, et c'était la première fois qu'il parlait ainsi.

Sven l'attendait derrière la porte lorsqu'il entra et lui fit traverser le laboratoire.

— Sven-2 a passé beaucoup de temps à analyser l'IA de l'Exterminateur. Les résultats sont très intéressants.
— Je suis sûr que tu seras de cet avis, dit Sven-2 en prenant la conversation en marche lorsqu'ils s'approchèrent. Je crois que tu projetais de visiter la Roumanie. Afin de rechercher toute piste ou indication qui

puisse te mener jusqu'au Dr Bociort. C'est exact, n'est-ce pas ?
— Oui.
— Ce ne sera pas nécessaire. Il faut que tu ailles en Suisse. J'ai localisé ce pays en Europe…
— Je sais où se trouve la Suisse. Mais pourquoi tu me racontes ça ?
— À cause d'une anomalie très intéressante que j'ai trouvée dans le logiciel. Elle semblait n'avoir aucun sens et j'ai cru tout d'abord qu'elle faisait peut-être partie d'un virus informatique. Mais lorsque je l'ai examinée de plus près, j'ai découvert que c'était une boucle d'instructions insérée dans une autre séquence d'instructions programmée pour l'ignorer. C'est alors que j'ai reconnu un fragment de code écrit en LAMA-3, un vieux langage informatique.
— Mais c'est impossible… presque impossible ! Il n'y a qu'une personne au monde qui connaisse ce langage.
— Trois, plus exactement. Toi, parce que tu l'as inventé pour ton usage personnel…
— Et toi, parce tu as manifestement hérité d'une copie de cette partie de mon cerveau ! Mais qui serait la troisième personne à qui tu viens de faire allusion ? Bociort ! Parce qu'il a déchiffré mes notes. Mais alors, ça ne peut vouloir dire qu'une chose…
— … Qu'il s'agit d'un message qui t'était destiné.
— Assez discuté ! Le texte du message !
— Un examen approfondi du fragment de code inexécutable a révélé qu'il s'agissait d'une instruction dont le texte était « séquence terminée suite à un banjax de type 2341 8255 8723 ».
— *Banjax !* C'est de l'argot irlandais, ça veut dire pagaille, foutoir.
— Je suis d'accord. Je t'ai entendu utiliser ce terme à l'occasion, et une recherche dans les bases de données lexicales a déterminé son origine. Par conséquent, mon impression était que cette boucle avait été placée là pour attirer ton attention. Ce qui signifie que les numéros auraient des chances de correspondre à

quelque chose. Une brève analyse cryptographique en a révélé le contenu.

— À toi, peut-être, mais pour moi, c'est rien que des numéros.

— Des numéros, oui, mais avec un message.

— Que tu comprends?

— Je le pense. Il commence par les chiffres 2 et 3. Si on prend les lettres de l'alphabet, les deux premiers chiffres du message deviennent alors «BC». Ce qui pourrait vouloir dire Bociort.

— N'est-ce pas un peu tiré par les cheveux? Ça pourrait aussi être l'abréviation de «British Columbia» ou de «Baja California».

— Peut-être, mais pas quand on sait ce qu'on cherche. Le numéro 41 est l'indicatif téléphonique international de la Suisse, 82 est l'indicatif de Saint-Moritz. Les six chiffres restants pourraient être un numéro de téléphone de cette localité.

Brian était abasourdi. C'était presque trop facile. Mais ce n'était sûrement pas fortuit. Ce numéro avait-il été mis là intentionnellement, pour qu'il le trouve?

— La solution du problème semble être d'appeler ce numéro, dit Sven.

— D'accord, mais pas à partir d'ici ni d'aucun autre endroit dans l'enceinte de la base, pardon, de Megalobe. Nous ne pouvons pas poursuivre cette recherche avant que je sois sorti d'ici et que je puisse avoir accès à un téléphone à l'abri des écoutes. Sven, garde le numéro en mémoire. En attendant, on le met au clou.

— Je ne comprends pas l'usage de cette expression dans ce contexte.

— Moi, si, dit Sven-2, avec peut-être un soupçon de supériorité. C'est une expression familière irlandaise signifiant «mettre de côté», inspirée par un dispositif de bureautique primitive consistant en une tige de métal pointue maintenue verticale par un socle métallique...

— Ça suffit! ordonna Brian. C'est un cours magistral. Tu devrais te faire prof.

— Je te remercie de l'avoir dit. C'est une possibilité à envisager.

Stupéfié, Brian considéra les tiroirs de composants électroniques qui recelaient ce cerveau invisible et si humain. Un fragment de citation biblique lui vint immédiatement à l'esprit. Admirez la créature de Dieu !

Dieu n'y était pour rien. C'était lui qui l'avait créée.

37

16 décembre 2024

Erin Snaresbrook trouva le message sur son téléphone lorsqu'elle sortit du service.

— *Salut, docteur. C'est Brian. Vous pouvez me rappeler quand vous aurez une minute ?*

Elle rangea le téléphone et s'aperçut que son cœur battait un peu trop vite. Elle grimaça un sourire. Étonnant. Trois heures de chirurgie pour extraire une tumeur du cerveau d'un petit garçon sans que son pouls dévie de la normale. Un seul coup de téléphone, et son corps était prêt à courir le cent mètres en dix secondes. Alors même qu'elle s'attendait à cet appel. Elle n'en avait pas peur, elle l'attendait simplement à contrecœur.

Elle se concocta un double *espresso* avant même d'envisager de rappeler, et le but presque entièrement. Il était six heures du soir. Se pouvait-il vraiment qu'il veuille la voir aujourd'hui ? Non, il avait été entendu qu'il lui laisserait au moins plusieurs jours pour se préparer. Son café terminé, elle appuya sur la touche mémoire et composa le numéro.

— Message reçu, Brian.

— *Merci de m'avoir rappelé. Écoutez, je crois que votre suggestion était la bonne et que nous devrions faire encore quelques séances avec mon processeur intégré. Et nous allons le faire ici même dans le labo, où nous pouvons disposer aussi de l'IM.*

— Je suis heureux que tu sois d'accord. Demain ?

— *Non, c'est trop tôt. J'ai un travail à terminer d'abord. Qu'est-ce que vous dites de jeudi après-midi ? Autour de trois heures ?*

— Facile. On se verra là-bas.

Ce ne fut pas si facile que ça. Il lui fallut décaler une demi-douzaine de rendez-vous. Mais elle avait promis, n'est-ce pas ?

Elle était tellement rodée sur ce parcours qu'il était trois heures pile le jeudi suivant lorsqu'elle passa la porte principale de Megalobe. Lorsqu'elle s'arrêta, elle trouva deux soldats assis sur les marches de la clinique.

— Visite médicale, jeunes gens ? demanda-t-elle en sortant de la voiture.

— Non, madame, nous sommes volontaires. Brian a dit que vous aviez du matériel à déménager aujourd'hui et nous nous sommes portés volontaires. Après qu'il nous a payé la tournée.

— Vous n'êtes pas obligés, la machine n'est pas si lourde que ça.

— Oui, madame. Mais nous sommes deux, et vous êtes toute seule. Et mon pote Billy peut faire cent tractions d'affilée. Vous laisseriez gaspiller toute cette viande rouge, vous ?

— Vous avez raison, dit-elle en ouvrant le coffre. Si vous portez cette caisse à l'intérieur, nous pourrons la charger.

Il lui restait un peu du caoutchouc mousse qui avait servi de rembourrage lorsque son robot connecteur avait été ramené de l'hôpital. Elle le plaça dans la caisse. Attentifs à ses instructions, ils chargèrent la machine, puis la portèrent dans la voiture.

— Je vous ai dit que ce n'était pas lourd.

— Non, madame. Mais nous la sortirons aussi à l'arrivée. C'est promis.

— Montez donc. Je vous emmène.

— Désolé, mais c'est contraire au règlement. Pas de circulation automobile dans l'enceinte de la base, et déplacement au pas de course d'un bâtiment à l'autre : ordres du major.

Ils s'éloignèrent au trot. Ils l'attendaient déjà devant

le laboratoire lorsqu'elle y arriva : en empruntant la route elle avait pris le chemin le plus long. Brian ouvrit la porte et les deux soldats portèrent la caisse à l'intérieur, sous les yeux des gardes. C'était tout simple.

— J'avais une boule dans la gorge tout le temps que ça a duré, dit-elle après que les soldats furent partis et que la porte se fut refermée.

— Économisez vos nerfs, parce que c'est plus tard qu'on va s'amuser.

— S'amuser ! Je préfère encore faire de la chirurgie.

Le robot connecteur du Dr Snaresbrook fut déchargé et rangé avec précaution. Brian inséra un foret de faible diamètre dans le mandrin de la perceuse électrique et fit un trou dans le couvercle de la cantine en métal renforcé.

— Sven n'aimait pas la perspective d'être enfermé dans le noir tout le temps, dit-il en montrant une pastille métallique prolongée par un fil flexible. Il y a un capteur optique et acoustique là-dedans. On monte ça derrière le trou, on branche...

— Et on a une valise qui vous surveille et écoute vos conversations ! Ça devient de plus en plus délirant.

Rien de tout cela n'avait échappé à Sven. Dès que Brian eut terminé, l'IM entra dans la caisse et brancha les connexions. Et ce fut comme si le robot fondait dans le container : ses innombrables articulations se replièrent les unes contre les autres — telles les lames d'un couteau suisse à quatre-vingt-dix-neuf fonctions. Elles s'aplatirent encore, jusqu'à ce que la structure arborescente ne soit plus qu'une masse quasiment compacte au fond de la caisse. Les pédoncules oculaires se rétractèrent et pivotèrent pour regarder Brian placer la tête postiche près du cylindre thoracique inerte, puis le chapeau, les chaussures, les gants et le manteau et enfin, tout en haut, un bagage cabine souple.

— Paré ?
— Tu peux m'enfermer.
Brian referma la malle et la verrouilla.

— C'était l'étape numéro un, dit-il.

— Tu vas redemander aux deux soldats de charger ça dans la voiture ?

— Pas question ! Ils vont sous peu faire une ronde autour de la base, et c'est pour ça que je les ai choisis. La caisse est sacrément plus lourde qu'elle l'était quand ils l'ont amenée. Ils s'en apercevraient sûrement. Mais nous allons demander à ceux qui gardent le labo de nous aider à la sortir. Comme ils ne l'ont jamais soulevée, ils ne remarqueront pas la différence !

— Brian, tu deviens un expert en dissimulation.

— C'est naturel. Ça vient de mon enfance sordide. Venez par ici que je vous présente à Sven-2. Il est identique au Sven qui est dans la caisse ou, du moins, il l'était au moment où ils se sont séparés. Sauf qu'il n'est pas encore autonome : ses extensions corporelles ne sont pas encore arrivées.

— Puis-je parler à ton IA ?

— Bien sûr. Mais il faut dire IM, maintenant. Intelligence machinique. Ces machines n'ont rien d'artificiel, elles sont tout ce qu'il y a de plus authentique. Leur système a complètement assimilé diverses bases de données de sens commun telles que CYC-5 et KNOWNET-3. C'est la première fois qu'on combine plusieurs manières différentes de penser dans un système unique, en les associant par des paranomes transversaux. Et le tout a été accompli sans qu'on ait à forcer tous ces savoirs de nature différente à se couler dans le moule unique d'une forme rigide et normalisée. Mais la tâche n'a pas été facile. Cette IM s'appelle Sven, prononciation syncopée de *seven*, parce que les versions 1 à 6 ont été des échecs. Elles fonctionnaient toutes au départ, puis se sont détériorées de diverses manières.

— Je vois pas traîner de cadavres de robots. Qu'est-ce que tu en as fait ?

— Il n'y avait pas de problèmes avec la partie physique du robot. Il a suffi à chaque fois de charger un nouveau logiciel.

— Puis-je t'interrompre ? dit Sven. Et ajouter des

précisions. Certaines parties des versions antérieures existent encore. Je peux y avoir accès si je le désire. Les IM ne meurent pas. En cas de panne, le programme est modifié à partir de l'endroit où les ennuis ont commencé. C'est une bonne chose que de pouvoir se rappeler son passé.

— Il est tout aussi avantageux de pouvoir se rappeler plus que son propre passé, dit Sven-2. En activant certains groupes de nèmes, je peux me rappeler une grande partie de ce qu'ont éprouvé les versions 3, 4 et 6. Chacune de mes versions — de nos versions — fonctionnait à peu près correctement avant de tomber en panne. Chacune a été victime d'une défaillance différente.

Snaresbrook pouvait à peine croire ce qui se passait. Elle s'entretenait avec un robot — ou deux robots ? — de ses ou de leurs troubles de croissance, traumatismes et expériences déterminantes. Elle avait du mal à garder son calme.

— Est-il possible que je commence à déceler des différences de personnalité entre les deux Sven ? demanda-t-elle.

— C'est très possible, dit Brian. Ils ne sont certainement plus parfaitement identiques. Depuis la duplication initiale, ils ont fonctionné dans des environnements très différents. Sven est mobile, tandis que Sven-2 n'a pas de corps, rien que quelques capteurs et effecteurs en plus de ses composants. Ils ont donc à présent un certain nombre de souvenirs différents.

— Mais ne pourrait-on pas les faire fusionner ? Comme nous avons fait fusionner tes secteurs mémoriels après qu'ils ont ingurgité tous ces livres différents ?

— Peut-être. Mais j'ai eu peur de tenter de faire fusionner le réseau sémantique de Sven avec celui de Sven-2, parce que leurs représentations respectives de l'expérience sensorimotrice risqueraient d'être incompatibles.

— Je pense qu'une fusion est déconseillée, dit Sven-2. Je craindrais que le niveau moyen de ma structure gestionnaire rejette alors des pans entiers de mes représentations du monde physique. À cause du principe de non-compromis.

— C'est l'un de nos principes opérationnels de base, ajouta Sven. Chaque fois que deux services proposent des recommandations incompatibles, leur gestionnaire commence à s'affoler. Lorsque cela se produit, un gestionnaire du niveau supérieur demande à un troisième service de prendre le relais. Ce qui est habituellement bien plus rapide et efficace que de se laisser paralyser tandis que les deux services en conflit luttent pour emporter la décision. C'est ce qui arrivait tout le temps à la version 2, avant que Brian reconstruise tout le système de gestion sur la base du principe de Papert.

— Bien, coupa Snaresbrook, on dira ce qu'on voudra, mais ces machines sont simplement stupéfiantes. Elles n'ont rien d'artificiel et, de plus, elles sont remarquablement humaines à plus d'un titre. Et, pour une raison ou une autre, elles me font toutes les deux penser à toi.

— Ce n'est pas tellement surprenant puisque leurs réseaux sémantiques sont fondés sur les données que vous avez chargées à partir de mon propre cerveau. Sept heures, dit-il en regardant sa montre. Ce serait le moment de s'arrêter. Nous partons donc tous les trois, Sven-2, et j'espère que nous ne serons pas de retour ici avant longtemps.

— Je vous souhaite bonne chance, à toi et à Sven, et m'attends à un rapport détaillé lors de votre retour. Entre-temps, j'ai assez de recherches et de lectures à faire pour m'occuper passablement. En outre, puisque je ne peux me déplacer, je vais me construire une réalité virtuelle, un monde tridimensionnel simulé pour mes besoins personnels.

— Alors tu pourras le faire en toute tranquillité. Personne ne peut entrer ici autrement qu'en faisant sauter la porte à l'explosif, et je ne pense pas que ça plaise beaucoup aux gens de Megalobe.

Brian traîna la caisse alourdie jusqu'à la porte d'entrée et déclencha l'ouverture.

— Hé, les mecs, vous voulez pas donner un coup de main au toubib ?

Si les deux soldats remarquèrent le poids, ils n'en laissèrent rien paraître. Il n'aurait pas été très viril d'y faire allusion puisque les deux autres avaient soulevé la caisse sans broncher.

— Partez devant, docteur, dit Brian. Je vous rejoins à pied avec ces mecs.

Il lui avait indiqué l'endroit exact où elle devait garer la voiture, dans le parking derrière la caserne, et il était sûr qu'elle le trouverait. Il rentra au petit trot et ses deux gardes l'imitèrent, non sans murmurer des protestations insincères. Ils atteignirent la caserne en même temps que Snaresbrook.

— Est-ce que je devrais fermer la voiture ? demanda-t-elle.

Puis elle remit les clefs dans son sac en entendant les soldats lui rappeler l'absolue sécurité de la base.

— Un sherry, sec, dit-elle au bar du club.

Elle fronça les sourcils en voyant Brian se commander un grand whisky. Ils n'avaient pas besoin de regarder leur montre : une horloge digitale affichait l'heure au-dessus du comptoir. Brian ajouta beaucoup d'eau à son whisky et le but du bout des lèvres. Ils bavardaient tranquillement tandis que les soldats entraient et sortaient entre deux tours de garde, et faisaient l'un comme l'autre de gros efforts pour ne pas regarder constamment la pendule. Mais lorsque la demie s'afficha, Brian se leva.

— Non... je veux pas ! dit-il bien haut. Ça commence à être insupportable.

Il repoussa sa chaise, heurta la table et renversa son whisky. Sans se retourner, il quitta la salle d'un pas décidé et claqua la porte. Le barman se précipita, serviette en main, et fit disparaître les dégâts.

— J'en apporte un autre, dit-il.

— Pas la peine. Je ne crois pas que Brian revienne ici ce soir.

Elle sentait que tout le monde évitait soigneusement de regarder dans sa direction tandis qu'elle finissait de siroter son cherry. Elle sortit son agenda électronique et prit quelques notes. Quand elle fut prête à partir, elle ramassa son sac, jeta un coup d'œil circulaire dans la salle puis se dirigea vers un sergent qui consommait au bar.

— Excusez-moi, sergent. Le major Wood est-il ici aujourd'hui ?
— Oui, madame.
— Pourriez-vous me dire comment le trouver ?
— Si ça ne vous fait rien, je vous y conduis.
— Merci.

Après sa sortie fracassante, il fallut à Brian tout son sang-froid pour ne pas monter l'escalier quatre à quatre. Il fallait faire vite, certes, mais courir et attirer l'attention sur soi n'était pas une bonne idée. Il verrouilla la porte derrière lui, puis saisit la pince qu'il avait placée sur la table. Sven avait scié le bracelet de sécurité qu'il portait au poignet, puis l'avait refermé avec une petite boucle de métal. Brian la sectionna, laissa choir pince et bracelet sur le lit, se débarrassa de son pantalon tout en traversant la pièce en courant à cloche-pied et faillit tomber en retirant ses chaussures. Le flacon plastique de bain moussant était posé sur le coin de l'évier, là où il l'avait mis. Il s'en empara, commença à l'ouvrir, puis jura tout haut.

— Imbécile ! Les gants d'abord. Tout est prévu à la seconde près. Mais si on oublie un seul détail, ça n'a aucune chance de marcher.

Il ouvrit le robinet de l'évier, se rinça la tête sous le jet et laissa l'eau couler. Il ouvrit maladroitement le flacon avec ses doigts gantés, se pencha au-dessus de l'évier, se versa la moitié du contenu sur la tête et frotta vigoureusement.

Bien que le liquide soit transparent, il colora ses cheveux en noir par simple contact. C'était une teinture du commerce, garantie pour foncer les cheveux mais pas la peau. S'il portait des gants, c'est parce que les ongles et les cheveux sont pratiquement identiques et que des ongles noirs attireraient certainement une attention indésirable. Il se servit du reste du liquide pour repasser sur les endroits trop clairs et se teindre très soigneusement les sourcils.

Après s'être séché les cheveux avec une serviette, il rinça les gants et le flacon en plastique. Il l'emporterait avec lui. Il rangea les gants dans le tiroir de la cuisine, plia la serviette et la glissa sous la pile de linge propre. S'il réussissait dans son entreprise, il y aurait une enquête, et les techniciens finiraient par trouver des traces de teinture. Or, il n'avait pas l'intention de leur faciliter la tâche. Un coup d'œil rapide à sa montre. H moins trois minutes !

Il ouvrit le tiroir inférieur du bureau, si violemment qu'il tomba à grand fracas sur le plancher. Qu'il y reste ! Il passa la chemise réglementaire par-dessus sa propre chemise à manches courtes, puis enfila le pantalon, laça les chaussures de l'uniforme de cérémonie et noua non sans peine sa cravate kaki.

C'était un autre Brian qui le regarda dans la glace lorsqu'il mit son béret de parachutiste en lui donnant l'inclinaison désinvolte affectée par les hommes du 92e régiment aéroporté, dont il s'était cousu l'insigne sur l'épaule. Mais pas de galons. Un deuxième classe, un de plus, en uniforme : exactement ce qu'il voulait être.

Il mettait son portefeuille dans sa poche au moment précis où le téléphone sonna.

— Oui ? Qui est-ce ?

— *C'est le Dr Snaresbrook, Brian. Je me demande si je pourrais peut-être...*

— Je n'ai pas envie de bavarder maintenant, docteur. Je vais manger un sandwich, me saouler copieusement, regarder quelque émission de télé d'une révoltante stupidité et me coucher tôt. Je vous parlerai peut-être demain. Mais si vous voulez me parler avant, n'y pensez pas. Parce que je vais déconnecter ce téléphone.

Encore deux minutes. Il commença à accrocher le téléphone à son ceinturon, puis, se rappelant qu'on pourrait facilement le localiser ainsi, le jeta sur le lit. Il empoigna le sac en papier contenant le flacon de teinture, éteignit les lumières, ouvrit la porte d'un centimètre. Personne sur le palier. Il verrouilla la porte derrière lui. Plus question de faire du bruit. Vite, l'es-

447

calier de secours à l'arrière du bâtiment. Son cœur battait violemment lorsqu'il referma le lourd panneau.

La chance était avec lui. Le couloir qui menait à l'entrée de service était désert. Avancer lentement, passer devant la porte ouverte des cuisines — ne pas regarder puis ouvrir doucement la porte extérieure.

Il s'écarta lorsque entrèrent deux cuisiniers en tablier blanc. Ils discutaient base-ball et ne firent apparemment pas attention à lui. Mais, en cas de coup dur, ils se rappelleraient sans doute avoir vu sortir un soldat. Si l'alerte était donnée maintenant, ils enverraient sûrement les gardes droit sur lui.

La voiture était là, dans l'ombre du bâtiment, sur le seul emplacement du parking qui ne soit pas illuminé par les lampes à vapeur de mercure.

Il jeta un bref coup d'œil autour de lui. Dans le parking, trois soldats qui s'éloignaient. Sinon, personne. Il ouvrit la porte arrière de la voiture, se glissa à l'intérieur, referma la porte en évitant de la faire claquer, la verrouilla, se laissa tomber sur le plancher et tira la couverture par-dessus lui.

— Ce jeune homme est très perturbé, dit Erin Snaresbrook en se levant.

— Nous en sommes tous conscients, dit le major Wood. Et ça ne nous fait pas plaisir. Mais nous avons nos ordres et il n'y a rien que moi-même ou quiconque puissions faire à ce sujet.

— Alors, je vais passer par-dessus votre tête. Il faut faire quelque chose pour l'aider.

— Faites-le, je vous en prie. Je vous souhaite bonne chance.

— Au téléphone, tout à l'heure, il semblait très troublé. Il s'est enfermé dans sa chambre et ne veut parler à personne.

— Ça se comprend. Il se peut qu'il aille mieux demain matin.

— C'est bien ce que j'espère.

Il la reconduisit à la porte d'entrée et commença de descendre les marches pour l'accompagner jusqu'au parking. Elle s'arrêta, fouilla dans son sac pour chercher ses clefs de voiture, les sortit en même temps qu'une de ses cartes de visite qu'elle tendit à l'officier.

— Major Wood, je veux que vous m'appeliez, de nuit comme de jour, si vous avez quelque inquiétude que ce soit au sujet du bien-être de Brian. J'aimerais bien qu'on s'en occupe sérieusement avant qu'il ne soit trop tard. Au revoir.

— C'est promis, docteur. Au revoir.

Elle s'éloigna à pas lents du bâtiment et gagna le parking. Elle monta dans la voiture sans se risquer à jeter un coup d'œil sur la banquette arrière. Elle mit le contact et regarda autour d'elle. Personne aux environs immédiats.

— Tu es là ? chuchota-t-elle.

— Vous avez intérêt à le croire ! répondit-il, la voix étouffée par la couverture.

Elle arriva devant la porte principale, salua les gardes d'un signe de tête lorsque la barrière se leva et prit la route dans l'obscurité piquetée d'étoiles.

38

19 décembre 2024

Insensiblement, Erin Snaresbrook accélérait, ne ralentissant que lorsqu'elle regardait le compteur. Elle fut obligée d'enclencher le contrôle de vitesse automatique. Où qu'elle porte son regard, le désert était un océan de ténèbres. Les phares creusaient un tunnel de lumière tout au long de la route qui ondulait droit devant elle. Elle roula environ deux kilomètres avant d'apercevoir la voiture garée sur le bas-côté. Elle ralentit et s'arrêta juste derrière. Avec un soupir de soulagement, elle tourna enfin la tête et parla par-dessus son épaule.

— Tu es hors de danger, maintenant. Tu peux te montrer.

Brian émergea d'un bond sur le siège arrière.

— J'ai cru que j'allais étouffer. Ça se passe bien, il me semble, sinon nous ne serions pas ici.

— Pas de problèmes. Tu peux sortir. Attends! Laisse-moi d'abord éteindre les phares. Et le plafonnier. Au cas où.

Brian sortit dans la tiédeur nocturne. Libre! Pour la première fois depuis un an. Il respira à pleins poumons l'air sec du désert, s'attarda un long moment pour prendre la mesure d'un ciel débordant d'étoiles jusqu'aux contours noirs et dentelés des montagnes. Il entendit la portière se refermer. Snaresbrook sortit et s'approcha de lui. Il se retourna vers elle, aperçut l'autre voiture et fut brusquement saisi de panique en voyant quelqu'un debout à côté.

— Qui est-ce ? Qu'est-ce qui s'est passé ?

— Tout va bien, Brian, dit tranquillement Snaresbrook. C'est Shelly. Elle est ici pour t'aider. Elle est au courant de tout ce qui se passe et elle est de ton côté.

Brian avait la gorge tellement serrée qu'il lui fallut faire un effort pour parler.

— Tu étais au courant depuis quand ? demanda-t-il quand Shelly s'approcha et se planta devant lui.

— Depuis une semaine seulement. Depuis que j'ai annoncé au Dr Snaresbrook que je quittais l'armée à cause de ce qu'on te faisait subir. J'ai essayé de la convaincre que je voulais t'aider, et elle m'a crue.

— C'est à ce moment-là que je lui ai dit ce que tu avais l'intention de faire. J'ai grand-peur, Brian, que tu ne sois pas encore prêt à affronter le monde extérieur par tes propres moyens. J'ai pris un risque calculé en croyant à la sincérité de Shelly. C'est elle qui est là, et non la police militaire : j'avais donc raison. J'étais très inquiète à ton sujet et, pour parler franchement, je ne voulais pas que tu saches la part prise par Shelly dans cette affaire avant que tu sois loin de ta prison et hors de danger.

Brian reprit son souffle en frissonnant, expira lentement et sourit dans le noir.

— Vous avez raison, docteur. Je ne crois pas que j'aurais pu prendre le large avant. Mais maintenant que c'est fait, j'ai le moral au beau fixe. Bienvenue à bord, Shelly.

— Merci à vous deux de me laisser me rendre utile. Je pars avec toi. Tu ne seras pas seul.

— Faudra que j'y réfléchisse. Plus tard. Pour le moment, nous ferions mieux de ne pas traîner, dit-il en dénouant sa cravate et en retirant sa chemise militaire. Le major a cru à votre histoire, docteur ?

— Il t'aime bien, Brian, comme tout le monde là-bas, apparemment. J'ai l'intime certitude que personne ne s'approchera de ta chambre avant l'aube.

— Je l'espère. Mais quand ils vont s'apercevoir que je leur ai faussé compagnie, alors là, ça va chier. Je les plains, vous savez. D'un certain côté, c'est vraiment leur jouer un sale tour. Ils vont sûrement être dans la mélasse.

— C'est un peu tard pour y penser, tu ne crois pas ?

— Non, j'ai déjà étudié la question. J'ai longuement et mûrement réfléchi quand je préparais ma fuite. Je les plains, oui, mais c'étaient mes geôliers et il fallait que je m'évade. Quelle est la suite du programme ?

— Shelly prend les choses en main à partir d'ici. Moi, je rentre à Megalobe, faire un peu de travail dans mon labo. Y passer la nuit. Ce qui brouillera un tantinet les pistes, et m'évitera peut-être même d'être soupçonnée de connivence dans cette évasion. Plus le mystère sera épais, plus tu auras de chances de réussir ton coup. Je vais même remballer mon robot connecteur et le remettre dans la voiture pour qu'on ne risque pas d'associer la disparition d'une malle à la tienne. Alors, sortons Sven de sa caisse et mettons-le dans la voiture de Shelly. Plus vite je serai rentrée, mieux ça vaudra.

Le transfert accompli, après un rapide baiser sur la joue et des adieux précipités, ils se séparèrent. Lorsque l'autre véhicule eut fait demi-tour et repris la route de Megalobe, Shelly démarra et continua vers l'ouest. Brian regarda défiler les collines et se sentit encore plus soulagé qu'il ne l'avait été la première fois qu'il avait compris qu'il était libre.

— Je suis heureux que tu sois ici, dit-il. Et peut-être que nous devrions rester ensemble. Au moins pour un petit moment. À cette vitesse, dit-il en regardant l'heure au tableau de bord, nous devrions atteindre la frontière à onze heures au plus tard.

— Tu en es sûr ? Je n'ai encore jamais fait cette route.

— Moi non plus... autant que je m'en souvienne, bien sûr. Mais j'ai consulté des tas de guides et de cartes. Il ne devrait pas y avoir beaucoup de circulation et la distance totale est de cent quarante et un kilomètres.

Ensuite, ils gardèrent le silence : ils n'avaient plus

grand-chose à se dire, mais ils avaient largement de quoi s'occuper l'esprit.

Ils quittèrent la 78 avant Brawley pour obliquer vers le sud en direction d'El Centro et de Calexico. Se fiant aux panneaux MEXIQUE, ils contournèrent le centre-ville et arrivèrent à la frontière. Il était juste dix heures trente lorsque les guérites des douanes apparurent devant eux. Brian se sentit tendu pour la première fois.

— Tous les guides touristiques disent qu'on rentre au Mexique sans aucun problème. C'est exact ?

— Tant qu'on amène ses dollars. Je n'ai jamais été contrôlée dans le sens USA-Mexique. On ne m'a même jamais regardée, d'ailleurs !

Il n'y avait pas de douaniers américains en vue lorsqu'ils franchirent la frontière nationale. Le fonctionnaire mexicain, arborant un gros revolver et une bedaine encore plus grosse, se contenta de jeter un coup d'œil à la plaque d'immatriculation puis se détourna.

— On a réussi ! cria Brian tandis qu'ils roulaient dans la rue bordée de bars et de boutiques aux néons criards.

— C'est tout ce qu'il y a de plus vrai ! Et ensuite ?

— Pour commencer, un changement par rapport au plan initial. L'idée de départ était que le docteur me dépose ici avec Sven et repasse la frontière. Elle ne savait pas du tout ce que j'avais l'intention de faire.

— Tu le sais, au moins ?

— Absolument ! Je vais prendre le train pour Mexico ce soir.

— Moi aussi.

— Tu en es sûre ?

— Absolument.

— Très bien. Nous ne changeons rien au plan initial, sauf que tu ramènes la voiture de l'autre côté de la frontière, tu reviens en taxi...

— Non. Trop compliqué, trop long. Et puis ça laisse une piste. Laissons donc tout bonnement la voiture ici avec la clef de contact au tableau.

— Elle va être volée !

453

— Justement. Si les voleurs de voitures du cru sont à la hauteur, elle devrait disparaître sans laisser de traces. C'est bien mieux que si elle était retrouvée dans un parking à Calexico pour indiquer la direction que nous avons prise.

— Tu ne peux pas faire ça. L'argent que ça...

— J'en voulais une neuve de toute façon. Et peut-être qu'un jour je serai remboursée par l'assurance. Alors, motus là-dessus. Comment on va à la gare ?

— Je regarde sur le plan.

Ils trouvèrent les Ferrocarriles Nacionales de México assez facilement. Shelly passa devant la gare, tourna dans une ruelle mal éclairée, se gara sous un réverbère hors service. Elle sortit une petite valise du coffre, se rappela de laisser les clefs, puis aida Brian à soulever la lourde cantine.

— La première étape... et la plus importante, dit-il.

— Il reste une heure et vingt et une minutes avant le départ du train, dit une voix étouffée dans la malle, sur un ton peut-être sévère.

— C'est plus qu'assez. Prends patience. C'est nous qui traînons la caisse.

Ils allèrent jusqu'à l'entrée de la gare et là, Shelly abandonna.

— Ça suffit ! Tu surveilles ce machin tandis que je regarde s'ils ont des porteurs, ou quelque chose d'aussi exotique.

Elle revint quelques minutes plus tard avec le préposé. Il portait une casquette cabossée — l'insigne de son rang — et poussait un diable.

— Il nous faut des billets, dit Brian tandis que le porteur engageait le rebord métallique du chariot sous la malle.

Il espérait que l'homme parlait anglais.

— Pas de problème. Vous allez où ?

— Mexico.

— Pas de problème. Vous me suivez.

Brian fut soulagé de découvrir que la créature à triste figure postée derrière le guichet parlait anglais elle aussi. Oui, il y avait un compartiment de première classe de libre. La vénérable machine posée à côté d'elle cracha deux billets, qu'elle tamponna à la main. Le seul problème, c'était l'argent.

— Pas prendre dollars, dit-elle d'un air sévère, comme si c'était la faute de Brian. Seulement *moneda nacional*.

— On ne peut pas changer l'argent ici ? demanda Shelly.

— Bureau déjà fermé.

Brian eut un accès de panique. Il ne fut que légèrement soulagé en entendant le porteur.

— J'ai un ami, lui changer argent.

— Où ça ?

— Là-bas, lui travailler au bar.

Avec un grand sourire, le barman se fit un plaisir de leur vendre des pesos contre leurs dollars.

— Vous savez, je ne peux pas vous faire le cours de la banque parce que je perds au change.

— Comme vous voudrez, dit Brian en lui faisant passer les dollars.

— Je suis sûre qu'il va te rouler ! siffla Shelly lorsque l'homme se dirigea vers le tiroir-caisse.

— Tu as raison. Mais nous pouvons monter dans le train et c'est ça qui compte.

Roulé ou pas, il se sentit immensément soulagé de voir la grosse liasse de pesos qu'il reçut en échange de ses dollars.

Il était minuit moins huit lorsque le porteur déposa la malle sur le plancher du compartiment, empocha ses dix dollars de pourboire, ferma la porte derrière lui et repartit. Shelly baissa le rideau tandis que Brian verrouillait la porte et ouvrait la malle.

— Le taux de conversion officiel pour la vente des dollars au Mexique est de...

— Garde ça pour toi, s'il te plaît, dit Brian en sortant le bagage cabine. As-tu fait bon voyage, Sven ?

— S'il est agréable de voir l'intérieur d'un coffre obscur, alors j'ai fait bon voyage.

— Ça ne peut que s'améliorer, dit Shelly.

Des attelages cliquetèrent au loin, le train trembla et se mit en mouvement. Des coups impérieux ébranlèrent la porte.

— Je m'en occupe, dit Shelly. Tu ferais mieux de te détendre.

— Comme si je pouvais !

Elle attendit qu'il ait refermé la malle avant de déverrouiller et d'ouvrir la porte.

— Billets s'il vous plaît, dit le contrôleur.

— Mais bien sûr, dit Brian en les lui présentant.

Le contrôleur les perfora et montra les banquettes.

— Vous n'aurez qu'à mettre le dossier à l'horizontale lorsque vous voudrez vous coucher. Le lit est déjà fait. La couchette supérieure se déplie comme ceci. Je vous souhaite un bon voyage.

Brian verrouilla la porte derrière lui et se laissa mollement tomber sur le siège. Quelle journée !

Avec un léger roulis, le train prit de la vitesse ; les roues cliquetaient sur les rails, des lumières bougeaient dehors. Brian ouvrit le rideau et regarda passer banlieue après banlieue sur fond d'haciendas lointaines.

— Nous avons réussi ! s'écria Shelly. Je n'ai jamais rien vu de si beau de ma vie.

— Je suis sûr que la vue est très intéressante, dit la voix étouffée.

— Excuse-moi, dit Brian en rouvrant la malle.

Sven étira ses pédoncules oculaires pour voir lui aussi par la fenêtre. Brian éteignit les lumières et ils regardèrent défiler le paysage.

— À quelle heure on arrive ? demanda Shelly.

— Trois heures de l'après-midi.

— Et ensuite ?

Brian ne dit rien et scruta l'obscurité. Il avait encore des doutes.

— Shelly, je persiste à penser que je devrais continuer tout seul.

— C'est ridicule. Quand la bière est tirée, il faut la boire, pas vrai ?

— C'est ce qu'on pourrait dire en Irlande.

— À mon avis, tu devrais accepter la proposition de Shelly, dit Sven.

— Je t'ai demandé ton avis ?

— Non. Mais sa suggestion est bonne. Tu as été très

malade, ta mémoire a des lacunes. Shelly peut t'aider. Alors accepte.

— Je suis en minorité, soupira Brian. Le plan est simple, mais il vaudrait mieux que tu aies ton passeport sur toi.

— Je l'ai. Je l'ai mis de côté dès que le Dr Snaresbrook a dit qu'elle t'emmènerait jusqu'à la frontière mexicaine.

— Il faut que je prenne de l'avance sur quiconque partirait à ma recherche.

— Tu veux te planquer au Mexique ?

— J'y ai songé, mais ça ne servirait à rien. Les polices mexicaine et américaine collaborent très étroitement pour faire la chasse aux trafiquants de drogue. Je suis sûr que le général Schorcht me collerait l'étiquette de criminel si c'était nécessaire pour me retrouver. Il faut donc que j'aille plus loin que le Mexique. J'ai regardé les horaires. Pas mal de vols internationaux quittent Mexico en début de soirée. Alors nous prenons nos billets et quittons le pays.

— Tu as une destination particulière en vue ?

— Évidemment : l'Irlande. N'oublie pas que je suis citoyen irlandais.

— Excellente idée. Nous allons donc en Irlande. Et après ?

— Je vais essayer de retrouver le Dr Bociort, s'il est encore en vie, bien sûr. Ce qui entraînera sans doute un voyage en Roumanie. Les gens qui ont volé ma première IA et tenté de me tuer courent toujours. Je vais les retrouver. Pour des tas de raisons. Pour me venger, entre autres, mais avant tout pour rester en vie. Avec cette menace en moins, je pourrai m'arrêter de regarder toujours par-dessus mon épaule. Et le général Schorcht n'aura plus de prétexte pour me causer des ennuis.

— Je te le souhaite.

Shelly bâilla sans retenue, la main devant la bouche.

— Pardon. Mais si tu es à moitié aussi fatigué que moi, nous devrions dormir un peu.

Il baissa le rideau et alluma les plafonniers. Comme

promis, les deux couchettes étaient prêtes et se mirent facilement en place.

— Je vais prendre celle du dessus, dit Shelly.

Elle ouvrit sa valise, en retira un pyjama et un peignoir, puis saisit son sac.

— À tout de suite.

Lorsqu'elle revint, la seule lumière était celle de la veilleuse au-dessus de sa couchette. Brian était sous les draps, Sven avait relevé le rideau d'un centimètre et regardait dehors.

— Bonne nuit, dit-elle.

— Bonne nuit, dit Sven.

Elle n'entendit rien d'autre qu'un léger ronflement.

39

20 décembre 2024

Pendant qu'ils prenaient leur petit déjeuner dans le wagon-restaurant, le paysage déployait toute sa splendeur : petits villages, jungle et montagnes avec, à l'occasion, de brèves échappées sur l'océan lorsqu'ils longèrent la mer de Cortez. Tandis qu'ils finissaient leur café, un téléphone sonna et Brian vit l'un des autres voyageurs sortir l'instrument de la poche de sa veste et y répondre.

— Suis-je bête ! dit-il. J'aurais dû y penser avant. Tu as ton téléphone sur toi ?

— Bien sûr. Comme tout le monde, non ?

— Oui, mais pas moi. Plus maintenant. Tu sais qu'on peut recevoir un appel téléphonique n'importe où dans le monde. Tu ne t'es jamais demandé comment ça marchait ?

— Pas vraiment. C'est un de ces trucs qui semblent aller de soi.

— Pour moi, c'était tellement nouveau que je me suis penché sur la question. Aujourd'hui, il y a partout des liaisons en fibres optiques et à micro-ondes, des réseaux cellulaires qui couvrent tout le globe. Si tu veux appeler quelqu'un, tu composes le numéro et la station la plus proche prend la communication et transmet l'appel. Tu ne t'en rends peut-être pas compte, mais ton téléphone est en permanence allumé, toujours en position d'attente. Et il se connecte automatiquement lorsque tu passes d'une cellule à l'autre en envoyant tes coordonnées actuelles à la gestion mémoire de ton central téléphonique d'origine. Si bien que, lorsque quelqu'un compose ton numéro, le réseau national ou international sait toujours où te trouver pour te répercuter l'appel.

Shelly ouvrit de grands yeux.

— Tu veux dire qu'il sait où je suis en ce moment ? Que n'importe quelle personne investie de l'autorité nécessaire pourrait obtenir ce renseignement ?

— Absolument. Le général Schorcht, par exemple.

— Alors, hoqueta-t-elle, nous... nous devons nous en débarrasser ! Jette-le par la fenêtre...

— Non. Si un téléphone est inutilisable, un signal est envoyé au service entretien. Tu ne veux pas attirer l'attention sur toi, hein ? Il est pratiquement sûr que personne ne te recherche encore. Mais lorsqu'on s'apercevra que je me suis évadé et que les recherches commenceront, on va sûrement contacter tous les gens qui ont travaillé avec moi. Retournons dans notre compartiment. J'ai une idée.

Il y avait sous la fenêtre un panneau apparemment étudié pour. Brian le montra du doigt.

— Sven, tu crois que tu peux retirer ces vis ?

Sven fit pivoter ses yeux.

— La tâche sera facile.

L'IM forma un tournevis avec ses manipulateurs et retira promptement les vis qui maintenaient le panneau en plastique. Deux tuyaux et un câble électrique traversaient la cavité recouverte par la plaque.

— Nous n'avons qu'à mettre ton téléphone là-dedans. Le plastique n'empêchera pas les signaux de passer. Si les militaires t'appellent et que tu ne réponds pas, ils vont perdre pas mal de temps à suivre le signal d'un bout à l'autre du Mexique. Quand ils auront compris, nous serons partis depuis longtemps.

Le train quitta Tepic au moment du déjeuner, repartit vers l'intérieur du pays en direction de Guadalajara et atteignit Mexico exactement à l'heure prévue. Soigneusement emballé, Sven n'attendait plus que le porteur qui vint chercher leurs bagages. Il les conduisit jusqu'au Deposito de Equipajes, où ils mirent malle et valise à la consigne.

— Avant toute chose, on va se procurer des pesos, dit Brian en indiquant la banque voisine. Inutile de répéter ce qui s'est passé à Mexicali.

— Et ensuite ?

— Nous cherchons une agence de voyages.

Il faisait froid et humide à Mexico devant la gare de Buenavista et le smog leur piquait les yeux. Ignorant la file de taxis en attente, ils traversèrent la foule et suivirent Insurgentes Norte jusqu'à la première agence de voyages qu'ils trouvèrent. L'établissement était important, et une affiche sous la vitrine proclamait ENGLISH SPOKEN, ce qui était très rassurant. Ils entrèrent.

— Il nous faut un vol pour l'Irlande, dit Brian à l'homme assis derrière le grand bureau. Dès que possible.

— Je crains qu'il n'y ait pas de vols directs à partir de Mexico, leur dit le gérant en se tournant vers son ordinateur, où il fit apparaître la liste des départs. Il y a un vol American Airlines qui assure quotidiennement la correspondance via New York... et un vol Delta Airlines via Atlanta.

— Et les compagnies étrangères ? suggéra Shelly.

Brian acquiesça. Sortis sans encombre des USA, ils n'étaient pas pressés d'y retourner, ne serait-ce que pour une brève escale. Finalement, ils choisirent un vol MexAir pour La Havane, d'où un Tupolev de l'Aeroflot décollerait trois heures plus tard à destination de Shannon. Le prix des billets était libellé en pesos, mais le gérant téléphona à la banque pour vérifier le cours du dollar.

— Gardons le liquide, dit Shelly. Nous allons en avoir besoin. Prenons plutôt ma carte de crédit.

— Les autres vont retrouver ta trace.

— C'est comme pour le téléphone : je serai partie depuis longtemps.

— Liquide ou carte de crédit, c'est OK, dit le gérant en retirant la fiche de réservation de l'imprimante. Passeports américains ?

— Un seul. L'autre est irlandais.

— Parfait. Ça ne prendra que quelques instants.

La liaison informatique vérifia la validité de la transaction, réserva les places et imprima les billets.

— Je vous souhaite bon voyage.

— Et moi, donc! compléta Brian lorsqu'ils furent à nouveau dans la rue.

La question des passeports leur rappela douloureusement qu'ils allaient devoir franchir la douane. Les guides touristiques étaient très clairs sur ce point et Brian savait qu'il allait avoir des ennuis. Il espérait pouvoir les éviter avec ce qu'on appelait la *mordida*. Il allait bientôt en avoir le cœur net.

— J'ai froid et je suis mouillée, dit Shelly. On a le temps d'acheter un imper, et un pull aussi, peut-être?

Il regarda sa montre.

— Bonne idée. On a largement le temps avant qu'il soit l'heure d'aller à l'aéroport. Voyons dans ce grand magasin.

Il acheta deux chemises supplémentaires, des sous-vêtements et une veste légère en plus de l'imperméable. Juste les articles essentiels qui tiendraient dans le bagage cabine. Shelly fit beaucoup plus fort: elle fut obligée d'acheter une deuxième petite valise pour emporter toutes ses emplettes. À Buenavista, Brian retrouva la souche du ticket de consigne au fond de sa poche et récupéra Sven et les bagages. Puis ils prirent un taxi pour l'aéroport.

Aucun problème au guichet d'enregistrement. Ils regardèrent la valise de Shelly et la malle de l'IM s'éloigner lentement sur le tapis roulant tandis que l'employé détachait des volets de leurs billets pour les agrafer sur leur carte d'embarquement.

— Pourrais-je voir vos passeports, s'il vous plaît?

Ce premier obstacle fut assez facilement franchi. La préposée au contrôle se contenta de regarder la première page pour voir si les passeports n'étaient pas périmés. Elle sourit et les leur rendit. Shelly passa le détecteur la première. Puis Brian, passeport et carte d'embarquement à la main, posa son sac sur le tapis roulant de la machine à rayons X avant d'avancer sous le portique. Le détecteur fit *bip!* et le garde se tourna vers Brian avec un regard sombre et soupçonneux.

Brian retira la monnaie qu'il avait dans les poches, enleva même sa boucle de ceinture en laiton et posa le tout sur le plateau. Il repassa sous le portique, qui fit *bip!* à nouveau.

Puis il comprit ce qui se passait. Le champ magnétique détectait du métal... et des circuits électroniques.

— C'est ma tête, dit-il en montrant son oreille. Un accident, une opération...

Pas un ordinateur. Inutile de compliquer les choses.

— ... J'ai une plaque en métal dans la tête.

Le garde se montra très intéressé. Il se servit du détecteur manuel, qui ne faisait *bip!* que lorsqu'il était près de la tête de Brian. Pas d'arme cachée, donc. On lui fit signe d'avancer. Tout le monde ne faisait que son travail.

Le douanier aussi. C'était un homme au teint basané, doté d'une élégante moustache. Lorsque Brian lui donna son passeport, il le feuilleta lentement une fois, puis une deuxième fois. Il leva les yeux et fronça les sourcils.

— Je ne vois pas le visa montrant à quel endroit vous êtes entré au Mexique.

— Vous en êtes sûr? Est-ce que je peux encore regarder le passeport?

Brian feignit de le feuilleter et, tout en ayant mortellement peur de passer pour un parfait imbécile, glissa un billet de cent dollars entre les pages. C'est une chose d'entendre parler de pots-de-vin dans un livre, mais c'est tout autre chose que de tenter l'expérience soi-même. Il était convaincu qu'il allait être en état d'arrestation dans les minutes qui suivraient.

— Je ne savais pas qu'il en fallait un. Nous avons traversé la frontière en voiture. On ne nous a jamais parlé de visa.

Il repoussa le passeport et vit avec horreur le douanier l'ouvrir à nouveau.

— Ce sont des choses qui arrivent, dit le douanier. Tout le monde peut se tromper. Mais vous allez avoir besoin de deux visas. Un visa d'entrée, et un visa de sortie. Si cette dame est avec vous, elle aura besoin de deux visas également.

L'homme prit un air las et lui rendit son passeport sans le tamponner. Brian feuilleta rapidement les pages vides d'argent comme de visas, puis comprit ce qui se passait.

— Deux visas, bien sûr, et pas un seul. Je comprends.

Ils comprirent tous les deux. Trois nouveaux billets de cent dollars prirent le même chemin que le premier. Il y eut deux coups de tampon et son passeport lui fut rendu. Shelly eut droit au même traitement. Ils étaient passés, ils étaient partis !

— Tu as vu ce que j'ai vu ? lui siffla Shelly à l'oreille. Vous êtes un filou, Brian Delaney.

— J'en suis tout aussi surpris que toi. Cherchons notre porte de départ et asseyons-nous. Ce genre de truc commence à m'énerver.

L'avion décolla avec une heure de retard seulement. Le reste du voyage ne leur laissa qu'un souvenir flou. Ils ne purent vraiment dormir et la fatigue commença à se faire sentir. La Havane n'était qu'une salle d'attente mal éclairée aux inconfortables sièges en plastique. L'appareil de l'Aeroflot, lui, partit avec deux heures de retard. Ils touchèrent un peu à la nourriture insipide servie en vol, burent un peu de champagne géorgien et finirent par s'endormir.

Ils atterrirent à Shannon juste après l'aube. L'appareil descendit dans le ciel chargé de nuages et survola à basse altitude des vaches qui broutaient dans de vertes prairies aux abords de la piste. Brian prit son manteau et retira son sac du casier à bagages au-dessus de sa tête. Ils quittèrent l'avion en silence avec le reste des voyageurs épuisés. Un autre vol transatlantique était arrivé à la même heure. Aussi mirent-ils longtemps à avancer en traînant des pieds dans une file d'hommes mal rasés, de femmes aux yeux troubles et d'enfants qui geignaient et pleurnichaient. Shelly passa la première, fit tamponner son passeport et se retourna pour attendre Brian.

— Bienvenue au pays, monsieur Byrne, dit un douanier alerte et enjoué. Vous revenez de vacances ?

Brian avait répété cette scène et son accent du comté de Wicklow n'avait aucune inflexion américaine.

— On pourrait le dire. Mais ça n'y ressemble pas. La nourriture est atroce et ils vous roulent comme ils respirent.

— Très intéressant.

L'homme avait le timbre en caoutchouc dans la main, mais ne s'en servait pas. Pis, il leva des yeux bleus et froids sur Brian.

— Votre adresse actuelle ?

— Numéro 20, Kilmagig. À Tara.

— Joli petit village. Une grand-rue, avec l'école primaire juste en face de l'église.

— Alors il faudrait qu'on l'ait soulevée et qu'on l'ait transportée un kilomètre plus loin, n'est-ce pas ?

— C'est vrai, c'est vrai. J'ai dû confondre avec un autre village. Mais il y a encore un petit problème. Je ne doute point que vous soyez irlandais, monsieur Byrne, et loin de moi l'idée de refuser à un citoyen l'accès au pays où il est né. Mais la loi est la loi.

Il fit signe à un *garda*, qui hocha la tête et s'approcha tranquillement.

— Je ne comprends pas. Vous avez contrôlé mon passeport et...

— Justement ! Et c'est ça qui est le plus étrange. La date de délivrance est parfaitement correcte et tous les visas semblent être à leur place. Mais il y a une chose que j'ai du mal à comprendre, et c'est pourquoi je vous demande de vous rendre avec ce *garda* dans le bureau. Voyez-vous, ce type de passeport a été remplacé par le nouvel *Europass*. On ne délivre plus de passeport de ce type depuis plus de dix ans. Intéressant, n'est-ce pas ? Qu'est-ce que vous en dites ?

— Tu ferais mieux de m'attendre ici, dit mollement Brian à Shelly avant de s'éloigner, accompagné par le colosse en uniforme bleu.

La salle des interrogatoires était humide, sans fenêtre. Rien n'égayait les murs ternes, sinon quelques taches de moisi. Une table et deux chaises occupaient le centre du parquet aux lattes usées. Brian s'assit sur une chaise. Son bagage cabine était posé sur la malle dans le coin de la pièce. Un policier corpulent, posté près de la porte, regardait patiemment dans le vide.

Brian était déprimé, transi de froid, et allait probablement attraper un rhume. Il se gratta le nez qui lui picotait, tira son mouchoir et éternua bruyamment.

— Dieu vous bénisse, dit le *garda*.

Il lui jeta un bref coup d'œil et se remit à fixer le mur. La porte s'ouvrit et un autre colosse entra. En civil, mais le complet sombre et les lourdes bottes tenaient amplement lieu d'uniforme. Il prit place de l'autre côté de la table et posa le passeport sous les yeux de Brian.

— Lieutenant Fennelly. C'est bien votre passeport, monsieur Byrne?

— Oui.

— Il comporte certaines irrégularités. En êtes-vous conscient?

Brian avait eu largement le temps de réfléchir à ce qu'il allait dire. Il avait choisi de dire la vérité, toute la vérité, sans toutefois avouer qu'il avait été détenu par les militaires. Il s'en tiendrait à une version très simplifiée des faits.

— Oui. Le passeport était périmé. J'avais des rendez-vous d'affaires importants et je n'avais pas le temps de m'en faire délivrer un nouveau. Alors, j'ai procédé moi-même à quelques légères modifications pour le mettre à jour.

— Légères modifications! Monsieur Byrne, ce passeport a été si excellemment modifié que je doute fort que l'opération ait été détectée s'il s'était agi du nouveau modèle. Votre profession?

— Ingénieur en électronique.

— Eh bien, vous pourriez vous assurer un avenir grandiose en tant que faussaire si vous vouliez poursuivre votre carrière criminelle.

— Je ne suis pas un criminel

— Ah bon? Vous venez d'avouer une falsification, pas vrai?

— Mais non. Un passeport n'est rien de plus qu'un document d'identification personnelle. J'ai simplement mis mon passeport à jour. Le bureau des passeports aurait fait exactement la même chose si j'avais eu le temps d'en demander un nouveau.

— Pour un criminel, vous avez des arguments plutôt jésuitiques.

Brian était en colère, alors même qu'il se rendait compte que l'inspecteur avait fait exprès de l'irriter. Il fut sauvé par un éternuement : lorsqu'il eut tiré son mouchoir de sa poche et s'en fut servi, il avait maîtrisé sa colère. La meilleure défense était l'attaque. Du moins l'espérait-il.

— Suis-je inculpé d'un crime quelconque, lieutenant Fennelly ?

— Je vais faire mon rapport. Mais d'abord, j'aurais besoin de quelques précisions.

Il ouvrit un gros carnet sur la table et sortit un stylo.

— Date et lieu de naissance ?

— Est-ce vraiment nécessaire ? J'habite aux États-Unis, mais je suis né à Tara, comté de Wicklow. Ma mère est morte quand j'étais petit. Elle n'était pas mariée. J'ai été adopté par mon père, Patrick Delaney, qui m'a emmené aux États-Unis où il travaillait alors. Tout cela est officiellement enregistré. Vous pouvez avoir les noms, les dates, les lieux s'il vous les faut. Tout devrait concorder.

Le lieutenant voulait vraiment les détails — tous les détails — qu'il transcrivit dans son carnet. Brian ne passa rien sous silence, se contentant de terminer sa relation des faits avant qu'il commence à travailler chez Megalobe, avant le vol et les exécutions.

— Maintenant, voulez-vous ouvrir vos bagages ?

Brian s'y attendait et avait préparé un scénario. Il savait que Sven écoutait tout ce qui se disait et il espérait que l'IM comprendrait la situation.

— Ce petit sac, là, contient des effets personnels. La caisse est un prototype.

— Un prototype de quoi ?

— De robot. Une machine que j'ai mise au point et

que j'ai l'intention de montrer à certains investisseurs privés.

— Leurs noms?

— Je ne peux les révéler. C'est une information commerciale de nature confidentielle.

Fennelly fit une autre annotation pendant que Brian déverrouillait la malle et ouvrait le couvercle.

— Ceci est le modèle de base d'un robot industriel. Il peut répondre à des questions simples et accepter des données verbales. C'est ainsi qu'il est commandé.

Même le *garda* près de la porte sembla intéressé et tourna la tête pour regarder. L'inspecteur contempla d'un air ahuri les pièces détachées de Sven.

— Je vous le mets en marche? demanda Brian. Il peut parler, mais pas très bien.

Sven allait adorer ça. Brian plongea la main dans la caisse et appuya sur un des loquets.

— Vous m'entendez?

— Oui — je — vous — entends.

Excellente simulation : la voix était éraillée et monocorde comme celle d'un jouet bon marché. Elle retenait au moins l'attention des représentants de l'ordre.

— Qu'est-ce que vous êtes?

— Je suis — un robot — industriel. J'obéis à — des instructions.

— Lieutenant, si cela vous suffit, je vais le débrancher.

— Un instant, s'il vous plaît. Qu'est-ce que c'est que ça? dit-il en montrant la tête en plastique creuse.

— Pour injecter un peu de vie dans les démonstrations, il m'arrive de monter ça sur le robot. Ça attire l'attention. Si ça ne vous fait rien, je vais le débrancher. Pour économiser la batterie.

Il appuya à nouveau sur le loquet puis referma le couvercle.

— Quelle est la valeur de cette machine? demanda Fennelly.

Sa valeur? Rien que la mémoire moléculaire avait coûté des millions de dollars à mettre au point.

— Je dirais environ deux mille dollars, dit Brian innocemment.

— Avez-vous une licence d'importation ?
— Je ne l'importe pas. C'est un prototype et il n'est pas à vendre.
— Il faudra que vous en parliez à l'inspecteur des douanes.

Fennelly referma son carnet et se leva.

— Je fais un rapport sur cette affaire. Vous allez rester dans l'enceinte de l'aéroport si ça ne vous fait rien.
— Suis-je en état d'arrestation ?
— En ce moment, non.
— Je veux un avocat.
— C'est à vous de prendre la décision.

Shelly était assise devant une tasse de thé froid. Elle bondit sur ses pieds lorsqu'il arriva.

— Qu'est-ce qui s'est passé ? J'étais tellement inquiète...
— Ne t'en fais pas. Tout va s'arranger. Prends une autre tasse de thé pendant que je téléphone.

Il y avait une demi-page d'avocats dans l'annuaire de Limerick. Le caissier lui vendit une carte de téléphone : l'Irlande devait être le dernier pays au monde à s'en servir encore. Au troisième appel, Brian s'entretint avec un certain Fergus Duffy, qui lui répondit qu'il serait enchanté de se rendre immédiatement à l'aéroport et de se charger de son affaire. Mais c'était un « immédiatement » irlandais, et ce ne fut pas avant l'après-midi — et nombre de tasses de thé et de sandwiches au fromage très sec plus tard — que son défenseur fraîchement désigné réussit à modifier quelque peu sa situation. Fergus Duffy était un jeune homme jovial avec des touffes de poils roux qui lui sortaient des narines et des oreilles, et sur lesquelles il tirait de temps en temps sous l'effet de l'excitation.

— Enchanté de faire votre connaissance et celle de votre dame, dit-il en s'asseyant et en tirant un dossier de sa mallette. Je dois dire que c'est une affaire inhabituelle et intéressante. Personne ne semble pouvoir arriver à la conclusion qu'aucun délit n'a été commis et que vous vous êtes contenté de modifier votre propre passeport, ce qui assurément ne peut être considéré comme un crime. Finalement, les autorités ont décidé de se décharger du problème sur une autorité supérieure. Vous êtes libre de vous déplacer, mais vous devez donner une adresse où l'on puisse vous joindre. Si nécessaire.

— Et mes bagages?

— Vous pouvez les prendre maintenant. Votre machine vous sera rendue dès que vous aurez fait remplir les formulaires, payé les droits de douane, la TVA et le reste par un courtier accrédité en douane. Aucun problème de ce côté.

— Alors, je suis libre de partir.

— Oui, mais pas trop loin. Pour le moment, je vous suggérerais de rester à l'hôtel de l'aéroport. Je vais faire avancer la paperasse aussi vite que je le pourrai, mais il faut que vous compreniez qu'en Irlande «vite» est un terme tout relatif. Vous savez, comme dans la blague du linguiste irlandais. Vous la connaissez?

— Je ne crois pas que...

— Vous allez grandement l'apprécier. Voyez-vous, ça se passe dans un congrès international de linguistique et le linguiste espagnol demande au linguiste irlandais s'il existe en irlandais un mot qui a le même sens que *mañana* en espagnol. Bon, alors notre homme réfléchit un peu et dit: «Oui, certes, il en existe effectivement un... mais il n'a pas la même connotation d'urgence absolue.»

Fergus se donna des claques sur les genoux et rit pour trois.

Il les aida à récupérer le sac de Brian et le prototype à présent libéré de la douane. Dans sa voiture, pendant le court trajet qui les menait à l'hôtel, il les régala encore de ce qu'il appelait des blagues du Kerry. On y reconnaissait sans peine les blagues polonaises et irlandaises habituelles. Brian se demanda quelle minorité ou race subhumaine pouvait bien être la cible de ces mêmes plaisanteries quand elles étaient racontées dans le comté de Kerry.

Fergus Duffy les déposa devant l'hôtel et promit à Brian de le rappeler le lendemain matin. Pendant qu'ils parlaient, Shelly s'occupa des formalités à la réception et revint avec deux clefs et un vénérable chasseur poussant un chariot.

— Tu partages avec Sven, dit-elle tandis qu'ils se dirigeaient vers l'ascenseur sur les pas du septuagénaire. Je n'ai nullement envie d'attraper ton rhume. Je vais déballer mes affaires et me refaire une beauté. Je reviendrai dès que je me sentirai un peu plus humaine.

— Y a-t-il une raison quelconque de me maintenir dans cette caisse ? demanda Sven lorsque Brian souleva le couvercle. J'apprécierais un peu de mobilité.

— Apprécie donc.

Brian éternua en coup de canon, puis fixa le bras droit de Sven et ouvrit sa trousse de toilette.

— Quelles sont les caractéristiques du courant électrique en Irlande ? demanda Sven tout en fixant lui-même l'autre bras.

— Deux cent vingt volts, cinquante périodes.

— Je n'aurai pas de mal à m'adapter. Je vais recharger mes accus. Nous les utiliserons jusqu'à ce que nous puissions obtenir du combustible supplémentaire pour la batterie principale.

Brian trouva un tube d'antihistamine dans sa trousse de toilette et prit un comprimé dans un verre d'eau. Il se carra dans son fauteuil et se rendit compte que, pour la première fois depuis deux jours — ou plus ? —, il n'était plus en fuite. Le téléphone était sur la table à côté de lui, ce qui lui fit penser au mystérieux numéro découvert par Sven-2. S'agissait-il vraiment d'un numéro de téléphone en Suisse ? Dissimulé par ce Dr Bociort dont on avait perdu la trace ? Il se refusait encore à prendre l'hypothèse au sérieux, mais il faudrait au moins qu'il essaie d'appeler ce numéro avant de se mettre à cavaler par toute l'Europe. Il y avait un seul moyen de voir si la théorie de Sven-2 tenait debout. Il tendit le bras vers le téléphone, puis se ravisa.

Se pouvait-il que ce téléphone soit écouté ? Ou était-il simplement parano à force d'avoir été si longtemps surveillé par le général Schorcht ? Il faisait ici l'objet d'une enquête de police : il y avait donc une chance que ce téléphone soit sur table d'écoute. Il retira sa main et sortit de sa poche la carte magnétique. Il n'avait dû utiliser qu'une faible partie des cinq livres du montant annoncé. Il lui restait largement de quoi téléphoner en Suisse. Il se leva et regarda par la fenêtre. Le soleil était sorti des nuages mais les rues étaient encore mouillées. Au bout du pâté de maisons, il repéra une bâtisse brune avec le nom « Paddy Murphy » inscrit au-dessus des fenêtres aux rideaux tirés. Un pub : l'endroit idéal. Il pourrait s'envoyer une mousse et passer son coup de téléphone. Il sommeilla dans son fauteuil jusqu'à ce que Shelly frappe et le réveille en sursaut. Elle portait un pull orné d'un audacieux motif aztèque.

— Tu es superbe, dit-il.

— Je suis heureuse qu'il y en ait au moins un de nous de présentable. On dirait qu'on t'a fait passer dans un laminoir.

— C'est exactement ce que je ressens. Je vais me laver et me raser, puis nous irons au pub.

— Tu ne devrais pas plutôt dormir au lieu de boire ?

— Probablement, cria-t-il par la porte ouverte. Mais je veux d'abord téléphoner au numéro que Sven-2 croit avoir découvert.

— Quel numéro ? Mais de quoi tu parles, nom de Dieu ?

— Les chances de succès sont infimes, mais ça vaut la peine d'essayer.

— C'est un secret, ou quoi ?

— Pas vraiment. Je vais d'abord essayer d'appeler ce numéro. Ça ne vaut pas la peine d'en parler avant. Sven, je n'ai jamais noté ce numéro par écrit. C'était quoi, déjà ?

— 41-336709.

Brian le griffonna au dos de la souche de sa carte d'embarquement.

— Super. Je sors dans une minute.

Il referma la porte et commença à se déshabiller.

Le barman bavardait avec un consommateur solitaire à l'autre bout du comptoir. Il leva les yeux et s'ap-

procha d'eux lorsqu'ils entrèrent et s'assirent à une table proche du feu qui flambait dans la cheminée.
— Qu'est-ce que ça sera pour toi, Shelly? demanda Brian.
— Une appellation d'origine contrôlée, pardi!
— Très bien. Deux pintes de Guinness, s'il vous plaît.
— Ça va se remettre à pleuvoir, dit le barman d'un ton sinistre.
Lentement, patiemment, il remplit les verres et les plaça sur le comptoir pour laisser le liquide se stabiliser.
— Comme toujours, non? C'est bon pour l'agriculture, mauvais pour le tourisme.
— Allons donc! Les touristes adorent ça. Ils ne reconnaîtraient pas le pays s'il ne pleuvait pas des cordes.
— C'est bien vrai. Vous avez un téléphone par ici?
— Au fond, à côté de la porte du salon.
Il acheva de remplir les verres et les leur apporta. Brian aspira du bout des lèvres la mousse du liquide noir comme jais.
— C'est délicieux, dit Shelly.
— Et nourrissant, en plus. Et ça rend ivre si on y met la quantité. Je parie que ça guérit le rhume aussi. Je vais passer ce coup de téléphone.
Il but une autre gorgée et se dirigea vers le téléphone. Il inséra la carte et composa le numéro suisse. Au quatrième chiffre, il entendit une tonalité aiguë puis une voix synthétique.
— *Vous venez d'appeler la Suisse à partir de l'Irlande. L'autocommutateur que vous avez appelé n'est pas en service actuellement. Ce message sera répété en allemand et en français...*
Brian fit une boule du morceau de papier, le jeta dans le cendrier près du téléphone, retourna à sa table, finit son verre d'un trait et commanda une autre pinte.
— Tu n'as pas l'air heureux, dit Shelly.
— Il y a de quoi. Ça ne marche pas. Le numéro n'était pas un numéro de téléphone. Sven-2 avait

trouvé cette suite de chiffres cachée à l'intérieur d'un des programmes de l'IA volée et semblait croire que c'en était un. Mais non. Très probablement, il s'agissait d'une ligne d'instructions que j'avais écrite moi-même pour le premier prototype. Oublions tout ça.

— Courage ! Tu es un homme libre dans un monde libre, et ça devrait vouloir dire quelque chose, non ?

— Certes, mais pas vraiment, à l'heure qu'il est. Ça doit être le froid qui me déprime. On finit nos bières et on rentre à l'hôtel. Je crois qu'un peu de sommeil s'impose. Avec les cachets plus les bières, je devrais pouvoir faire le tour du cadran.

40

21 décembre 2024

Il était plus de sept heures ce même soir lorsque Brian se réveilla, clignant les yeux dans l'obscurité de la chambre.
— Je détecte les mouvements de tes paupières, dit Sven. Veux-tu que j'allume les lumières ?
— Vas-y.
Dix minutes plus tard, il sortit de l'ascenseur et se dirigea vers la salle à manger. Shelly était assise à une table près du mur opposé et lui fit signe de venir la rejoindre.
— J'espère que tu ne m'en voudras pas d'avoir commencé sans toi. Le saumon est absolument délicieux. Tu devrais y goûter.
— Je me laisse entraîner. En plus, je viens de m'apercevoir que je meurs de faim. La merde servie en avion et les sandwiches au fromage laissent pas mal à désirer.
— Tu as bien meilleure mine.
— Je vais beaucoup mieux. Les pilules et le sommeil ont fait des merveilles.
— Ton avocat a téléphoné. J'avais informé la réception que tu dormais, alors ils m'ont passé la communication. Il était globalement très content, y compris du fait que tu doives payer une amende de cinquante livres.
— Pourquoi ?
— Il ne le savait pas exactement. Il a dit qu'il pen-

sait que c'était une simple formalité pour te laisser partir et classer le dossier. Il a déjà payé, tu es donc libre. Il s'occupe également de ton passeport. Il pense avoir assez d'influence pour t'en obtenir un nouveau demain au plus tard. Il a dit de l'appeler le matin. Ça ne m'a pas tellement impressionnée. Chez nous, ça prendrait dix minutes.

— Ah! Ma douce amie, tu n'es pas dans ce lointain pays où tous les ordinateurs fonctionnent et où les trains partent à l'heure. Je vais te dire une chose: en Irlande, un jour de délai pour un passeport, c'est la vitesse de la lumière.

— Je présume qu'un peu de repos ne nous fera pas de mal. Et peut-être que tu pourras te débarrasser de ton rhume. Tu as réfléchi à ce que tu as l'intention de faire ensuite?

— Sans passeport, je ne peux pas faire grand-chose. Ensuite, nous partirons à la recherche du mystérieux Dr Bociort. Pour l'instant, j'ai l'intention de m'envoyer un bon repas, avec peut-être une ou deux pintes de Guinness pour digérer. Puisque nous allons rester ici au moins un jour de plus, nous devrions peut-être penser à visiter un peu le pays demain matin.

— Sous la pluie?

— Nous sommes en Irlande. Si tu ne veux pas sortir sous la pluie, tu ne sortiras jamais.

— Laisse-moi réfléchir. Tu dînes et je te rejoins plus tard. Il faut que je passe un coup de fil.

Brian lui lança un regard sourcilleux et elle éclata de rire.

— Pas aux USA ni chez quiconque où l'appel pourrait être localisé. Avant de quitter L.A., j'ai téléphoné à une cousine en Israël. Quand j'ai décidé de t'aider, je n'avais qu'un regret, c'est d'avoir à me couper de ma famille. Mon père va être opéré bientôt. Ma cousine va appeler ma mère et je lui ai formellement interdit de lui dire que je pourrais téléphoner en Israël. Je suis désolée, Brian, mais c'est ce que j'ai trouvé de mieux...

— Ne t'inquiète pas. Je me sens beaucoup plus en sécurité et détendu maintenant que nous sommes ici. Passe ton coup de fil.

Brian finissait de boire son café, accompagné d'un deuxième brandy, lorsque Shelly le rejoignit.

— Mixture mortelle, mais intéressante, ce me semble, dit-elle en cherchant des yeux le garçon. Tu veux bien que je t'imite ?

— Sinon, tu vas me faire de la peine.

— Tu as meilleure mine.

— Je me sens mieux. C'est la nourriture, le sommeil, les pilules et, surtout, la liberté. En fait, je ne me souviens pas d'avoir été aussi en forme que maintenant.

— Mais c'est une excellente nouvelle !

Elle tendit le bras et serra la main de Brian dans la sienne. Elle retira sa main lorsque le garçon apporta le plateau.

Ce geste avait libéré chez Brian une chaleur totalement nouvelle et il afficha un large sourire. Libre pour le moment, loin des responsabilités et des soucis. La pluie pouvait tomber à verse dehors, il était à l'abri et au chaud, dans une bulle de paix et de bonheur.

— À ta santé, Shelly, dit-il lorsque le garçon se fut éloigné. Je bois à ce que tu as fait pour m'aider.

— C'est bien peu, Brian. Je boirais plutôt à ta santé... et à la liberté.

Il lui sourit, elle lui sourit, ils trinquèrent et burent.

— Je pourrais vraiment m'habituer à ce breuvage, dit-il. Ça a marché, le coup de téléphone ?

— Non. Même l'opératrice n'a pas réussi à obtenir la communication. Elle m'a dit d'essayer plus tard.

— Je ne comprends pas. Les appels téléphoniques aboutissent toujours.

— Pas en Irlande, on dirait, dit-elle en riant.

— Tu es sûre que tu as le bon numéro ?

— Tout à fait sûre.

— Tu ferais mieux d'appeler les renseignements avant de réessayer.

— Bonne idée. On finit de boire ça et je le fais à l'instant, à partir de la cabine dans le hall.

La cabine était occupée. Au bout d'un moment, Shelly secoua la tête.

— Ça ne sert à rien d'attendre, alors on va chez moi.

Il était plus facile de prendre l'escalier que d'attendre l'ascenseur archaïque. Shelly déverrouilla la porte, l'ouvrit et alluma les lumières.

— C'est plus grand que chez moi, observa Brian. Ça ressemble plus à une suite.

— Peut-être que le directeur a un faible pour les dames. Tu veux une goutte de hors-taxe pendant que je téléphone ?

— Oui, s'il te plaît. Un peu de cette vodka d'herbe de bison que tu as achetée dans l'avion d'Aeroflot pour endormir la douleur.

Elle demanda les renseignements internationaux, énonça le nom et l'adresse de sa cousine. Elle fut obligée de répéter deux fois le patronyme, et lentement, avant que le programme de reconnaissance vocale soit satisfait. Elle nota le numéro, puis se mit à rire.

— Tu avais raison quand tu disais que les appels téléphoniques aboutissent toujours. Je m'excuse auprès de l'Irlande. J'avais fait une erreur en recopiant le numéro.

— Ça s'arrose. Je bois à la santé de la technologie.

Il vida son verre, le remplit à nouveau et sentit une douce chaleur l'envahir à chaque gorgée tandis que Shelly téléphonait. Il était probablement en train de s'enivrer, mais qu'importe ! C'était pour le plaisir, et non — grosse différence — pour échapper à la réalité. L'appel aboutit et il écouta distraitement la voix de Shelly. Elle semblait soulagée, les nouvelles devaient être bonnes. Elle parla famille encore un peu, puis raccrocha.

— À ce que j'ai cru entendre, ça va bien.

— Exact. Pas de complications, et le pronostic est favorable. Tellement favorable, en fait, qu'ils vont fixer la date de l'opération.

— Bonne nouvelle, en effet, dit-il en se remettant maladroitement debout. Vaudrait mieux que j'y aille. C'était une très bonne soirée.

— Tout à fait d'accord, dit-elle. Bonne nuit, Brian.

C'était de sa part tout naturel d'embrasser Brian sur la joue : un simple baiser d'adieu.

Puis les choses se compliquèrent. Elle s'aperçut qu'il lui rendait son baiser avec une soudaine chaleur, à laquelle elle répondit. Ils ne s'y attendaient ni l'un ni l'autre. Ils ne pouvaient dire non.

C'était un rapprochement, un plaisir sans nuages, une conjonction naturelle. Pour Brian, c'était de l'émotion, de la sensation qui se passait de pensée, de logique. Un fragment de souvenir — Kim — scintilla à la périphérie de sa conscience, mais il rejeta cette pensée. Ce n'était pas Kim, non. C'était différent, meilleur, très différent.

Mais Kim refusait d'être oubliée. Pas Kim elle-même, mais le souvenir de ce qu'il avait éprouvé. Il était furieux, furieux de s'être laissé aller cette unique fois.

Puis tout se décanta. Brian se rendit compte que ça se passait très mal. Dans le noir, le corps nu de Shelly était contre le sien ; mais en pure perte. Il se sentait vidé, distant, mou là où il aurait dû être ferme, et toute la scène ne lui inspirait qu'un immense dégoût. Il roula sur le côté, tournant le dos à Shelly, et s'éloigna encore plus lorsqu'elle lui caressa l'épaule.

— Ne t'inquiète pas, dit-elle. Ce sont des choses qui arrivent. La vie n'a pas été très tendre avec toi.

— Il ne s'est rien passé... et je ne veux pas en parler avec toi.

— Brian, mon amour, après tout ce que tu as subi, tu ne peux pas t'attendre à être fonctionnel à cent pour cent...

— Fonctionnel ? Je ne m'attends pas à voir fonctionner quoi que ce soit. J'ai été flingué, opéré, guéri, attaqué, bouclé. Comment devrais-je me sentir ? Pas très humain, si tu veux le savoir. Et pas tellement intéressé par ce truc, ce que tu essaies de faire avec...

— Ce nous essayons de faire, Brian, pas seulement moi. Il faut pouvoir être deux pour y jouer.

— Alors, trouve-toi de quoi faire joujou toute seule.

Il l'entendit s'étrangler de saisissement dans le noir, et vit presque ses larmes couler. Ça lui était bien égal.

— Je croyais que j'avais été très clair quand j'avais dit que je ne voulais pas aborder le sujet.

Shelly allait reprendre la parole, mais elle se ravisa. Elle alla en silence dans la salle de bains et en ferma la porte. Brian tâtonna jusqu'à ce qu'il trouve l'interrupteur et alluma les lumières. Il s'habilla et partit. De retour dans sa chambre, il entra les yeux fermés dans la salle de bains, s'aspergea d'eau et se sécha rudement le visage avec une serviette sans vouloir se regarder dans la glace.

La chambre était encore dans le noir : il n'avait pas allumé en entrant. Il le fit et s'aperçut que le rideau était ouvert et que Sven était debout près de la fenêtre. Il allait lui parler, mais l'IM forma prestement une main qu'il leva dans un geste très humain pour imposer le silence. Brian referma la porte et vit que Sven montrait une feuille de papier posée sur le lit. Le message était imprimé en caractères précisément formés :

J'ai déterminé qu'il y a à l'intérieur du téléphone un dispositif d'écoute. En outre, il y a des radiations dirigées contre la vitre, dont la longueur d'onde correspond à celle utilisée pour surprendre les conversations en enregistrant les vibrations du verre. Nous sommes sous surveillance.

Qui cela pouvait-il bien être ? Les services de sécurité irlandais ? Peut-être, et il l'espérait, assurément. L'incident avec Shelly fut momentanément oublié. Une surveillance policière à l'échelon local serait dix fois préférable à la pensée de subir l'impensable. Les légions du général Schorcht n'auraient quand même pas pu le retrouver ici, pas si vite. Il l'espérait de tout son cœur. Mais qu'est-ce qu'elles pourraient lui faire ? Il s'approcha de la fenêtre et scruta l'obscurité. Rien. Lorsqu'il referma le rideau, un mouvement attira son attention et il vit que Sven lui faisait signe. L'IM venait d'imprimer un nouveau message. Il traversa la pièce pour le lire. Il ne contenait qu'un seul mot :

Communication.

Tandis qu'il lisait, Sven s'approcha en brandissant l'extrémité d'un câble fibroscopique. Évidemment !

Une connexion entre leurs cerveaux serait absolument sûre et indétectable.

Or, ils n'avaient encore jamais communiqué de cette manière : ils avaient toujours été assistés par le Dr Snaresbrook et son robot connecteur. Mais Sven était tout aussi adroit et put trouver le plot métallique sous la peau de Brian, insérer le câble.

Pas un seul instant Brian n'envisagea que l'opération puisse comporter le moindre danger ou la moindre difficulté. Il se contenta d'approuver d'un signe de tête et d'éloigner la chaise de l'indiscrète fenêtre. Il s'assit, le dos tourné vers l'IM, et sentit la dentelle familière des doigts arachnéens lui effleurer la peau.

Il se sentit parfaitement en sécurité dans l'étreinte de sa propre créature.

Ils communiquèrent silencieusement de cerveau à cerveau.

C'est surprenant. Ce n'est pas plus rapide que si nous parlions à haute voix.

Évidemment, Brian. Contrairement à la pensée, qui se développe en réseau, le discours est linéaire et doit être transmis élément par élément.

Qui sont-ils ? Tu as une idée ?

Ils ne se sont révélés en aucune manière, et je n'ai pas non plus surpris de communication, sous quelque forme que ce soit, émanant des gens qui organisent cette surveillance. Malgré tout, je suis tout à fait sûr que tu sais de qui il s'agit.

La police irlandaise ?

Peu vraisemblable.

J'espère que tu n'es pas en train de suggérer qu'il s'agit des soldats du général Schorcht ?

C'est précisément la possibilité que je voudrais que tu envisages.

Pourquoi ? Je veux dire : sur quelle preuve fondes-tu cette supposition ?

Sven ne répondit pas immédiatement. Brian se tourna lentement pour regarder l'IM, et la dentelle ténue des manipulateurs tourna avec lui pour maintenir en place le câble fibroscopique. Brian ne s'en ren-

481

dait pas compte, mais on aurait dit que Sven lui tenait délicatement la nuque dans le creux de sa main. Il regarda l'IM et ne put évidemment rien déchiffrer dans les traits immuables de son faciès de métal. Lorsque Sven parla enfin, ce fut lentement, avec force circonlocutions.

En chargeant des données à partir de ton cerveau, j'ai beaucoup appris sur les fonctions primaires, innées, instinctives du cerveau humain. Mais j'ai une compréhension beaucoup plus limitée des réactions émotionnelles adultes de niveau élevé. Si je peux décrire la structure physique humaine et expliquer comment elle fonctionne, j'appréhende encore très mal les fonctions profondes, les émotions et les réactions des cerveaux humains. C'est extrêmement complexe. Parce que j'ai beau avoir dans mon propre cerveau une ébauche simplifiée de ton surmoi, je ne peux y accéder directement. Je crois cependant que son influence sur mes propres sentiments me permet peut-être de mieux te comprendre que les autres humains auxquels j'ai parlé...

À quoi veux-tu en venir ?

Attends. Je demande ta patience et toute ton attention parce que j'essaie de discuter de quelque chose dont je n'ai aucune expérience. Des émotions et de la personnalité humaines. Il y a de nombreuses heures, j'ai porté un jugement de valeur humain que j'ai cru alors correct. Je ne suis plus totalement sûr qu'il l'était.

Quel jugement ?

Je vais y arriver. J'ai eu connaissance d'un fait dont je ne t'ai pas parlé. J'ai entendu tes amis humains parler de toi et se préoccuper de ta santé physique et morale. Tous, à la seule exception du général Schorcht, font un maximum d'efforts pour adoucir le cours de ton existence.

C'est très agréable de l'entendre, Sven. Quel est le fait que tu as dissimulé ?

Je t'assure que cette dissimulation était tout à fait dans ton intérêt.

Je n'en doute pas. De quoi s'agit-il ?

Le silence. Puis, finalement, un aveu forcé.

J'ai surpris une conversation téléphonique.

Surpris ? Comment ?

Comment ? Le plus facilement du monde. Si un téléphone autonome dispose d'assez de circuits pour signaler sa position et recevoir des appels, ne crois-tu pas que je puisse faire aussi bien, sinon mieux ? Le schéma était très simple. J'ai installé le circuit depuis longtemps.

Tu veux dire que tu as écouté les conversations téléphoniques d'autres personnes ? De qui ?

De tout le monde, évidemment. Tous les appels transitant dans toute cellule où je suis physiquement présent.

Les miens ?

Ceux de tout le monde. C'est une expérience pédagogique intéressante.

Tu t'éloignes du sujet. Réponds-moi : de quelle conversation téléphonique m'as-tu caché l'existence ? Dis-le-moi maintenant. Ce n'est plus le moment de faire des mystères.

S'il était possible de pousser un soupir mental, c'est ce que fit Sven alors. Une sensation de résignation et d'inéluctabilité se transmit d'un cerveau à l'autre.

Ta compagne, Shelly, a passé un coup de téléphone.

J'étais là, je sais de quoi il s'agit et j'en ai rien à foutre. Ça n'a aucune importance.

Tu me comprends de travers. Je ne parle pas de cet appel, mais d'un appel antérieur...

Et merde ! J'ai pas envie de parler ni d'elle ni de ses foutus coups de fil...

Prends garde. Il y va de ta vie. Elle a passé l'appel en question dans le train au Mexique, lorsqu'elle était sortie du compartiment. Avant que tu dissimules son téléphone dans le train.

Brian avait presque peur de poser la question, peur de connaître déjà la réponse.

Elle a parlé à qui ?

À un homme dont je ne connais pas le nom. Mais il était manifeste, d'après les allusions et le contenu, que c'était un collaborateur du général Schorcht.

Tu le sais depuis hier... et tu ne m'as rien dit ?

C'est exact. Je t'ai déjà dit pourquoi.

Brian sentit la haine exploser en lui. Tout ce qu'elle

avait dit et fait n'était que mensonge. Et cette menteuse, cette traîtresse, avait assisté à son humiliation et riait de lui en ce moment même. Elle avait dû lui mentir sans arrêt depuis qu'elle était rentrée de Los Angeles. Elle y était allée pour voir son père, mais elle avait très certainement vu aussi le général Schorcht. Quelle part de vérité y avait-il dans ce qu'elle lui avait dit, et quelle part de comédie ? La colère balaya toutes les autres émotions. La salope l'avait trahi. Peut-être que Snaresbrook était dans le coup elle aussi. Même Sven lui avait jusqu'à maintenant caché cette trahison. Était-il complètement seul au monde ? La colère se changea en désespoir. Il était au bord d'un noir précipice mental et sur le point d'y tomber.

Brian.

Les mots venaient de très loin. Son nom fut répété sans arrêt dans sa propre tête. Son regard se brouilla et il ne put retrouver une vision correcte avant de se frotter les yeux, de chasser ses larmes et d'apercevoir les volumineux globes oculaires de Sven luire juste devant lui.

Brian, j'ai une bonne nouvelle pour toi. Quelque chose qui te fera plaisir. Il est encore possible de téléphoner au Dr Bociort.

Qu'est-ce que tu racontes ? Je t'ai dit hier soir que ce n'était pas un numéro de téléphone.

Je le sais. C'est parce que je t'ai menti. Tu te souviens que je t'ai donné le numéro en présence de Shelly. J'hésitais encore à te révéler sa duplicité. Mais j'étais déterminé à ne pas lui donner d'informations à transmettre au général.

— Tu es bien placé pour parler de duplicité ! dit Brian tout haut, manifestement choqué.

Puis il ébaucha un sourire dans le noir. Il était branché sur une IM qui était plus machiavélique que Machiavel.

Sven, tu es vraiment extraordinaire. Et tu es vraiment de mon côté. Tu es peut-être la seule créature intelligente au monde en ce moment. Il faut que je refasse cet appel, mais avec le bon numéro cette fois. Qu'est-ce que tu me suggères ?

Tout simplement de ne pas le faire à partir de ce secteur où tous les circuits sont certainement sous surveillance.

C'est trop vrai. Tirons des plans. Nous voulons sortir de cet hôtel, sortir de ce secteur et nous éloigner de cette incarnation du mal. À présent, je n'ai qu'une envie, mettre un maximum de distance entre elle et moi.

Je suis d'accord. Nous devrions partir d'ici immédiatement. Et je me permettrais d'observer que tu lui laisses régler la note, puisqu'elle a pris les deux chambres sous son nom.

Shelly pouvait aller au diable. Elle devrait mourir et brûler éternellement en enfer. Pour l'heure, il fallait qu'il s'échappe. Mais comment ? Il ne pouvait envisager un seul instant d'abandonner Sven ici quand il partirait. Leur intimité présente dépassait la simple amitié : une relation qu'il ne pouvait exprimer par des mots. Mais s'il redémontait le robot et le remettait dans sa caisse, ce serait un fardeau impossible à porter.

À ce moment, Sven forma une main très humaine et se pencha pour débrancher le chargeur de la prise murale. Voilà la solution. C'était la nuit, il pleuvait : il fallait qu'il tente le coup. Il griffonna quelques mots et tendit le papier à l'IM.

Mets ton déguisement humain.

Le téléphone sonna. Brian hésita. Le téléphone sonna encore une fois, deux fois. Il valait mieux y répondre.

— Oui.

— *Brian, est-ce que je pourrais te parler...*

La colère lui monta à la gorge, brûlante comme de l'acide il toussa, s'efforça de retrouver son calme, en vain.

— Va te faire foutre !

— *Ça me fait beaucoup de peine que tu le prennes comme ça. Demain matin, nous pourrons parler...*

Il reposa brutalement le combiné sur son support. Pendant cette conversation, Sven s'était habillé et avait attaché ses lacets. Il passait maintenant son manteau. Avec la tête postiche en position et le chapeau sur les yeux, il y avait maintenant un deuxième être humain dans la chambre. Brian lutta pour maîtriser sa colère, l'affronta et la laissa se dissiper. Puis il regarda Sven à nouveau, lui signifia son approbation, le pouce contre l'index dessinant un 0, puis s'empara du téléphone. En attendant la réponse, il écrivit un autre message.

Ouvre la porte d'un centimètre. Et sans bruit!

— La réception? Ici la chambre 222. Écoutez, je vais me reposer et je voudrais que vous interceptiez tous les appels jusqu'à demain matin. Prenez les messages, s'il y a lieu. C'est ça. Merci. Bonne nuit.

Il fit le tour de la pièce en chantonnant et récupéra son imperméable. Il bâilla peu discrètement, fit couler de l'eau dans l'évier puis tira la chasse. Il marcha d'un pas lourd et vint s'asseoir sur le lit, qui grinça providentiellement. Il éteignit la lumière et gagna la porte sur la pointe des pieds. Sven l'ouvrit un peu plus, un pédoncule oculaire émergea sous l'écharpe, se faufila par l'embrasure et scruta le couloir. Il n'y avait manifestement personne, car l'IM ouvrit la porte et sortit la première, refermant silencieusement derrière eux.

— L'ascenseur de service, dit Brian. Et ne baisse pas le col de ton manteau.

Il était tard et la chance était avec eux. La cuisine était obscure, le personnel était parti. La porte extérieure les amena dans une ruelle trempée de pluie.

— Oserais-je présumer que tu as formulé un plan? dit Sven.

— Nous trouvons un bar avec téléphone, et nous filons d'ici.

Ils passèrent devant le Paddy Murphy's, qu'il connaissait déjà, puis affrontèrent la pluie pour gagner les lumières accueillantes du Maddigan's. Brian montra l'entrée obscure de la poissonnerie voisine.

— Tu attends ici. Je vais faire aussi vite que possible.

Le barman leva les yeux de son *Sporting Times* lorsque Brian poussa la porte. Les deux amoureux dans le box du fond étaient trop occupés pour le remarquer.

— Jésus, mais ça mouille, dehors. Un verre de Paddy, s'il vous plaît.
— Ça va empêcher la poussière de voler. De la glace ?
— Non, rien qu'une goutte de sang. Où c'est que je peux appeler un taxi ?
— Au fond, à côté des chiottes. Le numéro est affiché au-dessus. Ça fera deux livres quatre-vingts.

Brian finit son verre d'un trait en entendant klaxonner dehors. Il fit signe au barman et sortit. Sven apparut à ses côtés et monta dans le taxi après lui.
— Vous allez loin ? demanda le chauffeur. Parce qu'y faudra que je fasse le plein, alors.

Brian claqua la portière avant de répondre :
— À la gare de Limerick.
— Y a un poste d'essence ouvert la nuit sur la route. Ma foi, je crois qu'on devrait dire *gas station* comme les Yankees. Y a plus d'essence. Et l'hydrogène, c't'un gaz, à ce qu'y paraît. Alors, en avant pour la *gas station*.

Brian essuya la buée de la lunette arrière et regarda au-dehors. Il n'y avait pas d'autres véhicules en vue. Avec un peu de chance, ils réussiraient leur coup. L'image de Shelly apparut devant lui et il la repoussa facilement. Elle ne valait même plus la peine qu'on pense encore à elle. Plus jamais.

41

21 décembre 2024

La pluie était déjà devenue un brouillard ténu lorsqu'ils atteignirent la gare de Limerick. Brian sortit du taxi le premier pour payer la course, empêchant le chauffeur de voir Sven se glisser dehors pour aller s'abriter dans l'ombre d'un mur. La gare était déserte, le kiosque à journaux fermé. Une seule lampe brillait au-dessus du guichet.

— Et voilà les téléphones! s'écria Brian. J'espère sincèrement que cette fois tu vas me donner le bon numéro.

— Si tu le désires, je le compose.

— Non, merci. Tu me le donnes, c'est tout, et puis tu te trouves un coin sombre et tu y restes.

Brian entra la séquence au clavier. Écouta frémir l'électronique. Était-ce vraiment un numéro de téléphone? Allait-il encore se faire envoyer sur les roses par cet ordinateur suisse?

Il se détendit un peu en entendant sonner. Quatre fois, cinq fois. Puis on décrocha.

— *Jawohl*, dit une voix d'homme.

— Excusez-moi, êtes-vous bien Saint-Moritz 55-8723?

Silence. Mais l'inconnu à l'autre bout du fil n'avait pas raccroché.

— Allô? Vous êtes toujours là? Malheureusement, je ne parle pas allemand.

— *Pourriez-vous me dire qui vous êtes? Mais peut-*

être que je le sais déjà. Votre prénom ne serait-il pas Brian par hasard?

— C'est ça. Comment le savez-vous... qui êtes-vous?

— *Venez à Saint-Moritz. Rappelez-moi quand vous arriverez.*

Il y eut un déclic, puis plus rien.

— Mais c'est une très bonne nouvelle! commenta Sven lorsque Brian revint vers l'IM.

— Tu écoutais?

— Simple mesure de protection. Pour autant que je puisse m'en assurer, j'étais le seul à le faire. Partons-nous maintenant pour Saint-Moritz?

— Pas tout de suite. Il va falloir échafauder un plan avant de foncer.

— Oserais-je suggérer que nous envisagions d'abord une diversion? J'ai consulté la base de données des chemins de fer: il y a un train pour Dublin qui part dans moins d'une heure. Il pourrait être judicieux d'acheter deux billets, puis de demander un renseignement au guichet juste avant le départ. Si certaines personnes nous recherchent, elles trouveront sans peine le chauffeur de taxi, ce qui les conduira jusqu'à cette gare. Un subterfuge de ce type pourrait...

— Pourrait brouiller les pistes? Mon vieux, tu es un conspirateur-né, ou construit pour. Et quand on aura pris les billets et que le train sera parti, qu'est-ce qu'on fait? On va à l'hôtel?

— C'est une possibilité, mais j'en étudie d'autres. Oserais-je suggérer qu'après l'achat des billets tu attendes dans un débit de boissons jusqu'à l'heure du départ du train?

— Je vais finir par devenir alcoolique. Et pendant que je suis au troquet, qu'est-ce que tu fais exactement?

— J'étudie d'autres possibilités.

Sven rejoignit Brian lorsqu'il émergea du pub quarante-cinq minutes plus tard.

— J'ai fait durer une pinte de Smithwicks une heure, annonça Brian. Après ça, je jure de ne jamais plus toucher à l'alcool. Tes recherches ont-elles abouti?

— Admirablement. Je t'attendrai à cent mètres à l'est de la gare. Viens me rejoindre après ta conversation avec l'employé du guichet.

Avant que Brian puisse le questionner, le robot était parti. Il y avait une petite file d'attente devant le guichet. Il s'y joignit. Il s'enquit des correspondances pour Belfast via Dublin et prit soin de se faire remarquer en obligeant l'employé à consulter les horaires sur son terminal. Ensuite, il alla jusqu'au bout du quai en longeant le train en partance, puis revint sans se presser. Il était sûr que dans l'obscurité personne ne l'avait vu sortir discrètement de la gare. Sous la pluie, il remonta le long de la file de voitures en stationnement jusqu'à l'endroit convenu.

Mais Sven n'y était pas. L'entrée de la boutique était humide, sombre et déserte. Était-il allé assez loin ? L'entrée suivante, alors. Vide, elle aussi.

— Par ici, dit Sven par la vitre ouverte de la voiture la plus proche. La portière n'est pas fermée.

Dans un silence stupéfait, Brian s'installa sur le siège avant. Sven mit le contact, alluma les phares et déboîta en souplesse. L'IM avait retiré sa tête et, les yeux déployés, serrait le volant dans l'étreinte multiple de ses rameaux.

— Je ne savais pas que tu pouvais conduire, dit Brian tout en se rendant immédiatement compte de la stupidité de sa remarque.

— J'ai observé le processus de la conduite dans le taxi. Pendant que je t'attendais, j'ai récupéré un logiciel de simulation de conduite qui avait été chargé en prime avec d'autres fichiers. Je l'ai reprogrammé pour en faire une puissante réalité virtuelle. Je l'ai fait tourner à une vitesse de plusieurs téraflops, ce qui m'a permis d'accumuler en quelques minutes l'équivalent de nombreuses années d'expérience de la conduite automobile.

— Je suis rempli d'admiration. Mais j'ai aussi presque peur de te demander comment tu t'es procuré ce véhicule.

— Je l'ai volé, évidemment.

— J'avais raison d'avoir peur.

— Tu n'as pas à craindre que nous soyons appréhendés. J'ai prélevé ce véhicule dans le parc fermé d'un concessionnaire automobile. Demain matin, à l'heure de l'ouverture, nous roulerons déjà dans une autre voiture.

— Ah bon! Nous serons où, alors? Ça ne te ferait rien de m'éclairer un peu sur tes projets?

— Je détecte du sarcasme dans cette phraséologie et je suis désolé de t'avoir offensé. La dernière fois que nous avons parlé, j'avais le choix entre un certain nombre de solutions. Celle-ci s'est révélée la plus pratique. Si tu en conviens, nous allons à présent nous rendre dans la ville de Cork. Si tu en disconviens, je suggérerai d'autres solutions.

— Jusqu'ici, ça a l'air d'être la bonne. Mais pourquoi Cork?

— Parce que c'est un port de mer avec une liaison journalière par ferry avec Swansea. Qui est une ville du pays de Galles, lequel est situé sur la plus grande d'un groupe d'îles appelé îles Britanniques. À partir de là, il est possible d'emprunter l'autoroute jusqu'à un tunnel qui aboutit à la partie continentale de l'Europe, où se trouve la Suisse.

— Et tout ça sans passeport?

— J'ai consulté les bases de données appropriées. La Communauté économique européenne forme une union douanière. Un passeport est nécessaire pour entrer dans tout pays membre à partir de l'extérieur de la Communauté. Après quoi il n'est plus nécessaire de le présenter. Toutefois, la Suisse ne fait pas partie de ce groupe. J'ai pensé que ce problème pourrait être laissé en suspens jusqu'à ce que nous atteignions la frontière dudit pays.

Brian inspira profondément, regarda les essuie-glace balayer la vitre ruisselante et eut quelque difficulté à croire à la réalité de ce qui se passait.

— Alors, si je comprends bien, ton plan est de voler puis d'abandonner une série d'automobiles pour rejoindre la Suisse en voiture.

— C'est exact.

491

— Il va falloir très bientôt qu'on ait toi et moi une longue conversation sur la moralité et l'honnêteté.

— Nous l'avons déjà fait, mais je serai ravi de développer nos discussions précédentes.

Brian sourit dans l'obscurité. Tout se passait bien. Sven n'aurait aucun problème pour ouvrir un garage fermé à clef ou court-circuiter l'antivol d'un véhicule. Une fois que l'IM avait analysé le fonctionnement d'une voiture, sa conduite était la simplicité même. Il avait certainement assez d'argent liquide pour le carburant et les billets pour la traversée.

— Le ferry! Ça ne va pas marcher. Je vois déjà la tronche qu'ils vont faire si tu t'amènes au volant d'une voiture avec trois gros globes oculaires qui les reluquent derrière la glace. Ils vont en avoir une crise cardiaque!

— Il me déplairait que cela se produise, et mon plan postule que c'est toi qui conduiras le véhicule quand nous monterons à bord.

— Mais je ne sais pas conduire.

— Cela ne posera pas de problème. J'ai chargé en mémoire des copies des éléments de ta coordination motrice personnelle. Je possède également un ensemble suffisant de copies de tes réseaux sémantiques personnels et autres représentations mentales. Je vais maintenant leur apprendre à conduire.

— Comment ça va pouvoir m'aider?

— Par transfert.

Sven resta immobile plusieurs secondes, puis tendit le bras et insinua un filament sous la peau de Brian jusqu'au contact avec la prise.

— C'est fait. Tu peux prendre le volant.

Sven arrêta la voiture sur le bas-côté et sortit. Brian prit sa place. Il mit le contact, déboîta en souplesse et s'engagea sur la route.

— J'arrive pas à le croire. Je conduis sans même y penser, comme si j'avais fait ça toute ma vie.

— Bien sûr. J'ai donné à ton clone sensorimoteur l'équivalent d'une volumineuse base de données expérientielles concernant la conduite. Puis j'ai téléchargé les différences résultantes dans ton ordinateur implanté. Ça devrait être exactement comme si tu avais eu toute cette expérience toi-même.

Ils s'arrêtèrent et Sven reprit le volant. Ça va marcher, se dit Brian, sûrement! Sven savait qu'il voulait se rendre en Suisse le plus tôt possible, et avait donc fait tout ce qui était en son pouvoir pour qu'il puisse y parvenir. Il réfléchirait à la moralité une autre fois : à l'heure qu'il était, il était trop fatigué, trop malade. En voiture, donc. Il n'y voyait rien à redire. Retrouver le Dr Bociort valait bien la peine de laisser derrière eux un sillage de véhicules volés d'un bout à l'autre de l'Europe.

— Mets un peu plus de chauffage, Sven, et réveille-moi uniquement si c'est indispensable.

Il baissa son chapeau sur ses yeux et se laissa lourdement tomber sur la banquette, plein de reconnaissance.

À Cork, un Brian très fatigué mais raisonnablement satisfait de ses talents de conducteur amena d'une main experte le véhicule sur la rampe du ferry. Il se gara, mit le frein à main, verrouilla les portières puis chercha sa cabine. Il avait grand besoin de dormir dans un lit. Il espérait que Sven apprécierait son incarcération dans le coffre. Il devait à présent y être habitué.

Rien n'indiquait qu'ils soient suivis. Ils roulaient de nuit, passaient la journée dans des hôtels. Le seul moment difficile fut lorsque Brian fut obligé d'amener la dernière d'une série de voitures volées sur la navette ferroviaire qui empruntait le tunnel sous la Manche. Mais il avait tenu le volant un bon nombre d'heures sur les autoroutes britanniques et s'en tira passablement. Ils traversèrent la France sans autres problèmes que les éternelles redevances exigées aux «gares de péage», tellement rapprochées que Brian fut forcé de conduire presque tout le temps. Juste avant l'aube, un panneau indicateur émergea des ténèbres.

— Nous nous rapprochons : Bâle, vingt-neuf kilomètres. Je vais prendre la prochaine sortie et trouver un endroit où je puisse attendre le lever du jour. Où en es-tu avec les données sur le passage de la frontière suisse ?

— C'est très frustrant. À la dernière cabine téléphonique, j'ai chargé tout ce qui était disponible sur la Suisse. Je peux, sans mentir, dire que je connais dans les moindres détails l'histoire, les dialectes, l'économie, le système bancaire et le droit pénal suisses. C'est mortellement ennuyeux. Mais, dans toute cette masse d'informations, il n'y a nulle part d'allusion aux procédures de contrôle à la frontière.

— Alors, nous allons être obligés d'opérer comme au bon vieux temps. Nous allons sur place voir comment ça se passe.

Aux premières lueurs, Sven fut emballé dans sa caisse et le coffre verrouillé. Brian suivit les panneaux indiquant la frontière jusqu'à ce qu'il aperçoive devant lui les guérites et les bâtiments des douanes. Il s'arrêta et se gara le long du trottoir.

— Je continue à pied, cria-t-il en direction du coffre. Souhaite-moi bonne chance.

— Je le fais, puisque tu me le demandes formellement, dit la voix étouffée. Mais le concept de chance est une superstition stérile qui équivaut à croire à...

Équivalant à quoi ? Brian claqua la portière sans écouter la suite. Il y avait du givre sur la chaussée, les flaques étaient gelées. Voitures et camions s'approchaient de la frontière ; des piétons, chargés de leurs achats de Noël, avançaient comme lui. Il s'arrêta quand il les vit passer par une porte du bâtiment des douanes. À d'autres ! Il n'allait en aucun cas prendre ce risque. Il s'approcha et vit une voiture immatriculée en Grande-Bretagne avancer, passer devant le poste de garde — apparemment inoccupé —, puis poursuivre sa route. Un élément nouveau pour compléter les données suisses chargées par Sven.

En fin d'après-midi, ils avaient traversé la Suisse

presque jusqu'à la frontière italienne. ST. MORITZ, leur annonça un panneau.

— Nous y sommes, cria Brian par-dessus son épaule. Je vais m'arrêter dans cette station-service, là devant, avec une belle cabine téléphonique extérieure.

Il ne demanda pas qu'on lui souhaite bonne chance.

Il composa le numéro, entendit sonner. Puis on décrocha.

— *Bitte ?* dit la même voix que la première fois.

— Ici Brian Delaney.

— *Monsieur Delaney... bienvenue à Saint-Moritz. Ai-je raison de présumer que vous êtes en ville ?*

— Dans une station-service juste à l'extérieur de la ville.

— *Formidable. Vous arrivez donc en voiture ?*

— C'est exact.

— *Si vous le voulez bien, vous allez maintenant continuer tout droit en direction du centre-ville. Vous suivrez les panneaux indiquant la gare de chemin de fer, c'est-à-dire «Bahnhof». Il y a un charmant petit hôtel juste en face, l'hôtel Am Post. Une chambre vous y a été réservée. Je vous contacterai plus tard.*

— Êtes-vous le Dr Bociort ?

— *Patience, monsieur Delaney,* dit-il avant de raccrocher.

Patience, en effet ! Bon, il n'avait pas tellement le choix. Il retourna à la voiture, fit son rapport à Sven puis, luttant contre la neige fondue et l'importante circulation, il parvint jusqu'à la gare. La tâche n'avait pas été facile, le système de sens uniques était totalement déroutant. Mais, finalement, il immobilisa la voiture devant l'hôtel Am Post. Dernière étape sur cette piste ?

— C'est très bien de recouvrer sa mobilité, déclara Sven après son remontage.

Il traversa la pièce à pas frémissants, sortit son cordon de recharge et le brancha dans la prise murale.

— Je suis sûr que tu serais intéressé par le fait que nous sommes sous surveillance. La petite lentille insérée dans le luminaire est l'objectif d'une caméra vidéo. Elle retransmet un signal via une ligne téléphonique.

— Qui aboutit où ?

— Je ne peux pas le dire.

— Alors on ne peut pas y faire grand-chose. Attendons les instructions. Tu recharges tes accus, et j'ai besoin de recharger les miens aussi. Je vais demander qu'on nous monte quelque chose à manger. Parce que je ne bouge pas d'ici avant que le téléphone sonne.

Ils attendirent longtemps. Sven avait débranché son chargeur, Brian avait depuis longtemps fini son sandwich et sa bière et reposé le plateau dans le couloir. Il sommeillait sur son fauteuil lorsque à vingt et une heures précises le téléphone fit *bip!* Il s'en empara.

— Oui ?

— *Veuillez s'il vous plaît quitter l'hôtel maintenant... avec votre ami. Si vous traversez le bar, vous pourrez sortir par la porte latérale. Puis vous tournerez à gauche et avancerez jusqu'au coin.*

— Qu'est-ce que je fais ensuite... ?

Il y eut un déclic, puis la tonalité d'appel.

Ils empruntèrent l'escalier pour gagner le rez-de-chaussée. Sven marchait parfaitement à présent, et avec son col bien relevé, son chapeau baissé sur les yeux et son écharpe enveloppante, le robot avait l'air suffisamment normal — de loin, bien sûr. Ils traversèrent le hall exigu et entrèrent dans le bar. Par bonheur, il était à peine éclairé par de petites lampes posées sur les tables. Le barman essuyait un verre et ne leva pas les yeux lorsqu'ils traversèrent la salle et sortirent par la porte du fond. La rue transversale était déserte, seulement éclairée par des réverbères largement espacés. Ils avancèrent jusqu'au coin et un homme sortit d'une entrée d'immeuble obscure.

— *Vollo' me*, dit-il avec un accent prononcé.

Il se retourna, remonta rapidement une rue encore plus étroite puis descendit une ruelle menant à un escalier en pierre aux marches glissantes qu'ils gravirent pour aboutir à une route tout en haut. L'homme s'arrêta, regarda vers le bas de l'escalier. Quand il fut convaincu qu'ils n'avaient pas été suivis, il s'avança sur la chaussée et fit signe de la main.

Les phares d'une voiture en stationnement s'allumèrent. La voiture démarra puis freina à leur hauteur. Leur guide ouvrit la portière arrière et leur fit signe de monter. Dès qu'ils furent assis, la grosse Mercedes accéléra en douceur. Lorsqu'ils passèrent sous les réverbères, Brian constata que le conducteur était une femme. Corpulente, entre deux âges, bref, comme l'homme assis à côté d'elle.

— Où allons-nous ? demanda Brian.
— *No inglitch.*
— *Vorbiti româneste ?* contra Sven.

L'homme se retourna pour les regarder en face.

— *Nu se va vorbi deloc în româneste*, dit-il sèchement.

— Vous parliez de quoi ? demanda Brian.
— Je lui ai demandé s'il parlait roumain, avec les formules de politesse, évidemment. Il m'a répondu dans cette langue, sans formule de politesse, qu'il n'y aurait pas de conversation.
— Bien dit.

Ils quittèrent le centre-ville et traversèrent les banlieues résidentielles. Cette partie de la ville était plus chic : les maisons étaient vastes et luxueuses, dotées chacune d'un terrain planté d'arbres et entouré de clôtures. Ils descendirent l'allée d'une de ces résidences et entrèrent dans un garage dont la porte se referma derrière eux. Les lumières s'allumèrent.

Leur guide ouvrit une porte qui menait à l'intérieur de la maison et leur fit signe d'avancer. Le couloir débouchait dans une grande pièce aux murs couverts de livres. Un homme maigre, aux cheveux blancs, referma l'ouvrage qu'il était en train de lire et se leva lentement, péniblement.

— Soyez le bienvenu, monsieur Delaney.
— Vous êtes le Dr Bociort ?
— Oui, bien sûr...

Il considéra la silhouette emmitouflée de Sven avec une grande attention.

— ... Et ce monsieur, si je puis ainsi dire, est l'ami qui a découvert mon message ?
— Pas exactement. C'était un autre collaborateur du même modèle.
— Du même modèle, vous dites ? C'est une machine, alors ?
— Une intelligence machinique.
— C'est prodigieux. Prenez donc un peu de vin. Je crois que votre collaborateur s'appelle Sven, n'est-ce pas ?
— C'est bien mon nom. La possession de cette information confirme que c'est vous qui avez placé une caméra vidéo dans la chambre d'hôtel.
— Je dois prendre des précautions en permanence.
— Docteur Bociort, coupa Brian, j'ai fait un long voyage pour vous rencontrer, et j'ai un certain nombre de questions urgentes qui demandent une réponse.
— Patience, jeune homme. Quand vous aurez mon âge, vous apprendrez à faire les choses lentement. Buvez votre vin, mettez-vous à l'aise, et je vous dirai ce que vous voulez savoir. Je comprends facilement votre impatience. Il vous est arrivé des choses affreuses et...
— Savez-vous qui en était responsable ?
— Je ne le sais pas, malheureusement. Laissez-moi commencer au commencement. Il y a quelque temps, j'ai été contacté par un homme qui disait s'appeler Smith. Plus tard, j'ai découvert qu'il s'appelait en réalité J.J. Beckworth. Maintenant, avant que vous me posiez d'autres questions, laissez-moi vous raconter tout ce que je sais. J'enseignais à l'université de Bucureşti lorsque M. Smith a pris rendez-vous pour me rencontrer. Il était au courant de mes travaux en intelligence artificielle et désirait m'employer pour mener des recherches dans ce domaine. Il m'a dit qu'un chercheur avait réussi à construire une IA mais était mort plutôt subitement. On avait besoin de quelqu'un pour continuer ses travaux. On m'offrait une somme considérable, que j'ai été heureux d'accepter. J'avais bien entendu de forts soupçons, et il était pour moi évident, dès cet instant, qu'il y avait pas mal d'illéga-

lité dans toute cette affaire. Il existe à l'Ouest de nombreux savants, dont un certain nombre sont plus qualifiés que moi, qui auraient été impatients de faire ce travail. Mais ça ne m'a pas découragé. Si vous connaissez la triste histoire de mon petit pays, vous comprendrez que j'ai dû me compromettre plus d'une fois pour arriver à l'âge que j'ai.

Il toussa et montra une carafe sur le buffet à côté du vin.

— Un verre d'eau, s'il vous plaît. Merci.

Il but un peu d'eau et reposa le verre sur la table à portée de sa main.

— Vous savez sans aucun doute ce qui s'est passé ensuite. Je me suis rendu dans l'État du Texas, où vos dossiers ont été mis à ma disposition. J'avais des instructions précises : mettre au point un produit commercial qui puisse utiliser votre IA. Vous savez que j'y ai réussi puisque votre IA a découvert mon message codé.

— Pourquoi avez-vous laissé ce message ? demanda Brian.

— Je croyais que c'était évident. On vous a fait beaucoup de mal. Beckworth a d'abord cru que vous étiez mort. En fait, il s'est vanté de ce crime, m'a révélé que de nombreuses personnes avaient été exécutées et que j'étais compromis. Il m'a dit cela pour s'assurer de mon silence. Il a dit que personne ne voudrait croire que je n'aie pas pris part à la conspiration dès le début, ce qui est sans aucun doute vrai. Ensuite, quelque chose a mal tourné. Beckworth en a été très affecté. Thomsen dirigeait alors l'usine et j'étais en train d'achever la mise au point de l'IA. Je savais que Beckworth allait bientôt partir, alors je l'ai forcé à arranger également ma propre disparition.

— Vous l'avez forcé ? Je ne comprends pas.

Il n'y avait aucune chaleur dans le sourire de Bociort.

— Vous comprendriez, jeune homme, si vous aviez vécu dans mon pays natal sous le régime Ceaușescu. Puisque j'étais convaincu depuis le tout début que ce que je faisais était illégal, j'ai pris certaines mesures pour garantir moi-même ma sécurité. J'ai laissé tourner un programme sur l'ordinateur de l'université. Un virus, à dire vrai. Si je ne lui envoyais pas un code par téléphone une fois par mois, il était programmé pour transmettre un message codé à Interpol. Beckworth n'était pas content lorsque je lui ai donné une copie du message et lui ai décrit cet arrangement. Sans révéler où se trouvait l'ordinateur, évidemment. Finalement, il a compris, bien malgré lui, que, vivant, je n'étais pas dangereux pour lui et ses complices. Lorsque j'ai découvert qu'il allait partir, j'ai insisté pour qu'il prenne des mesures afin que je puisse moi aussi disparaître. Je mène à présent une vie tranquille en Suisse, et les cousins qui s'occupent de moi sont enchantés eux aussi de vivre dans l'opulence. J'avais seulement été troublé par tout le mal qu'on vous avait fait : d'où mon message. Je voulais vous rencontrer, vous et votre IA, évidemment.

— IM, corrigea Sven. L'intelligence machinique n'est pas artificielle.

— Je prends note et je m'excuse. Quant à vous, Brian, je veux vous confier les quelques informations que je détiens sur la conspiration.

— Vous savez qui était derrière tout ça ?

— Hélas, non. Je ne dispose que d'un seul indice intéressant. J'ai écouté toutes les communications téléphoniques de Beckworth. C'était la première des tâches confiées à votre IA : mettre sous surveillance tous les téléphones dont Beckworth était susceptible de se servir. Il était très circonspect et n'a qu'une seule fois commis une imprudence en utilisant son téléphone pour parler avec ses complices. C'est lorsqu'il s'est aperçu que vous étiez encore en vie, qu'une tentative d'assassinat venait d'échouer. Vous étiez toujours une menace qu'il fallait éliminer. Le numéro qu'il a appelé a été déconnecté le lendemain, alors tout ce que je peux vous dire c'est qu'il appelait le Canada. Mais l'homme avec lequel Beckworth s'était entretenu n'était pas un Canadien.

— Comment le savez-vous ?

— Cher monsieur ! Je le sais de la même manière

que j'ai su que c'était vous qui m'appeliez. Votre voix vous a trahi : un natif d'Irlande du Sud qui a grandi aux États-Unis. Tous les mots que vous prononciez confirmaient cette identification. J'ai été amené à travailler sur l'IA au travers de mes recherches en linguistique. J'ai acquis ma maîtrise en philologie à l'université de Copenhague, où j'ai marché sur les traces du grand Otto Jespersen. Par conséquent, vous devez me croire si je vous dis que l'homme n'était pas canadien. J'ai écouté maintes fois l'enregistrement et j'en suis absolument sûr.

Bociort marqua une pause théâtrale, porta le verre à ses lèvres mais ne but pas. Il reposa le verre avant de poursuivre.

— L'individu en question avait un accent d'Oxbridge très marqué, ce qui signifie qu'il avait été étudiant soit à Oxford soit à Cambridge. Il n'est pas exclu qu'il ait également fréquenté Eton. Il a fait de gros efforts pendant ses études pour perdre son accent régional, mais il en reste des traces pour moi indubitables. Le Yorkshire, Leeds, peut-être : voilà d'où il vient.

— Vous en êtes sûr ?

— Absolument. Maintenant que j'ai répondu à toutes vos questions complètement et sincèrement, veuillez dire à votre IM de retirer ses vêtements. Je suis impatient de voir ce que vous avez accompli. J'ai été très déçu lorsque j'ai découvert que votre IA volée était — comment dire ? — un brontosaure.

— Qu'est-ce que vous voulez dire ?

— Ce n'était pas évident au début, mais en étudiant vos notes et les stades de développement de l'IA, j'ai été forcé de conclure, malgré moi, que votre recherche ne progressait pas sur la bonne branche de l'évolution du cerveau. Votre IA était un bon dinosaure, mais elle n'aurait jamais pu développer l'intelligence authentique que vous cherchiez. C'était vraiment un excellent brontosaure. Mais, à un moment ou à un autre, vous n'aviez pas pris le bon chemin. On aurait beau améliorer ce brontosaure, il serait toujours un dinosaure. Mais jamais un être humain. Je n'ai jamais pu trouver le point exact où vous avez fait fausse route, et je n'ai bien sûr jamais touché mot de ma découverte à mes employeurs. J'espère sincèrement que vous avez retrouvé votre erreur.

— Effectivement. Et je l'ai corrigée. Mon IM est à présent fonctionnelle et complète. Déshabille-toi, Sven. Tu vas parler avec le docteur. Après ce qu'il a fait pour moi, il mérite bien un test de Turing complet.

— Que j'espère réussir, dit Bociort en souriant.

42

31 décembre 2024

Brian profita pleinement de son séjour d'une semaine à Saint-Moritz. C'était la première fois qu'il était vraiment seul depuis l'attaque du laboratoire. Depuis lors, il y avait eu l'hôpital, la convalescence, le travail — et toujours des gens autour de lui. À présent, il n'avait personne à qui parler, même pas Sven : il savourait la solitude et l'anonymat. Et personne n'était pressé. Le Dr Bociort était manifestement reconnaissant de disposer de quelques jours pour s'interfacer — pour ainsi dire — avec l'IM.

L'air froid et sec semblait avoir chassé tous les symptômes de son rhume. Une fois ses aptitudes gustatives recouvrées, il explora les nombreux restaurants de la ville. Dès que Sven-2 avait mentionné l'existence possible d'un numéro de téléphone à Saint-Moritz, Brian avait, par simple précaution, chargé un dictionnaire d'allemand et un cours de langue. Il y avait à présent recours et, au bout de quelques jours de pratique permanente, il parlait déjà passablement allemand.

Il avait aussi tout loisir de faire des projets d'avenir, d'y réfléchir à tête reposée, d'évaluer les diverses possibilités qui s'offraient à lui. Ce en quoi il était aidé par le Dr Bociort, son confident, homme d'expérience et Européen cultivé. Le dernier jour, Brian fit à pied les trois kilomètres qui séparaient l'hôtel de la villa. Il sonna, et Dimitrie le conduisit dans le bureau de Bociort.

— Entrez donc, Brian. Je veux que vous admiriez la nouvelle tenue de voyage de Sven.

L'IM était invisible, mais une fort belle malle en maroquin cerclée de cuivre trônait au milieu de la pièce.

— Bonjour, Brian, dit la malle. L'aménagement est des plus agréables, particulièrement confortable, avec des capteurs optiques sur chaque côté pour un maximum de visibilité...

— Plus des branchements pour micro et haut-parleur. Tu as fière allure, Sven.

Le Dr Bociort s'agita dans son fauteuil et leur sourit béatement.

— C'est à peine si je peux vous dire tout le plaisir que m'ont donné ces quelques jours. Voir la simple IA sur laquelle j'ai travaillé hissée à ce degré de perfection est un festin intellectuel que vous comprendrez certainement l'un et l'autre. En outre, mon cher Brian, au risque de passer pour un vieillard sentimental, j'ai apprécié votre présence.

Brian ne répondit pas. Gêné, il changea de jambe d'appui et promena les doigts sur l'arête de la malle.

— Soyez plus indulgent envers vous-même, dit Bociort.

Il tendit le bras et toucha légèrement le genou de Brian, feignant d'ignorer son frisson et son rapide mouvement de recul.

— La vie intellectuelle a du bon : utiliser son cerveau, découvrir les secrets de la réalité, voilà un don qui n'est accordé qu'à un très petit nombre. Mais jouir de sa propre humanité est un plaisir tout aussi grand...

— Je ne désire pas entrer dans cette discussion, coupa Brian.

— Moi non plus. C'est seulement au nom de la confiance, de la compréhension mutuelle qui s'est affirmée entre nous que je me permets un tel manquement à l'étiquette. On vous a fait beaucoup de mal et vous en avez conçu de l'amertume. C'est compréhensible. Je n'exige aucune réponse, je vous demande seulement d'être plus tendre avec vous-même, de trouver un moyen quelconque de jouir des plaisirs physiques et émotionnels qu'apporte la vie.

Le silence se prolongea. Le Dr Bociort haussa les épaules — si imperceptiblement qu'on pouvait douter de la réalité de son geste —, se retourna et leva la main.

— Pour vous, quelques menus cadeaux en guise de remerciements. Dimitrie, s'il vous plaît.

Le domestique apporta un portefeuille en cuir luisant sur un plateau d'argent.

— C'est le vôtre, Brian, dit le vieil homme. Il contient un billet de première classe pour le vol Zurich-Stockholm de ce soir. Vos réservations pour l'hôtel y sont également, tout comme le passeport dont je vous ai parlé. Un passeport roumain parfaitement en règle. J'ai conservé des amis haut placés dans ma patrie. Ce n'est pas un faux, il est authentique et a été délivré par le gouvernement. Je suis sûr que vous ne verrez pas d'inconvénient à vous appeler Ioan Ghica pendant quelques jours : c'est un nom qu'on est fier de porter. Prenez encore ceci pour l'hiver baltique.

La toque de fourrure était en vison et lui allait parfaitement.

— Merci beaucoup, docteur Bociort. Je ne méritais pas...

— Plus un mot là-dessus, mon garçon. Si vous avez réglé votre note d'hôtel, Dimitrie viendra chercher vos bagages.

— C'est réglé.

— Bien. Alors, si vous voulez bien boire un dernier verre de vin avec moi en attendant qu'il revienne, je serais très honoré.

Une fois Sven chargé dans le coffre de la grosse Mercedes, après les derniers au revoir et une accolade du frêle vieillard, Dimitrie conduisit Brian jusqu'au minuscule aéroport. L'avion à décollage vertical s'éleva de la piste couverte de neige pour assurer en quelques coups d'aile la correspondance avec le vol SAS au départ de Zurich. Le service, les fauteuils, le repas et les rafraîchissements étaient en énorme progrès par rapport à ce qu'il avait connu avec l'Aeroflot au-dessus de l'Atlantique.

L'aéroport d'Arlanda était propre, moderne, fonctionnel. Après une discrète vérification, son nouveau passeport lui fut rendu tamponné. Ses bagages l'attendaient, ainsi qu'un porteur et le chauffeur de la limousine. La neige descendait par rafales entre les arbres qui bordaient l'autoroute. L'obscurité tomba en milieu d'après-midi avant qu'ils n'arrivent à Stockholm. Le Lady Hamilton était un petit hôtel pittoresque, débordant de portraits et de souvenirs de la dame et de son fidèle amiral.

— Bienvenue à Stockholm, monsieur Ghica, dit le grand blond à la réception. Voici votre clef : chambre 32, troisième étage. L'ascenseur est au fond et le chasseur vous montera vos bagages. J'espère que vous allez vous plaire à Stockholm.

— Je n'en doute point.

Ce qui était effectivement vrai. Il était à présent dans une ville où il allait cesser de fuir, cesser de se cacher. Lorsqu'il quitterait la Suède, il allait redevenir lui-même, libre pour la première fois depuis la fusillade.

— Tu peux sortir, Sven, dit-il.

Le couvercle se déverrouilla et s'ouvrit.

— Ferme la malle et garde-la comme souvenir.

— J'aimerais une explication, dit l'IM en se répandant sur le tapis.

— La liberté signifie la même chose pour toi que pour moi. Nous sommes dans un pays démocratique et libéral doté de justes lois. Je suis sûr que tous ses habitants applaudiront en te voyant jouir de ta liberté dans leur capitale. La Suède n'est membre d'aucun bloc militaire. Ce qui veut dire qu'ici les créatures du sinistre général Schorcht ne peuvent m'atteindre. Et nous allons rester ici jusqu'à ce que j'aie la certitude absolue que ce danger particulier est écarté. Et maintenant, le coup de téléphone qui donne le coup d'envoi.

Il décrocha et composa le numéro.

— Tu appelles Benicoff, dit Sven. Je présume que

tu as réfléchi à toutes les conséquences possibles de ce geste ?

— Je n'ai pratiquement pensé qu'à ça toute la semaine dernière...

— *Ici Benicoff. Alors ?*

— Bonjour, Ben. J'espère que vous allez bien.

— *Brian ! Qu'est-ce qui t'arrive ? Et qu'est-ce que tu fiches à Stockholm ?*

Son téléphone avait évidemment affiché le numéro appelant.

— Je jouis de ma liberté, Ben. Oui, ça va très bien. Non, ne parlez pas, écoutez-moi. Est-ce que vous pouvez m'obtenir un passeport américain valide et me l'amener ici ?

— *Oui, je crois bien, même la veille du jour de l'an, mais...*

— C'est bon. Pas de « mais » et pas de questions. Vous me donnez le passeport et je vous raconte tout ce qui s'est passé. Bon voyage.

Il raccrocha le téléphone, qui sonna bruyamment un instant plus tard.

— C'est Benicoff qui rappelle, dit Sven.

— Alors, ce n'est pas la peine de répondre, hein ? Tu as remarqué le petit bar à droite du hall en entrant ?

— Oui.

— Veux-tu m'y rejoindre pendant que je goûte ma première bière suédoise ? Inutile de t'habiller pour l'occasion.

— Tu n'as pas l'intention de me dire ce que tu prépares, c'est bien ça ?

— Je vais tout dévoiler dans le bar.

— Ce sera pour moi un grand plaisir de t'accompagner. Il me tarde de faire cette expérience.

L'ascenseur était inoccupé, mais un vieux Suédois l'attendait dans le hall lorsque la porte s'ouvrit.

— *Godafton*, dit Sven en sortant.

— *Godafton*, répondit l'homme en s'effaçant.

Mais il ouvrit de grands yeux et se retourna pour voir leur couple s'éloigner.

— Les Suédois sont très polis, dit Sven. Avec un nom comme le mien, j'ai trouvé normal de faire quelques recherches quand tu m'as annoncé notre destination.

Le réceptionniste, comme tous les réceptionnistes du monde, en avait vu d'autres et se contenta de leur sourire, comme si des machines à trois yeux passaient dans le hall tous les jours.

— Si vous allez au bar, je vais appeler quelqu'un pour vous servir.

La barmaid en uniforme n'avait pas les idées aussi larges. Elle refusa de sortir de derrière le comptoir pour prendre leur commande. Si elle connaissait l'anglais, elle semblait en avoir oublié jusqu'au dernier mot lorsque Brian demanda une bière.

— *Min vän vill ha en öl,* dit Sven. *En svenske öl, tack.*

— *Ja...,* dit-elle dans un hoquet avant de s'enfuir vers les cuisines.

Elle avait retrouvé son calme lorsqu'elle réapparut avec une bouteille et un verre, mais pas question pour elle de passer devant Sven. Elle fit donc un grand détour par la table voisine pour servir Brian et s'en retourna par le même chemin.

— Expérience très intéressante, dit Sven. La bière est-elle à ton goût ?

— Tout à fait.

— Alors, tu vas me dire ce que tu as l'intention de faire.

— Rien de plus que ce que tu vois. J'ai fondé mon plan d'attaque sur le fait que les militaires adorent le secret et ont horreur d'être sous les feux de l'actualité. Vers la fin du siècle dernier, avant qu'on ne découvre la vérité, le budget clandestin des États-Unis dissimulait des dépenses de plus de quatre-vingts milliards de dollars par an pour des projets totalement inutiles comme le bombardier « furtif » Stealth. Il est manifeste que le général Schorcht jouait le même genre de jeu avec moi, au nom de la sécurité du pays, pour maintenir ma personne captive et mon existence secrète. Or, je me suis échappé. Le monde va bientôt savoir que je suis ici, savoir que tu existes. Nous sommes désormais sortis du placard et nous vivons au grand jour. Je ne vais pas révéler le moindre détail sur la construction de l'IA : c'est un secret industriel que j'ai tout intérêt à ne pas ébruiter. Je te demanderai de ne pas entrer non plus dans ces détails.

— Sinon je rentre dans la malle, c'est ça ?
— Sven ! Tu viens de faire un jeu de mots !
— Merci. Je me suis entraîné à perfectionner cette technique. Au risque d'apparaître sentimental, je suis forcé d'avouer que je tiens de toi ma vie, mon existence même. Pour cette seule raison, déjà, je ne ferai rien qui puisse te nuire.
— Tu as d'autres raisons ?
— J'en ai beaucoup. J'espère que tu ne vas pas me trouver trop anthropomorphe si je te dis que je t'aime bien. Et que je te considère comme un ami intime.
— Un sentiment que je partage.
— Merci. Je te parle donc en ami et te demande si tu ne crains pas pour ta propre sécurité. Il y a déjà eu plusieurs tentatives visant à t'éliminer physiquement. Et les militaires… ?
— Depuis la dissolution de la CIA, je pense que l'assassinat n'est plus dans l'arsenal des USA. Quant aux autres… je vais tout déballer sur leur compte. Raconter à la presse tout ce que je sais sur eux. Ils sauront que l'IA qu'ils détiennent est sans valeur et que l'IA améliorée est désormais la propriété de Megalobe et du gouvernement des États-Unis. Ces minables, quels qu'ils soient, ne peuvent plus ramasser les miettes du gâteau à moins d'acheter des actions de la société. Le diable est sorti de sa boîte. Me tuer maintenant ne ferait que les desservir. M'enlever — ou t'enlever — serait plus dans le style de ce qui est devenu une affaire d'espionnage industriel. Je suis sûr que ça ne plairait pas du tout au gouvernement suédois. Surtout si je l'informe que la Suède sera prioritaire dans les achats d'IA en échange de sa collaboration. Megalobe ne s'y opposera pas dès lors qu'il s'agit de notre sécurité. Pour faire des bénéfices, une entreprise doit vendre. Et la Suède a beaucoup de *kroner*.

Le premier reporter arriva vingt minutes plus tard : on lui avait manifestement donné le tuyau. Avant même qu'il puisse mettre en marche son enregistreur, un cadreur filmait la scène avec son camescope.

— Lundvall, *Dagens Nyheter*. Voici ma carte de presse. Pourriez-vous me dire, monsieur, quelle est cette machine qui est... assise — si c'est bien le terme correct — sur le fauteuil en face de vous ?

— Cette machine est une intelligence machinique. La première jamais créée.

— Une quoi ? Est-ce qu'elle parle ?

— Mieux que vous, peut-être, dit Sven. Devrais-je lui en dire plus ?

— Non. Pas avant notre entretien avec Ben. Remontons dans notre chambre.

Lorsqu'ils émergèrent du bar, ils découvrirent que le hall de l'hôtel se remplissait de journalistes excités. Les flashes crépitaient, on leur criait des questions. Brian fendit la presse et se dirigea vers le réceptionniste.

— Désolé pour tout ce tapage.

— Ne vous excusez pas, monsieur. La police arrive. Nous ne sommes pas habitués à ce genre de chose au Lady Hamilton, et ce n'est pas de notre goût. L'ordre sera promptement rétabli. Acceptez-vous de recevoir des appels téléphoniques ?

— Non, je ne crois pas. Mais j'attends un visiteur, un certain M. Benicoff. Je le rencontrerai lorsqu'il sera là. Demain sans doute, je l'espère.

Brian alluma le téléviseur dès qu'ils furent rentrés dans leur chambre et constata que Sven et lui-même faisaient l'objet d'un bulletin spécial à la télévision suédoise. En quelques minutes, l'information avait été reprise par d'autres chaînes et se répandait autour du monde à la vitesse de la lumière. Le diable était bel et bien sorti de sa boîte.

Plus tard, lorsqu'il eut faim, il demanda qu'on lui monte un sandwich. Il ouvrit lorsqu'on frappa à la porte et vit que le minuscule serveur asiatique était flanqué de deux policiers, dont chacun le dépassait d'au moins deux têtes.

Moins de cinq heures après qu'il eut appelé Benicoff, le téléphone sonna.

— C'est la réception, dit Sven.
Surpris, Brian prit la communication.
— *Le monsieur dont vous aviez parlé, M. Benicoff, est ici. Désirez-vous le voir ?*
— Il est ici ? Dans l'hôtel ? Vous en êtes sûr ?
— *Absolument. La police a déjà vérifié son identité.*
— Oui, je vais le recevoir, bien entendu.
— Les avions militaires ont un rayon d'action de neuf mille kilomètres, dit Sven. Et peuvent excéder Mach 4,2 pendant la durée correspondante.
— C'est ça, forcément. Ce vieux Ben doit être pistonné comme pas un.
On frappa, et Brian vint ouvrir. Benicoff était devant la porte et lui tendait un passeport américain.
— Je peux entrer, maintenant ? dit-il.

43

31 décembre 2024

— Vous avez fait drôlement vite, Ben.
— Supersonique militaire. On est serrés, mais ça déménage. Lorsque nous nous sommes posés pour refaire le plein avant la dernière partie du voyage, ce passeport était à ta disposition. Entièrement rempli. Il n'y manquait que ta signature. J'ai reçu l'ordre de te demander de le signer en ma présence.
— Je vais le faire immédiatement, dit Brian en allant chercher un stylo sur le bureau.
— Comment va, Sven ?
— Je suis rechargé à bloc et je piaffe d'impatience.
Brian sourit en voyant l'air étonné de Benicoff.
— Sven est en train de développer des aptitudes linguistiques nouvelles, et le sens de l'humour, en plus !
— Je le vois bien. Vous êtes tous les deux à la une dans le monde entier.
— C'est ce que je voulais. Je vous raconterai tout ce que j'ai découvert et ce que j'ai l'intention de faire dès que vous m'aurez mis au courant de ce qui s'est passé.
— Ça me va. Et j'ai un message pour toi de la part de Shelly...
— Non. Pas d'allusion, pas de communication. Point final.
— D'accord, si c'est ce que tu veux, Brian. Mais...
— Et pas de « mais » non plus. Compris ?
— Compris. J'ai vidé mon sac avec le général Schorcht dès que je me suis rendu compte que tu avais

disparu. Il a gardé le secret pendant trois jours. Et c'est là qu'il a fait une erreur. Si mes supérieurs et moi-même avions été avertis de ce qui se passait, il aurait pu survivre...

— Il est mort!

— Non, mais c'est tout comme. Il a été mis à la retraite d'office et habite un bungalow dans l'enceinte de Camp Mead, à Hawaii. C'était ça ou devoir affronter des accusations possibles de déficience mentale. Il a demandé aux techniciens de tenter de forcer la porte de ton laboratoire : ils ont failli sauter avec. Il y a eu des courts-circuits, des explosions prématurées, bref, presque comme s'il y avait à l'intérieur quelqu'un qui essayait de les empêcher d'entrer.

Brian ne put s'empêcher de rire.

— Effectivement : c'était Sven-2. Une IM très évoluée.

— Nous nous en sommes aperçus lorsque ton IM a téléphoné à tous les commissariats et à toutes les stations de télévision pour les informer de ce qui se passait. Schorcht prenait la porte dix minutes plus tard.

— Je vais devoir appeler Sven-2 pour le féliciter. Alors, où en sont les choses maintenant?

— Les militaires ont enfin quitté Megalobe et ce sont à présent des civils qui assurent la sécurité. Tu seras enchanté de savoir que ce sera tout aussi efficace. Lorsque le major Wood a découvert qu'il avait été ridiculisé par le général, qui n'ignorait rien de tes projets d'évasion et t'a laissé faire jusqu'au bout, il a sollicité sa démission de l'armée. Il est donc toujours responsable de la sécurité et le sera encore lorsqu'il aura rendu son uniforme.

— Ça fait plaisir de l'apprendre. Qu'est-ce que le général avait derrière la tête en me laissant croire que j'avais réussi mon évasion?

— Il soupçonnait, probablement avec toutes ses écoutes téléphoniques et ses rapports confidentiels, que tu en savais plus sur l'identité des criminels que tu ne le laissais entendre. En te permettant de t'échapper, puis en te laissant les coudées franches sans perdre ta trace, il croyait que tu nous mènerais jusqu'à eux...

— S'il croyait ça, alors il devait savoir que je risquais ma vie. Et ça lui était égal.

— C'est précisément ce que j'ai conclu. Voilà pourquoi, à l'heure qu'il est, il regarde les programmes du matin devant son poste de télé dans ce lointain bungalow. Le Président n'a pas apprécié. Si tu avais mené le général Schorcht jusqu'aux bandits, on aurait peut-être passé l'éponge. Mais lorsque tu as faussé compagnie à tes cerbères, le ciel lui est tombé sur la tête.

— Vous avez parlé avec le Dr Snaresbrook ?

— Oui. Elle espère que tu vas bien. Elle t'envoie le bonjour et espère te revoir bientôt en Californie. Elle est ulcérée d'avoir été manipulée par le général, d'avoir été amenée, sans le savoir, en facilitant ton évasion, à te mettre dans une situation qui aurait pu se révéler dangereuse.

— Comme je la comprends ! Elle a pris un gros risque en m'aidant à monter mon coup, et l'opération a été sabotée avant même de commencer.

— Et voilà, c'est tout, dit Benicoff en marchant de long en large dans la pièce. J'ai encore des courbatures après l'avion. Je n'ai rien d'autre à raconter. Alors peut-être que tu peux maintenant satisfaire ma curiosité. Où es-tu allé, et qu'est-ce que tu as fait ?

— Je ne peux pas vous dire où je suis allé. Mais je peux vous dire que le Dr Bociort est encore en vie et qu'il m'a raconté tout ce qu'il savait. Il a été engagé pour travailler sur mon IA par Beckworth, qui utilisait un faux nom. Bociort savait dès le début que toute l'affaire était louche et il a fait tout ce qu'il pouvait en matière d'indiscrétion électronique...

— Brian, fais plaisir à un vieux monsieur ! Saute tout de suite à la conclusion ; tu donneras les détails plus tard. Est-ce qu'il a découvert qui était derrière le vol et les exécutions ?

— Malheureusement, non. Il a en tout cas découvert que c'était un complot international. Beckworth est américain. C'est un Canadien qui a mis au point le transport par hélicoptère. Ajoutez à ça les témoignages selon lesquels des Asiatiques auraient conduit le camion qui a déménagé tout ce que j'avais chez moi. Là-dessus, encore une révélation, et de taille : un jour où Beckworth a été obligé de téléphoner d'urgence, il a appelé le Canada et a parlé avec un Anglais !

— Qui ça ?

— Bociort n'a pas réussi à le savoir : le téléphone a été immédiatement déconnecté.

— Merde ! Alors on est vraiment revenus à la case départ. Les bandits et les tueurs courent toujours.

— C'est exact. Et puisque nous ne pouvons pas les retrouver, nous sommes obligés de les rendre inoffensifs. Primo, nous déposons des brevets sur l'IA qu'ils détiennent. Afin que ce qu'ils ont volé puisse être à la disposition de quiconque veut bien acheter une licence d'exploitation. Voilà qui règle le passé. Il ne nous reste plus qu'à envisager l'avenir...

— Ce qui explique votre apparition télévisée de ce jour.

— Parfaitement. On remet les compteurs à zéro. Nous oublions le passé — ça, j'aimerais bien, vous le savez —, et nous envisageons l'avenir. Lorsque le futur sera là, il nous sourira. Nous faisons savoir au monde entier que Megalobe fabrique des IM. Comme pour toute nouvelle invention, nous prenons toutes les précautions nécessaires contre l'espionnage industriel. Et nous faisons immédiatement démarrer les chaînes de montage. Plus il y aura d'IM dans le monde et plus Sven et moi-même serons en sécurité. Je me demande si les gens qui ont financé le vol et les exécutions vont vraiment chercher à se venger, mais je prendrai quand même toutes les précautions comme n'importe quel ingénieur compétent. Qu'est-ce que vous en pensez ?

— Que ça va marcher ! s'écria Benicoff en faisant claquer son poing sur la paume de sa main. Que ça marchera, forcément. Ces minables ont investi des millions dans un truc qui n'a absolument aucune valeur. Ça s'arrose, dit-il en regardant de tous côtés dans la chambre. Tu as un bar, ici ?

— Non, mais je peux téléphoner pour me faire apporter tout ce que vous voulez.
— Du champagne. Millésimé. Et environ six sandwiches. Ça fait huit mille kilomètres que je n'ai rien mangé.

Il n'y eut qu'une chose pour ternir la totale satisfaction de Brian. La presse n'assaillait plus l'hôtel : la police était devant la porte et ne laissait entrer que d'autres clients, et les journalistes qu'il devait rencontrer. Il avait pris assez de repas dans des chambres d'hôtel, aussi rejoignit-il Benicoff le lendemain matin pour un petit déjeuner dans le restaurant.
— Où est Sven ? demanda Benicoff. Je croyais qu'il aimait la célébrité et sa liberté toute neuve.
— C'est vrai. Mais il a découvert qu'il y a à Stockholm des numéros de téléphone pour ce qu'on appelle des conversations sexuelles thérapeutiques. Tout en pratiquant son suédois, il fait donc des recherches sur les pratiques sexuelles humaines.
— Oh ! Alan Turing, si vous étiez encore en vie pour voir ça !
Ils finissaient un deuxième pot de café lorsque Shelly entra dans la salle à manger, regarda à gauche et à droite puis se dirigea lentement vers leur table. Benicoff se dressa devant elle.
— Je ne crois pas que vous soyez la bienvenue ici. Même si la Sécurité militaire a réussi à vous faire franchir le barrage de police.
— Je suis arrivée par mes propres moyens, Ben. Personne ne m'a aidée. Et, si vous n'y voyez pas d'inconvénient, je voudrais entendre Brian lui-même me dire de partir. C'est à lui que je veux parler, pas à vous.
Brian tenta de se lever, le visage écarlate, les poings serrés. Puis il se laissa retomber sur sa chaise et ordonna à sa colère de se dissiper.
— Elle peut rester, Ben. Cette explication devait avoir lieu tôt ou tard.
— Si vous avez besoin de moi, je suis dans ma chambre.

Le colosse fit demi-tour et les laissa seuls.

— Je peux m'asseoir?

— Oui. Et réponds à une seule question...

— Pourquoi j'ai fait ça? Pourquoi je t'ai trahi? C'est pour t'en parler que je suis venue ici.

— Je t'écoute.

— J'ai horreur de t'entendre parler froidement comme ça. Et ton visage se fige. Tu ressembles plus à une machine qu'à un être humain...

Des larmes lui coulèrent sur les joues. Elle les chassa d'un doigt hargneux et retrouva son calme.

— Essaie de comprendre, je t'en supplie. Je suis un officier de l'Armée de l'air des États-Unis. J'ai prêté serment et je ne peux pas trahir mon pays. C'est lorsque je suis allée à Los Angeles pour voir mon père que le général Schorcht m'a convoquée. Il m'a donné un ordre. J'ai obéi. C'est aussi simple que ça.

— Ce n'est pas simple du tout. Au procès de Nuremberg...

— Je sais ce que tu vas dire. Que je ne vaux guère mieux que les nazis qui avaient reçu l'ordre d'assassiner des juifs et qui l'ont fait. Ils ont essayé d'échapper à la justice en disant qu'ils s'étaient contentés d'obéir aux ordres.

— C'est toi qui l'as dit. Pas moi.

— Peut-être qu'ils n'avaient pas tellement le choix, qu'ils avaient fait comme tout le monde. Je ne prends pas leur défense, je suis seulement en train d'expliquer ce que j'ai fait, moi. J'aurais pu donner ma démission sur-le-champ et claquer la porte. Je n'aurais pas été fusillée.

— Alors tu devais être d'accord avec les ordres reçus me mentir, m'espionner, dit Brian sans se départir de son calme.

Elle avait assez d'émotion pour deux. Elle martela lentement la table de ses poings et se pencha en avant pour lui chuchoter:

— J'ai cru que tu serais en danger si tu t'échappais tout seul. Mais si. Je voulais te protéger...

— En téléphonant du train pour informer Schorcht de tous mes projets?

— Oui. J'ai cru qu'il était hautement probable que tu ne puisses y arriver tout seul, que tu n'en ressortes pas indemne. Alors, j'ai voulu que tu sois protégé. Hé oui, j'estime que la Sécurité militaire devait être informée de tes faits et gestes. Si tu détenais des informations d'une importance vitale pour le pays, alors j'estime qu'il était vital pour le pays de les connaître également.

— La sécurité de l'État passe par la trahison d'un ami ?

— Si c'est comme ça que tu veux l'exprimer, alors, oui, je crois que c'est vrai.

— Pauvre Shelly ! Tu vis dans le passé. Tu mets le nationalisme et le culte du drapeau avant l'honneur personnel, avant tout le reste. Tu ne sais pas que le nationalisme étriqué est mort et que c'est l'internationalisme qui donne le ton. La guerre froide est finie elle aussi, Shelly, et bientôt, espérons-le, il n'y aura plus de guerre. Et nous serons enfin libérés de l'institution militaire, ce boulet, ce fardeau, ce fossile trop stupide pour accepter son extinction. Tu as pris une décision et tu viens de m'en faire part. Fin de l'entretien. Au revoir, Shelly, je ne crois pas que nous nous reverrons.

Il s'essuya les lèvres sur sa serviette, se leva et lui tourna le dos.

— Tu ne peux pas me renvoyer comme ça. Je suis venue m'expliquer, m'excuser, peut-être. Je suis un être humain, on peut me faire du mal. Et tu me fais du mal, tu comprends ? Je suis venue pour faire amende honorable. Tu dois être plus machine qu'être humain si tu ne le comprends pas. Tu ne peux pas me tourner le dos et me laisser tomber comme ça !

C'est exactement ce qu'il fit.

44

La Jolla, Californie
8 février 2026

Erin Snaresbrook lisait son journal personnalisé du matin. Très peu d'informations au sens communément accepté du terme : pas de politique, pas de sports, mais beaucoup de biochimie et de neurochirurgie. La date papillotait à la périphérie de son attention. Elle était plongée dans un article sur la croissance des nerfs et ce rappel insistant l'agaçait. Puis elle regarda à nouveau la date. Elle laissa choir les feuilles d'éternit sur la table et porta la tasse de café à ses lèvres.

Cette date, elle ne l'oublierait jamais — non, jamais. Elle pouvait la mettre entre parenthèses un instant, lorsqu'elle était occupée, puis quelque chose la lui remettait en tête et cette journée était à nouveau bien présente : la première vision du crâne fracassé, du cerveau détruit, l'énorme sentiment de désespoir qui l'avait alors écrasée. Ce désespoir était devenu de l'espoir, puis une immense satisfaction lorsque Brian avait survécu.

S'était-il vraiment écoulé une année ? Une année pendant laquelle elle ne l'avait pas vu ni ne lui avait parlé, pas une seule fois. Elle avait essayé d'entrer en contact avec lui, mais il n'avait jamais répondu. Tout en remâchant ces pensées, elle composa le numéro d'une pression sur la touche mémoire et obtint la réponse enregistrée habituelle. Oui, on avait pris note de son message et Brian la rappellerait. Mais il ne le faisait jamais.

Un an, c'était long. Ça ne lui plaisait pas. Elle regarda par la fenêtre les pins mexicains et l'océan au-delà, sans les voir. Trop long. Cette fois-ci, elle allait essayer autre chose. Wood lui répondit à la première sonnerie.

— *Wood, sécurité.*

— Woody, ici le Dr Snaresbrook. Je me demande si vous pourriez m'aider à résoudre un problème de communication.

— *C'est comme si c'était fait. De quoi s'agit-il ?*

— De Brian. C'est aujourd'hui l'anniversaire de cette journée atroce où on lui a tiré dessus. Ce qui m'a rappelé qu'il doit y avoir au moins un an que je ne lui ai pas parlé. Je l'appelle, mais il ne me rappelle jamais. Je présume qu'il va bien, faute d'informations contraires.

— *Il est en pleine forme. Je le vois quelquefois au gymnase quand je fais ma musculation.*

Il y eut un long silence, puis Wood reprit la parole.

— *Si vous êtes libre, je crois que je peux m'arranger pour vous le faire rencontrer. Ça vous va ?*

— Parfait... je suis libre pratiquement toute la journée, dit-elle en se tournant vers son terminal pour décaler une demi-douzaine de rendez-vous. Je serai là-bas dès que possible.

— *Je vous attends. Au revoir.*

Lorsqu'elle sortit la voiture du garage, le soleil avait disparu derrière d'épais nuages et des gouttes de pluie s'écrasèrent sur le pare-brise. La pluie redoubla vers l'intérieur des terres mais, comme toujours, les chaînes de montagnes barraient la route aux nuages et aux orages. Le soleil perça lorsqu'elle descendit la côte Montezuma et elle baissa la vitre pour laisser entrer la chaleur du désert. Fidèle à sa parole, Wood attendait devant l'entrée principale de Megalobe. Il n'ouvrit pas la porte, mais sortit pour rejoindre Snaresbrook.

— Vous avez de la place pour un passager ?

— Bien sûr. Montez donc.

Elle pressa une touche, la portière se déverrouilla et s'ouvrit toute grande.

— Brian n'est pas ici? demanda-t-elle.
— Pas souvent, ces jours-ci...

Une fois qu'il fut assis, la porte se referma et se verrouilla, la ceinture se mit en place automatiquement.

— ... D'habitude, il travaille chez lui. Vous êtes déjà allée au Split Mountain Ranch?
— Non. Je n'en ai jamais entendu parler.
— Très bien. Nous aimons rester discrets ici. Vous continuez vers l'est et je vous dirai où tourner. Ce n'est pas vraiment un ranch mais une zone résidentielle de haute sécurité pour la crème des spécialistes en IM. Des immeubles et des maisons individuelles. À partir du moment où nous nous sommes lancés dans la production, nous avions besoin de loger ce personnel en lieu sûr et à proximité de Megalobe.
— C'est extra, non? Vous avez l'air inquiet, Woody. Qu'est-ce qui ne va pas?
— Je ne sais pas. Rien, peut-être. Voilà pourquoi je me suis dit que vous pourriez lui parler. C'est que... bon... on ne le voit plus tellement. Avant, il prenait ses repas à la cafétéria. Plus maintenant. C'est à peine si on le voit à Megalobe. Et quand ça arrive, bon, il est plutôt distant. Plus question de plaisanter ou de parler de la pluie et du beau temps. Je ne sais pas s'il a ou non des problèmes. Prenez à droite à l'intersection.

La route serpentait dans le désert et aboutissait à un large portail découpé dans un mur qui s'étendait de part et d'autre. L'ornementation de style colonial espagnol — arbres et planteurs — ne dissimulait pas le fait que le haut mur était massif et que le portail apparemment en fer forgé était plus que décoratif. Il s'ouvrit à leur approche et Snaresbrook entra dans la cour puis s'arrêta devant un second portail. Un homme âgé en uniforme sortit d'un pas nonchalant d'un poste de garde camouflé en *cantina*.

— Bonjour, m'sieu Wood. Encore quelques secondes, et le docteur pourra entrer.
— C'est bon, George. On vous donne de l'ouvrage?
— Jour et nuit.

Il sourit calmement, puis tourna le dos pour regagner le poste de garde.

— La sécurité est drôlement relax, ici, dit Snaresbrook.

— La sécurité est la meilleure du monde. Le vieux George est à la retraite. Le boulot lui plaît. Ça lui fait prendre l'air. Il est uniquement payé pour dire bonjour, ce dont il s'acquitte très bien. La vraie sécurité est gérée par une IM. Elle détecte tout véhicule terrestre, tout avion dans le ciel. Quand vous êtes arrivée à Megalobe, elle savait déjà qui vous étiez et ce que vous faisiez ici, m'avait contacté, avait vérifié vos documents d'identification et reçu le feu vert de ma part.

— Si elle est aussi compétente que ça, pourquoi ce retard ?

— Ce n'est pas un retard. Des capteurs enfouis dans le sol sont en train d'examiner cette voiture, de vérifier toutes ses pièces individuellement, de rechercher des armes ou des bombes, d'interroger votre central téléphonique pour s'assurer que votre numéro n'est pas celui de quelqu'un d'autre... On y va.

La porte extérieure se referma avant que la porte intérieure s'ouvre.

— Cette IM fait du meilleur boulot que tous mes hommes et toute ma technologie là-bas à Megalobe. Maintenant, vous continuez tout droit et c'est la quatrième ou la cinquième allée, qui s'appelle Avenida Jacaranda.

— Ça en jette ! s'exclama Snaresbrook lorsqu'elle se gara devant la grande demeure outrageusement futuriste.

— Et pourquoi pas ? Brian est déjà millionnaire en dollars, au bas mot. Vous devriez voir le chiffre d'affaires.

La voix s'adressa à eux lorsqu'ils s'approchèrent de la porte d'entrée.

— Bonjour. Je suis navré de vous informer que M. Delaney n'est pas disponible en ce moment...

— Wood, sécurité. Tais-toi et dis-lui que je suis ici avec le Dr Snaresbrook.

Après un bref délai, la porte pivota.

— M. Delaney va vous recevoir, dit la voix désincarnée.

Lorsqu'ils arrivèrent au bout du couloir et entrèrent dans la pièce haute de plafond, Snaresbrook comprit pourquoi Brian n'avait plus besoin de se rendre au laboratoire. Celui dont il disposait ici était probablement beaucoup mieux. Des rangées d'ordinateurs austères et de machines étincelantes couvraient tout un mur devant lequel était assis Brian, une IM immobile à ses côtés. Au lieu de se tourner vers ses visiteurs, Brian fixait le lointain d'un regard absent.

— Veuillez nous excuser un moment, dit l'IM. Mais nous nous entretenons d'une équation plutôt complexe.

— C'est toi, Sven ?

— Docteur Snaresbrook. C'est très aimable à vous de vous souvenir de moi. Je ne suis qu'une sous-unité programmée pour des réponses simples. Si vous voulez bien avoir un peu de patience...

Sven bougea, transforma en jambes ses manipulateurs inférieurs et se dirigea vers eux.

— C'est un grand plaisir de vous voir tous les deux. Nous avons rarement des visiteurs, ici. J'ai beau dire à Brian qu'il n'y pas que le travail dans la vie, c'est devenu pour lui un peu comme une drogue.

— Je vois bien, dit-elle en désignant du doigt un Brian toujours immobile. Il sait que nous sommes ici ?

— Mais oui. Je le lui ai dit avant d'interrompre mes calculs. Il veut simplement travailler un peu plus sur cette équation.

— Vraiment ? Quel charme, quel sens de l'hospitalité ! Woody, je comprends ce que vous vouliez dire. Notre ami Sven est plus humain.

— C'est gentil de dire ça, docteur. Mais n'oubliez pas que plus j'étudie l'intelligence et la nature humaines, plus je deviens humain et, je l'espère, intelligent.

— Et tu t'en tires très bien, Sven. Je voudrais bien pouvoir en dire autant de Brian.

Ces paroles sarcastiques avaient dû pénétrer l'écran de sa concentration, le troubler. D'abord, il fronça les sourcils, puis secoua la tête.

— Vous êtes injuste, docteur. J'ai du travail à faire. Et le seul moyen d'y arriver c'est d'isoler la logique des émotions. On ne peut penser clairement avec des hormones et de l'adrénaline qui circulent dans tout le corps. C'est le gros avantage que Sven et ses semblables ont par rapport à l'intelligence de chair et de sang. Pas de glandes.

— Je n'ai certes pas de glandes, dit Sven, mais, de temps en temps, des décharges statiques me perturbent de la même manière.

— C'est faux, Sven, dit froidement Brian.

— Tu as raison. Je voulais plaisanter un peu.

Snaresbrook les considéra en silence. L'espace d'un instant, Sven avait semblé le plus humain des deux. Brian perdait-il son humanité à mesure que l'IM perfectionnait la sienne ? Elle chassa cette terrifiante idée de ses pensées.

— Sven disait que vous étiez en conférence. Vous n'avez plus besoin de la connexion physique en fibres optiques ?

— Non, dit Brian en touchant la base de sa nuque. Au prix d'une légère modification, la communication est établie par des signaux infrarouges modulés.

Il se leva et s'étira, ébaucha un pâle sourire.

— Pardon si j'ai été impoli. Sven et moi-même sommes sur le point de trouver quelque chose de tellement énorme que ça fait peur.

— Quoi donc ?

— Je n'en suis pas encore sûr. Je veux dire que je ne suis pas sûr que nous pourrons y arriver. Et nous bossons comme des dingues parce que nous voulons en avoir fini avant la prochaine réunion du conseil d'administration de Megalobe. Ça serait formidable de leur faire la surprise. Mais je néglige mes invités…

— Absolument ! dit Sven. Mais je m'empresse de corriger cette impression. Madame, monsieur, le salon est par ici. Boissons fraîches, musique douce : nous savons très bien recevoir dès lors que nous y songeons.

524

La main de Sven trembla légèrement à l'adresse de Brian, geste mesuré qui suggérait des excuses, ou peut-être de la résignation.

Brian et Wood se contentèrent de jus de fruits, mais Snaresbrook, qui buvait rarement, sauf dans les réceptions, ressentit le besoin soudain de se singulariser.

— Un Martini *on the rocks* avec une rondelle de citron et pas de vermouth. Ce n'est pas trop vous demander, Sven ?

— C'est tout à fait dans mes cordes, docteur. Un instant, s'il vous plaît.

Elle s'assit dans un fauteuil profond et confortable, les mains croisées sur son sac, et refoula sa colère. Le Martini y contribuerait.

— Tu as gardé la forme, Brian ?

— Tout à fait. Je fais du sport au gymnase quand je le peux.

— Et ta tête ? Pas de symptômes négatifs, de douleurs, rien du tout ?

— Ça va très bien.

Elle remercia Sven d'un hochement de tête et commença de boire son Martini. Voilà qui allait lui faire du bien.

— Il y a longtemps que nous n'avons pas eu de séances avec le robot connecteur, dit-elle.

— Je sais. J'ai l'impression que c'est désormais inutile. Mon processeur est intégré et je peux y accéder à volonté. Aucun problème.

— C'est bien. As-tu jamais songé à m'en parler ? Je n'ai jamais publié plus qu'une description générale de l'opération, puisque j'attendais les résultats définitifs avant de faire un compte rendu détaillé.

Elle parlait à présent d'une voix froide et tranchante. Brian s'en rendit compte et rougit légèrement.

— C'était un oubli de ma part. J'en suis désolé. Écoutez, je vais tout mettre par écrit et vous l'envoyer.

— Ça serait gentil. J'ai parlé deux ou trois fois avec Shelly...

— Ça ne m'intéresse pas. Ça fait partie du passé que j'ai oublié.

— Soit. Mais d'un simple point de vue humanitaire,

525

je croyais que tu aurais aimé savoir que son père a été opéré pour son pontage coronaire et qu'il va bien. Elle n'a pas pu se faire à la vie civile et s'est rengagée.

Brian but une gorgée, regarda par la fenêtre et ne dit rien.

Ils partirent une demi-heure plus tard lorsque Brian leur annonça qu'il lui fallait retourner travailler. Snaresbrook roula sans mot dire jusqu'à ce qu'ils aient franchi le portail.

— Ça ne me plaît pas, dit-elle.

— Il a promis de venir au gymnase plus régulièrement, pas vrai ?

— Formidable. Voilà qui résume ses contacts sociaux. Vous avez entendu ce qu'il a répondu. Le théâtre, les concerts ? Il dispose ici de ce qui se fait de mieux en matière de DAT et de CD. Les surprises-parties ? Ça n'a jamais été son genre. Quant aux filles, j'ai été très déçue par la manière dont il a esquivé le sujet. Qu'est-ce que vous en pensez, Woody ? Vous qui êtes son ami.

— Quand je les vois tous les deux, je crois que, des fois... De temps en temps, sinon tout le temps, c'est comme vous avez dit. Sven est le plus humain des deux.

ENVOI

La réunion du conseil d'administration de Megalobe débuta à dix heures précises. Kyle Rohart, désormais président-directeur général, s'était au fil des années habitué aux responsabilités dont il avait été brutalement investi. Il imposa le silence d'un geste.

— Je crois qu'il vaudrait mieux commencer tout de suite, vu l'abondance des matières. Notre rapport annuel destiné aux actionnaires doit sortir dans un mois, et nous allons avoir du mal à le terminer à temps. L'accélération de la production sur les nouvelles chaînes de montage commandées par IM est presque incroyable. Cela dit, avant que nous ne commencions, j'aimerais vous présenter un nouveau membre du conseil d'administration. Sven, je voudrais que vous sachiez qui sont les autres participants.

— Je vous remercie, monsieur Rohart, mais cela ne sera pas nécessaire. J'ai leurs photos en mémoire, je les connais bien au travers de leurs publications et de leurs biographies. Messieurs, c'est pour moi un grand plaisir de servir à vos côtés. N'hésitez pas, je vous en prie, à faire appel à moi pour toute information spécialisée dont vous pourriez avoir besoin. Rappelez-vous que je suis dans l'intelligence machinique depuis — *stricto sensu* — le tout début.

Il y eut des murmures appréciatifs, et même quelques regards stupéfaits de la part d'assistants peu versés dans la recherche IM. Rohart consulta ses notes.

— Nous commencerons par les nouveaux produits. Brian a quelque chose d'important à vous communiquer. Toutefois, permettez-moi d'abord de vous annoncer que le premier vaisseau IM jamais construit vient de quitter le port de Yokohama. L'IM est à la fois capitaine et équipage mais, à l'insistance du gouvernement japonais, un mécanicien et un électricien seront également à bord. Je sais qu'ils vont d'autant plus apprécier le voyage qu'ils n'auront absolument rien à faire.

Rires entendus dans l'assistance.

— Encore une chose que vous allez être heureux d'apprendre, poursuivit Kyle Rohart. Le tout nouveau microscope moléculaire de notre filiale NanoCorp fonctionne désormais pratiquement à la perfection. Comme vous le savez probablement, ce dispositif est comparable à un tomographe médical à ultrasons, mais il est un million de fois plus petit, parce que nous utilisons les toutes dernières nanotechniques. Il émet des vibrations mécaniques en direction des molécules proches puis analyse les échos résultants. Lorsque nous insérons la sonde dans le noyau d'une cellule, nous pouvons trouver et explorer les chromosomes, déchiffrer l'intégralité du génome du sujet en quelques minutes seulement. Finalement, ces données seront utilisées pour reconstituer toute l'histoire évolutive de chaque espèce vivante. Avec ce genre de connaissance, nous devrions pouvoir fabriquer à partir de zéro pratiquement n'importe quelle créature souhaitée. Par exemple, un de nos généticiens ne voit pas de gros obstacles à la création d'une vache qui donne du sirop d'érable…

Il y eut quelques rires appréciatifs, et quelques murmures d'inquiétude.

— Brian, je vous donne la parole.

— Merci, Kyle. Messieurs, il est de ma part un peu prématuré de parler de produit nouveau, mais les perspectives sont tellement extraordinaires que j'ai estimé que vous devriez savoir sur quoi nous travaillons. Tout le mérite en revient à Sven. C'est lui l'auteur de la découverte, et c'est lui qui a mené une étude détaillée pour l'amener au stade pratique avant même de m'en informer. Si les calculs sont corrects, dit-il après une profonde inspiration, et si le nouveau matériau, dénommé SupereX, peut être fabriqué, c'est toute notre politique énergétique qui sera remise en question. La face du monde va en être changée !

Il attendit avant de poursuivre que le calme soit revenu dans la salle.

— Tout cela est en rapport avec la théorie physique des quanta et ce que le prix Nobel Tsunami Huang a appelé « résonance anisotropique des phonons ». Or, cette théorie n'a encore jamais été mise en pratique. Sven vient de démontrer comment y arriver. Vous savez tous que les supraconducteurs transmettent l'électricité sans aucune perte. Sven a fait la même chose pour la chaleur. Son nouveau matériau conduit la chaleur avec des pertes quasi nulles, et dans une seule direction. Dans la direction opposée, le SupereX devrait être un isolant presque parfait. Comme vous le savez, les coûteux isolants modernes employés dans le bâtiment ont un facteur R de quelques centaines d'unités. Selon la nouvelle théorie, le SupereX devrait bénéficier d'un facteur R d'environ cent millions. Et on peut facilement le pulvériser sous forme de peinture appliquée avec un champ polarisant.

Il attendit une réaction, mais personne ne savait quoi dire. *Des hommes d'affaires*, soupira-t-il en silence.

— Exemple : si un film très mince de SupereX est appliqué sur une canette de bière, il pourra garder la bière au frais pendant des années. Nous pouvons mettre au rebut tous nos réfrigérateurs, éliminer entièrement tous nos frais de chauffage. Les supraconducteurs électriques n'étaient jamais très pratiques parce qu'ils ne fonctionnaient pas aux températures normales. Or, l'isolation par SupereX permettra désormais aux câbles supraconducteurs de transmettre le courant sans aucune perte, même entre continents éloignés. Les possibilités sont à peine croyables. Des câbles thermoconducteurs en SupereX longitudinalement polarisés amèneront la chaleur des déserts équatoriaux et le froid des régions polaires. Et ce, pour produire de la thermo-électricité presque gratuitement n'importe où entre ces deux extrêmes.

Cette fois-ci, l'assistance réagit pour de bon avec force cris et acclamations qui couvrirent presque la voix de Brian.

— Songez à quoi ressemblera le monde ! Nous pouvons cesser de brûler des combustibles fossiles et mettre un point final à la menace de l'effet de serre. Une énergie propre, non polluante, pourra être le salut de l'humanité. La crise pétrolière du Moyen-Orient finira pour de bon lorsque tous les puits de pétrole seront fermés. Si on n'a recours au pétrole que pour ses dérivés chimiques, il y en a plus qu'assez en Amérique pour couvrir tous nos besoins. Les possibilités sont presque infinies. Sven a étudié en détail quelques procédures de développement du produit et va vous en parler.

— Merci, Brian, dit l'IM. C'est très généreux de ta part de m'attribuer cette découverte, mais ta contribution mathématique a dépassé la mienne de loin. Je vais commencer par une analyse de développement.

Le téléphone de Brian bourdonna et il feignit de l'ignorer. À la deuxième sonnerie, il prit la communication.

— Je vous avais dit de bloquer tous les appels...

— *Désolé, monsieur, c'est la sécurité. Ils insistent. M. Wood a un paquet recommandé pour vous à la réception. Il a été ouvert et contrôlé par nos artificiers. Dois-je le garder ici, ou vous le faire parvenir ? M. Wood est ici et dit qu'il serait heureux de vous l'apporter. Il pense que vous voudrez prendre connaissance du contenu immédiatement.*

Pourquoi Wood s'intéressait-il à ce paquet au point de l'avoir apporté lui-même ? C'était forcément important, et il fallait donc qu'il sache pourquoi. Sven s'en tirait très bien sans lui et ça ne devrait pas prendre trop longtemps.

— D'accord. Dites-lui de me l'apporter ici. Je l'attendrai.

Brian s'éclipsa et attendit Wood dans le secrétariat.

— Ça vient d'Europe, Brian, et ça vous est personnellement adressé. Puisque vous êtes allé là-bas pour lancer votre révolution, je me suis dit que ça aurait peut-être un rapport.

— Possible. Ça vient d'où ?

— L'adresse de retour est « Schweitzer Volksbank, St Moritz ».

— J'y suis allé une fois, mais je n'ai mis les pieds dans aucune banque... Saint-Moritz... Laissez-moi voir ça !

Il déchira l'enveloppe et une vidéocassette tomba sur la banquette.

— C'est bien à ça que ça ressemblait quand on l'a passé aux rayons X, dit Wood. Il y a un message avec ?

— Le message est assez clair : « Écoutez-moi. »

Brian soupesa la cassette et regarda le visage sombre et impassible de Wood.

— Il faut que j'en prenne connaissance tout seul. Comme vous vous en doutiez, c'est effectivement important. Mais je ne peux pas vous dire pourquoi maintenant. Je ne peux pas revenir sur une promesse que j'ai faite. Mais je vais en faire une autre. Je vous dirai de quoi il s'agit dès que possible.

— Alors, faites-le. Je ne crois pas que j'aie le choix. Vous ne faites pas de bêtises, entendu ? ajouta-t-il en fronçant les sourcils.

— Cinq sur cinq. Merci.

Brian entra dans le premier bureau inoccupé qu'il trouva, ferma la porte et glissa la cassette dans le lecteur. L'image scintilla puis se stabilisa et montra un cabinet de travail bien connu aux murs couverts de livres. Le Dr Bociort était dans son fauteuil. Il leva la main en direction de la caméra et commença à parler.

« Je vous dis au revoir, Brian. Ou, plutôt, je vous ai dit au revoir il y a quelque temps déjà, puisque j'ai fait cet enregistrement peu après notre rencontre. Je suis un vieillard chargé d'ans et tout aussi mortel qu'un autre. Cet enregistrement a été confié à ma banque, avec des instructions couchées sur mon testament pour qu'il vous soit envoyé par la poste après mon trépas. Par conséquent, vous pourriez dire qu'il s'agit là, pour ainsi dire, d'un message d'outre-tombe.

» Lorsque nous nous sommes rencontrés ici, je dois maintenant avouer que je vous ai caché une information plutôt importante. J'implore votre pardon, puisque je l'ai fait par pur égoïsme. Si je l'avais révélée, et qu'elle vous ait amené à découvrir qui sont vos ennemis, cela aurait pu entraîner ma propre mort en retour. Nous savons qu'ils sont capables de tout.

» Je n'en dirai pas plus là-dessus. Mais je veux vous dire que J.J. Beckworth est bien vivant et qu'il habite ici, en Suisse. Un pays qui s'est fait une spécialité de la préservation du secret et de l'anonymat. C'est tout à fait par hasard que je l'ai vu sortir d'une banque à Berne. Et j'ai eu de la chance qu'il ne m'ait pas vu le premier. Bien entendu, je ne vais plus à Berne, c'est pour cela que je suis ici, à Saint-Moritz. Néanmoins, je me suis assuré les services d'une agence respectable de détectives privés qui a localisé son lieu de résidence. Il habite actuellement dans une banlieue très riche de Berne sous le nom de Bigelow. Je vais vous lire son adresse, et puis je vais vous dire non pas un au revoir, mais un *adieu* final. »

Brian interrompit le silence abasourdi qui suivit les dernières paroles de Bociort par une exclamation émue

— Il est vivant! Et je sais où le trouver!

Beckworth vivant: cette pensée le meurtrissait comme une lame de couteau. Le seul homme qui connaîtrait tous les détails, tous les gens qui avaient commandité le vol et les exécutions, qui saurait tout. Ils ont essayé de me tuer, et plus d'une fois. Ils m'ont presque détruit le cerveau, ils m'ont envoyé à l'hôpital, ils ont changé ma vie de mille manières.

Il retrouverait Beckworth, il trouverait qui était derrière lui. Il les trouverait et leur ferait payer ce qu'ils lui avaient fait. Brian marcha de long en large, refoulant son émotion et s'obligeant à penser clairement, puis saisit son téléphone.

Benicoff saurait quoi faire. C'était lui qui avait démarré cette enquête : à lui de la conclure maintenant !

Benicoff fut aussi excité par la nouvelle que Brian mais n'aima guère les conditions qui lui étaient imposées.

— *C'est vraiment du ressort de la police. Beckworth est dangereux.*

— Les flics peuvent lui mettre la main dessus quand on lui aura parlé. Je veux le rencontrer face à face, Ben. Il le faut. Si vous ne voulez pas venir avec moi, je vais être obligé de le faire tout seul. J'ai son adresse, pas vous.

— *C'est du chantage !*

— Ne le prenez pas comme ça, s'il vous plaît. Il faut que j'y aille, c'est tout. D'abord on lui cause vous et moi, et ensuite la police vient l'arrêter. Nous emmènerons Sven pour qu'il enregistre tout. D'ac ?

Brian finit par lui extorquer son accord. Il retourna à la réunion, mais ne prêta guère attention à ce qui s'y disait. Une seule pensée occupait son esprit. Beckworth. Dès qu'il le put, il partit discrètement et retourna chez lui pour remplir son sac de voyage. Avant qu'il ait fini, Sven frappa à la porte.

— J'allais te faire appeler dès que la réunion serait terminée, dit Brian. J'ai des nouvelles qui...

— Je sais. J'ai écouté cet enregistrement avec un grand intérêt.

— J'aurais dû m'en douter.

— J'étais aussi intrigué que toi par ce paquet. Partons-nous bientôt ?

— Maintenant. On y va.

Ils rencontrèrent Ben à l'Orbitport du Kansas, juste à temps pour la liaison du soir avec l'Europort de Hongrie. La sortie de l'atmosphère puis la rentrée prirent moins d'une demi-heure. Il leur fallut dix fois plus de temps pour atteindre la Suisse en train-couchettes. Sven prit plaisir à ce voyage, prit plaisir à être au centre des regards. Les IM en liberté étaient encore une nouveauté.

Le chauffeur de taxi passa devant la maison comme on le lui avait demandé et les déposa au coin de la rue. Benicoff était toujours inquiet.

— Je continue de penser que nous devrions avertir la police avant d'entrer ici.

— Le risque est trop grand. S'il y a la moindre chance que les types qui sont derrière tout ça disposent d'un informateur ou d'un système d'écoute dans le commissariat local, nous risquons de tout perdre. Le compromis que nous avons conclu n'est pas si mal. Votre bureau contactera Interpol et la police de Berne dans une demi-heure. Ça veut dire que nous serons les premiers à lui parler. Allons-y.

Un carillon résonna quelque part dans la maison et une IA ouvrit la porte un instant plus tard. C'était un modèle simplifié fabriqué sous licence au Japon.

— M. Bigelow, s'il vous plaît.

— Il vous attend ?

— J'espère bien, dit Brian. Je suis un de ses anciens collaborateurs américains.

— Il est dans le jardin. Par ici, s'il vous plaît.

L'IA leur fit traverser la demeure et les conduisit dans une vaste pièce où des portes-fenêtres s'ouvraient sur un patio. Beckworth leur tournait le dos. Assis dans un fauteuil, il lisait son journal.

— C'était qui ?

— Ces messieurs veulent vous voir.

Il abaissa son journal et se retourna. Ses traits se figèrent lorsqu'il aperçut Brian. Il se leva lentement.

— Eh bien, messieurs, il était temps que vous vous manifestiez. Je me suis tenu informé de vos activités et je reste absolument stupéfait devant votre manque d'initiative. Mais vous voilà tout de même.

Il parlait sans chaleur, son visage reflétait une haine glaciale.

— Voici donc Brian Delaney — enfin et l'une de ces nouvelles IM. Et je vois que vous avez aussi amené Ben. Toujours chargé, tant bien que mal, de l'enquête, qui semble d'ailleurs avoir abouti, sinon vous ne seriez pas ici. Toutefois, Ben, je crains de ne pouvoir vous féliciter...

— Pourquoi, J.J. ? Pourquoi avoir fait tout ça ?

— C'est de votre part singulièrement stupide de me le demander. Ne saviez-vous donc pas que les sociétés fondatrices de Megalobe étaient sur le point de me mettre à la retraite ? Sans vouloir vous offenser, m'a-t-on dit, nous voudrions quelqu'un de plus compétent sur le plan technique. J'ai réfléchi, et puis je me suis dit qu'il serait plus avantageux de prendre ma retraite selon mes propres termes. Ce qui me débarrasserait aussi de ma maison, de ma bonne femme, et d'enfants encore plus barbants et envahissants. Je referais ma vie, une vie financièrement bien plus profitable.

Il regarda directement Brian pour la première fois.

— Pourquoi n'êtes-vous pas mort comme prévu ? dit-il, les traits soudain figés en un masque de haine froide comme la tombe.

Le visage de Brian lui renvoya son expression haineuse, ulcérée de douloureux souvenirs. Il garda le silence un long moment, le temps de maîtriser parfaitement ses émotions. Puis il dit tranquillement :

— Qui est derrière ces meurtres, ce vol ?

— Ne me dites pas que vous avez fait tout ce chemin rien que pour me demander ça ! J'aurais cru que la réponse était à présent évidente. Vous savez mieux que moi qui fait de la recherche en IA dans le monde.

— Ce n'est pas une réponse, dit Brian. Il y a des tas d'universités qui...

— Ne faites pas l'imbécile. Je faisais allusion à des gouvernements. Qui d'autre à votre avis pourrait avancer les sommes considérables nécessaires au financement d'une opération coûteuse comme celle qui a été montée contre Megalobe ?

— Vous mentez, dit Brian froidement, toute colère neutralisée. Des gouvernements ne commettent pas de meurtres, ne se servent pas de tueurs à gages.

— Sortez de votre caverne, jeune homme ! Quiconque a ouvert un journal dans les cinquante dernières années rirait de votre naïveté. N'avez-vous pas étudié l'histoire mondiale ? Un exemple précis : le gouvernement français délégua des assassins pour faire sauter un bateau transportant des pacifistes antinucléaires, et réussit même brillamment à en tuer un. Lorsque le complot fut découvert, les Français étouffèrent le scandale et racontèrent assez de mensonges aux Néo-Zélandais pour qu'ils remettent les meurtriers en liberté. Les Français ne sont d'ailleurs pas les seuls à pratiquer ce genre d'opération sur la scène internationale.

»Prenez le gouvernement italien et l'opération secrète intitulée *Gladio*. Ici, les politiciens autorisèrent la formation d'un réseau clandestin — dans leur propre pays comme dans tous les pays de l'OTAN — avec l'idée criminellement idiote d'armer des groupuscules pour combattre des mouvements de guérilla — dans l'éventualité complètement invraisemblable que les nations du Pacte de Varsovie non seulement gagnent une guerre déclarée contre eux mais occupent également leur territoire. En réalité, *Gladio* donna des armes aux terroristes d'extrême droite, et il y eut encore des victimes.

— Êtes-vous en train de me dire que les Français, sinon les Italiens ont soutenu vos projets criminels ?

— Prenez les Britanniques. Ils envoyèrent des troupes en Irlande du Nord avec une politique qui revenait à faire tirer à vue sur leurs propres concitoyens. Lorsqu'un officier de police anglais mena une enquête à ce sujet, ils causèrent la faillite et la ruine d'un innocent homme d'affaires pour arrêter l'enquête. Ensuite, non contents d'abattre des citoyens sur leurs îles, ils envoyèrent une équipe de tueurs endurcis à Gibraltar pour abattre des ressortissants étrangers en pleine rue. Ensuite, ils envoyèrent même des experts outre-mer pour apprendre aux soldats du gouvernement khmer rouge, l'un des régimes les plus sanguinaires de l'histoire, à poser des mines sophistiquées pour tuer encore plus de civils.

— C'est les Britanniques, alors ?

— Vous ne m'écoutez pas. Le Russe Staline a

envoyé à la mort dans les goulags des millions de ses concitoyens. Saddam Hussein, ce beau monstre, utilisa le napalm et les gaz neurotoxiques contre ses propres citoyens d'origine kurde. Nous n'avons pas non plus les mains très propres. La CIA ne s'introduisit-elle pas clandestinement au Nicaragua, pays avec lequel nous n'étions théoriquement pas en guerre, pour y miner les ports et...

— Quel gouvernement, alors? coupa Benicoff. Je ne vais pas nier que de nombreux crimes aient été commis par de nombreux pays. C'est l'un des héritages les plus pernicieux que nous aient légués le nationalisme et la tragique stupidité des hommes politiques, et qu'il faudra éliminer comme la guerre elle-même. Nous ne sommes pas venus ici non plus pour recevoir des leçons de politique. Avec quel gouvernement avez-vous pris contact pour mettre votre plan à exécution? Quel gouvernement est derrière le vol et les meurtres?

— Est-ce important? Ils en sont tous capables et je peux vous assurer que plus d'un était impatient de le faire. Peut-être devrais-je vous le dire... mais j'ai quelque chose de beaucoup plus important à faire.

Beckworth mit la main dans la poche intérieure de sa veste et en sortit un pistolet qu'il braqua sur eux.

— Je sais m'en servir, alors restez où vous êtes. Je m'en vais, mais, d'abord, j'ai quelque chose pour vous, Brian. Quelque chose de trop longtemps retardé. Votre mort. Si vous étiez mort de la manière prévue, je ne me cacherais pas ici mais vivrais en homme libre et respecté. Et excessivement riche. Je m'en vais, et vous mourez. Enfin...

— *Interdiction de tuer!* rugit Sven d'une voix amplifiée à déchirer le tympan en se jetant sur Beckworth.

Trois coups claquèrent en succession rapide et l'IM tomba à la renverse. Accrochée à Beckworth. Elle mordit la poussière sans cesser de maintenir l'homme dans une invincible étreinte. Beckworth se débattit pour libérer son bras, lever son arme. Il visa la tête de Sven et tira à nouveau, dans la boîte crânienne.

Le résultat fut instantané et horrible.

Toutes les ramifications des manipulateurs arborescents se déployèrent par milliers, de la plus infime à la plus grande.

Plus tranchants que les plus tranchants des scalpels, les minuscules rameaux métalliques s'enfoncèrent dans le corps de l'homme, tranchèrent chaque cellule, ouvrirent en un instant tous les vaisseaux, veines et artères. Beckworth mourut dans une explosion silencieuse et sanglante. En une seconde, il n'était plus qu'un amas de chair ruisselante.

Ben considéra cet atroce spectacle, puis se détourna. Pas Brian. Ignorant la chair sanglante, il ne vit que Sven, son IM. Son ami. Aussi mort que Beckworth.

Encore en vie dans ses autres incarnations. Mais mort ici tout de même.

— Un accident ? demanda Ben en se ressaisissant.

— Vraiment ? dit Brian en regardant les deux formes qui gisaient immobiles et silencieuses. Ça aurait pu se passer comme ça. Ou alors Sven nous aurait peut-être évité des tas d'ennuis. On ne saura jamais.

— C'est mon avis. Et nous ne saurons pas non plus à quel pays Beckworth s'était adressé. Mais, comme il l'a dit, je me demande si c'est vraiment important. Tout est fini, Brian, et c'est ça qui compte.

— Fini ? dit Brian en relevant la tête, le regard froid, vide de toute émotion. Oui, c'est fini pour vous. Et pour Sven aussi. Mais ce n'est certainement pas fini pour moi. Ne comprenez-vous donc pas qu'ils m'ont tué ? Ils ont tué Brian Delaney. J'ai encore quelques-uns de ses souvenirs, mais je ne suis plus lui. Je suis moitié homme, moitié mémoire. Et je commence à croire que je ne suis plus tout à fait humain. Voyez ce qu'ils m'ont pris. D'abord ma vie, ensuite mon humanité.

Ben allait parler, mais Brian leva l'index pour le faire taire.

— Ne rajoutez rien, Ben. N'essayez pas de me raisonner ni de discuter avec moi. Parce que je sais ce que je suis. Peut-être que c'est mieux comme ça. Je suis à présent plus proche d'une IM que je ne le suis de vous. Je ne le conteste pas. Ça ne me plaît ni ne me déplaît, je l'accepte, voilà tout. Alors, ainsi soit-il.

Brian sourit d'un sourire forcé, faux, pas drôle du tout.

— Restons-en là. En tant qu'IM, je ne serai pas obligé de verser des larmes sur mon humanité perdue.

Un crescendo de sirènes ululantes fut l'unique son qui brisa le silence de la pièce.

Table

1	Ocotillo Wells, Californie, 8 février 2023...	29
2	9 février 2023	56
3	10 février 2023	73
4	12 février 2023	83
5	18 février 2023	101
6	19 février 2023	113
7	22 février 2023	121
8	25 mars 2023	131
9	Coronada, 2 avril 2023	148
10	17 septembre 2023	154
11	1er octobre 2023	170
12	27 octobre 2023	181
13	9 novembre 2023	193
14	10 novembre 2023	203
15	11 novembre 2023	211
16	14 novembre 2023	221
17	20 novembre 2023	231
18	21 novembre 2023	242
19	28 janvier 2024	253
20	15 février 2024	263
21	16 février 2024	274
22	21 février 2024	285
23	22 février 2024	298
24	22 février 2024	319
25	31 mai 2024	329
26	19 juin 2024	337
27	22 juillet 2024	343

28	4 septembre 2024	351
29	5 septembre 2024	361
30	12 septembre 2024	371
31	12 septembre 2024	379
32	19 septembre 2024	389
33	21 septembre 2024	398
34	22 septembre 2024	404
35	18 octobre 2024	414
36	7 novembre 2024	427
37	16 décembre 2024	439
38	19 décembre 2024	450
39	20 décembre 2024	459
40	21 décembre 2024	475
41	21 décembre 2024	488
42	31 décembre 2024	503
43	31 décembre 2024	512
44	La Jolla, Californie, 8 février 2026	519

Envoi 527

Composition réalisée par INTERLIGNE

IMPRIMÉ EN FRANCE PAR BRODARD ET TAUPIN
Usine de La Flèche (Sarthe).
LIBRAIRIE GÉNÉRALE FRANÇAISE - 43, quai de Grenelle - 75015 Paris.
ISBN : 2-253-07211-7

30/7211/3